주디스 버틀러의 젠더 정체성 이론

: 퀴어 정치학과 A. 카터의 『서커스의 밤』

주디스 버틀러의 젠더 정체성 이론

: 퀴어 정치학과 A. 카터의 『서커스의 밤』

조 현 준 著

한국학술정보㈜

|목·차|

제1장 페미니즘에서 보는 젠더와 정체성

우리는 최초의 순간 젠더로 태어난다. 탄생의 순간 인간은 이미 남자 아니면 여자인 것이다. 신생아를 최초로 호명하는 언어는 예쁜 공주님 아니면 씩씩한 왕자님이다. 최초의 인간 호명의 언어는 성별을 분류하는 것이고, 실은 그 성별에 합당한 자질과 특성을 구분하는 것이다. 공주나 왕자라는 고귀하고도 안락한 삶에 대한 염원은 후대의 번영에 대한 인류의 공통된 기원이라 하더라도, 거기 부과된 특성과 자질은 분명 성적으로 분화되어 있다. 여자는 예쁘고 남자는 씩씩해야지, 여자가 씩씩하고 남자가 예뻐서는 안되는 것이다.

탄생의 순간 생물학적 성을 부여받는 개체는 이미 그 순간부터 문화적 성이라는 사회적 질서에 종속되고 당대의 젠더규범과 젠더 규약에 의해 의미가 된다. 인간은 선천적인 섹스를 부여받는 순간 후천적 젠더도 안게 되는 것이다. 그뿐만이 아니다. 자기도 모르게 이성애(heterosexuality)를 당연한 정상적 성적 경향으로, 반면 동성애는 기이한 비정상적 경향으로 규정짓게 된다.[1] 이렇듯 개체의 탄생에는 생물학적인 분류, 문화적인 성별화, 특정 성 경향의 정상성이 수반된다. 원래 사회화 이전의 개체는 젠더규범과 젠더 규약, 또 정상적 성 경향이 부과한 남성성과 여성성을 내면화함으로써 사회적 주체가 된다.

---

1) 섹스(sex)와 젠더(gender)의 구분은 생물학적으로 결정된 성, 문화적으로 구성된 성으로 이미 일반화되어 있다. 섹스와 젠더는 성, 성별로 번역되기도 하지만 본 연구에서는 원문 그대로 쓰기로 한다. 다만 섹슈얼리티는 문맥에 따라 성욕, 성 경향, 성적 성향 등으로 썼다.

따라서 인간은 젠더 규약이라는 모태 안에서만 분명한 '나'가 되는 것
이다. 주체로 존재한다는 것은 젠더화된 주체로 존재하는 것이고, 성
적 욕망을 젠더 규약 속에 있게 하는 아버지의 법에 '복종'하게 됨을
의미한다. 사실상 주체의 성적 욕망은 젠더 규약에 의해 규정되고, 인
정받고, 또 처벌받는다.2) 섹스와 젠더, 그리고 성적 경향은 당대 사회
의 규범과 밀접한 관계를 맺는다.

  섹스와 젠더, 그리고 성 경향은 어떤 방식으로 사회를 조직하고 세
계를 의미화하며, 주체를 구성하는 방식에 관여하는가? 그리고 주체
에 대한 존재론적 질문인 정체성(identity)은 인류 절반의 보편 정치
학으로서의 페미니즘과 무슨 관계가 있는가? 정체성과 페미니즘의 접
점은 어디이며, 페미니즘에서 젠더와 정체성의 문제를 논의해야 하는
이론적 필연성은 무엇에서 비롯되는가? 섹스(sex)는 몸의 실물성에,
젠더(gender)는 사회화되면서 구성되는 정체성에, 성 경향(sexuality)
은 인간 보편의 욕망 문제에 관련된다. 하지만 섹스나 성 경향도 당
대의 사회나 문화가 부여한 성역할과 젠더규범의 입장에서 기술되지
않고서는 명명될 수 없다. 가장 중립적이고 물질적이며 자연적이라고
여겨져 온몸이나 인간의 보편욕망으로 당연시되어온 성 경향도 당대
의 지배적 젠더규범이나 이데올로기가 부과하는 명명 작업을 거치지
않고서는 의미가 될 수 없다. 물적 사실이나 보편 진실로 간주되어온

---

2) "……In other word, the human subject only becomes a discrete 'I' within
   the matrix of gender rules. Hence, to exist as a subject is to exist as a
   gendered being, 'subjected' to the Law of the Father which requires that
   sexual desire remain within the rules of gender; in fact, the subject's sexual
   desire is dictated, sanctioned, and punished by the rules of gender." Judith
   Butler, *Subjects of Desire: Hegelian Reflections in Twentieth-Century
   France* (New York: Columbia UP, 1987), 202.

것도 명명 행위 없이는 무의미한 것이라면, 애초에 자연스럽거나 당연하게 존재하는 성이란 없다는 의미가 된다. 인간이 문화적, 역사적 맥락 속에서만 의미를 지닐 수 있다면 그가 성 정체성을 가지기 위해서 획득해야 하는 것은 섹스나 성 경향보다는 젠더이다. 그러나 자연스런 물적 사실로 여겨져 온 섹스나 당연한 보편성으로 간주되어 온 이성애적 성 경향조차도 규율권력의 담론효과라는 인식에 이르게 되면 섹스나 성 경향도 구성적이라는 면에서 젠더와 같은 것이 된다. 이에 따라 섹스와 젠더, 성 경향은 서로 구분할 수 없을 만큼 서로 복잡하게 연계되고, 무엇보다도 젠더는 섹스와 성 경향까지 포괄하는 확장적 개념으로 자리잡게 된다.

미국의 페미니스트이자 퀴어 이론가인 버틀러(Judith Butler)에게 젠더는 섹스나 성 경향과 밀접한 관련을 맺고 있다. 젠더, 섹스, 성 경향은 보로미아의 매듭처럼 상호연계망에 맞물려 있다. 특히 버틀러에게 생물학적인 섹스는 섹스/젠더 분리를 '전복적으로' 무화시키는 것이다. 특히 몸은 성 행위, 식사, 수면을 하는 기계적 대상이 아니라 이미 정신을 몸에 각인하고 있어서 몸과 정신의 분리를 불가능하게 하고, 그런 이분법을 해체하는 것이 된다.[3] 섹스도 젠더처럼 문화적 의미를 생산하고, 성 경향도 제도담론이 정상이라고 반복 각인한 것을 자신의 자연스런 욕망으로 착각하게 된다. 섹스나 성 경향도 젠더처럼 규율담론이 반복 수행한 결과물, 즉 젠더규범의 집합이 되면 이제 섹스/젠더, 몸/정신, 생물학/문화학, 본질/구성의 이분법적 분리와 대립은 불가능해진다. 복합적으로 주체를 교직하는 주요 원인으로 간

---

3) Brett Levinson, "Sex Without Sex, Queering the Market, the Collapse of the Political, the Death of Difference, and Aids Hailing Judith Butler" *Diacritics 29.3* (Fall 1999): 93.

주되었던 섹스, 젠더, 성 경향은 모두 규범의 이차적 결과물이자 제도 규범의 산물임이 드러났기 때문이다.

주체에 관한 논의는 서구 형이상학의 오랜 주제였고, 인간 주체를 규정하는 기준은 역사 속에서 많은 변화를 보였다. 큰 경향으로 보면 집단 정체성에서 개별 주체의 정체성으로, 본질적 근본주의에서 문화적 구성주의로의 변화가 그것이다. 고대 희랍의 인간 존재론은 자연의 생성과 우주의 순환원리를 바탕으로 한 범우주적인 것이었고, 중세는 기독교라는 종교적 공동체로, 전근대기에 와서는 지역공동체나 씨족공동체로 좁혀진다. 이처럼 집단적이던 주체 개념은 근대에 들어와서 개인성을 강조하게 된다. 근대 계몽주의는 이성을 통해 자율적으로 정진하는 합리적 개별 주체를 제시한다. 반면, 현대의 포스트모더니즘이나 해체론은 이성이나 합리성을 근간으로 삼아 개별 주체를 과신한 결과 특정 집단의 우월주의나 전체주의와 같은 폭력이 나타났다고 비판한다. 계몽주의와 모더니즘이 파시즘이나 소수 엘리트 지배를 정당화하는 도구로 전락하게 되자, 근대의 자기동일적인 주체에 대한 반성과 자숙이 나타난 것이다. 근대 이후의 주체 개념은 주체 안의 무의식이나 이질적 타자의 존재를 포용하고 수용함으로써 '주체' 개념 자체를 문제 삼게 된다.

현대의 주체성 논의는 주체가 집단적인 것인가 아니면 개인적인 것인가, 근본적 특징이 고정된 본질인가 아니면 불완전한 사회적 효과인가에 따라 네 가지로 나타난다. 다시 말해 주체가 개체인가 아니면 범주인가, 주체에 내적 본질이 있는가 아니면 외적 효과만 있는가에 따라 주체를 바라보는 시각이 분류되는 것이다. 집단적 범주/개별적 개체, 본질주의(essentialism)/구성주의(constitutivism)의 분류에 따라 주체는 본질주의적 집단, 구성주의적 집단, 본질주의적 개인, 구성주의적 개인이라는 4가지 양상으로 나타난다. 어떤 주체 위치를 택하느냐에 따라 주체는 본질적 핵심을 가진 적극적이고 능동적인 집단이나 개인이 되기도 하고, 수동적이고 피동적인 입장에 놓인 집단이나 개인으로서 당대 이데올로기의 이차적 효과로 나타나기도 한다.

섹스, 젠더, 성 경향이 주체 형성의 주요 요인이 된다면 여성이라는 젠더 주체는 어떤 방식으로 재현되는가? 여성이 본질주의적 집단을 택하게 되면 여성은 생래적으로 남성과 다른 성차를 가진 집단으로 결정되고, 구성주의적 집단을 택하게 되면 여성은 문화적으로 남성과 다른 성차를 가진 집단으로 구성된다. 반면, 여성이 본질주의적 개인을 택하게 되면 여성은 본래 남성과는 다른 성 특성을 지닌 생물학적 개체가 되고, 구성주의적 개인을 택하게 되면 남성과 다른 여성만의 성적 특성은 사회 문화적으로 형성된 사회 문화적 개별 구성물이 된다. 페미니즘에서 여성 주체를 바라보는 시각은 집단적 주체에서 개별적 주체로 이동하고 있으며, 현재에는 개별 여성 주체의 정체성마저도 하나의 의미로 단일화되지 못하고 시공간적 상황에 따라 다변화되는 다양적이고 가변적인 것이라는 입장이 지배적이다.

이러한 여성 주체 논의가 페미니즘의 관점에서 중요한 이유는 무엇인가? 여성 '주체' 개념이 갖는 의미 범주와 범위에 따라 페미니즘의 정치적 입지는 다양하게 나타날 수 있다. 페미니즘이 여성해방의 정치성을 근간으로 하는 모든 이론적 실천적 운동이라면 해방의 주체가 되는 '여성'이 어떤 주체를 상정하는지는 페미니즘의 범위를 정하는 데 필수요건이 된다. 본질주의적 집단, 구성주의적 집단, 본질주의적 개인, 구성주의적 개인으로서의 여성은 각기 서로 다른 여성해방의 토대를 형성한다. 따라서 여성이 어떤 주체 위치를 취하는가에 따라서 페미니즘의 이론적이고 실천적인 향방과 목표도 달라진다.

　페미니즘에서 여성 젠더 주체의 논의는 대개 본질론에서 구성론으로, 집단 정체성에서 개별 주체의 정체성으로 변모하는 경향이 있다. 그러나 이 문제는 여전히 진행 중인 논쟁의 장에 있다. 본질론을 주장하면 여성성을 신비화하거나 특권화해서 대립 항만 전도된 또 다른 이분법에 빠질 우려가 있고, 구성론을 주장하면 남녀의 본질적 차이를 허물어 정치성을 희석할 염려가 있다. 집단의 정체성을 주장하면 여성이라는 이름으로 무화되는 내적 차이를 경시할 수 있고, 개별 주체의 정체성을 주장하면 공통의 집단 주체가 행사하는 정치적 결속력을 약화시킬 수 있다는 것이다. 일반적 보편 범주로서의 여성은 강력한 정치 주체를 형성하는 데는 유리하지만 여성 범주 안의 차이를 중립화해서 백인 부르주아 제1세계 이성애주의 페미니즘을 결성할 가능성이 있다. 보편적 인간이란 개념이 남성적 관점에서 여성의 차이를 억압하듯, 여성적 특성은 여성들 내부의 차이를 억압하고, 개별 여성의 성 정체성은 여성 개체들의 자아 분열이나 시공간적 상황에 따라 변모하는 주체 내부의 다양성을 억압하기 때문이다. 그렇다고 여성의 정체성을 모든 다양한 내적 차이에 열린 주변성이나 비주류성과 동일시하게 되면 정치 주체가 불분명해져서 페미니즘의 정치성이 상실될 우려가 있다. 구성적인 개인으로서의 정체성이 또다시 시공간적 상황에 따라 변화될 수 있는 수행적이고 비결정적인 것이 되면 문제는 더욱 복잡해진다.

　여성을 집단적 범주로 보는 데서 파생되는 개념화의 내적 폭력을 피하면서 정치성을 상실하지 않는 지점은 어디일까? 페미니즘은 개인의 권리와 자유라는 근대적 이상에 기초해서 기존의 억압되었던 여성의 위상을 재구축하려는 인류 절반의 성 정치학이다. 여성의 정치적 권익확보라는 평등권 투쟁과, 여성성의 긍정적 재발견이라는 여성 고유성의 탐색이 모두 페미니즘이라고 명명되는 이유는 이들이 여성해방이라는 정치성을 전제로 하고 있기 때문이다. 그러나 여성 정체성이 불분명하고 가변적인 구성물이라면 페미니즘의 정치적 실천력은 어디서 찾을 수 있을까? 흑인, 프롤레타리아, 제3세계, 동성애자라는 내적 차이를 무화시키지 않으면서 가변적이고 산발적으로 구성되고 해체되는 과정 중의 주체(subject-in-process)로서의 개별 여성은 정치적 실천 주체가 되기에는 결속력이 약하다. 페미니즘이 정치적 실천력을 앞세우면 여성범주나 단일한 여성 정체성을 주장할 때 수반되는 필연적인 개념화의 폭력을 안고 가야하고, 이론적 세련성과 논의의 다양성과 개방성을 앞세우면 실제의 여성억압에 대한 정치적 거점을 약화시키게 된다는 딜레마가 있다. 따라서 여성 개개인의 특성과 차이를 중시하면서 연대가 필요한 시급한 정치적 문제 앞에서는 집단을 구성할 수 있는 가변적이고 우연적인 토대 속의 여성 주체에 대한 논의가 절실히 요구된다.

　바로 이 지점이 주디스 버틀러의 젠더 정체성 논의가 중요하게 부각되는 부분이다. 버틀러에게 여성은 재현 범주로 환원될 수는 없는 것이지만, 특정한 억압에 대해 대항해야 할 정치적 목표가 있을 때는 '필요한 오류(necessary error)'나 '범주 착오(category mistakes)'로서 여성의 정체성을 소환해낼 수 있다. 따라서 유동적이고 가변적인 행위 중의 수행적 주체를 논하면서도 동시에 정치적 동원을 위한 여성 정체성의 범주도 잠정적으로 수용한다는 장점을 지닌다. 그것은 섹스, 젠더, 성 경향의 문제와 밀접하게 결합된 여성 정체성의 문제를 논의하면서 동시에 흑 아니면 백이라는 택일론(either……or)에서 벗어나, 흑이면서 동시에 백이기도 한 양시론(both……and)적 인식론으로 주체를 파악하는 사고의 전환을 이루어낸다.

본질주의를 지양하고 구성주의를 수용하며, 집단적 정체성보다는 개별적 정체성을 수용하는 버틀러는 푸코의 주체이론을 이론적 근거로 삼고 있다. 버틀러는 정신분석학, 포스트모더니즘, 해체론의 영향을 받았지만 제도 규범이 모든 의미와 담론을 생산한다는 의미에서 미셸 푸코의 계승자로 평가된다. 그의 젠더 정체성 이론은 다양하고 불연속인 여성 주체의 무의식과 젠더의 구성을 강조한다는 점에서는 정신분석학적이고, 재현 이전에 본질로서의 젠더란 없으며, 여성을 지속적인 개방성과 재의미화의 가능성 앞에 열어두고 고정된 지칭성을 갖지 않는 다양한 의미화의 미래를 수용한다는 점에서는 포스트모던하다. 또한 자아와 타자라는 이분법적 체계 속에서 자기동일적 존재를 형성한다는 것은 불가능하고 모든 주체는 자신에게 상반되기 때문에 배제된 반대개념을 역설적으로 안고 있다고 보는 점에서는 해체론적이다. 그러나 무엇보다도 젠더나 정체성을 권력의 효과, 법의 결과물로 보면서 그것을 '규제적 허구(regulatory ideal)', '담론적 생산물(discursive product)'로 새롭게 개념화하고 있다는 점에서 푸코의 권력 이론을 계승한다 할 수 있다. 버틀러에게 모든 정체성은 본질적으로 존재하는 것이 아니라 당대 지배 권력과 규율담론이 생산한 이차적 효과이다. 그러나 주체는 법과 권력에 복종만 하는 것이 아니라 저항적 권력 생산성과 역담론(counter-discourse)을 생산할 가능성도 가진다는 점에서 내적 전복력을 주장한다.

버틀러의 주체는 푸코의 권력의 생산성과 역담론의 내적 전복력을 기반으로 해서 주체의 완전성이나 자족성에 끊임없이 도전한다. 버틀러에게 젠더는 규율담론이 강제적으로 수행하는 '규제적 허구'이자 '담론적 생산물'이며, 정체성은 어떤 의미를 보유하는 동시에 그 정체성을 생산하려는 반복된 수행적 실천을 통해 주체를 변화하게 만들 가능성을 안고 있다. 버틀러는 주체를 근본적이고 고정된 것으로 수용하는 입장과 자신을 구분 짓기 위해 주체와 대비되는 '행위작인(agency)'의 가능성을 확대한다.[4] 자족적이고 완전한 근대적 주체와 달리 행위작인은 권력이나 규율담론을 매개하는 소극적이고 수동적인 주체의 위상을 제시한다는 점에서 푸코의 주체 논의를 계승한다. 행위작인은 불안정적이고 다양한 구성적 주체 위치를 설명하는 동시에 정치적 전복력을 가진 대안적 개념으로 제시된다.

버틀러의 '행위작인' 논의가 가지는 장점은 이론적 추상성과 논의의 정밀함을 유지하면서도 이론을 현실적 실천으로 이어지게 하는 정치력에 있다. 그의 이론은 복잡하고 고도로 추상화된 현대 메타담론의

---

4) 주체와 관련해서 주체, 주체성, 주체 위치, 행위작인 개념은 구분되어 사용될 필요가 있다. 주체(subject)는 마르크시즘에서는 역사적으로 특정한 주체를, 후기구조주의에서는 통합된 일반 주체를 지칭하는 개념이다. 주체성(subjectivity)은 개인이 자신의 경험에 대한 사적 의미와 그 맥락의 다양성을 말할 때 사용하는 좀 더 추상화된 개념이다. 주체성은 사적 경험의 의식적, 무의식적 측면과 그 효과까지 포함한다는 의미에서 주체 개념보다 확장되어있다. 주체 위치(subject position)는 데리다에서 비롯된 용어로 특정 담론의 '발화 지점'을 강조하면서 존재론적 통합이나 확실성의 전제에 반대할 때 쓰인다. 행위작인은 라캉에서 비롯된 개념으로, 주체가 내적 본질을 가지는 것이 아니라 언어나 사회규범을 대리하는 매개물에 지나지 않는다는 입장을 강조한다. 행위작인은 행위자(doer)와 구분되며, 버틀러에게 행위작인은 언제나 '정치적 특권'에 불과하다. Judith Butler, "Contingent Foundation", *Feminist Contentions: A Philosophical Exchange.* ed. Linda Nicholson(New York: Routledge, 1995), 46-7.

나열이자 브리콜라쥬로서 고급 식자층에 한정된 지식인의 향연처럼 보이지만, '퀴어 이론'의 수행적 정치성은 이성애 규범의 사회 속에서 비천시되고 비가시화되는 동성애자들을 재전유하고 재-호명하는데 성공하여 '퀴어'라는 용어 자체의 재의미화를 수행했기 때문이다. 섹스, 젠더, 성 경향이 모두 지배문화의 산물이므로 섹스/젠더 이분법이 불가능한 것이라면 이성애/동성애 이분법도 불가능하기 때문에 성 경향을 중심으로 정상성/비정상성을 구분하는 것은 불가능해진다. 페미니즘의 정체성 이론이 퀴어 논의의 정치성으로 이어지는 것이다. 버틀러는 이론적인 측면에서 페미니즘의 주요 논제가 되는 젠더 '주체'이론의 새로운 가능성을 모색할 뿐 아니라, 실천 면에서도 그 이론을 바탕으로 비천시되어 온 '비체(abject)'5)로서 동성애자의 권익회복에 주력한다는 면에서 이론과 실천을 겸비하고 있다.

버틀러의 정치적 실천력은 퀴어 논의에서 가시화되지만, 그의 정치적 관심은 비단 동성애자들에게만 국한된 것이 아니라 보편 여성의 정치학인 페미니즘의 문제와 관련되어 있다.6) 그것은 포스트모더니즘적이거나 해체론적인 여성 주체와 페미니즘의 양립가능성을 타진하는 데서 나타난다. 불안정하고 비결정적인 여성 주체도 정치력을 행사할 수 있다면, 강요된 문화의 반복적 수행으로 구성되는 안정되고 일관

---

5) 'abject'는 원래 크리스테바의 개념으로 유아가 주체로 정립되기 위해 거부해야 할 '비천한 대상'으로서의 어머니의 몸을 의미한다. 여기서 동성애자가 비체라는 것은 정식 주체에 편입되지 못한 비-주체라는 의미에서 비체(非體)를 뜻하기도 하고, 여전히 비천한 대상이라는 의미에서 비체(脾體)를 의미하기도 한다.

6) 버틀러는 한 인터뷰에서 자신은 퀴어 이론가이기에 앞서 페미니스트라고 밝힌 적이 있다. Judith Butler, "Gender as Performance", *A Critical Sense: Interviews with Intellectual*, ed. Peter Osborne (New York: Routledge, 1996), 110.

된 '여성' 정체성이 페미니즘에 꼭 필요한 것은 아니다. '필요한 오류'나 '범주착오'로서 주체를 임시적으로 형성하는 비본질적이고 구성적인 여성 주체는 범주화나 일반 개념화에 수반되는 '타자성 배제'의 폭력을 피하면서 페미니즘의 정치성 실천력도 구가하는 이중의 장점을 거두어낸다.

버틀러의 젠더 주체는 본질이나 내적 핵심이 없는 허구적, 혹은 환상적 구성물이다. 이 주체는 섹스/젠더의 이분법을 해체할 뿐 아니라 젠더의 존재론마저 허문다. 섹스/젠더의 이분법은 자연/문화, 몸/정신, 상상계/상징계, 존재/과정만큼이나 이미 구분할 수 없을 만큼 서로에 침윤되고 오염되어 경계를 공유한다. 섹스도 젠더만큼이나 구성적이고, 젠더도 섹스만큼이나 몸을 기반으로 하며, 젠더와 섹스는 성 경향이라는 욕망의 문제와 복합적으로 관련되기 때문에 젠더, 섹스, 성 경향은 본질적 핵심 없이 자유롭게 부표하는 인공물이 된다. 단일한 의미를 지칭하거나 고정된 '젠더 정체성'은 없다. 그것은 환상의 형식 속에서만 존재한다. 따라서 자유주의적 인본주의가 말하는 완전하고도 확실한 자기동일적 존재라는 의미에서의 정체성은 존재하지 않는다. 정체성은 환상의 구조 위에서만 생산되는 유령적 효과이며, 자신이 아닌 것을 무의식적으로 배제하거나 의식적으로 거부하면서 자기동일성을 향해 나아가는 일련의 행위들이다. 빙산의 일각 아래에 숨겨진 거대한 빙하의 저층처럼 대상을 지칭하는 안정된 의미로 환원되지 않고 남아 있는 잉여 영역이 역설적이게도 존재를 구성하고, 그 구성행위는 매 순간 변화하면서 존재의 정체성을 가변적으로 형성한다.

인간이 이런 자기정체성을 획득하는 동일시 과정은 근본적으로 환상적이다. 인간이 동일시하는 대상은 실제 존재라기보다는 자신의 욕

망이 투사된 이상적 구성물이기 때문이다. 오히려 주체는 욕망하는 대
상의 내적 이미지를 스스로 창조하고, 그런 이상적 이미지를 자신에게
내면화하면서 동일시한다. 그것은 '이미지의 이미지'와 동일시하는 것
이며 본질적 실체를 가정하지 않는 환상적 동일시이다. 동일시가 본질
적으로 환상적일 수밖에 없는 것이라면 젠더는 사실이 아닌 환상이
되고, 일차적인 본질이 아니라 이차적인 서사 효과가 된다. 젠더는 주
체에게 내면화된 이미지의 이미지에 불과하기 때문이다. 젠더 정체성
은 몸에 합체되고, 정신에 내면화된 각인의 집합이다. 이런 동일시는
'환상속의 환상', 즉 '이중적 환상'이라면 젠더는 엄밀히 말해 몸의 의
미를 구성하는 몸의 양식, 그 양식을 통해 수행되는 환상이다.[7]

이 책의 목적은 버틀러의 환상적 젠더 정체성 논의를 페미니즘의
입장에서 조망해보고, 그 전복적 가능성과 한계를 점검하려는 것이다.
그리고 버틀러의 젠더 정체성 논의가 문학적 비평의 틀로 적용될 때
어떤 해석적 논의를 확대할 수 있는지를 가늠해보고자 한다. 따라서
본 연구의 작업은 크게 두 가지로 나뉜다. 하나는 주디스 버틀러의
젠더 정체성 이론이 무엇이고 그것은 어떤 이론적 효용성이 있는가를
면밀히 고찰해, 현재 페미니즘 논의에 있어서 버틀러의 논의가 가지
는 의의와 한계를 검토하는 일이다. 그리고 다른 하나는 버틀러의 논
의가 문학 작품을 읽어내는 데 있어서 해석적 지평을 확대하는 부분
과 그 방식을 살피는 일이다. 이론이 문학에서 갖는 중요성은 개별

---

7) "If gender is constituted by identification and identification is invariably a
fantasy within a fantasy, a double figuration, then gender is precisely the
fantasy enacted by and through the corporeal styles that constitute
bodily signification." Judith Butler, "Gender Trouble, Feminist Theory, and
Psycho- analytic Discourse", *Feminism/Postmodernism*, ed. Linda J.
Nicholson (New York: Routledge, 1990), 334.

작품을 읽어내는 독서능력과 독서지평을 확대하는 데 있다고 믿기 때문이다.

문학 작품의 해석은 두 작품에 집중될 것이다. 하나는 기원전 5세기 그리스의 비극작가 소포클레스의 『안티고네』이고, 다른 하나는 20세기 영국 여성작가 안젤라 카터(Angela Carter)의 『서커스의 밤(Nights at the Circus)』이다. 두 작품은 25세기라는 시간적 격차를 두고 있지만 젠더 정체성의 불확정성과 비결정성을 보여주는 좋은 사례를 제시한다고 생각된다. 더불어 고전비극과 현대소설에서 이런 사례를 보여줄 수 있다면 다른 많은 문학작품에서도 그 사례를 찾는 것은 어려운 일이 아니라고 생각된다.

버틀러가 페미니즘에 제기한 불안정한 젠더 주체는 각 작품에서 '안티고네(Antigone)'와 '소피 페버스(Sophie Fevvers)'로 구현된다. 여성이라는 보편 주체 없이 페미니즘의 정치학이 가능한지, 또한 페미니즘의 정치성을 상실하지 않으면서 해체론적으로 열린 주체를 말할 수 있는가는 고전적 비장미의 영웅 안티고네가 친족 교란과 젠더 역전을 이룬 '퀴어' 주체로 거듭나면서 해답에 다가간다. 또한 이 문제는 양자를 긍정하는 버틀러의 전략적 양시론처럼, 양자를 긍정하는 동시에 기존 의미를 무화시키는 페버스의 '폭발적 웃음'으로 재현된다. 이 웃음은 여성이라는 대상을 실용주의적이고 합리적 시선에서 객관 조망하려는 남성 탐구자의 질문에 대해 던지는 여성의 응답이며, 진리를 추구하는 서구 형이상학자들에게 터뜨리는 해체론적이고 전복적인 웃음이다. 이런 전복적 웃음은 버틀러의 조롱의 시학으로서의 패러디 이론과 부합되는 부분이기도 하다.

2장에서는 페미니즘에서 여성 정체성의 논의가 어떻게 이루어져 왔

는가의 발전 양상을 검토할 것이다. 시몬느 드 보봐르의 타자로서의
여성 주체가 초도로우와 벤자민의 대상관계론을 거쳐 이리가레의 전
략적 본질주의와 로즈의 정신분석학적 구성주의에 이르게 되는 과정
이 설명될 것이다. 그리고 이어서 크리스테바의 주변적 위치로서의
여성성과 드 로리티스의 의식과 경험의 공존, 그리고 알코프의 문화
주의와 후기구조주의의 통합, 나아가서는 수잔 혜만(Susan Hekman)
의 변증법적 주체를 거부하는 담론적 주체를 논의하고자 한다. 이 장
은 버틀러의 젠더 이론이 나오기까지의 역사적 맥락과 선행 연구자들
의 논의를 살펴보려는 것이며, 그런 맥락 속에서 버틀러의 비본질론
적 구성주의에 입각한 여성 주체 논의의 입지를 가늠하려는 것이다.

3장에서는 버틀러의 환상적 정체성이 구현되는 방식을 패러디, 수
행성, 반복 복종, 우울증의 양상으로 각 절로 나누어 꼼꼼히 짚어보고
자 한다. 젠더 정체성은 각각 원본과 모사본을 구분할 수 없는 반복
적 모방으로서의 패러디, 수행 속에 행위자를 노정하지 않고 가변적
으로 구성되는 행위로서의 수행성, 법이나 권력에 복종하면서 주체를
구성하는 동시에 반복적으로 그 권력에 저항하기도 하는 역설적 의미
의 복종, 그리고 상실한 애정의 대상을 불완전하게 에고로 합체하면
서 자아정체성을 형성하는 우울증으로 나타난다. 이렇게 되면 남성이
여성을, 이성애가 동성애를 '구성적 외부'[8]로서 자아 안에 합체하고

---

8) '구성적 외부(constitutive outside)'란 원래 데리다(Jacques Derrida)가 해
  체론적인 관점에서 이분법의 어느 한쪽에도 경도되지 않는 것, 내부/외부
  의 대립구도를 넘어서는 것, 이미 체계 안에 있으나 체계로 환원되지 않는
  이질성을 지칭하기 위해 사용한 용어이다. 버틀러는 이 개념을 새롭게 전
  유해서 주체가 형성되기 위해 '필요한 금지'의 개념으로 사용한다. Judith
  Butler, "Imitation and Gender Insubordination", *Inside/Out*, ed. Diana
  Fuss (New York: Routledge, 1991.)

있는 것이 된다.

패러디적 정체성은 일차적 원본을 상정해두고 이차적 매개물로서 원본을 모방하는 것이 아니라, 원본마저도 원본이라고 가정되는 상상적 특성들을 모방한 결과라는 의미에서 원본/모방본의 경계가 불분명한 정체성이다. 원본도 모방본도 모방을 통해 획득되는 것이라면 모방은 젠더의 구성요건이 된다. 젠더 패러디는 패러디적 정체성이 모방하는 원본이란 없으며, 정체성이란 원본을 하나의 형상으로 양식화한 후에 그 원본의 형상을 모방하기 때문에 결국 여기서 생긴 정체성은 기원이나 원본이 없는 모방임을 드러낸다. 이에 따라 패러디는 원본이라는 개념 자체에 대한 저항이자 반역이 된다. 동성애자들 속에 나타나는 이성애적 역할의 반복은 단순한 모방의 차원이 아니라 이성애의 규범적 권위에 도전하는 패러디이다. 그것은 원본의 구성적 위상을 폭로하고 의미화의 과정을 재전유하면서 이성애와 동성애의 경계를 불분명하게 만든다. 따라서 원본 이성애/모방본 동성애라는 우열적 이분구도는 해체된다.

수행적 정체성은 버틀러의 젠더 정체성 논의 중에서 가장 널리 알려진 것이다. 젠더가 수행적이라는 의미는 젠더가 내적 본질의 핵심을 가진 것이 아니라, 사회 문화적으로 시공간적 상황에 따라 무대 위의 공연처럼 가변적으로 구성된다는 의미이다. 젠더는 본질과 자연스러운 존재의 외관을 산출하기 위해 오랜 시간 응축되어 온 대단히 단단한 '규제'의 틀 안에 있는 반복된 '몸'의 양식화이자 반복된 '행위'의 집합이다.9) 이런 수행적 젠더 정체성은 행위, 몸, 담론의 양식으로

---

9) "Gender is the repeated stylization of the body, a set of repeated acts within a highly rigid regulatory frame that congeal over time to produce the appearance of substance, of natural sort of being." Judith

드러난다. 수행적 젠더는 고정된 단일 정체성이 없이 행위 속에서 가변적으로 구성되는 잠정적이고 비결정적인 정체성이고, 역사적 구성 과정이나 언어적 의미화 과정 없이는 존재론적 위상을 가질 수 없는 몸의 물질성이며, 반복적 명명 행위 속에 주체를 형성하면서도 반복 속에 내적 전복력을 자신 담론 양상이다. 수행적 정체성은 무대 위의 연극적 행위에서 의상, 조작된 기호, 공연 행위, 연기 행위를 통해 산출되는 가면을 쓴 배우처럼 일시적이고 가변적으로 구성되고 해체되는 '행위'로 구성된다. 그리고 젠더는 내적 본질이 있다는 환상을 심어주는 몸 퍼포먼스의 결과로 산출된 효과이므로, 젠더는 반복된 '몸'의 양식화가 자연스런 외관으로 생산해낸 환상적 수행으로서 순수한 외양도 순수한 심리도 아닌 외양과 심리의 작용 속에 그 흔적을 남기는 비결정성이 된다.[10] 마지막으로 이러한 젠더는 특정의 결속력을 행사하는 권위적인 발화 형식으로서 자신이 명명하는 것을 생산하는 '담론'의 힘을 가진다. 담론으로서의 수행성에는 역담론의 가능성, 즉 저항적 재의미화와 정치적 전복력이 있다.

반복 복종으로 형성된 정체성은 주체를 형성하는 동시에 주체를 기율권력에 복종시킨다는 점에서, 또 그런 복종이 반복됨으로써 주체가 고정되지 않는다는 점에서 역설적이다. 주체를 사회적으로 인정하는 담론 상황은 주체 형성에 선행하면서 주체 형성의 조건이 된다. 그래서 사회적 인정은 주체에게 부여되는 것이 아니라 주체를 형성하는 것이 된다. 그러나 주체의 완전한 인정은 불가능한 것이고 그것은 주

Butler, *Gender Trouble: Feminism and the Subversion of Identity* (New York: Routledge, 1990), 33.

10) Judith Butler, *Bodies That Matter: On the Discursive Limits of 'Sex'*(New York: Routledge, 1993), 234.

체 형성의 불안정성(instability)과 불완전성(incompleteness)을 의미한다.11) 주체는 반복적인 복종 속에 그 복종에 완전히 복속되지 않는 잉여물을 남기면서 언제나 재의미화를 꿈꾼다. '역설적 복종에 대한 열정적 집착'은 패러독스의 방식으로 정체성을 구성한다. 권력의 주체가 되면서 동시에 권력에 복종한다는 이중적인 과정은 주체를 형성하는 동시에 주체를 규제하는 권력의 이중적 방식과 그에 대한 주체의 역설적 방식을 보여준다. 알튀세에게 주체는 이데올로기가 호명할 때 그에 응답함으로써 탄생하는 것이지만, 버틀러의 주체는 그 호명에 완전히 복종하지 않고 잉여 부분을 남김으로써 완전한 복종도, 완전한 저항도 아닌 복종을 하는 주체이다. 즉 법과 권력 앞에 완전히 복종하지 못하고 남은 잔여물은 총체적인 일원 체계를 위협하는 전복적 잉여물이 된다. 지속적인 오인의 가능성 속에 호명된 이름이라는 상징적인 요구와 그 이름을 획득하는 과정에서의 불안정성과 비예측성은, 주체에게 호명된 이름이 지칭하는 정체성을 완성할 수 없게 만든다.

  마지막으로 정체성은 이질적 타자를 불완전하게 자신의 몸에 합체하는 우울증의 양식으로 나타난다. 젠더 정체성은 자신 안에 있는 금기시된 성욕의 일부를 금지함으로써 형성되는데, 역설적이게도 그 금지야말로 주체를 구성하기 위한 전제조건이 된다. 이처럼 '부정성(negativity)'으로써 주체를 구성하는데 '필수적인 금지'는, 주체를 형성하지만 주체의 외부에 있는 '구성적 외부'이다. 버틀러의 이성애적 우울증은 규범적인 이성애의 '구성적 외부'인 동성애 때문에 발생한다. 이성애는 동성애의 우울증으로, 동성애는 이성애의 우울증으로 서로

11) Judith Butler, *Bodies That Matter: On the Discursive Limits of 'Sex'*(New York: Routledge, 1993), 226.

의 타자를 자신 안에 불완전하게 합체하고 있기 때문에 이성애 정상성이나 규범성을 주장하는 것이 불가능하다. '드랙'12)은 이런 불완전하고 비결정적이고 젠더를 구현하는 주체로 부각된다.

주디스 버틀러의 패러디, 수행성, 복종, 그리고 우울증적 젠더 정체성은 젠더가 사회 문화적으로 구성되는 것이지 본질적인 것이 아니라는 전제에 동의한다. 본질을 가정하는 모든 일원적이거나 단일한 정체성은 허구적인 것이다. 젠더 정체성은 모방의 모방일 뿐 아니라, 행위와 몸과 담론의 반복적 수행으로 인해 사회가 이상화하고 내재화한 규범으로 구성된 허구적 이상이다. 또한 젠더는 역설적인 반복 복종의 이중성 속에 형성되는 내적 반동성이자, 금지된 외부를 자신의 일부로 우울하게 합체하고 있는 불안정적 구성물이다. 그러므로 모든 일관된 젠더 정체성에 대한 주장은 사회가 만든 규범적 허구이고 규율담론의 조작이다.

이런 패러디와 수행성, 난잡한 복종과 우울증을 잘 구현하는 현대의 퀴어 주체는 안티고네에서 그 모범을 찾을 수 있다. 4장은 버틀러의 『안티고네의 주장』을 중심으로 25세기 전의 여성인물을 끌고 와 현대적 퀴어 주체로 재탄생시키는 작업이 될 것이다. 특히 안티고네

---

12) 이성의 옷을 즐겨 입는 크로스 드레스, 드랙은 드랙 킹(drag king)과 드랙 퀸(drag queen)으로 분류된다. 전자는 남장한 여성, 후자는 여장한 남성을 의미한다. 둘을 뚜렷이 구분하지 않고 그저 드랙이라고 쓸 때는 보통 여장 남성을 지칭한다. 우리가 흔히 트랜스젠더라고 지칭하는 것도 크게 세 유형으로 분류된다. 첫 번째는 드랙과 같은 '크로스 드레서(CD)'로서 이성의 옷을 즐겨 입는 대다수 헤테로인 유형이다. 두 번째는 자신의 젠더를 부정하고 이성과 심리적으로 동일시하는 젠더 정체성 혼란(gender identity crisis)을 겪는 '트랜스젠더'이다. 마지막은 생물학적 수술을 통해 동일시하는 이성의 몸을 획득한 '트랜스섹슈얼'이다. 이 셋은 모두 큰 범주에서는 트랜스젠더에 속한다.

가 행한 친족 교란과 젠더 역전을 중심으로 기존의 안티고네 논의와 차별화된 버틀러만의 특이한 안티고네의 해석을 중점적으로 다루고자 한다. 새로운 퀴어 주체 안티고네는 저주의 수행문, 반역의 수행문에 복종한 주체이지만, 그 복종이 완전하지 않아서 새로운 의미를 생산하게 되고, 그에 따라 남성을 우울증적으로 합체한 여성, 동성애를 우울증적으로 합체한 이성애자로 읽어낼 수 있다. 새로운 퀴어 주체 안티고네는 여성성, 혹은 이성애라는 고정된 개념을 패러디로 조롱하면서, 현대를 사는 불확실하고 모호한 젠더 주체의 위상을 보여준다.

5장은 버틀러의 젠더 정체성 이론을 20세기 영국 여성작가 안젤라 카터의 『서커스의 밤(*Nights at the Circus*)』에 적용해 보는 작업이 될 것이다. 전통적 장르로는 환상소설의 범주에 속하는 『서커스의 밤』은 남녀 주인공의 불안정하고 비고정적인 젠더 정체성을 다양한 양식으로 드러낸다. 작품 속의 여성곡예사 소피 페버스와 신문기자 잭 월서(Jack Walser)의 젠더 정체성은 교차 반복되면서 젠더 교차적 동일시를 이루며, 남성이든 여성이든 하나의 젠더 정체성을 규정하려는 노력은 패러디적 웃음 앞에 무력화된다. 버틀러의 논의를 적용하면 이 작품에 대한 해석은 기존의 환상 소설 논의에서 더욱 확대할 수 있다. 날개 달린 공중곡예사 페버스와 기형적 몸을 가진 여성 주체들뿐 아니라, 가장 정상적인 합리주의자로 보이는 남성 신문기자나 인간의 우주를 축소해 보여주는 듯한 서커스의 모든 단원들도 모두 본질의 핵심이 없는 환상적 구성물임을 보여준다. 이제 환상과 현실을 넘나드는 서커스라는 카니발 세계는 인간의 보편 우주가 되어 버린다. 무대 위에서 수행적 정체성을 연기하는 서커스 단원들뿐 아니라 기차 전복사건을 통해 만나는 무대 밖의 모든 인물들 역시 대립 항의 전도와 상호 교환성을 구현하는 젠더 주체의 환상적 구성양상을 보여준다.

　여주인공 페버스는 날개 달린 공중곡예사로서 남성/여성, 인간/새의 이질석 속성을 동시에 구현하는 인물이다. 그는 거리를 두고 여성성을 모방하고 반복하는 젠더 패러디의 양상을 보여준다. 그 패러디적인 반복은 문화적 헤게모니의 도구로써 길들여지고 또 재순환되면서 전복적인 웃음과 혼란을 야기한다. 그것은 페버스의 정체성을 탐색하는 잭 월서의 질문에 대해 페버스가 보내는 응답, 즉 이항대립을 와해하는 메두사의 웃음, 체제 저항적인 카니발적 웃음, 전복적인 패러디적 웃음 속에 제시된다. 월서 역시 사회가 남성 젠더에 부과한 역할규범의 이상을 모방함으로써 남성성을 획득하지만, 원본이라고 생각되는 남성성은 존재하지 않는다는 것을 같은 방식으로 보여준다.

　두 번째로 날개 달린 거구의 공중곡예사 페버스는 말 그대로 서커스라는 공연 속에서 자신의 정체성을 연기로 수행한다. 그는 행위 중의 젠더를 포착하면서 마스크 뒤에 본질이 존재하지 않는다는 사실을 보여준다. '날개 달린 백조인간'이라는 페버스의 몸, 그런 몸을 무대 위에서 과장되게 여성적으로 꾸며내는 과정, 기차전복사건 이후 무대 밖에서 탈신비화된 여성성 등은 사실/허구, 기형 괴물/아름다운 천사의 이분법을 넘나들면서 고정된 의미의 지칭 불가능성을 몸으로 체현한다. 페버스야말로 서커스라는 공연장을 통해 가변적으로 임시적으로 수행되는 젠더 정체성을 보여주며, 신문기자 월서도 그것에 예외가 될 수 없다. 월서는 여성 주체에 대한 객관진리를 모색하기 위해 광대 역할을 전략적으로 택하지만, 광대가면을 쓰는 동안은 광대일 뿐이다. 그는 광대 가면 뒤의 기자가 아니라 '행위 중의 광대' 그 자체임을 깨닫는 것이다.

　세 번째로 페버스는 자신에게 부과된 여성성의 호명에 반복적으로
응답하면서 복종하는 동시에 그에 저항하고 거부하는 정체성의 양상
을 보여주기도 한다. 그것은 여성에게 부과된 전통적 양상, 백조로 변
신한 제우스에게 강간당하는 여성 레다의 이미지를 전복적으로 반복
하면서 백조라는 외형적 틀을 반복하면서도 그 반복 속에 저항적 의
미를 함축하는 모습으로 나타난다. 여성성에 대한 전통적 젠더규범이
나 이성애라는 성 경향 규범은 반복 속에서 재전유될 가능성에 열려
있다. 페버스만이 아니다. 권력과 그 역설적 복종으로 구현되는 젠더
정체성의 구성을 예화하는 인물로서 올가(Olga)와 베라(Vera), 미뇽
(Mignon)과 에입맨(Apeman)은 죄수와 간수, 피억압자/억압자의 권
력 관계, 동성애/이성애의 규범을 보여줄 뿐 아니라 그것의 전도 양
상도 보여준다.

　마지막으로 우울증적인 동일시의 모습은 리지(Lizzie)와 페버스의
관계, 월서와 샤만(shaman)의 관계에서 드러난다. 이들의 관계는 희
생적 모성 신화, 권위적 부성 신화를 재전유하고 있을 뿐더러 이성애
규범 안에 불완전하게 합체된 동성애적 관계도 보여준다. 이제 모든
젠더는 드랙처럼 구성된다. 모든 젠더 주체는 배제된 부정성을 자신
의 내부에 이미 불완전하게 합체하고 있는 것이다. 동성애 남성 드랙
은 이성애의 우울증을 보여주며, 이성애 여성은 동성애자의 우울증을
알레고리화한다. 이들에게 금지된 동성애적인 욕망은 이성애라는 규
범을 유지하는 데 있어서 '구성적 외부'로 작용하고 있으며 그것은 부
정된 정체성, 거부의 정체성으로 나타난다.

　이처럼 안젤라 카터는 패러디 양식으로 고전을 희화하면서 기존의
젠더규범에 대한 저항과 모반을 꾀할 뿐 아니라, 수행적 젠더 주체를

통해 젠더라는 것이 행위나, 몸 양식, 담론을 통해 반복적으로 주입되고 각인된 규율담론의 효과에 불과하다는 것을 보여준다. 그리고 이 젠더 정체성은 역설적 복종이나 우울증처럼, 주체 내부의 내적 저항성이나 불완전하게 합체된 이질성이나 잉여물로 자신을 드러낸다. 버틀러의 젠더 정체성 논의를 수용할 때 텍스트의 의미는 더욱 풍요롭고 다양한 해석의 장을 열 수 있다.

라캉의 에고는 거울에 비친 허구적이지만 이상적인 자아상(Gestalt)으로부터 '필요한 오류'로서 자신을 구성하는 것이지만, 버틀러의 젠더는 임시적이고 가변적인 정치적 구호 아래 일시적으로 형성되고 또 흩어지는 '전략적 오류'로서 자신을 구성한다. 버틀러는 자족적인 이성적 근대 주체가 불가능함을 말하면서, 페미니즘이 토대한 정치적 입지를 상실하지 않기 위해 일시적으로 구성되는 패러디, 수행성, 반복 복종, 우울증의 젠더 주체를 제시한다. 이 주체는 허구이지만 필요한 잠정적 일시성으로 주체를 구성하는 동시에 또 다른 의미화로 열린 가능성을 안고 있는 이중의 제스처를 취한다. 그리고 카터는 그같은 이중적 제스처를 취하는 인물을 작품을 통해 잘 구현하고 있다. 버틀러와 카터에 대한 연구는 이러한 여성의 젠더 정체성 논의를 확대시키고 풍요롭게 할 뿐 아니라 문학에 페미니즘 시각을 도입했을 때의 해석지평의 확대 가능성을 보여준다.

버틀러와 카터가 탈중심적이고 해체적인 주체를 페미니즘적 정치성과 연결시키는 지점은 바로 섹스, 젠더, 섹슈얼리티가 서로 맞물린 고리이다. 섹스는 생물학적 획득물로, 젠더는 문화적인 구성물로, 섹슈얼리티는 인간의 본능적 욕망이나 충동으로 간주되어 왔지만 이 셋은 사실상 서로의 경계를 공유한다. 섹스나 섹슈얼리티도 담론 속에서 의미화되기 위해서는 그 법칙과 질서에 복종해야 하고 그 때문에 젠더만큼이나 문화적이고 사회적인 것이 된다. 젠더는 섹스와 섹슈얼리티까지 포괄하면서 사회 문화적으로 구성되는 인간 정체성을 논의하는 핵심적 키워드가 된다. 무엇보다도 '젠더' 정체성이 중요한 것은 바로 이런 연유이다.

제2장 페미니즘에서의 여성 정체성
논의의 전개

정체성이란 무엇인가? 그것은 자신이 누구이고 어떤 사람인지에 대해 스스로 내리는 정의이다. 정체성은 자신의 존재에 대해 질문하고 답하는 심문적 주체, 성찰적 주체를 전제로 한다. 정치적 정체성에 관한 논의는 "개인적인 것이 정치적이다(The personal is political)"라는 슬로건을 표방한 1968년 프랑스 학생 혁명에서 비롯되었다. 이 혁명에서 제도 권력의 탈취가 아니라, 개별 주체가 사회운동의 중심이 되는 '정체성의 정치학'이 발족되면서 정치학에서 정체성 논의의 중요성이 표면화된 것이다. 민족, 국가, 계급, 이념 등의 거시 담론은 개개인의 자기동일성이나 자기정의라는 미시 담론으로 축소되고, 내면화되고, 심층화된다.

나는 어떻게 '나'라는 정체성을 획득할 수 있는가? 그것은 내 안에 '이질성'이나 '타자성'을 거부하거나 억압함으로써 가능하다. 내 자아 안의 자기동일적이지 못한 이질적, 혹은 타자적인 속성을 제거할 때 비로소 나는 균질적이고 동질적인 나일 수 있다. 따라서 정체성은 동질성 속의 이질성을, 동일성 속의 차이를 억압한 결과 나타난 결과물이며, 타자 속성의 거부이자 비동일성의 부정을 의미한다. 자아정체성은 '내 안의 타자'를 거부하거나 부정할 때 획득된다. 따라서 자아정체성은 희생 논리, 지배 논리의 산물이다. 의식, 정신, 문명이 자신의 일관성을 위해 무의식, 몸, 자연의 다양한 의미화를 부정하고 거부하

듯이 자아도 동질적인 내부의 자기동일성을 유지하기 위해 이질적 자
아의 파편화와 다양성을 억압해야 한다. 예컨대 이성적 근대 주체는
비이성적인 광기나 비합리성을 거부하고, 여성 주체는 여성 내부의
차이와 비동일성을 억압한다.

   정체성은 근본적으로 희생 논리의 산물이며 타자를 억압하거나 배
제하지 않고서는 불가능한 개념이므로 언제나 새로운 의미화에 열릴
필요가 있다. 갤럽(Jane Gallop)은 기존 정체성으로부터의 해방을 이
루고 '새로운 정체성'을 구축한다 해도, 결국 그 정체성은 마비의 또
다른 형태, 변별성이 없는 광대한 수동성(oceanic passivity of
undifferentiation)으로 이어지게 될 뿐이라고 지적한다.[13] 정체성이 어
쩔수 없이 타자성의 배제가 되어야 한다면 그 정체성은 획득과 동시
에 계속 문제시되어야 한다. 캐더린 벨시(Catherine Belsey)는 정신분
석학에서 말하는 의식적 주체의 불확실성에서 변화의 가능성을 본다.
무의식은 계속해서 상징질서를 잠재적으로 파괴하는 근원이 되기 때
문에 주체는 자기모순의 자리, 구성 과정에 있는 장이 되고, 언어와
사회적 형성 속의 변화 때문에 위기에 놓인다. 그리고 변화의 가능성
은 주체가 완성된 것이 아니라 과정 중에 있다는 사실에 있다.[14]

   정체성은 페미니즘과 어떤 관계를 맺는가? 페미니즘의 여성 주체는
남성적 시각이 배제하고 중립적 관점에서 재규정된 주체, 여성적인
관점에서 변별적 특성을 가진 주체, 이런저런 본질적 정체성은 없다
는 문화적 구성주의적 주체 등으로 나타난다. 첫 번째 입장은 일반화
된 주체 개념에서 남성 중심적 요소들을 걸러내고 중립적인 입장에서,

---

13) Jane Gallop, *The Daughter's Seduction: Feminism and Psychoanalysis*
    (Ithaca: Cornell UP, 1982), x ii.
14) Catherine Belsey, *Critical Practice* (London: Methuen, 1980), 65.

젠더 없는 주체를 재-정의하려는 시도이며, 두 번째 입장은 본질적인 '여성성'이 있다고 보고 여성성의 가치를 긍정적으로 재평가하려는 작업이다. 마지막은 남성적 주체든 여성적 주체든 사회적 제도나 담론의 힘에 의해 구성된다는 점에서 본질적 남성성도 본질적 여성성도 존재하지 않는다는 입장을 취한다. 앞의 두 입장이 기존 정체성을 부정하고 여성의 정체성을 능동적으로 구축해내려 한다면, 마지막 것은 문화, 이데올로기[15]가 부과한 의미를 중시한다.

현대 페미니즘에서 젠더 정체성 논의는 중요하다. 그것은 정치적 실천력이냐, 이론적 세련성이냐 사이에서 갈등하고 있기 때문이다. 완전하고 자족적인 주체는 타자를 억압하고 배제하는 폭력적 개념화를 수반하는 반면, 과정 중의 주체는 페미니즘의 정치 운동에 필요한 확신이나 정치 주체의 입지를 모호하게 만든다. 포스트모더니즘 시대의 페미니즘은 주체의 능동적 구성/수동적 구성(constituting/constituted)이라는 이분법을 넘어서고자 하는데, 수잔 헥만의 주체 개념은 포스트모던 사상과 페미니즘의 접목이라는 문제에 대해 고민하면서, 현대의 페미니즘 기획에서 페미니스트들이 어떻게 주체를 개념화하고 그 주체는 근대 주체와 어떻게 관련되는 중요한 문제라고 주장한 바 있다.[16]

후기구조주의나 포스트모더니즘의 주체는 라캉이나 데리다, 푸코의 사유를 계승하여 비본질적이고 구성주의적인 주체를 논의한다. 라캉의 성차도식을 보면 여성의 본질은 '결여'로, 여성성은 그 결여를 가

---

15) 이데올로기는 '실제의 존재상황에 대한 개개인들의 상상적 관계를 재현한 것'이다. Louis Althusser, *Lenin and Philosophy*, trans. Ben Brewster (New York: Montly Review Press, 1971), 162.

16) Susan Hekman, "Subjects and Agents: The Question for Feminism", *Provo- king Agent: Gender and Agency in Theory and Practice*, ed. Judith Kegan Gardiner. (Urbana: Illinois UP, 1995), 194.

리는 '가면'으로 제시된다. 그리고 여성은 남성의 페티시즘으로서 남근이 되고, 남성은 남근인 척하는 여성을 소유한다는 이원적 존재론에 입각해 있다. 결국 여성은 잃을 것이 없으므로 (거세) 불안도 적고 주이상스(jouissance)에 도달할 가능성이 더 많다는 라캉의 설명은 여성을 결여의 존재로 전제해두고, 남근 체제로 설명되지 않는 부분은 신비화해 버린다는 혐의를 안고 있다. 반면, 데리다에게 여성은 거리를 두고 단정할 수 없는 '균열(rupture)', '거리 자체의 틈(distance's very chasm)'이다. 여성은 비정체성, 비형상, 시뮬라크럼을 의미하며, 거리를 앞서가기, 내부의 운율, 거리 그 자체를 의미한다.17) 데리다에게 여성은 심층으로부터 모든 본질성, 정체성, 속성의 흔적을 삼키고 왜곡하는 것이기 때문에 이는 현실의 여성 존재를 무시하고 명목론(nominalism)에 빠질 우려가 있다. 데리다에게 여성은 실제 여성이기보다는 해체론적 진리로 해석되는 면이 있기 때문이다.

한편 푸코에게 권력은 소유되는 것이 아니라 도처에서 행사되는 생산적인 것이다. 권력은 위로부터 하달되는 것이 아니라 아래로부터 생산된다는 권력 생산이론은 권력과 저항의 역학관계에 주목하면서 지식, 신체, 성욕에 관한 권력의 행사를 새로운 방식으로 논의한다. 이런 인식의 전환은 주체의 근원적 심리가 제도나 법을 만드는 것이 아니라, 제도나 법이 그런 주체를 생산한다는 획기적 변화를 가져다 주었지만, 이때 주체는 성차가 없는 보편 주체이거나, 남성으로 보편화된 주체이기 때문에 여성의 문제를 특화하거나 전면화하지는 못한다는 한계를 안고 있다. 푸코의 주체론은 딱히 젠더 주체에 대한 논

---

17) Jacques Derrida, *Spurs: Nietzsche's Style*, trans. Barbara Harlow (Chicago: University of Chicago, 1978), 49.

의가 아니기 때문에 성 문제가 생략된 탈성적 방법론이라 할 수 있다. 이에 대해 비디 마틴(Biddy Martin)은 푸코식의 전통 범주에 대한 도전은 여성 억압의 문제를 아예 절멸시킬 수도 있다고 경고한다.

범주로서의 여성은 단일한 정체성을 소환하면서 타자와 비동일자를 희생시키고 배제하는 논리에 입각해 있다. 그런데 여성을 비정체성이나 비동일성, 비형상과 등치하면 여성해방의 정치적 과제는 희석되거나 실종되기 쉽다. 억압이나 배제를 최소화하면서 정치적 거점이 되는 주체, 완성되거나 결정되지 않았으면서 끊임없이 자기동일성을 형성하는 과정에 있는 정치 주체를 상정하는 것이 가능하다면, 임시적으로 주체를 구성한 뒤 또 해체하는 수행적 주체가 그 가능성으로 제시될 수 있다. 정체성은 근본적으로 타자와 비동일자를 억압하고 은폐함으로써 자신을 일관된 존재로 구성하는 권력과 언어 체계, 논리의 과정이자 산물이지만 주체가 끊임없이 변화하고 또 다른 정체성에 열려 있다면 그 주체가 행사하는 자기동일성의 권력적 지배는 일시적이고 잠정적일 수밖에 없다. 여성도 선천적 본질을 강조하든, 후천적 구성양상을 강조하든, 여성이라는 하나의 범주로 묶이는 순간 내부의 다양한 차이들을 억압하고 개별성을 무화시키게 되지만, '과정 중의 주체'가 되면 억압과 배제의 양상을 최소화하면서 정치 주체의 가능성을 담보할 수 있다.

주체의 이중성과 양가성이라는 문제를 고려한다 하더라도, 페미니즘이 정치적 실천에 역점을 두고 있는 한 여성의 완전 폐기는 불가능하다. 따라서 주체의 다양성과 다원성을 인정하면서도 현실의 억압 상황을 개선하기 위한 정치적 결속의 기반을 마련할 수 있는 새로운 주체 위치가 요망된다. 버틀러의 젠더 정체성 논의는 개인의 정체성에 대한 해체론적 시각을 수용하면서도 페미니즘이라는 정치연대의 가능성을 배제하지 않는다는 양수겸장의 강점을 지니고 있다. 버틀러의 정체성 논의는 정신분석학적이면서 해체론적인 무의식적, 타자적 주체를 논의하면서 동시에 공동으로 대응해야 할 정치적 시급성이 있을 때에는 페미니즘 정치 주체를 유발시킬 수 있다. 이는 포스트모더니즘 이후 이론적 다양성과 다양성의 인정 속에 정치성 상실이라는 페미니즘의 궁극적 딜레마에 대한 하나의 돌파구를 마련한다.

바로 이 지점에 버틀러가 있다. 버틀러는 확고한 정체성이 있어야 정치학이 가능하다는 '정체성의 정치학(politics of identity)'에 반대하면서, 현대 페미니즘의 논쟁적 이론의 장에서 다양성과 이질성으로 열려 있으면서도 정치성을 상실하지 않는 여성 주체를 제시하고자 한다. 1세대 페미니즘이 남성과 동일한 여성의 참정권과 균등한 교육 기회와 재정 지원 및 직업적 평등을 요구하는 자유주의 페미니즘의 입장이었다면, 2세대 페미니즘은 모성성이나 전-오이디푸스(pre-Oedipal) 단계의 여성적 고유성이나 여성적 차이를 내세우는 급진적 분리주의 노선을 취한다. 그리고 3세대 페미니즘에 이르면 주체의 정체성 개념 자체를 문제 삼아 대립 항 간의 상호 텍스트성을 강조하는 입장주의적, 해체론적 관점을 취하게 된다.[18] 버틀러는 여성의 범주를 거부하고 본질론적 여성성을 부정한다는 점에서 3세대 페미니즘의 논의를 계승하

---

18) 이처럼 페미니즘을 3단계로 나누어 설명한 사람은 줄리아 크리스테바이다. 토릴 모이는 페미니즘을 경험적이고 실증적인 영미 페미니즘과 이론적이고 철학적인 프랑스 페미니즘으로 분류하는데 크리스테바의 1, 2단계 페미니즘은 영미 페미니즘과, 3단계 페미니즘은 프랑스 페미니즘과 연결된다. Julia Kristeva, "Women's Tome", The Kristeva Reader, ed. Toril Moi (New York: Columbia UP, 1986), 187-213., Toril Moi, Sexual/Textual Politics: Feminist Literary Theory (London: Methuen, 1985)

고 있으며, 보다 급진적인 의미에서 모든 본질론적 존재론을 거부하는 우연적이고 잠정적인 토대 위의 주체가 정치성을 상실하지 않을 가능성을 이론적으로 면밀히 고찰한다.

버틀러가 보기에 본질적인 핵심이나 근본적 토대가 없다고 해서 정치학이 불가능한 것은 아니다. 계속해서 논의되는 과정에 있는 우연적이고 불확정적인 토대들도 정치적 가능성을 가질 수 있는 것이다. 정치학에서는 반드시 주체와 언어의 지칭성, 그것이 제시하는 제도적 설명(description)의 완전성을 전제로 할 필요가 있는 주장은 그것이 아닌 다른 주장의 가능성을 억압한다. 정치학에서 '의미의 지칭성'을 주장하는 것은 그 주장에 대해서만큼은 다른 어떤 이론도 불가능하다는 주장과도 같기 때문에 그 전제 자체가 다른 확장된 논의의 가능성을 배제한다는 의미이다. 탈중심적 해체론의 주체 논의가 정치적 영역을 배제하는 것이라면, 그러한 배제는 정치성을 무화하는 것이 아니라 오히려 정치성의 경계를 강화하게 된다. 정치적인 기능의 영역을 일방적으로 설정하는 행위는 주체의 위상에 대한 정치적인 논쟁을 침묵하게 만드는 권위주의적 책략이기 때문에, 그 가정에 반박하기 위해서는 주체의 구성과 그 정치적 의미에 대한 질문이 끊임없이 제기되어야 한다.[19]

버틀러의 페미니즘과 퀴어 이론은 주체의 불안정성과 불완전성 속에서 정치성을 발견한다. 페미니즘은 억압된 여성의 위상을, 퀴어 이론은 억압된 동성애자의 권익 함양을 위한 정치 이론이다. 여성이라는 젠더 주체도, 동성애자라는 섹슈얼리티의 구현물도 자신의 젠더나

---

19) Judith Butler, "Contingent Foundations", in Benhabib et all., *Feminist Contentions: A Philosophical Exchange*, (New York: Routledge, 1995): 35-57.

성 경향을 불확실하고 비결정적인 것으로 열어 놓게 되면 억압 주체/피억압 주체는 서로 분명하게 자신의 정체성을 말할 수 없고, 행위 주체/대상이 불분명한 억압은 불가능해진다. 남성과 여성이 분명하게 구분될 수 없다면 남성은 여성을 무시하거나 억압할 수 없고, 이성애자와 동성애자가 분명하게 구분될 수 없다면 이성애자는 동성애자를 열등하거나 비천한 것으로 멸시할 수 없다. 퀴어 이론은 여성 간의 연대에서 페미니즘의 미래를 모색하는 '레즈비언 페미니즘'과 공유하는 면이 있지만, 보다 급진적인 입장에서 여성 주체의 이중성과 양가성에 집중한다. 남성 주체의 내적 여성성이나 이성애자의 내적 동성애 성향은 남성과 여성, 이성애자와 동성애자 간의 억압과 지배 구도를 불가능하게 한다.

페미니즘에서 주체(subject)와 행위작인(agency)은 논쟁의 장에 있다. 이성적이고 합리적이며 내부에 자기반성성까지 가지고 있는 근대 주체는 자족적인 개인의 통합성을 강조하지만, 행위작인은 주체라는 것이 사회나 당대 권력의 규범에 부응해 발생한 이차적 효과에 불과하며 본원적이고 본질적인 주체는 존재하지 않는다고 주장한다. 근대적 의미에서의 주체는 이성과 합리성 속에 자기반성성까지 포함시켜 그 자체로 완전히 자족적인 주체를 상정했기 때문에, 또다시 폭력적 규범을 생산하게 된다. 하지만 탈근대적 의미에서의 행위작인은 주체의 완전성이란 지배담론의 이데올로기나 허위의식에 불과하다고 보며 언어나 사회질서, 담론체계 등 주체의 무의식이나, 타자의 존재를 인정한다. 이러한 인식은 근대 주체의 자신감에 대한 반성을 제기하면서 윤리적 성찰성으로 나아가게 된다.

페미니즘에서 주체와 행위작인이 논쟁의 장으로 부상된 것은 페미니즘이 기반하고 있는 '억압으로부터의 해방'이라는 메타서사가 '평등'이라는 이상적 가치를 중심규범으로 삼기 때문이다. 해방이나 평등은 이상적 사회라는 목적을 지향하기 때문에 그 이상향에 대한 기준과 규범을 가지고 있다. 반면, 행위작인은 제도담론의 대리물로서 행위 속에 가변적이거나 임시적으로 구성되고 곧 산포되어 버리는 '규제적 허구'인 주체를 의미하기 때문에 어떤 목적을 지향하지 않는다. 오히려 목적을 지향하면 그 이념을 중심으로 한 제도담론을 만들고 자신에 역행하는 이질성을 억압하는 폭력을 생산하기 때문에 목적은 지양되어야 할 어떤 것이 된다. '평등'이나 '해방'도 목적으로 제시되는 순간 제도화되면서 억압을 담보한다고 보기 때문이다.

그렇다면 능동적인 구성의 중심으로서 '주체'와, 수동적인 구성의 여백으로서 '행위작인' 개념은 페미니즘과 어떻게 연결될 수 있을까? 주체와 페미니즘의 결합은 공고한 현실적 문제의식과 실천력의 강화를 가져올 수는 있지만, 이성적이고 합리적인 주체에 대한 과도한 신뢰 때문에 비이성이나 비합리를 배제하고 억압하면서 또 다른 패권주의를 발생시킬 소지가 있다. 반면 행위작인과 페미니즘의 결합은 탈중심적이고 해체론적인 윤리성을 부각시키기는 하지만 정치적 행동의 중심축이 되는 정치적 실천 역량을 약화하게 된다. 버틀러는 "권력이란 철회될 수도 거부될 수도 없으며, 오로지 재배치될 뿐"이라고 생각하기 때문에 행위작인의 정치성에 대한 고집을 포기하지 않는다.

포스트모더니즘이 바라보는 여성 주체의 위상은 크게 세 가지 입장으로 나뉜다. 하나는 여성 주체의 정체성을 인정하고 그것이 다른 정체성과 연대할 수 있다고 보는 '성찰적 연대전략'이다. 또 하나는 타자의 윤리로 열려 여성적 특이성을 부정하는 '해체전략'으로서의 여성

성이다. 마지막은 비본질적이지만 정치적 시급성에 따라 결성되고 해
산하는 '위치의 정치전략'으로서의 여성성이다. 버틀러의 입장은 세
번째 입장, 즉 자아의 완전성에 대해서는 회의적이고 반성적인 시각
을 견지하면서, 현실의 성차별이나 정치적 행동력이라는 시급성이 있
을 때 능동적으로 그에 대처할 수 있는 주체 개념을 주장한다.

첫 번째로 성찰적 연대전략의 입장을 취하는 이론가에는 낸시 프레이
저(Nancy Fraser), 린다 니콜슨(Linda Nicholson), 앨리슨 위어(Allison
Weir)등이 있다. 이들은 구성적이고 다양한 정체성을 주장하고 연대의
윤리를 중심으로 반성적 연대(reflective solidarity)를 꿈꾸고 다양한 주
장들 사이에 끊임없는 협상을 시도한다. 이들은 이질적이거나 대립적인
두 요소를 성찰적 관점에서 연대하고 조화시킴으로써 새로운 정체성의
지형도를 산출할 수 있다고 본다.

니콜슨과 프레이저는 포스트모더니즘과 페미니즘의 연대를 시도한
다. 포스트모더니즘은 본질주의나 근본주의를 경계하지만 여전히 남
성보편의 관점이라는 한계를 안고 있고, 페미니즘은 여성을 억압하는
사회비판의 틀은 되어도 본질주의와 근본주의의 한계를 안고 있다고
보고, 포스트모던 페미니즘이야말로 양자 간의 상보적인 강점을 조합
할 수 있다 주장한다.[20] 니콜슨과 프레이저는 비본질주의적인 포스트
모더니즘과 사회비판적인 페미니즘이 연대할 때 양자의 장점을 복합
적으로 상승시키는 효과를 얻을 수 있다고 본다.

위어에게 자기동일성은 자신의 내부를 들여다보는 '반성성(reflexivity)'

---

20) Nancy Fraser and Linda J. Nicholson, "Social Criticism Without
Philosophy: An Encounter Between Feminism and Postmodernism",
Feminism/Postmo- dernism, ed. Linda Nicholson (New York: Routledge,
1990), 19-38.

과 타인과의 관계를 지향하는 '상호주관성(inter-subjectivity)'의 결합을
의미한다. 이런 동일성은 능동적이면서 일관성 있는 사회세계의 참여자
로서 개인의 역량이 중요한 요건이 된다. 인간은 자신의 의지로 행위하
고 숙고할 능력과 더불어 타인과 유의미한 방식으로 관계 맺는 능력을
동시에 구비한다. 이 능력은 자율성과 상호주관성, 곧 타인에 대한 독립
성과 의존성을 동시에 구현한다. '나'에 대한 의미를 내 존재에 부여하
는 것은 나이므로 '반성성'이 중요하게 부각되며, '나'라는 개념은 공유
된 의미의 문맥 속에 발생하는 '상호주관적 상호작용'을 통해서만 구성
된다. 그래서 나의 정체성은 반성성과 상호주관성의 복합적 과정을 통
해 창출된다.[21]

두 번째로 여성적 특성을 부정하고 해체적 여성 주체를 주장하는
이론가에는 라캉 계열의 크리스테바(Julia Kristeva)나 데리다 계열의
드루실라 코넬(Drucilla Cornell)이 있다. 이들은 여성성이란 존재하지
않으며 여성적 위치나 부정성, 혹은 주변성으로만 남아 있다고 보면
서 그것을 비단 여성의 문제에 국한시키지 않고 모든 소수자 담론을
포괄하는 '타자의 윤리학'의 가능성을 타진한다.

크리스테바는 여성이 정의될 수 없다고 말한다. 여성성과 기호계는 주
변성이라는 특성을 공유할 뿐 여성은 존재의 상징질서에 속할 수 없는
것이다. 크리스테바에 따르면 기호계는 상징계에 선행하며 상징계가 부
여한 재현과 질서의 한계에 도전할 뿐 아니라 그것을 가로지르고 무의
식으로부터 상징계에 침입해서 돌발적으로 나타난다. 그 힘은 파편적이
고 우발적이며 잠재적이다. 하지만 이 편린적이고 산발적인 힘이 어떤

---

21) Allison Weir, *Sacrificial Logics: Feminist Theory and the Critique of Identity* (New York: Routledge, 1996), 185.

정치적 실천력을 가질 수 있는지에 대해서는 여전히 의구심이 남는다.

드루실라 코넬은 모든 정체성은 근본적으로 억압적이라는 데리다의 논지에서 출발해서 여성성 개념을 이분법적 대립체제를 초월하는 '긍정적 여성(affirmative woman)'으로 발전시켜 해체론의 윤리적이고 정치적인 중요성을 강조한다. 페미니스트는 자기 안에 타자를 포함하는 윤리적 자세(ethical attitude), 즉 타자에 대한 비폭력적 관계를 추구하는 입장을 수용해야 한다.[22] 그리고 데리다의 해체론에 입각해서 전통적 젠더 정체성 구조를 해체하는 것은 여성 참정권이라는 '실제'를 소거하는 것이 아니라, 남성의 거울상이나 타자로서 가늠되던 젠더 위계 속의 '여성'에 관한 정의에 수렴되지 않는 여성의 성차를 확인해주기 때문에 오히려 페미니즘에 유용한 관점을 제시할 수 있다고 본다.[23]

마지막으로 급진적인 위치의 정치 전략으로 여성 주체의 정치적 거점을 확보하려는 이론가로는 샹탈 무페(Chantal Mouffe), 다나 헤러웨이(Donna Haraway), 그리고 주디스 버틀러 등이 있다. 이들은 기본적으로 해체적이고 포스트모더니즘적인 다양한 주체를 수용하면서 정치적 거점을 위해 전략적으로 본질적 주체를 소환한 뒤 해체하는

---

22) 코넬의 윤리적 입장은 원칙의 부정을 포함하는 것이 아니라, 고정되거나 궁극적인 원칙이라는 개념을 부정한다는 점에서 버틀러와 유사성이 있다. Linda Nicholson, "Intoroduction", *Feminist Contentions: A Philosophical Exchange* (New York: Routledge, 1995) 8.

23) 코넬은 데리다가 여성을 결여나 근본적인 비정체성으로 환원시켰다고 그를 비난하는 것은 오류라고 주장한다. 데리다는 섹스와 젠더를 비동일적인 것으로 보았고, 그 분리의 공간에서 변형의 가능성을 본다는 것이다. 게다가 언어의 구성적이고 수행적인 힘은 여성이 자신을 결여나 거세된 '타자'라는 현 정의에 부합될 수 없게 만든다. Drucilla L. Cornell, "Gender, Sex, and Equivalent", *Femi- niss Theorize the Political*, ed. Judith Butler and Joan W. Scott (New York: Routledge, 1992), 287.

전략적 방식을 취한다.

무페는 전략적 본질주의와 급진적 다원주의의 입장을 취한다. 무페는 라클라우(Laclau)처럼 공공선에 기초한 시민권의 확대라는 관점에서 민주주의의 정치적 정당성을 주장한다. 그리고 민주주의 사회에서 공공선(public good)이라는 규범이 '궁극적인 소실점'으로서 필요한 것처럼, 페미니즘의 급진적 정체 주체로서의 여성도 종국에는 소멸되어야 하지만 전략적으로 필요하다고 본다.24) 페미니즘은 여성 평등을 위한 투쟁이지만, 공통의 본질을 갖는 여성 집단의 평등을 실현하려는 투쟁이 아니다. 평등이라는 공동의 연대 이상을 설정하면서도 민주적 정체성과 차이가 소멸되지 않는 다양한 주체를 주장하는 것이다. 이런 무페의 급진적 민주시민 정치 주체 개념은 억압에 대항하는 다양하고 상이한 투쟁을 접합하는 다원적 민주주의의 가능성을 타진한다는 점에서 이질적 구성물의 일시적 집합을 제안하는 버틀러의 젠더 주체와 유사성이 있다.25)

헤러웨이의 사이보그 주체는 여성도 남성도, 동물도 인간도, 기계도 생체도 아닌, 모든 것이 복합되어 있는 새로운 탈-젠더(post-gender) 존재이다.26) 사이보그는 인공두뇌 유기체로서 기계(cybernetics)와 유기

---

24) 정치 공동체에는 공공선이라는 상관적 개념이 필요하다. 하지만 무페에게 공공선은 '소실점'이나 '의미 지평', 또는 우리가 지속적으로 지칭하지만 결코 도달할 수 없는 어떤 것으로 간주된다. Chantal Mouffe, "Democratic Politics and the Question of Identity", *The Identity in Question*, ed. John Rajchman (New York: Routledge, 1995), 36.

25) C. Mouffe, "Feminism, Citizenship and Radical Democratic Politics, *Feminists Theorizing The Political* (New York: Routlege, 1992), 381-2.

26) Donna Haraway, "A Manifesto for Cyborgs: Science, Technology, and Socialist Feminism in the 1980s", *Feminism/Postmodernism*, ed. Linda J. Nicholson (New York: Routledge, 1990), 192.

체(organism)의 조합이자, 사회적 실재와 허구적 산물의 결합이다. 그것
은 젠더를 넘어선 분열된 정체성이다. 사이보그 주체는 해체(disse-
mbly)와 재조립(reassembly)의 주체이며, 집단적인 동시에 개인적인 포
스트모던의 자아로 설계된 주체이다. 이 다중적 네트워크의 주체는 더
이상 남성적 관점에서 찬미되는 여신상에 안주하기를 거부하는 새로운
주체를 의미한다. 이 주체도 대립물 간의 차이를 구분할 수 없을 만큼
양자가 혼종되어 구현된다는 점에서 섹스/젠더, 남성성/여성성이 모두
문화적 구성물이라고 주장하는 버틀러의 주체와 유사성이 있다.

　버틀러는 전략적 구성주의의 관점에서 당면한 정치적 이슈에 따라
가변적이고 임시적으로 구성되는 주체의 입지를 택한다. 이제 주체의
완전성이나 자족성보다는 행위작인의 가변성과 변이가능성에 정치적
역점이 놓인다. 행위작인은 우연적 반복을 통한 변화와 변이의 가능
성이다. 주체는 자신을 발생시키는 규약에 의해 결정될 수 없다. 주체
의 의미화는 근본적인 행위가 아니라, 실체로 드러내는 효과를 통해
서 자신을 감추면서 동시에 그 규약을 강화하는 규제된 반복과정이기
때문이다. 모든 의미화는 반복 충동의 궤도 안에서 발생한다. 따라서
행위작인도 그러한 반복의 변주 가능성 속에 위치하고 있다.27) 새로
운 젠더의 발생가능성도 정체성의 전복이 가능해지는 '반복적인 의미

---

27) "The subject is not determined by the rules through which it is
generated because signification is not a founding act, but rather a
regulated process of repetition that both conceals itself and enforces its
rules precisely through the production of substantializing effects. In a
sense, all signification takes place within the orbit of the compulsion to
repeat; 'agency', then, is to be located within the possibility of a
variation on that repetition." Judith Butler, *Gender Trouble: Feminism
and the Subversion of Identity* (New York: Routledge, 1990), 145.

화'의 실천 속에서 가능한 것이다.

버틀러는 수행성을 젠더 주체와 결합시켜 비본질적 주체 논의가 갖는 정치성을 역설한다. 수행적 젠더 주체는 비본질적인 것이지만 일시적이고 전략적으로 정치적 시급성이 있을 때는 집결지를 구성하고, 또다시 해체되어 언제나 새로운 의미화가 가능한 행위작인 논의를 촉발시킨다. 버틀러의 패러디, 수행성, 역설적 복종, 우울증적 젠더 개념은 본질적 젠더 핵심을 부정하고 규범이나 담론이 부과한 구성적 행위작인에 바탕을 두고 있지만, 일시적으로 소환할 수 있는 허구적 범주나 필요한 오류로서 여성 정체성을 구성한다. 그것은 완전한 주체가 갖는 폭력성도 피하면서, 페미니즘에 필요한 정치 주체도 놓치지 않는 이중적 저항 전략을 펼친다.

성찰적 연대전략, 해체 전략, 위치의 정치 전략이라는 포스트모더니즘적 여성 주체 논의는 주체의 안정성에 대한 회의 정도는 다르지만 공통적으로 다원성과 다양성 속에 재-문맥화되는 주체를 상정한다. 이들은 근본적으로 주체가 비결정성과 불확실성의 산물이라는 데는 동의하지만 그것이 페미니즘의 정치적 실천력을 가지기 위해서 어느 정도의 상대적인 주체 일관성을 보유해야 하는가에 따른 입장 차이를 보인다. 여기에는 주체의 문제, 그리고 행위작인의 문제, 마지막으로 행위작인이 얼마나 저항성을 담보할 수 있는가의 문제가 제기된다.

우선, 이성적 인식 주체의 통합성을 거부하고 다양성과 다양성을 내세우는 포스트모더니즘의 주체 위치는 언제나 열린 주체를 향하면서도 역사와 경험을 수용한다는 면에서 양가적이다. 따라서 이 주체는 통합성의 거부와 역사성의 수용이라는 양자 간의 긴장과 역학 관계를 유지해야 한다. 주체는 역사적 권력에서 나온 담론의 산물이면서 모든 초월적 통합 주체를 부정한다. 여성의 정체성도 다양성과 다양성으로 열려 있지만 역사적이고 경험적인 여성의 범주들을 완전히 폐기될 수는 없다. 따라서 포스트모더니즘적 여성 주체는 의사-본질주의(pseudo-essentialism) 관점에 빠지지 않도록 항상 경계를 늦추지 않아야 한다.

두 번째로 행위작인 개념을 새로운 주체성으로 제시하게 되면 담론 이전의 선험적 주체는 인정되지 않는다. 행위작인이란 특정한 역사적 기간에 열려 있는 담론적 공간 안에 있는 가변적 주체를 의미하므로, 주체가 담론적으로 '구성된다'는 것은 행위작인이 발화되고 문화적으로 인식될 수 있는 조건이 된다. 따라서 행위작인은 주체에게 제시된 담론의 산물이며 언어나 사회 문화적 구성성 안에서만 사고될 수 있는 것이다. 이 때문에 모든 것은 문화가 결정한다는 '문화 결정주의(cultural determinism)'의 위험 또한 경계해야 한다.

마지막으로 제기되는 문제는 이런 행위작인이 과연 저항성이 있는가 하는 문제이다. 말실수나 농담이 의식적 발화의도를 불안하게 하고, 비지배적 담론이 지배적 담론을 불안정하게 만들면서 전복할 수 있는 것처럼 지배규범에 대한 반복 복종 속의 실수는 새로운 의미를 가능하게 만들 수 있다. 담론은 언제나 자신을 전복하기 위해서 재배치될 수 있고, 담론이 다양하면 저항도 다양하다. 그러나 그 저항은 유동적이거나 임시적이다. 고정된 불변의 목적을 향한 저항은 또 다른 억압을 생산하기 때문에 그 저항조차 하나의 의미로 굳어지는 것을 경계하는 까닭이다. 따라서 행위작인은 저항성을 가지되 그 저항은 유동적이거나 일시적인 거점에 불과하다. 작인의 저항성은 개인차원에서 미시적이고 산발적으로 생산되기 때문에 정치적 효율성이 약하며, 극단적으로 말하면 무정부주의의 정치학이 될 위험까지 있다.

　포스트모더니즘에서의 여성 정체성의 논의는 주체의 안정성과 불안정성, 페미니즘 정치성의 적극성과 소극성이라는 양 갈래의 난국에 빠져 있다. 안정된 주체는 적극적 정치력을 행사하지만 또 다른 억압의 도그마에 빠질 위험이 있고, 불안정한 주체는 스스로 교조적이 될 가능성은 견제하더라도 최소한 소극적 정치성에 머물게 된다. 이제 페미니즘은 인본주의적이면서, 반-인본주의적이라는 역설에 처해 있다. 한편으로는 인간의 보편적이고 총체적인 정체성과 평등, 자율 등의 자유주의적 가치를 추구하지만, 다른 한편으로는 보편적 여성이 여성 내부의 차이들을 억압하고 희생시키는 데 반대한다는 점에서, 보편 주체라는 인본주의적 가치를 비판한다는 이중적이고도 모순적 입지에 있는 것이다. 즉 페미니즘은 보편적인 평등, 집단적 정체성, 그리고 개개인의 권리와 자유라는 근대적 이상에 기반하고 있기 때문에 인류의 보편적 집단 정체성을 주장해야 하는 반면, 하나로 통합될 수 없는 여성 내의 서로 다른 인종, 계급, 성 경향 등의 차이도 인정해야 한다. 결국 보편성인가 개별성인가의 문제, 동일성인가 차이인가의 문제는 현대 페미니즘이 처한 딜레마이다.

　정치학에서 정체성의 논의가 벌어지는 논쟁의 장은 해결방안 없이 빠져드는 미끄러운 진창과 같다. 모든 정의는 구성된 범주 내의 차이를 없애고, 모든 개별 주체는 타자의 속성을 지운다. 동일성과 차이 간의 비대립적이고, 비지배적인 관계를 이론화하려는 페미니즘은 구체적인 정치 목표를 달성하는 실천적 정치행위의 관점에서의 정치학이어야 하지만, 그것은 억압적 정체성을 견제하는 '비정체성의 정치학'이어야 한다. 이 점이 페미니즘이라는 정치적 실천운동이 임시적이고 가변적으로 구성되는 개별 주체의 정체성이라는 문제와 서로 충돌하게 되면서 파장을 일으키는 지점이다.

상대적으로 비억압적이고 비희생적인 정치적 정체성의 수정과 재구성은 가능한 것인가? 버틀러는 여성적 본질주의나 여성성에 대한 규범적 이상을 비판하고, 권력 제도를 통해 젠더 정체성을 구성한다. 버틀러에게 모든 정체성은 희생이나 배제의 논리 위에 서 있기 때문에 '여성 범주' 개념에 반대한다. 버틀러의 정체성은 전략적 일시성(strategic provisionality)나 작전상 구성주의(operational constitutivism)의 관점에서 정치적 시급성이나 당면 과제가 있을 때 필요한 오류(necessary error), 혹은 범주 착오(categorical mistake)로 형성된다. 그리고 이 주체는 일시적인 정치 공동체를 만들기는 하지만 또 다른 지배 권력이 되지 않기 위해 다른 정체성의 형성 가능성을 암시하면서 해체된다. 주체 내부의 다양한 차이들을 배제하지 않으면서 일시적 단결이 필요한 정치 현안 앞에서 전략이나 오류로서 정체성을 구성할 수 있다면 정치적이면서도 차이의 다양성을 수용하는 주체 논의가 가능해진다.

페미니즘에서 주체의 논의는 매우 중요한 문제이기 때문에 버틀러의 급진적 위치의 정치 전략적 주체 논의를 살피기에 앞서 페미니즘에서 정체성의 논의는 어떤 발달단계를 거쳐 왔는지를 역사적으로 고찰할 필요가 있다. 페미니즘에서 여성 정체성 논의의 전개 양상을 고찰하고 버틀러의 젠더 정체성 이론이 가지는 입지의 의의를 살피려는 것이 이 장에서의 작업이다. 페미니즘에서 여성 주체의 논의는 시몬느 드 보봐르(Simone de Beauvoir), 낸시 초도로우(Nancy Chodorow)와 제시카 벤자민(Jessica Benjamin), 뤼스 이리가레(Luce Irigaray), 재클린 로즈(Jacqueline Rose), 줄리아 크리스테바(Julia Kristeva), 테레사 드 로리

티스(Teresa De Lauretis), 린다 알코프(Linda Alcoff), 수잔 헥만의
순서로 검토해보고자 한다.

1) 시몬느 드 보봐르

드 보봐르의 주체는 고정되고 일관된 내부의 본질적 특성을 가진
독립적이고 자율적인 개체(autonomous individual)를 의미한다. 보봐
르에게 개인적 정체성이나 집단적 정체성은 모두 타자의 부정을 근간
으로 해서 설정되는 것이고 이것은 서구 형이상학의 오랜 전통 속에
서 남성 주체(male subject) 대 여성 대상(female object)의 양상으로
나타난다. 보편 주체로서의 인간은 남성을 의미하고 여성은 그 자체
로 규정되는 것이 아니라 남성과의 관계 속에서 사고된다.[28] 긍정성,
본질, 규범, 대자적 속성은 남성적인 것으로 간주되고, 부정성, 비본질,
비규범, 즉자적 속성은 여성적인 것으로 분류된다. 즉 역사 속에서 남
성은 주체이고 여성은 타자였다는 것이다.[29] 따라서 보봐르는 주체의
본질이나 요건을 전제해두고, 현재 그것을 획득하지 못한 여성이 즉

---

[28] "Humanity is male and man defines woman not in herself but as relative
to him; she is not regarded as an autonomous being." Simone de
Beauvoir, *The Second Sex*, trans. H. M. Parshley (Harmondsworth:
Penguin, 1972), 16.

[29] 보봐르에 따르면 여성은 독자적인 인간 존재로 상정되지 못하고 남성과
의 관계 속에서 규정되고 구분되어 왔다. 여성은 절대적이고 본질적인
존재인 남성에 대립되는 우연한 존재, 비본질적 존재로 여겨져 온 것이
다. 남성은 주체인 반면, 여성은 타자라는 것은 보편 인간 주체로 상정
되어 온 것이 남성이고 여성 그 주체가 존재하는 데 필요한 기능을 해
왔을 뿐 주체로서의 입지를 확보하지는 못했다는 의미가 된다. *Ibid.*, 17.

자적 존재에서 벗어나 창조적이고 초월적인 대자적 존재로 나아갈 때 여성해방이 이루어진다고 생각했다.

드 보봐르의 주체 모델이 페미니즘에 기여한 부분은 남녀 관계의 구조를 실존주의적인 주체-대상의 관계 모델로 보았다는 점이다.[30] 그는 코제브(Alexandre Kojéve)가 해석한 헤겔의 『정신현상학 (Phenomenology of Spirit)』에서 주인-노예 사이에 벌어지는 '인정을 위한 투쟁(struggle for recognition)'에 관한 논의를 중심으로 남성 '주체'와 대비되는 여성 '타자'를 논의한다. 자아와 타자라는 긍정태와 부정태의 변증법적 양상으로 정체성의 형성과정을 설명하고 그것을 남성과 여성의 문제에 적용해서 역사적으로 주체는 남성, 주체의 형성작용에 필요한 타자는 여성이었다고 주장하는 것이다.

알렉상드르 코제브에게 헤겔 철학은 '역사의 원동력은 부정성'으로 집약된다. 헤겔은 '부정성' 개념을 중심으로 인간의 역사를 갈등과 투쟁의 역사로 이해한다. 그리고 그 안에서 인간의 자유는 '현재상태의 부정(negation of what is)'을 통해 반복적으로 수행된다. 행동은 주어진 것을 거부할 때에만 자유로울 수 있다. 즉 자유는 부정성이고 그것이 행동이며 역사가 된다.[31] 코제브에게 헤겔의 주인-노예 변증법

---

30) 조세핀 도노반은 보봐르가 페미니즘 이론에 기여한 부분이 실존주의 철학의 시각으로 여성의 문화 정치적 지위를 조망하는 데 있다고 본다. Josephine Donovan, "Feminism and Existentialism", Feminist Theory (Continuum: New York, 1997), 123. 남성과 여성을 주체와 타자로 설명하는 보봐르의 실존주의적 관점은 헤겔, 하이데거, 사르트르의 관찰 자아 (observing self)/피관찰 자아(observed self), 본래적 자아(authentic self)/ 비본래적 자아(they self). 대자(for itself)/즉자(in itself) 개념을 계승하고 발전시켜 여성이라는 젠더 주체의 형성과 사회적 지위를 설명하는 데 활용된다.

31) "Freedom=Negativity=Action=History", Alexandre Kojéve, Introduction

은 '생산적 부정이라는 역설적 개념', '부정이라는 생산적 권력' 개념을
발생시킨다. 그리고 이 '생산적 부정성'의 개념은 의식을 결정하는 요
소가 된다. 보봐르는 헤겔의 생산적 부정성에 입각한 의식 개념을 기
반으로 주체의 정체성 형성을 설명한다.

'순수 부정성'으로서의 자아는 근본적으로 긍정태와 부정태를 상정
하므로 이원적 존재론(dualist ontology)에 입각해 있다. 이원적 존재
론은 서로 다른 두 개의 대립 항을 설정해두고 둘 간의 변증법적 상
호작용을 통해 주체가 발생한다고 보는 점에서 이중적이다. 이 존재
론은 (긍정태인) 본질적 존재와 (부정태인) 역사적 존재를 구분한다.
헤겔의 『정신현상학』에 따르면 자연은 동일성만으로 지배되지만, 역
사는 부정성을 내포하기 때문에 변증법적이다. 동일성만으로는 변증
법이 이루어질 수 없기 때문에, 부정성은 변증법을 구성하는 핵심적
구성요소가 된다. 전체성이 변증적인 것은 부정성을 내포하고 있기
때문이라는 헤겔 논의에 덧붙여, 코제브는 헤겔의 변증법은 현대적
의미에서의 '실존적' 변증법이라고 주장한다.32)

드 보봐르는 코제브의 이원적 존재론을 주체와 객체, 남성과 여성
의 관계에 적용시킨다. 이제 주체는 '자기구현의 자유를 가진 부정성'
으로 정의되고, 대상은 '이미 결정된 단순 긍정성'으로 정의된다. 이
주체는 자신의 객체성(objectivity)을 부정함으로써 주체로 구성되지
만 그 시도는 성공할 수 없다. 자신의 객체성을 성공적으로 부인하
는 것은 죽음이 될 것이기 때문이다. 따라서 주체는 '단순 존재(mere

---

to the Reading of Hegel: Lectures on the Phenomenology of Spirit, trans.
James H. Nichols Jr., ed. Allan Bloom (New York: Basic Books, 1969),
209.

32) Ibid., 219.

being)'가 되지 않으려는 끝도 없고 성공할 수도 없는 투쟁을 계속할 운명에 처해 있다. 객체성을 부정하려는 주체의 끊임없는 투쟁은 존재의 조건이 된다.

주노(主奴)의 변증법에서 말하는 주인과 노예간의 투쟁은 타자의 인정을 향한 자아의 '목숨을 건 투쟁(struggle to the death)'이다. 인간의 자의식은 외적이고 초역사적인 인간 실존의 조건이 아니라, 실패할 수밖에 없기 때문에 언제나 변화하는 단계를 의미한다. 변증법적인 주노 투쟁은 상호 관련된 자아와 타자, 주체와 대상의 인정 투쟁을 말하며, 이투쟁 과정에서 주체가 어떠한 대상에도 집착하지 않을 때 그 주체는 자기의식(self-consciousness)에 도달한다. 자기의식은 인간 경험의 한 단계로서 인간은 그 경험을 통해 '순수한 삶의 집착'도 '순수한 자기의식'만큼이나 자기의식에 본질적임을 알게 된다. '순수한 자기의식' 대 '순수한 삶의 집착'이라는 두 대립 항은 '주인의 의식'과 '노예의 의식'을 의미한다. 이때 노예는 주인의 주체성을 인식함으로써 자신의 주체성을 인식하게 되기 때문에, 노예의 의식 속에서 주인과 노예 간의 구분이 반복된다. 노예의 의식 속에서 의식은 '금욕주의(stoicism)', '회의주의(skepticism)'를 거쳐 '불행한 의식(unhappy consciousness)'에 이른다. '금욕주의'가 경험을 배제한 채 고유한 자족적 사유에서 오는 자유라면, '회의주의'는 금욕주의가 관념에 불과하다는 인식이자 사유의 자유가 무엇인가에 대한 경험적 측면이고, '불행한 의식'은 자아를 본질적으로 이원화된 순전히 모순적인 존재로서 의식하면서(……the Unhappy Consciousness is the consciousness of self as a dual-natured, merely contradictory being), 자아 안에 타자가 있다는 것은 인정하는 단계이다. 이 단계는 내적 분열의 경험이자 인간 유한성의 표현이라 할 수 있다.[33) 새로운 이

의식에서 주체는 자아를 한편으로는 '비본질적인 것'으로서, 다른 한편
으로는 '본질적인 것'으로서 경험한다. 그래서 자신의 자아가 자아정체
성의 이상과 그것이 구현된 현실의 상태 사이에서 유리되어 갈등하고
있음을 알게 된다.

드 보봐르가 주목한 것은 이원적인 모순의 상태에 있는 '불행한 의
식'이다. 자아는 모순적 상태 속에서 내재성이나 단순한 비본질적 존
재를 넘어서기 위해 지속적으로 투쟁하고 있다. 원래 본질적 보편자
와 비본질적 특수자는 양립할 수 없는 것이지만, 우리는 부정성으로
서의 '자아정체성'과 긍정성으로서의 '단순 존재' 사이에 일어나는 끊
임없는 대립 속에 존재한다. 헤겔의 자아에서 자신의 존재 조건을 초
월하려는 투쟁이 인간의 영원한 조건인 것처럼 보봐르에게 자아는 언
제나 불가능한 정체성을 얻고자 투쟁한다. 그리고 그 정체성은 지속
적인 부정성, 지배될 수 없는 타자성을 지배하려 하는 주인의 지속적
인 투쟁을 통해 정의된다. 보봐르는 헤겔의 주체-대상모델을 여성
존재에 적용해서 여성이 더 이상 단순존재에 머물지 말고 주체로 나
아가야 한다고 주장한다. 여성도 대상이나 타자의 부정을 통해서 자
아정체성을 획득해야 한다는 것이다. 보봐르에게 주체는 불가능한 정
체성을 획득하기 위해 끊임없는 투쟁을 전개하고 있으며 그 정체성은
지속적인 부정성, 즉 결코 지배할 수 없는 타자성을 지배하려는 투쟁
을 통해 정의된다.

그러나 이때 여성이 획득해야 할 자아정체성으로 제시된 것은 남성
형이상학이 추구해 왔고 보편 정체성으로 일반화해온 이상적인 남성

---

33) G. W. F. Hegel, *Phenomenology of Spirit*, trans. A. V. Miller (Oxford:
Oxford UP, 1977), 121-6.

정체성이다. 여성의 복종을 기반으로 해서 유지되는 남성 자아정체성
은 타자의 부정 위에서 구축된 지배와 복종 논리의 산물인데, 보봐르
는 그 정체성을 규범적 이상으로 설정해 놓고 여성이 그 지배적. 정체
성을 획득하는 방향으로 나아갈 것을 주장하게 된다. 그것은 주체가
주체이기 위해서는 끊임없이 극복하고 지배해야 할 대상이 있는 '지
배의 정체성'이고, 그것은 타자와의 대립이나 지배를 통해 독립적 자
아모델을 형성하는 남성적 자아정체성의 이상이다.

　보봐르는 남성적 자아정체성의 이상에 대한 대안적인 여성 정체성
을 발달시키기보다는 남성적인 지배적 자아정체성을 규범적 이상으로
설정해두고 상호주관적이거나 비동일적인 정체성은 거부하는 경향이
있다. 위어는 비동일성(non-identity)의 이름으로 동일성을 해체하는
것이나, 자기 확신과 타자의 인정이라는 역설적 긴장이 모두 남성적
규범적 이상이라고 보고 이에 반대한다. 현실과 이상을 조율할 상호
인식의 규범적 이상을 추구해야 한다는 것이다.[34] 그러기 위해서는
타자의 부정이 아닌, 상호 인식의 능력으로서의 자아정체성 개념이
필요하고, 비동일성과 차이의 억압과 부정이 아니라 비동일성과 차이
를 실현하고 표현할 능력으로서의 자아정체성 개념이 필요하다고 본
다. 위어에게 규범은 완전히 폐기되는 것이 아니라 상호주관적 관계
에서 오는 '상호인식의 규범적 이상'으로 수정되어 제시된다. 규범은
수정해서 수용해야 하는 것이 아니라 거부되어야 한다고 보는 버틀러

---

34) Allison Weir, *Sacrificial Logics: Feminist Theory and the Critique of
　　Identity* (New York: Routledge, 1996), 23-42. 위어는 주체가 타자의 부
　　정에 기반하고 있다는 이원적 존재론이 벤자민과 데리다라는 극단론을
　　생산했다고 본다. 즉 벤자민은 상호주관적 관계와 전체성이라는 인본주의
　　적 이상을 추구하는 대상 관계론을, 데리다는 모든 이상은 동일성 논리의
　　표명이라는 해체론을 대변한다.

의 입장과는 대립된다고 볼 수 있다. 버틀러에게 섹스는 전 - 담론적 사실성으로 볼 수 없으며, 섹스는 내내 젠더였다. 젠더는 그 총체성, 통일성, 일관성이 영원히 연기되고 불완전하게 남아 있는 일종의 복합성이기 때문이다.

드 보봐르에 대한 버틀러의 입장은 양가적이다. 버틀러는 '여성은 태어나는 것이 아니라 만들어진다'고 주장한 보봐르가 태어나는/만들어진 여성 주체, 몸/정신을 이분화하고 있다고 비판된다. 거기에는 한 젠더나 다른 젠더를 걸치거나 전유할 수 있는 코기토가 이미 전제되어 있다고 보기 때문이다. 보봐르의 주장대로 '몸이 하나의 상황'이라면 문화적 의미가 각인되지 않은 몸, 즉 '언제나 이미' 문화적 의미로 해석되는 몸에 기대지 않는 것은 없다는 것이 버틀러의 입장이다. 반면, 버틀러가 보봐르와 공통분모를 형성하는 부분은 여성의 몸이 그 자체로 의미를 가지는 것이 아니라 역사적 의미를 형성하면서 수행적으로 구성된다는 점과 주체 형성에 있어서의 부정성의 필요성은 젠더 주체를 형성하는 데 있어서 부정하기 위해 반드시 필요한 '구성적 외부'가 있다는 점들이 될 수 있다.

보봐르에게 여성의 몸에 대한 해석은 버틀러의 몸에 각인되는 수행적 젠더 정체성과 연결된다. 보봐르에게 여성의 근본적인 소외는 여성의 몸과 성별 분업에서 비롯된다. 타자로 소외된 여성 정체성은 재생산 능력을 가진 성별적 몸과, 선사 시대 이래로 여성이 담당해 온 출산과 양육이라는 성별 노동 분업에 기인한다. 따라서 여성이 열등하고 억압적인 상황에 놓인 것은 여성의 해부학적 운명이 아니라 여성이 몸을 통해 세계와 관계 맺는 방식이 된다. 몸은 세계 속의 의미화 작업을 거쳐야 존재론을 부여받는 것이므로 몸이 의미 없는 물질에 불과한 것이 아니라, 무의미한 자연 대상으로 보이지만 사실 오랫동안 자연스러운 것으로 반복 의미화된 담론의 결과물이다. 보봐르가 주체의 정체성을 형성하는 데 있어서 '역사 속의 몸'은 문화적으로 구성되는 정신과 대비되는 당연한 자연이나 물적 사실이 아니라 그 자체가 하나의 역사적 구성물이라는 점에서 버틀러의 수행적 정체성과 인식적 공통분모를 형성한다.

그리고 역사의 원동력은 '부정성'이라는 코제브가 해석한 헤겔적 사유는 보봐르에 와서 부정성으로서의 '불행한 의식'을 부각시키게 되고 이는 버틀러의 '구성적 외부'로 연결된다. 버틀러의 주체 형성과정에서 일관된 자기동일성을 위해 배제되거나 거부되어야 하지만 그 배제나 거부를 위해 반드시 필요한 '부정성'이 주체의 '구성적 외부'가 된다. 자기동일적 존재를 구성하기 위해 이질적이고 외부적인 것은 거부되고 배제되지만 그 거부와 배제를 위해 필요한 부분이 바로 버틀러 존재론의 '구성적 외부'인 것이다. 부정태로서 자아정체성을 구성하고 있는 이질적 외부, 거부나 배제의 방식으로 존재의 자아를 형성하는 자아의 타자성은 버틀러의 우울증적 젠더 정체성 논의를 끌어내는 초석이 된다.

2) 초도로우와 벤자민

대상관계(object-relations)에 입각한 페미니즘은 기본적으로 자아가 발달하기 위한 타자와의 관계성을 중시하기 때문에 주체의 자율성에 대해 비판적이다. 대상관계론은 주체가 세계와 맺는 관계의 양상을 다루는 정신분석학의 일종으로 이 관계는 특별한 인성의 구조뿐 아니라, 환상을 수반하는 대상에 대한 이해, 또한 몇몇 특정한 방어기제 유형이 모두 복합된 결과로 나타난다.[35] 초도로우와 벤자민은 대상관계론의 관점에서 여성 주체를 조망한다는 공통성이 있지만 대상을 극복해야 할 장애물로 보느냐 상호주관적 관계 속의 통합체로 보느냐에 따라 상이한 관점 차를 보인다.

초도로우는 남성 젠더와 여성 젠더, 혹은 남성의 지배와 여성의 복종은 어머니의 양육이라는 사회적 제도에 의해서 생산된다고 본다. 여아와 남아의 정체성 발달 과정이 다르게 나타나는 것은 어머니 혼자서 양육을 전담하기 때문이다. 어머니의 양육 전담으로 인해서 유아는 남녀모두 일차적으로 어머니와의 관계 속에서 자아를 발달시킨다. 그러나 성장해가면서 남아와 여아는 성차를 보이게 되는데 남자아이는 어머니와 동일시를 부정하면서 분리를 이루고, 아버지와 이차적인 동일시를 통해서 자아정체성을 발달시킨다. 반면, 여자아이는 어머니와의 동일시를 계속 유지함으로써 자아정체성을 발달시킨다. 따라서 남아는 분리되고 독립적인 자아정체성을 발달시키는 반면, 여아는 상대적으로 자아와 타자의 관계가 불분명하고 자율성과 독립성도 약화된다. 그래서 남아는 개별성을 지향하는 독립적 자율주체로 성장하는 반면, 여아는 관계성을 지향하는 비독립적인 타율주체로 발전한다.

남녀의 동일시 방식도 다르다. 남아가 어머니와 자신이 다르다는

---

35) J. Laplanche and J. B. Pontalis, *The Language of Psychoanalysis* (New York: Norton, 1973), 277. 주체와 대상의 분리와 연결의 관계라는 대립 구도에서 젠더 관계와 남성 지배를 이해하는 정신분석학적 자아 발달론은 캐롤 길리건(Carol Gilligan), 이블린 폭스 켈러(Evelyn Fox Keller), 수잔 보르도(Susan Bordo), 제인 플렉스(Jane Flex), 낸시 하트삭(Nancy Hartsock), 산드라 하딩(Sandra Harding) 등에게 영향을 주게 된다.

것을 알기 때문에 위치적 동일시(positional identification)를 하지만,
여아는 어머니와 더 밀접한 대인적 동일시(personal identification)를
한다. 남아는 어머니와의 감정적 유대를 거부하면서 남성의 역할과
위치만을 동일시하는 반면, 여아는 어머니의 행동, 가치, 자질, 태도
등을 동일시하면서 어머니의 정서적 과정과 역할을 습득하는 것이다.
남아는 어머니와의 분리에서, 여아는 어머니와의 관계에서 자기동일
성을 획득하기 때문에 소년에게는 분리적 자아, 소녀에게는 관계적
자아가 발생된다. 그리고 이에 따라서 여아는 '여성 – 동일성 – 연결성'
을, 남아는 '남성 – 개별성 – 대립성'을 경험하게 된다.[36]

　초도로우에 따르면 남녀의 성적 역할의 차이와 분리는 남성 지배,
여성 복종이라는 위계질서로 이어진다. 유아가 자아정체성을 획득하
기 위해 유아와 어머니 사이의 원초적 사랑은 극복해야 할 부정적 대
상으로 제시된다. 어머니와의 일차적 사랑의 좌절은 개별 자아의 분
리와 분화를 위한 조건이자 주체를 가능하게 만드는 조건이 된다. 그
래서 어머니는 유아가 자아정체성을 획득하기 위해서 극복해야 할 부
정적 위상을 갖게 된다. 유아가 자아정체성을 획득하기 위해 결국 동
일시하는 것은 아버지이고, 어머니는 최초의 유아 보호자로서 의존성,

---

36) "Because they are the same gender as their daughters and have been
　　girls, mothers of daughters tend not to experience these infant daughters
　　as separate······ Primary identification and symbiosis with daughters tend
　　to be stronger······ with cathexis of the daughter as sexual other usually
　　remaining a weaker, less significant theme······ Because they are of
　　different gender than their sons, by contrast, mothers experience their
　　sons as a male opposite. Their cathexis of sons is more likely to consist
　　from early on in an object cathexis of a sexual other······." Nancy
　　Chodorow, *Reproduction of Mothering* (Berkeley: University of
　　California Press, 1989), 109-10.

퇴행, 수동성, 현실 적응력의 결핍, 무능력을 상징하게 되므로 남녀의
중립적이던 차이는 이제 위계적인 차별로 이어진다. 남녀는 어머니와
분리된 개별 개체/어머니와 연결된 관계적 개체라는 대립구도를 발생
시키고, 이 개별성/관계성은 지배/피지배의 위계구도로 나아가는 것이
다. 이에 따라 '부모 공동 양육'이 여성해방을 위한 방안으로 제시된
다. 부모가 함께 양육을 책임지면 아이는 어머니를 극복해야 할 부정
적 대상으로 삼지 않으므로 동일시할 대상 아버지/극복해야 할 대상
어머니라는 위계적 이분구도가 사라진다.

　남녀 젠더 정체성의 안정성과, 이성애 성 경향의 정상성을 가정하고
있는 초도로우의 논의는 위계적 이분법을 재생산할 수 있다. 그의 이론
이 가지는 문제는 다음과 같이 정리될 수 있다. 첫째 초도로우는 사회
적으로 고정된 여성의 젠더 정체성을 이미 결정된 것으로 받아들이고
있다. 두 번째 어머니의 이성애적 경향이 미리 전제되어 있어서 그것이
유아에게 그대로 학습되는 것으로 인식된다. 마지막으로 동일성을 미분
화나 주체의 분리 이전으로, 차이는 분리와 대립으로 자연스레 연결시
킴으로써 그 과정에 필요한 정당한 이론적 절차가 생략되어 있다.

　우선 초도로우의 여성 젠더는 순수한 긍정성, 즉각적 동일시를 통
해 설정되는 것으로 제시되기 때문에 여기에는 차이가 포함되지 않고
부정성도 나타나지 않는다. 이것은 여성성은 관계성에서, 남성성은 관
계 절연에서 비롯된다는 이분법적 논의를 수용해 젠더를 고정된 자질
로 간주한다는 한계를 안고 있다. 재클린 로즈가 지적하듯 안정된 젠
더 정체성이란 존재하지 않으며 이러한 전제는 무의식이 정체성의 실
패를 지속적으로 드러낸다는 정신분석학 이론의 핵심을 놓치고 있
다.[37) 두 번째로 어머니의 이성애적 성향이 당연한 것으로 전제되어

서 어머니와 딸 간의 동성애적 관점은 애초부터 배제되어 있다. 이성
애 정상성을 중심에 두고 어머니의 이성애를 무비판적으로 수용하면
서 모녀간의 동성애적 관계는 무시한 것이다.[38] 그리고 이러한 이성
애 정상성은 여과 없이 유아에게로 그대로 투영된다. 마지막으로 이
이론은 정당한 이론적 절차 없이 동일성을 미분리로, 차이는 분리와
대립으로 연결시켜 위계적 이분구도를 재생산한다. 유아가 어머니의
힘이나 권위를 부정하고, 어머니를 의존성이나 미분화와 연결시킴으
로써 독립적인 자아를 발전시킬 수 있다는 근본 가정은 가부장적 전
제에 해당한다. 결국 초도로우는 남녀의 고정된 젠더 역할을 상정해
서 차이를 차별로 연결시키는 기존의 이분법적 특성을 그대로 답습할
위험이 있다.

　제시카 벤자민(Jessica Benjamin)의 대상관계론은 개별적 자율성보
다는 상호주관성과 사랑의 유대관계를 중시한다는 점에서 초도로우와
차이를 보인다. 벤자민은 자아의 정체성이 관계적 성향을 중심으로
상호주관성의 관점에서 형성된다고 본다. 그러나 벤자민 역시 자율성
은 분리와 객관화와 지배를, 상호주관성은 관계 능력과 의사소통과
정서 공유를 의미한다는 점에서 이분법적 대립구도를 벗어나지 못하
고 있다. 게다가 사랑이라는 이상적 유대관계 위에서 구축된 자아정

---

37) "What distinguishes psychoanalysis from sociological accounts of gende
　　r……is that whereas for the latter, the internalisation of norms is
　　assumed roughly to work, the basic premise and indeed starting-point of
　　psychoanalysis is that it does not." Jacqueline Rose, "Feminity and Its
　　Discontents", *Sexuality in the Field of Vision* (London: Verso, 1986), 90.
38) 프로이트는 어머니는 남아나 여아 모두에게 첫 번째 리비도 충동의 대상
　　이기 때문에 모녀 관계가 보통 성애적인 것으로 나타난다고 지적한 바 있다.
　　Sigmund Freud, "Feminity", *The Pelican Freud Library*, vol.2, trans. and
　　ed. James Strachey (Harmonsworth: Penguin Books) 152-3.

체성은 본질적인 속성을 가진 이상적이고 완전한 주체 개념을 상정하고 있기 때문에 어떤 근원적 속성을 가진 통합적 주체, 인본주의적 자유 주체에 대한 가정을 전제하고 있다.

벤자민은 관계성이나 상호관련성이 주체를 형성하게 한다고 보는 입장이기 때문에 복종의 내면화가 자율적 주체를 발생시킨다는 아도르노(Adorno)의 논의에 반대한다.[39] 벤자민은 사회적인 규범이나 규정을 수용하는 내면화(internalization)를 지배에 순응하거나 권위에 복종하는 것이라고 파악했기 때문에, 기존 질서의 내면화를 거부하고 다른 주체와의 상호 주체적 관계를 통해서 주체성을 획득할 수 있다고 본다. 사회적 규범의 내면화는 어머니로부터의 분리나 타자에 대한 지배와 연관되는 것이므로 애정이라는 정서적 유대를 통한 상호주관적 정체성의 획득과 대립된다고 파악한 것이다. 이런 벤자민은 내면화/상호주관성을 이분화하고 있지만 권력의 내면화와 사회규범의 내면화를 구분하지 못하고 모든 내면화를 권력의 지배에 복종하는 것으로 파악한다는 오류를 저지르고 있다.[40]

벤자민은 『사랑의 유대』에서 상호인정의 변증법이라는 관점으로 자아와 젠더의 발달관계를 조망한다. 그 중심 논지는 자기 확신과 상호

---

39) 아도르노는 자아를 억압의 산물이자, 동일성과 비동일성 간의 긴장으로 보았다. 그는 합리성과 자아정체성의 긍정적 국면을 인식하고 동일성과 비동일성간의 상호작용과 긴장의 유지를 강조했다. 또한 자아의 자율성이나 자아정체성은 어느 정도 권력에 의존하는 것이지만 단순히 권력을 수용하는 것이 아니라 권력으로부터의 독립을 의미하는 것이다. 즉 주체는 강력한 부권질서를 내면화한 후에는 그 권위에 대해 비판능력을 양성할 수 있다는 것이다. 아도르노가 권력의 내면화 이론을 고수한 이유는 내면화가 불의나 지배를 비판하기 위해 변증법적으로 필요하기 때문이다.

40) Alison Weir, *Sacrificial Logics: Feminist Theory and the Critique of Identity* (New York: Routledge, 1996), 71.

62

인정 사이에 있어야 할 긴장이 파괴되면 지배와 복종이 생긴다는 것이다.[41] 벤자민에게 자기주장은 분리, 지배, 개별화와 연결되고, 상호인정은 관계나 상호주관성과 결부된다. 자율적 주체의 발달은 억압의 과정, 타자의 부정 과정으로 묘사되는 반면, 인정이나 상호주관성은 긍정적인 주체 발달과정으로 제시된다. 그는 현대 세계에서 합리성의 증가가 공적 세계와 사적 세계 간의 긴장을 파괴하고 상호인정을 사적 세계에 국한시켰다고 본다. 그래서 상호인정이나 상호주관성의 부정이자 억압인 합리성은 거부하고, 특정 타자의 요구와 감정을 이해하는 관계성이나 상호인정은 수용한다.

　벤자민은 상호주관적 주체의 발달을 사랑이라는 긍정적 정서의 관점에서 이론화한다. 그러나 정서적 애정관계가 상호주관성에 필요하다고 해서 그것으로 충분한 것은 아니다. 벤자민이 지배이론에 불과하다고 거부하고 있는 아도르노의 내면화 모델은 사실상 자율적 자아의 사회적 구성을 잘 설명해 주는 부분이 있는데, 벤자민은 사회화로서의 내면화와 권위에 대한 복종의 내면화를 혼동하면서, 내면화를 모두 복종의 내면화로 설명하고 있다. 개인의 정체성에는 정서적 애정관계도 중요하지만 사회 규범의 내면화 없이는 주체성을 설명하기 어렵다. 주체 구성을 설명하기 위해서는 정서적 관점뿐 아니라 인식적 관점에서의 내면화를 통한 자아구성을 이해할 필요가 있다.

　앨리슨 위어는 벤자민이 자율성과 관계성을 대립쌍으로 보고 자율

---

41) "Briefly stated, domination and submission result from a breakdown of necessary tension between self-assertion and mutual recognition that allows self and other to meet as sovereign equals." Jessica Benjamin, *The Bonds of Love: Psychoanalysis, Feminism, and the Problem of Domination* (New York: Pant- heon Books, 1988), 12.

성보다는 관계성을 강조하지만, 관계성을 포함한 자율성은 보지 못한
다고 지적한다. 자율성/조화, 분리/관계, 자기주장/인정, 아버지/어머
니의 이분법적 대립구도도 그대로 반복되고 결국 자율적 주체는 남성,
관계적 주체는 여성으로 대표된다. 주/객을 남성 지배와 여성 복종으
로 상정하는 이 모델에서 어머니는 자율적 주체가 될 수 없다. 자아
의 이원적 주객 구조도 정상적이거나 자연스런 조건으로 간주되는 것
이 아니라 상호주관적 관계의 실패로 간주된다. 그러나 주체/타자의
양자관계가 내면화되면 상호주관성이 파괴된다고 내면화 이론을 거부
하는 것은 타당치 않다. 내면화는 자아 형성에 필수적인 것이고, 주체
로서 인간이 자신과 타자를 인식할 능력을 획득하게 만들어주기 때문
에 상호주관성은 내면화를 통해야 가능한 것이다. 또한 벤자민은 권
력이나 지배가 없는 사회를 이상사회로 상정하고 권력의 불균형이 없
는 부모 자식의 관계를 전제로 하고 있다. 그 이상 세계에서는 부모
의 권력이 사랑으로 대체되고, 사랑이야말로 타자를 인정하는 최고의
형식이 된다고 본다. 벤자민의 인식모델은 모성적 양육이라는 이상에
기초하고 있기 때문에 사적인 영역에서의 모성적 애정에 초점이 맞추
어져 있다. 그러나 상호주관성이 오직 애정적 관점에서만 정의된다면
자아와 타자를 중재하는 실제적인 기반은 상실된다.

　초도로우나 벤자민의 대상관계론은 아동양육에 대한 여성의 일차적
책임을 연결/분리라는 변증법적 관점에서 조망해 젠더 정체성을 형성
하는 근거로 삼는다는 점에서 공통적이다. 여아는 어머니와 일차적
동일시를 유지하지만, 남아는 어머니에서 아버지로 동일시의 대상을
바꾸어야 한다.[42] 여아는 어머니와 연속성 속에서 젠더 정체성을 형

---

42) Jessica Benjamin, *The Bonds of Love: Psychoanalysis, Feminism, and*

성하지만 남아는 가장 사랑하는 어머니와의 분리와 불연속성을 통해
서 자신의 젠더 정체성을 발전시킬 수 있는 것이다.[43] 이들에게는 남
성 지배의 바탕에 기본적으로 '어머니 부정'이 놓여 있다. 결국 초도
로우나 벤자민의 대상관계론은 적응, 연결, 인정이 어머니의 특성이고,
자율성, 분리, 자기주장은 아버지의 특성이라는 이분법적 사유에 기초
하고 있고, 그 모델에서는 아버지만이 개별적이고 자율적인 주체로
이해될 수 있다. 모성성이나 관계지향성은 이상적인 속성으로 제시될
뿐 개체가 자율성에 도달하고 자율적 주체로 인정받기 위해서는 남녀
모두 아버지와의 동일시를 거쳐야 한다는 전제가 들어 있는 것이다.

이러한 이분법의 유지나 본질론적 젠더 특성의 강조, 나아가서는
이상적이고 규범적인 대안의 제시는 버틀러가 말하는 사회적이고 문
화적으로 구성되는 가변적 재의미화의 가능성으로서의 젠더와는 상당
히 동떨어져 있다. 벤자민은 후기로 가면서 정신분석학의 대화적 가
능성이나 간주관성을 더욱 강조하는 입장을 취하지만 근본적으로 분
리와 갈등보다는 조화와 화합이라는 통합적 관점을 고수한다. 벤자민
은 상호인식이 갈등의 타협이나 투쟁의 근거로 이해될 때, 버틀러 식
으로 말해서 하나의 개념 안에 그것의 불가능성과 그것을 획득하려는
투쟁이 포함되어 있을 때 그것은 이상으로서 의미가 있다고 말하지만,
근본적으로 대립과 긴장을 지연시키고 배타적이거나 부정적인 순간을
조화롭게 재통합하려는 기본논지에는 변함이 없는 것이다.[44] 자율성

the Problem of Domination (New York: Pantheon Books, 1988), 91.

43) "The boy develops his gender and identity by means of establishing discontinuity and difference from the person to whom his is most attached. This process of dis-identification explains the repudiation of the mother that under- lies conventional masculine identity formation." *Ibid.,* 75-6.

을 분리, 객관화, 지배로 인식하고, 상호주관성을 공유감이나 관계망
으로 인식하게 되면 자아를 주장하면서 관계적 사회 속에 적응하려는
주체의 패러독스는 계속 공전하게 된다.

3) 뤼스 이리가레

통일된 주체를 상정한 초도로우나 벤자민과는 달리, 이리가레는 폭
력, 지배, 억압의 형태로서 존재하는 정체성을 비판하면서 통합적이고
완전한 주체 위상을 해체하고자 한다. 그리고 통합적이고 완전한 주
체 위상은 남성적인 관점에서 구성되어 온 남근적, 남성적 이상이라
고 보고 그것에 대한 하나의 대안으로서 여성적 상징계를 제시한다.
여성적 상징계는 남성적 질서와는 달리 언어의 환유성과 몸의 인접성
으로 구성되는 것으로서 여성적인 관점에서 제시된 남성과 다른 새로
운 대안적 질서를 의미한다. 데리다의 해체론적 사유를 계승하는 이
리가레는 근본적으로 통일된 정체성이나 주체의 본질론적 속성에 반
대하는 입장이지만, 남성적 상징계에 대한 대안적 개념을 세운다는
점에서 여성적 특성이라는 것이 본질적으로 존재한다는 입장을 어느
정도 수용할 수밖에 없기 때문에 '전략적 본질주의'의 입장을 취하는
것으로 나타난다.

이리가레는 치매환자 연구를 기초로 해서 남성적 상징계와는 다른
여성 상상계(female imaginary)나 여성적 상징계(feminine symbolic)

---

44) Jessica Benjamin, *Like Subjects, Love Object: Essays on Recognition
and Sexual Difference* (New Haven: Yale UP, 1995), 23.

를 세우려 한다. 여성 상상계는 남근적 혹은 남성적 상징계와 달리 여
성의 감각과 몸의 경험을 의미하는 것이다. 이것은 일원론적인 남근을
대체하는 두 입술(음순)이자, 라캉의 나르시시즘적 거울을 대체하는
오목경, 혹은 양면 거울에 비유된다. 여성 상상계는 주체인 어머니/대
상인 어머니, 내부세계/외부세계, 정신/몸에 접하고 있어서 '하나도 둘
도 아닌 것'이다. 그것은 오이디푸스기 이후에 발생하는 정신과 몸의
분리를 거부하면서 상징적 거세를 대체할 수 있는 대안적 개념이고,
상징적 법으로서 인정받기를 기다리고 있는 유토피아적 장소이다.[45)]

'여성 상상계'가 일종의 감각적, 몸의 경험이라면 그것이 의미화되
고 문화적으로 성숙된 상태가 될 때 '여성적 상징계'가 된다. 이리가
레는 여성적 상징계나 여성 신(神)이 도래하고 있으며 여성 젠더를
신성화하기 위해 그것들을 받아들이고 충만하게 만들어야 한다고 본
다. 여성 상징계나 여성들의 윤리적 관계는 여성의 몸과 함께 '천사'
가 발견되기를 바라고 있다.[46)]

이리가레는 자아의 분리가 폭력의 근원이 된다고 보거나 자아와 타
자의 구분이 흐려지면서 관계성이 형성된다고 본다는 초도로우나 벤
자민과 일면 공통되어 보이나, 실은 주체의 자족적 완전성을 근본적
으로 거부하고 단일한 정체성이 가져오는 개념적 폭력을 비판하기 때
문에 데리다의 논의를 계승한다. 그는 남성의 자아가 어머니와의 관

---

45) "Neither one nor two. I've never known how to count. Up to you. In
    their calculations, we make two. Really two? Doesn't that make you
    laugh? And odd sort of two. And yet not one. Especially not one."
    Luce Irigaray, *This Sex Which is Not One*, trans. Catherine Porter and
    Carolyn Burke (Ithaca: Cornell UP, 1985), 207.
46) Luce Irigaray, *Ethics of Sexual Difference*, trans. Carolyn Burke
    (Ithaca: Cornell UP, 1993), 17.

계를 부정하는 데서 온다고 보고, 남성적 정체성은 부정성, 비정체성, 차연의 억압으로 이어진다고 설명한다. 데리다에게 억압된 것은 차연(différance)과 관계성이지만, 이리가레에게 억압된 것은 여성 혹은 모성의 신체가 된다. 기존의 여성은 남성적 지식의 대상이자, 남성의 거울상으로 재현되는 왜곡된 대상이었다. 여성은 언제나 남성의 무의식, 부정성, 매개로 간주되었고, 유체(fluid)의 유동성은 억압당해 왔다. 남성의 영원한 '타자'인 여성은 대상, 비본질, 부정성을 의미했으며, 모든 주체에 관한 논의는 헤겔 이래로 남성적인 것으로 전유되어 왔다. 따라서 페미니스트의 임무는 남성 중심적 시각 중심주의의 논리를 깨고 대안적인 재현의 체계를 상정하는 것이며, 여성 스스로 말할 수 있고 재현할 수 있는 새로운 언어, 하나가 아닌 여성적 성욕을 이해할 수 있는 새로운 언어를 발견하는 것이다.

그렇다면 여성은 본질적 타자로서 존재하는가? 여성은 비정체성과 차이를 말하는 특이한 신체구조를 갖고 있다. 몸은 생물학과 상징성이 교차하는 장소로서 중요한 의미를 가진다. 몸은 그저 주어진 것이 아니라 물질적 구체성을 갖고 사회 역사적 변화를 겪어 왔다. 몸의 의미화 자체가 몸에 구체성과 특수성을 부여하고 그것의 자기동일성과 타자성을 상정하는 것이기 때문에 몸은 자체의 물질성만으로는 결코 자기현존을 할 수 없다. 따라서 이 타자성은 신체화의 가능성이고 그 과정이며, 몸의 유연성과 탄력성의 조건인 동시에 결과물이다. 타자는 자아가 투사한 내적 대립물이기도 하고, 자아를 유지하기 위해 배제하거나 억압하는 외적 타자를 의미하기도 한다.

이리가레는 라캉이 말하는 결여로서의 여성 존재론을 부정한다. 가면 뒤에 공백이나 무가 있는 것이 아니라 여성적 특이성이 있다고 보고 그 여성성을 탐색하는 작업에 주력하며, 그것이 성차의 윤리에 접목될 가능성을 타진한다. 라캉에게 여성의 본질은 부재나 공백이지만 마치 남근인 양 가면을 써서 남근인 척하는 것이라면, 이리가레에게는 여성의 외적 가면 뒤에는 여성적인 본질적 특성이 존재한다. 그 여성적 특성을 규명하고 긍정적으로 재평가함으로써 남근적 상징계에 복속되지 않는 여성적 상징계의 대안적 질서를 세우고 나아가 성차의 윤리를 구현하려는 것이 이리가레의 작업이다. 그 작업은 크게 세 단계로 나뉜다. 첫 번째 단계는 서구 형이상학적 남성 철학자들을 전복하는 일이고, 두 번째 단계는 여성의 주체적 공간을 만드는 것이다. 그리고 세 번째 단계에 오면 두 젠더 간에 진정한 만남을 위한 '성차의 윤리학'을 창조하는 것이다.

이리가레에 따르면 지금까지 서구 담론은 맹목적이고 환상적인 남성 나르시시즘의 토대로 작용해 왔고, 서구문화는 어머니 살해와 여성 기능의 소멸을 바탕에 두고 정립되어 왔다. 히스테리 여성의 헛소리도 그 여성이 비정상이어서가 아니라 여성을 공허, 음각, 부정성, 타자로 각인해 온 남성 담론체계에서 비롯된 것이다. 이에 대한 이리가레의 저항 전략은 '모방'이다. 이리가레는 남근 중심주의에 완전히 종속된 여성의 침묵에도 반대하고, 기존 담론체계 외부의 소통 불가능한 비합리적 언어에도 반대한다. '모방' 전략은 남성 중심 로고스 안으로 들어가 그것을 반복한 뒤 거기 안주하지 않고 뚫고 나오는 가로지르기의 방식이다. 완전한 자아를 허구적으로 반영하던 라캉의 거울은 오목하거나 비좁은 통로를 굴절된 상으로 반영하는 검경(speculum)이 되고, 단일한 근원이나 초월적 기표를 의미하는 라캉의 팰러스(phallus)는 단일한 남성적 리비도를 모방하고 전복하는 '하나가 아닌 성', '두 입술' 혹은 '두 음순'이 된다.

우선 이리가레의 여성 주체 논의는 남성철학자들의 부정적 여성상 구성에 대한 공격으로 시작된다. 『타자인 여성의 검경(Speculum of the Other Woman)』(1974)은 플라톤의 『국가론(The Republic)』에 나오는 동굴 우화를 남성이 억압한 주체와 어머니의 관계로 읽어낸다. 남성이 이상적 진리를 찾기 위해 억압하고 있는 것은 사실 남성 역시 여성의 몸에 그 근원을 두고 있다는 사실이다. 억압된 것은 어머니의 자궁이고 산도(vagina)이며 연결성이다. 생산적 연결수단으로서의 여성 성기의 기능은 억압되어 왔고, 그것은 남성적 가치질서 아래 억압되어 온 '여성적 특성(feminine specificity)'이다. 여성의 몸이 갖는 차이가 단순히 남성의 몸을 반사하는 거울상으로 축소되었던 것이다.[47]

「정신분석학 이론: 또 다른 모습」[48]은 정신분석학이 가지는 가부장적 전제들을 비판하고 있다. 남성적 리비도나 남근선망, 거세 콤플렉스 등의 프로이트적 개념들은 남근 중심적 입장에서 유아의 성 심리 발달론을 설명하면서 가부장제를 강화하는 작용을 해 왔다는 것이다. 「정신분석학적 빈곤: 너무나 현재적인 몇 가지 고찰」[49]은 라캉의 정신분석학이 분석자에게 주인의 지위를 부여하면서 여성 피분석가를 침묵시키고 있다고 비판한다. 남성적 환상 체계 속에서 여성은 남성 나르시시즘의 물질적 토대이자 남성 주체성의 조건으로 기능한다. 이

---

47) Allison Weir, *Sacrificial Logics* (New York: Routledge, 1996), 92.
48) Luce Irigaray, "Psychological Theory: Another Look", *This Sex Which is Not One*, trans. Catherine Porter and Carolyn Burke (Ithaca: Cornell UP, 1985)
49) Luce Irigaray, "The Poverty of Psychoanalysis", *Irigaray Reader*, trans. David Macey and Margaret Whitford (Oxford: Blackwell, 1991), 79-104.

때 대안적 양상으로서의 양성애가 등장한다. 타자를 동일시하여 내투
사하는 정체성의 이중적 양극성은 여성의 관점에서 표현될 수 없다.
여성은 사랑과 욕망을 랑그로 표현할 수 있는 기표를 가지지 않기 때
문이다. 남성적인 말하기는 타자인 여성을 배제하기 때문에 남성의
원환으로 들어가려는 여성에게는 죽음만이 기다리고 있을 뿐이다.

「어머니와의 몸의 조우」50)는 문화에 대한 정신분석학으로 서구 문
화 전체가 부친살해가 아닌 모친살해에 근원을 두고 있다는 주장이다.
남성 언어질서 안에 들지 않는 여성의 언어는 여성의 부재이고, 여성
의 광기이다. 광기는 욕망과 관련되고 그 욕망은 미지의 검은 대륙인
어머니와의 관계를 암시한다. 문화는 어머니를 제물로 바치고서 성립
된다. 이러한 어머니를 또다시 살해해서는 안 되며 어머니의 욕망이
아버지의 법에 의해 무화되어서도 안 된다. 여성은 모성이라는 예속
적 역할에 굴복할 필요도 없고, 어머니가 되기 위해 여성이기를 단념
할 필요도 없다. 이제 여성의 몸을 해석할 수 있는 문장이 재발견되
고 발명되어야 한다. 여성은 팰러스를 선망할 이유도, 어머니에 대한
사랑을 포기할 이유도 없다. 어머니에 대한 사랑을 포기하고 아버지
의 질서로 편입되는 것은 병리적인 이성애에 종속되는 행위이기 때문
이다. 인터뷰 「여성 - 어머니들: 사회질서에 침묵하고 있는 기층」51)에
서도 서구문명의 하부구조로서 어머니의 기능과 여성들의 소멸이 논
의된다. 서구문화는 모친살해에 토대를 두고 있으며 자본주의적인 남

---

50) Luce Irigaray, "The Bodily Encounter with Mother", *Irigaray Reader*,
    trans. David Macey and Margaret Whitford (Oxford: Blackwell, 1991),
    30-46.
51) Luce Irigaray, "Women-mother, the silent substratum of the social
    order", *Irigaray Reader*, trans. David Macey and Margaret Whitford
    (Oxford: Black- well, 1991), 47-52.

성의 향락(jouissance)은 어머니의 몸을 착취함으로써 영유되어 왔다는 것이다. 남성이 여성에게 느끼는 불안은 어머니에 대한 무지함을 말하며, 남성-신-아버지가 권력을 장악하기 위해 어머니를 살해한 이후 느끼는 본능적 공포를 의미하기도 한다. 이리가레는 여성의 광기와 여성 관점에서 성 혁명의 실패, 실천으로서 의식화의 중요성, 가족이라는 사회적 장치에 대한 분석이 이어진다.

이리가레는 아버지의 권위로부터 어머니를 해방시켜야 하며, 모친 살해의 공모자가 되지 않기 위해서는 여성들만의 계보를 탐구할 필요가 있다고 본다. 어머니가 여성일 수 있다면 현재의 랑그와는 완전히 다른 모녀, 모자간의 언어관계 양식이 존재할 것이다. 그래서 이리가레는 여성적 주체성, 여성적 특이성의 공간을 만드는 두 번째 단계로 진입한다.

『하나가 아닌 성』은 여성 성욕의 다중성과 확산성을 여성 생식기의 특성과 연결하여 설명한다. 여성성은 적어도 둘 이상의 다중성을 표상하는 새로운 담론을 의미한다. 이 다양한 여성담론은 강력한 남근/무력한 거세, 능동성/수동성이라는 양자 택일론에 빠진 남근 형태론에 대한 대안이 될 수 있다. 제인 갤롭은 이리가레가 『하나가 아닌 성』에서 다양한 여성성을 표현하는 '여성적인 논리'를 개발했다고 평가한다.[52] 이리가레는 단순히 여성의 신체 특정 부위를 지칭하는 것이 아니라는 것이다. 이리가레는 은연중에 남성 성기관을 지칭하고 있는 라캉의 팰러스와는 달리, 절대담론을 거부하며 몸을 언어의 추상성으로 말하므로 '새로운 몸의 시학'을 구현한다는 것이다.

---

52) Jane Gallop, *Thinking through the Body* (New York: Columbia UP, 1988), 93-4.

72

「우리의 두 입술이 함께 말할 때」[53]는 여성 특유의 신체기관에 대한 비유로서 여성성의 특징인 복수담론을 예찬한다. 남성의 언어, 관습의 언어는 여성의 언어, 분리되지 않은 공유된 몸의 언어, 촉각의 언어로 바뀌어야 한다. 타자를 배제하지 않는 두 입술로 말함으로써 열리지도 닫히지도 않은, 하나도 둘도 아닌 언어를 말하려는 것이다. 생성 중이며 불명확하고, 변화하는 상태에 있는 이 언어는 고정적 진리에 저항한다. 이처럼 유동성, 불안, 변덕, 변명, 거짓말은 여성적 특질이 되고, 언제나 둘로서 존재하면서 모든 환상과 거울이미지를 초월하는 꾸밈없는 유사성을 가진다. 그것은 원본과 사본의 관계가 아니다. 그것은 다양하게 창조되는 몸, 언제나 형성 중인 얼굴로 나타난다.

마지막으로 두 젠더, 곧 양성 간에 진정한 만남을 위한 윤리학의 창조라는 과제가 제시된다. 1982년 에라스무스 대학의 강의록인 「성차의 윤리학」[54]은 여성 특유의 다양성과 여성 신성성의 도래를 찬미한다. 여기서 제기되는 문제는 자신의 욕망을 억누르지 않고 자신의 길을 가는 여성의 성스러운 과정이 성적 교환상의 윤리적 행위가 될 수 있는가 하는 것이다. 과학의 주체는 더 이상 중립적이지 않다. 과학적 모델로 볼 때 프리고진의 '방산' 구조를 닮은 여성의 성욕은 무의식으로의 전진이나 방출의 엔트로피와 상응한다. 여성의 언어는 우주의 숨결, 시인의 노래, 연인의 호흡으로 오는 신성을 환영한다. 여성의 언어와 윤리를 통해 살아 있는 여성 신성을 능동적으로 소환해

---

53) Luce Irigaray, "When Our Lips Speaks Together", *The Sex Which is Not One*, trans. Catherine Porer and Carolyn Burke (Ithaca: Cornell UP, 1985)
54) Luce Irigaray, "Ethics of Sexual Difference", *Ethics of Sexual Difference*, trans. Trans. Carolyn Burke and Gillian C. Gill. (Ithaca: Cornell UP, 1993)

야 한다는 것이다.

「타자에 대한 사랑」은 남녀의 언어 차를 살피고 이분법적 대립구조를 초월하는 여성 신성성의 재림을 촉구한다. 주체도 언어 망에 갇혀 있기 때문에 언어의 성별화 연구는 주요 논제인데 여성의 언어는 부정문이기보다는 의문문이다. 남성은 묘사나 서술, 진술을 수집하거나 조직하고 여성은 잡담과 수다, 허구, 우화, 신화를 엮는다. 그것은 형태가 불분명한 의사소통의 장이다. 여성은 닫히지 않은 공간, 억압할 수 없는 무의식의 공간에서 말한다. 우리는 타자의 재림을 예고하는 텍스트에 주의를 기울일 필요가 있는데 그 재림(parousia)을 기다리기 위해 모든 감각을 깨우고 자신의 베일을 벗고 있어야 한다. 여성이 본래적 자아, 대자적 자아가 되면 자신을 위하는 동시에 타자를 위하는 자아가 되어 새로운 재림으로 나타날 수 있다. 그 자아는 남녀의 성차를 존중하고 양성의 모든 자질과 능력, 행위로 하늘과 땅을 공유한다. 이리가레는 여성적 신성을 상징화해야 성차의 윤리를 구성할 수 있다고 본다. 천사는 한곳에 있지 않고 유동하는 존재로서 신과 남성과 여성 사이를 순환하며 아직 일어나지 않은 일과 일어날 일을 중개한다. 천사는 우주의 동일성과 역사의 봉쇄를 거부한다. 그것은 철학, 신학, 도덕률로 환원될 수 없고, 예술이 소환해내는 윤리의 전령이다. 사랑이라는 제삼자 안에서 양성이 하나 되어 그 경계가 상호교차되면서도 각자의 정체성이 삼켜지거나 없어지지 않는 신성한 영역이 이리가레가 주창하는 '감각적 초월성'이다.

이리가레의 전략적 본질주의는 여성적 특성을 또다시 제시한다는 점에서 기존의 남성성/여성성이라는 이분법의 폐해를 답습한다는 비판을 받을 소지가 있다. 앨리슨 위어에 의하면 이리가레는 여성의 몸을 비동일성, 차연, 연결성에, 남성의 몸을 동일성, 통일성, 제도적 중재와 연결시키고 있다. 야콥슨(Roman Jakobson)식으로 말하자면 남성의 몸은 은유, 동일성, 대체와, 여성은 환유, 근접성, 인접성에 해당된다. 위어는 여성이 환유적이라는 것을 네 가지 관점으로 해석한다. 우선 말 그대로 자구적 의미에서 여성의 몸은 관계성을 가진다. 두 번째는 생물학적 인접성에 기반을 둔 여성의 몸은 환유적 관계 논리에 대한 은유가 된다. 세 번째로 그것은 자구적이지도 은유적이지도 않은 언어의 환유적 속성과 연결된다. 마지막으로 환유적인 여성의 몸은 라캉의 팰러스에 대한 패러디적 모방이 된다.[55] 이리가레의 모방(mimesis)은 남성적 위치를 해체하기 위한 여성적 위치의 가정이라고 할 수 있다. 이중적 목소리(double voice)는 여성의 자기동일성에 대한 대안으로서 비억압적 논리로 나타나는 다양하고 전복적 여성의 신체에서 비롯된다. 환유는 단순한 언어작동이 아니라 인간관계의 근원이며 은유적 남근체계에 대한 대안으로 제시된다. 이리가레가 말하는 여성 신체의 환유적 연결성은 남성이 여성에게 부과하는 중재(mediation) 기능, 대립물 간의 통일체를 만들어주고 자신은 사라지는 '차이의 중재'로 보는 시각에 반대하는 것이다.

이리가레가 주로 비판하는 것은 라캉의 남근적 정체성, 남성적 상징질서이다. 이런 이리가레의 '두 입술'은 라캉의 팰러스 연물(phallus fetish)에 대한 패러디로 해석될 수 있다. 이리가레가 보기에 라캉의 원초적 통일성이나 개별 자율 주체는 모두 차이와 연결 관계를 억압하는 통일성의 환상이다. 언어 속에서 구성되는 분열된 정체성도 원

---

55) Allison Weir, *Sacrificial Logics: Feminist Theory and the Critique of Identity* (New York: Routledge, 1996) 96.

래의 통일체나 분리된 자율적 자아를 전제로 하는 총체성에 대한 환
상이라는 것이다. 라캉에게 모든 욕망은 항상 팰러스에 대한 욕망이
고 사회화는 거세의 인정, 결코 팰러스를 가질 수 없다는 사실에 대
한 인정이다. 주체가 된다는 것 자체가 결핍의 비극을 수용하는 것이
다. 원하는 것을 가질 수 없다는 것은 아버지의 법, 욕망의 금지라는
상징계를 수용하는 것이다. 하지만 이리가레가 보기에는 아버지의 법
이나 언어질서는 단지 다른 층위에서 팰러스 연물을 반복하는 것에
불과하다. 그것은 남성적 통일성에 대한 환상일 뿐이다. 이리가레는
팰러스라는 유령이 배후에 없어도 환유를 이룰 수 있다고 본다. 환유
는 이미 여성의 몸에 있기 때문이다. 쾌락과 언어는 심연이나 비극이
없이도 존재할 수 있다.

 남근적 은유에 대한 두 입술의 환유는 조롱이나 대항이나 전복하기
위해 전략적이기는 하지만 여성적 본질을 전제로 하기 때문에 비평가
들의 찬반양론을 발생시키게 된다. 이리가레의 전략적 여성성에 대해
서 토릴 모이(Toril Moi)는 이리가레가 현실의 고통받는 여성의 물적
토대는 무시한 채 초월적인 무역사성과 비유물론적 분석 방식을 통해
여전히 여성을 형이상학적으로 정의하고 있다고 비판한다.56) 장 캠벨
은 여성 성욕도 남근적 논리나 언어의 결과라고 보기 때문에 페미니
스트가 정신분석이론에 대한 대안을 만들 필요는 없다고 주장한다.
즉 이리가레의 여성 상상계나 여성적 상징계는 이미 존재하는 '남근
적' 이론을 그저 역전하고 재배치하고 재검토하는 것으로 또 다른 대
안적 정신분석이론에 불과하다는 지적이다. 캠벨이 보기에 여성 몸의
위상은 문제적이며, 여성 상상계나 여성적 상징계도 남근적 의미화,

---

56) Toril Moi, *Sexual/Textual Politics* (London: Methuen, 1985), 148.

곧 언어적 재현망을 통해야 가능하다.[57] 이리가레는 여성 상상계를
실재의 영역에 위치시키지만[58] 그렇게 되면 이리가레의 논의는 본질
주의에 빠질 뿐 아니라 정신병적인 것이 된다. 이는 라캉 계열의 페
미니스트인 로즈의 논의와 공통되는 부분이기도 하다.

그러나 다이애나 퍼스(Diana Fuss)는 이리가레의 논의에서 본질주
의가 징후적으로 비본질주의에 내재되어 있다면, 본질주의는 비본질
주의의 어떤 한 양식으로 서술될 수 있다고 이리가레를 옹호한다.[59]
퍼스는 본질주의와 구성주의를 양자적으로 사용할 것을 주장하면서
본질의 범주를 유지하고 싶은 반본질론자의 면모를 보여준다. 그는
하나이면서 둘이라는 것은 하나도 둘도 아니라는 이리가레의 '이중
제스처(double gesture)'를 들어서, 현실을 교정하려는 실천적 페미니
즘과 정체성을 전복하는 후기 구조주의적 페미니즘 사이에 있는 갈등
을 그 자체, 둘이 하나인 짝패로서 해결할 수 있다고 말한다.[60] 여성

---

57) Jan Campbell, *Arguing with the Phallus: Feminist, Queer and Postcolonial Theory, Psychoanalytic Contribution* (New York: Zen Book, 2000), 117-8.
58) 이리가레는 "은유적인 것의 위상에 대해 재고할 필요성을 강조하면서 은유가 언어적 상징계라는 추상개념 속에 있기보다는 실재의 영역에 있다고 본다." "But there again, we would have to reconsider the status of the metaphorical. We would have to question the laws of equivalence that are operative there. And follow what becomes of 'likeness' in the particular operation of 'analogy'(complex of matter-form) applicable to the physical realm, and required for the analysis of the properties of real fluids." Luce Irigaray, *This Sex Which is Not One*, 110.
59) Diana Fuss, *Essentially Speaking: Feminism, Nature and Difference* (New York: Routledge, 1989) 55.
60) "Both at once signifies that a woman is simultaneously singular and double; she is already two-but not divisible into one(s), or put another way, she is 'neither one nor two'.", Diana Fuss, *Essentially Speaking:*

은 주체적 정체성을 구성하는 동시에 해체한다는 것이다. 결국 억압과 비억압, 열림과 닫힘, 배타성과 함축성의 정체성의 변별화는 새로운 정체성을 재구성할 공간으로 열린다.

여성은 하나도, 그렇다고 둘도 아니다. 여성은 모든 합당한 정의에 저항한다. 여성의 몸은 이미 연결되어 있으나 다른 것이 아니라, 이미 다른 비동일성들 간의 관계인 '관계 속의 변별성(differentiation-in-connection)'을 그리고 있다. '근접성이 너무나 커서 정체성을 판별하지 못하게 하고, 따라서 모든 형태의 속성이 불가능해지는'[61] 상태가 되는 것이다. 이리가레에게 여성은 하나로 정의될 수 없으며, 둘 간의 관계는 개별 단위로 분할되는 것에 저항한다. 그래서 여성은 하나도, 둘도 아니며 엄밀히 말해 한 사람으로도, 두 사람으로도 정의될 수 없다. 여성은 모든 합당한 정의에 대항한다.[62]

남성적 규제를 철폐하려는 노력은 인접성과 관계성이라는 새로운 규제를 만들고 그 환유적 속성에 입각한 여성적 특성을 본질화할 우려가 있다. 이리가레는 언어는 본질적으로 남근적이라고 본 라캉의 언어개념에 도전하면서, 남근적 의미화가 발생하는 것은 여성 신체의 관계성을 억압하고 팰러스의 법칙을 수행할 때라고 설명한다. 보편성은 특수성의 파괴이고, 남근적 정체성은 비정체성의 억압이자 환유적인 여성 신체의 관계성을 억압한 결과라는 것이다. 그러나 결국 이리가레에게 비정체성, 비동일성은 여성성을 의미하게 되기 때문에[63] 정체성

Feminism, Nature and Difference (New York: Routledge, 1989) 58.

61) Luce Irigaray, *The Sex Which is Not One*, 31.

62) "She is neither one nor two. Rigorously speaking, she cannot be identified either as one person, or as two. She resists all adequate definition." *Ibid.,* 26.

63) "Without any intervention or special manipulation, you are a woman

을 거부하면서 여성 정체성을 주장하게 된다는 딜레마가 발생한다. 여성은 남성적인 단일한 의미화에 저항하는 관계성과 인접성을 말하지만, 그 관계성이나 인접성이 또 하나의 여성성으로 굳어지면 일원적이고 총체적인 남근논리를 대체하는 또 다른 억압적 틀이 되기 때문에 남성성/여성성의 이분법을 더욱 공고화할 이론적 위험이 있다.

이리가레는 버틀러의 패러디적 젠더 정체성 논의에 많은 영향을 주었다. 버틀러는 이리가레의 모방적 언어가 가지는 수행적 힘에 초점을 맞춘다. 이리가레가 플라톤 담론의 남근적 책략을 폭로하기 위해 활용한 모방(mimesis)전략은 버틀러의 패러디 전략과 유사성이 있다. 버틀러에 의하면 이리가레는 여성적인 것을 대안적인 모성적 근원으로 제시하는 것이 아니라 기원의 힘을 의심하는 하나의 비유로 제시한다. 기원에 대한 플라톤의 설명이 모성적 근원에 대한 전치라면 이리가레는 전치를 전치시킴으로써, 기원이라는 것이 남근적 권력 책략의 결과에 불과하다는 것을 보여줌으로써 전치행위를 모방하고 있다. 이리가레가 플라톤을 계속해서 인용하는 것은 그 체제 자체에서 배제된 것을 보여주기 위함이다.

> This is citation, not as enslavement or simple reiteration of the original, but as an insubordination that appears to take place within the very terms of the original, and which calls into question the power of origination that Plato appears to claim for himself. Her miming has the effect of repeating the origin only to displace that origin as an origin.(이것은 원본에 대한 예속이나 단순 반복으로서의

---

already", Luce Irigaray, "When Our Lips Speak Together" *The Sex Which is Not One*, 211.

인용이 아니라, 원본이라는 바로 그 용어 속에서 발생하는 반항, 플라
톤 자신이 주장하는 것처럼 보이는 기원의 힘을 의심하는 것으로 나
타나는 반항으로서의 인용이다. 이리가레의 모방은 하나의 원본으로
서의 그 원본을 전치시키려는 것뿐이다.)[64]

버틀러가 보기에 이리가레가 말하는 모성성으로서의 여성성은 대안적
근원을 제시하는 것이 아니다. 여성성이 '어디에 있다'거나 '무엇이다'라고
말하려면 그것은 전치를 통해 생산되면서, 역전치(reverse-displace-
ment)의 가능성으로 귀환하는 어떤 것이 되기 때문이다. 버틀러가 보기
에 텍스트적 실천으로서의 여성성은 대안적인 여성적 상징계, 즉 경쟁적
존재론으로 재현되는 것이 아니라 텍스트의 여성성이 부계적 언어 그 자
체에 깃들어서 그것을 관통하고 점령하고 재배치하는 것을 의미한다.[65]

4) 재클린 로즈

이리가레가 라캉의 남근적 정체성을 해체하기 위한 여성적 비유와
수사를 사용했다면, 재클린 로즈는 무의식적 전복력을 들어 라캉을
옹호한 여성이론가이다. 라캉계 페미니스트인 재클린 로즈는 담론 이
전의 실재는 없으며 '언어 바깥에 있는 여성적인 것은 없다'고 주장함
으로써 이리가레의 여성 상상계나 여성적 상징계 개념을 반박한다.[66]

---

64) Judith Butler, *Bodies that Matter: On the Discursive Limits of*
   'Sex'(New York: Routledge, 1993), 45.
65) "This textual practice is not grounded in a rival ontology, but
   inhabits-indeed, penetrates, occupies, and redeploys-the paternal
   language itself." *Ibid.*, 45.

로즈에게 정체성의 해체와 전복은 정치적 투쟁과 정치 이론의 일부
가 된다. 로즈는 이리가레와 데리다의 영향을 받았으나 "저항은 반드
시 상징적 언어로 발화되어야 한다"는 면에서 그들과 차이를 보인다.
즉 로즈에게 정체성은 사회적 정치적으로 변화하는 '정체성의 수용'
없이는 불가능한 것이며 정체성에 대해 저항하려면 정체성의 인정이
필요하다. 페미니즘과 정신분석학의 유사성은 심리적 삶의 한가운데
에 정체성의 저항이 있다는 인식에 있다.[67] 그리고 이 저항은 종국에
는 반드시 들을 수 있는 목소리로 발화되어야 한다("resistance must
finally be articulated in a voice which can be heard").[68]

로즈는 심리적 삶의 한가운데에 있는 정체성에 대한 저항에서 정신
분석학과 페미니즘의 친화 관계를 찾는다. 무의식은 지속적으로 정체
성의 실패를 드러낸다. 심리적 삶에는 어떤 연속성도 없기 때문에 안
정된 젠더 정체성도 단순히 여성에게 부과된 위치도 없다. 로즈에게
무의식은 일관되고 완전하게 성 정체성을 구성하려는 모든 상징적 노

---

66) "There is no pre-discursive reality······ no place prior to the law which is
available and can be retrieved. First, because the unconscious severs the
subject from any unmediated relation to the body as such······ and
secondly because the 'feminine' is constituted as a division in language, a
division which produces the feminine as its negative term. If woman is
defined as other it is because the definition produces her as other, and not
because she has another essence." Jacqueline Rose, "Introduction-Ⅱ",
Feminine Sexuality, eds. Juliet Mitchell and Jacqueline Rose (New York:
Norton, 1985), 55.

67) "Feminism's affinity with psychoanalysis rests above all, I would argue,
with this recognition that there is a resistance to identity at the very
heart of psychic life." Jacqueline Rose, *Sexuality in the Field of Vision*
(London: Verso, 1986), 91.

68) Jacqueline Rose, "Julia Kristeva-Take Two", *Sexuality in the Field of
Vision*, 147.

력과 반대로 조직되는 것이다. 그것은 언어 속 상상계의 작용을 특징 짓는 미끄러짐과 틈새로 표시되는 무의식을 말한다.[69]

The unconscious constantly reveals the 'failure' of identity. Because there is no continuity of psychic life, so there is no stability of sexual identity, no position for women (or for men) which is ever simply achieved. Nor does psychoanlaysis see such 'failure' as a special-case inability or an individual deviancy from the norm. 'Failure' is not a moment to be regretted in a process of adaptation, or development into normality…… 'failure' is something endlessly repeated and relived moment by moment throughout our individual histories. It appears not only in the symptom, but alsoin dreams, in slips of the tongue and in forms of sexual pleasure which are pushed to the sidelines of the norm…… there is a resistance to identity at the very heart of psychic life.[70] (무의식은 지속적으로 정체성의 '실패'를 드러 낸다. 심리적 삶에는 연속성이 없기 때문에 안정된 성 정체성도, 단순 하게 성취된 여성(혹은 남성)의 지위도 없다. 정신분석학은 이러한 '실 패'를 특수한 경우의 무능력이나 규범으로부터의 개인적 일탈로 보지 않는다. '실패'는 적용하는 과정에서 후회스런 순간도, 정상으로 발전하 는 것도 아니다…… '실패'는 우리의 개별적 역사들을 통해서 매 순간 끊임없이 반복되고 다시 살아나는 어떤 것이다. 그것은 우리의 징후뿐 아니라 꿈, 말실수에서 나타난다. 그리고 규범의 측면으로 밀려난 성적 쾌락의 형식으로 나타나기도 한다…… 심리적 삶의 한가운데에는 정체 성에 대한 저항이 있다.)

---

69) Judith Butler, *The Psychic Life of Power*, 97.
70) Jacqueline Rose, "Feminity and Its Discontents", *Sexuality in the Field of Vision*, 90-1.

라캉의 이론을 계승한 로즈는 언어야말로 사회적 정체성과 주체 정체성의 일차적인 매개라고 본다. 다만 라캉이 상징계, 의미의 상호주관적 영역으로의 진입을 강조한 반면, 로즈는 사회적이고 정치적인 변화의 '행위작인'로서의 주체를 강조한다. 로즈에게는 정체성과 정체성에 대한 저항, 동일성과 비동일성, 정체성과 부정성 간의 긴장을 유지하는 것이 중요하다. 그러나 정체성에 대한 저항, 부정성, 변형도 혁명해야 할 바로 그 질서에 의해서 이루어진다면 어떻게 정치 변혁이 가능할 것인가? 규범을 비판하기 위해서는 그 규범이 완전히 거부되어서도 안 된다. 규범의 완전 거부는 변화의 가능성까지도 거부하는 것이기 때문이다. 사회 정치적 변화에는 정체성의 수용이 필요하다고 주장하면서 로즈는 일종의 공통된 이해 능력, 비동일성과 차이, 비판과 변화의 가능성으로 정의되는 사회적, 개인적 정체성에 호소하고 있다. 하지만 정체성은 언제나 저항을 받아야 한다는 주장 자체가 또한 비동일성을 억압하는 동일시 형식이 될 수 있기 때문에 동일성/비동일성 간의 긴장 유지는 여전히 중요한 문제가 된다.

재클린 로즈에게 페미니즘의 정치학은 정체성의 긴장을 유지할 때 그 정치성을 유지할 수 있다. 양자의 긴장을 위해서는 생물학적이고 신비적인 여성성의 예찬도 거부해야 하지만, 모든 정체성은 부정되어야 한다는 주장도 거부해야 한다. 로즈의 정치성 이론은 기본적으로 억압적인 정체성을 거부하면서, 한편으로는 정신병을 피하기 위한 수단으로써 최소한으로 정체성을 수용하는 자세 사이에서 갈등하고 있다.[71] 그는 언어를 자기표현과 상호 이해의 매개로 보면서 동시에 정

---

71) Allison Weir, *Sacrificial Logics: Feminist Theory and the Critique of Identity*, 141.

체성의 형이상학적 법칙을 일부 수용하기도 한다. 정체성은 언어 속에 주체가 집결되는 능력을 바탕으로 형성되기 때문에 정신병자의 언어는 혁명적 이상이 될 수 없다는 것이다. 언어처럼 정체성도 주체가 사회세계에 참여하는 능력이며, 정체성은 기존 규범에 대한 복종과 저항을 동시에 안고 있다. 정체성은 차이를 억압하는 가부장적 문화규범에 대해 순응하는 동시에 부르주아적 개인의 정체성에 저항한다.

하지만 변화가 바로 그 혁명적 실천이 변화시키고자 하는 질서를 통해 주어진다면 그 변화는 얼마나 효과적일 것인가? 정체성이 가부장적 사회질서에 대한 순응으로 정의된다면, 정체성은 저항을 말할 능력을 가질 수 없다. 언어와 자아정체성의 억압적, 비억압적 형식들이 단일하고 억압적인 정체성 형식으로 전락할 때 이 같은 패러독스가 발생한다. 로즈의 논의가 가지는 타당성은 정체성을 근본적으로 억압으로 보면서 동시에 완전한 혼돈을 피하기 위해서는 정체성을 어느 정도 수용해야 한다는 이 중립적인 긴장을 얼마나 구현할 것인가에 달려 있다. 결국 로즈는 모든 정체성의 형식에 대한 조건부 항복으로 기존의 자아정체성과 언어 개념을 전복하려 한다. 자아정체성을 억압의 형태로 보게 되면, 자기동일적이고 일차원적 사회에 대한 저항의 근원을 심리적 비동일성에서 발견할 수 있다. 그리고 이러한 자아의 비일관성은 정신분석학에서 무의식의 역할처럼 일상 존재의 정상적 상태가 된다. 로즈에게 자아의 파편화에서 오는 비일관성은 해결해야 할 문제가 아니라 일상성의 상태인 것이다.[72]

---

72) 이 부분은 라캉이 미국의 자아심리학을 비판하면서 "정신분석학은 반드시 일관적이지만은 않은 자아가 아닌, 필연코 비일관적인 자아에 대해서는 설명하지 않는다"라고 한 말과도 통한다. 즉 언제나 스스로에 반해서 분리되는 자아는 정신분석학적 대상이 되지 못하는 만큼 비일관성이나

라캉의 후기 언어이론은 로즈의 여성 주체 논의에 큰 영향을 주었다. 라캉은 초기에는 언어를 상호주관적 매개로 보았지만, 후기에 가서는 상호주관적 통합체가 환상이라고 봄으로써 매개로서의 언어가 환상에 불과하다는 것을 인정했다. 정체성의 상호주관적 통일성은 환상임을 알게 된 것이다. 비동일성은 무의식의 효과이므로 상호주관성의 인식은 불가능해진다. 라캉은 변별적이면서 비동일적인 주체가 만드는 사회적 통합체라는 환상도 포기한다. 모든 형태의 통일체는 반드시 억압적이고, 이상적인 관계는 결핍된 현실을 은폐하는 환상에 불과하다. 라캉은 정체성의 이상을 남근적 환상이라고 비판하고, 주체는 비동일적인데다 비일관적이라고 말한다. 이러한 라캉의 이론을 적극 수용한 로즈의 역설적 긴장은 정체성의 수용과 정체성의 거부 사이에서 동요한다. 로즈에게 자아정체성은 상호주관적 관계나 이해라는 환상을 수용하지만, 이것은 인간의 언어 능력이 본질적으로 사회정치적인 변화를 향한 투쟁을 향한다는 자신의 주장과 충돌을 일으킨다. 정체성의 수용과 거부 간에 역설적 긴장이 있어야 한다는 로즈의 가정은 억압적이지만 필요한 최소한의 정체성의 수용과 그 정체성에 대한 추상적인 부정 가운데서 동요하고 있다.

로즈의 정체성 논의는 자기에 반하는 무의식적 자기저항성으로서의 비동일적 정체성을 주장하는 점에서는 버틀러의 논지와 맥락을 공유하지만, 결국 저항은 알아들을 수 있는 목소리로 발화되어야 하기 때문에 상징질서로 복귀해야 한다는 점에서 다시 라캉의 충실한 딸로 되돌아간다는 한계가 제기된다. 버틀러는 부권적 상징질서에 편입되지 않고서는 의미화될 수 없는 라캉의 의미화 논의를 비판하면서 권

파편성이 존재의 일상적 상태가 된다.

력의 그 안에 자체적으로 가지는 무의식, 곧 권력의 심리상태가 가지는 내적 저항성을 주장하고 있기 때문에, 라캉의 상징계를 가로지르는 저항의 가능성을 평가절하하고 있다. 버틀러에 따르면 라캉의 상상계는 상징적 법의 효능을 방해할 수는 있어도 그것을 재형성하거나 철회시킬 수는 없다. 따라서 라캉이 말하는 심리적 저항은 그 효능상 법을 방해할 수는 있어도 법의 효과를 수정할 수는 없다는 것이다.

로즈가 따르고 있는 라캉식의 심리적인 저항은 이전의 상징적 형태에서 법의 지속성을 가정하고 그 상태로 법의 지속성에 기여하기 때문에, 상상계적인 저항은 영원히 패할 수밖에 없는 운명을 안고 있다.[73] 정체성을 부여하기 위한 호명은 그 정체성을 침해할 때만이 정체성을 구성하게 된다. 이는 재의미화의 가능성들이 주체 형성과 그 재형성을 가능하게 할 수 있어야 복종에 대한 열정적 집착을 새롭게 수정하고 동시에 불안정하게 만들 수 있다는 의미가 된다.

5) 크리스테바

크리스테바도 로즈처럼 라캉의 정신분석학의 영향을 받았으나 라캉의 상상계/상징계 논의를 기호계/상징계 논의로 변화시켜 둘 간의 변증법적 상호작용을 강조한다. 크리스테바의 이론이 가지는 중요한 점은 그가 모성적이고 전언어적인 특질을 가진 '기호계'를 강조하면서 라캉의 상상계와는 구분되는 모성 몸의 전언어적 시적 전복력을 역설

---

73) Judith Butler, *The Psychic Life of Power: Theories in Subjection* (Standford: Standford UP, 1997), 98.

하는 데 있다. 크리스테바의 기호계는 오이디푸스 이전 시기, 어머니
의 몸과 관련된 충동을 의미한다. 이것은 혁명을 향한 물질적이고 몸
의인 근원으로 표현되고, 원형적 욕망에 언어적 관습을 부과해서 사
회질서를 재생산하게 만드는 모든 실천과 관습을 꿰뚫고 나갈 수 있
는 힘으로 나타난다.[74] 이 끊임없는 충동의 흐름은 '코라(chora)'에
모이는데 '코라'는 어떤 운동이나 운동의 일시적 국면들을 구성하면서
본질상 유동적인 일시적인 발화를 의미한다.[75]

　기호계나 코라는 상징계 속에 억압되어 있지만 이질적이고 파괴적인
차원으로 언어 속에 드러나면서 주체 형성에 영향을 주게 된다. 다시
말해 기호계는 원초적인 언어 충동을, 상징계는 일관된 소통 언어를
구성하는 문법이나 구문론을 제공한다. 주체는 상징적인 의미를 가지
는 동시에 상징질서에 지속적으로 저항하기도 한다. 언어 구조의 생산
및 변화와 동시에 관련된 주체 내적 과정들(intra-subjective processes)
을 중시하는 크리스테바에게 '말하는 주체(speaking subject)'는 언제나
기호계와 상징계의 상호작용 속에 있는 '과정 중의 주체', 상징계 속에
서 일시적으로만 고정되는 주체, 기호계의 지속적인 분출 위협을 받고
있는 주체를 뜻한다.

　크리스테바에게 여성은 대문자로 표현될 수도 정의될 수 없으며,
신화적 총체성을 가진 주체로서의 여성은 존재하지 않는다.[76] 여성성

---

74) Nancy Fraser, "The Uses and Abuses of French Discourse Theories for
　　Feminist Politics", *Revaluing French Feminisms: Critical Essays on
　　Difference, Agency, and Culture* ed. Nancy Fraser and Sandra Lee Bartky
　　(Bloomington: Indiana UP, 1992), 185-190.

75) Julia Kristeva, *Revolution in Poetic Language*. trans. Margaret Waller
　　(New York: Columbia UP, 1984) 26.

76) "There is no such thing as Woman⋯⋯ Indeed she does not exist with

은 상징계에 대한 전복가능성을 지닌 주변적 위치에 대한 은유로 사용될 뿐이다. 대신 '모성성'은 중요한 위치를 차지한다. 그리고 모성성이 가지는 양가적이고 이중적인 속성을 들어서 이 모권적 언어, 즉 기호계의 상징계 틈입이야말로 시적 언어의 혁명을 이룰 수 있다는 것이다. 모성성이 여성성에 대한 성화된 재현을 의미하는 사회 속에서, 모성성에 대한 고찰은 중요한 페미니즘적 이슈가 된다. 크리스테바의 「슬픈 성모("Stabat Mater")」는 모성성에 대한 문화적 이상화를 중심으로 '성처녀 어머니'의 이미지를 분석한다. 그것은 기호계의 질서를 대표하는 전언어적인 것, 언어의 잉여 질서로 나타난다. 모성성은 이중적이거나 모호한 원칙을 드러내고, 자연/문화, 몸/언어의 경계선상에 있다. 유아는 어머니와의 즉각적 융합을 통한 일차적 나르시시즘의 환상적 관계를 맺기도 하지만 이 융합의 환상은 상실의 환상으로 꾸며지기도 한다. 그것은 아버지의 법과 상징질서하에 어머니의 이교도적 속성을 흡수, 병합하여 통합하고, 양성 간의 균형 상태로서 '모유'와 '눈물'을 동시에 가진 이질성(heterogeneity)의 어머니로 표현된다. 모유가 구순기의 융합이나 흡수를 의미한다면 눈물은 그것을 상실하는 순간이 된다. 크리스테바에게 '모성성'은 한편으로는 지배문화적인 부류에 속해 있으면서, 다른 한편으로는 명명할 수 없는 것, 몸의 언어라는 다른 계열에 놓여 정체성을 위협하는 양가적인 것이 된다.77)

---

a capital 'W', possessor of some mythical unity-a supreme power, on which is based the terror of power and terrorism as the desire for power." Julia Kristeva, "Women's Time", *Signs* 7.1 (1981) trans. Alice Jardine and Harry Blake, 30.

77) "……the ambivalent principle that is bound to the species, on the one hand, and the other stems from an identity catastrophe that causes the

크리스테바의 정체성 논의에서 특징적인 것은 정체성의 희생적 모델과 변화가능성 모델 사이의 양면성과 역설을 보여준다는 점이다. 언어 획득과 사회화 과정은 억압 과정이지만, 언어의 내적 이질성과 대화주의를 분석하고 독백적 담론과 구분되는 대화적 담론을 논의하는 점은 변화가능성에 열려 있다. 특히 시적 언어와 지배 언어 사이의 상호주관성 이론에 입각해 볼 때 정체성은 방어적이고 배타적인 면모뿐 아니라, 관계적이고 수용적인 면모도 드러낸다. 주체는 지배적 동일시 양식을 수용하거나 그 동일성의 근저에 있는 비동일성으로 계속해서 회귀하면서 정체성을 형성한다. 다시 말해 정체성은 비동일성을 부정하고 또 수용하는 방식으로 획득된다. 크리스테바는 '과정 중의 주체' 개념으로 아버지의 법과 어머니의 몸이라는 이분법을 넘어서는 지속적인 비동일시로의 회귀가능성을 모색한다.

크리스테바에게 언어질서로서의 상징계의 부성과, 그것을 전복하려는 기호계의 명명 불가능한 모성(the maternal unnameable)은 고정된 대립 항으로서 존재하는 것이 아니다. 아버지는 엄격한 상징적 언어질서인 동시에 자애로운 상상계적 아버지이기도 하며, 어머니는 유아와 한 몸인 원형적 어머니인 동시에 유아가 개별 정체성을 획득하기 위해 거부해야 할 부정적 어머니이기도 하다. 따라서 아버지는 상징적 질서이자 법이고, 어머니는 원형적 융합의 모태(archaic mother)라는 이분법은 모호하다. 아버지는 '개별적인 역사 이전의 아버지(father of individual prehistory)'로서의 유아의 사회화를 도와주는 자애로운 아버지이기도 하고, 어머니는 정상적인 언어질서 진입을 위해서는 부정

Name to topple over into the unnameable that one imagines as feminity, non-language of body." Julia Kristeva, "Stabat Mater", *Kristeva Reader*, ed. Toril Moi (Oxford: Basil Blackwell, 1986), 161-2.

하고 극복해야 하는 '죽음을 배태한 어머니(death-bearing mother)'이
기도 하기 때문이다.[78] 따라서 상상계적 아버지는 유아와 분리되면서
도 융합되는 면이 있는가 하면, 비천한 어머니는 유아가 동일시하면서
도 극복해야 할 대상으로서 이중적으로 존재한다. 결국 크리스테바에
게 아버지는 동일시 대상, 어머니는 거부 대상이라는 이분법은 지속적
인 수정을 요한다. 말하는 주체는 언제나 과정 중의 주체로서 융합과
분리 사이에서 끊임없이 동요한다.

  크리스테바에게 모성의 이중성과 양가성도 고정된 의미를 거부한다.
비천한 비주체, '비체'로서의 어머니는 사회적, 상징적 질서가 유기한 배
설물, 해로운 것이라고 배척한 오염물로서 일원적인 의미화에 저항하는
잉여물이다. 비체는 주체로서 호명될 수 없어 배제되거나 버림받은 주
체를 의미한다. 예컨대 오이디푸스 왕은 자신이 안다고 생각할 때조차
모르고 행하는 역할들 때문에 생긴 영원한 모호성 때문에 비체가 된
다.[79] 따라서 비체는 '비천한 (대상 아닌) 대상'을 의미한다. 의미는 동
일성을 지향하지만 이질적인 충동 때문에 그 의미가 가능해지는 것처
럼, 주체는 자기동일적 주체를 지향하지만 비체라는 이질적 질료나 물
질성 때문에 주체가 될 수 있다. '어머니'의 몸은 '질료'이면서 '중요하
다'(mater/matter/matter). 비체는 불순한 오물처럼 주체가 되기 위해

---

78) 상상계적 아버지는 여성으로 하여금 죽음의 어머니를 극복하게 만들어 줌
   으로써 여성을 내부적 죽음에서 생물학적 삶이나 임신, 모성 등으로 변화
   하게 해준다. 그런 의미에서 상상적 아버지는 여성성을 구해내는 역할까지
   한다. Julia Kristeva, *Black Sun: Depression and Melancholia*, trans. Leon
   S. Roudiez (New York: Columbia UP, 1989), 79.
79) 오이디푸스 왕의 비천화는 지식과 욕망 간의 화해불가능성이고, 죽음과 상
   징질서에 동시에 종속되어 있는 발화 존재의 인지 불가능성이다. Julia
   Kristeva, *Powers of Horror: An Essay on Abjection* (New York:
   Columbia UP, 1982), 84, 87.

내던져야 하는 것이지만 역설적으로 '깨끗하고 적절한 몸'의 경계를 설정하기 위해서 동원되는 잠정적인 거부나 배제이다. 비체는 언제나 되돌아오기 때문에 순수/불순, 적절/부적절, 질서/무질서의 경계를 와해하고 불가능하게 만든다. 비체는 주체 아닌 주체, 인지 불가능한 주체라는 의미와 비천한 육신의 주체라는 이중적 의미를 가진다. 그것은 '주체'의 '대상'이자 '대상 아닌 대상'(subject/object/abject)이고, '고귀한' 정신의 어머니가 아니라 '비천한' 몸의 어머니이다.(noble/abject).

크리스테바는 환상적인 처녀 모성(virginal maternal)과의 동일시가 가부장 문화 속에 헛된 안정감을 주고, 여성이 변화로 이어질 수 있는 사회세계와의 모든 관계를 금지하게 된다고 본다. 여성이 처녀 모성과 동일시하게 되면 여성은 자신을 전능한 유일자 여성(Unique Woman)으로 설정하기 때문에 여성이나 남성과의 관계를 모두 부정하게 된다. 유일자 여성과의 동일시는 다른 남성이나 여성과의 관계를 모두 부인하게 만들어서 여성이 복합적 관계 주체로서 자아정체성을 발전시키는 데 장애가 되고, 이 완성될 수 없는 동일시는 주체를 슬픔에 빠뜨린다. 법의 지배하에서 여성이 처녀모성과 동일시하게 되면 차이의 자유나, 과정 중에 열린 정체성을 제시하지 못하고 공허감이라는 새로운 덫에 빠지게 된다. 이러한 공허한 동일시를 넘어서려면 새로운 모성성의 담론을 열어야 한다. 여성 주체는 단일 주체로서의 특성을 가지면서 원형적 어머니와는 구분되는 '다른 여성'과의 관계 가능성을 개척할 필요가 있다.

여성 정체성을 혁신하기 위해서 어머니와의 관계가 수정되어야 한다.[80] 크리스테바에게 훌륭한 어머니는 자식을 사랑하는 것 외에도

---

80) Allison Weir, *Sacrificial Logics: Feminist Theory and the Critique of*

대상을 가져야 한다. 그것은 직업일 수도 있고 연인이나 남편일 수도
있다.[81] 상상적 아버지나 역사 이전의 아버지는 어머니가 추구하는
남근으로서 아버지의 원형적 각인이다. 크리스테바에게 상상적 아버
지라는 원형적 각인은 팰러스 게임을 하는 '남근적 어머니'의 환상을
수정해주는 방법이 된다.[82] 역사 이전의 아버지는 어머니에게 욕망의
대상이고 어머니의 삶에 의미를 주는 어떤 것이다. 아이가 어머니의
욕망의 대상이 자기가 아닌 다른 것임을 인식하면서, 어머니에게 삶
의 의미를 주는 것은 무엇인지 알게 되고, 그것을 통해 자신의 자아
정체성을 형성하는 첫 번째 이미지를 갖게 된다. 그것은 어머니가 욕
망하는 아버지일 수도 있고 어머니의 사회생활 같은 제삼의 요소일
수도 있다. 아이는 어머니의 욕망의 대상과 자신을 동일시하면서 정
체성의 의미를 획득하는데, 이 과정에서 어머니와 공유하게 된 욕망
은 내면화에 선행하는 원형적인 상징계의 출현을 말한다. 유아가 처
음에 파악하는 상징계는 어머니가 자신의 사회생활과 맺는 관계에 달
려 있고, 이 사회생활은 완전히 가부장적이지는 않지만, 경쟁적인 담
론으로 구성되어 있다. 따라서 어머니는 사회-상징계의 바깥에 있지

Identity, 180.

81) "Nobody knows what the 'good-enough mother' is. I wouldn't try to
explain what that is, but I would try to suggest that maybe the good
enough mother is the mother who has something else to love besides
her child, it could be her work, her husband, her lovers, etc. If for a
mother the child is the meaning of her life, it's too heavy. She has to
have another meaning in her life is what Freud refers to as the
father of prehistory." Julia Kristeva, "Julia Kristeva in conversation
with Rosalind Coward", *Desire*, ed. Lisa Appignanesi (London: ICA
Documents, 1984), 23.

82) Julia Kristeva, "Freud and Love: Treatment and Its Discontents", *The
Kristeva Reader*, 259.

않다. 이제 상징계와 어머니의 관계는 아이로 하여금 분리와 동일시
를 조화시키는 수단이 된다. 어머니는 '아이와의 융합적 관계'/'사회세
계 속에 투입' 사이에서 분열되어 있기 때문에 아이의 개별 정체성을
지속시키는 모델로 작용한다. 그리고 이 모델은 어머니를 무조건 거
부하지도 유일자 여신과 동일시하지도 않는 정체성, 어머니와 완전히
융합되지도 완전히 개별적으로 분리되지도 않은 새로운 자아정체성의
가능성을 연다. 즉 상징계-어머니의 관계는 아이-어머니의 관계와
조화를 이루기 때문에 어머니는 '분리 속에 통합된' 주체 모델을 발전
시킬 수 있다. 아이와의 관계와 사회세계 투입과의 관계 속에 분리된
어머니는 분리 속에서 자신의 정체성을 유지할 수 있는 주체 모델로
작용할 수 있다. 이 모델은 비천한 어머니를 부정해서 획득된 것도,
성모 마리아와 같은 성스러운 어머니와의 동일시를 바탕으로 성립된
것도 아닌 새로운 자아정체성을 가능하게 하는 것이다.

이중적이고 양가적인 크리스테바의 여성 정체성의 형성은 과정 중
의 혁명적 잠재력을 보이는 반면, 상징계적 규약에 따를 때에만 의미
화될 수 있다는 양면성이 있다. 캐더린 벨시(Catherine Belsey)는 변
화가능성의 측면에서 볼 때 크리스테바의 '진행 중인 주체' 개념은 기
호계와 상징계의 파괴적 상호작용이므로 발전적인 주체로 제시될 수
있다고 보며, 토릴 모이(Toril Moi)도 여성성을 가부장제의 구성물로
보는 크리스테바의 시각이 남근 중심주의를 옹호하는 모든 생물학적
공격에 맞서게 할 수 있다는 장점을 지적한다.[83]

그러나 이글턴이 지적하듯 크리스테바의 논의는 위험할 만큼 구조주
의적이며 쉽게 희화될 수도 있다. 통합적인 주체를 해체하는 것 자체

---

83) Toril Moi, *Sexual/Textual Politics* (New York: Routledge, 1985), 166.

가 혁명의 몸짓일 수는 없기 때문이다. 크리스테바는 텍스트의 정치적
내용, 그 기의의 전복이 수행하는 역사적 상황과 그 모든 것이 해석되
고 이용되는 역사적 문맥에는 거의 주의를 기울이지 않는다는 한계를
안는다. 크리스테바는 부르주아적 개인주의가 통합적 주체라는 연물
(fetish)에 의지해 발전한다는 것은 제대로 인식했지만, 주체가 파편화
되고 모순 속에 던져지는 지점에서 그의 작업은 멈춰서고 만다.[84]

  로즈는 크리스테바의 정체성이 본질론적 여성성 논의라는 함정에서
는 벗어나지만 결국 정상인의 언어로 말해질 수 없다는 한계를 안고
있다고 비판한다. 로즈가 보기에 크리스테바에게 정체성은 필요하지
만, 언제나 부분적으로 존재하기 때문에 이중의 위험을 수반한다. 그
것은 정체성을 파괴할 위험도 있고, 정신분석학적 규범에 맹목적으로
충성할 위험도 있다. 크리스테바는 본질론적 여성성이 아닌 저항의
위치(position)로서 모성성을 강조하면서 '부정성(negativity)', '주변성
(marginality)'이라는 여성의 위치로 남성 상징질서를 '가로지르는' 전
략을 구사한다. 그런 이런 가로지르기에는 대상을 꿰뚫고 나아간다는
의미와 더불어 꿰뚫고 난 뒤 다시 거기서 나온다는 의미도 있다고 볼
수도 있다.[85]

  새로운 의미로 열리는 모순적 비동일성의 관계성을 주장하는 정체성
은 그 가능성만큼이나 문제를 안고 있다. 크리스테바가 말하는 양가성
인 모성성은 아이에게 '원초적 융합'의 환상을 주기도 하지만 그 융합을

---

84) Terry Eagleton, *Literary Theory: An Introduction* (Oxford: Basil
    Blackwell, 1983), 190-1.
85) "······'traverser', a word central to Kristeva's writing, implies that you go
    through certainly, but also out." Jacqueline Rose, *Sexuality in the Field
    of Vision*, 158

'상실'하는 환상도 가져다준다. 어머니는 아이의 욕망의 대상이기도 하지만, 아이가 자신의 개인 정체성을 획득하기 위해 저버려야 할 비천한 몸이기도 하다. 이렇게 어머니는 아이에게 '비천한 (대상 아닌) 대상 (abject)'으로 작동하기 때문에 이 체계 속에서 어머니의 경계선적인 위상은 정체성의 결핍으로 간주된다. 따라서 불완전한 정체성을 가진 어머니의 기호계가 해방될 가능성은 희박하다. 그것이 상징화되려면 부권질서에 복속되어야 하고, 상징화되지 않으면 정신병자의 의미 없는 넋두리에 그칠 것이기 때문이다. 크리스테바는 남성이든 여성이든 정신적 건강을 위해 '모친살해는 필수(matricide is a vital necessity)'라고 설명한다. 다만 여성은 어머니 살해가 너무나 힘들기 때문에 우울증으로 표현되는 '죽은 어머니 콤플렉스(dead mother complex)'로 고통 받으면서 '물'에 매료된 상태로 남게 된다.[86] 정신병이 어머니상실이 충분히 일어나지 않아서 부권적 기표라는 아버지의 기능을 거부할 때 발생하는 것이라면[87] 여성의 우울증은 부권적 기표와 미약한 관계 속에 있는 여성의 위치를 보여준다.

버틀러는 크리스테바의 기호계/상징계가 라캉식의 이분법을 반복하고 있다고 보면서, 동시에 기호계 자체가 상징계 안에 포섭되어 있는데 기호계적 파열이 전복력을 가질 수 있는지에 회의적인 시선을 던진다. 기호계의 혁명이 의미를 가지려면 상징계 속에서 재생산되어야 하기 때문에 그 자체로는 아무 의미가 없다는 것이다. 따라서 기호계를 중심으로 한 크리스테바의 전복전략은 상징계를 바탕으로 할 때에만 가능

---

86) Janice Doane and Devon Hodges, *From Klein to Kristeva: Psychonalytic Femi- nism and the Search for the "Good Enough" Mother* (Ann Arbor: The Univ- ersity of Michigan Press, 1992), 61.

87) Julia Kristeva, *Black Sun: Depression and Melancholia*, 45, 53.

한 것이 되고, 역설적이게도 오히려 아버지의 법을 공고화하고 재생산
하는 데 기여하게 될 뿐이라는 것이다. 기호계를 효과적 전복의 근원으
로 본다고 해도 문제는 여전히 남는다. 첫째 모체와의 일차적 관계라는
것이 상징화되지 않고서도 존재할 수 있는 것인지, 그 경험은 인지할
수 있는 것인지가 불분명하며, 둘째 그러한 기호계적인 전복이 문화 속
에 나타났을 때 정신병이나 문화생활 자체의 와해로 이어질 수 있다면
기호계는 해방적 이상을 설정하는 동시에 그것을 부정하는 것은 아닌
지 의심스럽다.[88] 크리스테바는 기호계와 어머니의 몸을 동일시하고
있는데, 그 동일시는 어머니의 몸에 문화 이전의(pre-cultural) 의미와
더불어 주변화되고 억압된 근원적인 여성의 위상을 가져온다. 게다가
크리스테바의 이론은 상징질서 속에서 레즈비어니즘을 생각할 수 없게
만들기 때문에, 비이성애자들(non-hetersexuals)에게 상징적 의미를 부
여하기를 거부한다.[89] 크리스테바는 부권적 법을 거부한다는 이유로
레즈비언이나 편모가정을 비난하면서 그것은 병든 것이라고 규정해버
리는 다분히 가부장적인 시각을 견지한다.

　버틀러가 보기에 기호계로 제시된 어머니의 몸도 사실은 역사적 담
론의 산물이고, 문화의 효과이다. 게다가 기호계의 혁명적 전복력이
상징화되어야 의미를 가질 수 있는 것이라면 상징계의 완전 거부는
불가능해지고, 따라서 '해방' 담론도 불가능한 것이 되고 만다. 따라서
부계적으로 승인된 문화의 전복은 다른 문화에서 오는 것이 아니라

---

88) Judith Butler, "The Body Politics of Julia Kristeva", *Revaluing French Feminisms: Critical Essays on Difference, Agency and Culture* (Bloomington: Ind- iana UP, 1992): 163.
89) Chris Weedon, *Feminism Theory, and the Politics of Difference* (Oxford: Blackwell, 1999), 98.

억압된 내적 문화의 내부에서 올 수밖에 없다. 이성애적 규범 속에서
여성 동성애적 욕망의 매개 없는 분출도 정신병으로 나타나게 된다.
크리스테바는 어머니의 몸과 레즈비언의 경험을 공인된 기존 이성애
적 입장에서 서술하고 있지만 그 이성애는 자신이 공적 인정을 잃게
될까봐 두려워하고 있다는 점은 인식하지 못하고 있다. 부계적 법이
물화되면 여성 동성애를 거부할 뿐 아니라 하나의 문화적 실천으로서
모성성의 가능성과 다양한 의미를 부인한다는 것이다.[90] 게다가 크리
스테바는 부권적 법의 금지 개념에 구속되어 있기 때문에 부권적 법
이 욕망을 발생시키는 방식들을 설명하지 못한다. 전복이 가능하다면,
그것은 법의 외부가 아닌 법의 관점 내에서 일어나는 전복일 것이다.
전복은 법이 자기 자신에 반해서 자신도 기대치 않았던 순열을 확장
증대할 때 나타날 수 있는 여러 가능성들을 통해서 이루어질 것이
다.[91] 즉 버틀러의 비판은 권력이나 법의 내적 자기저항성을 전복의
근거로 삼아야 하며, 상징계에 파고드는 기호계적인 교란과 같은 외
적 저항의 요소를 제시하면 그것은 또다시 상징계에 포섭되어야만 의
미로 표면화될 수 있다는 점에서 저항성을 상실한다는 비판이다.

　낸시 프레이저도 크리스테바의 상징계 개념 자체가 너무 체계적이
고 지배적이며 일원적인 담론우주를 제시하고 있어서 다른 화자들의
다양성을 상정할 수 없을 뿐 아니라, 주체 안의 간헐적 분출이라는
기호계적 저항만으로는 페미니즘과 같은 총체적 운동을 구성하기 어
렵다고 본다. 상징계 속에 분출하는 기호계적 특성이 시적 언어의 혁

---

90) Ibid., 170.
91) Judith Butler, "The Body Politics of Julia Kristeva", Gender Trouble:
　　Feminism and the Subversion of Identity (New York: Routledge,
　　1990) 93.

명성을 가져다준다고 해도, 그 같은 주변부의 중심전복 시도는 국지적인 분열과 균열을 가져올 뿐이고, 기호계의 혁명력은 일시적으로 상징계를 교란할 뿐 대안이 될 수는 없다는 한계를 안고 있다고 보는 것이다. 문제는 기호계가 상징계에 기생하는 방식으로 정의되고 있고 상징계의 거울상이자 추상적 부정태로 나타난다는 데 있다.92) 프레이저는 우연성과 담론적 실천의 역사성을 간과하고 상징계를 중심으로 한 의사구조주의를 표방한다는 데 크리스테바의 한계가 있다고 본다. 한편 린다 알코프는 해체론적 관점을 적용해서 마치 여성을 다 안다는 듯이 여성을 '부정성'으로 정의하는 데 반대하면서, 부정성이 곧 여성성이라는 크리스테바 식의 명목론(nominalism)은 페미니즘 자체를 쓸어 내버릴 위험이 있다고 지적한다.93) 명목론은 '범주'로서의 여성은 하나의 허구라는 사상으로서, 페미니스트들은 이 허구를 붕괴시켜야 한다는 것이다. 명목론으로서 효과적인 페미니즘은 완전히 부정적인 페미니즘이 될 뿐, 모든 것을 해체하고 난 뒤 아무것도 건설하

---

92) "On the contrary, as Butler has shown, the contest between the two modes of signification is stacked in favor of the symbolic: the semiotic is by definition transitory and subordinate, always doomed in advance by reabsorption by the symbolic order. And moreover, more fundamentally problematic, I think, is the fact that the semiotic is defined parasitically over against the symbolic as the latter's mirror image and abstract negation." Nancy Fraser, "The Uses and Abuses of French Discourse Theories for Feminist Politics", *Revaluing French Feminisms: Critical Essays on Difference, Agency and Culture* (Bloomington: Indiana UP, 1992): 188.

93) "Nominalism threatens to wipe out feminism itself", Linda Alcoff, "Cultural Feminism Versus Poststructuralism: the Identity Crisis in Feminist Theory", *Signs: Journal of Women in Culture and Society* 13.31. 419.

지 않기 때문이다.

크리스테바의 논의는 우울증적 여성성이나 여성성에 대한 비본질론적 접근이라는 면에서 버틀러에게 영향을 끼쳤으나, 버틀러가 보기에 크리스테바는 근본적으로 라캉의 문제점을 답습하고 있다는 한계를 지닌다. 즉 크리스테바는 어머니의 몸이 가지는 사회 문화적 구성성을 망각한데다 기호계의 반란은 상징화되지 않으면 아무 의미가 없는 공허한 소음에 불과하기 때문에 실천적 저항성이 부족하다는 한계를 지니는 것이다. 버틀러는 법의 내부에서 이루어지는 내적 저항성을 추구한다.

6) 테레사 드 로리티스

여성성에 대해 비본질론적으로 접근하면서, 이리가레처럼 생물학적 환원가능성도 피하는 동시에 크리스테바처럼 부권질서로의 재복속도 피하면서 조심스럽게, 완전히 폐기할 수는 없는 여성적 경험이나 여성의 범주를 모색하는 이론가들이 있다. 테레사 드 로리티스나 린다 알코프는 각각 의식/경험, 문화주의/후기구조주의를 통합하면서 각각의 한계를 극복하려는 문제의식을 가지고 여성 정체성을 논의하는 이론가들이다.

역사적 주체로서의 여성과 담론 속의 여성 개념은 일 대 일 대응관계도, 단순한 상응관계도 아니다. 그것은 문화적으로 설정된 자의적이고 상징적인 관계이다. 로리티스는 그 점에 입각해서 '경험' 세계와의 상호작용 속에 지속적으로 새로워지는 '의식' 속에 주체성이 구성된다고 본다. '의식'은 인본주의적 담론 속에서 개인이 가지는 것으로 추정되는 고정된 자아 개념이라기보다는 끊임없는 담론 실천의 흐름 속에 있는 자아에 대한 의식을 의미한다. 자의식의 실천은 페미니즘의 비평적 방식이기도 하고, 현실 속의 자아에 대한 정치적 이해로서 지식의 특정한 양식이기도 하다. 자아에 대한 의식은 계급의식이나 인종의식처럼 주체성이나 주체의 한계를 만드는 특정한 형상으로서 '경험'과 교차되면서 의미를 발생시킨다.[94]

드 로리티스가 볼 때 주체성이 형성되는 것은 역사적 현실에 대한 정치적 이해로서의 '의식'이 개인과 세계 간의 상호작용을 바탕으로 한 지속적인 쇄신 과정으로서의 '경험'과 결합할 때이다. 주체성은 외부적인 사상이나 가치, 물적 원인 때문에 발생하는 것이 아니라 외부 세계의 사건에 의미를 주는 실천, 제도, 담론에 대한 개인적이고 주관적인 관계 때문에 발생한다는 것이다.[95] 따라서 정체성은 하나의 목적지가 아니라 자기의식의 과정이 출발하는 지점이다. 그런 의미에서 정체성에 대한 추구는 변화하는 대인적이고 정치적인 문맥과 관련해서 '자아를 다시 쓰는(rewriting of self)' 것이고 그것이 바로 주체성이 발생되는 과정이다.

드 로리티스는 여성 주체가 단일한 의미로 환원될 수 없다는 데는 동의하지만 경험 범주를 다시 중요한 부분으로 제기함으로써 반본질주의적 여성 정체성의 구성주의적 논의에 새로운 자극을 가한다. 그는 차이의 다양성을 강조하는 것과 여성은 존재하지 않는다는 주장은 별개의 것이라고 생각하기 때문이다. 로리티스가 보기에 페미니즘이 적극적으로 차용해온 후기구조주의 이론들은, 여성을 젠더 없는 인간

---

94) Teresa de Lauretis, *Alice Doesn't: Feminism, Semiotics, Cinema* (Bloomington: Indiana UP, 1984), 8.
95) *Ibid.*, 159.

100

주체나 규정이 불가능한 젠더 주체로 정의하고 있다. 지금까지의 주체성 담론이 남성 중심적 서사였다면 이제 여성 정체성의 관점에서 여성공간을 새롭게 기술할 필요가 있다. 그리고 이성애적 틀에서 벗어나지 못한 여성 주체와는 달리 페미니스트 주체는 미시적인 차원의 젠더 이데올로기를 변화시킬 만한 자기 결단력을 지니고 있다.

로리티스는 사회현실 속의 주체관계가 역사적인 여성의 '경험'을 통해 재발화되는 정치적, 이론적, 자기 분석적 실천 속의 여성 주체를 모색한다. 그것은 주체성의 중심에 있는 역동성이고, 지속적으로 움직이는 유체(流體)의 상호작용이며, 자기 분석적 실천에 의해 변형될 수 있다. 개인의 역사는 의미와 지식의 지평 안에서 언제나 (재)해석되기 때문에 개인의 '의식'은 결코 고정되거나 영원한 지위를 획득할 수 없다. '경험'과 '의식'을 똑같이 중시한다는 것은 언어뿐 아니라 습관이나 실천도 의미 구성에 중요성을 가진다는 것을 의미한다. 젠더는 습관, 실천, 담론의 모태를 통해서 형성되는 가정(posit)이나 구성물(construct)이며, 우리가 주체인 동시에 그것의 종속물이기도 한 역사와 특정한 담론적 배치하에서 그 역사를 해석한 것이다. 따라서 구체적인 습관과 실천 그리고 담론과의 관계 속에서 젠더화된 주체성을 구성하는 것은 가능하고 또 바람직한 것이다.

로리티스에게 젠더란 재현이 낳은 결과물이다. 섹스-젠더 체계가 사회적 존재를 통해 획득되는 일련의 사회관계라면, 젠더는 이데올로기의 일차적 국면이다. 젠더 구성은 (자기)재현의 산물이자 그 과정이다.96) 알튀세의 주체처럼 페미니즘의 주체도 하나의 이론적 구성물이

96) "The construction of gender is the product and the process of both representation and self-representation." Teresa de Lauretis, *Technology of Gender: Essays on Theory, Film and Fiction* (Bloomington: Indiana UP,

다. 페미니즘의 주체는 젠더 이데올로기 안에 있기도 하고 그 밖에 있기도 하다. 그 이중적 입지를 인식하는 주체인 것이다. 여성은 젠더의 내부에도 있고 그 외부에도 있다. 동시에 재현의 내부에도 있고 외부에도 있다.

후기구조주의이론에서 파생된 명목론이 페미니즘의 정치성을 희석시킬 위험에 저항하면서 여성의 경험 범주를 새롭게 부각시키는 로리티스의 논의는 근본적으로 반본질주의이자 구성주의를 표방하는 버틀러와는 입장을 달리하지만, 여성 정체성의 구성이 페미니즘적 실천력을 상실한다면 근본적 토대를 위험에 빠뜨릴 것이라는 실천적 혁명성을 부각시킨 점에서는 공통적이라고 할 수 있다. 그러나 혁명적 실천력이 여성적 경험이나 여성 범주를 재부각시키는 것에서 올 것인지, 여성을 여성으로 구성하는 법과 질서의 내적 혁명성에서 오는 것인지는 좀더 면밀한 고찰이 필요하다.

7) 린다 알코프

린다 알코프는 드 로리티스의 주체 개념이야말로 주체성의 중심에 있는 역동성을 강조하면서 지속적으로 움직이는 유체의 상호작용과 자기 분석적 실천 때문에 변화 가능한 주체라고 평가한다. 그리고 드 로리티스가 '의식'뿐 아니라 '경험' 측면을 고려하면서 젠더를 습관, 실천, 담론의 모태를 통해 형성되는 구성물로 파악한 것을 긍정적으로 평가한다. 개인의 정체성은 의식의 역사적 과정으로 구성되며 개

1987), 9.

인의 역사는 의미와 지식의 지평 안에서 해석되고 또 재해석되는 것이므로 정체성은 결코 고정되거나 영원할 수 없다는 점에서 알코프는 드 로리티스와 비슷한 이론적 문맥에 있다.

알코프는 후기구조주의를 무비판적으로 수용하는 페미니즘에 반대하면서, 생물학적 본질주의와 문화결정론 양자를 동시에 피할 수 있는 방법을 모색한다. 여성 '입장주의'의 관점에서 보면 여성이라는 개념은 가변적인 문맥 안에서만 규명될 수 있고, 여성이 자신을 발견하는 그 입장은 의미 구성의 장소로 작용하게 된다. 본질주의나 후기구조주의는 모두 자신의 입장에서 여성성은 '본질적인 고유한 여성성'이나 '규정불가능성'이라고 여성의 진리를 주장한다. 현대의 페미니즘은 여성의 자기 정의가 모든 면에서 해체되고 탈본질화된 '개념'에 입각해 있다는 딜레마를 안고 있는 것이다.[97]

알코프는 현대 페미니즘 이론이 문화주의와 후기구조주의로 양분되어 있다고 본다. 문화주의 페미니즘은 여성의 본질적 특성을 사랑, 창조력, 양육이라 규정하면서 여성성을 우월하고 가치 있는 것으로 찬양한다. 반면, 후기구조주의 페미니즘은 여성에 관한 모든 개념을 해체하고 성차를 다양한 관점에서 접근한다. 하지만 전자는 근본주의에 빠질 위험이 있고, 후자는 명목주의에 빠질 위험이 있다. 이 두 가지 함정에서 벗어나기 위해 알코프는 여성에 대한 '입장주의적 정의(positional definition)'를 채택한다.

해체론적이고 탈본질주의적 여성성을 논의하려는 알코프에 따르면 '문화적 페미니즘'은 메리 댈리(Mary Dally), 아드리엔 리치(Adrienne

---

97) Linda Alcoff, "Cultural Feminism Versus Post-Structuralism: The Identity Crisis in Feminist Theory", *Signs* 13.3 (1988): 406.

Rich), 앨리스 에콜스(Alice Echoles), 헤스터 아이젠스타인(Hester Eisenstein) 등이 발전시킨 것이다. 이 문화적 페미니즘은 여성 에너지, 여성적 의식, 혹은 여성 글쓰기라는 여성 개념, 혹은 어머니 개념을 보편화하려는 경향이 있다는 점에서 본질주의적 경향이 있다. 반면, 이러한 본질주의적 주체 개념과 확실성의 핵을 상정하는 주체를 해체하려는 '후기구조주의 페미니즘'은 정신분석학에서는 라캉의, 문자 언어와 문법에 있어서는 데리다의, 권력의 생산성과 담론의 역사에 있어서는 푸코의 영향을 받고 있다. 하지만 이들 각각의 이론은 구성주의적 주체이론의 초석이 되면서도 남성적 관점에서 주체를 조망한다는 한계를 안고 있다. 알코프는 라캉의 남근 되기/남근 가지기라는 이원론적 존재론이나 데리다의 규명할 수 없는 진리로서의 여성이라는 명목론에 반대한다. 여성이 이성 중심주의라는 기능적 담론 속의 균열을 재현한다고 보게 되면 여성은 이분법적 대립 속의 차이를 의미할 뿐 저항은 불가능해지기 때문이다. 그리고 해체론은 인식론의 한계에 대한 자기반성이자, 정치학에 대한 급진적 자아성찰이다. 따라서 해체론은 어떤 입장에 대해서도 절대적 정당화를 하지 않기 때문에 정치적 규범이나 공공선을 부정하게 되고 정치적 규범이나 공공선이 배제된 페미니즘은 불가능하다. 한편 알코프는 푸코의 역담론이라는 권력 내적인 저항성도 여성의 문제를 배제한 탈성화된 담론이라고 본다.

중심 해체적이거나 탈중심적인 구성주의 주체이론이 여성의 시각을 부각하는 것이 주체적 여성의 관점을 배제한다는 지적이 제기되자, 어떤 방식으로든 여성의 경험이나 현실의 여성문제를 결합할 수 있는 방법이 모색되었다. 린다 알코프는 페미니즘이 명목론에 빠지지 않도록 경계하면서, 사회담론이나 제도 집합 안에서 개인이 행하는 전략적 행동의 여지를 완전히 지우는 것에 반대한다. 여성이 존재하지 않는다면 여성의 이름으로 과연 무엇을 할 수 있겠는가 하고 묻는 것이다.[98] 주체의 진정성(authenticity)을 거부하면 인간은 모두 사회 문화적 구성물로 일반화된다. 그리고 그것은 개별 주체의 특수성을 간과하고 보편가치만을 중시한다는 점에서 정의와 진리를 절대 가치로 숭앙하던 고전적 자유주의 사상의 위험을 고스란히 떠안게 된다. 구성주의적 동질성을 너무 강조하다 보면 명목론에 빠지게 되고, 그것은 본질주의를 가정하는 생물학적 결정론만큼이나 위험한 것이다.

  문화주의와 후기구조주의가 절충되는 곳은 입장주의적 관점에 있다. 알코프는 정체성의 정치학을 '입장주의'와 결합하면, 주체를 비본질적이면서도 역사적 경험 속에서 등장하는 것으로 간주할 수 있다고 본다.[99] 입장주의는 여성 자신이 역사화되고 유동하는 운동의 일부가 되기 때문에 여성은 자신의 입장이 서술되는 문맥에 적극 기여한다고 보기 때문이다. 여성 정체성은 여성의 역사에 대한 그 자신의 재해석이 된다. 요컨대 입장주의라는 개념하에서 여성은 계속 가변적인 문맥 속에서만 규명되는 관계적 용어가 되고, 여성들이 자신을 발견하는 입장은 의미가 발견되는 고정된 장소가 아니라, 의미가 구성되는 역동적 장소로 적극 활용될 수 있다. 그래서 알코프는 유명론과 성차의 본질화를 동시에 피한다는 점에서 드 로리티스와 데니스 릴리(Denise Riley)의 주체 개념을 긍정적으로 평가한다. 따라서 알코프에게 여성은 '객관 규명이 가능한' 자질들의 집합이 아니라, 페미니즘 정치학이 등장하는 '입장'으로 나타난다. 이 입장주의는 생물학적 본질주의와 문

---

98) Linda Alcoff, "Cultural Feminism Versus Post-Structuralism: The Identity Crisis in Feminist Theory", *Sign* 13.3 (1988): 419.
99) *Ibid.*, 433.

화결정론 양자를 동시에 피할 수 있는 절충적인 것이다. 입장주의에서 보면 하나의 범주로서의 여성은 미래의 급진적 변화에 열려 있다. 그리고 이러한 관점은 중립적이고 보편적 인간이라는 서구 남성 중심주의의 가면을 벗겨내어 새로운 이론을 수립하고 여성의 입장에서 주체를 재해석할 수 있게 만든다.

드 로리티스의 의식과 경험이 교차하는 주체나 알코프의 입장주의적 여성은 구성주의와 본질주의를 통합하려는 시도라는 점에서 공통적이다. 그리고 이들 이론은 구성주의와 본질주의의 한계를 비켜나면서 양자를 종합하려는 의도를 갖고 있기 때문에 버틀러의 담론적 구성주의와는 입장을 달리한다. 이들은 여성의 다양성을 인정하되 그 다양성이 여성이라는 이름의 보편토대까지 훼손하지 않을 정도까지만 다양성을 부과하고 있기 때문이다. 그것은 객관적으로 규명할 수 있는 성적 특질을 말하려는 본질주의를 경계하면서도 역사 속에 실존하는 여성의 경험과 실제를 인정하려는 종합의 시도이다. 그러나 이러한 종합의 시도는 남성적 근대론의 관점에서 구성주의와 본질주의를 변증법적으로 통합하려는 시도이기도 하다. 헥만은 여성이라는 범주를 거부하면서 모든 형이상학적 이분법을 부인하는 해체적 관점에서 담론적 주체를 논의한다.

8) 수잔 헥만

헥만은 '여성'이라는 보편 범주를 설정하려는 모든 시도들이야말로 남성 중심적 헤게모니 담론에 기생하는 것이라고 생각한다. 모든 이분

106

법은 위계적이고 서구인식론은 이러한 이분법을 통해 여성성의 권리를
박탈해 왔기 때문에 그것을 비난하는 것조차 이분법적 사고 위에서 행
해진다는 것이다. 이제 여성성/남성성이라는 이분법을 해체하고 '여성'
범주를 역사적 맥락에서 숙고할 필요가 있다. 헥만은 푸코의 논의를
연장해서 페미니즘 이론의 목적은 젠더 구성물들에 대한 비판적 계보
학(genealogy)을 세우는 것이며, 여성을 정의하기보다는 차이들에 입
각한 주체성, 즉 이질적이고 다양하며 비위계적인 정체성을 제시하는
것이라고 본다. 이 주체는 여성의 정체성을 소거하는 것이 아니라 '여
성'을 차이가 지워지지 않은 '여성들'로 대체하려는 것이다.[100]

　수잔 헥만이 보기에 드 로리티스의 여성적 의식/경험의 공동 인식이
나 알코프의 '입장주의'는 근대 주체의 관점에서 본질론과 구성론을 통
합하려는 시도의 일환이다. 그러한 통합적 시도에 반대하면서 이분법
을 극복하기 위해 헥만은 근대 담론이 제시한 '변증법적 주체'와 대비
되는 '담론적 주체'를 개진한 필요성을 역설한다.[101] 변증법적 주체란
본질주의적 능동적 구성 주체와 사회 문화적인 수동적 구성 주체의 이
분법을 넘어서려 하고 있으나 사실상 근대적 관점에서 이 둘을 통합하
려 하지만, 담론적 주체는 변증법적 주체와는 달리 모든 본질주의를
거부하고 이분법을 배제하는 포스트모던, 해체적 주체를 주장한다. 헥
만이 말하는 '담론적 주체'는 비본질주의적 입장에서 근대적 초월 주체
와 탈근대적 구성주의 주체의 경계를 전복하는 주체이다. 따라서 근대

100) Susan Hekman, "Subjects and Agents: The Question for Feminism",
　　 Provoking Agents: Gender and Agency in Theory and Practice, ed.
　　 Judith Kegan Gardiner (Urbana: Illinois UP, 1995), 201.
101) 헥만은 변증법적 주체의 관점을 견지하는 이들로 폴 스미스, 다이아나
　　 메이어, 린다 알코프, 테레사 드 로리티스 등을 꼽는다. *Ibid.*, 197.

담론이 이분화한 남성/여성의 이분법은 허물어질 필요가 있다. 헥만이 주장하는 탈정체성의 정치학(post-identification politics)은 단일한 정체성을 부과하지도, 정치적 행위자를 위한 특정한 정체성을 요하지도 않는다. 두 경우를 다 거부하는 것이 정체성의 정치학에 대한 최상의 대답이라는 것이다.102)

헥만이 말하는 '담론적 주체'란 본질주의를 거부하고 이분법을 배제하며 근대적 주체에 대해 더 급진적인 비판을 가하는 주체이다. 그것은 데리다의 해체전략을 수용해서 구성하는 주체/구성되는 주체의 이분법을 해체하고, 푸코의 영향을 받아 근대성의 모든 초월적 존재를 새롭게 맥락화한다. 모든 주체는 특정한 문맥과 담론적 공간을 가지며 주체성은 언제나 문맥 속에서 재맥락화된다. 그리고 이것은 포스트 페미니즘이 말하는 주체 개념, 행위 주체(agent) 개념이기도 하다. 이 논의는 버틀러의 행위작인 논의와 상당히 유사한 부분이면서 푸코식의 후기구조주의가 가지는 정치성을 역설하는 부분이기도 하다.

헥만은 탈정체성의 정치학(post-identity politics)을 주창하면서 이 정치학이야말로 단일한 정체성을 부과하지도, 정치적 행위자를 위한 특정 정체성을 요구하지도 않는 이상적 정치학이라고 말한다. 양자를 모두 부정할 수 있다는 것이 정체성의 정치학에 대한 최고의 답변이 된다는 것이다. 헥만에게 정체성을 규정한다는 것은 미끄러운 언덕과도 같아서 그 어떤 정의도 구성된 범주 안의 차이를 지워버려야 개별

---

102) 헥만은 정체성의 개인화(privatization of identity)에 반대한다. 자유주의가 개인에게 부과한 정체성은 정체성 그 자체가 아니라, 보편시민이라는 정체성 안에서 차이를 개인화하고 차이를 지운 고정된 정체성을 부과한다는 것이다. Susan Hekman, "Identity Crises: Identity, Identity Politics and Beyond", *Feminism, Identity and Difference*, ed. Susan Hekman (London: Frank Cass, 1999), 24.

적 정체성을 갖게 된다고 말한다. 따라서 페미니즘의 정치적 결정은 범주적 정의를 활용하는 것이 아니라 실용적인 정치행동의 관점에서 정치성을 규정하면서 구체적인 정치 목적을 달성하는 '비정체성의 정치학'이어야 한다는 것이다.[103]

알코프나 드 로리티스는 여성의 입장에서 탈중심적인 주체 논의를 받아들이면서도 정치성을 상실하지 않기 위해 경험이나 본질론을 수용하는 이중적 입지를 수립하기 위해 노력한다면, 수전 혝만이나 크리스 위든의 '담론적 주체'는 변증법적 통합을 지양하고, 좀더 해체론적인 입장에서 형이상학의 이분법을 허물려고 노력한다.[104] 담론적 페미니즘 주체는 일상적 삶의 미시적 실천을 통해 재현의 이데올로기에 저항하기도 하고, 이성애주의나 인종차별주의 등 지배담론 안에서 여백, 틈, 간극의 공간을 저항적 실천이나 새로운 공동체가 형성될 수 있는 곳으로 모색하면서 정치적 긍정성을 조망한다.

지금까지 주디스 버틀러의 젠더 정체성 논의의 위상을 검토하기 위해서 보봐르, 초도로우와 벤자민, 뤼스 이리가레, 재클린 로즈, 줄리아 크리스테바, 테레사 드 로리티스, 린다 알코프, 수잔 혝만 등 페미니즘 안에서 전개한 여성 정체성에 대한 선행 작업들을 고찰해서 페미

---

103) Susan Hekman, "Feminism, Identity and Difference", *Feminism, Identity and Difference*, ed. Susan Hekman (London: Frank Cass, 1999), 24.

104) 크리스 위든(Chris Weedon)도 담론적 주체를 주장하다는 점에서 혝만과 유사한 입장을 취한다. 위든은 주체나 주체성이라는 것이 개인에 대한 인본주의적 개념과 단절되어 있으며 불확정적이고 모순적인 과정에 있다고 본다. 우리가 말하고 사고하는 매 순간 주체는 '담론' 속에서 재구성된다. Chris Weedon, *Feminist Practice and Post-Structural Theory* (1987), 32.

니즘에서 여성 정체성의 논의가 전개된 과정을 살펴보았다.

보봐르는 헤겔적 주체를 기반으로 해서 주인-노예 투쟁에 대한 코제브의 해석을 중심으로 자아와 타자 간의 지배 투쟁이 자아정체성 획득에 필수적인 것으로 파악했다. 헤겔의 논의는 정체성 획득이 '부정성'이나 그것을 구성하지 않는 '외부'에서 온다는 사고를 발전시키는 단초가 되었다. 그러나 보봐르는 여성을 남성의 타자나 대상으로 간주하면서 여성도 주체적 관점에서 독립되어야 한다는 소박한 근대적 주체론을 기저에 두고 있다.

자아의 독립적이고 자율적인 발달이라는 면에서 보봐르를 계승하고 있는 초도로우나 벤자민은 대상관계론에 입각해서 여성 주체를 설명한다. 초도로우는 주체가 타자(어머니)에 대한 의존을 부정하고 독립하려는 노력에서 자아정체성을 획득한다고 보고, 벤자민은 자아주장과 상호인정이라는 이원성을 축으로 해서 자아정체성의 상호주관적 모델로 자아정체성을 파악한다. 이들은 어머니와 유아의 양자관계를 억압의 관점에서 보는가 상호주관성의 관점에서 보는가의 차이는 있지만 주체 형성의 발달과정을 대상과 세계가 맺는 관계에서 본다는 점에서 공통적이다. 이 주체는 사회학적인 통합 자아에 초점을 둔다는 점에서 근대적 주체 논의와 관련된다.

기존의 주체 논의가 남성 주체를 근대적인 보편 주체로 간주한다는 인식에 따라 여성의 입장에서의 '여성 주체적인 여성'에 대한 논의가 확대된다. 그리고 '여성 주체적 여성'의 논의는 정신분석학이나 해체론의 영향 이후 단일하거나 자족적인 본질적 주체에 대해 회의적 시선을 던진다. 이리가레는 데리다의 해체론을 계승하지만 남근 중심주의적인 정체성을 비판하고 대안적인 '여성 상상계'를 주장하며, 나아가 양성의 차이를 포용한 성차의 윤리를 주창한다. 라캉의 정신분석학을 계승한 재클린 로즈는 정체성과 사회적 정치적 투쟁은 분리될 수 없다는 신념을 바탕으로 개인적, 집단적 정체성 및 언어 속의 의미화 방식을 옹호한다. 정신분석학에서 말하는 무의식적 균열과 자기저항성이 동일자적인 남성논리에 대한 대안을 제시할 수 있다는 것이다. 그러나 로즈는 상징질서의 내면화를 통해 획득된 자아정체성이 사회 참여에 필수적인 것으로 볼 뿐 상징질서의 부권적 구성에 대해서는 설명하지 않는다는 한계가 있다.

여성 정체성은 '위치성'이나 '주변성'으로만 나타날 뿐 여성적 특이성이란 존재하지 않는다고 보는 이론가도 있다. 줄리아 크리스테바의 자아정체성은 지배와 억압의 산물이기 때문에 개인의 정체성은 존재하지 않고 상징계 속의 위치로만 드러난다. 그리고 모성이 자애로운 어머니와 비천한 어머니 사이에 양가성을 가지는 것처럼, 부성도 상상계적 아버지와 상징계적 아버지 사이에서 모호성으로 나타난다. 크리스테바가 말하는 주변적 위치성으로서의 여성성은 여성을 소수자나 주변인으로 인식하기 때문에 여성운동이나 페미니즘의 정체 주체를 확보하지는 못하는 한계가 있다. 이에 따라 여성 내부의 다양성과 다양성을 인정하면서도 여성이라는 정치 주체를 확보하려는 절충적 시도들이 이어진다.

린다 알코프는 여성에 대해 '입장주의적 정의(positional definition)'를 수용하는데 이 입장주의는 여성의 역사적 경험과 비본질론을 통합하려는 절충적 의도에서 논의된다. 알코프는 '입장주의적 주체'를 생물학적 본질주의와 문화 결정론을 동시에 피할 수 있는 절충적 주체 개념으로 사용한다. 드 로리티스는 페미니즘에서의 주체 논의가 갖는 딜레마를 비슷한 방식으로 풀어간다. 명목주의와 본질주의를 동시에 피할 방법을 모색하면서 '경험'의 측면을 재도입해 '의식' 개념과 결합시키고 절충하고 있는 것이다. 그는 세계나 역사와의 관계에서 비롯되는 '경험'과 개개인의 고정되지 않는 내적 자아로서의 '의식' 간에 상호 교차와 통합을 꾀한다는 점에서 알코프와 유사성을 가진다.

수전 헥만은 알코프나 드 로리티스의 이러한 여성 주체 개념조차 통합성을 향한 근대 주체의 변증법적 몸짓이라고 보고 이 같은 '변증법적 주체'와 대비되는 '담론적 주체'의 가능성을 연다. 담론적 주체는 모든 변증법적 통합을 거부하면서 본질주의와 이분법을 배격하는 새로운 주체 개념으로 제시된다. 수전 헥만의 '담론적 주체'는 푸코적 구성주의에 바탕을 두고 모든 종류의 통합적 주체를 피하려는 비본질주의적 주체이며 언제나 새로운 문맥 속에서 재의미화되는 주체이다. 이는 버틀러가 말하는 젠더 정체성과도 유사하다.

버틀러는 본질론적이지 않는 구성주의적 주체를 논의하면서, 동시에 구성주의적 논의가 상실하기 쉬운 정치적 거점까지도 확보하려고 한다. 따라서 페미니즘에서 발생했던 여성 정체성의 기존 논의는 주디스 버틀러의 젠더 정체성 논의가 발생된 맥락과 그 의의를 이해하는 기반을 마련할 수 있으리라 여겨진다. 버틀러는 기본적으로 비본질주의에 구성주의적 여성 정체성을 기반으로 자기 논의의 기반으로 하고 있고, 푸코식의 권력과 담론의 생산성을 바탕으로 해서 페미니즘의 정치적 실천력의 이론적 입지를 세우고 있다. 버틀러의 젠더 정체성은 패러디적이고 수행적이며, 권력에 역설적으로 복종하면서, 자신의 내부에 자기부정성을 안고 있는 우울증적인 것이다. 버틀러의 젠더 정체성에 대한 자세한 논의는 패러디, 수행성, 반복 복종, 그리고 우울증이라는 관점에서 다음 장에서 자세히 논의하기로 한다.

제3장 주디스 버틀러의 젠더 정체성: 패러디, 수행성, 반복 복종, 우울증

젠더의 구성방식은 환상적이다. 환상적이라는 의미는 규율담론의 모태 속에서 구성되면서도, 자신이 본질적이고 근본적인 것인 양 한다는 뜻이다. 우리는 최초에 생식기의 판별에 따라 남자나 여자로 태어나고, 이후에 교육과 학습을 통해 남성성과 여성성을 습득한다고 알려져 있다. 자연적이고 생물학적인 섹스가 선천적으로 먼저이고, 문화적이고 심리적인 젠더는 부차적이거나 이차적이라는 의미처럼 말이다. 그러나 생물학적 섹스와 문화적 젠더는 사실 동시적으로 발생한다. 탄생의 순간 이미 사내아이는 씩씩한 왕자로 불리고, 계집아이는 예쁜 공주로 불리기 때문이다. 우리는 규범적인 언어 구조, 관습적인 담론의 모태 속에 던져지는 것뿐이다. 그러니 섹스가 먼저이고, 젠더가 나중이라고 말할 수 없다.

'진정한' 젠더라는 것도 환상이고 허구이다. 의식·무의식적으로 당대의 젠더규범을 몸에 반복 각인하며 살아가는 주체에게 젠더는 본질적이거나 내적인 핵심을 가진 것이 아니라 규율담론이 개별 개체에 반복 각인한 담론의 결과이자 효과에 불과하다. 담론이 그 젠더를 이차 효과가 아니라 내적 핵심이라고 믿게 하는 자체가 고도의 내면화 효과이다. 모든 젠더 정체성은 규제적 허구이며 환상적 토대 위에서 구성되는 상상적 이상인 것이다.

주디스 버틀러에게 모든 젠더 정체성이 규제적 허구이며 환상적 이상이다. 또한 진정한 젠더 정체성도 존재하지 않는다. 범주로서의 여성도 해체된다. 모든 자기동일적 정체성은 억압과 희생의 산물이기 때문이다. 버틀러는 언제나 전복가능성에 열려 있는 허구적이고 환상적인 구성물로서의 젠더만을 논의한다. 그렇다면 본질적 실체를 가지지 않는 버틀러의 환상적 젠더 정체성 논의가 페미니즘에서 가지는 의미는 무엇이며 그것은 어떤 방식으로 제시되는가? 정체성이 담론과 권력 속에서 구성되는 사회적 산물일 뿐 본질적으로 존재하지 않는다면 그런 젠더 주체의 논의는 페미니즘 정치성과 어떻게 결합될 것인가? 본 장은 버틀러의 젠더 정체성 논의가 무엇인지 상세히 고찰하고 그것이 가지는 페미니즘적 정치성을 모색하는 작업을 수행하려 한다.

버틀러의 논의는 대개 '수행성의 정치학(politics of performativity)'으로 알려져 있다. 이 수행성 논의가 페미니즘에서 중요한 이유는 여성이라는 범주적 개념 없이도 페미니즘과 퀴어 이론의 정치학을 가능하게 하는 방식을 제시한다는 데 있다. 지배의 산물, 희생 논리의 산물이 아닌 차이와 비동일성으로 구성되는 젠더 정체성 이론을 통해서 버틀러는 언제나 스스로의 입지를 허무는 토대 위에서 있는 내적 반성성의 문제를 제기한다. 이 주체는 끊임없는 재형성과정 중에 있으며, 완전한 자기동일적 주체란 불가능한 이상이라고 주장한다. 근본적으로 비동일적인 주체는 언제나 반복적 의미화 속에서 고정된 의미를 거부하고 스스로의 자기동일성에 지속적인 회의의 시선을 보낸다. 따라서 버틀러의 수행성의 정치학은 인간이 자신의 정체성을 구성하는 과정에서 타자를 배제하는 폭력을 행사하지 않으면서 자기동일성을 끊임없이 의심하고 재구성하는 내적 저항의 정치성을 탐색한다. 행위에 따라 가변적으로 수행되는 젠더 정체성은 완전하거나 자족적인 주체 개념을 거부하면서 일시적이고 전략적인 정치적 거점도 형성할 수 있다.

버틀러에게 정체성은 사람의 본질적 심층의 특성이기보다는 외부적 표층 속에서 구성되는 반복적 행위이기 때문에 수행적인 것이다. 젠더도 '행위의 양식화된 반복을 통해 산출된 효과'이기 때문에 존재의 본원적이거나 본질적인 속성을 가정할 수 없는 수행적인 것이다. 그러나 이 수행적 젠더 정체성은 자신이 명명하는 것을 생산할 능력을 가진 담론의 양상으로서 항상 반복과 재인용을 통해서 발생하기 때문에 언제나 재의미화와 기존 의미의 전복가능성을 안고 있다. 이 저항의 정치성이 바로 모든 의미를 권력의 효과로 보는 페미니즘이나 퀴어 이론과 결합될 수 있는 부분이기도 하다.

버틀러를 일약 학계의 스타로 만든 주저 『젠더 트러블: 페미니즘과 정체성의 전복(Gender Trouble: Feminism and the Subversion of Identity)』(1990)은 '젠더' 논의를 쟁점화해서 커다란 반향을 일으켰다. 기존의 섹스, 젠더, 섹슈얼리티는 모두 문화적 구성물이라는 관점에서 구분될 수 없다는 파격적 주장 때문이다. 근본적이거나 본질적인 정체성을 가정하고 있는 모든 선행 이론가들은 페미니스트이건 아니건 맹렬한 비판을 받았다. 이 저작은 정체성에 대한 논쟁적 비판을 바탕으로 퀴어의 새로운 가능성이라는 실천적 거점을 마련했다. 모든 것이 젠더인데다가, 그 젠더마저도 안정되거나 본질적인 것이 없어서 패러디적 수행성 속에서 가변적으로 형성되는 문화적 구성물이자 당대 담론이 만든 규제적 이상이라는 주장이다. 이제 모든 것은 젠더이고, 젠더는 강제적인 문화의 수행 결과, 지배담론의 이차적 효과에 불과하다. 더불어 여성 주체라는 일관된 정체성은 '이성애적 모태' 위에서 강압적으로 구성된다. 여성 주체는 정상적인 '이성애'의 성 경향 규범 속에서 안정성과 일관성을

획득할 때 생산되고, 상대적으로 비정상적인 성 경향을 가진 불안정하고
비일관적인 동성애자들은 주체가 아닌 비체로 나타난다는 비판이다. 비
체인 동성애자들의 젠더 정체성은 반복적인 수행적 구성방식 속에 스스
로의 의미를 재전유하면서 기존의 모멸적 의미를 전복하고자 한다.

『젠더 트러블』에서 섹스는 없고 젠더만이 수행적으로 존재한다는
주장은 많은 논란과 쟁점을 야기했다. 그 대표적인 것이 그렇다면
실존하는 몸은 어떻게 해석할 것인가 하는 질문이었다. 이에 대한
대답이 『중요한 몸: '성'의 담론적 한계들(Bodies That Matter: The
Discursive Limits of 'Sex')』(1993)이다. 중요하다는 의미의 'matter'는
물질화(materialize)된다는 뜻이기도 하며, 질료(matter)로서의 어머니
(mother)나 모태(matrix)를 의미하기도 한다. 버틀러는 몸조차도 몸
을 인식할 수 있게 만드는 의미화 체계가 없다면 인식 불가능한 것이
고, 그런 인식 이전의 몸은 없다고 주장한다. 최소한 몸은 인식과 함
께 발생할 때에만 몸으로서 받아들여질 수 있다는 주장이다. 그렇다
면 '몸'의 문제에 있어서도 물질성과 규제적 국면은 동시에 강조된다.
몸의 물질성이 부정되거나 무시되는 것이 아니라, 몸 자체가 이미 하
나의 규범으로 구성되는 과정에 있다는 논의인 것이다. 규범은 몸을
인식할 수 있는 것으로 물질화하고, 이런 몸의 물질성에는 규범이 부
과되어 있다. 아니 몸은 규범에 의해서만 그 외형이나 윤곽을 나타내
고 작동될 수 있다. 이처럼 『중요한 몸』은 몸의 물질성이 의미가 되
기 위해 필요한 담론의 규제와 이상을 조망한다. 특히 이성애 중심
사회 속에서 '섹스'가 어떻게 강제적으로 생산되는지, 그리고 그런 생
산의 기저에 있는 전제들은 어떻게 전복가능성을 갖는지를 연구한다.
그 대표적인 예가 '레즈비언 팰러스'로서 팰러스를 의미를 바꾸면서

원본의 권위를 조롱하는 경우가 된다.

『격분키 쉬운 발화』(1997)는 수행성의 정치학이 반복과 인용을 통한 재의미화를 거쳐서 현실 속에서 가지는 전복적 '실천성'을 역설한다. 즉 언어의 수행성이 가지는 '전복적 재의미화'와 '인용성(citationality)' 이 가지는 권력을 역전시킬 '우연적이고 미약한 가능성'을 주장한다. 버틀러는 혐오 발화나 포르노를 법적으로 규제하려는 이론가들의 작업에 반대하는데, 이유는 그런 법적 규제가 더 단단한 다른 규제를 생산한다고 보기 때문이다. 말하는 주체는 필연적으로 자신의 이전에 존재하던 언어에 의존해야 하고, 언어적 존재로서 우리는 사회적으로 인가된 말 걸기 양식에 의해 존재로 호명된다. 이러한 호명은 호명된 몸이 무엇인가에 대한 의미를 줄 뿐 아니라, 당대의 문화적 좌표 속에서 몸이 자신의 위치를 극복할 수 있는지에 관한 몸의 실제적 의미를 설정한다.[105] 그리고 반복 속에서 내적 전복성과 재의미화의 가능성을 의미하는 수행적 방식으로 구성된 주체는 근본적으로 자율적 주체에 대한 환상적 가능성을 일격에 격파한다.[106]

『권력의 심리상태』(1997)는 권력의 무의식이 어떻게 정신분석학적 재통합을 피하면서 자신 안의 내적 저항성으로 나타날 수 있는지를 '이론적으로' 면밀하게 고찰한다. 버틀러는 복종이란 의미 자체의 이원성과 역설을 통해 주체가 기존규범에 '복종'해야만 '주체'가 될 수 있다고 주장하지만, 반복 복종 속에 재의미화의 가능성도 있다고 주장한다. 버틀러에게 니체나 알튀세나 푸코와 같은 생산적 권력의 이론가들은 내면화라는 권력기제의 주체에 대한 작동방식을 명시하긴

---

105) Judith Butler, *Excitable Speech: A Politics of the Performative* (New York: Routledge, 1997), 159-60.
106) *Ibid.*, 26.

했지만 '권력의 심리적이고 사회적인 작동방식'을 설명하지 못했기 때문에 행위작인과 관련해서 딜레마에 빠진 것이라고 주장한다. 알튀세의 '호명(interpellation)'이나 푸코의 '규범적 이상(normative ideal)'인 '영혼(soul))'처럼 외적 절대 주권이 일방적으로 부과한 권력을 내면화하는 것으로 주체 형성을 설명하게 되면 문제가 생긴다. 몸의 내면성(interiority)을 일방적인 기율권력 효과에 순응하는 유순한 표면 상태로 남겨두면서 그 내면성 자체를 무력화시키는 것이다.[107] 그것은 정신분석학의 경우에도 예외가 아니어서 심리만 지나치게 강조하게 돼도 문제가 발생한다. 심리가 가지는 저항의 정치성은 미약하기 때문에 권력을 내적으로 피할 수는 있어도 권력에 역동적으로 작용하여 권력을 변화시키는 것은 불가능하다는 것이다. 권력의 무의식이라는 권력의 이원적 관계를 제대로 고찰하지 못하면 권력의 외면적 작동방식만 강조하거나, 심리적 구성방식만 강조하게 되어 문화 결정주의나 심리 결정주의에 빠지게 된다는 것이다. 버틀러는 양자의 함정을 피하면서 외적 권력에 완전히 복종하지도, 내적 심리의 무저항성에도 빠지지 않는 새로운 지점의 가능성을 역설한다.

버틀러가 알튀세의 호명 이론이나 푸코의 역담론 이론과 구분되는 지점이 여기에 있다. 그것은 문화 결정주의나 법 결정주의가 또 다른 자율성의 환상을 불러일으킬 가능성을 경계해 문화나 법의 내부에 있는 무의식적 자기 전복성을 끊임없이 소환하는 작업이다. 주체 이론가들이 주체가 구성되는 위치를 통합하는 비평가의 전지적이고 신학적인 관점을 허용하게 되면 그 순간 자율성의 환상을 부활시키게 된

---

107) Judith Butler, *Psychic Life of Power: Theories in Subjection* (Stanford: Stanford UP, 1997), 86-7.

다.[108] 주체성은 어떤 장소가 아니라 집착과 의존과 상실의 환승점 (transfer point)이기 때문에 이러한 비평적 관점은 불가능한 환상이 다. 그리고 이러한 전환점 없이는 어떤 주체도 나타날 수 없지만, 그 렇다고 그 형성과정 중에 이 전환점을 완전하게 이해할 수 있는 주체 가 존재하는 것은 아니다.[109]

버틀러는 권력 이론과 심리 이론을 결합해 둘의 단점은 피하면서 장 점을 살리고자 한다. 프로이트의 우울증은 '내적 공간의 비유'를 생산 하는 전환으로서, 외상을 재상연하기 위해 '심리로 후퇴한' 어떤 행위 이다.[110] 버틀러는 우울증을 심리적 과정의 이름이기보다는 심리적 삶 에 대한 공간화의 비유라고 보았다. 그래서 우울증은 입증할 수 있는 명제나 인간의 보편 자질이기보다는 주체성을 생산하기 위한 '텍스트 의 알레고리'로 파악한다. 우울증 환자는 그 상실을 인정하고 싶지 않 은 타자의 목소리를 가지고 타자에게 했을 비난을 자기 자신에게로 전 환시킨다. 주체는 자신에게 권력을 발휘하는 사람에게 나타나며 그 목 소리는 주체의 심리를 규제하는 도구가 된다.[111] 우울증은 자아를 은 유적 '정치 형태'로 형성하고, 이 안에서 자아는 말할 수 없기 때문에 공공의 저항을 감당할 수 없는 금지에 대한 반대를 내면화해서, 자신 의 목소리가 스스로에 반하는 소리를 말한다는 것을 알게 된다.

108) Judith Butler, "Contingent Foundation: Feminism and the Question of 'Postmodernism'", *Feminist Contentions: A Philosophical Exchange*, eds. Seyla Benhabib, Judith Butler, Nancy Fraser, Drucilla Cornell, Linda Nicholson (New York: Routledge, 1995), 42.
109) Judith Butler, *Psychic Life of Power: Theories in Subjection* (Stanford: Stanford UP, 1997), 8.
110) *Ibid.*, 181.
111) *Ibid.*, 197.

버틀러는 '전환(turning)'의 은유를 사용해서 주체가 어떻게 권력
망에 빠져들면서도 권력에 고정되지는 않는가를 설득력 있게 제시한
다. 버틀러는 프로이트의 우울증 이론을 활용해서 안정된 자기동일적
주체나 자율성은 환상이라고 재해석한다. 자율성은 주체의 목소리 속
에서 주체를 불가능하게 만드는 주체의 근원적 속성을 거부하기 위해
만들어 낸 환상, 곧 상실한 애정의 대상을 완전히 제거했다는 환상이
라는 것이다. 그러나 변화의 행위작인(transformative agency)은 사회
적 관계와 대립되거나 그 관계를 변화시키는 방식으로 존재한다.

논쟁적 공저 『우연성, 헤게모니, 보편성』(2000)은 '정치학'은 근본적
토대를 상정하지 않고도 가능하며, '보편성'조차도 자신의 내부에 부정
성을 안고 있는 역설적인 것임을 주장한다. 보편성은 특수성을 무의미
한 것으로 소실시켜 버림으로써 가능한 것이기 때문에, 보편성이 있기
위해서는 개별적인 특수성이 필요하다. 즉 보편성은 자신이 근거하고
있는 부정성들과 분리될 수 없는 것이다. 우선 특수성을 부정하지 않
고서는 특수성을 보편성에서 배제할 수가 없고, 보편성은 자신이 포함
시키려는 것을 파괴하지 않고서는 생길 수 없다는 것을 부정성이 확
인시켜 준다. 게다가 보편성에 특수성이 동화된 부분은 동화될 수 없
는 잔존물로 그 흔적을 남기면서 유령과 같은 방식으로 자신에게 보
편성을 부여한다.112) 따라서 보편성의 전제를 구성하는 것은 역설적
이게도 공통적 합의의 부재이다. 반복적인 화행은 정치학 속의 보편성
의 범위를 규정해 온 기존 담론을 제거할 가능성을 제시한다. 이 정치
적 수행성은 자신의 주장을 절대화하는 것이 아니라 적법성을 가늠하

112) Judith Butler, "Restaging the Universal", *Contingency, Hegemony, Universality: Contemporary Dialogues on the Left* eds. Judith Butler, Ernesto Laclau and Slavoj Zizek (New York: Verso, 2000), 23-4.

는 일단의 문화적 규범들을 재진술하고 재상연하는 것이다. 이러한 변화가 더 모호하고 더 수정가능성이 많은 담론 속의 유동적인 합법성을 가능하게 한다. 문제는 정의가 무엇이고 보편성이 무엇인가에 답하는 것이 아니라, 이러한 문제들이 지속적으로 질문을 제기하고 열린 의미들을 허락하며 미래에 민주주의가 어떻게 도래할 것인지를 보여주는 정치적 담론들을 촉발시킬 수 있게 만드는 것이다.[113]

『이론에 남겨진 것은 무엇인가?』(2000)의 서문에서 버틀러는 이론이 문학을 읽어내는 과정에서 이론은 사회 정치적 세계와 관련되어 순수성을 상실해 불순해졌고, 주제론도 정치적 주요 통찰을 주던 재현양식을 거부하면서 훨씬 더 어려워졌다고 말한다.[114] 문학과 이론의 만남은 역사주의적 방법론을 취하기도 하고 신비평적인 면밀한 텍스트 독서의 방식을 취하기도 했지만 그것은 발전이나 진보라는 관점에서 기술되기가 어려워졌다. 문학연구가들은 법, 정치이론, 사회 구조론을 연구하고, 사회학 서적은 은유, 환유, 알레고리와 같은 의미생산의 문학적 차원들에 의존하게 되면서 문학과 이론은 점점 더 복잡하게 얽힌다. 더욱 복합적이고 다양한 양식으로 결부된 사회적 문맥속에서 문학과 문학비평이 어떤 역할을 할 것인가는 여전히 중요한 숙고의 과제로 남아 있는 것이다.

문학의 역할이 중층 결정된 복합 양식으로 드러나는 구체적 사례는 버틀러의 『안티고네의 주장(Antigone's Claim)』(2002)에서 나타난다.

---

113) *Ibid.*, 41.

114) Judith Butler, John Guillory, and Kendall Thoman, "Preface", *What's Left of Theory?: New Work on the Politics of Literary Theory*, ed. Judith Butler, John Guillory, and Kendall Thoman, (New York: Routledge, 2000), x.

버틀러에 따르면 금지한 오빠를 매장하고 자신이 그 행위를 했노라 주장하는 '안티고네의 주장'은 수행적 위반행위이며, 이 행위 속에서 안티고네가 젠더규범과 친족 규범을 동시에 위반하고 있다. 안티고네는 불변의 필연성으로 '우연성'을 재기술하려는 반복적 사례가 되면서 친족이 문화적으로는 우연적인 특성을 가진다는 것을 드러낸다. 또 젠더의 안정성도 불안하게 흔들린다는 것을 지적한다. 안티고네가 재현하는 것은 친족의 이상적 형태가 아닌 일그러지고 자리바꿈을 한 친족으로서 지배적 재현 체계를 위험에 빠뜨리는 형태이며,115) 남성적 방식으로 저항하고 아버지에게 아들노릇을 한 안티고네는 딸이면서 아들, 여자이면서 남자인 주체이다. 안티고네는 오이디푸스 드라마를 위한 단정한 이성애적 종결을 내는 데 실패하며, 이는 정신분석학적 출발점으로 설정된 이성애주의를 해체하는 '퀴어' 주체의 탄생을 예고하는 것이다.

조나단 컬러는 문학적인 것이 이론에 대한 모범적 행위작인을 재현할 수 있다면 그것은 또한 이론 속의 '행위작인'을 보여주는 근원이 될 수도 있다고 말하면서 문학의 역할이 복합적인 대표 사례가 『안티고네의 주장』이라고 평가한다. 소포클레스의 문학 작품 『안티고네(Antigone)』에서 안티고네는 주권을 주장함으로써 행위작인을 문학적으로 재현할 가능성으로 작용한다는 것이다. 안티고네의 행동이나 말을 버틀러가 정신분석학과 정치학간의 관계를 논의하는 데 사용하고 있다면, 그것은 안티고네가 모범적인 행위작인이어서가 아니라 안티고네라는 인물이 가족과 국가 간의 문제나 친족에 대한 우리의 관념에

---

115) Judith Butler, *Antigone's Claim: Kinship Between Life and Death* (New York: Columbia UP, 2000), 24.

영향을 미쳐온 강력한 해석적 전통으로 떠올랐기 때문이다.[116] 안티고네는 서구문화가 취한 사상적 과정에 대한 대안을 제시하는 면도 있지만, 더 중요하게는 안티고네에 대한 해석이 오늘날까지 영향력을 미치는 친족 및 친족에 대한 담론이나 그 담론이 정치구조와의 맺는 관련성을 뒷받침해 왔다. 버틀러가 안티고네를 정치학이나 친족 모델의 적법성 논의에 활용한 것은 정치학이나 친족 모델을 설명하는 데 있어서 문학이 더 나은 양식이 될 수 있다는 것을 보여준다. 그것은 문학적 언어가 그동안의 역사적 구성물이나 제도적 장치들을 비판하는 데 강력한 자원을 제공하기 때문이다.[117]

버틀러는 이외에도 『불확실한 삶(Precarious Life: The Powers of Mourning and Violence)』(2004), 『젠더 되돌리기(Undoing Gender)』(2004)를 연이어 출판했고 연이어 『자기를 말하기(Giving an Account of Oneself)』(2005)를 내놓는 등 왕성한 저작활동을 하고 있다. 9·11이라는 국가적 사태를 겪은 후 버틀러는 레비나스를 끌어와서 문명의 불만과 우울증으로 다 해석되지 않고 남아 있는 동성애 우울증의 문제를 윤리적 관점에서 재조명하고자 한다. 폭력에 노출되어 있는 가멸적 몸을 가진 보잘것없는 인간의 나약함과 그에 따르는 고통, 그리고 애도의 슬픔과 인간의 조건을 재조명하면서 호모 사커(Homo Sacre)로서의 우리에 대해 조망하고자 한다. 슬픔은 그것을 드러낼 수 있는 사람과 없는 사람을 구분함으로써 정치화될 수 있다. 이렇게 정치적으로 배치된 슬픔에 저항하는 전략 또한 슬픔의 정치일 것이다. 이제 우울증에서 애도

---

116) Jonathan Culler, "The Literature in Theory", *What's Left of Theory?: New Work on the Politics of Literary Theory*, ed. Judith Butler, John Guillory, and Kendall Thoman, (New York: Routledge, 2000), 284.
117) *Ibid.*, 286.

로 나아가려는 버틀러는 타자를 끌어안는 윤리학적 가능성을 모색하고 있다는 점이 최근 버틀러가 보여주고 있는 가장 큰 변화일 것이다.

이처럼 버틀러는 페미니즘에서의 정체성 논의에서, 퀴어 이론의 실천적 저항성과 문학이 현실적 변화와 맺는 관계, 윤리학적 가능성에 이르기까지 폭넓은 관심을 두고 '수행성의 정치학'을 주장해온 이론가이다. 그중 버틀러식의 사고의 반전은 대략 세 가지 정도로 꼽을 수 있다. 그것은 남녀의 구분 때문에 이성애가 생긴 것이 아니라 이성애가 남녀 구분을 강요했다는 인과론의 전도이고, 모든 젠더는 드랙과 같이 인공적인 구성물이라는 정상/비정상의 경계 와해이며, 마지막으로 정상/비정상의 구분을 짓는 것도 규제적 담론일 뿐이라는 권력 중심주의에 대한 비판적 인식이다.

우선 남녀의 구분은 강제적이고 배타적인 이성애의 원인이 아니라 그 결과라는 점이다. 남녀라는 생물학적인 차이는 이성애의 근본적 원인으로 가정되어 왔지만, 사실은 이성애적 모태가 남성과 여성의 차이를 강화하고 규제적으로 강요한 것이다. 버틀러는 생물학적 차이에서 이성애가 자연스럽게 산출된 것이 아니라 이성애라는 성 경향 규범이 남녀의 차이를 만들어 냈다는 사고의 역전을 도모한다.

두 번째로 버틀러에게 모든 젠더는 드랙처럼 구성된다. 드랙은 자신에게 합당한 성이 아닌 다른 이성을 모방한 자이지만, 젠더라는 것이 여성성이나 남성성으로 가정된 환상적 비전을 모방한 것이라는 점에서는 드랙이나 정상애자나 다를 것이 없다. 남성이 남성성을 모방하든 여성성을 모방하든 근본적으로 젠더 특성이 있는 것이 아니라 이상적 자질을 모방한다는 점에서는 동일하게 이차적 구성물이 된다. 게다가 드랙은 이성애의 우울증이지만 모든 젠더가 자신에게서 배제된 것을 불완전하게 합체하고 있다는 점에서 드랙이나 정상애자는 모두 우울증적으로 구성된다. 드랙은 이성애의 우울증이고 이성애자는 드랙의 우울증이 된다.

마지막으로 비정상인들(anomalities)은 본질적으로 비정상이어서가 아니라 이성애가 비정상으로 규정했기 때문에 그렇게 규정되었다는 지적이다. 정상/비정상을 나누는 규범은 당대의 성 경향 규범과 질서가 명명한 규제적 허구이다. 주체/비체, 이성애자/동성애자라는 구분도 이성애에 입각한 젠더규범이 생산한 이분법이다. 사실 섹스, 젠더, 성 경향은 복합적이고 서로 얽혀 중층적으로 결정되어 있다. 생물학적인 양성 인간을 제외하더라도 인간은 남녀로 구분된 동시에 남성적, 여성적, 양성적이라는 세 가지 젠더를 가지고 있고, 그것은 이성애, 동성애, 양성애라는 세 가지 욕망으로 다시 분리된다. 동성애나 양성애가 비정상으로 치부되는 것은 우리가 이성애라는 제도 권력의 모태 위에 있기 때문이다.

모든 단일한 정체성은 담론과 제도 규율의 산물이고, 젠더 정체성은 규율권력이 이상화하는 성역할을 반복해서 연기함으로써 생산된 문화적 구성물이다. 이들은 고정된 것이 아니라 자기의 자족적이고 완전한 정의에 반하는 역담론과 재의미화의 가능성을 가지고 있다. 본질적인 여성(성)은 없으며, 여성은 희생자나 피억압자로 범주화될 수도 없다. 여성이라는 젠더 정체성은 사회적으로 구성되는 것이며, 당대의 규율권력이 부과한 규제적 허구이다. 본질적 의미의 정체성은 존재하지 않고 제도가 반복 각인한 담론적 효과로서의 정체성만이 존재하지만 그것은 정치적 시급성이 있을 때 '여성' 범주를 허구적으로 일시 결성하고, 또 다른 억압기제나 도그마로 굳어지지 않기 위해 흩어진다.

126

섹스나 젠더는 이성애를 정상성으로 간주하는 성 경향의 법칙 위에서 구성된다. 버틀러는 이성애 중심주의라는 문명의 근본 패러다임에 문제를 제기하고, 본질적인 젠더 정체성을 부정한다. 섹스와 젠더를 생물학적 성과 문화적 성으로 구분하면 섹스는 본질적인 핵심을 가진 것으로 말해지지만 섹스조차 문화적으로 의미화될 때에만 존재론을 가지는 것이기 때문에 젠더와 경계를 흐리고 있다는 것이다. 버틀러는 섹스/젠더의 이분법적 사유구조에 저항하면서, 본질적인 남성이나 여성은 없고 젠더 모델이라는 허구적 이상에 대한 모방만이 존재한다고 주장한다. 패러디적 모방 구조에서 생산되는 젠더 정체성이 반복적으로 수행되면서 의미는 끊임없이 재각인되고 재표명된다. 여성의 젠더 정체성도 이성애적 성 경향을 정상성으로 간주하는 제도와 규율 권력이 만든 담론적, 규제적 허구이다.

버틀러가 당대 페미니즘 비평의 핵심어로 부각시킨 '수행성 이론'은 정체성에 항구한 본질주의적 속성을 부여하는 것을 거부하고, 가변적으로 행위 중에 구성되고 곧 해체되는 비본질주의적인 정체성을 주장한다. 그것은 자신이 발화하는 대상을 정확하게 지시할 수 없는 언어 행위처럼, 정신적 개념화에 완전히 포섭되지 않는 몸처럼, 주체를 복종시키면서 구성해주지만 자신의 내부에 내적 반동의 힘을 안고 있는 담론처럼 다양한 의미화의 가능성을 안고 일시적으로 형성되고는 사라지는 것이다. 정체성은 '사회적인 당대성(social contemporarity)'으로 창조되는 특정한 몸의 행위, 제스처, 동작을 하나의 양식으로 반복해서 얻어진다. 우리는 우리의 젠더 정체성 때문에 어떤 방식으로 행동하는 것이 아니라, 그 행위의 양식을 통해서 정체성을 획득된다. 반복의 과정에서 주체는 이미 사회적으로 설정되어 있는 의미 집합을 재수행하고 재경험하게 된다. 그리고 반복 과정은 의미들의 합법화라는 평범하면서도 습관화된 형태로 나타난다.[118]

버틀러의 고도로 추상적이고 이론적인 젠더 정체성 논의는 서구 형이상학적 철학 전통의 영향 하에 있다. 그의 박사논문『욕망의 주체』가 헤겔이 프랑스철학에 미친 영향이었다는 점에서도 이를 미루어 알 수 있다. 허구적인 내부의 핵을 생산함으로써 정체성의 효과가 산출되는 방식을 논의하는 버틀러는 근본적으로 주체 내부의 주객의 변증법적 작용을 활용한다는 면에서 헤겔에 철학적 사유의 기반을 두고 있다. 그러나 이후 인식론적 통합적 사유 주체 개념을 거부하고 인간 무의식의 가능성을 생산적으로 조망한다는 점에서는 프로이트와 라캉의 정신분석학적 사유에서 지대한 영향을 받았다. 정신분석학적으로 볼 때 인간 주체는 복합적 구현체이고, 여기서 의식이 차지하는 부분은 무의식에 비하면 극히 미미하다. 의식적 사고란 자유주의적 인본주의자가 '자아'라고 부르는 불안정한 조합물을 만들어내려고 서로 교차된 다양한 구조가 중층 결정된 외적 구현물에 불과하다. 버틀러가 퀴어 이론을 전개해나가는 데 있어서 이성애가 자연스러운 문화적 산물이 아니라 가부장제를 존속시키기 위한 강요된 제도이며 섹스는 강제적인 재생산의 제도로 규제된 정치적 범주라는 사상적, 이론적 배경에는 아드리앤 리치(Adrienne Rich)나 모니끄 위띠그(Monique Wittig)가 있다. 또한 버틀러는 '언어의 수행성'이라는 측면에서는 오스틴의 '화행론(speech act theory)'에 기반을 두고 있고[119], '반복', '인용'이 언

---

118) Judith Butler, *Gender Trouble: Feminism and the Subversion of Identity* (New York: Routledge, 1990), 140-41.

119) 영국의 1950년대 언어철학자인 오스틴은 발화를 진술문(constative)과 수행문(performative)으로 구분해서 진술문은 진술, 상황 기술, 진위 판단

어의 본질로서 재의미화의 가능성을 언제나 가지고 있다는 언어적 정
치성에서는 오스틴에 대한 데리다의 해체론적 해석을 상당 부분 흡수
하며, 형이상학 사유를 비판하기 위해 데리다가 사용했던 '구성적 외
부'는 버틀러의 우울증적 정체성 논의에 많은 영향을 주었다.

그러나 버틀러는 근본적으로 권력이나 제도가 개인의 정체성을 구
성하지만 규율담론 내부에 자기에 반하는 자기저항성을 정치성의 근
거로 삼는다는 점에서는 푸코를 가장 많이 계승하고 있다고 할 수 있
다.[120] 버틀러에게 갈등이 일어나는 문화적 장에 선행하는 담론 이전
의 주체, 통합적 주체란 존재하지 않는다. 특히 몸과 성 경향이라는
측면에서 푸코의 권력 이론과 (역)담론의 저항 이론에 토대를 두고
있다. 푸코는 섹스 범주를 성 경향에 관한 담론의 특정 산물로 보는
견해에 반대하면서, '섹스' 개념이야말로 해부학적 요소나 생물학적
기능, 행태, 감각, 쾌락을 인공적 단위로 한데 묶을 수 있게 할 뿐만 아
니라, 허구적 통일체를 인과론이나 절대적 의미, 도처에 존재하는 비밀
로 활용할 수 있게 만든다고 본다. 즉 섹스야말로 유일한 기표나 보

을 하지만 수행문은 실제 그것이 언급하는 행동을 수행한다고 보았다. 수
행문은 발화 그 자체가 행위인 발화나 문장을 말하는데, 그 행위가 즉각
적일 때는 발화수반적 수행문(illocutionary), 결과적으로 그 행위가 나타
날 때는 발화효과적 수행문(perlocutionary)이 된다. Austin, *How To Do
Things With Words*, eds. J. O. Urmson and Marina Sbisa (Cambridge,
Mass: Harvard UP, 1975). 이후 수행적 화행은 문학적 비유어와 관련되
어 논의되면서, 진술문은 있는 그대로의 사물을 재현하고 이미 있는 사물
에 이름을 붙이는 언어를, 수행문은 있는 그대로를 재현하는 것이 아니라
수사학적인 작용으로 세계를 만들고 조직하는 언어를 의미하게 된다.
120) 푸코가 말하는 주체성의 담론적 구성은 페미니즘에 긍정적으로 수용될
수 있다. 즉 그것은 정신분석학의 한계로 지적되는 역사성을 도입하면
서도 다양하고 이질 담론이 서로 충돌을 일으키면서도 공존할 수 있게
만들어 새로운 행위작인의 새로운 가능성을 열어준다.

편적 기의로 기능할 수 있다는 것이다.[121] 또한 푸코에게 '진리'란 권력의 자기증식 속의 어떤 전략적 순간으로서 일단의 권력관계에서 생산된다. 주체의 비밀이나 본질을 구성하는 것으로써 욕망 속에 잠재되어 있는 진리, 주체와 욕망의 관계를 나타내는 '진리'는 당대의 담론이나, 서구담론의 역사 전체가 필요로 해온 허구에 불과하다.[122]

푸코에게 사법 담론은 주로 역사가 당대의 몸에 대해 유산으로 남긴 몸에 대한 규율과 관련되어 왔기 때문에, 몸은 사건이 각인된 표면이고 분열된 자아(dissociated self)가 활동하는 중심지이다. 언어와 사상으로 몸의 족적을 풀어가면서 이 몸에 역사나 역사가 몸을 파괴해온 과정이 각인되어 있음을 폭로하는 것이 계보학(genealogy)의 임무이다.[123] 분열된 자아는 사법적으로 억압된 몸이 승화된 창조물이 되고, 그에 따라 주체는 그 자체가 몸의 규율에 기반하고 있는 허구가 되는 것이다. 푸코는 형이상학적 전제들로 우리를 유혹하는 다양한 충동을 가진 몸을 통해 무분별하게 본질을 추구하는 진리의 추구 과정을 조롱하면서 역사가 즉각적인 현상을 어떻게 기호화했는지, 욕망이 어떻게 허구적 주체를 만들어 왔는지에 주목한다. 그리고 버틀러는 성욕, 권력, 몸이라는 푸코의 주요 개념을 중심으로 언어로 구성된 자아라는 측면에서 여성이라는 젠더의 주체성을 연구한다. 젠더 연구에 성 경향이 중심적인 문제로 부각되는 것은 페미니즘 내부에서

121) Michel Foucault, *History of Sexuality, vol 1: An Introduction* (New York: vintage, 1980), 154.
122) Judith Butler, *Subject of Desire: Hegelian Reflections in Twentieth-Century France* (New York: Columbia UP, 1987), 235.
123) Michel Foucault, "Nietzsche, Genealogy, and History", *Language, Counter-Memory, Practice*, ed. Donald F. Bouchard and Sherry Simon, trans. Donald F. Bouchard (Ithaca: Cornell UP, 1977), 148.

중산층 백인 이성애 중심 페미니즘이 보여준 권력지향성과 동성애 혐오증을 노출시키려는 의도에서이다.

푸코를 계승한 버틀러가 젠더 정체성을 논의하는 데 있어서 근본적인 입장은 반본질주의이자 구성주의적인 것이다. 그는 기존 페미니즘의 섹스/젠더 이분법을 해체할 뿐 아니라 더 나아가 젠더의 존재론을 허문다. 섹스/젠더의 이분법은 자연/문화, 몸/정신, 상상계/상징계, 존재/과정만큼이나 이미 구분할 수 없을 만큼 서로 침윤되고 오염되어 경계를 공유하기 때문에 본질적 젠더란 없다는 것이다. 자연적인 양주어진 섹스마저도 이미 문화적으로 구성되었다는 점에서 젠더와 다를 것이 없다.124) 따라서 그는 기존 페미니즘의 생물학적인 섹스/문화적인 젠더의 구분 자체도 이분법에 기초한 것이라고 부정하고, 섹스도 젠더만큼이나 구성적이라고 주장한다. 젠더가 섹스를 구성한다면, 젠더가 사회적 인공물인 만큼 섹스 자체도 사회 문화적으로 구성된 것이라

---

124) 예컨대 푸코가 발굴한 양성인간 에르큘린 바뱅(Herculin Babin)은 단순한 저항에서 역습의 가능성으로의 운동을 구성한다. Ladelle McWhoreter, *Bodies and Pleasures: Foucault and the Politics of Sexual Normalization* (Blooming: Indiana UP, 1999), 208. 바뱅은 1838년 알렉시나(Alexina)로 태어나 아버지 사후 수도원교육을 받고 교사가 된 총명한 소녀였다. 마른 몸집이었던 그녀는 생리나 몸의 이차성징이 발현되지 않아도 존경받는 수도회 회원이었는데 20세쯤 되어 동료 여교사 사라(Sara)와 사랑하게 되고 성행위를 나누게 된다. 어느 날 복부 통증으로 의사의 검진을 받게 된 바뱅은 자신의 양성적 신체를 들키게 되고 21세에 법적으로 남성으로 인정해 줄 것을 요청하게 된다. 1860년 7월 두 차례의 의료 검진과 공청회를 거쳐 그는 아벨 바뱅(Abel Barbin)이라는 남성으로 인정받았으나 사라 집안의 결혼 거부와 수도회 교사직 박탈과 건강 악화로 파리로 이사 가지만 결국 정착하지 못하고 1868년 2월 자살한 것으로 추정된다. Michel Foucault, *Herculine Barbin: Being the Recently Discovered Memoirs of a Nineteenth-Century French Hermaphrodite*, trans. Richard Mcdougall (Pantheon Books, New York, 1980) 참고.

는 주장이다. 섹스/젠더의 구분은 생물학적 결정론/문화적 구성론이라는 이분법을 불가능하게 할 만큼 서로의 영역에 침윤되어 있다.

푸코는 몸이 영혼의 감옥이 아니라 영혼이 몸을 감금하고 재단하는 감옥이라고 하였는데 그것은 영혼이야말로 주체에게 주입된 '규범적 이상'으로서 죄수를 그 안에 복종시키는 일종의 감금효과를 가졌기 때문이다. 영혼은 심리적 실체로서, 죄수의 몸이라는 외적인 형태나 그 몸의 규제 원칙을 제공하는 일종의 공간적 감금효과에 비유된다. 그래서 영혼이 몸의 감옥이 되는 것이다.[125] 기존의 형이상학이 몸과 정신을 자연/문화의 이분법으로 나누면서 정신만을 강조한 데 비해서, 푸코는 정신의 억압적 지배를 논의하면서 자연으로 말해지는 몸마저도 정신의 감옥에 갇혀 있다고 주장한다. 몸부터가 지배문화와 제도 규율의 효과이자 결과물이라면, 그 자체로 젠더와 다를 것이 없고 이제 젠더는 그 자체로 자유롭게 부표하는 인공물이 된다.

젠더는 몸과 정체성이라는 심리적 의미에 심리적으로 부과되고 내화된 일련의 기호들이다. 따라서 젠더는 일차적인 범주가 아니라 이차적인 서술효과들이다. 이는 몸의 의미를 구성하는 몸의 양식으로 실행되는 일종의 '환상'이다. 그래서 완성된 자질에 대한 표현으로서의 젠더는 없고 행위를 통해 끊임없이 구성되는 수행으로서의 젠더만 남는다. 젠더는 하나의 행위이자 수행이며, 조작된 약호 집합이고, 몸에 걸치는 의상과 같은 것이지 본질적 정체성의 핵심 국면이 아니다. 이것을 버틀러는 주로 남성이면서도 여성처럼 차려입는 드랙으로 비유한다. 버틀러가 모든 젠더는 드랙의 한 형태라고 할 때 모든 젠더

---

125) Michel Foucault, *Discipline and Punish: The Birth of the Prison*, trans. Alan Sheridan (New York: Random House, 1979), 30.

132

는 환상적 구성물에 불과할 뿐 '실제적인' 핵심 젠더는 존재하지 않는다는 의미가 된다. 버틀러의 젠더 정체성은 환상적 토대 위에서 구성되는 규제적 허구, 허구적 이상이 된다.

버틀러에게 모든 정체성은 언제나 이분법적 대립의 기능으로부터 발생되고, 그 정체성을 자연스런 것으로 만드는 담론과 규범의 기능을 감추고 있는 권력/언어체계와 논리의 산물이다. 자기동일성은 내면화라는 환상을 비유적 속성을 가진 언어를 통해 다시 쓰는 환상 속의 환상이다. 젠더 환상은 주체가 가진 어떤 자질의 일부인 것이 아니라, 구현된 심리적 정체성의 계보를 구성한다. 환상은 젠더화된 주체의 특수성의 요건을 이루고 또 그것을 구성한다. 젠더가 동일시에 의해 구성된다면 동일시는 환상 속의 환상이자, 이중적 비유어가 된다.126) 로이 샤퍼(Roy Schafer)는 동일시를 하나의 내면화로 이해하면서 정신적 내면공간에 대한 비유로서의 환상으로 설명한다. 이 환상은 언어에 의해 중개되는데 언어는 환상을 창출하는 동시에 무비판적으로 수용되어온 담론 속에 비유를 다시 쓴다. 그래서 동일시는 정신에 대한 영화적 은유, 즉 환상 속의 환상이 된다. 동일시는 이중의 상상(double imagining)이자 이중적 비유가 되는 것이다. 정체성의 구성물인 젠더 환상은 주체가 가진 속성이 아니라 주체가 구현하거나 심리적으로 보유하고 있는 정체성의 기제를 구성하는 일련의 자질들이다. 결국 젠더화된 주체를 구성하는 것은 환상이고 이 젠더 환상은 주체의 특성을 표현하는 것이 아니라 정체성의 구조적 기제를 구성한다.127)

126) Judith Butler, "Gender Trouble, Feminist Theory, Psychoanalytic Discourse", *Feminism/Postmodernism* ed. Linda J. Nicholson (New York: Routledge, 1990), 334.
127) Roy Schafer, *New Language for Psychoanlaysis* (New Haven: Yale

결국 버틀러의 젠더 정체성은 '환상적 구성물'에 불과하다. 젠더는 원본을 반복하면서 원본과 복사본의 경계를 허무는 패러디이자, 어떤 본질을 전제로 하는 정체성이 아닌 가변적으로 구성되는 수행성이고, 담론을 생산하는 권력에 복종하면서 반복적으로 재의미화하는 역설적 복종이고, 부정된 집착을 전제로 해서 '구성적 외부'[128)를 안고 있는 우울한 이질적 합체물이기도 하다. 젠더는 지속적인 반복과 재인용 속에 자기저항성을 가지는 일시적이고 가변적인 구성물이라는 점에서 환상적인 양식으로만 존재한다. 젠더는 옷을 갈아입듯 잠정적이고 일시적으로 생기고 또 열리는 의미의 환유적 미끄러짐과 같은 것이기 때문에 여성이라는 젠더는 범주화될 수 없다.

버틀러의 젠더 정체성은 크게 패러디, 수행성, 복종, 그리고 우울증적 정체성으로 나타난다. 이들 각각은 원전을 구분할 수 없는 반복적 저항의 모방으로서의 패러디, 수행 속에 행위자를 노정하지 않고 가변적으로 구성되는 행위로서의 수행성, 법이나 권력에 대해 복종하면서 주체를 구성되는 동시에 반복적으로 그 권력에 저항하기도 하는 역설적 복종, 죽은 자를 불완전하게 합체하는 동일시로서의 우울증적 정체성을 말한다. 이들은 공통적으로 모든 일원적이거나 단일하게 규명 가능한 정체성이란 허구적인 것이며, 사회가 이상화하고 내재화한

UP, 1976), 29.

128) "There is an 'outside' to what is constructed by discourse, but this is not an absolute 'outside', an ontological thereness that exceeds or counters the boundaries of discourse; as a constitutive 'outside', it is that which can only be thought-when it can-in relation to that discourse, at and as its most tenuous borders." Judith Butler, *Bodies That Matter: On the Discursive Limits of 'Sex'* (New York: Routledge, 1993), 8.

규범으로 구성되어 반복적으로 수행되고 몸속에 (재)각인되는 행위에 불과하다고 말한다. 그렇다면 버틀러의 비본질적인 환상적 젠더 정체성을 네 가지 개념적 방식으로 면밀히 살펴보고 젠더가 문화적 구성물이고 지배 권력의 담론 효과임에도 불구하고 어떻게 저항성을 가지게 되는지를 살펴볼 필요가 있다.

1. 패러디적 정체성: 원본/복사본의 경계를 허무는 기원 없는 모방

패러디적 정체성이란 위장, 가장, 혹은 가면무도회처럼 원본을 모방하는 것이 아니라, 원본이라는 가상의 대상을 모방한 것이기 때문에, 모방에 대한 모방이다. 이것은 근본이나 기원이 없는 모방이기도 하다. 젠더 정체성이 패러디처럼 구성된다는 것은 젠더라는 것이 원래 원본적으로 주어진 것이 아니라, 당대의 규약이 진본 젠더라고 가정한 것을 모방해서 이루어진다는 의미이다. 이렇게 구성된 젠더의 통일성은 실은 강제된 이성애를 통해 통일된 젠더 정체성을 부여하려는 규제적 실천의 결과이다.[129] 따라서 젠더는 원본에 대한 모사가, 원본이라고 가정된 가상물, 즉 복사본에 대한 모사이다. 원본의 패러디적인 반복은 젠더가 자연적이거나 원래적인 것이라는 생각을 전복한다.

원래 문학전통상 하급 장르, 저급한 희작(burlesque)으로 간주되어

---

129) Judith Butler, *Gender Trouble: Feminism and the Subversion of Identity* (New York: Routledge, 1990), 31.

온 패러디는 원본에 대한 풍자와 희화를 목적으로 한 모방적 수사 장치이다. 패러디 기법은 문체의 태도가 고급을 지향할 때는 모방 서사시, 모방 영웅시, 패러디 양식으로 나타나고, 저급을 지향할 때는 휴디브라스풍의 시(Hudibrastic poem)나 트라베스티(travesty)로 나타난다. 특정 작품의 진지한 소재와 태도, 특정 작가의 고유한 문체를 모방하여 저급하거나 걸맞지 않은 주제에 적용하는 것이 패러디였던 것이다. 그러나 패러디가 포스트모더니즘의 전복적 정치성을 드러내는 장치로 각광받게 되면서 기존의 평가는 새로운 조명을 받게 된다. 포스트모던 패러디는 해체전략을 제공하여 여성적 쾌락과 여성적 욕망에 대한 새로운 표현방식을 제공하는 실천 전략의 하나가 되었다.

린다 허천(Linda Hutcheon)은 진지한 문학을 모방하면서 희화하는 저급한 문학 장치로 폄하되었던 패러디를 재조명하며 포스트모던 문학의 정치성을 입증하는 장치로 부각시킨 이론가이다. 허천에게 패러디는 '비평적 차이를 둔 반복'이다. 그는 근대 자기반영의 중요한 한 형식으로 부상하고 있는 패러디를 예술 상호 간의 담론형식이라고 보았다. 그의 『패러디 이론』은 역사적으로 다양한 패러디의 정의는 가능해도 공시적인 의미의 패러디는 정의할 수 없다는 입장에서 '비판적 거리를 가진 확장된 반복'이 패러디의 포스트모더니즘적인 특성이라고 제시한다.[130]

---

130) 허천의 패러디 정의에서 가장 중요한 개념은 비평적 거리, 아이러니를 가진 전도(ironic inversion), 차이를 가진 반복 등이다. 패러디는 모방의 한 형식이지만 패러디의 대상이 된 작품을 희생시키지 않는 아이러닉한 전도에 의한 모방이라는 것이다. 그에 따르면 패러디는 비평적 거리를 가진 확장된 반복으로서 차이를 중시한다. 패러디는 초문맥성(transcontextualization)과 전도가 복합적으로 나타난 형태이고, 재기능화, 상호텍스트성, 초텍스트성(hypertextuality) 등의 특성을 갖는다. 패러디는

허천에게 패러디 정의에서 중요한 것은 '비평적 거리'와 '차이를 가진 반복'의 개념이다. 패러디는 모방의 한 형식이지만 패러디된 작품을 희생시키지 않는 모방이다. 왜냐하면 패러디된 텍스트와 새롭게 병합된 작품 간에는 아이러니로 표시되는 비평적 거리가 있기 때문이다. 이 아이러니는 사소하면서 유희적이고, 해체론적이면서 구성적일 수 있다.[131] 패러디는 자기반영성의 한 양식이면서 현대의 예술가들이 과거의 무게와 타협하는 방식이다. 패러디는 문맥을 넘나들고 전도되면서 차이를 가지고 반복한다.

허천이 패러디와 패스티쉬를 차이와 유사성으로 구분했다면,[132] 제임슨(Fredric Jameson)은 배후동기의 유무로 구분했다. 패러디가 풍자나 웃음 등 배후동기를 가진 모방인 데 반해, 패스티쉬는 중립적인 모사 행위라는 것이다. 제임슨에게 패스티쉬는 '텅 빈 패러디'이자 '유머를 잃은 패러디'라서[133] 패러디보다 하위의 장치로 평가된다. 그러나 버틀러는 패러디와 패스티쉬의 위계도 해체하려 한다. 제임슨은 원본 개념을 조롱하는 모방은 패러디보다 패스티쉬의 특징으로 보는 면이 있기 때문에 패스티쉬에도 웃음의 가능성이 있다. 특히 정상이

진정한 허구성의 패러다임이나 허구창조의 과정에 대한 패러다임은 아니더라도 자기반영성(self-reflexivity)의 한 형식이라는 것이다. Linda Hutcheon, *The Theory of Parody: The Teachings of Twentieth-Century Art Form* (London: Methuen, 1985), 8.

131) Linda Hutcheon, *The Theory of Parody: The Teachings of Twentieth- Century Art Form* (London: Methuen, 1985), 32.

132) 허천은 패러디는 원본과의 차이를 추구하지만, 패스티쉬는 원본과의 유사 관계나 상응관계를 작동시킨다고 말한다. *Ibid.* 38.

133) Fredric Jameson, "Postmodernism and Consumer Society", *The Anti-Aesthetic: Essays on Postmodern Culture*, ed. Hal Foster (Port Townsend: Bay Press, 1983), 114.

나 원본이 정상성의 실패나 복사본으로, 아무도 구현할 수 없는 이상적인 구성물로 드러날 때 '정상적인 것'의 의미상실 자체가 웃음을 터뜨릴 수 있다.[134] 긍정도 부정도 하지 않으면서도 내적 전복력을 가진 패스티쉬나 패러디의 웃음이 가능한 것이다.

장 보드리야르는 시뮬라크라(simulacra)라는 개념으로 1차 개념은 이미 2차 개념을 전제로 해야 가능하고, 3차 개념은 이미 2차 개념을 전재로 해야 가능하다는 시뮬라크르의 순환논리를 피력한다. 순서의 순환논리는 재현체계의 핵심으로 작용하는 '근원'이라는 것이 존재하지 않는다는 의미이다. 그래서 신조차 절대적 근원이 아닌 시뮬라크르로 존재한다. 시뮬라크르는 실제로 존재하지 않는 대상을 존재하는 것처럼 가장, 위장, 흉내, 모방하고 가면을 써서 만들어진 인공물이다. 흉내와 가장은 원대상이 있고 그것을 모방함으로써 생기는 효과이지만, 보드리야르의 시뮬라크르는 흉내 낼 원대상이 없는 이미지이며, 원본 없는 이미지 그 자체이다. 그러나 이 이미지는 현실보다 더 강력하게 현실을 지배하기 때문에 초사실성(hyperreality)을 가진다. 시뮬라크르가 실제보다 더 실제적이라면 실제의 근본성이나 모방의 파생성은 전도되고 역전될 수밖에 없다.[135]

---

134) Judith Butler, *Gender Trouble: Feminism and the Subversion of Identity* (New York: Routledge, 1990), 138-9.

135) 보드리야르는 디즈니랜드를 시뮬라크르의 대표적 사례로 든다. 디즈니랜드는 그것을 뺀 나머지가 다 현실이라고 믿게 만들기 위해 상상적인 것으로 제시된다. 그러나 실은 디즈니랜드를 둘러싼 LA나 미국 전체가 다 현실적(real)이지 못하며 하이퍼리얼과 시뮬레이션의 질서에 종속되어 있다. 그것은 더 이상 현실에 대한 잘못된 재현(이데올로기)의 문제가 아니라, 현실이 더 이상 현실적이지 않다는 사실(fact)을 감추고 그에 따라 현실원칙을 구제하는 문제인 것이다. 디즈니라는 상상물은 진실도 거짓도 아니다. Jean Baudrillard, "The Procession of Simulacra",

패러디는 모방된 것과 모방의 순서를 전도하여 그 과정에서 '원본' 이 그것의 이차적 효과로서 생산되는 '복사본'에 의존하고 있다는 사실을 드러낸다. 그것은 모방본이 선행된 것을 모방하는 것이 아니라, 우선권과 파생성이라는 용어 자체를 생산하고 또 역전시킨다는 의미에서 데리다가 말하는 '미메시스의 전도'와 같다.136) 이처럼 패러디는 원본과 모방본이라는 엄격한 구분 위에 서 있는 것 같지만, 사실은 원본도 모방본도 모방의 구조 속에서만 존재한다는 점에서 둘 간의 구분이 어렵다는 것을 말해준다. 물론 모방본은 원본의 특정한 자질이나 속성을 모방해서 얻어진 결과지만, 원본이 원본일 수 있는 것은 정말 본질적인 원본이어서가 아니라, 원본이 가지고 있다고 가정되는 이상적 자질들을 모방해 보유하고 있기 때문이다. 복사본이 모방하는 것은 원본이 아니라 원본이 갖고 있다고 가정되는 이상적 자질들이라면 원본도, 또 복사본도 원본의 이상적 자질을 모방한다는 의미에서 구분할 수 없는 것이 된다. 마치 섹스도 이미 젠더라는 주장과 같은 논리이다.

젠더 패러디는 패러디가 모방하는 원본은 존재하지 않는다는 가정에 입각해 있다. 젠더 패러디라는 개념은 그 패러디적 정체성이 모방하는 원본의 기원성이나 우월성을 부인한다. 바로 정신분석학에서 젠더 정체성이 환상의 환상에 의해서, 이미 이중적 의미에서 '비유'인 다른 것의 변형을 통해서 구성되는 것처럼, 젠더 패러디도 젠더가 본뜬 것이 원본 없는 모방물이라는 것을 드러낸다. 더 정확히 말해 그것은 모방물의 위치를 차지하는 산물이다.

Simulation trans. Paul Foss et al. (New York: Semiotext(e) Inc., 1983), 25.

136) Jacques Derrida, "Double Session", *Dissemination*, trans. Barbara Johnson (Chicago: University of Chicago Press, 1981)을 참고할 것.

The notion of gender parody defended here does not assume that there is an original which such parodic identities imitate. Indeed, the parody is of the very notion of an original; just as the psychoanlaytic notion of gender identification is constituted by a fantasy of a fantasy, the transfiguration of another who is always already a 'figure' in that double sense, so gender parody reveals that the original identity after which gender fashions itself is itself a imitation without an origin. To be more precise, it is a production which, in effect, that is, in its effect, postures as an imitation.[137] (여기서 옹호되고 있는 젠더패러디라는 개념은 패러디적 정체성이 모방하는 원본을 가정하지 않는다. 사실 패러디는 원본이라는 바로 그 개념에 대한 것이다. 젠더 정체성에 대한 정신분석학적 개념이 환상의 환상으로 구성되는 것처럼, 그런 이중적인 의미에서 이미 항상 '비유어'인 어떤 다른 것의 변용으로 구성되는 것처럼, 젠더 패러디는 젠더가 뭔가를 본떠 자신의 모습을 형성할 만한 원본적 정체성이란 기원이 없는 모방물이라는 것을 드러낸다. 더 정확히 말해서 그것은 결국 그 효과 면에서 모방물의 위치에 있는 산물이다.)

게다가 모방본이 원본을 모방하는 것은 원본이 아닌 원본의 속성으로 가정되는 상상적 특성들을 모방하는 것이고, 원본도 원본의 이상적 특성을 모방하는 것이라면, 오히려 원본적 성질이라는 것이 근본적으로 모방에 근거해 있다는 점을 먼저 인정한다는 점에서 '복사본이 원본에 선행한다'는 역설까지도 가능해진다. 예컨대 우리가 동성애를 이성애에 대한 모방으로 간주하게 되면 원본으로서의 이성애 주장

---

137) Judith Butler, "Gender Trouble, Feminist Theory, Psychoanalytic Discourse", *Feminism/Postmodernism* ed. Linda J. Nicholson (New York: Routledge, 1990), 338.

140

은 불가능하게 된다. 복사본이 원본 이전에 오게 됨에 따라 동성애가 원본이 되고 이성애가 복사본이 되기 때문이다. 패러디적 모방론은 이성애가 동성애에 대한 원본이라는 기존의 이성애적 성규범을 전도하는 이론적 장치가 된다.

미메시스의 전도(inversion)와 전치(displacement)라는 개념으로 원본과 모방본의 이분법적 위계를 허무는 데리다처럼 버틀러도 원본인 이성애와 모방본인 동성애의 순서를 전도하고 전치시킨다. 모방의 구조상 원본으로 간주되던 이성애는 사실상 모방에서 의해 (재)생산된 것이고 원본이나 모방본은 모두 모방 구조에서 파생된 것이다. 그리고 모방이 원본적 자질을 가지는 방식이라면 아이러니컬하게도 모방본이 원본에 선행해 사물의 모방적 특성을 간파한 것이 되고, 따라서 모방본 동성애가 원본인 이성애에 선행한다는 논의까지 가능하게 된다.

모방적 패러디는 원본 이성애/복사본 동성애라는 이분법을 전도하고 전치하여 동성애를 원본으로 이성애를 복사본으로 상정하기에 이른다. 이렇게 되면 게이나 레즈비언이 이성애 규범이나 지배문화 안에 있다는 것은, 동성애자가 정상적 이성애자에서 파생되었다는 의미를 주지 못한다. 게이 정체성은 모방된 것과 모방한 것의 순서를 전도하고 그 과정에서 오히려 원본이 이차 효과에 근본적으로 의존하고 있음을 드러내게 된다.[138] 드랙은 젠더를 모방하면서 젠더의 우연성 뿐 아니라 젠더의 모방 구조 자체를 암시적으로 드러내고, 레즈비언은 패러디로 응집된 이성애주의를 보여주면서 젠더 이분법의 불완전성과 비일관성을 드러낸다.

138) Judith Butler, "Imitation and Gender Insubordination", *Inside/Out*, ed. Diana Fuss (New York: Routledge, 1991):13-31.

버틀러는 패러디의 포스트모던 정치성을 수용하고, 모방의 구조 자체가 원대상과 복사본 간의 경계를 허문다는 해체론적 사유를 받아들여 그것을 드랙 퀸/드랙 킹이나 부취/팜, 게이 마초/게이 퀸을 설명하는 데 사용한다. 여장 남성은 여성성을 모방하는 남성이고, 남장 여성은 남성성을 모방하는 여성이라면 여성성이나 남성성은 원래 타고난 어떤 것이 아니라 모방행위를 통해 획득될 수 있는 후천적 구성물이 된다. 게다가 부취/팜, 게이 마초/게이 퀸이 보여주고 있는 것은 레즈비언이나 게이가 여성, 혹은 남성 안에서 이성애주의를 반복하고 있다는 사실에 국한되지 않는다. 오히려 남녀의 이성애적 구도가 반복될 수 있는 것이라면 그 원본적 이성애조차 우월한 위상을 점유할 수 없는 사회적 구성물에 불과하다는 것을 보여준다.

예컨대 부취나 팜므가 어떤 의미에서 이성애에 대한 '복제'나 '모방물'이라는 생각은 잘못된 것이다. 그것은 지배범주의 재의미화에서 오는 내적 불화나 그 과정에 복잡하게 얽혀진 젠더 정체성의 관능적 의미를 평가절하하고 있는 것이다. 레즈비언 여성들은 이성애 장면을 소환할 수는 있어도 그것을 같은 방식으로 모방하는 것이 아니라 이성애구도가 반복 속에 원본성을 상실하게 되는 방식을 말해준다. 부취나 팜은 생물학적 여성의 범주 안에서 이성애적 남녀구도를 그대로 답습하는 것이 아니라, 이미 여성이 여성적 여성/남성적 여성으로 구분되는 것 자체가 남/여의 이분법적 구도를 허물고 젠더 교차적 동일시의 가능성을 보여주는 것이다. 남성적 여성/여성적 여성이라는 말속에는 생물학적으로 주어진 성과 문화의 압력으로 형성되는 성이라는 의미가 함축되어 있으나, 한편으로는 그 섹스와 젠더가 적절한 호응대상을 지시하지 못해 균열되고 미끄러지는 모습을 보여주기도 한다.

The repetition of heterosexual constructs within sexual cultures both gay and straight may well be the inevitable site of the denaturalization and mobilization of gender categories. The replication of heterosexual frames brings into relief the utterly constructed status of the so-called heterosexual original. Thus, gay is to straight not as copy is to original, but rather, as copy is to copy. The parodic repetition of 'the original', ······reveals the original to be nothing other than a parody of the idea of the natural and the original [139] (게이와 이성애자의 성문화 안에서 이성애적 구성물들을 반복하게 되면 그것은 젠더 범주들을 자연스럽지도 않고 유동적이게 만드는 피할 수 없는 자리가 될 것이다. 이성애적 틀의 복사본은 소위 이성애적 원본이라는 것이 순전히 구성된 위치임을 부각시켜 준다. 따라서 게이와 이성애자의 관계는 복사본과 원본의 관계가 아니라 복사본과 복사본의 관계이다. '원본'에 대한 패러디적 반복은 원본이 당연하다는 생각, 원래적이라는 생각을 패러디한 것일 뿐이다.)

드랙 퀸, 부취, 팜므 등과 더불어 다이크(dyke: 남성적 여성 동성애자), 퀴어 패그(queer fag: 남성 동성연애자)의 패러디적 전유도 성 범주를 불안정하게 만든다. 이 모든 용어는 정상적인 '이성애 정신(straight mind)' 양식의 징후로 이해될 수 있다. 패러디 범주는 섹스 자체를 더 이상 자연스럽지 않게 만든다. 게이를 '그녀'라고 지칭하는 것 자체가 기표와 기의의 자의적 관계를 드러내 기호를 불안정하게 만드는 것이다.

---

139) Judith Butler, *Gender Trouble: Feminism and the Subversion of Identity* (New York: Routledge, 1990), 31.

Within lesbian contexts, the 'identification', with masculinity that appears as butch identity is not a simple assimilation of lesbianism back into the terms of heterosexuality. As one lesbian femme explained, she likes her boys to be girls, meaning that 'being a girl' contextualize and resignifies 'masculinity', in a butch identity. As result, that masculinity, if that it can be called, is always brought into relief against a culturally intelligible 'female body'.(레즈비언 문맥에서 부취의 정체성으로 나타나는 남성성과의 동일시는 단순히 레즈비어니즘을 이성애적 관점으로 다시 동화시키는 것이 아니다. 어떤 레즈비언 팜므가 자신의 남자친구가 여자라면 좋겠다고 설명할 때 그것은 '여자가 된다는 것'이 부취의 정체성 속에 있는 '남성성'을 새롭게 문맥화하고 재의미화한다는 것을 의미한다. 그 결과 그 남성성은-그것을 남성성이라고 부를 수 있다면-언제나 문화적으로 인식 가능한 '여성의 몸'에 반대로 부각된다.140)

팜므가 부취에게 여자였으면 좋겠다고 하는 것은 팜므도 부취도 생물학적으로 여성이라는 사실과 무관하게, 부취에게 부과된 남성성 젠더가 여성성 젠더로 변화하기를 바라는 소망이다. 이제 남성성은 부취의 정체성 속에서 재정의되는 것이다. 몸과 성역할의 부조화와 긴장은 기존 의미를 교란하고 고유하거나 자연적인 정체성은 불가능하다는 것을 말해준다. 그것은 생물학적인 한 여성이 남성적인 젠더로도 여성적인 젠더로도 변화할 수 있다는 것을 의미하는 동시에 남성성이나 여성성이라는 것이 어떤 역할의 수행, 가장이나 연기와 같은 것임을 의미한다. 이들은 강압적 이성애 규율과는 무관하게 스스로 택한 젠더 연기를 수행하면서 자신의 주체적 젠더를 구성하게 된다.

---

140) *Ibid.,* 123.

레즈비언 캠프의 관점에서도 드러내서 남성성을 과시하는 부취나 여성성을 가장하는 팜므에서 중요한 것은 이성애적 젠더 역할의 모방이 아니라, 다른 여성을 관객으로 한 의식적인 여성성의 가장이나 연기에 있다. 그것은 이성애적 가부장질서와는 무관하게 자신이 택한 젠더 연기를 통해 이데올로기의 감옥을 감지하고 주체적 젠더 역할을 연기한다는 의미를 가진다. 이것 역시 존재론적 심층을 거부하면서 재현 체계의 표층에서 벌어지는 기호의 유희이고, 리얼리즘의 권위를 불안정하게 만드는 전복적 기지와 아이러니이다.

레즈비언 여성의 욕망 대상은 탈문맥화된 여성의 몸도, 중첩된 남성적 정체성도 아니다. 이 둘이 관능적 상호작용을 일으키는 동안 팜므는 이 용어를 둘 다 불안정하게 만든다. 팜므가 부취에게 여성적이면 좋겠다고 하는 것이 가능하다면, 같은 방식으로 이성애 여성이나 양성애 여성도 자신의 여자친구에게 남성적이면 좋겠다고 말할 수 있다. 그러면 이성애는 동성애 관계가 되고, 동성애는 이성애 관계가 되면서 서로 원관념과 보조관념을 역전, 교환할 수 있게 된다. 이제 더욱 복잡해진 '여성적 정체성'에 대한 인식은 원관념과 보조관념의 경계를 허물고 원본이나 모방본이 모두 모방의 구조 위에서 생산된다는 면에서 위계나 근본성을 따질 수 없게 된다는 인식에 이르게 된다. 여성성과 남성성은 내적 안정성이나 외적 확실성을 상실한다.

버틀러에게 젠더는 결코 기원적인 것이 아니라 언제나 '실제처럼 지나가는 계속된 연기'의 일종이다. 그는 젠더 이분법의 패러디적 '인용'이 규정적인 담론을 해체할 수 있는 방식에 집중한다. 젠더야말로 자기-패러디와 자기비판, 분열의 행위에 열려 있을 뿐 아니라, '자연스런 것'의 과장된 과시에 열려 있다. '자연스러운 것'은 자신을 극단적으로 과장하면서 그것이 근본적으로 환상적 입지에 토대하고 있음을 드러내준다.

패러디에서 일어나는 전복적인 반복은 재의미화가 정치적 담론에서 작동되는 다양한 방식을 전경화시켜 보여준다. 부취는 남성성을 모방하는 여성이고, 드랙은 여성성을 모방하는 남성이라면, 부취나 드랙은 원본의 이차적 효과인 모방물이다. 하지만 팜므도 여성성을 모방하고, 이성애 여성도 여성성을 모방한다면 여성성은 본질적인 자질이 아니라 모방되도록 조장되는 어떤 이상적 구성물이다. 따라서 여성성을 모방하는 여성(이성애 여성)이나 여성을 모방하는 남성(드랙퀸)은 둘다 여성성을 모방한다는 의미에서 구분할 수 없고, 당연히 차별도 할수 없다. 이성애를 동성애의 원본으로 가정하는 사고도 마찬가지 관점에서 재고되어야 한다.

이처럼 '젠더 패러디' 개념은 패러디적 정체성이 모방하는 원본이 있다는 것을 부정한다. 사실 패러디는 바로 원본이라는 그 개념에 관한 저항성이다. 그것은 젠더에 대한 정신분석학적 설명이 환상에 대한 환상, 언제나 이중적 의미에서 비유가 되는 타자에 대한 변형으로 구성되는 것과도 같다. 따라서 젠더 패러디는 젠더가 자체를 양식화한 후 원래의 정체성은 그 자체가 기원 없는 모방이라는 것을 드러낸다.[141] 젠더는 정체성과 밀접한 관계에 있으며 그 뒤에는 이성애적 성 경향을 정상성으로 파악하는 제도규범의 성욕 규제가 도사리고 있다.

모방본이 원본의 원본성을 훼손시킨다는 버틀러의 '패러디' 논의는, 모방하면서 전복하기에 이중적인 이리가레의 '모방 전략'과 유사하다.

---

141) Judith Butler, "Gender Trouble, Feminist Theory, and Psychoanalytic Discourse", *Feminism/Postmodernism*, ed. Linda Nicholson (Routledge: New York, 1990), 338.

이리가레는 페미니스트의 임무가 이분법적인 논리를 깨고 시각 중심
적(seeing-believing) 모델이 아닌, 대안적 재현체계를 상정하는 것이
라고 주장한다. 그리고 여성이 스스로 말하고 재현할 수 있게 하는
새로운 언어를 발견하고자 한다. 여성의 성욕이 남성적 성욕을 결핍
한 하나의 타자가 아니라, 많은 긍정적 존재들로 이해되는 언어를 발
견하려 하는 것이다. 그는 사실주의자의 얼어붙은 거울이 아닌, 촉각
과 유동성을 껴안을 수 있는 오목경의 가능성, 남성들 간의 동일자적
인 하나의 성욕(hommosexuality)이 아닌 여성들의 다형적인 다층성
욕(multisexuality)의 가능성을 타진한다.

　이리가레에게 '모방'은 남성 질서를 그대로 흉내 냄으로써 그것을
전복할 힘을 획득하는 페미니즘적 '이중 전략'으로 쓰인다.142) 이리가
레는 '모방(mimicry)'과 '가면(masquerade)'을 구분하면서 전자는 전
복적 전략이지만 후자는 보수적 전략이라고 말한다. 이리가레는 라캉
이 말한 기존의 가면 논의가 남성 질서 속에 여성성을 희생시키고 있
다고 본다. 라캉의 가면은 여성을 남성의 욕망 관계 속에 가두지만,
모방은 남성적 통제를 벗어난다는 점에서 다르다는 것이다.143) 이리

---

142) 이리가레의 모방 전략은 이중적이라는 점에서는 캐롤 앤 타일러
　　(Carole-Anne Tyler)의 캠프(camp)와 유사하다. 엘렌 수 케이스에 따르
　　면 캠프는 레즈비언이 자신의 존재를 인정치 않는 지배담론의 위협을 피
　　해 소설과 대중문화에서 빌린 은유적 장치들을 그들의 자구책으로 삼는
　　생존전략이다. 캠프는 실제와 허구의 경계를 교란하는 캠프는 인조
　　(artifice)와 기지(wit)를 강조해서 비관습적인 양식을 창출한다. 따라서
　　캠프는 정체성을 규제하는 규범들을 무력화시키는 역할을 하게 된다.
　　타일러에게 캠프는 우리가 이데올로기에 관한 지식을 생산하면서, 동시
　　에 그 이데올로기를 무용지물로 만들기 위해 이데올로기를 수행한다.
　　Carole-Anne Tyler, "Boys Will Be Girls: The Politics of Gay Drag",
　　Inside/Out: Lesbian Theories, Gay Theories, ed. Diana Fuss (New
　　York: Routledge, 1991), 53.

가레에게 '가면'은 프로이트의 '여성성'을 의미한다. 남성은 처음부터 남성이지만 여성은 정상적인 여성이 되어 나가야 하고 그것이 여성이 여성성의 가면으로 들어가는 이유가 된다. 여성은 가면을 쓰고 가부장적 시장 속에 존속하려 함으로써 지배적 (남성) 경제에 복종한다. 결국 가면은 부정적인 의미에서 '여성이 남성의 욕망에 참여하기 위해서, 여성의 욕망을 포기하는 대가를 치르고서 여성이 취하는 것'이 된다.[144] 여성이 가면으로 드러나는 것은 남성의 욕망에 참여하기 위해 자신의 욕망을 그 대가로 지불해야 하는 순간이 된다.

반면 남성 질서를 반복함으로써 그것을 폭로하고 전복하는 긍정적인 이중 전략으로 사용되는 것은 '모방'이다. 여성이 가면을 쓰면 지배적 (남성)경제에 복종해야 하지만, '모방 게임(playing with mimicry)'을 하면 남성이 규정한 여성 정체성에 여성이 도전하면서 저항할 수 있다. '모방 게임'은 남성적 글쓰기를 피하는 전략이 된다. 가면과 달리, 모방은 남근 경제를 반복하고 전복하는 이중적 전략이다. 이리가레가 젠더를 있는 그대로 연기하는 남녀와, 그것을 모방한 남녀를 구분한 것은 아이러니와 패러디에 대한 의식적인 주장이다.

버틀러는 이성애적 성 규범이 규범적 젠더 정체성을 수행적으로 반복해서 자연스러운 것으로 만들었다고 보고 패러디적 모방의 반복 수행으로 젠더 정체성을 강화하는 이성애 제도화 작업에 저항할 것을 주장한다. 그 저항 전략의 하나가 바로 젠더규범의 패러디적 반복이다. 저항 전략으로서의 패러디는 원본과 모방본이라는 관점에서 젠더와 성욕의 영역이 구조화되지 않는다는 것을 예증한다. 레즈비언은

---

143) Luce Irigaray *This Sex Which is Not One* trans. Catherine Porter and Carolyn Burke (Ithaca: Cornell UP, 1985). 220.
144) *Ibid.*, 76.

패러디에 응축된 젠더 이분법과 이성애주의의 비일관성을 보여주는 몸이고, 드랙은 특정 젠더나 성욕에 자연스러움이나 원본성을 부여해 그것을 특권화하는 보편적 가정을 해체하는 데 효과적인 문화모델이다. 드랙은 젠더를 모방하면서 암시적으로는 젠더 그 자체가 모방적 구조에 서 있는 우연적 결과물임을 드러낸다.

드랙은 패러디적 젠더 정체성을 예화하는 모범적 사례이다. 드랙이 중요한 이유는 그것이 젠더의 모방구조를 과장되게 과시함으로써 '자연스러운 것'의 환상적 위상을 드러내고, 이에 따라 젠더규범을 탈자연화하고 재관념화하는 데 기여하는 패러디적 정체성이기 때문이다. 드랙은 모호성과 양가성을 나타내는 곳으로, 그 정체성의 모호성은 주체가 권력 기제의 구성적 산물이라는 존재의 일반적 상황을 반영한다. 그래서 모든 젠더가 드랙과 같다는 것은 이성애적 성 경향의 기획이나 남녀 젠더 이분법은 바로 '모방'이라는 젠더 구성 방식으로 해체될 수 있다는 것을 의미한다. 드랙은 원본적이거나 선험적인 젠더를 일차적 전제로 하는 이차적인 모방이 아니라, 당대의 지배적 이성애주의가 자신의 이상화를 모방하는 지속적이고 반복적인 효과이다. 드랙의 전복성은 지배적 젠더가 만든 이성애의 원본성을 반박하는 모방 구조 속에서 드러난다.[145]

패러디적 정체성은 정체성이 원본에 대한 모방이 아니라 이미 복사본에 대한 모방임을 보여주면서 원본과 복사본의 경계를 허문다. 게이 마초/게이 퀸처럼 부취/팜므도 젠더가 섹스와는 무관하게 남성성, 여성성이라는 허구적 이상을 모방해서 생산된다는 것을 보여준다. 이들 동성애자의 젠더 교차적 동일시가 동성애 안에서 이성애적 구도를

---

145) Judith Butler, *Bodies That Matter: On the Discursive Limits of 'Sex'*, 125.

모방하는 것이라면, 그것은 또 다른 이성애의 반복이라기보다는 이성애조차 규범적 이상이 만든 허구적 개념, 기원 없는 모방물에 불과하다는 의미가 된다. 그러므로 이성애는 더 이상 열등한 복사본인 동성애가 근원으로 노정하는 원본을 가정할 수 없다. 젠더 패러디는 패러디적 정체성이 모방한다고 가정되는 원본을 부정하며, 오히려 원본이라는 개념 그 자체를 문제시한다. 젠더는 분열, 자기패러디, 자기비판에 열려 있고, 자연스러움의 과장된 과시로 자신의 허구적이고 환상적인 입지를 드러내는 어떤 행위이다. 젠더 정체성에 대한 정신분석학적 관념이 이미 젠더를 환상에 대한 환상으로, 이중적 의미에서 언제나 '비유어'인 다른 어떤 것의 변용으로 구성하는 것처럼, 젠더 패러디는 모방의 근원이 되는 원본적 정체성 자체가 원전 없는 복사물임을 드러낸다. 그 결과 원본적 정체성은 모사본의 위치에 있는 생산물이 되는 것이다.[146]

패러디적 젠더 정체성은 본질론적 여성성을 부정하고 끊임없는 재의미화와 재문맥화로 열린 유동적 정체성을 논의한다. 패러디적 실천은 '파생적이고 모방적인 실패한 모방본으로서의 젠더'와 '문화적으로 자연스럽게 배치되어 있는 젠더'의 구분 자체를 재통합하는 작용을 한다. 실제적이거나 자연스러운 젠더 표현의 실패는 모든 젠더 규정의 구성적 실패를 의미하며, 원래 진정하고 실제적인 것으로 간주되어 온 것조차 이차적 효과들로 구성하는 패러디적 실천의 패스티쉬 효과에는 동일자와 타자의 경계를 허무는 전복적 웃음이 있다.

패러디는 젠더의 새로운 배치를 이끌어낸다. 이는 양성 간의 젠더

---

146) Judith Butler, "Gender Trouble, Feminist Theory, and Psychoanalytic Discourse", *Feminism/Postmodernism*, ed. Linda Nicholson (New York: Routledge, 1990), 338.

정체성이 허구적인 구성물일 뿐 아니라, 동성애의 원본으로 가정되던 이성애도 동성애에 대해 지배적 위력을 행사할 수 없게 된다. 패러디는 젠더의 불안정성과 전복가능성을 의미하며, 이 전복적 패러디는 게이와 레즈비언 사회에서 나타난다. 전복적이고 패러디적인 실천들 때문에 게이나 레즈비언 공동체에서는 남성성/여성성에 대한 규범이 와해될 뿐 아니라 이성애/동성애도 위계적 이분법도 허물어진다. 버틀러는 권력과 이성애주의의 이상을 거부하는 게이와 레즈비언의 실천에서 '권력의 전복적이고 패러디적인 재배치'가 일어난다고 주장한다.[147] 패러디 자체가 전복적인 것이 아니라, 반복적 인유, 반복적 문맥 전환을 통해 의미의 교란과 혼란을 야기할 수 있다는 점에서 전복적이다.

Parody by itself is not subversive, and there must be a way to understand what makes certain kinds of parodic repetitions effectively disruptive, truly troubling, and which repetitions become domesticated and recirculated as instruments of cultural hegemony. A typology of actions would clearly not suffice, for parodic displacement, indeed parodic laughter, depends on a context and reception in which subversive confusions can be fostered.[148] (패러디가 그 자체로 전복적인 것은 아니다. 그리고 무엇이 특정 종류의 패러디적 반복을 대단히 파괴적으로 만들고 정말로 문제가 되게 하는지, 그리고 어떤 반복은 문화적 헤게모니의 도구로 길들여지고 재순환되는지를 이해하게 만들 방법이 있을 것이다. 행위에 관한 하나의 유형학으로는 충분치가 못하다. 패러디적 자리바꿈이나 정말 패러디적 웃음은 전복적 혼란이 조성될 문맥과 수용에 달려 있기 때문이다.)

---

147) Judith Butler, *Gender Trouble: Feminism and the Subversion of Identity* (New York: Routledge, 1990), 66, 124.
148) Judith Butler, *Gender Trouble*, 139.

드랙, 가면, 레즈비언 팰러스는 각각 이성애 원본성/동성애 모방본, 진정한 여성성/위장의 여성성, 진정한 팰러스/모사품 팰러스 간의 경계를 허물고 양자의 위계질서를 전도하고 역전시키는 젠더 패러디의 실례들이다. 우선 드랙은 이성애 중심주의에서 여성성으로 부과된 이상적 허구를 모방한다는 면에서 이성애적 여성성의 동성애적 패러디이다. 그리고 이러한 패러디의 실천에는 전복적인 웃음이 있다. 이것이 바로 패러디적 웃음이다.

……Hence, there is a subversive laughter in the pastiche-effect of parodic practices in which the original, the authentic, and the real are themselves constituted as effects. The loss of gender norms would have the effect of proliferating gender configurations, destabilizing substantive identity, and depriving the naturalizing narratives of compulsory heterosexuality of their central protagonist: 'man' and 'woman'. The parodic repetition of gender exposes as well the illusion of gender identity as an intractable depth and inner substance.149) (따라서 패러디 실천들의 패스티쉬 효과에는 전복적인 웃음이 있다. 이 패러디적 실천 속에서 원본, 진정성, 실제성은 결과물로 구성된다. 젠더규범의 상실은 본질적 정체성을 불안정하게 만들고 남녀 주인공의 강제적 이성애를 자연스럽게 만드는 서사들을 제거함으로써 젠더 지형을 증식시키는 효과를 거둘 것이다. 이러한 젠더의 패러디적 반복은 젠더 정체성을 어쩔 수 없는 심층이나 내적 본질로 보는 착각도 드러내준다.)

위띠그가 이성애적 계약의 규범이나 기준으로 묘사한 일관된 이성

---

149) *Ibid.*, 146.

애주의라는 이상은 불가능한 이상, 그의 말대로 하나의 '연물(fetish)'에 불과하다. 이성애주의는 본질적으로 구현 불가능한 규범적 성적 위치를 제시하면서 그것을 완벽하게 규명한다는 것이 계속 실패할 수밖에 없음을 말해준다. 그리고 이러한 위치를 계속 주장하면서 이성애는 자신을 어떤 강제적 법이거나 본질적으로 희극임을, 즉 대안적인 게이/레즈비언 관점으로 스스로를 계속 패러디한다는 것을 드러낸다.[150]

가면의 정체성도 모방적 패러디 구조 속에서 원본과 모방본의 경계를 허무는 작용을 한다. 남성적인 여성이 교태나 애교로 자신의 여성성을 과장한다면 그것은 여성성이라는 '허구적 이상'을 모방한 결과 발생한 것이다. 가면으로서의 여성성은 진정한 여성성이라는 원본을 모방하는 모방본이지만 사실 진정한 여성성도, 가면으로서의 여성성도 여성적 특성이라고 가정되는 허구적이고 이상적인 자질들을 모방하는 것이기 때문에 같은 것이 된다. 따라서 가면으로서의 여성성은 여성성이라는 것 자체가 규제적 이상물을 모방하는 허구적 산물임을 드러낸다. 진정한 여성성과 그 여성성을 패러디하는 모조물인 가면을 분명하게 경계 짓는 것은 불가능하다. 따라서 진정한 여성성은 존재하지 않고 모방만이 존재하게 된다.

버틀러가 말하는 '레즈비언 팰러스'도 남성적 팰러스라는 원본에 대한 유령 같은 재현으로서의 원본적 팰러스와 모방적 팰러스 간의 경계를 허무는 '패러디'가 된다. 그것은 팰러스에 대한 대항적인 투쟁을 의미하는 것으로 단순히 레즈비언이 사용하는 성구(dildo)를 의미하는 것이 아니다. 레즈비언 팰러스는 라캉식 팰러스에 대한 '명사모순(a contradiction in terms)'을 의미한다. 레즈비언 여성이 팰러스를 가지

---

150) *Ibid.*, 122.

는가 팰러스가 되는가의 논쟁은 이미 남성성을 소유(having)로, 여성
성을 존재(being)로 전제하는 기본 가정을 붕괴시킨다.

팰러스를 소유하는 것과 팰러스가 되는 것은 서로 배타적인 입장이
아니다. 이는 동성애와 이성애, 그리고 양성애 속에서 활성화되는 다
양한 정체성의 가능성을 의미하기도 한다. 그것은 어떤 단일한 구조
에 복속될 수 없는 것이다. 라캉의 체제 안에서는 팰러스를 소유한다
는 것이 글을 쓰고, 이름을 주고, 권한을 부여하고, 대상을 지칭하는
등 기표를 통제한다는 의미인 반면, 이러한 팰러스가 레즈비언 권위
로 패러디된 것이 레즈비언 팰러스이다. 레즈비언 팰러스는 레즈비언
이 저자인 하나의 모델로서 라캉에 대한 비판의 도구로 사용된다.[151]
레즈비언 팰러스는 (남성적) 팰러스에 대한 모방이고, 팰러스는 페니
스의 모방이다. 이 모방의 과정은 원본과 복사본의 경계를 허물고 원
본은 존재하지 않으며 존재하는 것은 규범이 생산한 이상적 허구뿐임
을 보여준다. 따라서 가면, 팰러스, 레즈비언 팰러스는 젠더가 원본
없는 모방물임을 나타내는 젠더 패러디의 수행적 양상을 보여준다.

버틀러는 기존의 주체 논의에서 원천적으로 배제된 채, 비체로만
간주되던 동성애자의 존재론적 위치가 이성애자에 비해 열등할 것이
없음을 패러디 이론으로 설명한다. 이성애자나 동성애자가 모두 이상
적 자질들을 모방한다는 의미에서 똑같은 모방의 산물이라면 양자 간
의 위계질서는 사라지고 둘은 서로의 경계를 공유하게 된다. 오히려
원전을 상정하고 그것을 진정한 것, 진리에 가까운 것으로 규정하는
것은 당대의 성 경향 규범을 자연스러운 것으로 반복 주입해 주체에

---

151) Judith Butler, "Gender as Performance", *A Critical Sense: Interviews
with Intellectuals*, ed. Peter Osborne (New York: Routledge, 1996),
120-1.

게 내면화시킨 이성애적 제도가 된다.

이처럼 패러디적 젠더 정체성 논의는 젠더가 어떻게 이성애를 특권화하는 규제적인 구성물로 작동하게 되는가를 설명해주고, 젠더의 규범적 모델을 해체하면서 레즈비언과 게이의 주체 위치를 합법화하는데 기여한다. 또한 페미니즘에 대해서도 여성을 근본주의적 범주로 받아들이게 될 때의 문제점을 지적한다. 여성이라는 용어는 자연스러운 통일체가 아니라 기율권력이 자연스러운 것으로 반복 주입해 내면화한 '규제적인 허구'를 의미하기 때문이다. 그리고 이 규제적 허구가 은연중에 이성애를 당연한 것으로 만드는 섹스, 젠더, 성 경향 간의 규범적 허구를 재생산한다. 버틀러는 모든 진정한 젠더 정체성의 주장은 궁극적으로 동성애 주체의 합법화에 역행한다고 보고 젠더의 진리 주장에 대항하고 있는 것이다.[152]

버틀러는 기존의 가면이론이나 모방이론에서 본질적 여성성을 거부하고 구성된 여성성을 논의하는 부분을 수용하지만, 가면을 오이디푸스 구조라는 남근 경제의 자기방어 체제로 보거나 연물적 대상으로 다루거나, 아니면 남성 경제로 재현되지 않는 여성적 욕망이라는 또다른 고유성을 상정하는 것에는 반대한다. 그리고 그것이 다양성이나 유동성일지라도 여성성에 대한 대표 속성을 상정하는 모든 이론에 저항한다. 버틀러에게 젠더란 본질적 젠더 핵심을 가진 것이 아니라 규율담론의 반복적 신체각인과 정신주입 효과에 불과하다. 특히 패러디정적정체성은 가면에 나타나는 내면/외양, 본질/가면의 이분법이 그 자체로 불가능하다는 것을 입증하는 수사적 전략이 된다. 패러디는

152) Annamarie Jagose, *Queer Theory: An Introduction* (New York: New York University Press, 1996), 84.

원본인 젠더, 기원인 젠더의 불가능성을 드러내어 그것이 어떻게 이
성애 성 경향을 정상적인 것으로 규정하는 기율담론이 반복적으로 각
인시킨 규제적 허구의 효과인지를 설명하는 탁월한 전략이 된다.

2. 수행적 정체성: 행위의 반복 속에 발생하는 끝없는 재의미화

『젠더 트러블』의 한 카테고리를 구성하던 '전복적인 반복'의 주제는
패러디라는 범주에서 더 복합적인 정치적 담론으로 확대된다. 버틀러
는 '전복적 반복'이라는 주제를 계속 발전시켜 이번에는 패러디를 대
신해 정치담론에서 재의미화가 작동되는 복합적 방식에 주목하게 되
는데 그것이 수행성이다.153) 좀더 이론적이고 추상적인 층위에서 젠
더의 불안정성과 전복성을 말하는 수행적 화행(performative speech
act)과 반복가능성(iterability)은 어떤 주체를 전제해두는 '수행'보다는
주체 개념 자체에 저항하는 '수행성'과 더불어 강조된다. 여기서 전복
적 재의미화는 전복의 '장소'보다는, 언어를 중심으로 규범이 반복되
는 '지배적이면서 동시에 전복적인 방식'을 강조하게 된다. 즉 '적법한
동시에 적법치 않고', '적절하면서 전복적인' 양식의 화해 불가능한 긴

---

153) "……I'm still thinking about subversive repetition, which is a category in
   Gender Trouble, but in the place of something like parody I would now
   emphasis the complex ways in which resignification works in political
   discourse." Judith Butler, "Gender as Performance", *A Critical Sense:
   Interviews with Intellectuals*, ed. Peter Osborne (New York: Routledge,
   1996), 111.

장에 갇혀 있는 곳을 말하려는 것이다. 이러한 양가성은 인종차별, 여성혐오, 동성애공포의 규범을 전유하고 나서 전복하는 것이 아니라, 전유와 동시에 전복하는 것이라서 때로 해결할 수 없는 긴장 상태에 있기도 하고, 때로는 전복할 수 없는 전유 상태에 있기도 한다.[154]

　'수행성'은 원래 1950년대 영국의 언어철학자 A. J. 오스틴의 '화행론(speech act theory)'에서 유래된 용어이다. 버틀러의 '수행성'은 오스틴의 『어떻게 말로 행동하는가(How to Do Things With Words)』와 데리다의 「서명, 사건, 문맥("Signature, Event, Context")」에서 영향을 받아 발전시킨 개념이다. 오스틴은 진술문(constative)과 대비되는 수행문(performative)을 발전시켜 기존의 언어관을 전복하면서 언어가 근본적으로 진위 판별보다는 행위의 수행과 맞닿아 있다는 인식에 도달한다.[155] 오스틴은 선박의 이름을 짓는다든가, 아니면 결혼식에서 성혼을 선언한다거나 등을 예로 들면서 수행적 발화는 상황을 기술하는 것이기보다는 상황을 생산하는 것이라고 설명한다. 그리고 진술문/수행문의 구분은 일시적인 것이며 "말을 한다는 것은 수행적인 행위이다"라는 결론에 도달한다.[156]

---

154) Judith Butler, *Bodies That Matter: On the Discursive Limits of 'Sex'*, 128.

155) 오스틴은 수행문(performative sentence), 수행발화(performative utterance), 수행사(performative)를 서술, 보고, 진위판별을 하지 않는 것, 문장의 발화가 행위나 행위의 일부가 되는 것으로 정의한다. "A. they do not 'describe' or 'report' or constate anything at all, are not 'true or false'; and B. the uttering of the sentence is, or is a part of the doing of an action, which again would not normally be described as, or as 'just', saying something." J. L. Austin, *How To Do Things With Words* (Cambridge: Harvard UP, 1962), 5-6.

156) Austine, *How to do Things with Words* (Oxford: Oxford UP, 1962), 139.

데리다는 언어의 외부나 이전에 존재하는 무엇인가를 기술하는 순수 진술문의 범주를 오스틴이 거부하는 것에는 찬성하지만, 적절한 수행문과 부적절한 수행문을 구분하면서 둘 간의 우열을 나누는 것에는 반대한다. 데리다가 보기에는, 모든 언어는 부적절한 수행문으로 구분된 '인용'이나 '반복'에 기초하고 있고, 가장 고유성이 두드러져야 할 서명조차 반복된 서명 행위에 입각해 있기 때문이다. 즉 오스틴은 수행문을 적절한 것과 부적절한 것으로 분류하면서, 인용을 비정상적이고 이례적이며 진지하지 못한 것이라고 했지만, 데리다가 보기에는 사실 인용이야말로 성공적인 수행문에 필수적인 것이다. 그래서 성공적인 수행문은 언제나 불순한 수행문이 된다.

데리다의 오스틴 재해석은 버틀러의 수행적 젠더 정체성 논의에 이론적 기반이 된다. 데리다는 수행적 언어모델이 진리에 기초를 두지 않으면서, 그것은 '무엇이 그 존재 안에 있는지를 드러내는 진리'를 목적으로 하지 않는다고 설명한다. 데리다는 오스틴이 부적절한 수행문으로 격하시킨 '인용성'이나 '반복가능성' 개념을 재평가하면서 언어의 본질이 인용과 반복에 있고, 반복과 인용을 통해서만 의미를 전달할 수 있는 동시에 이 반복과 인용이 재의미화의 가능성을 열어준다고 주장한다. 해체론이 이중적 몸짓, 이중과학, 이중의 글쓰기를 통해 전통적 대립을 전복하고 전반적인 체제를 재배치하는 것처럼, 서명 역시 자신의 고유성을 주장하지만, 실은 반복된 서명행위 없이는 그 고유성이 발현될 수 없다는 것과 같은 맥락이다.[157]

따라서 서명의 특이성조차 반복성에서 비롯된다. 서명이 반복가능

---

157) Jacques Derrida, "Signature Event Context", *Margins of Philosophy*, trans. Alan Bass (Chicago: The University of Chicago Press, 1972), 330.

158

하고 모방가능하다는 점이 서명을 오히려 적절하게 기능하도록 만드는 것이다. 그래서 데리다는 모든 산종(dissemination)으로서의 글쓰기는 이러한 서명의 형태로 존재하게 된다고 주장한다. 수행적으로 구성된 주체는 반복과 인용이라는 담론 속의 주체로 생산된다.[158] 수행적으로 구성된 젠더는 반복과 인용 속에 언제나 불안정하고 유동적인 주체를 생산하게 되는 것이다.

이후 언어적 수행성이나 연극의 연행성은 정체성이 생산되는 방식을 설명하는 개념적 도구로 기능해 왔다. 수행성은 복잡한 인용의 과정을 거쳐 반복적으로 생산되는 정체성의 양식을 이해하게 하는 강력한 방식이 되었으나, 연극적 행위에서 나타나는 배우의 외향성(extroversion)과, 철학적 의미를 수행하는 기표의 내향성(introversion)이라는 양극적 의미로 사용되기도 했다. 마이클 프라이드(Michael Fried)가 연극성(theatricality)과 내적 몰입(absorption)을 수행성의 대립적 의미로 대비시킨 것은 이러한 수행성의 패러독스를 잘 설명해준다. 리오타르(Lyotard)는 『포스트모던의 조건(The Postmodern Condition)』에서 수행성을 일종의 자본주의적 효율성에 대한 포스트모던 양식의 재현으로 드러내는 반면, 드 만(Paul De Man)이나 힐리스 밀러(Hillis Miller)의 해체론적 수행성은 기의와 세계 간의 인과관계의 비연관성으로 나타난다. 특히 드 만에게 의미와 텍스트 수행 간의 격심한 불화(estrangement)를 의미하는 수행성을 쫓다 보면 수행성의 비-지칭성보다는, 지칭에 대한 필연적으로 '탈선적인(aberrant)' 관계, 즉 지칭과 수행성의 비틀림과 상호 엇갈림을 마주하게 된다.[159]

158) Ibid., 327-29.
159) Andrew Parker and Eve Kosofsky Sedgwick, "Introduction: Performativity and Performance", Performativity and Performance

수행문이 선험적 의도를 '표현'하는 것으로 나타나는 한, 행위 뒤의 행위자, 즉 선험적 행위작인은 발화의 결과로 파악될 뿐이다. 수행문의 효과는 현재의 행위 속에 있는 이런 역사적 관습들을 가져와서 그것을 새롭게 기호화할 능력에서 비롯된다. 이러한 반복의 힘은 개별적 의도에서 오는 것이 아니라 역사적으로 누적된 언어적 관습들의 결과이기 때문이다.[160] 그래서 버틀러는 '누적된 반복가능성(sedimented iterability)'을 통해 권력을 얻게 되는 언어관습을 끌어와 그것을 재전유하기 때문에 언어가 행위에 가담하거나 그런 행위로서 주체를 구성하게 된다고 주장한다.

'수행문'이라는 발화는 어떤 행위를 반복 수행하면서 결속력을 행사한다. 젠더 정체성이 구성되는 것도 '수행문'이 행위를 촉발시키는 것과 같은 방식으로 이루어진다. 언어의 발화와 더불어 행위를 수행하고 또 특정한 결속력을 행사하는 수행문 개념은 버틀러에게 '젠더 정체성'을 형성하는 방식을 설명하는 열쇠가 된다. 즉 젠더는 특정한 형태의 행위를 의례화해서 반복할 것을 요구하는 규제적 체제의 효과로서 생산되는 방식이 된다. 따라서 젠더는 규제적인 체제의 반복 효과이므로, 젠더 집단 '여성'은 선험적으로 존재하는 것이 아니라 수행적 효과로만 존재한다. 정체성을 규명하려는 모든 시도는 반드시 당대의 섹스, 젠더, 성 경향의 리비도 관계에서 오는 규범적인 구조를 보유하고 그 질서를 반복할 수밖에 없다.

(New York: Routledge, 1995), 2-3.

160) 버틀러는 '수행성'이라는 용어를 오스틴과 데리다, 그리고 드 만의 '메타렙시스(metalepsis)'에서 차용하였음을 인정하면서, 수행적 행위는 자신이 명명한 것을 실행하거나 존재를 나타나게 하는 것이며, 담론의 구성력이나 생산력을 표시해준다고 말한다. Judith Butler, "For a Careful Reading", *Feminist Contentions* (New York: Routledge, 1995), 134.

160

반복에서 오는 젠더의 구성적 불안정성(constitutive instability)이
젠더 정체성을 안정되게 구축하는 동시에 그 안정적 토대를 허문다.
그것은 담론을 불안정하게 만들려는 것이 아니라 담론 자체가 가지는
구성적 불안정성을 분석하고 재구축하려는 작업이다. 데리다와 버틀
러의 차이가 있다면 버틀러는 수행성을 '젠더의 탈-안정화'라는 기획
으로 해석하고, 데리다는 불안정성을 탈-안정화와 같은 의미로 사용
한다는 점이다. 그러나 버틀러의 구성적 불안정성은 불안정적인 동시
에 전복적인 것으로 이해되어야 한다.161)

버틀러에게 드랙은 패러디적 정체성을 구현할 뿐 아니라, 불완전한
복종을 실현하는 주체로, 자체의 우울증을 안고 있는 이성애의 우울
증에 대한 알레고리로 작동하기도 한다. 무엇보다도 드랙은 수행적
주체의 사례가 된다. 그러나 버틀러는 드랙이 수행적 젠더 정체성의
사례는 될 수 있어도 그것이 하나의 전형으로 고정되어 대안처럼 제
시되어서는 안 된다고 생각한다. 중요한 것은 주체의 연극적 재현인
'수행'보다는 주체조차 담론의 효과, 권력 체제의 행위작인으로 생각
할 수 있는 '수행성'이기 때문이다.

> The problem with drag is that I offer it as an example of
> performativity, but it has been taken up as the paradigm for
> performativity. One ought always to be wary of one's examples. What's
> interesting is that this voluntarist interpretation, this desire for a kind
> of theatrical remaking of the body, is obviously out there in the public
> sphere⋯⋯ But no, I don't think that drag is a paradigm for the

---

161) Penelope Deutscher, *Yielding Gender: Feminism, Deconstruction and the history of Philosophy* (New York: Routledge, 1997), 33.

subversion of gender. I don't think that if we were all more dragged out gender life would become more expansive and less restrictive.162)
(드랙의 문제는 내가 드랙을 수행성의 사례로 제시하지만, 이것이 수행성의 전형으로 간주되어 왔다는 점이다. 무언가의 예를 들 때는 항상 조심해야 한다. 흥미로운 것은 이 자발적인 해석, 몸을 일종의 연극적으로 개조하려는 욕망은 분명 대중적 영역 속에 드러나 있다는 점이다…… 하지만 아니, 나는 드랙이 젠더의 전복에 대한 전형이라고는 생각하지 않는다. 우리 모두가 드랙이 된다고 해서 젠더 생활이 더 확장되고 덜 구속되리라고는 생각지 않는다.)

'수행성'은 정체성의 성격과 그것이 산출되는 방식, 사회적 규범, 행위작인으로서의 개인과 사회의 변화 간의 관계에 대한 근본적인 문제들을 제기한다. 수행성은 주체라는 개념 자체와 논쟁한다. 수행이 '주체'를 가정한다면, 수행성은 담론과 권력의 '행위작인' 개념에 가깝다. 행위작인에는 양가적인 의미가 들어 있다. 행위작인은 한편으로는 권력이나 언어에 선행하면서 자아 구조에서 추론된 개개인의 속성으로 가정되기도 하지만, 다른 한편으로 보면 그로 인해 자신이 활용되는 방식을 제어할 수 없는 담론 상황의 결과이기도 하다. 행위작인은 초월적인 범주가 아니라 구성관계의 한가운데에 열려 있는 우연적이고 취약한 가능성이다.163)

---

162) Judith Butler, "Gender as Performance", *A Critical Sense: Interviews with Intellectuals*, ed. Peter Osborne (New York: Routledge, 1996), 111.

163) "In the one view, agency is an attribute of persons, presupposed as prior to power and language, inferred form the structure of the self; in the second, agency is the effect of discursive conditions which do not for that reason control its use; it is not a transcendental category, but a contingent and fragile possibility opened up in the midst of constituting

'수행적 화행'은 명명하는 것을 존재로 만들어주는 발화 행위들이다. 그것은 담론이 특별한 방식으로 생산성을 가지게 되는 순간이기도 하다. 수행성은 자신이 이름 붙인 것을 생산할 능력을 가진 담론의 양상이지만, 언제나 반복이나 재진술, 재인용을 통해서 발생한다. 젠더가 수행적으로 구성된다는 것은 담론이 젠더를 행위들의 양식화된 반복으로 구성할 뿐 본질적이거나 본원적인 의미에서의 정체성은 존재하지 않는다는 의미와도 같다. 버틀러는 '수행성'은 진리에 기초한 언어 모델을 거부한다.

> If gender attributes and acts, the various ways in which a body shows or produces its cultural signification, are performative, then there is no preexisting identity by which an act or attribute might be measured; there would be no preexisting identity by which an act or attribute might be measured; there would be no true or false, real or distorted acts of gender, and the postulation of a true gender identity would be revealed as a regulatory fiction.164) (젠더 속성이나 행위가 몸이 자신의 문화적 의미를 보여주거나 생산하는 다양한 방식들로 수행된다면, 거기에는 한 행위나 속성이 측정될 수 있는 어떤 선험적인 정체성도 없다. 즉 어떤 젠더 행위나 속성이 측정될 수 있는 선험적 정체성이란 없다. 진정이거나 허구이거나, 실제적이거나 왜곡된 젠더 행위란 없으며, 진정한 젠더 정체성에 대해 가정하는 것은 규제적인 허구로 드러날 것이다.)

relations." Judith Butler, "For a Careful Reading", *Feminist Contentions* (New York: Routledge), 137.

164) Judith Butler, *Gender Trouble: Feminism and the Subversion of Identity* (New York: Routledge, 1990), 141.

행위들의 양식화된 반복이라는 젠더 효과는 몸의 양식화를 통해서 생산된다. 수행적 정체성은 내적 본질로서의 섹스나 심리적 젠더 핵심이라는 환상을 생산하지만 그것은 존재하지 않는 허구이자 미망이다. 젠더는 제스처, 동작, 걸음걸이 등 몸의 연극적 행위를 통해서 몸 위에 내적 깊이를 가진 환상을 생산한다. 결국 젠더는 기율권력이 명명행위 속에 반복적으로 부과한 젠더규범으로 구성되지만, 수행성에는 모든 연극적 행위로서의 수행을 가능케 하면서 그것에 저항하는 잉여가 있기 때문에 주체는 수행 그 자체로 결코 완전하게 구현될 수 없다.

이러한 이론적 배경을 바탕으로 해서 버틀러가 말하고자 하는 수행적 젠더 정체성은 어떤 방식으로 드러나는가? 버틀러에 따르면 수행적 젠더는 고도의 규제적 틀 안에서 일어나는 일련의 반복된 행위들인 동시에 반복된 몸의 양식화이다.

> Gender is the repeated stylization of the body, a set of repeated acts within a highly rigid regulatory frame that congeal over time to produce the appearance of substance, of a natural sort of being 165) (젠더는 반복된 몸의 양식화이고, 오랜 시간 본질의 외관과 자연스러운 주체의 외관을 생산하기 위해 응집된 대단히 단단한 규제적 틀 속에서 반복되어 온 일련의 행위들이다.)

여기서 세 가지 개념에 초점을 맞추고자 한다. 즉 그것은 행위, 몸, 규제적 틀이다. 그리고 행위, 몸, 규제적 틀은 언제나 반복된다. 젠더 정체성은 진위를 가늠할 수 없는 행위이며, 그 행위는 몸을 구성한다.

---

165) Judith Butler, *Gender Trouble: Feminism and the Subversion of Identity*, 33.

그리고 몸은 규제적 틀로 표현되는 지배담론의 효과이다. 이들은 모두 반복을 통해서 재의미화되는 것이다. 따라서 버틀러의 수행적 젠더 정체성은 행위 양식, 몸 양식, 담론 양식으로 나타난다. 이 부분에서 우리는 행위, 몸, 담론이라는 세 가지 수행적 양식을 중심으로 젠더 정체성의 구성을 논의할 필요가 있다. 그리고 이 수행적 정체성은 존재론적인 '주체'를 상정하기보다는 비본질적이고 비재현적인 '행위 작인'으로서 언제나 반복 속에서 언제나 새롭게 의미화된다.

1) 행위 양식

우선 젠더는 어떤 사람의 존재 그 자체에 있는 것이 아니라 그 사람의 '행위'에 달려 있다는 점에서 수행적이다. 이를 설명하기 위해 버틀러가 자주 인용하는 니체의 언명은 "행위 뒤에 행위자는 없다"는 것이다. 그것은 인간의 정체성은 존재 그 자체가 아니라 그 사람의 행동과 수행의 조건에 달려 있다는 의미이다. 약속이 약속행위에 의해 창조되는 것처럼 개인의 젠더 역시 개인의 행위 속에서 창조된다. 언어가 수행적인 것은 언어가 단순히 정보전달을 하는 것이 아니라 기존의 담론 실천이나 행동 방식을 반복해서 행동으로 이행한다는 의미에서 수행적이다. 이 젠더 수행성은 단일한 행위에 의해 성취되는 것이 아니라 반복된 인용의 실천이며, 구성된 주체의 조건 속에서 강요된 젠더규범을 반복한다. 젠더에 종속되어 있으면서 젠더를 통해 주체화되는 인간은 젠더화 과정에 선행하지도 후행하지도 않으며 젠더 관계의 모태 안에서 동시에 생산될 뿐이다.

'젠더 실체는 수행적이다'라는 말은 젠더가 수행되는 만큼만 실제적이라는 뜻이다. 특정 행위가 젠더의 정체성으로 해석된다 하더라도 그것은 표현적인 것이 아니라 수행적인 양식을 통한다. 어떤 행위나 자질을 평가하는 선험적 정체성이란 존재하지 않기 때문에 '진정한' 젠더 정체성도 규제적인 허구, 제도 규범이 만든 이상이라는 것이 폭로된다. 젠더는 주체의 수행적 과정 속에서만 나타난다. 참이거나 거짓인 젠더도, 실제의 젠더나 왜곡된 젠더를 말할 수 없다.

이처럼 젠더는 지속적인 사회적 수행에 의해 창출된다. 그렇기 때문에 남성성이나 여성성을 변화하지 않는 고정 실체로 보는 견해는 젠더의 수행적 측면을 은폐시키는 것이 된다. 젠더는 본질적 자아를 전제해둔 후에, 그것을 표현하거나 위장하는 배역이 아니라, 수행적인 공연을 통해 폭넓게 구성되면서 주체의 심리적 내면성 속에 있는 사회적 허구를 구성하는 하나의 '행위'가 된다. 이러한 수행적 젠더 정체성은 무대에서 착용하는 '가면'의 정체성에 대한 존재론적 성찰과 맥락을 공유한다. 조앤 리비에르(Joan Riviere)의 '가면'으로서의 여성성이나, 라캉이 말하는 '팰러스 부재'를 위장하는 '가면', 그리고 버틀러의 '레즈비언 팰러스'는 여성성을 가면과 연결해서 논의해 온 기존의 논의를 확장하여 버틀러의 패러디적 수행성을 알레고리로 나타나는 모범적인 비유어가 될 수 있다.

리비에르의 '가면'이론이나 이리가레의 '모방(mimicry)' 논의는 외관이 '실제'를 일시적으로 만들기 때문에 성 정체성은 분명하게 표현될 수 없고, 여성성도 원본이나 기원 없는 비본질적인 것이라고 말한다.[166] 이

---

166) 리비에르의 가면이론은 지적인 여성이 부리는 교태가 사실은 자신이 남근을 훔치려 한다는 사실을 감추기 위한 가면에 불과다는 논의이며, 이에 따라 성 정체성은 양성의 역할에 따른 전이와 역전으로 끊임없이 미끄

리가레는 남성적 나/시각(I/eye)에 기반을 둔 모든 서구 사유의 주요 재현들이 남성 동성애적이거나 남성적 동일자적인(hommo-sexual) 논리를 구축했다고 지적하면서 동일성과 일원성, 일관성을 패러다임을 다시 쓰고자 한다. 그래서 페미니스트의 전략은 이 논리를 깨뜨리는 것이고 시각이라는 초월적 남성 감각이 아닌, 대안적인 감각 재현 체계를 제시하고 여성이 스스로 말할 수 있게 하는 새로운 언어를 발견하는 것이다. 여성이 모방과 놀이를 하는 것은 기존 담론이 전유한 자리를 되찾으려는 시도이다. 언어는 여성적인 것의 작동을 감추어 왔지만, 여성은 유희적 반복을 통해서 보이지 않는 것으로 가정되었던 것을 드러낸다. 그리고 이러한 여성성 논의는 여성성은 여성 이미지를 불안정하게 흔드는 인공물로서의 가면이라고 말한 메리 앤 도앤의 '가면' 논의와 유사하다.[167]

러지는 것이 되었다. 이리가레의 모방이론은 여성은 둘로서만 존재하며 모든 망상, 이미지, 거울을 초월해 둘씩 살아가면서 원본/사본의 대립을 허무는 꾸밈없는 유사성으로 작용한다는 논의이다. Joan Rivievre, "Feminity as a Masquerade", Luce Irigaray, "When Our Lips Speak Together" 참고.

167) 메리 앤 도앤은 가면은 여성과 여성성 간의 지나친 근접성이나 상관성을 깨고 여성의 이미지를 불안정하게 만드는 인공물로서 가면을 볼 것을 주장한다. 가면의 효과는 이미지에 대한 거리를 조작하고 문제를 발생시킬 잠재력이 있다는 것이다. 가면의 연물화는 남성적 거리 두기인데 여성은 그 거리를 너무 결여하고 있어서 과도한 동일시로 매저키즘이나 나르시시즘을 보인다는 주장이다. 여성은 남성이 부과한 여성성과 거리를 유지할 필요가 있다. 이 같은 여성과 여성성 간의 거리 부족은 영화에서 폐소공포증(claustrophobia)으로 설명된다. "Above and beyond a simple adoption of the masculine position in relation to the cinematic sign, the female spectator is given two options: the masochism of over-identification or the narcissism entailed in becoming one's own object of desire, in assuming the image in the most radical way. The effectivity of masquerade lies precisely in its potential to manufacture a distance for the image, to generate a problematic within which the image

이리가레의 '모방'은 버틀러에게 '패러디'로 수용된다. 버틀러에게 패러디는 원본과 복사본의 경계를 허무는 모방구조에 입각해 있는데 이는 남성논리를 따라 하면서 전복한다는 이리가레의 논의와 유사성이 있다고 보이기 때문이다. 버틀러에게 이성애 원본과 동성애 모방본이라는 이분법은 패러디라는 모방 구조에 이르면 불가능해진다. 원본도 복사본도 원본에 대한 이상적 개념을 모방하는 것이고, 따라서 둘 다 모방물에 불과하기 때문이다. 아니 애초부터 원본이란 존재하지 않는 것이다. 남성성, 여성성이라는 젠더 특질뿐 아니라, 이성애와 동성애라는 성 경향도 애초부터 원래 있던 것은 아무것도 없다. 모방의 반복 속에 젠더 범주, 성 경향은 소환되는 동시에 당연성을 상실한다. 이것이 이중적 운동이다.

많은 이론가들이 주장하는 '존재가 곧 가면이다'라는 의미는 이중적이다. 여기서 제기되는 문제는 다음과 같다. 여성성은 남성적 의미 발생의 질서를 거치지 않고서는 의미가 될 수 없는가? 여성은 자신의 본질적인 부분을 감추기 위해 팰러스라는 가면을 착용하는가? 만일 그렇다면 가면은 거부되어야 할 '결핍'으로서의 여성성인가, 아니면 결핍으로서의 여성성을 부정한 결과로서 '팰러스'인가? 가면으로서의 팰러스는 여성의 본질 부재를 가리는 가면인가, 아니면 가면 뒤에 여성적 특이성이 있다는 가정을 전제로 한 것인가?

가면은 한편으로 존재가 그 안에 핵심적 본질을 가진 것이 아니라, 외양으로 드러난 수행적 산물에 불과하다는 의미를 갖는다. 다른 한편 가면 이전에 존재론적인 본질이 있는데 그것을 가면으로 위장한다

---

is manipulable, producible, and readable by the woman." M. A. Doane, "Film and Masquerade: Theorizing the Female Spectator", *Screen* 23.3-4 (1982), 87.

168

는 의미이기도 하다. 가면에 선행하는 이 본질은 '무(nothing)'라고 가정되기도 하지만, 다른 한편 남근 경제로 재현되지 않는 '여성성'으로 간주되기도 한다. 첫 번째 것은 리비에르의 가면논의를 극단화해서 외양과 존재가 같다는 패러디적 구성으로서 젠더 존재론을 해체하려는 버틀러식의 비판적 사유이다. 두 번째 것은 양극적 결과를 초래하기는 하지만 라캉과 이리가레식의 사유라고 할 수 있다. 라캉은 여성이 내부의 결핍과 결여를 감추기 위해 '팰러스'라는 가면을 쓴다고 했고, 이리가레는 그 가면 안에는 남근 경제의 관점에서는 발화되지 않는 억압된 여성의 욕망, 혹은 본질적 여성성이 있다고 보았다. 라캉에게 여성은 가면을 써야만 여성으로 존재하는 것이지만, 이리가레는 여성해방을 위해 그 가면을 벗어던져야 한다고 본 것이다. 이처럼 '가면' 논의만 해도 복합적 양상을 가진다.

이런 가면 논의를 최초로 여성과 이론적으로 연결시킨 사람은 조앤 리비에르이다. 그는 「가면으로서의 여성성」에서 자신이 치료했던 환자의 사례를 중심으로 여성성은 무엇이고 이성애는 무엇인가라는 문제를 고민한다. 리비에르는 젠더나 성 경향상의 문제를 겪는 5명의 환자의 사례를 제시한다.[168] 이들의 공통점은 남성적인 여성이 여성

---

168) 첫 번째 여성은 광고 분야에서 꽤 성공을 거둔 직장여성의 사례인데, 이 여성은 공무를 수행할 때는 대단히 남성적이지만, 그 일이 끝난 후 사석에서는 대단히 여성적 교태를 부리면서 남성들에게 칭찬받기를 원하는 경우였다. 이 여성은 자신의 업무 수행에 대한 직접적인 칭찬뿐 아니라 여성으로서 자신을 찬미해주는 간접 칭찬도 원했는데, 사실 칭찬을 받고 싶어 하는 대상이 일과 별로 상관이 없는 '아버지상'이었다는 것이 특이했다.
　　두 번째는 29세에 결혼하게 된 여성인데, 이 여성은 결혼 직전에 여의사를 만나 고의적으로 처녀막을 손상시켰다. 성 경험이 없는 여성이 결혼을 앞두고 일부러 처녀막을 손상시킨다는 것은 특이한 일이었다.
　　세 번째는 남성적인 일에 뛰어난 가정주부의 사례였는데, 이 여성은 배

성을 과장하거나, 동성애적인 남성이 이성애를 가장한다는 점이었다. 그는 어느 정도 사회적 성공을 거둔 남성적 여성이 공무수행 후 아버지상(father figures)이나 동료들에게 교태를 부리는 것은 죄의식과 그로 인한 복수에서 자신을 보호하기 위한 일종의 가면이라고 주장했다. 이들은 부모로부터 팰러스를 훔쳤다는 사실 때문에 보복을 당할까 두려워서 일부러 나약함이나 수동성이라는 가면을 쓴다는 것이다. 물론 여기서의 여성성은 교태, 나약함, 수동성, 매저키즘 등을 의미한다.

리비에르는 남성적 여성, 즉 어니스트 존스(Ernest Jones)가 말하는 '중간 유형(intermediate type)'을 연구 주제로 삼아 여성성이라는 것이 본질적인 속성이 아니라 성적 억압 기제하에서 자신을 보호하려는 방어기제의 일종이라고 설명한다. 그리고 남근적 여성이 자신의 팰러스 결핍을 감추고 가장하는 것처럼, 남성 동성애자도 자신의 동성애 성향을 인정할 수 없어서 방어기제로서 자신의 이성애 성향을 강조한다고 설명한다. 그것은 지적 업무의 수행 후에 아버지상들에게서 받을 것으로 예상되는 비난적 평가에 대한 불안을 털어내려는 무의식적

선, 배관, 전기 등 남성 영역의 일에 매우 뛰어나면서도 가정을 방문한 가구상이나 수리공에 대해서는 비굴할 정도로 자신의 지식을 감추었다. 일부러 자신의 실력을 감추고 뭐든지 모르는 척하면 상대 남성의 업무 수행을 과하게 칭찬한 것이다.

네 번째는 전문 분야를 전공한 대학 강사의 사례인데, 이 여성은 학생들을 가르치거나 공적 업무를 수행할 때와는 달리, 동료들과의 회합을 갖게 될 때면 어김없이 지나치게 여성적인 복장을 갖추어서 경박하다거나 경우에 맞지 않는다는 비난을 듣기가 일쑤였다.

마지막은 동성애 남성의 사례인데, 이 남성은 거울 앞에서 앞 가리마를 타고 보우타이를 맬 때에만 성적 만족을 얻었다. 알고 보니 거울 속의 그 모습은 자신의 여동생의 모습을 구현한 것이었다. Joan Riviere, "Womanliness as a Masquerade", *Formation of Fantasy* (New York: Methuen, 1986).

시도이자,[169] 사회적으로 금지된 성욕을 발현한 대가를 두려워해서 만든 일종의 방어기제이다.

지적인 여성이 여성성이라는 가면을 쓰고 교태를 부리는 것은 아버지의 남근을 훔친 데 대한 죄의식 때문이고, 아버지의 남근을 훔쳤다는 환상은 근본적으로 오이디푸스 구조에 입각해 있는 '원초적 장면(primal scene)'을 인정하는 것이다. 그리고 구순기 유아의 근본적 사디즘 경향과 그것을 은폐하려는 방어기제의 작동을 기반으로 여성성을 설명하는 것이 된다. 여아는 아버지의 남근을 훔쳤다는 죄의식 때문에 무고함이나 순진함을 가장하고, 거세된 여성으로 위장해서 안전을 보장받으려 한다. 남성적인 활동과 여성적인 활동은 교대로 나타나면서 강박적인 '이중 행동(double action)'을 형성하게 된다. 이때 여성성의 능력은 일차적인 성적 양식이기보다는 불안을 피한 이차적 수단으로 작동된다.

> Womanliness therefore could be assumed and worn as a mask, both to hide the possession of masculinity and to avert the reprisals expected if she was found to possess it-much as a thief will turn out his pockets and ask to be searched to prove that he has not the stolen goods. The reader may now ask how I define womanliness or I draw the line between genuine womanliness and the 'masquerade'. My suggestion is not, however, that there is any such difference; whether radical or superficial, they are the same thing.[170] (따라서 여성성은 여성이 남성성을 소유했다는 것을 감추고, 그 사실이 발각될

---

169) Joan Riviere, "Womanliness as a Masquerade", *Formation of Fantasy* (New York: Methuen, 1986), 37.
170) *Ibid.*, 38.

경우 예상되는 비난을 피하기 위해 가면으로 꾸미거나 착용하는 것이다. 그것은 도둑이 도난당한 물건을 갖고 있지 않음을 입증하려고 자기 주머니를 뒤집어 수색해주기를 바라는 것과도 같다. 독자들은 내가 여성을 어떻게 정의하는지, 또 진정한 여성성과 '가면'의 경계는 어디에 있는지 묻고 싶을 것이다. 하지만 나는 그것들 간에 차이가 없다고 말하고자 한다. 그것이 근본적이든 피상적이든 둘은 같은 것이다.)

리비에르는 여성의 젠더 정체성을 비본질적인 것, 이차적인 효과로 본 점에서는 수행성을 중시하지만, 여전히 오이디푸스 억압구조를 분석의 기반으로 삼고 있으며, 여성 동성애까지도 남근을 훔친 여성의 자기방어로 설명한다. 리비에르에 따르면 지적인 여성이 자신보다 열등한 여성과의 (동성애적) 애정관계를 보이는 것은 자신의 우월감을 과시하기 위한 것이다. 그것은 가학적 구순기(oral-biting stage)에 부모에게 보이는 공격성 및 사디즘과 관련된다. 어머니의 젖을 물어뜯고 아버지를 거세하려는 욕구는 부모에 대한 유아의 사디즘이고, 그것은 언제 보복당할지 모른다는 공포를 수반한다. 원초적 장면을 목격하면서 아이는 아버지의 남근(부적, 보이지 않는 칼, 사디즘적 기관)이 결핍되어 있다는 것을 느끼고 그것을 빼앗으려 한다. 하지만 그 보복이 두려워 '여성적 복종'이라는 '가면'을 쓰게 된다. 따라서 아이는 환상 속에서 아무도 자신에게 해를 입힐 수 없는 환경을 만들어내어, 부모에 대한 가학적 분노로부터 비롯된 불안으로부터 스스로를 보호한다. 이 환상의 핵심에는 부모에 대한 아이의 우월감이 있고, 그것은 수동적 여성성이라는 반작용 형성과 적의의 은폐 기제를 통해 나르시시즘적인 자아와 더불어 이드, 초자아를 동시에 충족시키게 된다.

스티븐 히스(Stephen Heath)는 본질적 여성성은 없으며, 외양이 곧 본질이라고 말한 리비에르의 통찰에서 선구적 의미를 발견한다. 리비에르는 여성성을 공연 중의 가면에 비유하여 진정한 여성성과 가면을 동시에 붕괴시키고, 가면의 인공성을 부각시켜 '진정한' 여성성 개념을 부인하거나 훼손시키고 있다.

> In the masquerade the woman mimics an authentic-genuine-womanliness but then authentic womanliness is such a mimicry, is the masquerade ('they are the same thing'); to be a woman is to dissimulate a fundamental masculinity, feminity is that dissimulation.[171] (가면 속에서 여성은 진정한, 즉 참된 여성성을 모방하지만, 진정한 여성성이란 하나의 모방이자 가면이다('둘은 같은 것이다'). 여성이 된다는 것은 근본적인 남성성이 없는 척 위장하는 것이고, 여성성이 바로 그 위장이다.)

리비에르가 여성성을 이차적 효과로 설명한 부분은 탁월하지만 그것은 여전히 가부장적 남근 경제에 입각한 정신분석학의 구조에 기반을 두고 있다는 점은 비판의 대상이 된다. 프로이트의 방식대로 오이디푸스 구조에 기초한 능동적 남성성과 수동적 여성성을 그대로 수용하고, 여성은 자신의 수동성이나 나약함을 인정하지 못해서 구순기 부모의 남근을 훔친다는 가정을 하고 있기 때문이다. 프로이트와 다른 점이 있다면 여성이나 동성애자의 사디즘 양상을 부각해서, 그 사디즘으로 인한 불안을 제어하는 방도를 중시한다는 점이다. 리비에르가 보기에 사디즘이나 그로 인한 불안의 정도가 클수록 여성은 동성

---

171) Stephen Heath, "Joan Riviere and the Masquerade", *Formations of Fantasy* (London and New York: Methuen, 1986): 49.

애적 성향을 강하게 드러낸다. 그런데 히스는 이런 분석을 한 분석가 리비에르를 환자의 위치에서 재조명한다.

히스는 분석가인 리비에르가 자신이 보이는 성적 불감증, 혹은 남성과의 동일시 등 전형적인 히스테리의 정신병리 증후들에 주목한다. 리비에르 자신의 분석에서 많은 지침으로 삼고 있는데다 실제로 분석 받은 적도 있었던 의사 어니스트 존스와의 관계를 재조명하는 것이다. 이제 분석가 리비에르/피분석가 환자들의 관계는 의사 어니스트 존스/환자 조앤 리비에르의 구도로 반복된다. 그리고 존스가 자신의 환자 리비에르를 프로이트에게 넘기는 과정에서 존스−리비에르−프로이트의 삼각관계가 나타나고, 프로이트 역시 리비에르에게 매혹을 느낀 만큼 분석가 리비에르야말로 가면으로서의 여성성을 체현하는 인물이 될 것이라고 지적한다.

그러나 이런 '가면으로서의 여성성'은 실제 여성은 기존구도에서는 파악할 수 없는 것, 해석이 필요한 위험이나 수수께끼, 암흑으로 이론화될 위험이 있다. 그렇게 되면 여성을 '이차적 효과'나 '뭔가 꾸미기 위한 가면'으로 본 니체나, '남근의 결핍을 가리는 가면'으로 본 라캉처럼 여성성은 또다시 결정론에 빠질 위험이 있다. 니체가 말하는 이차적 효과라는 것을 가리는 가면이나, 라캉의 공백이나 결여를 가리는 가면은 모두 남성적 관점에서 연물화된 여성의 이미지이다. 하지만 이런 식으로 결핍이나 결여를 가장하기 위한 가면으로 여성성을 결정짓는 것은 남성 질서에 대한 복종을 재현하는 것이므로 온당치 못하다.

니체는 『선악을 넘어서(*Beyond Good and Evil*)』에서 여성에게 이차적 역할에 대한 본능이 없다면 아름다움에 대한 천부적인 재능도 없을 것이며, 여성의 위대한 재능은 거짓말하는 것이고 최고의 관심은 미적인 것과 외모라고 말한다. 여성은 무엇을 원하는가의 질문에 대해 니체는 여성이 정말로 원하며, 원할 수 있는지 자체를 의문시한다. 여성에게 모든 것은 가면이고 가장이며, 여성은 모든 것을 벗어버렸을 때에도 뭔가를 입고 있다는 것이다. 니체에게 여성이 '가면'이고 '가장'이라는 것은 그것이 여성의 본질인 동시에 문제이며, 여성은 우리가 사랑하면서 존경하고 동시에 증오하면서 두려워하는 어떤 것으로 신비화되어 있다. 그것은 남성 철학자의 인식적 한계이자 그 한계를 표상하는 인지불가능성을 대표한다.

한편, 라캉의 「남근의 의미("Signification of Phallus")」에서 여성은 남성의 몸에서 발견되는 페니스를 물신으로 만들어 팰러스로 대체함으로써 자신의 거세 사실을 감추는 가면의 전략을 차용하는 것으로 나타난다. 어머니를 일차적 욕망의 대상으로 하던 여아는 자신의 거세 사실을 깨닫고 스스로 팰러스가 되려는 게임을 시작한다. 그리고 이 가면 쓰기에 실패했을 때 히스테리가 발생한다. 여성은 자신에게 결핍된 남근이 되기를 소망하고 마침내 남성이 원하는 여성, 페니스의 교환물로서 팰러스적 정체성을 획득한다. 남성은 '팰러스 갖기(to have phallus)'의 구조로, 여성은 '팰러스 이기(to be phallus)'의 구조로 존재한다는 것이다. 이때의 가면은 사실상 장식이나 치장을 과시함으로써 여성의 '남근 결여사실'을 단정하는 수단이 된다. 라캉에게 여성의 가면 뒤에 있는 것은 '욕망의 대상, 혹은 팰러스를 결여한 여성'이다. 여성은 베일을 쓰고 있을 뿐 베일 뒤에 있는 본질은 '결여'로 표상된다.

그러나 히스가 보기에 니체의 여성성은 신비화되어 남성 철학자가

극복하지 못하는 미학적 한계로 추상화되고 있고, 라캉의 여성성인
'가면으로서의 팰러스'도 수행적인 여성 젠더 정체성의 면모를 가지는
동시에 한계가 있다. 라캉은 남녀를 구분하면서 성차도식상의 4가지
위치에 대해 설명한다. 첫 번째로 실존층위의 남성은 '거세위협에 놓
이지 않은 존재가 있다'로 나타난다. 두 번째로 상징층위의 남성은 실
존적 비-거세 때문에 언제나 거세위협에 시달린다. 그래서 이 층위
에서는 '모두가 다 거세위협에 놓여 있다'. 반면 실존층위의 여성은
이미 거세된 인간이므로 '거세위협에 놓이지 않은 존재란 없다'. 반면,
상징층위의 여성은 '모두가 다 거세위협에 놓인 것은 아니다'로 나타
난다. 이제 거세된 여성은 비-실제적인 팰러스가 되고, 남성은 이런
여성을 소유하려는 환상으로 여성에게 다가간다. 라캉에게는 여성이
유혹의 기표나 미끼가 되지 못하면 여성일 수 없듯이, 남성도 그런
여성을 소유하려는 욕망을 보이는 한 남성인 것이다.

　라캉에게 여성은 타자의 욕망에 대한 기표인 팰러스'이기' 위해서
가면을 쓴다. 일반적 의미로 규정될 수 없는 여성은 남근기능에 종속
되거나, 아예 남근 경제를 가로지르는 주이상스(jouissance)로 나갈 수
도 있다. 반면 남성은 여성을 오브제 아로 생각하고, 남근인 척하는
여성을 '소유'하고자 애쓴다. 라캉은 여성 동성애가 사랑의 요구가 좌
절되어 나타나는 것이며, 가면의 작용이 동일시를 지배하게 되고, 그
동일시를 통해 사랑의 거부가 해결된다고 주장한다. 여성성이 가면
안에서 피난처를 구하게 된 결과, 남성적 과시가 여성적으로 보이는
기이한 작용이 생긴다는 것이다.[172] 라캉은 팰러스를 단순한 성욕의

---

172) Jacques Lacan, "The Meaning of the Phallus", *Feminine Sexuality: Jacques Lacan and Ecole Freudienne*, ed. Juliet Michell and Jacqueline Rose, trans. Jacqueline Rose (London: Macmillan, 1985), 85.

대상이 아니라 의미를 발생시키는 상징계로, 언어질서의 초월적 기표로 보고, 그것이 실제적인 것이든 환상적인 것이든 특정 기관이 아니라, 언어적 기표라고 이해한다.

그러나 제인 갤롭은 라캉의 기표가 의미를 발생시키는 특권적 권력이라고 말해지기는 해도, 기표로서의 팰러스와 기관으로서의 페니스는 다르면서도 모호하게 겹치는 부분이 있다고 주장한다. 여성이 거세불안으로부터 비교적 자유로운 것은 자신의 욕망의 기표를 사랑하는 사람의 몸에서 연물(fetish)로서 발견하기 때문이라는 라캉의 주장173)이 이런 비판의 근거가 될 수 있다. 왜냐하면 팰러스는 페니스에서 파생된 상징적 효과지만 페니스를 무시하고는 기표로 작용할 수 없어 보이기 때문이다.174) 즉 라캉에게 팰러스는 몸의 기관과는 무관한, 특권화된 기표로 정의되지만 그것이 현실에서 실제의 힘을 갖는 것은 페니스와 관련이 있기 때문이다.

반면 이리가레는 여성이 남성의 욕망에 참여하기 위해 가면을 착용하지만, 그것은 여성 자신의 욕망을 포기하는 대가를 치르게 된다고 지적한다. 여성성이 가면으로 나타나는 한, 그 여성성은 남근 경제 속의 재현물이지 여성만이 고유한 것이 아니라는 비난이다. 라캉식의 '가면으로서의 여성성'도 실은 여성 특유의 것을 억압하거나 희생하면서 '남성이 부과한 여성성'을 가장한 것에 불과하다. 그러나 결핍을 가리기 위해 착용하는 가면이 여성성이든, 그 가면 자체가 남성적 재

---

173) Jacques Lacan, "The Meaning of the Phallus", *Feminine Sexuality: Jacques Lacan and Ecole Freudienne*, ed. Juliet Michell and Jacqueline Rose, trans. Jacqueline Rose (London: Macmillan, 1985), 84.

174) Jane Gallop, *Thinking Through the Body* (New York: Columbia University Press, 1988), 126-8.

현물이든 간에 여성은 '결핍' 아니면 '남성적 언어질서로 재현될 수 없는 고유한 여성성'이라는 어떤 여성적 특성을 상정한다는 의미에서 존재론적 본질론을 재소환한다는 혐의를 받게 된다.[175)]

버틀러는 여성이 팰러스'이다'라면, 남성은 여성이 없이는 팰러스를 '소유'할 수 없는 결여된 주체가 되고, 그에 따라 여성이 오히려 남성의 본질적인 부분으로 작용하게 된다는 점을 들어 라캉의 성차 도식을 전복하려 한다. 게다가 여성이 근본적인 결여를 감추기 위해 가면을 써서 팰러스로 나타난다면, 팰러스는 페니스라는 신체 기관을 원본으로 해서 상징성을 강조한 모방본이 된다. 원본으로 상정된 페니스는 몸의 기관이고, 몸은 본질적 의미가 존재하는 장소가 아니라 해부학적 의미를 초월하는 구성적 동요(constitutive vacillation)의 장이라고 판단되기 때문이다. 말하자면 근본적으로 모든 본질론을 경계한다는 면에서 버틀러는 라캉도, 이리가레도 비판한다. 버틀러에게 여성성은 '결핍'이건 '고유한 여성성'이건 그 어떤 본질도 가정하지 않기 때문이다. 버틀러는 가면 자체, 즉 외양이 수행하는 행위가 곧 여성일 뿐 본질적 여성성은 없다고 말한다.

'가면'이 이러한 비본질적이고 구성적인 여성성을 잘 나타내주는 비유어로 사용되는 것은 그 안에 패러디, 수행성, 우울증의 '이중구조'를 발현하고 있기 때문이다. 버틀러가 보는 '가면으로서의 여성성'은 가면이 원본을 모방하지만 모방을 통해 원본과 복사본의 경계를 허무는

---

175) 반면 제인 갤롭은 이것을 좀 새롭게 조망한다. 이리가레가 말하는 '여성 생식기의 다양성'은 단순히 신체를 언급하는 것처럼 보이지만, 사실상 신체의 어떤 부분도 지칭하지 않는다고 보는 것이다. 그것은 다중성에 입각해 있으며 라캉의 은유와는 달리 부성으로 환원되지 않는 '새로운 몸의 시학'을 구현하고 있다고 주장한다. Jane Gallop, *Thinking Through the Body* (New York: Columbia University Press, 1988), 95-6.

패러디가 되기도 하고, 숨겨진 본질을 가정하지 않는 행위 중에 구성되는 수행성이기도 하며, 상실된 대상/타자의 정체성을 거부하면서 불완전하게 내면화하는 우울증이기도 하다. 상실이 사랑을 거부한 결과가 가면으로 나타날 때, 그 상실된 대상/타자의 정체성을 그 상실의 거부를 통해 자신 안에 동일시한다는 의미에서 가면은 우울증적이다. 가면이 타자성의 거부를 억압하는 것은 이 거부들이 스스로 거부되는 전략, 즉 결과적으로 두 번 상실된 사람을 우울증적으로 흡수하면서 정체성 구조를 새롭게 반향하는 '이중 부정(double negation)'이기 때문이다. 이 부분은 뒤에 이어질 우울증적 정체성 부분에서 더자세히 설명될 것이다.

리비에르는 여성성이라는 가면과 여성이 다르지 않다고 주장하지만, 그 과정에서 가면을 기존의 프로이트가 정의한 여성성을 어떤 '본질적' 여성성으로 소환하고, 이 여성성을 오이디푸스 관계에서의 획득한 성과물로 파악하는 오류를 저지른다. 그것이 무의식적 남성성을 감추는 정상적 여성의 방어기제이든, 잃어버린 어떤 여성적 특이성이든 그것은 둘 다 여성성/남성성, 남근/비남근이라는 구도 속에 진리라는 동일자를 상정하는 것이다. 라캉의 정신분석학은 구성적 여성성에 대한 통찰을 주지만, 가면으로서의 여성성 논의는 여성성과 여성의 정체성을 다시금 무엇인가로 고정시키고 있다. 정신분석학은 정체성이 불확실하다고 말하지만 그 불확실성 자체를 하나의 정체성으로 소환하고 여성은 그 관점에서 이해된다. 환상적 여성도, 진정한 여성도, 사실 모든 여성은 가면이라는 또 다른 이미지에 불과하다.[176]

---

176) Stephen Heath, "Joan Riviere and the Masquerade", *Formations of Fantasy* (London and New York: Methuen, 1986): 58.

존 플렛쳐(John Fletcher)는 리비에르의 가면 개념이 프로이트의
'연물주의'나 라캉의 '팰러스임'으로서의 여성위치의 공식과 융합되면
서 개념적 특수성을 상실했다고 주장한다. 즉 가면이 남성 주체의 입
장에서 다시 말해질 수 있는 이중화된 여성 주체 이미지에 대한 서사
를 발생시킨다. 가면은 스크린의 이면에서 페티쉬에 관해 이야기한다
는 것이다.[177] 반면, 메리 앤 도앤은 '가면'이 남성적 장치인 관음주의
와 물신주의를 대체할 수 있는 여성관객의 전략이 될 수 있다고 본다.
여주인공이 남성의 시선을 모방한다거나, 팜므 파탈(femme fatale)이
지나치게 여성적 섹슈얼리티를 강조하는 것은 여성성이란 연기되는
것임을 여성관객에게 보여주기 위한 것이다. 가면은 자의식적 서사나
다른 담론에서 여성의 것으로 배당받은 자리를 여성 스스로 재규정
(re-enactment)하는 전략이 된다. 도앤은 가면 속에서 남성은 '구경꾼
(spectator)', 여성은 '구경거리(spectacle)'라는 고전적인 대립의 전복을
읽어낸다. 가면은 여성적 장신구를 과장함으로써 재현을 이중화한다
는 것이다.[178]

리비에르의 '가면으로서의 여성성'은 지성적 여성의 불안을 설명하
고 있을 뿐 아니라, 여성이면서 남성의 특징을 보이거나 남성이면서
여성적 특징을 보이는 중간적 유형이나 혼합된 젠더 특성을 연구 대
상으로 삼고 있는 점, 본질론적 정체성이 아닌 수행적 정체성을 주장
하는 선구적 위치를 마련한 점 등은 버틀러에게 높이 평가된다. 하지
만 여성 동성애를 남성적 동일시의 관점에서 바라볼 뿐 여성의 욕망

177) John Fletcher, "Versions of Masquerade", *Screen* 29.3 (Summer 1988),
43-70.
178) Mary Ann Doane, "Film and Masquerade: Theorising the Female
Spectator", *Screen* 23 (Sept & Oct, 1982): 81-2.

이나 성적 성향의 관점을 보지 못했다는 점에서 라캉과 같은 한계를 지니고 있다고 비판하기도 한다. 리비에르는 성 경향과 무관한 분노, 즉 구순기 유아의 사디즘적 충동의 관점에서 젠더를 설명하면서 프로이트의 오이디푸스 구조를 그대로 수용했고, 동성애 여성도 남성과 동일시를 하는 여성의 관점에서만 논의해서 성 경향의 문제는 빠뜨리고 있다는 비판이다. 리비에르에게 레즈비언은 라캉에서처럼 무성적 위치, 성욕을 거부한 위치로 표현되고 동성애적 성욕은 아예 배제되어 있다.

리비에르의 가면으로서의 여성성은 본질로서의 여성이 아닌 외양에 초점을 둔다는 점에서 수행적 젠더 정체성의 모델이 될 수 있다. 근본적인 여성성과 피상적인 여성성은 같다는 리비에르의 주장은 버틀러의 '수행적 정체성'으로 연결되며, 이러한 젠더 정체성은 모방이나 가면 이전에 존재하는 본질적 여성성을 거부한다. 그리고 가면으로서의 여성성은 남성성의 거부인 동시에 남성성이 없는 척 위장한다는 의미에서 이중적이다. 리비에르나 히스는 '여성성은 가면이다'라는 진술은 가면 뒤에 뭔가 진정한 본질이 있다는 의미가 아니라 가면이 곧 존재라고 해석하고 있다. 이는 가면에 선행하는 여성성의 존재론적 특수성이 있는 것이 아니라, 존재가 곧 외관이며 성적 존재론의 수행적 산물이라는 점에서 버틀러의 수행적 젠더 정체성과 맞닿아 있다.

버틀러가 제시하는 '레즈비언 팰러스'는 수행적 방식으로 작동되는 젠더 정체성을 대안적인 방식으로 드러낸다. 그것은 모호한 동일시 장소를 구성하면서 규범적 이성애의 장면과는 다른 욕망을 구성한다. 레즈비언 팰러스는 허구이지만 정신분석학적으로 고취된 환상적 특권을 모방하고, 전복하고 재순환시키는 문제가 있기 때문에 이론적인 유용성이 있다. 팰러스가 베일에 씌워진 상태로만 작동된다면, 베일을 벗기거나 정체를 폭로하는 것은 금지를 통해 생산된 욕망이다. 팰러스가 상상적 효과라면, 그것은 오이디푸스 구조에 입각한 상호배제의 논리로 정의되지는 않을 것이다. 그렇다면 성차도식의 중심이 되는 팰러스의 의미도 라캉이 말한 것보다 더 다양하고 변형도 가능한 것이 된다. 팰러스의 의미가 다양하게 변형될 수 있다면 남근을 소유한 이성애적 여성은 남근적 어머니(phallic mother)가 되고, 남근을 소유한 동성애 여성은 레즈비언 팰러스가 될 수 있다.

팰러스가 레즈비언의 것이 되면 팰러스는 권위에 대한 남성적 비유인 동시에 아니다. 남성성을 소환하고 난 뒤 그것을 전치하기 때문이다. 레즈비언 팰러스는 기표가 구조적 상황을 너머에서 의미화될 수 있다고 주장한다. 기표는 자신의 특권을 전치시킬 수 있는 문맥과 관계 속에서 반복될 수 있고, 그 의미화 과정에서 남성 중심적, 이성애적 특권은 새롭게 의미를 만든다. 이제 '팰러스 갖기/팰러스 되기'가 더 이상 남성과 여성의 성적 특성이 되지 못한다. 팰러스는 여성 사이에서 재순환되면서 새로운 의미로 특권화되는 반면, 전통적인 의미화 연쇄 속에서 기표 팰러스는 균열된다. 레즈비언 팰러스는 원본으로서의 팰러스의 불가능성을 말하는 젠더 패러디로서 본질적 진리를 가정하지 않는 수행적 방식으로 작동된다.

거울 속의 몸이 거울 앞에 있는 몸을 반영하지만, 이마고와 다른 에고를 형성한다면, 레즈비언 팰러스는 팰러스를 모방하면서 팰러스의 의미 자체를 변화시킨다. 레즈비언 팰러스는 상상적인 동일시나 욕망이 아닌, 다른 대안적 상상계를 지배적 상상계로 승급시킨다. 그리고 그 지배적 상상계가 배타적인 이성애 형태학을 당연시해서 구성되는 방식을 보여준다. 중요한 것은 새로운 몸이 아니라 성차에 대한 지배 상징계의 전치이고 대안적 상상계의 비판적인 산출이다. 팰러스가 레즈비언의 것이 되면 그것은 남성적 권위에 대한 비유인 동시에 아니기도 하다. 기표는 자신이 추진하는 남성성, 특권적 권위를 소환하는 동시에 그 위치를 전치시키며 끊임없는 반복 속에 다양성과 성형가능성으로 열리기 때문이다.[179] 그래서 레즈비언 팰러스는 전복적 저항성을 가진다.

레즈비언 여성이 팰러스를 가진다면 그것은 전통적 의미가 아닌 새롭게 전유된 의미에서 팰러스를 의미하며, 이것은 팰러스를 '가진다'는 의미에 위기를 초래한다. 페니스/팰러스, 되기/갖기라는 양자택일의 이분법은 불가능해지고, '가진다'는 것의 환상적 지위는 새롭게 기술되고 전이되고 대체된다. 팰러스는 현대 성문화에서 특권화된 방식으로 작동하지만 그 특권화는 영원한 재구성과 같은 언어적 구조나 지위 때문에 보장되는 것이 아니라 '반복되기' 때문에 보장된다. 성경향의 문화적 구성이 그 기표의 반복을 명한다면 그 기표의 특권을 박탈할 가능성도 바로 그 '반복'의 힘 속에 있는 것이다. 그리고 그 점이 특권적 기표로서의 팰러스가 갖는 역설이다. '반복'에는 언제나 '변화 가능성'과 '성형 가능성'이 잠재되어 있다. 레즈비언 팰러스는 지배 상상계에 대항할 대안적인 상상계(alternative imaginary)를 발생시켜, 지배 상상계가 배타적 이성애 형태론을 당연하면서 구성된다는 사실을 보여준다. 이처럼 행위 양식으로서의 수행적 젠더 정체성은 '가면'이나 '레즈비언 팰러스' 논의에서 나타나듯, 반복적 모방을 통해

---

179) Judith Butler, "The Lesbian Phallus", *Bodies That Matter: On the Discursive Limits of 'Sex'*(New York: Routledge, 1993), 89-90.

기존 논의를 전복할 가능성을 보여준다.

　행위자를 말해주는 것을 행위일 뿐, 행위 뒤의 행위자는 없다. 젠더 정체성은 '표현물'에 의해서 수행적으로 구성되는 것이므로 젠더의 표현물 뒤의 본질적 젠더 정체성이란 없다. 패러디적 모방의 수행이 반복적으로 이루어지는 한, 젠더는 언제든지 새로운 의미로 거듭날 수 있다. 진행 중의 담론적 실천으로서의 젠더는, 젠더 '통일체'란 강제적 이성애가 부과한 규제적 실천의 효과에 불과함을 역설적으로 보여준다. 젠더는 반복된 수행적 행위를 통해 구성된다. 이런 행위로서의 수행성은 젠더 주체의 전제 조건이다. 하지만 수행성은 자유로운 놀이나 연극적인 자기재현과 다르다. 그것이 버틀러가 공들여 '수행'과 '수행성'을 구분하는 이유이기도 하다. 행위로서의 '수행'이나 연극적인 '연행'이 연기나 위장을 말한다고는 해도 그 가면 뒤의 어떤 주체를 가정하는 반면, '수행성'은 안정된 통합적 주체를 상정하지 않고 담론과 규범질서의 '행위작인'만을 강조하기 때문이다. 따라서 수행성은 행위나 수행 속에 가변적으로 구성되지만, 반복된 행위를 통해 젠더의 연극적 상연을 넘어서는 재의미화의 가능성, 의미의 자기전복 가능성을 보여준다.

2) 몸 양식

　정체성은 그 자체가 몸의 양식이다. 정신이 몸을 지배하는 것이 아니라 몸은 이미 정신이 각인된 장인 것이다. 몸은 정신으로부터 자유로운 독립적 실체가 아니라, 정신이 발현되는 구체적 양상이다. 그리고 이처럼 몸에 각인된 반복적 양식이 수행적으로 주체의 정체성을 구성한다. 반복적 언어 행위가 만드는 몸의 의미는 단일한 의미로 환원될 수 없다. 몸은 반복된 지칭 행위가 무의미하던 물질에 하나의 형태를 굳혀주고 의미를 만든 결과물이다. 몸은 그 자체로는 아무런 의미도 가질 수 없는 텅 빈 백지이거나 의미 없는 매개물이지만, 반복된 명명행위와 의미화 작업을 통해서 의미를 갖게 된다. 이에 따라 몸의 표층 위에는 당대의 규범적 이상이 각인된 정체성이 산출된다. 행위가 본질적 행위자를 전제로 하고 있지 않듯이, 몸도 더 이상 본질적 정신에 부차적인 것일 수 없기 때문에 몸은 이미 그 자체로 정신을 구현하는 하나의 양상이다.

드 보봐르(Simone de Beauvoir)가 『제2의 성』(1949)에서 주장했던 '여성은 태어나는 것이 아니라 만들어진다'는 유명한 언명은 사실 여성의 생물학적 섹스보다는 문화적 젠더가 중요하다고 말하면서 섹스와 젠더를 확연하게 구분한다. 이 주장은 기존의 남성 중심적인 사회 속에서 열등하거나 부족한 인간으로 평가되던 여성을 새로운 시각으로 재조명할 수 있는 가능성을 마련했다. 여성이 원래 열등하게 타고난 것이 아니라, 후천적으로 열등하게 길러진다는 것이다. 여기서 제기되는 문제는 여성이 남성과 동등한 교육기회와 직업기회를 가지면 남성과 같은 위치에 설 수 있다는 주장에 있다. 문제는 여성은 모두 하나의 보편 범주로 집단화되고, 남성은 여성이 도달해야 할 이상이 된다는 점 말이다. 버틀러는 보봐르의 페미니즘에 대한 기여를 치하하면서도 젠더와 섹스를 구분하고, 여성이라는 성을 일반화시켰다는 점에서 보봐르를 비판한다. 버틀러에게 여성이란 용어는 언제나 과정 중에, 형성 중에 있으며, 적절한 기원도 종결도 없는 구성물이라는 점에서 몸 양식의 수행적 젠더 정체성의 초석이 된다.

젠더가 몸의 양식으로 구성된다는 것은 드 보봐르나 메를로-퐁티, 미셸 푸코, 엘리자베스 그로츠, 제인 갤롭을 거쳐 '몸의 페미니즘(corporeal feminism)'을 구성하는 데 공헌한다. 보봐르가 섹스와 젠더를 구분하기는 하지만, 사실 섹스보다는 젠더를 중시하고 있고, 모든 젠더는 자연적 사실이기보다는 '역사적 상황'을 의미한다. 이는 몸이 생물학적인 사실성이기보다는 몸의 행위나 수행에 관한 '문화적 구성물'이라는 의미다. 주어진 섹스로서 여성은 무의미한 사실성이지만, 구성된 젠더로서의 여성은 자신의 몸을 여성에 대한 '역사적 개념'에 순응시키고, 그 몸에 문화적 기호를 도입하고, 몸을 역사적으로 제한된 가능성에 따라 물질화시키면서 이것들을 지속적이고 반복적인 몸의 기획으로 행한다.

성분화된 존재의 몸을 자연적 종이라기보다는 역사적 상황으로 인식하기는 메를로-퐁티(Merleau-Ponty)도 마찬가지다. 그래서 몸은 역사적인 개념일 뿐 아니라 그 개념이 계속해서 구현될 가능성의 집합을 의미한다. 몸은 세계 안에서 구체적이고 역사적으로 매개된 표현을 통해 의미를 획득한다. 그리고 세계 속에서 지각되는 몸의 외형은 내적 본질의 방식으로 미리 결정되어 있는 것이 아니라, 일련의 역사적 가능성의 특성을 취하는 것으로 이해되어야 한다.[180] 몸은 특정한 문화적이고 역사적인 가능성들을 구현하는 능동적 과정으로 이해되는 것이다. 젠더화된 몸을 말하기 위해서는 구성된 의미를 재구성하는 '행위' 개념이 확장되어야 한다. 젠더화된 몸이나 그 몸을 구성되는 행위가 '수행적'인 것은 이런 연유에서다.

---

180) Judith Butler, "Performative Acts and Gender Constitution: An Essay in Phenomenology and Feminist Theory", *Performing Feminisms*, ed. Sue-Ellen Case (Baltimore: Johns Hopkins UP, 1990), 272-3.

특히 푸코에게 몸은 문화나 담론, 권력 체제의 특정 관계에서 구성
되는 것으로, 이 체제 밖에서는 몸의 물질성도 존재론적 독립성도 존
재하지 않는다. 법이 몸속에 내면화되거나 합체되는 것이 아니라 그
모양과 양식, 외적 의미를 구조화하는 원칙이 몸 위에 쓰여서 각인되
기 때문에 몸은 정치적 장과 직접 관련된다. 몸은 역사적 행위를 통
해 형성되지만, 몸속에는 그 몸의 저항이 만들어내는 권력에 대한 저
항도 동시에 존재한다.181) 몸은 정신과 대비되는 중립적 사실이 아니
라 그 자체가 지배담론의 의미를 각인하고 의미로 만드는 장이다.

푸코처럼 그로츠(Elizabeth Grosz)도 몸은 무엇인가가 각인된 표면
이라고 간주하지만, 몸이 그 각인에 앞서 선험적으로 존재하는 것이
기보다는 그런 몸 자체도 문화적으로 생산된다는 논의에 이르면 푸코
보다 한 걸음 더 나아가게 된다.182) 재현이나 문화적 각인은 말 그대
로 몸을 구성하면서 몸이 특정한 방식으로 생산되도록 도와준다. 몸
은 불활성(inert)의 휴면상태가 아니라, 상호적이고 생산적으로 작동
하고 행동하고 반응한다. 그래서 몸은 언제나 새로운 것, 놀라운 것,
예상치 못한 것을 만들어낸다.183) 특히 그로츠는 서구에서 여성의 몸
은 결여, 부재, 새거나 스며 나오는 통제 불능의 액체로 설정되어 왔
다고 주장한다. 그것은 형상 없는 유체, 점착력 있는 것, 유해한 것,
비밀스런 것으로 간주되었다.184) 여성의 몸을 결핍으로 구성함으로써

181) Judith Butler, "Foucault and the Paradox of Bodily Inscriptions", *The
Body: Classic and Contemporary Reading*, ed. Donn Welton (Oxford:
Blackwell, 1999), 308-10.
182) Linda McDowell, Gender, *Identity and Place: Understanding Feminist
Geographies* (Minneapolis: University of Minesota Press, 1999), 53.
183) Elizabeth Grosz, *Volatile Bodies: Toward an Intellectual History of
Women* (Bloomington: Indiana UP, 1994), x-xi.

심리적 가부장제가 생산된 것이다. 그로츠는 몸의 의미를 다시 쓰면서 몸을 사회 문화적인 것, 내부/외부의 이분법을 초월하는 방식으로 권력에 의해 표시되고 각인되는 것이라고 새롭게 개념화한다. 몸은 일종의 경첩이나 문턱과 같은 것으로 심리적으로 생동하는 '내면'과, 몸의 외면에 각인되어 그 내면성을 생산하는 사회정치적인 '외면'의 중간에 놓여 있다.[185] 그리고 육체성(corporeality)은 불가해한 것, 즉 지식 헤게모니의 우월성에 대한 부정이다. 몸이 가져오는 완결구조의 넘침, 잉여물의 초과 발생, 위계적 이분법 부정은 발화 행위 중에 몸이 수행하는 의미의 불가능성이나 재의미화의 가능성으로 이어진다.

그로츠는 물질성에 대한 합당한 주의를 기울이지 않고 몸의 재현을 분석하는 포스트모던 글쓰기 경향을 비판하면서 몸에서 물질성을 배제한 것이 그동안 이성이 지배해 온 조건이 되었다고 본다. 그는 20세기 급진주의 사상에서 몸을 이론화하는 두 가지 경향을 '각인(inscriptive)' 유형과 '생체(lived body)' 유형으로 분류한다. 몸은 사회적 법, 도덕성, 가치들이 각인되는 표면이기도 하고, 반대로 몸의 살아 있는 경험, 몸의 내적이거나 심리적인 각인이기도 하다는 것이다.[186] 내부/외부, 주체/객체, 능동/수동, 환상/현실, 표층/심층의 이분법을 와해시키기 위해 그로츠는 몸을 심리적 내부와 사회정치적 외부 사이에 있는 경첩 혹은 문지방의 이미지, 사이공간(in-between)에 있는 뫼비우스의 띠의

184) Elizabeth Grosz, *Volatile Bodies: Toward an Intellectual History of Women* (Bloomington: Indiana UP, 1994), 203.

185) Elisabeth Grosz, "Bodies and Knowledge: Feminism and the Crisis of Reason", *Feminist Epistemology*, ed. Linda Alcoff and Elizabeth Potter (New York: Routledge, 1993), 196.

186) Elizabeth Grosz, *Space, Time and Perversion* (New York: Routledge, 1995), 33.

188

이미지로 표현한다.[187]

엘리자베스 그로츠는 바디빌딩이 전제하는 '자연스러운 몸' 개념에 위배되는 몸의 양식을 보여준다. 몸이란 그 자체가 하나의 구성물에 불과하다는 것이다. '자연스러운' 규범이란 존재하지 않으며, 오직 몸에 대한 문화적 형태만이 존재하는데, 그것은 사회적인 규범들에 순응하면서 불복한다고 말한다.[188] 신경성 거식증(anorexia nervosa)과 바디빌딩을 권력의지나 몸에 대한 정신의 통제로 해석하는 것은 위험할 수 있다.[189] 몸 자체는 설명하지 않은 채로 그것을 일종의 반석이나 근본으로, 아니면 문화나 해석을 초월하는 '자연스런' 물질로 남겨둘 가능성이 있기 때문이다. 아무것도 걸치지 않은 몸이라 하더라도, 몸은 이미 옷을 입었을 때와 마찬가지로 문화적, 인종적, 성적, 계급적으로도 분명히 구분되기 때문에 그 자체로도 결코 자연스러울 수가 없다.[190]

제인 갤롭은 『몸을 통해 생각하기(*Thinking Through the Body*)』에서 여성이 문화의 변방에 있게 되는 억압적 이분법을 새롭게 쓰고자 문화-생물학의 대립에 저항하면서 억압적인 것은 생물학 자체가 아니라 생물학이 만든 이데올로기 사례라고 주장한다. 갤롭도 정신분

---

187) Chris Weedon, *Feminism Theory, and the Politics of Difference* (Oxford: Blackwell, 1999), 121.
188) Elizabeth Groze, *Volatile Bodies: Toward a Corporeal Feminism* (St Leonards: Allen and Unwin, 1994), 143.
189) 사실 수잔 보르도는 거식증을 20세기 후반에 나타난 히스테리의 한 형태로 설명하면서, 거식증에는 저항과 순응, 공모와 후퇴라는 이중성이 있다고 주장한다. 산드라 리 바트키가 내면화조차 권력의 심층작용이라고 주장하는 데 비해서, 보르도는 여성이 말라가는 몸을 보면서 느끼는 몸에 대한 통제력이나 남성적 우월감이 위험한 환상일 수도 있지만 긍정적인 면도 있다고 주장한다.
190) *Ibid.*, 142.

석학을 이용하여 여성의 몸이 가부장제에 저항하지만, 그 가부장제 질서로는 재현될 수 없는 장소로서 새로운 육체성(corporeality)을 들고 있다. 그가 말하는 '공연하는 몸의 텍스트성' 역시 규율담론의 의미질서로 완전히 통합되지 않는 지점을 지칭한다. 갤롭은 학습과 학교라는 문맥에서 교사가 교실과 강의 무대에서 다른 자아를 구현하고 '연기'하는 방식을 논의하면서 '연기(impersonation)' 개념을 버틀러의 수행성 개념과 유사하게 사용한다.191) 몸의 수행성은 절대원본을 지칭하는 것이 아니라 인용이 지시하고 강제하는 상상적인 원본을 의미한다. 따라서 수행성은 단일하거나 의도적인 행위가 아니라 반복적이고 인용적인 실천이고, 이 실천으로 담론은 자신이 명명하는 효과들을 산출해내게 된다.

버틀러에게 권력이 부여되는 자리인 '몸'과 존재론적으로 구분되는 '물질'로서의 몸은 다르면서 같은 것이다. 몸은 권력이 각인된 의미의 장인 동시에, 담론의 인식체계 안에서 그 물적 존재론의 의미를 부여받는다. 이런 몸과 삶의 역사가 의미화의 조건을 정하기 때문에 주체는 그 자체로 완전하게 표명되지 않는다. 승화되지 않고 남아 있는 몸의 잔여물이 일종의 '구성적 상실(constitutive loss)' 속에 주체에 남아 주체를 구성하기 때문이다. 이런 몸은 행위 속에 일시적으로 주체를 구성하는 한편, 그 의미는 완전한 대상을 지칭하지 못한다. 몸의 양식이나 행위로서의 젠더는 의도적이기도 하지만 수행적이기도 한 것이다. 몸이 수행적인 것은 연극적이면서도 비지칭적이라는 이중적 의미이다.

---

191) Babara Brook, "Performance and Spectace", *Feminist Perspective on the Body* (New York: Longman, 1999), 113.

버틀러는 펠만의 문학적 화행론(literary speech act)을 근거로 해서 몸이 수행하는 행위는 완전하게 이해될 수 없다고 말한다.

　　If the problem of the human act consists in the relation between language and the body, it is because the act is conceived-by performative analysis as well as by psychoanalysis-as that which problematizes at one and the same time the separation and opposition between the two. The act, and enigmatic and problematic production of the speaking body, destroys from its inception the metaphysical dichotomy between the domain of the 'mental' and the domain of the 'physical', breaks down the opposition between body and spirit, between matter and language.[192] (만일 인간 행위의 문제가 언어와 몸 간의 관계 속에 구성되는 것이라면, 그것은 한번에 그리고 동시에 둘 간의 분리와 대립을 문제 삼으면서, 정신분석학이나 수행성 분석으로 이루어진 행위이기 때문이다. 말하는 몸의 행위와, 수수께끼처럼 의 문스런 몸의 생산은 처음부터 '정신'과 '몸' 영역 간의 형이상학적 이분 법을 파괴하고 몸과 정신, 물질과 언어의 대립을 붕괴한다.)

　펠만에게 물질과 언어의 대립이 붕괴된다는 것은 단순한 통합을 의 미하는 것이 아니며, 이 둘은 서로 조화되지 않은 채로 서로 관련되 어 있다. 말하면서 몸이 수행하는 행위는 결코 완전하게 이해될 수 없다는 의미이다. 즉 몸은 말의 맹점이라서 말해진 것을 넘어서 행동 을 하는 동시에, 말해진 것 안에서 말해진 것을 통해서 행동을 하기 도 한다. '화행은 몸의 행위이다'라는 말은 행위가 발화 순간에 재반

---

192) Shoshana Felman, *The Literary Speech Act: Don Juan with J. L. Austin, or Seduction in Two Languages*, trans. Catherine Proter (Ithaca: Cornell UP, 1983), 94 .

향된다는 의미이다. 즉 말해진 것이 있으면 그 발화에 필요한 몸이라
는 '도구'가 수행하는 말도 있는 것이다.[193] 이처럼 발화의 몸의 효과
는 몸의 힘과 심리적 힘의 접점으로서의 화행 자체를 문제 삼으면서
화자의 의도를 초월한다. 몸의 의미는 화행에서 나타나는 것처럼 발
화 의도나 몸에 대한 정신의 우월성 너머에 있다.

언어적 존재로서 인간은 사회적으로 인정된 말 걸기에 의해서 존재
로 호명된다. 버틀러는 주체 형성과정의 '몸 차원(somatic dimension)'
을 강조하면서 예컨대 '소녀', '범법자' 등으로 말을 거는 방식은 사람
이나 몸을 지칭하는 것 이상의 일을 수행한다고 본다. 그것은 '몸이
무엇인가'의 의미뿐 아니라, 당대의 문화적 등가물의 관점에서 볼 때
'어떻게 의미가 공간을 뛰어넘어' 시간으로 가는지를 조망하게 한다.
수행성은 이전의 사회조건을 반영하는 동시에 일련의 사회적 효과를
산출한다. 그리고 그 효과가 언제나 공식적 담론의 결과이지는 않지
만 그 사회적 권력을 몸을 각인하여 몸을 규제하고 몸에 형상을 부여
한다.[194] 몸의 형태론 자체가 담론의 수행적 효과인 셈이다.

어떤 몸을 불러 세우는 것은 불린 말이 이름이건 중상모략이건 아
니면 명예훼손의 말이건 행위자를 존재할 수 있게도 한다. 그러나 반
면, 근본적인 주체의 자율성은 불가능하다는 것을 보여주기도 한다.
몸은 일련의 사회적 효과를 산출하는데, 사실 이 효과는 언제나 공식
적 담론의 효과인 것은 아니라 하더라도 몸을 규제하고 형성하기 위
해서는 기존 권력을 작동시키는 면도 있다. 그러나 몸에 행해지는 수

---

193) Judith Butler, *Excitable Speech: A Politics of the Performative*
(Routledge: New York, 1997), 11.

194) Judith Butler, *Excitable Speech: A Politics of the Performaitive* (New
York: Routledge, 1997), 159.

행적 담론의 효과는 자신이 발생된 문맥을 넘어서서 복잡하게 얽히기 때문에 수행문은 발화 순간에 구속되지 못하고 규율담론의 행사 속에 몸의 '기억 흔적(mnemonic trace)'을 수반하게 된다.[195] 욕설이든 비방이든 명예훼손이든 간에 몸을 호명하는 행위는 행위자를 존재하게 하는 동시에, 자율적 주체란 근본적으로 불가능하다는 것을 보여준다.

이런 몸에 대한 다양한 통찰 중에서도 버틀러는 푸코와 정신분석학을 이용하여 이성애주의를 비판하는 관점에서 몸의 '물질성'과 몸이 '젠더화'되면서 물질화되는 방식을 이론화한다. 담론적 규제요건들은 인식할 수 있는 몸을 생산할 뿐 아니라, 생각할 수도 없고 비천하고 생존조차 불가능한 몸의 영역도 생산한다.[196] 이러한 몸의 수행성은 단일하거나 의도적인 '행위'가 아니라 담론이 명명하는 효과를 산출하는 반복적이고 인용적인 실천이다.[197] 버틀러에게 몸은 권력의 효과이고, 몸으로 체현된 주체성은 담론적으로 생산되므로 문화 밖에 있는 섹스란 그 자체가 불가능한 것이다. 이런 몸의 상태를 변화시키거나 기존의 의미에 저항할 가능성도 담론의 외부에 있는 것이 아니라 기존 권력관계와 주체 형성이 있는 담론의 내부에 있다.[198]

몸은 역사 속에서 쇄신되고 수정되고 강화된 일련의 행위들을 통해 젠더가 된다. 역사적 상황, 맥락적 구성물인 몸은 자기동일적인 것도, 단순히 사실적인 물질성도 아니다. 몸은 의미를 보유한 물질성이고, 이 의미 보유방식은 근본적으로 수행적이다. 단순한 몸이 아니라 지

---

195) *Ibid.*, 158-9.
196) Judith Butler, *Bodies that Matter* (New York: Routledge, 1993), xi.
197) *Ibid.*, 2.
198) Chris Weedon, *Feminism Theory, and the Politics of Difference* (Oxford: Blackwell, 1999), 123.

속적이고 부단한 가능성의 물질화라는 의미에서 몸은 연행적이고, 또 수행적이다. 몸이 원래 있어서 어떤 사람이 그 사람의 몸인 것이 아니라, 그 몸의 행위가 곧 그 사람이다. 몸은 언제나 역사적 관습이 조건을 만들고 제한했던 가능성들을 체현하면서 주어진 공간을 넘어서는 시간대에 걸친 새로운 의미의 가능성을 펼친다. 몸은 본질의 형이상학에 대한 저항이자 역사적 상황을 실행하고 극화하고 재생산하는 방식인 것이다. 젠더 정체성은 몸의 양식이자 행위이므로 몸의 양식을 통해 물질화된 젠더는 어떤 본질도 상정하지 않는 이차적 구성물이고 문화적 허구이다. 따라서 몸의 양식으로 드러나는 수행적 젠더 정체성은 선험적 정체성이란 존재하지 않으며, '진정한' 젠더 정체성이란 허구임을 알려준다.

3) 담론 양식

주체의 정체성 구성방식은 지배담론의 호명이라는 수행문을 통해 이루어진다. 수행문은 배의 이름 짓기, 결혼 서약에서 부부를 선언, 취임식에서의 연설, 사적 재산에 대한 소유권 선언, 기독교의 세례, 법조문의 공판선언 등에서 나타나며, 이것은 어떤 행위를 수행하는 동시에 수행된 행위에 결속력을 부여한다. 이 경우 수행적 행위는 일종의 권위적 발화 양식이다. 대부분의 수행문은 어떤 진술인 동시에 그 행위를 수행할 결속력을 행사한다. 명명된 것을 생산하는 '담론'의 힘이 수행성의 문제와 연결될 때 수행성은 권력이 담론처럼 작동하는 영역이 된다.[199] 사회규범이 자발적으로 수행되는 것처럼 보이는 이유는 수행 행위들만 가시화되고 사회규범은 숨겨져 있기 때문이다.

그러나 권력은 단일하고 의도적인 '행위'가 아니라 권력의 담론적 제스처를 모방하면서 반복하는 담론과의 관계 속에 있다. 그래서 법은 반복 인용되어야 효력을 발휘하고 수행문에 권력을 부여하는 것은 이러한 반복적 인용행위이다. 법적 결속력은 판사에게서 나오는 것이 아니라 법의 반복된 '인용'에서 나온다. 담론이 젠더화된 주체를 구성하는 방식도 반복적 호명과 그 응답의 결과이다. 그리고 사회가 정한 규범을 수행하는 행위가 곧 젠더라는 점에서 규범이나 담론의 호명을 통한 주체 구성은 수행적 화행과 유사하다. 담론 뒤에 서서 담론을 통해 자신의 의지나 소신을 행사하는 '나'란 존재하지 않는다. '나'는 담론에 의해서 호출당하고 호명당할 때에만 존재가 될 수 있으며, 이러한 담론의 구성은 '나'의 존재에 선행하거나 최소한 동시에 발생한다. 사회적인 인식을 만드는 주체가 처한 담론 상황은 주체 형성에 선행하는 동시에 주체 형성의 조건을 정한다. '나'는 불리는 만큼만 '나'일 수 있고, 이러한 호명이나 호출이 발화 속의 내 위치를 작동시킨다. 수행적 젠더란 언제나 변화할 수 있는 비결정적, 비지칭적, 가변적 젠더를 말하므로, 통일된 젠더야말로 강제된 이성애를 통해서 일관된 젠더 정체성을 부여하려는 규제적 실천의 결과에 불과하다는 것을 확인시켜 준다.

수행적 화행이 언제나 재의미화의 가능성에 놓여 있듯 사회규범의

---

199) 버틀러에게 '담론' 개념은 일상적 의미에서 사용되는 것이 아니라 푸코의 작업에서 끌어온 것이다. 담론은 미리 주어진 실천들이나 관계들을 재현하고 보고하는 것이 아니라 그것들이 발화되는 과정으로 들어가 생산적인 것이 된다. Judith Butler, "For a Careful Reading", *Feminist Contentions: A Philosophical Exchange*, ed. Seyla Benhabib et al. (New York: Routledge, 1995), 138.

수행으로서의 젠더도 안정되거나 고정된 의미를 가지지 못한다. 젠더의 수행성은 존재론적 진위를 판단하기보다 담론 실천이 사회 문화적인 맥락에서 수용될 수 있는 의미를 생산한다. 담론적 전략과 그 수정가능성이 중요하다는 것을 부각시킨 푸코처럼, 버틀러는 진행되는 담론 실천으로서 젠더는 다른 개입이나 재의미화에 열려 있다고 본다 (As an ongoing discursive practice, it is open to intervention and resignification).[200] 규범이나 권력은 수행적 반복 속에서 재의미화되기 때문에 일관성 있게 구성된 이성애, 동성애, 양성애 문맥에 퍼져 있는 불연속성을 감춘다. 그러나 젠더가 반드시 섹스에서 유래한 것도, 성 경향이 반드시 젠더를 따르는 것도 아니기 때문에 이성애적 일관성이라는 규제적 이상은 스스로가 성 분야를 규제하려는 법으로 위장한 허구이자 규범에 불과하다.[201]

이처럼 수행적으로 구성되는 행위 주체, 몸 주체, 담론 주체는 모두 반복 속에서 생성되는 의미의 재전유를 통해 새로운 의미화의 가능성, 저항의 가능성을 담보한다. 수행성은 반복 속의 재의미화를 통해 주체를 구성하는 동시에 열린 의미의 가능성을 말한다. 수행적 젠더 주체는 행위 속에서 일시적이고 가변적으로 구성된다. 그것은 본질적 존재를 전제하지 않는 행위작인을 의미하기도 하고, 행위를 통해 드러나는 몸의 현상학적 표현양상으로 나타나기도 하며, 진위를 가늠할 수 없고 제도의 효과이자 그 제도에 저항하는 존재론적 효과가 설정되는 담론의 양상으로 나타나기도 한다.

수행성은 정체성의 정치학이 안고 있는 딜레마를 돌파하여 지배담

---

200) Judith Butler, *Gender Trouble: Feminism and the Subversion of Identity*, 33.
201) *Ibid.*, 136.

론을 재전유할 가능성을 모색한다. 정체성의 정치학은 여성의 존재론적 토대를 연구하는 작업이다. 그러나 수행성의 관점에서 보면, 진짜 여성은 없고 성별화된 규범이 지시하는 바에 따라 젠더 표현을 반복하는 가운데 형상화되는 수행적 주체만이 존재한다. 결국 수행성은 단일한 행위가 아니다. 그것은 언제나 규범 혹은 규범 집합의 반복이기 때문이다. 그리고 그것은 현재 속의 행위라는 위상을 획득하는 동안만큼은 사실상 그것이 반복된 규범임을 감추고 위장한다. '수행'은 단일한 '행위'나 사건이 아니라 규제의 힘, 금기와 금지의 힘 속에서 반복될 수 있는 하나의 의례이자 의례화된 산물이다.

Performativity cannot be understood outside of a process of iterability, a regularized and constrained repetition of norms. And this repetition is not performed by a subject; this repetition is what enables a subject and constitutes the temporal condition for the subject. This iterability implies that 'performance' is not a singular 'act' or event, but a ritualized production, a ritual reiterated under and through constraint, under and through the force of prohibition and taboo, with the threat of ostracism and even death controlling and compelling the shape of the production, but not, I will insist, determining it fully in advance.202) (수행성은 반복성의 과정, 즉 규범의 조직적이고 규제적인 반복을 떠나서는 이해될 수 없다. 그리고 이러한 반복은 주체에 의해 수행되는 것이 아니다. 즉 이 반복은 주체를 가능하게 하고 주체의 일시적 상황을 구성한다. 이 반복성은 '수행'이 단일한 '행위'나 사건이 아니라 의례화된 산물이고, 규제를 받으면서 그 규제를 통해 또한 금지당하면서 그 금

---

202) Judith Butler, *Bodies that Matter: On the Discursive Limits of 'Sex'*(New York: Routledge, 1993), 95.

지를 통해 반복되는 의례이다. 추방이나 심지어는 죽음의 위협까지 받으면서 말이다. 그 위협이 생산물의 모습을 통제하거나 강제하면서, 그러나 주장컨대 그것을 미리 완전하게 결정하지는 못하면서 말이다.)

버틀러의 수행성은 인용과 반복가능성에 기대어 있고, 그 반복성은 젠더 뒤에서 '시간을 통해 행위의 양식화된 반복'을 가능하게 하는 힘이다. 우리가 연출하는 남성성이나 여성성은 이미 존재하는 약호들 때문에 그런 의미를 가진다고 생각될 뿐이다. 반복이 분열되는 순간에 젠더의 '토대 상실'은 스스로를 드러낸다.

> The abiding gendered self will then be shown to be structured by repeated acts that seek to approximate the ideal of substantial ground of identity, but which, in their occasional discontinuity, reveal the temporal and contingent groundlessness of this ground.[203] (그래서 지속적으로 젠더화된 자아는 정체성의 본질적 토대라는 이상에 접근하려는 반복된 행위들에 의해서 구성된다고 보일 것이다. 그러나 그 토대는 가끔씩 불연속적으로 이러한 토대의 일시적이고 우연적인 상실을 드러낸다.)

수행성이 인용이나 반복성이라는 우연적이고 일시적인 토대의 불안정성을 보여준다면 구태여 또 다른 권력규범의 생산가능성을 노정하면서까지 개인의 권리를 침해하는 유해 요소와 여성의 지위를 폄하하는 억압적 성역할 요소를 검열하거나 법적으로 제재할 필요가 없다. 따라서 버틀러는 수행성의 내적 전복성을 들어 혐오 발화에 대한 법적 국가 검열이나 포르노 금지를 법적으로 규제하는 것에 반대한다.

---

203) Judith Butler, *Gender Trouble: Feminism and the Subversion of Identity*, 141.

수행성이 반복 속에서 언제나 의미의 재의미화를 가능하게 하는 것이
라면 인종차별적 담화나 혐오적인 발화, 포르노, 게이 선언 등으로 야
기된 사회적 문제에 대한 규제 방안으로 국가가 이를 검열하는 것은
해결책이 될 수 없다는 것이다. 혐오 발화가 반복과 인용을 통해 재
의미화될 수 있는 것이라면 법에 근거해서 어떤 말을 혐오 발화로 규
정짓는 것은 더 큰 폭력행위이다. 검열도 그 법에 의거한 기준의 행
사이기 때문에 폭력적이기는 마찬가지이다.

　검열은 규제적이고 개인적이며, 어떤 면에서는 주체에게 자신을 표
현할 자유를 강탈하는 데 적극적이지만, 다른 면에서는 발화의 합법적
영역이나 주체를 형성하기도 한다. 문제는 주체가 발화한 것이 검열을
받는지 아닌지가 아니라, 특정한 검열 작용이 주체의 형성 여부를 결
정하는 방식에 있다. 그리고 그것은 주체성을 획득하려는 후보자가 어
떤 것은 말할 수 있고, 어떤 것은 말할 수 없다고 규정하는 특정 규범
들을 따르고 있는지 아닌지에 달려 있다. 검열이 있게 되면 그 검열 규
정의 바깥의 존재는 존재의 의미조차 부여받지 못할 수 있다. 따라서
검열을 통해 주체화를 결정짓는 방식은 폭력적일 수밖에 없다.

　　To move outside of the domain of speakability is to risk one's status
　　as a subject. To embody the norms that govern speakability in one's
　　speech is to consummate one's status as a subject of speech.[204]　(발화
　　가능성의 영역 바깥으로 나간다는 것은 주체로서의 위치를 위험하게 만
　　들 수 있다. 어떤 사람의 발화에서 발화가능성을 지배하는 규범을 구현
　　한다는 것은 발화 주체로서 그 사람의 위치를 완성하는 것이다.)

---

204) Judith Butler, *Excitable Speech: A Politics of the Performative*
　　　(Routledge: New York, 1997), 133.

그러나 혐오 발화나 포르노, 게이 선언(coming out) 등의 행위도 즉각적인 단일한 효과를 가져오는 것이 아니라 반복과 인용, 그리고 재전유와 재발화 속에서 차이를 드러내고 의미를 변화시킨다. 혐오 발화는 언어의 선험적인 취약성(prior vulnerability)을 드러낸다. 혐오 발화나 중상모략은 전복적 재의미화에 열려 있고 그 자체의 수행성 때문에 자신의 의미를 스스로 재고하게 만든다. 따라서 발화 자체가 스스로 다의성과 양가성을 드러내는 것을 방해하고 그것을 하나의 의미로 획일화해서 법적으로 규제하는 것은 더 큰 폭력이 될 수 있다. 혐오 발화나 게이 선언은 오스틴의 화행 이론에서 '발화 순간에' 행동이 수행되는 발화수반적(illocutionary) 행위와 '행동의 완성에 도구가 되는' 발화효과적(perlocutionary) 행위 사이에 있는 '함축적'(implicit) 인 행위이며 끊임없이 재의미화될 가능성에 열려 있다.

버틀러가 주장하는 '모반의(insurrctionary)' 화행론은 발화 속에서 지배적 자율성의 부활을 꿈꾸기보다는 일상생활의 저항으로 인가된 발화형식에 의존하는 우리의 모습을 무대 위에 상연할 '행위작인'의 가능성을 연다. 그는 화행과 혐오 발화로 인한 모욕 효과 간에 고정된 관계를 설정하는 것에 반대하면서, 그 효과로 반드시 모욕을 수행하는 화행은 존재하지 않는다고 주장한다. 그리고 그것은 중상모략 언어가 효과적으로 판별되는 기준을 제시하는 화행의 구체적 항목들을 존재할 수 없다는 의미와도 같다. 행위와 모욕 간의 관계가 치밀하지 않다는 사실은 새로운 역-발화(counter-speech)의 가능성을 연다.205)

전복의 가능성은 일상적 의미와 비일상적 의미 사이에 일어나는 단절 속에 존재한다. 전복적 화행은 정적이고 닫힌 언어체계로는 이해

---

205) Judith Butler, *Excitable Speech: A Politics of the Performative*, 15.

될 수 없으며, 기존 문맥과의 단절을 통해서 힘을 얻게 되므로, 이 일상적 문맥과의 단절이 수행성의 정치적 작용에 핵심적인 부분이 된다. 언어는 정상적인 것으로 정상성 속에 누적된 것에 저항하기 위해 비정상적 의미를 취하는 것이다.[206) 버틀러는 법정이나 군대처럼 지배 제도가 모반적 잠재력이 있는 힘을 전복적으로 재의미화한 사례들에 관심을 보인다.

버틀러는 혐오 발화를 법적 제약이나 검열의 근거로 삼는 이론가들에 반대한다.[207) 캐서린 맥키논은 재현양상이 곧 모방욕망을 불러일으키므로 언어가 곧 행위라고 보았고, 안드레아 드워킨은 포르노야말로 페니스 제국주의를 재건하려는 남성의 전략이라고 보았다. 그러나 이런 혐오 발화에 대해 규제와 검열, 혹은 다른 언어상해에 대한 제약장치를 옹호하면 할수록 언어의 더 근본적인 부분, 구체적으로는 언어 속 주체의 구성에 관한 더 근본적인 부분을 파괴하게 된다고 버틀러는 주장한다.[208) 버틀러가 혐오 발화에 맞서는 방식은 법적 규제나 제재가 아닌 언어 화행의 수행성에서 오는 '전복적인 재의미화'이다. 버틀러는 전복적 재의미화가 가능한 자리를 구성하는 것은 바로 그 지배적이고 '정통한' 담론의 징발가능성(expropriability)이라고 주장한다. 예컨대 '정의', '자유'나 '민주주의'를 위해 사회 권력에 저항하는 사람도 이 용어들을 지배담론을 전유하고 그것을 정치적 운동으로

---

206) *Ibid.*, 145.
207) 『격분키 쉬운 발화』는 담화에서의 저항적 순간을 비판하면서 국가가 후원한 검열을 인종적 비방이나 포르노 이미지와 같은 다양한 형식의 혐오 발화에 대한 치료책으로 옹호한 리차드 델가도(Rechard Delgado), 마리 마츄다(Mari Matsuda), 캐서린 맥키논(Catharine MacKinnon) 등을 공격대상으로 삼는다.
208) *Ibid.*, 27.

집결하기 위해 재의미화하고 수정해야 한다.[209] 명예 훼손의 언어는 그 자체로 반동적으로 사용될 수 있는 반면, 전통적 관습은 '그들을 지속시키는 당대의 정당성과 배제 형식'을 드러내고 손상시켜서 그 권력을 해체할 수 있다. 즉 발화는 그 자체에 내적 저항성을 가지고 반항적으로 사용될 수 있는데, 그것을 법적으로 검열하고 제재하는 것은 올바른 대응이 아니라는 것이다.

검열과 사법제도의 문제는 금기가 오히려 욕망의 원인이 되고 금기를 강화하는 작용을 한다는 데 있다. 따라서 버틀러는 인종차별적 혐오 발화나 포르노, 동성애 선언에 대한 법적 처벌과 규제에 반대한다. 게이라는 자기선언(coming-out)이 상대에게 동성애를 강요하는 유혹 행위가 아닌 것처럼, 여성을 비천한 매저키즘적 대상으로 절하시키는 포르노나 흑인의 집 앞에서 십자가를 불태우는 모욕 행위조차도 그 자체로 즉각적인 단일효과를 가져오는 것은 아니다. 오히려 그 행위들은 반복과 인용, 그리고 재전유와 재발화 속에서 차이를 드러내고 의미를 변화시킨다. 그 자체의 수행성 속에 자신의 의미를 스스로 재고하게 만드는 것이다. 따라서 스스로 다의성과 양가성을 드러내는 것을 법적으로 규제하는 것은 폭력이다. 오히려 법적 규제는 또 다른 폭력적 규범으로 작용하게 된다.

혐오 발화나 게이 선언을 명백히 공격적이고 호전적인 언어이기보다는 발화 수반적 행위와 발화 효과적 행위 사이에 있는 '함축적' 행위로 받아들여져야 한다. 1993년 군대에서 게이선언 행위를 호전적 발화로 해석한 국방성 정책은 동성애 공포증의 상상에서 비롯된 것이고, 게이 선언이라는 발화 행위가 상대에 대한 동성애 요구라는 즉각

---

209) *Ibid.*, 157-8.

적인 행동의 결과를 가져온다 말할 수 없다. 즉 내가 동성애자라고 선언한다고 해서 당장 발화의 수신자와 동성애 행위를 하겠다는 의미는 아니라는 것이다.

역담화(counter speech)는 일시적인 구성, 관습적인 연상과의 고리를 깨고 어떤 용어를 새롭게 인용할 가능성을 전제로 한 '행위작인' 개념이다. 권력의 주변부로부터 전복적인 재의미화를 가능하게 한 사례는 로사 파크스(Rosa Parks)의 사례에서 잘 나타난다.[210] 버틀러는 담론적 수행성을 정치적 변화를 목적으로 하는 '행위자 개념'으로 조심스레 조직하려 한다. 여성적 범주가 불가능하다고 페미니즘의 실천적 정치성도 희석되었다는 뜻이 아니다. 버틀러는 '정치적' 주체성의 이론가로서 여성이라는 주체조차 생물학적 차이와 경험으로 결정되는 주체가 아니라, 몸과 정신의 이분법을 와해하는 '언어적 주체'로서 우리 이전에 있던 '언어'에 의존할 수밖에 없다는 언어적 주체, 주체 이전에 존재하는 언어적 담론의 내적 화행에서 정치성을 끌어낸다.

버틀러에게 수행적 담론의 결과는 그것이 발생하는 기존 문맥을 초과하고 또 좌절시키는 것이다. 수행문은 언제나 발화 순간 새로운 의미를 만들어내므로 안정된 의미를 고정할 수 없다. 이처럼 역사적으로 축적된 효과에 반대하기 위해 규범을 전유하는 것은 역사의 반란 순간, 과거와 단절됨으로써 미래를 발견하는 순간을 구성한다.[211] 권

---

210) 로사 파크스는 알라배마의 버스에서 행해지는 인종차별법에 저항했는데, 그 행위는 반복과 인용으로서 저항의 효과를 정치적으로 이해하는 데 중요한 역사적 사건이 된다. 그 행위에 중요한 사실은 로사가 버스의 법규에 저항해 체포된 최초의 흑인 여성이었다는 것이 아니라, 최초로 범법자가 아닌 저항자로 호명되는 기회를 가졌다는 점이다. Judith Butler, *Excitable Speech: A Politics of the Performative* (New York: Routledge, 1997), 147.

력이나 지배적 담론 양식으로 나타나는 수행성은 내적 '이중성', 복합
적 '양가성'을 안고 언제나 하나의 의미로 도그마화하지 않는 재의미
화나 의미의 수정가능성을 안고 있는 것이다.

  Thus, performativity has its own social temporality in which it
  remains enabled precisely by the contexts from which it breaks. This
  ambivalent structure at the heart of performativity implies that, within
  political discourse, the very terms of resistance and insurgency are
  spawned in part by the powers they oppose (which is not so say that
  the latter are reducible to the former or always already coopted by
  them in advance. (따라서 수행성은 자기 자신의 사회적 일시성을 가
  진다. 그 일시성 속에서 수행성은 스스로가 단절되어 버린 바로 그 문
  맥 때문에 가능해진다. 수행성의 중심에 있는 이러한 모호한 구조는, 정
  치담론 속에서 저항과 반란이라는 용어들이 부분적으로는 그들 자신이
  반대하는 권력에 의해 양산된다는 것을 의미한다. 그렇다고 권력이 저
  항이나 반란으로 환원될 수 있다거나, 언제나 항상 미리 저항이나 반란
  속에 흡수되어 있다는 의미는 아니다.)212)

  강제적 이성애 체제 안에서의 젠더는 하나의 담론적 수행이다. 젠
더가 표현적이거나 외재될 수 있는 '본질'도 아니고, 젠더가 열망하는
객관적 이상도 없으며, 그것은 이성애 담론이 자연스러운 것이라고
반복 주입한 허구적 효과들이기 때문이다. 젠더는 하나의 사실이 아
니라 다양한 젠더 행위들이 젠더 개념을 창조한다. 따라서 그러한 행
위들 없이는 어떠한 젠더도 존재하지 않는다. 따라서 젠더는 자신의

---

211) Judith Butler, *Excitable Speech: A Politics of the Performaitive* (New
    York: Routledge, 1997), 159.
212) *Ibid.*, 40.

기원을 감추는 구성물이자, 행위의 양식화된 반복 속에서 재의미화되는 수행물이다. 젠더 정체성은 담론과 권위와 권력의 통제하에 반복적 수행이 만들어낸 환상적이고 비본질적인 구성물이며, 그 안에는 언제나 새로운 개입과 재전유의 가능성이 내포되어 있다.

버틀러의 행위, 몸, 담론 양식의 수행성 개념은 행위의 반복과 재인용에서 오는 가변적이고 일시적인 정체성과, 몸이라는 물질성이 안고 있는 발화 의도의 초월로서의 정체성, 그리고 담론적 효과와 규제적 실천으로서의 젠더 정체성을 생산하는 방식을 설명한다. 결국 행위 중에 가변적으로 형성되어 단일한 의미로 지칭될 수 없는 것, 하나의 언어 행위가 구성적 모순을 가진 다의어로 해석될 수 있는 가능성, 젠더와 섹스를 구분할 수 없을 만큼 문화적으로 역사 속에 각인된 몸의 행위, 사회적 규범과 담론의 반복 효과가 수행적 젠더로 명명된다. 그리고 수행적 젠더는 언제나 반복과 재인용 속에 재전유의 가능성으로 남아 주체에 대한 검열 수단을 무색케 하는 자체의 전복력이 된다.

3. 반복 복종으로서의 정체성: 권력의 역설과 양가성

『격분키 쉬운 발화』가 현실의 실천적 사례를 중심으로 혐오 발화를 법적 검열의 장으로 끌어들인 이론가들을 반박한다면,『권력의 심리 상태』는 '복종'이라는 말에 들어 있는 이중적 함의를 이론적으로 논의한다. 복종(subjection)은 '주체성'을 의미하기도 하면서 동시에 '종속'을 의미한다는 의미에서 '패러독스'를 안고 있다. 이 복종은 반복되는 가운데 재의미화의 가능성을 안고 있다. 우리는 탄생의 순간에 이미 특정방식으로 제도화된 세상 속으로 던져지며, 특별한 의미체계로 구조화된 언어질서 속에서 성장한다. 이데올로기와 규범적 질서에 복종하면서 주체로 탄생하는 것이다. 담론을 생산하는 권력은 우리를 억압하기도 하지만 우리를 주체로 생산하기도 하는 양가적이고 이중적인 입지에 있다.

  복종은 권력 속에 포함되어 있는 권력에 대한 저항관계를 주체가 어떻게 수용하는가의 문제와 연결되므로 주체의 주체화라는 개인적 맥락뿐만이 아니라 더 큰 문화적, 정치적 문제와 더불어 공명된다. 당대의 지배 이데올로기의 호명에 응답하면서 주체가 탄생한다는 논의는 루이 알튀세의 '호명(interpellation)' 이론에 잘 나타나 있다. 라캉 사상의 영향을 받아 인간 주체와 이데올로기의 관계를 연구한 마르크시스트 비평가 알튀세에게 이데올로기는 개별 주체를 구체적이며 분명한 주체로 호명하고 불러 세우면서 주체를 형성하는 것이다. 라캉은 담론 속에 나타나는 의식적 자아와 말하는 자아 사이에 균열이 있다고 보는데, 그렇다면 이데올로기의 주체 형성과정에도 언어 주체가 행하는 인식 구조 속에 오인의 과정이 포함된다고 볼 수 있다. 개별 주체는 자신의 주체성을 구성해주는 이데올로기의 주인이라고 생각하지만 그것은 오인이다. 이데올로기의 기능은 거울 앞에서 자신을 총체적이고 자율적인 자아라고 착각하는 유아처럼 '상상적인 것'에 지나지 않기 때문이다. 따라서 "이데올로기는 개개인이 그들의 실제 실존 상황과 맺는 상상적 관계의 재현이다"213).

---

213) "Ideology is a representation of the imaginary relationship of individuals to their condition of existence." Louis Althusser, *Lenin and Philosophy*, trans. Ben Brewster (New York: Monthly Review Press,

버틀러는 알튀세의 호명이론을 젠더 정체성 형성이라는 관점에서 새롭게 해석한다. 주체화와 동시에 규율담론에 복종한다는 복종의 패러독스는 주체를 불러 세우는 이데올로기도 있어야 하지만, 그 호명에 응대할 '준비'가 되어 있는 주체도 있어야 한다. 이데올로기가 주체를 호명하기에 앞서서 이미 주체는 이데올로기의 부름을 예견하고 그것에 복종하면서 응대한 준비를 하기 때문이다. 반복 복종으로서의 젠더 정체성은 알튀세의 호명 이론과, 푸코의 권력을 결합하여, 권력의 무의식, 즉 권력이 취하는 심리 형식에 대한 논의로 확대된다. 만일 젠더 주체가 호명에 의해 주체로 탄생하기 이전부터 그 호명을 기대하고 준비하는 것이라면, 권력은 이미 심리의 형식으로 주체 안에 내면화되어 있는 것이기 때문이다. 이런 젠더 정체성은 제도규범과 규율담론이 호명하는 순간에 형성되는 것이기보다는, 사실 이미 그 이전부터 주체 내부에 심리적 양식으로 들어와 있는 것이 된다.

이런 복종은 반복되기 때문에 언제나 기존의 법과 권력의 의미를 새롭게 만들 가능성에 열려 있다. 물론 제도규범과 규율담론 자체를 초월할 수는 없지만, 그 안에서 끊임없는 호명과 응대 행위를 통해 언제나 재발화와 재의미화의 가능성이 있기 때문에 권력망 안에는 다양한 저항지점이 생긴다. 이처럼 '반복 복종'에서 오는 저항의 정치성은, 다음 장에서 논의될 '이중 거부'로서의 우울증과도 연관된다. 반복 복종과 우울증은 둘 다 자신에게 반대되는 것, 스스로에 거스르는 것을 포함하는 관계를 포함하기 때문이다. '역설적인 복종'이나 '거부된 정체성'은 단일한 의미에 저항하고, 언제나 자기 안에서 동일성을 위태롭게 할 타자의 존재를 발견하기 때문에 단순히 권력에 복종하고, 단순히

1971), 182.

슬픔을 내투사해서 자아로 합체하는 것 이상의 정치성을 가지고 있다.

버틀러의 『권력의 심리상태』는 복종(assujettissement)의 패러독스를 중심으로 다양한 이전 이론가들의 정체성논의를 비판적으로 수용하는 이론적 가능성을 보여준다. 인간은 권력에 복종하면서 주체가 되지만, 그런 복종의 반복 속에서 언제나 재의미화의 가능성도 안고 있는 것이다. 권력이 개인의 내부로 내면화되면서 무의식이 되는 순간, 주체는 '권력의 무의식'이라는 것을 형성하게 되고 이런 주체성은 하나의 고정된 장소를 지칭하는 것이 아니라, 무의식적 집착이 일어나는 '환승점'을 의미한다. 이것이 고정된 장소가 아니라 하나의 환승점인 이상, 내적 저항성 자체가 또 다른 본질적 핵심이 되어버리는 자율 주체도 불가능한 것이 된다. 자신의 의미를 스스로 전복할 수 있는 이런 내적 저항성은 헤겔에서는 불행한 의식으로, 니체의 나쁜 양심으로, 프로이트의 우울증으로, 알튀세의 이데올로기의 호명 이전에 있는 내면화된 권력으로, 푸코의 역-담론(counter discourse)으로 나타난다.

알튀세에게 주체는 이데올로기가 호명할 때 그에 응답함으로써 탄생하는 것이라면, 버틀러의 주체는 그 호명에 완전히 복종하지 않고 잉여 부분을 남김으로써 완전한 복종도, 완전한 저항도 아닌 복종을 하는 주체이다. 즉 권력에 완전히 동화되지 않고 남아 있는 주체의 몸은 잔여물로서 '구성적 상실' 속에 남아 몸의 틀을 잡고 규제하는 동시에 규제를 파괴하는 이중적인 역할을 하게 된다. 주체는 자신의 이름이 불리는 순간 그것이 자신의 이름이라고 확신하지만, 사실은 그것은 다른 사람의 알아들을 수 없는 중얼거림이거나 비슷한 소리를 내는 다른 소리일 수도 있다. 불린 것이 내 이름이라고 인식하는 그 순간에도, 나는 그 이름이 설정한 주체 속에서 나 자신을 인식하지 못할 수도 있다. 이름이 불리면 주체는 그것이 자신의 이름인지, 또 응답을 할 것인지를 망설인다.

존재가 이데올로기의 호명에 응답함으로써 존재성을 부여받는 것이라면, 이데올로기가 구체적인 개인들을 주체로 구성하는 작용을 하는 한 주체 범주는 모두 이데올로기의 구성물이다. 이데올로기는 구체적인 개개인들을 구체적인 주체를 호명하여 불러 세우면서 주체 범주가 생산된다. 이데올로기는 개개인들 중에서 주체를 '충원하는' 방식으로, 혹은 개개인을 주체로 변형시키는 방식으로 '행위'하거나 '작용'한다. 그것은 바로 '호명'이나 '불러 세우기(hailing)'의 과정에 의한 것이며 그것은 가장 일상적인 경찰의 호명 방식("이봐! 거기!")으로 상상될 수 있다.

> I shall then suggest that ideology 'acts' of 'functions' in such a way that it 'recruits' subjects among the individuals into subjects (it transforms them all) by that very precise operation which I have called interpellation or hailing, and which can be imagined along the lines of the most commonplace everyday police (or other) hailing: 'Hey, you there!'[214] (그래서 나는 개인들 중의 주체를 주체로 '충원하는' 방식으로 이데올로기가 '움직이고', '작동한다'고 주장한다. 그 방식은 내가 호명이나 불러 세우기라고 말했던 과정, 그리고 가장 보편적인 일상의 면에서는 경찰(혹은 타인)이 "이봐요, 거기!"라며 불러 세우는 것으로 상상될 수 있는 바로 그 과정을 통해 개인을 주체로 바꾼다.)

---

214) Louis Althusser, "Ideology and Ideological State Apparatuses (Notes Towards an Investigation)", *Lenin and Philosophy and Other Essays*, trans. Ben Brewster (New York: Pantheon, 1984), 174.

그러나 버틀러가 주목하는 부분은 주체가 호명되면 죄를 진 사람처럼 이데올로기에 응답한다고 하지만, 사실 그 순간 주체는 외재적 권력에 의해 부과된 부름이나 규범적인 이상을 내면화하고 있는 상태이기 때문에 응답이 가능하다는 것이다. 그리고 이 주체는 권력이나 규범을 완전히 내면화한 결과라고 말할 수 없다. 푸코의 주체도 담론에 내재적인 역담론처럼 법의 호명 앞에 완전히 복종하지 않고 남겨진 잔여물로 존재하게 되고, 이 잔여물은 잉여로서 완전히 총체적 일원체계를 위협하는 전복력을 갖게 된다. 호명된 이름이 언제나 오인의 가능성 속에 있는 것처럼 주체는 자신의 이름을 자신의 것으로 받아들이는 데 있어서 불안정하고 예측 불가능한 입지에 있기 때문에 주체는 호명된 이름이 지칭하는 정체성을 완전하게 완성할 수가 없다.

버틀러는 프로이트의 양심과 알튀세의 호명이론을 접합하여 나쁜 양심의 회로에서 주체가 탄생하는 방식을 논의한다. 주체는 지독한 양심의 가책이라는 폭력, 혹은 규율권력에 의한 허구적 구성물에 불과하지만, 주체는 그것을 모른다. 실존적 개체는 이데올로기의 호명을 받기 전에는 아직 주체라고 할 수 없다지만, 법의 부름의 응답할 준비가 되어 있는, 즉 마치 죄인을 부르듯 불쾌한 방식으로 주체를 부르는 호명에 순순히 응답할 채비가 되어 있는 어떤 개체가 없다면 그 응답은 불가능할 것이다. 나를 부르는 것인지 아닌지 모를 것이기 때문이다. 그렇다면 이런 호명 이전에 이미 기꺼이 복종할 준비가 되어 있는 개체가 있는 것이고, 이런 양심을 가진 개체는 과연 주체가 되지 못한, 사회적 호명이나 이데올로기기로부터 완전히 자유로운 개개인이라고 말하기 어렵다.

권력은 주체를 '주체화'하는 동시에 '규제원리'로 작동하며, 이때의 몸은 외부적 권력관계가 부여한 독립적인 물질성이 아니라, 물질화와 권력 부여가 동시 발생하는 대상이다. 몸의 물질화와 권력관계의 부여는 동시 발생하는(coextensive)것이며, 물질성은 그런 권력이 부여된 결과이자 표준자이다. 따라서 '물질성'은 그 자체로 중립적인 것이 아니라 이미 특정한 권력의 효과를 나타내며, 형성적이거나 구성적인 효과를 발휘하는 권력을 의미한다. 권력이 대상 영역, 이해 가능한 영역을 당연한 존재론으로 작동시키는 데 성공해야만, 그 물질적 결과들은 물질적 사실이나 일차적 기정사실이 된다. 이러한 물질적 확실성은 명백한 지시대상, 초월적 기표로서 권력과 담론의 '외부'에 나타나지만 그 모습은 권력과 담론 체제가 가장 완전한 효과를 발휘하는 국면이다.215)

그러나 법이 주체를 복종시키고 구성함에도 불구하고, 모든 주체가 법 앞에 공손히 복종만 하는 것은 아니다. 오히려 법의 호명에 반복 응대와 반복 복종함으로써 법의 의미를 일탈시키는 존재들이다. 법의 호명에 굴복하지 않는 나쁜 양심은 법에 저항할 또 다른 가능성이기도 하다. 버틀러는 이처럼 상징체계 내에서 발화될 수 있는 목소리로 이루어지는 저항의 가능성을 주장한다. 따라서 알튀세의 이론을 수용하면서도 마치 신의 부르심과 같은 절대적인 목소리로서의 이데올로기의 호명을 거부하는 한편, 주체의 구성과 더불어 젠더와 인종이 동시에 구성된다는 것을 강조한다. 이제 버틀러에게 법에 저항할 힘을 가진 젠더화된 주체이고, 인종적 차이를 가진 주체이다. 그리고 성적인 차이는 인종적인 차이에 선행하는 것이 아니며, 둘은 동시에 발생한다.

---

215) Judith Butler, *Bodies that Matter: On the Discursive Limits of 'Sex'*(New York: Routledge, 1993), 34-5.

반면 정신분석학에서 말하는 상상적 환상의 양식으로 이루어지는 저항은 실패할 수밖에 없다고 본다. 라캉의 '오인(méconnaisance)'이라는 상상계적 요소는 법에 선취되어 있고 그 이전에 구조화된 것이지 그 즉각 법에 복종하는 것이 아니다. 그렇다면 상징적인 정체성의 구성에 영향을 주는 것이 가능하지 않다는 의미가 된다. 정체성의 실패, 상징질서에 대한 불복은 무질서로의 상상계 속에 나타나는 것이므로 정체성은 상징계로 완전히 총체화될 수 없다.216) 즉 라캉이 말하는 상징계를 교란하는 상상계의 저항성은 또다시 상징화되지 않으면 무의미하기 때문에 실천력을 결여하고 있다. 상상계는 상징적 법의 효능을 방해하는 할 수 있어도, 아예 상징계를 새롭게 형성하거나 상징계를 형성하는 법을 철회시킬 수는 없다는 비판이다. 따라서 라캉이 말하는 심리적 저항은 법을 방해하는 데는 효과가 있을지 몰라도 법의 결과를 수정할 수는 없다. 따라서 라캉식의 심리적인 저항은 이전의 상징적 형태에서 법의 지속성을 가정하고 그 상태로 법의 지속성에 기여하기 때문에, 저항은 영원히 패할 수밖에 없는 운명을 안고 있다.

Hence, Psychic resistance presumes the continuation of the law in its anterior, symbolic form and in that scene, contributes to its status quo. In such a view, resistance appears doomed to perpetual defeat. (따라서 심리적 저항은 선행된 법, 즉 상징적 형식이 지속된다고 가정한다. 그리고 그 지점에서 법의 현재 상태를 지속시키는 데 기여한다. 그렇게 본다면 저항은 영원히 실패할 운명에 놓여 있는 것처럼 보인다.)217)

---

216) Judith Butler, *The Psychic Life of Power* (Standford: Standford UP, 1997), 96-7.
217) Judith Butler, *Psychic Life of Power*, 98.

상상계적 요소인 오인은 법에 의해 선취되고 구조화되지만 법에 즉
각적으로 복종하지는 않는다. 그것은 상징적 정체성의 불가능성을 의
미한다. 정체성의 명령 실패는 상상계 속에 무질서, 정체성이 도전받
는 자리로 나타나므로 정체성은 상징계에 의해서 완전히 총체화될 수
없다.(Identity can never be fully totalized by the symbolic, for what
it fails to order will emerge within the imaginary as a disorder, a
site where identity is contested.)[218]

라캉의 상상계는 성적 정체성을 일관되고 완전하게 구성하려는 상
징적 노력을 거부하고, 상징계의 효능을 떨어뜨리긴 해도 법의 재형
성을 촉구하며 법으로 되돌아갈 수는 없기 때문에, 심리적 저항은 법
에 반대는 해도 법이나 그 효과를 수정할 수는 없다. 저항은 자신이
반대하는 법보다 힘이 약하기 때문에 심리적 저항은 그 이전의 상징
적 형태로 있는 법의 지속을 가정하고 그 현 상태에 기여할 뿐이다.
따라서 라캉 식의 저항은 영원히 실패할 수밖에 없다.

그러나 저항은 권력을 하는 것 이상의 일을 해야 하고, 권력을 변
화시켜야 한다. 그래서 버틀러는 단순한 정신분석학보다는 심리 이론
과 권력 이론, 프로이트와 푸코를 결합해 권력의 내면화나 권력의 무
의식을 논의하며, 이런 권력이 단순히 인간을 복종시키기만 하는 것
이 아니라, 반복된 복종을 통해서 주체가 저항할 가능성이 있다는 것
을 역설한다. 그리고 억압에 대한 저항까지도 외부적 요소가 침투해
서 생겨나는 것이 아니라, 주체 내부에서 여러 반복적 복종을 통해
생겨난다는 것을 강조한다. 이런 내적 저항만이 비본질적이면서도 실

---

218) Judith Butler, *Psychic Life of Power: Theories in Subjection* (Stanford: Stanford UP, 1997), 97.

천적인 저항성을 가져올 수 있다는 것이다. 결국 정체성을 부여하기
위한 호명은 상처를 주고 모욕을 주는 혐오 발화를 통해서만 자신을
구성하게 된다. 그리고 주체는 나쁜 양심으로 응대하면서 언제나 새
로운 의미의 발생가능성을 열어놓게 된다. 재의미화의 가능성들이 주
체 형성, 재형성이 성공할 수 있게 되면 '복종에 대한 열정적 집착'을
새롭게 수정하고 동시에 불안정하게 만들 수가 있다.

　버틀러는 우리가 권력 속에 투입되는 방식을 이해한다면 근대 인문
학에서의 논쟁 주제는 행위작인과 주체결정론의 난국을 헤쳐 나갈 수
있다고 주장한다. '내'가 나를 구성해온 이론적 위치를 재상연하고 재
의미화하는 정도만 내 지위는 내 것이 된다. '나'는 이 지위들로 구성
되고, 이 지위들은 이론적 산물들일 뿐 아니라 물적 실천과 제도적
장치들, 나를 생존 가능한 '주체'로 생산해주는 권력과 담론의 모태들
이 둘러싼 하나의 조직 원리이다. 나는 나와 대립된 지위들 없이는
생각하고 말하는 나일 수가 없다. 왜냐하면 이러한 지위들은 이미 나
를 구성하는 일부이기 때문이다.[219] 버틀러는 지식과 비평의 관계 속
에서 주체를 말하는 이론가들은 구성된 주체 위치를 '지배하는' 관점
을 주체에 적용하여 주체의 자율성이라는 환상을 다시 부활시킬 위험
이 있다고 지적한다. 주체의 자율성이라는 것은 환상에 불과하며 그
환상이 현실화되는 것은 항상 경계해야 한다.

　자율적 주체가 불가능한 만큼 안정된 주체의 비판적 위치도 불가능
한 환상이다. 왜냐하면 주체성이라는 것은 어떤 장소가 아니라, 집착,
의존, 상실의 '환승점'이기 때문이다. 이 환승점이 없이는 어떤 주체도

---

219) Judith Butler, "Contingent Foundations: Feminism and the Question of
　　Postmodernism", *Feminist Contentions* (New York: Routledge, 1995)), 42.

등장할 수 없고, 형성과정 중에 있는 주체를 완전히 파악할 수도 없다. 니체, 알튀세, 푸코 등은 이 전환을 분명하게 지적하고 있기는 하지만, 그것을 가능하게 만드는 권력의 심리적이고 사회적인 작용을 설명하지 못한다는 것이 버틀러의 주장이다. 경찰의 부름에 뒤돌아보면서 주체가 된다는 알튀세의 호명 이론은 이미 주체가 일률적으로 죄를 수용하고 응답할 준비가 되어 있을 뿐이다. 여기서 왜 개인이 권력의 목소리를 자신에게 존재를 부여하는 목소리로 받아들이며, 왜 그 목소리의 효과로 복종과 규범화를 받아들이는지는 설명되지 않는다.220) 알튀세의 이데올로기적 주체의 소환이 주체를 형성한다는 개념 속에는 법적 관점에서 주체의 의미가 들어 있다. 이때 주체는 더 높은 권력에 복종하면서, 자유롭게 복종하는 것을 제외하고는 모든 것을 박탈당한 주체를 말하기 때문이다.221)

따라서 니체, 알튀세, 푸코의 주체는 외부에 있는 절대자가 일방적으로 부과하는 '호명'이나 '규범적 이상'을 내면화하게 된다. 외적 권력을 내면화하는 '외적 전환'을 권력에 대한 반응으로 일방적으로 재현함으로써 이 모델은 '몸의 내면성'을 소거하게 된다. 그에 따라 몸의 내면성을 마치 기율권력의 일방적 효과에 순응하는 표면인 양 해석하게 된다.222) 그렇게 되면 권력 이론가들은 구성주의를 문화적 결

---

220) Judith Butler, *Psychic Life of Power: Theories in Subjection* (Stanford: Stanford UP, 1997), 5.
221) "……a subject being, who submits to a higher authority, and is therefore stripped of all freedom except that of freely accepting his submission……." Louis Althusser, *Lenin and Philosophy*, trans. Ben Brewster (New York: Monthly Review Press, 1971), 182.
222) Judith Butler, Judith Butler, *Psychic Life of Power: Theories in Subjection* (Stanford: Stanford UP, 1997), 86-7.

정론으로 만든다는 비난을 인정하는 셈이 되고, 이에 따라 존재를 구성하는 법의 초월적 위치, 또 다른 '신학적 환상'을 부활시킬 위험이 있다. 이를 피하기 위해서는 법에 의해 이루어지는 어떤 '다른 전환'을 요한다. 그것은 동일성에 저항하면서 법에 의해 가능하지만, 한편으로 법에 등을 돌리는 전환이고, 법의 발생조건을 앞서서 그 법에 대항하는 행위작인을 필요로 한다. 안정된 주체성을 부정하는 행위작인은 어떤 특정한 호명으로도 주체를 남김없이 완전하게 구성해낼 수는 없다는 가능성으로 새롭게 읽힐 수 있다.223)

　권력 이론가들이 '권력'은 그대로 심리로 내면화된다고 주장하는 반면, 정신분석학자들은 '심리'의 핵심은 규범화의 영향을 받지 않는다고 주장한다. 권력 이론가의 논리가 문화 결정주의라면, 심리를 핵심적 결정 요소로 보는 방식 역시 심리 결정주의이기 때문에 같은 오류를 그대로 답습하는 것이 된다. 저항은 권력을 피하는 데서 끝나는 것이 아니라 그 권력에 저항하고 권력을 변화시켜야 한다. 그러나 정신분석학적인 무의식적 저항은 권력이나 이데올로기에 침투해 그것들에 저항하고 변화시킬 수 없기 때문에 정치적 실천력을 요하는 정치적 저항이론에 공헌하기 힘들다. 결국 권력이나 무의식 중 한쪽만 설명하는 이론들은 정치와 심리를 분리시키는 '존재론적 이원론'을 재생산하고, 권력의 내면화 과정이 규범의 심리적 내면화에 대한 설명과는 다르게 심리와 사회를 구분하면서 내면과 외면 생활 간의 구분을 하게 된다고 볼 수 있다.224)

　이제 버틀러는 권력 이론과 심리 이론을 결합하고자 한다. 『권력의

---

223) *Ibid.*, 130-1.
224) *Ibid.*, 19.

심리상태』는 권력 이론과 심리 이론, 즉 푸코와 프로이트를 접목하면
서 권력의 무의식, 권력의 심리적 내면화를 중심으로 주체화 과정을
설명한다. 그리고 주체의 '복종'과 '주체화'라는 이중적 패러독스는 개
인의 심리뿐 아니라 더 큰 문화적, 정치적인 문맥에서 분석된다. 주체
가 권력 속에 던져지는 과정을 이해함으로써 행위작인 논의가 문화 결
정주의에 불과하다는 비판과 난국을 헤쳐 나갈 가능성을 모색하는 것
이다.

　푸코의 권력 생산 이론이나 라캉식 정신분석학의 한계를 동시에 비
판하면서 버틀러는 푸코의 이론에 기대어 정신분석학을 권력 이론과
접목하려 한다. 라캉의 저항이 상징계 속에 균열과 저항을 가져다주
는 상상계적 분출이라면, 푸코에게 저항은 권력의 외부에 있는 어떤
외재적이고 이질적인 것이 아니라 권력 내부에 있기 때문이다. 푸코
에게 저항은 라캉적 상상계라는 외부 영역에 있는 것도, 법을 구성하
는 권력을 벗어나 있는 것도 아니다. 그것은 권력 속에서 다양한 모
습으로 나타나는 다양한 양상이 들어 있는 저항의 모습이다.

　　There is no single locus of great refusal, no soul of revolt, source
　of all rebellions, or pure law of the revolutionary. Instead there is a
　plurality of resistances, each of them a special case: resistances that
　are possible, necessary, improbable; others that are spontaneous,
　savage, solitary, concerted, rampant, or violent; still others that are
　quick to compromise, interested, or sacrificial; by definition, they can
　only exist in the strategic field of power relations. But this does not
　mean that they are only a reaction or rebound, forming with respect
　to the basic domination and underside that is in the end always

passive, doomed to perpetual defeat.[225] (대단한 거부가 일어나는 단일한 자리도, 반란의 영혼도, 모든 반동의 근원도, 순수한 혁명의 법칙도 없다. 대신 저항의 다양성이 있으며 그 저항들 각각은 특별한 경우이다. 가능하거나 없어선 안 되거나, 있을 법하지 않은 저항도 있고, 즉흥적이거나 무지막지하거나 유일하거나 화합적이거나 사납거나 폭력적인 저항도 있다. 또 타협에 빠르거나 타산적이거나 희생적인 저항도 있다. 정의상 그 저항들은 권력관계의 전략적 장에서만 존재할 뿐이다. 하지만 그렇다고 그 저항들이 언제나 기본적인 지배와, 결국에는 수동적이고 영원히 패배할 수밖에 없는 이면과 관련해서 형성되는 반작용이나 반발을 의미하는 것은 아니다.)

저항은 다양한 모습 속에 다양한 재의미화의 가능성으로 권력 안에 내재되어 있다. 알튀세의 이론대로 주체는 법과의 대면을 통해 주체가 되지만 그때 대면하는 법은 무의식적인 법이기 때문이다. 된다. 무의식적으로 법의 호명에 의해 주체가 될 것을 준비하는, 복종을 준비하는 주체는 단 한번에 형성되는 것이 아니라, 반복적인 수행을 통해 개인이 비로소 주체가 되는 것이다. 이데올로기에 의해 소환된 주체는 반복된 지배문화의 젠더규범에 응대하면서 '젠더화된' 주체가 된다. 개인의 성적 정체성이야말로 이데올로기나 젠더규범이라는 타자의 부름을 통해 획득된다. 그리고 이처럼 주체를 소환해서 성적인 주체로 만들어주는 타자가 아버지의 이름이고 권력이고 법이다. 그리고 이렇게 형성된 성 정체성은 법에 의해 수행적으로 반복됨으로써 구성된다. 이성애 주체를 정상적인 것으로, 동성애 주체를 비정상으로 규정하는 것도 반복된 당대 권력의 담론 효과이다.

---

225) Michel Foucault, *The History of Sexuality: An Introduction Vol. I* (New York: Vintage, 1978), 95-6.

그런데 문제는 '반복'이다. 권력이 주체를 구성하면서도 언제나 재의미화의 가능성을 열어두는 것은 반복이라는 수행적 양식 때문이다. 권력이 주체를 구성하는 방식은 두 가지인데, 하나는 주체를 가능하게 하는 조건, '주체 형성'의 의식으로서 작동하며, 다른 하나는 주체 자신의 행위 속에 정해지고 '반복'되는 것으로서 작동한다. 주체는 자신을 발생하게 한 규범을 반복하지만 그 반복에서 일관성을 이탈해 새로운 의미를 창출할 위험과 가능성이 생긴다. 이처럼 삶을 위험에 처하게 하는 반복이 있어야만 삶을 '수행적으로' 재배치할 수 있다. 따라서 호명의 수행적 효과를 통해 생겨나는 것은 '주체'뿐 아니라 '주체'를 전복할 가능성이다. 주체는 그 자신의 반복과 재발화를 통해서만 주체로 남을 수 있다. 이 반복가능성이 주체의 비일관성과 불완전한 성격을 구성하면서 주체화 규범을 재구현할 가능성, 전복의 비장소(non-place)가 열린다.

따라서 담론을 통해 작동되는 권력은 주체를 생산하는 동시에 불안정하게 만든다. 주체를 구성하는 동시에 주체를 규제하는 이러한 '구성적 규제'는 반복된 수행 속에 발생하는 완결되지 않는 주체, 불안정한 주체로서의 '행위작인'을 가능하게 하며, 이 행위작인을 반복적으로 생산하고 그에 따라 새롭게 발화할 수 있는 위치로 가져간다. 따라서 권력은 주체에 외적 억압으로만 작동하는 것이 아니라, 내적으로 주체를 형성하게 되며, 권력의 결과물이 배제하거나 그 체계를 넘쳐버린 권력의 '외부'를 생산하게 된다. 규제권력의 구성효과는 반복 가능하며 실제로도 반복된다. 주체에 외적 억압을 가하면서 내적 주체 형성을 가능케 하는 역설적 권력은 권력의 규제적 산물인 동시에, 언제나 새로운 의미를 만들 수 있는 반복의 산물이다.

따라서 주체가 지배 권력에 복종함으로써 주체가 된다고 할 때 복종의 의미는 세 가지로 분석될 수 있다. 하나는 규제적 권력이 지속성, 가시성, 특정 위치를 생산하고 발전시켜 주체를 복종시키는 방식이고, 다른 하나는 지속적이고 가시적으로 생산되고 위치를 갖게 되는 주체가 권력에 흡수되지 않는 잉여물 혹은 잔여물로 떠돌게 되는 방식이다. 마지막으로 주체가 아닌 행위작인이 어떻게 자신이 생산된 사회적 관계와 대립되면서 그 관계를 변화시킬 수 있는지를 설명해주는 주체 구성의 반복성을 말한다. 복종에 대한 분석은 주체 형성의 조건을 추적하는 동시에 주체의 등장 조건에 반하는 전환을 추적하기 때문에 언제나 이중적이다. 존재가 된다는 것은 단순하거나 연속적인 일이 아니라 불안한 반복적 실천이며, 불완전하지만 감수할 수밖에 없는, 사회적 존재의 지평에서 흔들리는 반복적 실천의 위험을 무릅쓰는 일이다.[226]

이제 버틀러의 반복 복종은 종속을 의미하는 동시에 주체(화)의 자리를 보장하고 유지하면서 주체가 그 장소로 들어가는 것이고, 동시에 다른 의미로 나갈 가능성을 의미한다. 권력도구로서의 영혼은 몸을 형성하고 영혼의 틀을 만들며, 몸에 권력이라는 영혼을 각인시켜 몸을 존재로 만든다. 존재는 권력 작용에 의해서, 권력 작용 안에서만 발생할 수 있으며, 그 안에서 권력이 복종시킨 주체가 탄생한다. 즉 권력은 강제적 권력관계를 통해 주체를 죄수처럼 굴복시키지만, 이때 죄수는 이미 원래의 개인 그 자체보다 훨씬 더 심원한 복종의 결과이다. 영혼은 죄수 안에 깃들어 그를 존재로 만들게 되므로, 권력은 몸에 행사되는 지배 요소이다. 몸이 영혼의 감옥이 아니라, 영혼이 몸의 감옥이다. 영혼은 정치적 분석의 결과이자 그 도구로서 몸을 감금하

---

226) Judith Butler, *Psychic Life of Power: Theories in Subjection* (Stanford: Stanford University Press, 1997), 29-30.

는 몸의 감옥인 것이다.227) 영혼은 몸이 훈육, 형성, 양성, 투여되는
규범적이고 규범화된 이상이며, 몸이 효과적으로 물질화되는 역사적
으로 특정한 상상적 이상이다.

버틀러는 푸코식의 몸의 논의에 정신분석학적 심리를 끌어와서 영
혼은 심리를 감금하려는 틀이지만, 심리는 무의식까지 포함하고 있기
때문에 일관된 주체가 되라는 담론의 요구를 넘어선다고 설명한다.
심리는 몸 '안'에 있는 것이 아니라 그 몸이 드러나게 되는 의미화의
수행적 '과정' 자체에 있다. 이때의 심리는 수행이 거부하고 싶어도
거부할 수 없는 충동, 수행의 반복에서 나타나는 간극을 보여준다. 따
라서 권력의 심리작용이나 심리상태는 의식적인 권력의 효과에 완전
히 복종하는 것이라고 할 수가 없다.

이제 주체는 복종 속에 완전하게 흡수되지 않는 잔여물을 남긴다.
주체는 권력에 복종함으로써 주체가 되지만 이처럼 여전히 권력에 흡
수되지 않는 잔여물, 잉여물은 총체적 주체화의 불가능성을 드러낸다.
이처럼 권력은 존재를 호명하고 존재를 그 호명 행위에 복종시켜 개
인에게 정체성을 부여하지만, 동시에 그 반복된 호명 행위에 포섭되
지 않는 잉여분을 남긴다. 그것은 권력의 심리 형식, 푸코와 프로이트
의 결합에 따르는 권력의 무의식과 비의도성 때문이다. 버틀러에게
'권력의 심리 형식'은 인간이 자신을 구성하는 권력에 대한 복종의 관
점을 넘어서서 어떤 것을 욕망하고 행하는 '행위작인(agency)'이 되는
방식을 설명한다. 버틀러는 주체 형성이 어떻게 규제적 심리 형성을
포함하는지, 그리고 이러한 주체 개념이 어떻게 정치적 행위작인 개

---

227) Michel Foucault, *Discipline and Punishment: The Birth of the Prison*
(New York: Pantheon, 1977), 30.

념으로 작용할 수 있는지를 논의한다. 권력에 대한 복종은 규범의 내
면화를 포함하며, 그 내면화 과정에서 심리가 형성된다.

무의식을 가진 권력에 대한 역설적 복종에 이르러서도 주체성은 단
일한 장소가 아니라 부정된 집착이 일어나는 환승 지점이기 때문에
자율적 주체라는 환상은 불가능해진다. 정체성을 부여하기 위한 권력
의 주체 호명은 주체를 침해해야만 이루어지는 것이고, 그 침해가 없
이는 역설적으로 주체도 없다. 그리고 반복적인 호명은 언제나 복종
의 잉여분을 남기기 때문에 권력에의 복종은 그 자체에 저항과 역담
론을 내포하고 있다. 권력의 무의식은 권력 바깥에 있는 무의식적인
외부가 아니라 그 외상적이고 생산적인 반복성 속에 있는 권력 자체
의 무의식과 같은 것이다. 특정 종류의 호명이 정체성을 부여하는 것
으로 이해하게 되면 이 자기침해적인 호명은 침해를 통해서 정체성을
구성하게 된다. 그것은 정체성이 정체성으로 남아 있는 한 언제나 영
원히 자신의 침해에 뿌리를 두고 있다는 의미가 아니라, 재의미화의
가능성이 주체 형성과 재형성이 성공해야만 종속에 대한 열정적 집착
을 재수정하고 불안정하게 할 것이라는 의미이다.228)

물질화를 권력이나 담론의 부여로 보게 되면 생산적이고 형성적인
권력 차원은 강조되지만, 권력은 억압적인 것이 아니라 생산적인 것
이므로 물질화된 주체는 권력 안에 완전하게 흡수되지 않는 것이다.
그리고 복종을 통해서 생산된 이 주체는 전체성의 한순간에 탄생되는
것이 아니라, 생산의 과정 중에서 반복적으로 생산된다. 복종의 패러
독스를 통해서 버틀러가 보여주는 것은 법이나 권력의 소환에 복종하

---

228) Judith Butler, *Psychic Life of Power: Theories in Subjection* (Stanford:
Stan- ford University Press, 1997), 105.

면서도 이데올로기의 호명에 완전히 복종하지 않고 잉여 부분을 남김
으로써 복종 아닌 복종을 하는 주체의 양상이다. 즉 영혼으로 승화되
지 않고 '남아 있는 몸'은 잔여물로 떠돌면서 몸의 틀을 잡고 규제를
가하는 동시에 그 규제를 파괴하는 이중적인 역할을 하게 된다. 이렇
게 우리를 억압하기도 하지만 주체를 생산하기도 하는 이중적인 입지
에 있는 권력은 끊임없이 잉여물을 남긴다. 그리고 법의 호명 앞에
완전히 복종하지 않고 잔여물로 남아 총체적인 일원체계를 위협하는
전복력을 갖게 된다. 복종의 첫 번째 패러독스는 주체화와 동시에 복
종을 가져온다는 것에 있지만, 두 번째 패러독스는 거대한 권력이나
이데올로기가 주체의 전면적인 복속과 순응을 요구하는 순간에도 그
것에 저항하는 내적 반동의 힘을 안고 있다는 데 있다. 그래서 복종
은 이중적 의미화, 재의미화의 가능성이다. 복종에의 열정적 집착을
일으키게 하는 권력의 무의식은 언제나 재의미화에 열려 주체의 구성
과 의미화 작용을 끊임없이 열어 놓는다.

　총체적이거나 일원적인 정체성을 구성할 수 없는 주체는 반복 속에
서 끊임없이 기존 사회관계와 권력을 변화시키는 새로운 의미를 (재)
생산한다. 주체는 통일체의 분열 가능성, 정상화를 향한 권력의 잠식
효과를 증폭시킬 '반복'의 가능성이다. 재규범화의 위험은 지속적으로
도처에 도사리고 주체는 결코 복종 속에서 완전하게 구성되지 않는다.
주체는 반복적으로 복종 속에 구성되며 반복의 가능성 속에 존재한다.
심리적 저항은 상징적인 법의 지속성을 가정하고 그 상태를 유지하는
데 기여하기 때문에 영원히 패할 수밖에 없는 운명이라면, 권력의 결
과로서의 저항은 이중적 의미에서 주체를 구성하는 동시에 탈구성
(de-constitution)하게 한다. 그럴 경우, 저항은 주체의 담론 전복 장치

가 된다. 저항은 역사적 헤게모니 속에서 그에 저항해 형성되는 사법 주체의 생산을 가능하게 하는 것이다. 자신이 '무엇이다'라는 동질적 일관성을 부정하고, 그 부정의 토대 위에 세우는 정체성, 그것이 바로 푸코가 말하는 새로운 형태의 주체성이다.

Maybe the target nowadays is not to discover what we are, but to refuse what we are. We have to imagine and build up what we could be to rid of this kind of political 'double bind', which is the simultaneous individualization and totalization of modern power structures······ The conclusion would be that the political, ethical, social, and philosophical problem of our days is not to try to liberate us both from the state and from the state's institutions, but to liberate us from the state and the type of individualization which is linked to the state. We have to promote new forms of subjectivity through the refusal of this kind of individuality which has been imposed on us for several centuries.[229] (아마도 오늘날 목표는 우리가 누구인지를 발견하는 것이 아니라 우리가 누구라는 것을 부정하는 것이 될 것이다. 우리는 개별화인 동시에 근대 권력 구조의 전체화인 이런 종류의 정치적 '이중 접합'을 근절하기 위해 할 수 있는 일을 상상하고 구축해야 한다······ 결론적으로 우리 시대의 정치적·윤리적·사회적·철학적인 문제는 우리를 국가와 국가 제도에서 둘 다 해방시키려는 노력이 아니라, 국가 및 국가와 관련된 개체화 유형에서 해방시키려는 노력이다. 우리는 수 세기간 우리에게 부과되어 왔던 이런 유형의 개체성을 거부함으로써 새로운 형태의 주체성을 발전시켜야 한다.)

---

229) Michel Foucault, "The Subject and Power", *Michel Foucault: Beyond Structuralism and Hermeneutics*, ed. Hubert L. Dreyfus and Paul Rabinow (Chicago: University of Chicago Press, 1983), 216.

라캉의 정신분석학을 비판하는 버틀러가 취한 적은 수정된 프로이트주의와 푸코 논의의 결합니다. 권력이 취하는 심리 형식으로서 권력의 무의식은 '상상계적 오인'과는 달리 '상징화된 효력'을 발휘할 수 있기 때문에 전복력이 있으며, 이 저항은 '무의식'적인 것이기 때문에 동일한 의미로 고정될 수도 없다. '권력의 심리상태'는 정체성이 담론적으로 완전하게 구성될 수도 없고, 상징계에 의해 완전하게 총체화될 수도 없음을 의미한다. 권력의 심리 작용 한가운데에는 일원적 정체성에 대한 저항, 즉 푸코의 역담론과 프로이트의 무의식이라는 반대 급부적 요소들이 빙산의 숨겨진 부분처럼 자리잡고 있기 때문이다.

'복종에 대한 열정적 애착'에서 버틀러가 권력 이론에 접합시키는 것은 라캉의 상상계적 저항이 아닌 프로이트의 무의식이다. 버틀러가 보기에 푸코가 말하는 '영혼은 몸의 감옥'이라고 할 때의 몸은 프로이트의 '심리'에 가깝다. 푸코의 몸은 단순히 생물학적인 것이 아니라 주체가 되기 이전의 어떤 심리기제에 사로잡혀 있는 것이다. 하지만 라캉의 무의식은 상상계적인 것으로서 일관된 남녀 정체성을 구성하려는 상징계적 노력을 방해하는 것, 즉 언어내부의 상상계적 특성으로서의 실수나 결함으로 나타난다. 그러나 이러한 상상계적인 요소는 상징화되지 않고서는 의미화될 수 없기 때문에 상징계를 재의미화할 만한 전복력은 결여하고 있다는 것이다.

버틀러에 의하면 라캉에게 상징계 진입은 그저 상상계의 연장에 불과하다. 그리고 라캉이 말하는 상징계는 사실상 패권적 상상계(hegemonic imaginary)이다. 모든 언어적 인간은 상징계 속에서 탄생하지만 라캉의 상징질서는 '이미 거기 있는 현상(the status of its always-already-thereness)'으로 너무나 정적이다. 데리다에 따르면 구조는 그 구조성을 반복함으로써만 구조가 될 수 있다.[230] 반복가능성(iterability)은 구조가 공고해지는 방식이지만 그 구조의 탈선가능성을 내포하고 있는 것이다. 따라서 상징계는 이미 항상 거기 있는 것이 아니라 언제나 (다시) 만들어지는 과정에 있다. 거울단계는 상상계의 일부분이고 팰러스는 상상계, 혹은 불가능한 남성성의 이상에 불과하다. 상징계는 상상적 투사물 때문에 재생산되고 그 투사물을 법으로 개조한다.[231] 따라서 라캉의 상상계가 말하는 혁명적 전복력이란 무의미한 반면 푸코식의 권력이 가지는 심리적 작용이나 심리상태는 유의미하다.

버틀러에게 푸코 역시 비판되지 않는 것은 아니다. 젠더를 특화시키지 못한 점, 권력의 외부작용만 강조한 점은 여전히 수정되어야 할 지점으로 남아 있다. 그러나 저항은 법의 바깥에 있는 다른 영역, 즉 상상계나 법의 힘을 벗어난 곳에서는 존재할 수 없다는 점에서는 푸코를 상당 부분 계승하고 있다. 푸코는 담론이 권력을 전달하고 권력을 발생, 강화시킨다고 주장하면서도, 권력의 기반을 침해하여 취약한 부분을 드러내고 권력을 전복할 수 있게 만들기도 한다고 보는 측면이 있다.[232] 따라서 저항은 법을 구성하는 존재이면서 법에 저항한 결과로서의 이중적 가능성을 가지고 있다. 푸코의 권력은 반복된 규범의 정교화나 호명의 요구로 구성될 뿐 아니라 형성적이고 다양하고

---

230) Jacques Derrida, "Structure, Sign, and Play", *Writing and Difference*, trans. A. Bass (London: Routledge & Kegan Paul, 1978) 참고.

231) Judith Butler, "Gender as Performance", *A Critical Sense: Interviews with Intellectuals*, ed. Peter Osborne (New York: Routledge, 1996), 118.

232) "Discourse transmits and produces power: it reinforces it, but also undermines and exposes it, renders it fragile and makes it possible to thwart it." Michel Foucault, *The History of Sexuality Volume. I: An Introduction*, trans. Robert Hurley (New York: Vintage, 1990), 101.

모순적이기 때문에 라캉의 상징계와 달리 복종의 규범을 (재)구현할 가능성이 더 많다.

결국 주체는 권력의 호명에 복종하면서 주체가 된다. 그리고 호명에 복종하는 주체는 이미 호명 이전에 응답할 준비를 하고 있으므로 권력을 이미 내면화하고 있다는 의미에서 완전히 비사회적인 개인이라고 말할 수가 없다. 외부적 권력 기제가 내적 심리로 전환되는 순간, 주체의 존재론적 위상이 계속 불확실해지는 순간이 바로 '권력의 심리상태'가 작동하는 순간이다. 처음에는 외재적으로 나타나 주체를 복종시키고 억누르던 권력은, 이제 내면화되어 주체가 자기정체성을 구성하는 심리 형식으로 전환된다. 그 외재적 권력의 과정과 심리적 내면화의 과정이 바로 '권력'과 '심리'가 결합하는 지점이다. 이 '권력의 무의식'은 외상적이고 생산적인 반복을 통해서 언제나 재의미화될 가능성에 놓인다. 권력의 심리 작용은 정체성이 담론적으로 완전하게 구성될 수 없고, 상징계에 의해 완전하게 총체화될 수 없음을 의미한다. 권력의 심리상태 한 중앙에는 정체성에 대한 저항, 즉 완전하게 성 정체성을 구성하려는 모든 상징적 노력에 반대하는 무의식이 있기 때문이다.

권력이 취하는 심리 형식은 '외적인 권력'을 '내적 심리'로 전환하는 환승점이지 완전하게 고정된 어떤 장소가 아니다. 그것은 헤겔의 불행한 의식, 니체의 나쁜 양심, 알튀세의 호명, 프로이트의 무의식을 비판적으로 계승하면서, 권력 이론에서 문화 결정론적으로 '고정된 주체'를 피하면서, 정신분석학적인 '무역사적 심리구조주의'도 피하는 방식이다. 예컨대 헤겔에게 '외적 권력의 내적 전환'은 자유를 추구하다가 노예가 마주치게 되는 '불행한 의식'에 이미 들어 있다.[233] 처음에

는 노예의 외부에 있던 주인이 노예 자신의 양심으로 등장할 때 나타
나는 의식의 불행은 노예의 자기 비하, 즉 주인을 심리적 실재로 전
환시킨 결과이다. 권력은 처음에는 주체를 억압하는 외적인 것으로
나타나지만 그 주체의 자기정체성을 형성하는 심리 형식이 된다. 권
력이 취하는 심리 형식은 외적 권력이 개인의 내부로 전환된 것으로
나타난다. 그리고 그 전환은 존재론적 지위를 영원히 불안정하게 만
드는 순간으로 작용한다.

  외적 권력의 내면화는 니체의 '나쁜 양심'에서도 나타난다. '나쁜 양
심'은 도덕의 이름으로 채무자에게 고통을 부과하는 데서 오는 쾌락이
다. 그것은 내적으로 전환될 때 자신을 박해하는 내면적 쾌락이 되고,
이러한 처벌의 내면화가 자아 산출 과정이 된다. 알튀세에게 주체는 이
데올로기의 호명에 응답하고 복종해서 그것을 내면화한 결과로 형성되
지만, 그것은 영혼으로 완전히 승화되지 않은 몸, 즉 무의식적 심리로
서의 권력 때문에 완전한 주체 구성에 성공할 수 없다. 그리고 이렇게
실패할 잠재적 가능성은 주체를 새로운 의미로 언제나 열어두게 한다.

  푸코에게 권력은 저항 없이는 존재할 수 없으며, 담론은 언제나 자
기 안에 역담론을 가지고 있다.234) 푸코의 주체는 그 권력에의 복종

---

233) 헤겔은 의식의 발달을 세 단계로 나눈다. 의식은 자유롭고 존재의 법석에
    서 벗어난 무생명적 평정을 유지하는 것이 목적인 사고 실체로 나타나는
    금욕주의 단계, 자신의 이중성이나 이원성을 알고 내적 모순을 포함하고
    있지만 타자의식을 부정하는 회의주의 단계를 거쳐, 자의식과 타자가 결합
    과 대립성을 그 본질로 하며 한 의식 내부의 타자로 등장하는 불행한 의식
    의 단계를 거쳐야 진정한 의식인 정신으로 가게 된다. Sandra Adell, *Double
    Consciousness/Double Bind: Theoretical Issues in Twentieth Century
    Black Literature* (Urbana: University of Illiois Press, 1994), 18-9.

234) "There are no relations of power without resistances; the latter are all
    the more real and effective because they are formed right at the point

228

을 내면화하여 법과 권력관계의 다양한 저항 지점과 역담론들 속에서
재의미화의 가능성을 열어 주는 주체이고, 버틀러는 그것을 젠더화된
주체의 형성과 관련해서 논의하면서 역설적 복종의 정체성으로 설명
한다. 이 역설의 긴장은 좀더 심리적인 설명으로 확대하면 주체의 '우
울증적 구성'의 방식으로 나타난다. 사랑하는 대상을 상실했을 때 주
체가 보이는 반응의 한 가지인 우울증은 젠더 주체의 복합적이고 모
호한 양상을 설명해주는 중요한 이론적 틀로 작용한다.

4. 우울증적 정체성: 선취된 금지, 혹은 거부된 동일시

사랑하는 사람이 떠나거나 죽게 되면 슬프다. 그러나 엄밀히 말해 슬
픔은 일시적으로 머물렀다가 떠나기도 하고, 떠나지 못해 슬퍼하는 사

---

where relations of power are exercised; resistance to power does not
have to come from elsewhere to be real, nor is it inexorably frustrated
through being the compatriot of power……" Michel Foucault, "Power
and Strategies", *Power/ Knowledge: Selected Interviews and Other
Writings 1972-1988*, ed. Colin Gordon (New York: Pantheon, 1980), 142.

"There is no question that the appearance in nineteenth-century
psychiatry, jurisprudence, and literature of a whole series of discourses
on the species and subspecies of homosexuality, inversion, pederasty,
and 'psychic hermaphroditism' made possible strong advance of social
controls into area of 'perversity'; but it also made possible the formation
of a 'reverse' discourse: homosexuality began to speak in its own
behalf, to demand that its legitimacy or 'naturality' be acknowledged,
often in the same vocabulary, using the same categories by which it
was medically disqualified." Michel Foucault, *The History of Sexuality:
An Introduction* (Harmondsworth: Penguin, 1984) 101.

람의 몸의 일부가 되기도 한다. 그래서 애도(mourning)와 우울증은 구분된다. 애도의 경우에는 사랑하던 대상에 대한 리비도를 회수해서 일시적으로 내투사(introjection)했다가 슬픔을 극복하게 되는 반면, 우울증의 경우 리비도 회수과정에서 대상은 주체의 몸에 합체(corporation)되어 주체의 에고가 되어 버리므로 슬픔의 극복이 불가능하다. 애도자의 내투사는 상실로 인한 외상적 충격을 견디려는 주체의 임시방편적 시도에서 비롯되므로, 만족의 대체물을 찾고 상실된 대상관계를 보존하려는 반작용 기제라 할 수 있다. 하지만 무의식적 상실 때문에 일어나는 대상의 불완전한 합체, 즉 우울증은 그 상실된 대상관계를 완전하게 보존할 수도 극복할 수도 없다.

버틀러는 프로이트가 에고를 형성하는 기제로서 '우울증'의 양식을 적용한 것에서 착안해서 이런 우울증적인 동일시는 상실한 대상을 분명히 알 수 없어 극복이 불가능한 동일시라고 해석한다. 대상을 알 수 없는 이유는 그것이 애정의 대상으로서 금지되거나 배제된 때문이다. 이성애 사회에서 온전하게 드러내놓고 애도할 수 없는 대상은 동성애적 대상이다. 동성애적 애정의 대상은 상실되어도, 상실로 인정조차 될 수 없기 때문에 완전한 애도가 불가능하다. 따라서 이성애자는 동성애를 부인하면서 거부하는 방식으로 불완전하게 자기 안에 합체하거나 내면화할 수밖에 없다. 이때 상실한 대상은 불완전한 합체를 통해 애도자의 내부로 내면화되어 자아의 일부를 구성하게 된다. 이것이 바로 버틀러가 말하는 우울증적 젠더 정체성의 형성이다.

프로이트는 「애도와 우울증」(1917)에서 애도와 우울증을 구분한다. 그리고 주체가 사랑하던 대상에게서 버림받거나 그 대상을 상실했을 때 그 대상에게 느끼는 애증의 양가감정을 우울증으로 설명한다. 애정의 대상에 대한 분노와 혐오는 자신에 대한 것으로 전치되어 공격성이 심한 경우 자살로까지 이어진다. 여기서 중요한 것은 우울증의 과정에서 주체는 대상을 자신의 에고 일부로 합체하기 때문에, 우울증은 주체가 자아를 형성하는 구조가 된다. 따라서 우울증은 끝나지 않은 슬픔이고, 실제로 끝나지 않은 슬픔으로 인한 동일시는 상실된 대상을 에고에 합체하고 상상적으로 보유되는 양식이 된다.

  심리학에서 보면 '자기 동일시'는 근본적 모방주의나 우울증적 합체로 설명되어 왔다. 보르흐 야콥슨(Mikkel Borch-Jacobson)이나 레이즈(Ruth Leys)가 말하는 정신분석학적 근본적 모방주의에 따르면 동일시의 모방심리는 근본적으로 정체성을 '자신에 대한 타자'로 구성한다. 자아/타자의 구분이 원래 외재적인 것이 아니라, 처음부터 근본적으로 자아가 '타자'에 내포되어 있었다는 의미이다. 반면, 프로이트는 우울증적 합체를 상실에 대한 반응 양식인 동시에 상실에 대한 거부로 파악했다. 심리적 모방의 장으로서의 젠더는 주체가 사랑한 후 상실해버린 다양한 젠더를 가진 타자들로 구성되는데, 이 상실을 견딜 수 없어 타자를 상상적으로 자아에 합체하면서 계속 보존할 수 있게 한다는 것이다.

  정상적인 사람이라면 사랑하는 대상이 떠났을 때, 그 대상에 부과되었던 리비도를 철회해야 한다. 대상에 리비도가 부여될 때는 쾌락이 수반되지만, 리비도를 회수할 때는 고통이 따른다. 따라서 반발이 수반되므로 보통 일정 기간의 대상 집착이 유지되다가 현실의 요구와 타협하면서 점차 리비도의 이탈이 이루어진다. 이처럼 구체적인 대상 상실에 대한 의식적인 반응이 애도이다. 그러나 우울증은 보통 구체적인 대상보다는 상실된 것이 무엇인지 잘 모르는 불분명한 대상에 대한 것이기 때문에 무의식적 대상 상실과 관련된다. 이것은 자아의 빈곤을 가져와 자애심 추락, 자기 징벌, 자기 비하, 자기 비난으로 이어진다.[235] 대상에 대한 우울증적 카텍시스도 이중의 변천을 겪게 된다. 하나는 자기 동일시로의 퇴행이고, 다른 하나는 양가감정이라는 갈등 속에서 사디즘으로 전환하는 것이다.[236] 우울증 환자의 자기 비난은 사랑했지만 상실한 분명하게 알 수 없는 대상에 대한 애증의 양가감정이 다른 카텍시스 대상을 찾지 못하고 구순기의 에고로 리비도 퇴행을 이룰 때 발생한다.

우울증의 특징은 고통스런 낙담, 외부세계에 대한 흥미 상실, 모든 활동의 금지, 자존심의 저하, 처벌 환각 등의 자기 징벌 등이다. 우울증은 대상 선택의 단계에서 나르시시즘 단계로 퇴행한 뒤, 애증의 양가감정이 동시에 발생할 때 그 감정을 공격적 사디즘으로 표출하게 되므로 우울증 환자는 자살충동을 느낀다.[237] 떠나거나 죽은 자에 대한 끝나지 않은 슬픔에서 오는 자기 동일시는, 상실된 대상이 에고 안에 에고로 합체되고 현실이 아닌 환상 속에서 대상을 보존하는 양식이 된다. 우울증이 합체되는 방식으로 정체성이 획득된다면 그 합체의 공간은 몸 '안'이 아닌, 몸 '위'에 있다. 그 이유는 우울증이 몸 안에서 주체가 완전하게 내면화된 동일시가 아니라, 몸의 표면에서 상상적으로 작용하는 동일시 양식이기 때문이다.

무엇보다도 우울증은 상상 속에서 몸 표면에 리비도를 투여한다.

---

235) Sigmund Freud, "Mourning and Melancholia", *The Standard Edition of Complete Psychological Works of Sigmund Freud ⅩⅣ*, ed. and trans. James Stratchey (London: Hogarth, 1975), 245-6
236) *Ibid.*, 251.
237) *Ibid.*, 251.

애도는 은유적 의미화가 가능해도, 우울증은 계속적으로 상실을 명명할 수 없도록 만든다. 그래서 우울증은 반-은유적(anti-metaphorical)이다. 은유화가 불가능한, 상실한 대상의 불완전한 합체야말로 우울증의 첫 번째 특징이다. 상실은 명명될 수 없기에 분명하게 거부될 수도 없고, 은유적 의미화의 조건까지 침해한다. 다시 말해 우울증 환자는 상실된 애정의 대상과 완전한 동일시에 실패하며, 그 대상과 완전하게 합체할 수 없다. 정체성은 이 외상적 상실을 경험하면서, 이 상실을 견디려는 일시적인 주체의 시도에서 발생한다. 이런 의미에서 동일시는 근본적으로 만족의 대체물을 찾는 동시에 상실된 대상관계를 보존하고자 애쓰는 반작용 기제(reactive mechanism)이다.[238]

후기의 프로이트는 우울증 없이는 에고도 없으며 에고의 상실은 구성적이라고 말한다. 그러나 버틀러는 '구성적 상실'이 또 하나의 고정된 핵심관념이 되는 것도 경계한다. 프로이트는 애도와 우울증을 구분하기는 하지만, 애도의 관점에서 우울증을 점차 희석시키는 경향이 있다. 프로이트는 애도를 사랑하는 사람을 상실했거나, 아니면 국가, 자유, 이상과 같이 사랑하는 사람 대신 차지한 추상적인 어떤 것을 상실했을 때의 반응으로 설명하면서 애도를 두 가지로 나눈다. 진짜 어떤 사람이 상실된 형태와 어떤 이상이 상실된 형태로 나누는 것이다. 그런데 후자의 형태가 우울증과 관련성이 있다. 물론 애도는 의식적인 대상, 우울증은 무의식적인 대상에 대한 것이라지만, 그 대상이 하나의 이상이 될 수 있다면 우울증도 애도의 한 형태가 될 수 있다. 반면 버틀러는 우울증이 애도의 한 형태이기보다는, 애도도 어떤 의미에서는 우울증에 포함될 수 있다고 본다. 프로이트는 우울증이 의

---

238) Diana Fuss, *Identification Paper* (Routledge: New York, 1995), 37-8.

식에서 후퇴한 대상, 즉 무의식적인 대상 상실과 관련된다고 설명했
지만, 애도도 이상적 관념이나 추상적 개념을 대체할 수 있는 만큼
'이중 상실'을 통해 구성된다는 점에서는 우울증과 마찬가지이다.

이제 우울증은 '내적 공간의 비유'를 생산하는 하나의 전환이나 환
승점으로 이론화될 수 있다. 그것은 외상(trauma)을 재상연하기 위해
사회세계의 지형을 심리 영역으로 후퇴시키는 행위이다. 우울증에서
는 의식적 타자나 이상화된 타자성도 사라지며, 그러한 의식적이거나
이상화된 상실이 가능해지는 사회세계도 상실된다. 우울증은 상실된
대상을 의식에서 후퇴시킬 뿐 아니라 사회세계의 지형도 심리로 후퇴
시킨다.[239] 사회세계가 요구하는 상실을 견디려고 애쓰면서 심리세계
는 사회세계를 자신의 세계로 후퇴시키기 때문이다. 우울증에서의 심
리는 상실도 없고, 상실의 부정도 없는 개념이 된다. 상실 자체의 인
정을 거부하기 때문에 상실된 대상은 심리 효과로만 보존된다.

우울증은 사회세계가 심리 영역에 의해 그늘지는 만큼, 대상에서
에고로의 집착 전이가 일어나는 만큼 발생한다. 그러나 에고가 자신
을 대상화하면서 만드는 도덕적 반성성은 상실한 대상에 대한 리비도
철회 및 변형을 통해 일어난다. 이때 반성성은 우울증 구조에 선행하
는 작용이 되며, 역설적이게도 상실한 대상을 전제로 하지 않고서는
불가능한 것이 된다. 그래서 우울증은 부정적 나르시시즘의 보상 형
태로 등장해 나의 내적 양가성의 형태 속에서 스스로를 비하하고 타
자를 복권시키게 된다. 대상에 대한 사랑을 포기한 우울증 환자는 그
상실을 무마시키려고 타자의 목소리로 자신을 자책하게 된다. 그것은
타자에게 목소리를 빌려주지만 사실 자신이 말하는 것이다. 우울증

---

239) *Ibid.*, 181.

환자는 타자에게 했을 비난을 자신에게로 되돌려 자기반성성을 보인다. 이때 권력의 목소리로 그 심리를 규제하는 사람이 주체로서 등장한다. 우울증은 스스로에 반대하는 자신의 목소리를 발견하는 곳에서 은유적 형태로서 자아를 형성한다. 역설적이게도 금기에 대한 자아의 저항을 내면화하면서 말이다.

두 번째로 우울증으로 형성되는 에고는 '몸의 에고(bodily ego)'이다. 프로이트도 에고는 무엇보다 우선 몸의 에고이고, 표면의 실체이자 그 자체가 표층의 투사라고 지적한 바 있다.240) 버틀러는 이 부분을 강조해서 프로이트가 설명하지 않은 젠더의 문제를 부각시킨다. 몸의 에고는 젠더화된 형태를 취하기 때문에 젠더화된 에고라는 것이다. 그리고 이 에고는 포기된 대상 카텍시스의 침전물로서 애정의 대상으로서 선택되었던 것들에 대한 역사를 담고 있다.241) 젠더화된 에고가 포기된 대상 발현의 침전물이라면, 그 에고 주체가 사랑했던 대상의 젠더도 중요해진다. 여기서 여성의 원래 애정의 대상은 여성이었다는 동성애적 가정이 제기된다. 즉 딸의 사랑의 대상은 어머니였는데, 그 동성애를 의식적으로 인정할 수 없어서 자신의 안에 무의식적으로 합체한 것이 여성성이라는 논의가 가능해진다.

원래 프로이트에게 정체성은 포기된 대상의 심리적 저장고이기 때문에, 상실된 대상은 계속 나타나 구성적 동일시의 하나로 에고에 포함되고 상실된 대상은 에고와 공존한다. 우울증적인 동일시는 외부세계의 상실된 대상을 에고의 일부로 보유해 외부적 대상을 에고의 내

---

240) "The ego is first and foremost a bodily ego; it is not merely a surface entity, but is itself the projection of a surface." Sigmund Freud, "The Ego and the Id", *The Standard Edition*, XIX, 26.

241) *Ibid.*, 29.

부로 합체할 때 발생한다. 포기된 외부 대상은 우울증적 내면화를 통해서 주체의 내부 에고에 합체된다. 따라서 에고는 사랑했지만 상실한 대상을 몸에 쌓아둔 것, 즉 포기된 애정 대상의 침전물이다. 이런 에고는 궁극적으로 몸의 감각에서 나오며 주로 몸의 표면에서 비롯된다. 정체성은 대상을 심리적으로 저장하는 장소이므로, 상실된 대상은 '구성적 외부'로서 에고에 포함된다. 이제 외부의 대상은 에고의 일부로 내부의 자아가 되면서 심리 속의 상실이 외적 대상의 내면화가 된다. 이런 내면화는 상실의 거부를 의미하고, 이런 거부된 상실은 상실 자체를 폐기하는 것이 아니라, 상실을 부정하는 방식으로 내면화해서 그 상실을 인식하면서 고통을 지연시킨다.

버틀러는 여기서 한 걸음 더 나아가, 에고가 동성애적 리비도로 전환될 때 죄의식이 수반된다고 주장한다.[242] 자아가 몸의 자아라는 점에서 젠더 정체성과 관련된다면, 이 젠더는 이제 섹슈얼리티 논의로 확장된다. 동성애적 리비도의 부정이 젠더를 구성하기 때문이다. 그리고 이런 동성애적 리비도를 부정하고 부인하는 이유는 죄의식과 양심 때문이다. 남성성과 여성성은 거부된 동성애 성향 때문에 생긴 것이며, 포기된 동성 대상의 침전물이 에고에 남아 주체의 젠더 정체성을 형성하는 것이다. 대상에 대한 사랑은 자아정체성을 구성하는 요건이 된다. 그리고 이 구성의 방식은 '거부의 거부'라는 방식, 곧 상실된 대상을 인정하기도 애도하기도 거부해서 대상의 '포기를 부인'하는 '이중거부' 방식으로 주체의 자아와 심리를 형성하게 된다. 이제 사랑했던 대상이 나의 에고 일부가 된다. 그렇다면 내 사랑은 곧 나이다. 게다

---

242) Sigmund Freud, "On Narcissism: An Introduction", *The Standard Edition*, *XIV*, 81-2.

가 내가 사랑한 사람이 동성이라면 동성에 대한 사랑이 나를 구성하는 것이 된다. 우울증적 동일시는 근친상간의 금기 이전에 원천적으로 배제된 동성애가 나의 젠더를 구성한다는 논리구조를 갖고 있다.

이런 우울증은 다른 여성학자들에게도 논의의 대상이다. 뤼스 이리가레는 우울증이 여성에 대한 정신분석학적 규범이라고 주장한다. 우울증적인 구조와 발전된 여성성은 완전히 다 발달한 여성성의 억압적 특성이라는 '이중의 물결'을 구성하는 목적과 대상을 둘 다 부정하는 것이다. 여자아이는 남자아이와 달리 애정의 대상을 두 번이나 바꾸어야 하기 때문이다. 어머니에서 아버지로, 또 아버지에서 다른 남자로 바꾸면서, 자신의 능동적 성기관(clitoris)을 수동적 성기관(vagina)으로 바꾸어야 하고 능동적 남성성을 수동적 여성성으로 바꾸어야 한다. 이리가레가 볼 때 프로이트 체계에서 여자아이는 '작은' 혹은 미성숙하거나 결여된 '남자'이다. 여자아이가 '결핍', '부재', '상실'로 진입하는 것은 모든 해석의 기준인 '거세'의 인식을 통해서이다. 따라서 우울증은 여성에게 있어 남근을 가지려는 욕망, 남근질서 내에서는 인식이 불가능한 그녀의 욕망과 관련되어 있다.

반면 크리스테바에게 우울증, 혹은 울증(depression)은 정신병의 경계에 있는 질병이지만, 예술적 창조력의 근원이 될 가능성도 있다. 크리스테바는 언어적인 면에서 우울증/울증을 조망하며, 여성에게 주로 우울증이 일어나는 원인을 어머니와 딸의 분리 불가능성에서 찾고 있다. 울증은 조증과 교차적으로 발생하는데, 그 원인은 근본적으로 어머니에 대한 딸의 사랑, 딸에 대한 어머니의 사랑에 있으며, 이것은 여자아이가 어머니와 충분히 분리되지 않기 때문이라고 설명된다. 이런 동성애적인 사랑의 관점에서 보면 남편의 정부에 대한 공격성과 그로 인한 우울증을 새롭게 해석할 가능성을 준다. 즉 남편을 빼앗긴 것이 분해서가 아니라, 남편의 정부에 대한 동성애적인 사랑이 공격성으로 치환된 것으로 해석될 수 있다.

크리스테바는 우울증이나 울증이라는 용어는 사실 경계가 불분명한 혼합체라고 말한다. 우울증, 울증 환자는 공통적으로 사랑하는 대상을 상실하고, 또 의미화 유대의 변화(modification of signifying bonds)를 겪는다. 우울증, 울증을 겪게 되면 언어적 유대망은 아무것도 확신할 수 없게 된다. 우울증에서 보이는 망연자실한 상태는 단순한 애도의 슬픔과는 임상적으로, 또 질병분류학상으로 다른 것이다. 주체가 활동 정지나 자살에서 피난처를 구하는 리비도 철회상태에서 벗어날 대안을 기표가 확신하지 못하는 상태로, 상실된 대상을 견딜 수 없을 때 우울증은 지속된다.[243] 우울증은 시적 언어의 경계에 있기는 하지만 극복해야 할 병리적 징후로 해석된다.

반면, 버틀러에게 우울증은 질병이기보다는 모든 주체의 구성 과정의 하나에 가깝다. 에고가 우울증적으로 구성된다는 것은 에고란 은유화가 불가능한 무의식적인 것이며, 그런 에고 정체성은 젠더와 관련되어 있다는 것, 또 이 젠더는 죄의식을 동반하는 섹슈얼리티와 깊은 관련이 되어 있다는 의미이다. 은유화가 불가능한 에고, 젠더 특성, 죄스러운 특정 욕망이 구성되는 이 과정에서 버틀러에게 주목하는 것은 '근친상간의 금기' 이전에 있는 '동성애의 금기'이다. 반–은유적인 에고가 젠더화된 특성을 갖게 되는 우울증의 과정에서, 동성애적 집착의 상실을 매우 고통스럽게 애도할 수밖에 없는 문화 속에서 살아

---

243) Julia Kristeva, *Black Sun: Depression and Melancholia*, trans. Leon S. Roudiez (New York: Columbia UP, 1989), 10.

가는 이들의 곤경을 설명해줄 수 있게 된다. 우울증 안에서 상실이 거부된다면 그것은 완전히 추방된다는 의미가 아니다. 우울증의 내면화는 상실된 대상을 떠나보내려는 '거부'의 작동기제 중의 하나이지만, 이 거부는 '거부'되어 주체의 내면에 대상을 보유하는 환상적인 방식이 된다. 그리고 무엇보다도 근친상간의 금기보다도 이미 먼저 거부된 그것은 우리 사회에서는 생존할 수 없는 열정이나 애도할 수 없는 슬픔으로 배제된 영역에 있는 '동성애적 애착'이다.

이런 동성애적 애착은 그 상실을 슬퍼할 만한 사랑으로 인정될 수도 없기 때문에 애초부터 부정된 것이고, 완전히 부정되지 못했기 때문에 부정의 방식으로 선취된 것이다. 어린 여자아이는 엄마를 최초에 사랑하게 되는데 이것은 엄마에 대한 딸의 사랑으로만 생각하지 동성애라고 감히 인식할 수도 명명할 수도 없다. 따라서 엄마에 대한 딸의 동성애적인 사랑은 무의식적으로 억압되고, 딸은 이 사랑의 상실을 적절히 애도하지 못해서 자신의 에고의 일부로 엄마를 합체한다. 그래서 사랑했던 동성 대상은 주체의 젠더 정체성을 구성한다는 것이다.

내가 '나'라는 단일한 정체성을 갖는다는 것은 나와 타인을 분리하고, 나와 다른 타인을 비천화하거나 원천적으로 배제한다는 의미이다. 따라서 '나'는 근본적으로 타자들의 비천시를 근간으로 하고 있다. 자율성은 타인이나 타인의 속성을 반복적으로 거부해서 얻어지는 것이고, 그런 의미에서 부정의 방식으로 주체의 정체성 안에는 이미 타자의 속성이 들어와 있다. 버틀러는 '자율적 주체' 개념에도 반대하지만, 주체를 구성하는 헤게모니적 인식소로서의 '비천한 비체' 개념에도 반대한다. 나와 같은 공동체로 편입하기 위해 타인은 나와 구조적으로 동질적이어야 하는 것이 아니다. 중요한 것은 차이가 동일성으로 자신을 동화시키지 않으면서, 타자성(alterity)이라는 연물로 물화시키지 않으려는 고도의 이론적인 문화 해석의 작업이다.[244]

젠더의 수행, 연행, 퍼포먼스가 사회적으로 '용인되지 않은 상실'과 관련된다면, 젠더 우울증은 드러내놓고 온전히 '애도할 수 없는 상실'의 결과라 할 수 있다. 젠더 수행은 애도할 수 없는 상실과, 우울증의 합체환상을 알레고리로 보여준다. 그 결과 대상은 그 대상을 완전히 떠나보내기를 거부하는 방식을 통해 표면에, 내면에 환상적으로 수용된다. 젠더 교차적 동일시를 통해 젠더를 안정되게 만드는 일단의 우울증적 합체환상을 알레고리로 보여주는 대표적인 예가 드랙이다. 드랙은 이성애의 우울증을 알레고리로 표현한다.

이제 남성 젠더는 남성을 사랑의 어떤 가능한 대상으로 애도하기를 거부하는 데서 생기는 반면, 여성 젠더는 여성을 사랑의 가능한 대상으로부터 배제하는 데서 생기는 우울증으로 설명할 수 있다. 남성성은 아버지에 대한 동성애를 거부해서, 여성성은 어머니에 대한 동성애를 거부해서 생긴 우울증이라는 해석이다. 동성애적인 집착은 규범적 이성애 안에 남아서 욕망을 구성한다. 어쩌면, 이런 동성애적 집착이야말로 애초에 있었지만 금지된 욕망이라 할 수 있다. 드러내놓고 슬퍼할 수 없는 사랑의 상실, 이런 동성애적 사랑의 상실을 거부하는 문화적 관습 때문에 수행되는 선취된(preempted) 슬픔 말이다. 이제 젠더는 슬퍼할 수 없는 상실을 알레고리, 대상을 떠나보내지 못해 상상적으로 합체한 우울증의 알레고리로 표현된다.

섹스, 젠더, 섹슈얼리티는 모두 문화적 구성물이라는 점에서 전부

---

244) Judith Butler, "For a Careful Reading", *Feminist Contentions: A Philosophical Exchange*, ed. Seyla Benhabib et al. (New York: Routledge, 1995)), 140.

젠더이다. 특히 동성애적 성향은 젠더를 형성하게 하는 주요 원인이 된다. 여자는 남성을 사랑해야만 여자라면, 여자를 사랑하는 사람은 여자가 아니라고 간주되기 때문이다. 이처럼 이성애적 규범은 동성애를 금지하지만, 이 금지된 성욕은 완전히 배제되지 않고 주체에게 우울증의 양식으로 불완전하게 합체된다. 그러므로 이성애와 동성애, 남성성과 여성성은 이미 내부에 타자를 안고 있는 모호한 대상이다. 따라서 이성애가 동성애를, 남성성이 여성성을 억압하고 비체화한다는 것은 논리적인 모순이 된다.

여성뿐 아니라 동성애자의 정치권 함양을 모색하는 버틀러는 앞서 설명한 패러디, 수행성, 반복 복종과 우울증적 젠더 정체성 논의를 이론적 방법론으로 하여 그 어떤 본질적인 범주로서의 정체성도 불가능한 이상임을 입증하고자 한다. 특히 '우울증적 젠더 정체성'은 푸코의 권력 이론과 프로이트의 심리 이론을 접합하여, 주체가 권력을 벗어날 수는 없지만 권력 안에서 반동적 저항성을 가진다는 것을 설명하고자 한다. 우울증은 합당한 설명 체계를 갖춘 완결된 심리구조가 아니다. 어쩌면 우울증은 모든 심리적 과정에 대한 설명을 좌절시켜서 내부의 모호성과 불확실성을 가중시키는 것이다. 이러한 좌절의 이유는, 내면성이라는 비유를 통해서 심리를 지칭할 수 있는 능력까지도 우울증적 결과물이라는 데 있다. 우울증은 심리적 삶에 대한 일련의 공간적 비유들을 생산하고, 투쟁과 억압의 영역뿐 아니라 보존과 보호의 영역도 결정한다.[245] 버틀러에게 우울증은 주체성 생산에 대한 '텍스트의 알레고리'로 작용하는 것이다.

---

245) Judith Butler, *Psychic Life of Power: Theories in Subjection* (Stanford: Stanford UP, 1997), 171.

법 이전의 몸이 무의미하듯, 정체성과 동시에 발생하는 젠더는 근본적으로 동성애적 집착을 거부하고 부인함으로써 획득된다. 프로이트에게 성 정체성은 동성애라는 특정 애착의 금지를 통해 작동한다. 그런데 금지된 이성애는 대상만 부정하므로, 이성애적 대상의 상실은 대상의 전치로 이어질 수 있다. 하지만 금지된 동성애는 대상과 욕망 자체를 부정하기 때문에 처음부터 애초에 배제된다. 딸에게 어머니라는 애정의 대상도 부인되어야 하지만, 그것이 동성애라는 것 자체도 처음부터 부정되어야 한다는 것이다. 즉 대상만 상실되는 것이 아니라 욕망 또한 완전히 부정된다. 이런 욕망은 그 동성애적 사랑의 우울증적 보존을 부인하는 궤도 속에 더욱 안전하게 보호되므로 동성애적 근친상간에서의 상실은 사실 불완전하게나마 우울증의 구조를 통해 유지된다.

조앤 리비에르는 「가면으로서의 여성성」에서 여성성은 '가면'이라고 주장했다. 그리고 라캉도 여성성은 팰러스인 척하기 위한 '가면'이라고 했다. 버틀러는 이 '가면' 논의를 자신의 우울증적 젠더 논의를 설명하기 위한 이론적 수단으로 삼는다. 사실 '가면'은 우울증적 젠더 정체성과 깊은 관계가 있지만 사실 패러디로서의 젠더나 젠더 수행성, 또 반복 복종과도 어느 정도 관련성이 있다. 버틀러는 프로이트의 우울증이 '애도되지 않은 상실의 결과'인 반면, '공연(acting out)'으로 이해되는 수행은 '인정되지 않은 상실'과 관련된다고 주장한다.[246]

가면 논의를 위해서는 우선 리비에르의 1929년에 출간된 '가면으로

---

246) "If melancholia in Freud's sense is the effect of an ungrieved loss, performance, understood as 'acting out', may be related to the problem of unacknowledged loss." Judith Butler, *Psychic Life of Power: Theories in Subjection* (Stanford: Stanford UP, 1997), 145.

서의 여성성' 논의부터 살피는 것이 순서일 것이다. 버틀러는 『젠더 트러블』의 한 절을 할애해서 리비에르의 가면으로서의 여성성 논의를 비판적으로 수용하고 라캉의 여성성 논의를 정면으로 비판한다. 즉 리비에르는 가면으로서의 여성성 논의를 통해 여성성의 본질이건 외양이건, 근본적이건 피상적이건 둘은 같은 것이라고 주장한 점은 탁월한 통찰을 보여주는 듯하지만, 동성애와 이성애의 중간 유형, 남성성과 여성성의 중간 유형을 경험적 관찰에 의존해서 설명함으로써 특성, 욕망, 경향 간에 상호관련성을 가정하고 있다고 비판한다. 남성적인 여성이 자신의 여성성을 과장해 표현하고, 여성적인 남성이 오히려 남성성을 과시한다면 겉으로 표현된 젠더 특성은 억압하거나 거부해야 할 어떤 정체성을 전제로 한다는 비판이다. 진정한 여성성과 가면 간에 구분이 없다는 지적은 스티븐 히스에게는 "진정한 여성성은 모방이고, 가면이다"라고 읽히게 되고, 여기서 다시 무엇은 무엇'이다'라는 젠더의 존재론을 부활시키게 된다는 것이다. 또한 "일상적인 삶에서 남성이나 여성의 유형은 주로 상대이성의 특성이 강한 사람과 지속적인 만남을 갖는다"는 주장에서도 특정한 젠더 특성이나 성 경향상의 통일성을 가정하게 되고, 그에 따라 여성성을 고정하거나 이성애를 자연스러운 전제로 삼게 된다는 비판이다.

한편 라캉에 대한 비판은 훨씬 더 강도 높고 전면적이다. 라캉은 남성성과 여성성은 각각 '팰러스 갖기(to have phallus)'와 '팰러스이기(to be phallus)'라는 상징적 위치에 의해 결정된다고 주장한다. 즉 라캉의 설명체계에 따르면 남성은 페니스가 있다는 자신의 생물학적 요건 때문에 언제나 거세불안에 시달리고, 따라서 그런 거세불안을 해소할 가능성을 여성에게서 발견한다. 반면 여성은 실은 (거세되어 있으므로) 부재이거나 공백인데 자신이 남근인 척해서 남성에게 유혹의 대상, 매혹의 미끼가 된다는 것이다. 그렇다면 여성은 언제나 남성을 위해 남근인 척할 때만 여성이 되는 것이고, 남성은 가짜에 속아서 남근을 얻었다고 착각할 때 남성이 된다는 희극이 발생한다. 물론 이리가레도 지적했다시피, 여성성을 논의하면서 '남성'을 '위한' 팰러스'이기'를 주장하는 것 자체가 남성 중심적 시각에서 여성성을 바라보는 것이기도 하거니와, 남성성과 여성성을 이분법적으로 구분해서 여성성의 존재론을 부활시켰다는 것도 비판의 대상이다. 여성적 위치 '팰러스 되기' 혹은 '팰러스인 척하기'는 상호배타적인 문화의 인식가능성을 형성하는 상징적 노력이며, 불가능한 이분법의 희극적 코미디라는 것이다.

버틀러에게는 '가면'은 금지되거나 거부된 동일시가 우울증의 방식으로 드러나는 하나의 비유가 된다. 거부는 다른 어떤 것에 대해 충성을 지키는 것이기도 하지만 동시에 다른 것을 부정의 방식으로 보유하게 된다. 가면은 상실을 감추는 전략으로서 타자를 부인하지만, 그런 부인의 방식으로 타자를 보존하기도 한다. '가면'은 여성성, 즉 버틀러의 젠더 정체성을 표현하는 중요한 비유어다. 우선 가면은 무대 위에서 배우가 쓰는 것으로서 배우의 행위로 구성되는 것이고, 가면 뒤의 본질, 즉 배역 뒤의 배우를 가정하지 않는다는 의미에서는 '수행적'이다. 게다가 배우가 연기로 표현하는 배역은 그 배역 대상을 직접 모방하는 것이 아니라, 그 배역의 대상이 되는 사람이 가지고 있다고 생각되는 이상적 자질을 모방하는 것이기 때문에 원본과 복사본의 경계를 허무는 '패러디'이기도 하다. 또 무대 위의 배우는 얼마든지 다른 배역을 반복해서 공연으로 펼칠 수 있을 뿐 아니라 한 배역을 공연으로 드러낼 때에도 매번 다른 방식으로 반복구현이 가능하다. 그리고 배우의 배역은 그 배역이 가정하는 이상적 자질에 '반복 복종'하면서 자신의 정체성을 구성해나간다. 마지막으로 가면은 자신이 상실한 것이라고 인정하기를 거부한 대상을 자신의 에고로 합체하는 것이다. 따라서 가면은 외양이 곧 진리라는 젠더의 비본질성을 공연의 양식으로 보여주는 '수행성'이기도 하며, 원본과 복사본의 경계를 허무는 '패러디'적인 것이기도 하고, '반복 복종'을 통해 정체성을 구현하는 것이면서, '이중 부정(double negation)'의 양식으로 상실을 부인하면서 보존하는 '우울증'적 기제로 형성되는 것이기도 하다.

가면은 우울증의 이중기능을 갖고 있다. 우리는 우울증적 정체성을 몸에 기입하고 걸치는 합체 과정을 통해서 가면을 쓴다. 거부된 정체성은 그 정체성의 '구성적 외부'로서 기능하고 있다는 사실을 감추기 위해 가면을 쓴다. 그에 따라 상실한 대상의 거부는 실패하고, 거부된 대상의 정체성 일부가 거부자의 일부를 구성한다. 그리고 상실을 합체하도록 확장된 심리/몸의 경계에서 대상의 상실은 재배치되기 때문에 그것은 결코 완전하거나 절대적일 수 없다. 이렇게 젠더가 상실한 동성애 합체과정은 우울증의 궤도에 올려진다.

가면은 '이중 부정'으로서 우울증적인 여성 정체성의 비유어가 된다. 젠더 정체성은 상실을 거부하면서 만들어지고, 그 상실은 완전히 거부되지 않고 우울증의 구조를 통해 지속된다. 가면의 기능은 역설적이게도 사랑의 거부가 완전히 결정되지 않음으로써 동일시 과정을 지배한다. 즉 가면은 사랑의 거부로 상실이 일어났을 때 상실된 대상/타자의 속성을 취하는 우울증적 합체전략의 일부이다. 사랑의 거부에 대한 가면의 이중적 전략은 가면의 사용이야말로 거부가 거부되는 전략임을 보여준다. 즉 우울증은 이중의 상실을 우울증적으로 흡수함으로써 정체성 구조를 재이중화하는 이중 부정이다. 따라서 가면은 여성의 위치에 본질적인 우울증의 결과가 된다.[247]

이성애 성향을 강조하는 동성애자는 억압되거나 부인된 정체성을 불완전하게 합체한 결과로 나타난다. 동성애에 대한 이성애적인 거부가 우울증으로 드러나면, 거부된 동성애적 사랑은 이성애적 젠더 정체성 속에 보유될 수 있다. 이성애적 욕망을 드러내놓고 부인할 수도 없는 동성애자는 합체라는 우울증적 구조, 인정되지도 애도되지도 않은 사랑의 동일시와 구현을 통해 이성애주의를 유지하게 된다. 일차적인 동성애적 애착을 인정하기를 거부하는 이유는 '동성애 금기'라는 문화적 강요 때문이다. 다시 말해 이성애적 우울증은 동성애적 욕망과 관련된 젠더 정체성을 대가로 지불해야만 유지될 수 있다.[248]

금지된 애착을 부인함으로써 획득되는 동일시, 즉 거부로 이루어진 가면의 동일시야말로 우울증적 동일시이다. 그리고 남성성은 여성성을 부정함으로써, 여성성은 남성성을 부정함으로써 형성되지만, 이 거부되고 상실된 것은 부정 속에 보유되어 젠더 정체성을 형성하게 된다. 남성성이나 여성성은 거부된 슬픔을 부분적으로 구성하는 동일시를 통해서 형성되고 강화된다. 문화적 금기가 동성애를 금지하고 배제할 때, 그 동성애적 발현의 내면화는 우울증적인 젠더 정체성을 구축한다. 그리고 드러내놓고 애도할 수 없거나 불충분하게 애도된 동성애적 카덱시스는 내면화되어 그 문화의 우울증이 된다. 동성애적 사랑은 이성애 문화 속에서 반복되고 의례화된 금기를 통해 침전되었

247) Judith Butler, *Gender Trouble: Feminism and the Subversion of Identity*, (New York: Routledge, 1990), 48-50.
248) *Ibid.*, 70.

다가 성욕 안에 발화되지 않고 남아 있는 것으로서 젠더 정체성을 구성하게 된다.

우울증은 조직의 평정을 위한 퇴행 충동인 죽음 충동을 초자아로 소환하므로, 초자아는 죽음 충동의 집결점이 된다. 우울증의 주체에서 나타나는 죽음 충동은, 추방되지 않고 남아 있는 동성애에 대한 자기 처벌과 죄책감, 그리고 동성애의 거부 때문에 오히려 포기되지 않고 강화된 양심의 결과이다. 동성애에 대한 금기가 오히려 동성애를 자신에게로 되돌려 놓는 우울증적 동일시를 선취하고 있다. 우울증적 동일시는 규제적인 배제를 통해 역설적으로 구성되는 동일시이다. 거부의 역설적 동일시는 언제나 타자를 불완전하게 안고 있는 것이므로 결코 완결된 의미로 종결될 수 없다.

그렇다면 정체성은 '부인된 애착'을 전제로 한다. 상실한 타자를 상상적으로 합체하는 방식인 우울증적 동일시는 자아가 분리를 겪는 상황, '타자'와의 우울증적 합체를 통해 일시적으로나마 상실의 고통을 해결하는 방식으로 이루어지는 동일시이다. 심리 주체는 변별적 젠더를 가진 타자들에 의해서 내적으로 구성된 결과 자기동일적 주체가 된다. 버틀러는 자아의 한가운데 놓인 이러한 타자야말로 '자아'가 자기 정체성을 획득하는 것의 불가능성을 말한다고 본다. 그것은 이미 타자에 의해서 붕괴된 자아이고, 거부된 동일시로서 자아의 한가운데 놓인 타자의 붕괴가 바로 자아의 가능성을 위한 조건이 되기 때문이다.

이처럼 젠더 정체성은 특정한 성적 애착의 상실을 요구하는 금지를 통해 형성된다. 즉 이성애는 동성애의 금지로 형성되고 동성애적 애착의 가능성을 이미 선취하고 있다. 젠더는 동성애적 애착의 거부를 통해 부분적으로 획득된다. 거부된 동일시는 상실된 대상에 대한 끝나지 않는 애도의 과정 속에 그 대상을 환상적으로 에고에 합체하고, 에고로 보존하는 우울증의 구조와 닮아 있다. 금지된 외적 대상이 내면화되면서 상실된 대상이나 카텍시스의 침전물이 에고에 남게 되는 것처럼, 금지된 동성애는 내면화되면서 이성애자의 일부를 구성한다. 따라서 우울증적 동일시는 거부되었지만 '구성적 외부'로서 주체를 구성하는 것이다. 규범적 이성애는 우울증적 고통이다. 그리고 이성애적 우울증은 동성에 대한 욕망이 규범적인 이성애의 '구성적 외부'임을 보여준다. 동성애에 대한 이성애의 우울증은 '부인된 애착(disavowed attachment)'이고 상실된 것이 존재에 어떤 칭호도 부여하지 않아서 상실로 인정될 수 없기에 슬퍼도 슬퍼할 수도 없는 상실이다. 따라서 진정한 레즈비언 우울증 환자야말로 이성애적 여성이며, 진정한 게이 우울증 환자가 이성애적 남성이 된다.

우울증적 젠더 정체성은 심리 담론에서 근본적 비유가 되는 '전환'이나 '환승'의 수사를 가지고 논의된다. 헤겔에서 자신에게로의 전환은 '불행한 의식'을 표시하는 반성성의 금욕적이고 회의적인 모델을 의미하고, 니체에서는 자신에게로의 전환이 누군가가 행하거나 말한 것을 철회하거나 누군가 행한 것의 면전에서 부끄럽게 주춤대는 것을 의미한다. 알튀세에서 전환은 보행자가 법의 목소리에 돌아보면서 주체가 법에 의해 매개된 자의식을 가진 주체로 탄생하는 순간인 동시에 자기 복종을 하는 순간이기도 하다. 이런 전환은 우울증에서는 외부의 대상이 내면의 젠더 자아로 변화되는 순간을 의미한다.

상실에 대한 우울증적 반응을 표시하는 전환은 하나의 대상으로서 자아를 발생시키고 또 재이중화하는 것으로 나타난다. 즉 에고는 자신에게 등을 져야 인지 대상으로서 자신의 위치를 획득할 수 있다. 게다

가 우울증에서는 자아를 향해 방향을 선회하는 것으로 이해되는 이 대
상에 대한 집착은 방향선회의 과정에서 근본적인 변형을 겪는다. 열정
적 집착이 대상에서 자아로 나아갈 때 애증의 양가감정으로 발산될 뿐
아니라 자아 자체가 심리적 대상으로 생산되게 되는 것이다. 이러한
내적 심리 공간의 발화는 우울증적 전환에 달려 있다. 이 '전환'적 사고
는 '구성적 외부'와 더불어 권력과 제도의 내면화로서 발생한 젠더 정
체성이 사실은 규제적 허구이며, 자기 안에 규율담론이 배제한 외부성,
타자성을 이미 불완전한 방식으로 합체하고 있음을 보여준다.

규율권력은 내적 공간의 비유에 대한 우울증적 생산을 거칠 때에만
내면화될 수 있다. 권력이 자신의 존재를 후퇴시킴으로써 상실한 대
상이 되고, 역설적이게도 이러한 권력의 철회, 발화의 진부한 공간
(topos)으로 심리를 위장하고 조작함으로써 주체는 자신을 생산한다.
그러나 주체에 부과된 권력이 주체에 생명을 불어넣는 것이고, 권력
은 이미 무의식적으로 권력의 부름에 응대한 준비를 하고 있는 주체
의 내부에 들어와 있다. 그러나 권력의 부름에 대한 응답을 거부하지
않고, 다른 곳에서 다르게 법에 응대할 가능성은 있다. 그런 가능성은
어떤 다른 종류의 전환을 필요로 하고, 이 전환은 법에 의해 가능한
것이긴 하지만 정체성이라는 미끼를 거부하면서 법에 저항하는 것이
다. 이것은 그 정체성의 발생조건을 넘어서서 그것에 저항하는 어떤
행위작인이다. 이러한 전환은 법은 보이는 것보다 덜 강력하다는 것
을 폭로하기 위해 '존재가 되지 않을 의지(a willingness not to be
)'249)를 필요로 한다. 그렇다면 '양가성(ambivalence)'을 피할 수 있
는 것은 아무것도 없다. 이 양가성 없이는 그 누구도 존재할 수 없고

---

249) Judith Butler, *Psychic Life of Power*, 130.

상실 없이는 양가성도 없다. 그것은 자아가 되기 위해 꼭 필요한 허구적인 재반향이 정체성의 가능성을 지배한다는 것을 의미한다.

드랙의 수행에서 애도되지 않은 상실이 있다면 그것은 거부되어서, 수행된 정체성으로 합체된 상실이다. 수행은 애도할 수 없는 상실을 알레고리화하고, 대상을 환상적인 방식으로 받아들이거나, 그 대상을 애도해서 떠나보내기를 거부하는 방식으로 몸에 취하는 우울증의 합체 환상을 알레고리로 표현한다. 젠더는 해결되지 않은 슬픔을 '상연'하는 것으로 이해될 수 있는 것이다.[250]

그렇다면 근친상간의 금기 이전에 이미 배제되어 있는 것은 동성애적 욕망이 된다. 해소되지 않은 동성애 카텍시스로 구성된 남성성이나 여성성이라는 말은 여성에 대한 사랑이 여성성을 만들고, 남성에 대한 남성의 사랑이 남성성을 만든다는 의미가 된다. 동성애의 우울증적인 거부는 완전히 거부되지 않고 그 금지된 욕망의 대상을 합체하는 방식을 보여준다. 따라서 젠더 정체성은 이성애 규범사회에서 애도의 대상으로 명명되거나 인식될 수조차 없는 동성애적 욕망 때문에 형성되는 것이다. 자기 동일시 과정에는 욕망의 대상뿐 아니라 금지의 대상까지도 포함된다. 그렇다면 이성애가 동성애를, 남성이 여성을 억압할 근거는 사라진다. 이미 이성애 안에 동성애가, 남성 안에 여성이 들어와 있기 때문이다.

---

250) "Performance allegorizes a loss it cannot grieve, allegorizes the incorporative fantasy." Judith Butler, *Gender Trouble*, 146.

제4장 퀴어 주체 안티고네

기원전 5세기 그리스의 비극작가 소포클레스의 『안티고네』는 다양한 해석의 가능성을 촉발시킨 고전 문학 텍스트이다. 안티고네는 악법은 법이 아니라고, 하데스의 것은 하데스에게 돌려주자고 주장한다. 국가의 법에 저항하면서 모든 인간은 죽은 뒤 매장될 권리가 있다고 신의 법을 주장한 안티고네는 많은 철학자와 이론가에게 다양한 해석의 욕망을 불러일으킨다.

독일의 절대 관념론 철학의 대가 헤겔에게 안티고네는 친족법을 대표하는 사람, 국가법의 정립을 위해 극복해야 할 대상, 또한 국가에 아들을 낳아주면서도 국가에 그 아들을 바치기를 거부하는 '공동체의 영원한 아이러니'이다. 반면, 프랑스 페미니스트 뤼스 이리가레에게는 안티고네는 남성의 법에 맞서 싸운 여전사이자, 남성의 법으로는 표명될 수 없는 여성적 몸짓을 나타낸다. 프랑스의 현대 정신분석학자 자크 라캉에게 안티고네는 오빠에 대한 특이한 사랑을 표현한 욕망의 화신이자 죽음을 향해 치닫는 '숭고한 아름다움'의 윤리적 가능성이다. 반면, 버틀러에게 안티고네는 모호한 주체, 불확실하고 불안한 주체 퀴어로 해석된다.

안티고네는 과연 어떤 인물이었을까? 『안티고네』에 등장하는 주인공 안티고네는 오이디푸스와 이오카스테의 큰딸이다. 그런데 사실 오이디푸스는 아내 이오카스테의 아들이기도 하다. 소포클레스의 또 다른 희곡 『오이디푸스 왕』을 보면 오이디푸스는 원래 테베의 왕 라이오스와 왕비 이오카스테의 소생이기 때문이다. 이 두 작품은 『콜로누스의 오이디푸스』와 더불어 소포클레스의 고전 희랍비극 3부작을 이룬다. 사실 작품의 탄생연대로는 『안티고네』가 제일 처음에, 그 다음이 『오이디푸스 왕』, 마지막이 『콜로누스의 오이디푸스』라고 추정된다. 그러나 이야기 순서로 재구성하면 『오이디푸스 왕』, 『콜로누스의 오이디푸스』, 그리고 『안티고네』의 순서가 된다. 『안티고네」는 앞서 쓰여서 그 이전 역사인 오이디푸스의 운명을 결정하고 있다는 의미에서 오이디푸스의 전 미래, 이미 결정된 미래로 작동한다.

이야기 순서대로 재구성하면 다음과 같다. 『오이디푸스 왕』에서 그리스 테베의 왕자로 태어난 오이디푸스는 아버지를 죽이고 어머니와 결혼할 것이라는 신탁 때문에 갓난아기 때 버려졌다. 오이디푸스란 '부은 발'이란 뜻인데 그 이유는 저주의 신탁 때문에 키타이론 산에서 나뭇가지에 발이 묶인 채 양치기에게 발견되었을 당시 상처로 인해 발이 부어 있었기 때문이다. 오이디푸스는 이 양치기 덕분에 죽지 않고 이웃나라 코린트에서 왕자로 성장하게 된다. 건장하고 교양 있는 청년으로 성장한 오이디푸스는 자신에게 내려진 신탁을 알고 괴로워하다가 코린트를 떠나기로 한다. 그는 포키아로 가던 중 좁은 다울리아 삼거리에서 어떤 마차 행렬과 통행 우선권을 놓고 다투다가 홧김에 마차에 탄 어떤 노인을 죽이게 되고, 테베에 도착한 뒤에는 스핑크스의 수수께끼를 풀어 민심이 흉흉하던 도시 테베를 구한 영웅이 된다. 그리고 공지된 포상대로 그 나라의 왕좌를 물려받아 마침 공석이던 선왕의 왕비와 결혼해 테베를 통치하게 된다.

이렇게 이오카스테와 결혼한 오이디푸스에게는 2남 2녀가 있었다. 아들 에테오클레스와 폴뤼네이케스, 딸 안티고네와 이스메네다. 그런데 오이디푸스가 왕위에 오른 지 15년이 지나자 테베에는 전염병이

번져 온 나라가 공포에 휩싸인다. 신탁은 부친을 살해하고 모친과 동침한 패륜아를 찾아 추방하면 역병이 없어질 것이라고 예언했다. 오이디푸스는 이 패륜아를 찾다가 그 사람이 바로 다름 아닌 자신이라는 것을 알게 된다. 왕비 이오카스테는 목을 매어 자살하고 오이디푸스는 숨진 이오카스테의 브로치 핀으로 두 눈을 찔러 스스로 장님이 되고 테베를 떠나 방랑길에 오른다.

『콜로누스의 오이디푸스』는 콜로누스에서 방랑하는 오이디푸스의 이야기이다. 이때 눈먼 오이디푸스를 수행한 자는 아들이 아닌, 두 딸이었다. 오히려 두 아들은 권력투쟁에 여념이 없었다. 오이디푸스는 콜로누스에서 테베를 섭정 중인 크레온에게서 전갈을 받게 되는데 에테오클레스와 폴뤼네이케스가 왕위쟁탈전 중이며, 자신은 에테오클레스 편에 섰으니 오이디푸스의 귀환을 바란다는 내용이었다. 신탁은 오이디푸스가 편을 드는 쪽이 승리할 것이라고 말했고, 크레온은 승리를 원했기 때문이다. 한편 폴뤼네이케스 편에서도 신탁을 믿고 오이디푸스의 축복을 구하러 왔으나, 오이디푸스는 둘 다 거절했다. 결국 에테오클레스도 폴뤼네이케스도 오이디푸스의 축복을 받지 못한 채 테베에서는 대격전이 일어난다. 그것은 아르고스의 일곱 장군을 거느리고 테베를 습격한 폴뤼네이케스와 크레온을 등에 업은 에테오클레스 간에 벌어진 치열한 전투였고, 이 싸움으로 두 형제가 모두 죽었다. 그리고 오이디푸스 자신도 콜로누스에서 죽는다. 죽기 전 오이디푸스의 소원은 단 하나, 시신만큼은 고향땅 테베에 묻히고 싶다는 것이다.

『안티고네』에 이르면 크레온과 안티고네의 대립구도가 형성된다. 크레온은 에테오클레스의 시신은 국장으로 성대히 치러준 반면, 폴뤼네에케스의 시신이 짐승의 먹이가 되도록 방치하고 합당한 장례를 금하는 칙령을 내린다. 안티고네는 이 지엄한 크레온의 칙령을 거부하고 폴뤼네이케스의 시신을 거두어 매장한다. 그것도 두 번씩이나 말이다. 이것은 지위 고하를 막론하고 사형에 해당하는 대죄였다. 안티고네는 매장을 발견하고 다시 헤쳐 둔 오빠의 시신을 다시 매장하다가 파수병에게 발각되어 크레온 앞에 끌려온다. 그런데 그녀는 죽음의 위협 앞에서도 오히려 당당하며 자신의 죄를 부인하지 않는다. 안티고네는 자신의 아들 하이몬의 약혼녀이고, 선왕의 딸이기에 크레온도 차마 죽이지는 못한다. 그렇다고 처벌하지 않으면 자신이 안티고네에게 굴복하는 형국이 된다. 고민하던 크레온은 소량의 식량과 함께 그녀를 산 채로 무덤으로 보낸다. 살아도 이미 산 것이 아닌 '생중사'의 벌이었다. 그런데 안티고네는 석실로 들어가자마자 목을 매어 자살하고, 뒤늦게 달려간 하이몬은 그녀의 시신 앞에서 애통해하다가 자결한다. 아들의 자결 소식을 들은 어머니 에우리디케도 자살한다. 테이레시아스의 예언을 듣고 더 큰 재앙을 막기 위해 안티고네를 무덤의 석실에서 놓아줄지를 고민하던 사이 이미 비극은 터지고 만 것이다. 안티고네는 죽었고, 크레온은 아들과 아내를 한꺼번에 잃었다.

　이 대결에서는 누가 이긴 것일까? 슬픔과 비극의 정도를 계측한다는 것은 불가능한 일이겠으나 결론적으로 크레온은 살고 안티고네는 죽는다. 그래서 흔히 법철학에서는 안티고네를 해석하는 방식은 "악법도 법이다"라는 명제를 수행한 것으로 해석한다. 국가의 법령은 개인의 정서를 이겼다. 국가법의 지엄함이 친족을 애도하는 개별행위에 준엄한 처벌을 내린 것이다. 그러나 문제는 크레온이 국가법을 대표할 수 있는가 하는 점이다. 크레온은 선왕 왕비의 오빠이고 사실 적

통 간의 갈등으로 인해 어부지리로 왕위를 얻은 자이다. 게다가 크레온이 정말 중시한 것은 국법이라는 공공선이 아니라, 안티고네라는 여자에게 질지 모른다는 남자로서의 개인적 자존심처럼 보인다.

헤겔에게 안티고네는 국가법을 무시하고 친족질서를 따른 여성이고, 인간의 법보다는 신의 법을 우선시하는 사람이다. 헤겔에게는 보편법이 특수법에 우선하는 것처럼 국가법이 친족법에 우선하며, 개인은 국가법의 우선성을 위해 희생되어야 할 대상으로 해석된다. 헤겔에게는 국가의 법과 질서가 중요한 것이므로 국가의 승리를 위해서 가정이나 혈연의 정을 추구하는 안티고네는 처벌 대상이다. 일반적으로 여성은 국가의 존립에 필요한 아들을 낳아주는 존재지만, 그 아들이 전쟁에 나가는 것을 꺼리기 때문에 국가에 필요한 동시에 문제이다. 그래서 헤겔에게 여성은 '공동체의 영원한 아이러니'인 것이다. 크레온과 안티고네는 각각 국가의 권력/가정의 수호신, 보편성/특수성, 인간의 법/신의 법, 남성 질서/여성 윤리라는 대립 항을 구성하게 된다. 안티고네의 위상은 「정신현상학」에서는 욕망이 없는 순수한 누이로, 「법철학」에서는 어머니로 표현된다.

뤼스 이리가레에게도 안티고네는 친족을 대변한다. 그녀는 남성 질서에 정면으로 맞선 여성적 저항의 적극적인 몸짓으로 해석된다. 여성은 피와 살이라는 혈연관계를 체현하며 정치성이라는 국가 권력 외부에 있는 어떤 저항적이고 대안적인 힘으로 설정된다. 그리고 이러한 힘은 정통 국가가 유지되기 위해서는 추방하거나 처단되어야 할 대상으로 그려진다. 그래서 안티고네는 크레온의 남성 법과 대치되는 여성적 저항의 사례로 간주된다.

이리가레에게 안티고네가 목숨을 걸고 사수하려 했던 '친족'도 남성이 만든 구조적 질서가 아니라 생생하게 살아 움직이는 '피 흘림'이나 '핏줄' 같은 것이다. 그것은 정치적 평등이라는 추상적인 원칙으로는 파악할 수 없는 몸의 구체성이고 생동감이다. 그런 친족은 정통 국가가 유지되기 위해서는 처분해야 할 잔여물, 찌꺼기 같은 대상이고, 이때 핏줄은 친족의 생생한 이미지이자 상징적 남성 권위가 시작되면서 망각하게 된 원초적인 피의 관계를 상징한다. 따라서 안티고네가 수호하려는 것은 남성적 질서 안에서의 상징적 위치로서의 친족이 아니라, 남성적 질서 안에서 잊혀져버리고 지워져버린 여성성, 즉 여성적 몸의 생생한 몸짓으로서의 친족이다. 안티고네는 몸의 부정과 억압 위에 세워지는 남성적 상징질서나 부권제로의 이행에 대항하기 위해서 여성의 몸을 회복하고 복원하려는 여성적 '몸의 저항'이고, 정치적인 영역 바깥에서 정치성 자체를 심문하는 '여성적 저항의 몸짓'이다.

자크 라캉은 안티고네를 좀 다르게 해석한다. 라캉에게 안티고네는 죽을 줄 알면서 산 채로 죽음으로 걸어 들어가는 숭고미(sublime beauty)로 여겨진다. 선과 그것을 넘어서는 것과의 변증법에서 미는 선의 원칙을 넘어서 있는데, 이때 크레온이 선의 원칙을 따르고 있다면 안티고네는 미의 원칙을 따른다는 것이다. 그녀는 순수한 욕망의 빛이 작열하는 '숭고한 아름다움'이자 강렬한 주이상스를 가능하게 하는 비극적 영웅의 이미지로 그려진다. 안티고네는 남성적 향유에 보완적인 것이 아니라 보충적인 여성적 향유를 보여준다. 그녀는 자살적인 행위로 죽음도 두려워하지 않는 고집, 즉 쾌락 원칙을 넘어서는 고통스런 쾌락인 주이상스를 향해가고 있기 때문이다. 그래서 안티고네는 순수하고 급진적이며, 영웅적이고도 숭고하다. 그녀는 오빠라는 사랑하는 대상은 상실했지만 오빠에 대한 욕망을 끝까지 밀고 나가 의연하게 죽음을 맞이하는 주체다. 상징계에서는 광기어린 도전, 불가능한 행위, 부조리성을 뜻하지만, 실재계에서는 욕망의 불가능성을 보여주는 미학의 경계, 윤리학의 가능성이다. 그래서 라캉에게 안티고네는 죽음 충동에 충실한 외상적 주이상스가 된다. 안티고네는 대상에 대한 사랑을 끝까지 밀고 나갔다는 점에서 빛나는 숭엄미이고, 최고선에 도달하기 위해 생명까지도 희생하는 '물 자체(das Ding)'라는 점에서는 윤리적 주체의 탄생으로 해석된다.

안티고네의 욕망은 상징계적 현상으로는 환원되지 않는 비타협성과 완고성을 보여준다. 이러한 욕망의 지독함(atrocity)은 라캉이 지적하듯 운명(아테, atè)에서 비롯된 것이다. 아테는 운명, 고뇌, 죄, 역병, 혐오, 무분별, 매혹, 무모함 등을 의미한다. 영웅이 공동체와 구분되는 것은 고집과 초연함을 가지기 때문이다. 안티고네는 오빠를 매장하려는 고집을 가지고 있고, 그 행위가 죽음을 부를 것을 알면서도 초연히 자신의 주장을 끝까지 밀고나간 여성적 영웅미, 숭고한 비장미인 것이다.

안티고네의 사랑은 법을 넘어서는 것이며 자아의 질서, 상징계적 경제, 쾌락 원칙 너머에 있다. 그래서 안티고네에게는 무한한 사랑의 의미가 나타난다. 안티고네는 법의 경계 밖에 있기 때문이다. 그리고 그 사랑만이 거기서 살아갈 수 있다. 만일 지젝의 설명대로 애도는 대상을 잃고 대상 a를 유지하는 반면, 우울증은 대상 a를 잃고 대상을 유지하는 것이라면 안티고네는 오빠라는 대상은 잃었지만 대상에 대한 충동은 계속 유지하는 애도의 주체이기보다는, 오빠라는 대상을 애도하지 못해 모든 욕망의 원인을 포기하고 오빠를 자신의 몸에 합체한 우울증적인 주체이다.

그렇다면 안티고네는 자신의 몸에 사랑하던 대상을 안은 주체, 여성 안에 남성을 안고 있는 주체이다. 게다가 안티고네는 그 친족의 계보상 근친상간의 딸이기 때문에 폴뤼네이케스의 누이이기도 하지만, 오이디푸스의 누이이기도 하다. 이제 친족 교란과 젠더 역전을 보여주는 안티고네는 더 이상 순수하지도 영웅적이지도 못하며, 대상이 불확실해서 적절한 애도에 실패한 '우울증자'일 뿐이다. 버틀러의 안티고네는 불확실한 친족 위치, 교란된 젠더 위상을 보여주는, 즉 특정한 친족 위치나 젠더 위상을 '대표'한다는 것이 '불가능'하다는 것을 말하는 퀴어 주체이다. 이 모호한 젠더 주체는 현대를 살아가는 우리 모두의 모습이기도 하다.

프로이트의 구분 방식에 따르면 애도는 사랑하던 사람을 잃었을 때 애정의 리비도를 거두어들이는 고통스럽지만 정상적인 상징적 작용인 반면, 우울증은 이 리비도를 자신의 내면에 합체해서 과거에 사랑했던 사람에 대한 증오를 스스로에게 발산하는 병리적인 상황이다. 버틀러에게 안티고네는 순수한 친족의 대표도, 영웅적인 저항의 투사도, 욕망에 충실한 숭고한 아름다움의 체현도 아니다. 안티고네는 친족의 관점에서도, 젠더의 관점에서 하나의 순수한 구현체가 되지 못하기 때문에 난잡한 욕망의 주체, 우울증으로 인해 오빠를 자기 안에 합체하고 있는 불순한 우울증의 주체가 된다. 그녀는 오빠를 완전히 애도하지 못해 자신 안에 합체한 여동생이고, 합체된 이 오빠는 아버지일 수도, 다른 오빠 에테오클레스일 수도 있다. 이제 그녀는 딸이면서 여동생이고, 심지어 남자이면서 여자이기도 한 대단히 복잡하고 모호한 존재라서 친족과 젠더의 안정성을 뒤흔드는 정치적 퀴어 주체가 된다. 비순수의 우울증 주체는 순수가 세운 위계질서를 의심하고 전복하는 새로운 정치성을 가능하게 만들기 때문이다.

1. 『안티고네의 주장』: 새로운 퀴어 주체 안티고네

이제 비순수의 우울증 주체 안티고네는 오이디푸스의 딸이면서 여동생이고, 오빠인 동시에 아버지를 사랑하며, 사적인 영역을 대표하는 여자이면서 공적인 업무를 수행하는 남자이고, 남성에 대한 여성적인 저항인 동시에 바로 그 저항하는 남성 권위의 대표자이기도 하다. 딸/여동생, 여성/남성, 여성적 저항/남성적 권위 그 어느 쪽에도 속하지 못하는 불순하고 모호한 대상이라서 숭고미나 영웅적 이미지라기보다는 친족의 법칙도 젠더의 법칙도 교란하는 비순수의 복잡한 주체성을 구현하는 것이다. 게다가 버틀러는 안티고네의 우울증과 죽음을 사회적으로 인정받지 못한 가족구조의 우울증으로까지 확대하여 설명한다. 아버지와 어머니, 그리고 자식으로 구성되어 있는 이성애적인 가족규범이 대안적인 가족들을 사회적으로 인정받지 못한 것, 그래서 존재 의미나 인식가능성까지 상실한 것으로 만들었다는 주장이다. 안티고네가 오빠를 완전히 애도할 수 없어 우울증을 앓는 것처럼 이성애 제도규범 속에서 동성애 가족은 인식 불가능한 삶으로 간주되어 사회적으로 제도화된 우울증과 그들의 분노가 되었다는 것이다.

이제 『안티고네의 주장』을 각 장별로 정리해보겠다. 1장은 안티고네에 대한 기존의 해석들을 보여주면서 안티고네가 국가와 대립되는 친족도, 남성과 대립되는 여성 젠더도 대표하지 못한다는 '대표 불가능성'으로서 안티고네를 읽어내는 버틀러의 이중적 독해방식을 보여준다. 안티고네의 행위는 크게 오빠의 매장 행위와 그 매장 행위를 부인하지 않는 언어 행위인데, 매장 행위나 언어 행위 둘 다 이중적

인 의미가 있기 때문에 어떤 것도 '대표'할 수가 없다는 지적이다. 2
장은 주로 헤겔과 라캉의 안티고네 해석을 비판하는 데 할애된다. 버
틀러는 라캉이나 헤겔은 이상화된 친족 규범을 제시하기 때문에 친족
규범에 대한 저항을 부인한다고 본다. 헤겔의 논의에서는 안티고네의
이중적 위치를 중심으로 그녀가 왜 친족을 대표하지 못하는가에 중점
을 두고 있고, 라캉에 대한 비판에서는 근친상간적인 욕망을 가지고
친족이라는 상징질서에 도전한 안티고네가 처벌받는 것은 중심으로
해서, 여전히 라캉 체계 속에서 상징계의 법과 질서는 신학적이고 초
월적인 위치로 군림하고 있다는 비판이 중심을 이룬다. 3장은 버틀러
의 정치성이 가장 분명하게 나타나 있는 장이다. 버틀러는 근친상간
의 금기 이전에 근원적으로 애초부터 배제된 것이 있고 그것이 동성
애적 욕망이라고 보았다. 근친상간의 금기라는 친족법의 토대에는 여
전히 더욱 강력하지만 그 토대를 숨기고 있는 이성애 제도가 규범으
로 존재한다는 비판이다.

1장에서 버틀러는 친족과 젠더의 규범을 교란하는 안티고네의 이
수행문을 집중 분석한다. '부인하지 않겠습니다'라는 것은 '부인하기를
거부'한 것이고 이 '이중 부정'의 언어는 두 가지 의미가 있다. 사실
안티고네가 금지된 시신의 매장 사실을 '부인하기를 거부'한 것은 크
레온의 통치권을 거부하고, 남성적인 권위에 저항하려는 행위이다. 그
렇지만 다른 한편으로 보면, 오히려 남성적인 권위를 수용하고 흡수
해서 또 다른 남성적인 권위를 발휘하고 있기도 하다는 것이다. 안티
고네는 여성성을 통해서 남성성을 좌절시킨 것이 아니라, 크레온의
권위라는 남성성을 이상화해서 그 남성성을 행사하여 또 다른 권력의
언어를 수행한 것일 수도 있다. 어찌 보면 안티고네는 크레온과 대립

만 하는 것이 아니라 크레온을 되비치는 거울상이기도 하다. 그렇다면 안티고네는 여성의 언어가 아닌 남성의 언어를 쓰는 것이고, 극단적으로 말하면 그는 여성이 아니라 남성이다. 이제 안티고네의 젠더까지 모호해진다.

흔들리는 것은 친족의 안정성이나 젠더의 확실성뿐만이 아니다. 문화 형성의 근간이 된다고 말해지는 근친상간의 금기, 즉 친족을 형성하는 법과 질서도 교란되고 있는 것이다. 안티고네가 사랑한 것이 친족 일반이 아니라 꼭 오빠라는 특정 대상이어야 한다면 이것은 친족의 일반성을 상실하고, 오빠의 특이성을 주장한다. 그래서 그녀가 친족법을 대표한다고 볼 수가 없다는 것이다. 또 이때의 오빠는 일차적으로는 폴뤼네이케스지만 오이디푸스를 지칭할 수도 있다. 또 오이디푸스는 일찍이 자신만이 안티고네의 유일한 남자일 것이라고 예언했고, 그 예언에는 근친상간적인 의미도 들어 있을 수 있다. 친족을 형성하는 상징적 질서의 관점에서 볼 때, 아버지는 딸과 성적 관계가 없는 사람이라면 오이디푸스와 안티고네의 친족 내의 상징적 위치마저 모호하고 불안하다. 아버지이기도 한 오빠를 사랑하고, 그 사랑에 목숨을 거는 안티고네, 아버지와의 사랑만이 유일하게 허락된 안티고네, 오이디푸스의 딸이면서 누이이고, 폴뤼네이케스에게 누이이자 고모인 그녀가 과연 친족법을 대표할 수가 있을까? 오히려 법이나 질서가 가지는 근원적이고 내적 모순이나 갈등을 보여주는 것은 아닌가?

버틀러는 친족법의 불안정성을 역설하면서 더 나아가 이분법에 기초하고 있는 구조주의적 전제들까지 무너뜨리려 한다. 우선 근친상간의 금기가 문화 형성의 보편적 전제 조건이라고 본 레비-스트로스에게 문화가 언제나 당연하게 어떤 금기를 전제로 하고 있다면 그 자체로 그것은 자연이 아닌가 하고 묻는다. 문화가 당연히 근친상간의 금기하는 전제조건 위에 있다면 그것은 자연에 근접해 있는 것이고, 문화의 일반적 조건으로서의 자연이 된다는 의미이다. 그렇다면 근친상간의 금기는 문화이기도 하고 자연이기도 하며, 따라서 문화의 일반적 토대를 강조하는 초월적 규약이 된다. 법과 질서는 스스로를 자연과 분리된 문화의 산물이라고 말하지만 사실 자연/문화의 이분법을 공고히 하면서 문화의 초월적 위치를 강조하는 또 다른 자연(절대성, 초월성)으로 군림하려는 것이다. 버틀러의 라캉 비판도 마찬가지 문맥에서 비롯된다. 간단히 말해 버틀러의 라캉 비판은 라캉의 상징계가 아무리 상징성과 그 상징질서 내에서 대상 간의 이항가능성을 강조한다 해도 결국 상징계 자체는 보편적 힘을 발휘하는 초월적 위치에 있다는 비판이다. 이 초월적 위치는 신의 위치, 신학적 위치라는 절대적 위상을 가진다는 비판인 것이다.

라캉은 상징적 법과 사회적 법을 나누고, 상징계는 사회적 실천들의 집합체이거나 언어 구조지만, 사회계는 우연적인 사례의 집합으로 보는 경향이 있다. 라캉은 친족에 대한 상징적 설명과 사회적 설명을 구분하면서, 친족은 상징계적인 언어의 기능으로 제시하기 때문에 결과적으로 라캉에게 친족은 사회적으로 변경할 수 있는 제도가 아니라 변화가 대단히 어려운 구조적 언어의 한 기능으로 나타난다고 주장한다. 따라서 어떤 규범적인 친족이나 가족구도를 유지하고 공고히 하는 기능을 하게 되고 대안적인 방식으로 다른 가족 형태는 용인하기 어렵게 된다는 것이다. 상징계는 초월적 규약이나 규범이 축적된 관념으로 존재해서 법을 초월하는 법이 되고 따라서 변화의 가능성이 거의 없기 때문이다. 사실 상징계 없이는 인간사회가 불가능하다면 그것은 이미 사회적 관습을 넘어서는 보편구조로서의 법과 문화가 되고, 그것은 초월적이고 신학적인 위치를 점유하게 된다는 주장이다. 라캉의 상징계는 '아버지의 법'이라는 근친상간 금기의 토대 위에서 그 규범으로 인간의 성 경향을 이성애적으로 규제하는 초월적 위치를 구가하고 있다는 비판이다.

그리고 이 보편성의 초월적 효과 때문에 배제되는 것이 사회계, 혹은 사회적 삶이라고 본다. 사회계는 우연적 사회실천으로 만들어진 제도적 규범이지만, 그 우연성 때문에 언제나 변화나 수정이 가능한 것이고, 그래서 친족을 구성하는 공적인 법의 무의식, 법 안의 무의식적 요구로써 친족법의 규범이나 토대를 흔들 수 있는 어떤 가능성이기도 하다. 사회계는 초월적이거나 신학적인 위치를 점하지 않는 우연성의 규범이고, 그래서 동성애와 근친상간을 금지하는 이성애적 가족구도를 다시 쓸 수 있는 가능성이기도 하다. 버틀러는 안티고네를 해석하면서 상징계와 사회계 이 둘의 구분을 생산적 위기로 몰아가려고 한다. 그래서 안티고네를 친족이나, 친족의 극단적 외부를 대표하는 것으로 보는 것이 아니라, 사회적인 반복가능성이나 규범의 일탈가능성이라는 관점에서 친족이라는 구조적으로 규제된 개념을 새롭게 읽어낼 가능성으로 새롭게 조망해 보려 한다. 버틀러는 상징적 위치와 사회적 규범 간의 관계를 재고할 필요가 있다고 주장하면서, 궁극적으로는 정신분석학에서 근친상간의 금기라는, 친족이 토대하고 있는 기능에 대해서 우연적인 사회 규범이라는 개념이 어떤 새로운 의미를 만들어낼 수 있는지에 천착한다.

아버지의 법, 혹은 저주의 말을 수행하기는 하지만 이상한 방식으로 복잡하고 다층적으로 해석하고 전달하는 안티고네는 교란적이고 난잡한 방식이기는 하지만 기존의 가족 규범에서 일탈된 의미로 친족을 다시 쓸 가능성이기도 하다. 그녀는 영웅이기보다는 우울증 환자이고, 빛나는 광휘를 떨치는 순수한 숭고미이기보다는 의미도 불순하고 효과가 발휘되는 시간대도 복잡하게 뒤엉켜 있는 애매한 예언의 수행자이다. 사실 친족 안에서도 안티고네의 상징적 위치는 상당히 모호하다. 그녀는 사랑에 목숨을 건 오빠의 연인이기도 하고, 아버지의 숙명적인 애인이기도 하기 때문이다. 그녀는 장차 테베의 통치자가 될 하이몬의 약혼자이면서, 목숨을 내던지면서까지 폴뤼네이케스의 시신을 매장하는 것을 보면 약혼자를 버리고 오빠에 대한 절대적인 사랑에 몸을 던지는 것 같다. 또 안티고네는 죽을 때까지 아버지만 사랑하리라는 아버지의 절대적 사랑(저주?)도 받는다. 이 절대적 사랑의 대상 폴뤼네이케스/오이디푸스는 그녀에게 오빠/아버지의 경계를 넘나들면서 근친상간적인 사랑을 펼친다. 그녀는 근친상간의 금기라는 문화의 대전제에 맞서는 대단히 난잡하고 교란적인 존재가 되는 것이다. 어쩌면 안티고네는 친족의 기본 토대인 근친상간의 금기를 흔드는 친족(법)의 불가능성처럼 보인다.

친족의 상징적 위치는 근친상간의 금기 위에서 성적 관계성으로 구성된다. 예를 들면 아버지란 딸과 성관계하지 않는 사람이고, 어머니란 아들과 성관계하지 않는 사람이다. 그런데 안티고네는 난잡한 방식으로 이 관계를 수행하기 때문에 친족을 나타내는 그 어떤 전형이나 모범도 될 수가 없다. 그래서 그녀는 살지 못하는 삶, 사람으로서 살 가능성에 앞선 '죽음'을 언도받은 삶, 저주받은 삶, 살 수 없는 삶, 모호한 삶, 이중적인 삶, 그래서 죽음을 사는 삶을 사는 것이다.

그녀가 죽음을 기다리는 무덤으로 가면서 그것을 신부의 침실이라

고 부른 것처럼, 아버지나 오빠와 같은 가족과 결혼하게 되면 그 주
체는 상징질서 속에서는 죽는 것과도 같다. 따라서 안티고네는 친족
의 위기에 대한 알레고리이자, 합법적인 사랑이나 애도의 불가능한
우울증을 말한다. 왜냐하면 상실한 사람이 누구인지(오빠인지, 아버지
인지) 모르기 때문이다. 버틀러는 이처럼 애도하지 못하는 상실의 삶
을 사는 우울증 환자로서 우리 시대의 동성애자나 에이즈 환자를 들
어 말한다. 이들은 안티고네와 마찬가지로 친족과 젠더규범에 복종하
는 동시에 그것을 침해하는 모호하고 문란한 교란 집단으로 남아 있
다는 것이다. 안티고네는 이처럼 불순하고 모호한 친족과 젠더의 주
체인 것이다.

2장에서는 주로 친족의 규범 자체가 스스로에게 저항하는 방식을
보여주면서 안티고네에 대한 헤겔의 논의와 라캉의 논의를 비판한다.
헤겔은 안티고네가 친족을 대표한다고 했고, 라캉은 안티고네가 친족
의 인식 가능한 경계, 즉 상징계의 경계, 즉 문지방에 있다고 보았다.
공동체의 관점에서 조망하는 헤겔에게 그녀는 국가법에 저항하는 공
공의 적이지만, 라캉에게는 상징적 욕망을 끝까지 추구하여 그 불가
능성과 죽음으로 향해 의연히 돌진하는 윤리적 주체이다. 그러나 버
틀러는 안티고네가 친족법을 대표하지도, 상징적 욕망이나 그 인식가
능성을 나타내지도 못한다고 주장한다.

버틀러에게 안티고네는 상징계와 사회계의 구분을 위험에 빠뜨리는
모호한 주체이다. 근친상간의 딸 안티고네는 친족의 내부에 있지도,
외부에 있지도 않기 때문에 친족법을 대표할 수가 없다. 그리고 상징
계가 이미 사회계에 선행하고 사회계를 규정짓는 초월적 규칙이 아니
라, 사회적 실천에 의해 구성된 '제도들'이라면 그녀는 상징적 욕망도

대표하지 못한다. 특정한 성욕의 금기가 문화적 인식가능성의 토대라면 문제는 무엇을 금기시하는가가 아니라, 이 금기가 어떤 친족의 형태를 낳는가가 된다. 헤겔의 입장에서 보면 보편 영역에서의 범죄자는 개인이 아닌 공동체이고 이 공동체를 떠난 개인은 이름 없는 익명의 존재 아닌 존재가 되기 때문에 안티고네는 딱히 친족법을 대표할 수 없는 존재이다. 오히려 인간의 법(국가법)과 신의 법(친족법) 중 양자택일의 기로에 있는 안티고네는 선택의 순간 자신을 위반하는 법을 보지 못한다는 점에서 오이디푸스와도 같다. 그래서 국가의 관점에서 보았을 때 안티고네의 범법행위는 의식적 행위처럼 보이지만 사실은 죄의식이라는 무의식을 안고 있다. 그래서 법 내부의 추문이자 오명이고 법적 개념화의 불가능성이 된다.

헤겔은 오이디푸스의 죄는 용서받을 수 있어도 안티고네의 죄는 용서받을 수 없는 죄라고 말한다. 오이디푸스는 신탁 때문에 무의식적으로 저지른 죄이지만, 안티고네는 의식적으로 죄를 알면서도 저지른 것이기 때문이라는 것이다. 그런데 죄의 자기의식은 국가의 영역에 속하는 것인데 어찌 안티고네가 자신의 죄를 의식하면서 죄를 저지를 수가 있었을까? 또 국가가 군대에 가는 청년의 사랑을 요구한다는 점에서 여성과, 즉 아들을 사랑하는 어머니와 다를 바가 무엇인가? 안티고네가 저지른 죄의 자기의식은 국가(남성)의 영역이 되고, 국가의 아들에 대한 사랑은 어머니(여성)의 영역이 된다. 그렇다면 공적인 법과 사적인 법이 서로 대립하는 것이 아니라, 법은 그 무의식을 안고 있는 것이 된다. '공적인 법의 무의식'은 언제나 살아도 산 것이 아닌 '비유어 오용'으로만 나타난다. 이것은 근원을 모르는 것이기 때문에 비유어로 구체화되는 순간에는 언제나 비유어 오용이 되기 때문이다. 이것이야말로 공적인 법이 성문화될 수 없는 조건이다. 그래서 안티고네는 친족법을 대표하는 것이 아니라 법의 우유부단과 미결정성을 대표하게 된다.

라캉에 대한 비판에서 버틀러는 정말 안티고네가 친족에 필요한 친족의 경계인지 의심의 눈초리로 바라본다. 라캉은 안티고네가 상징계의 문지방에 있어서 상징계를 시작하게 만든다고 하지만, 앞서 살펴본 것처럼 안티고네는 근원도 권위도 불확실한 공적 법의 무의식이기 때문에 딱히 상징적 영역에 있다고도 할 수 없다. 주체가 꼭 죽은 것도 아니면서 그 안에 갇혀 살아 있는 무덤과 같은 것이 상징계이지만, 사실 인간은 자살을 하더라도 상징계를 벗어날 수는 없다. 이것이 상징계의 보편성이고, 버틀러가 라캉을 비난하는 부분이다. 안티고네는 자기파멸의 열정적 욕망에 몸을 던지지만, 그녀가 대표하는 법이 아무리 우연적이고 토대 없는 것이라 하더라도, 심지어 안티고네가 죽더라도 근친상간의 금기 자체는 변하지 않고 남아 있지 않은가 하는 비판인 것이다. 라캉은 오이디푸스 콤플렉스가 실제적인 것이 아니라 상징적이기 때문에 보편성이 있다고 하는데, 버틀러는 그 때문에 이 콤플렉스는 언제나 진리처럼 보인다고 비난한다. 상징적이라는 것은 구체적 구현이 불가능한 것이고 오히려 구현의 순간 붕괴될 위험이 있지만, 반면 상징계가 있다는 것을 주체가 입증하는 것과는 무관하게 그 구현불가능성 때문에 오히려 초월적이고 신학적인 위치를 점유하게 된다는 것이다.

버틀러에게 안티고네는 미결정의 주체이다. 이미 삶 속에서 삶의 건널 수 없는 경계를 넘어서 있는 존재이기 때문에 상징계 안에 있는 동시에 그것을 벗어나 있다는 점에서 상징질서를 대표하는 인물이 되지 못한다는 주장이다. 그녀는 지상의 법과 천상의 법에 둘 다 호소함으로써 둘 중 어느 쪽에도 속하지 못하며, 그녀의 범법 행위는 어떤 법은 수호하고 어떤 법은 위반하는 것이 아니라 '법 안의 일탈적인 반복'이고 '법의 무의식적 권리'를 말하는 행위이다.

3장은 조지 슈타이너의 문제의식을 끌고 와 만일 정신분석학의 출발점이 오이디푸스가 아니라 안티고네였다면 어떠했을까를 질문하는 것으로 시작한다. 물론 프로이트나 라캉의 정신분석학 모델의 토대에는 아버지에 대한 딸의 사랑, 어머니에 대한 아들의 사랑을 금지하는 근친상간의 금기가 있다. 그러나 버틀러는 이 근친상간의 금기가 이성애를 당연시하는 안정된 토대 위에 있다고 비판한다. 근친상간의 금기는 금기의 대상만 바꾸면 해결이 되지만, 동성애의 금기는 아예 그러한 성 경향이 있는 사실 자체에 인식가능성이나 이름 자체를 부여하지 않는다. 그래서 동성애는 사회적으로 인정되지 못한 욕망이기에 금기 이전에 배제되어 있다는 주장이다. 그리고 안티고네는 근친상간의 금기와 동성애의 금기를 배제의 방식으로 자신 안에 이미 선취하고 있는 젠더 주체의 예가 될 수 있다. 안티고네는 아버지에 대한 근친상간적 욕망, 오빠에 대한 근친상간적인 욕망을 금지당할 뿐 아니라, 자신이 완전히 애도하지 못한 오빠를 자신의 내부로 합체해서 오빠를 자신의 에고로 합체하는 남성이기도 하기 때문이다. 또한 안티고네가 남성이라면 아버지나 오빠에 대한 욕망도 딱히 이성애적인 것이라고 단언할 수 없다. 결국 오이디푸스 서사의 대결미를 장식한 안티고네는 근친상간의 금기와 동성애 금지라는 이성애적 오이디푸스 드라마를 안정되게 종결짓는 것이 아니라, 이 드라마의 불가능성과 비순수성을 주장하게 된다. 만일 정신분석학의 토대가 오이디푸스가 아니라 안티

고네였다면 정신분석학은 근친상간 금기와 동성애 금기에 기초하고
있는 상징계가 그 스스로 내부적으로 교란되고 분열되어 있다는 것을
말하게 된다. 정신분석학의 토대 자체가 내부적으로 다의성으로 균열
되고 비순수로 오염되어 언제나 다른 의미로 발화될 수 있는 것이라
면 오이디푸스 드라마가 전제하는 가족 로망스도 다시 써야 할 것이
다. 안티고네가 산 채로 당당히 걸어 들어가는 무덤이 바로 신방이라
면, 신방은 그 자체로 결혼제도의 파괴이고 이성애적 가족제도의 파괴
이기도 하다. 그것은 언제나 '자신이 의도한 것 이상을 의미'하는 안티
고네의 수행문(performative), 즉 안티고네의 주장과도 같다.

　버틀러에게 수행문 혹은 수행성은 언어의 지칭 불가능성, 본질주의
적 주체의 불가능성을 말하는 그의 핵심 개념어 중의 하나이다. 원래
수행문은 1950년대 영국의 언어학자 A. J. 오스틴이 말하는 진술문
(constative)과 대비되는 개념이었다. 오스틴에게 진술문은 진위 여부
를 판별할 수 있는 명제("고양이가 매트 위에 있다")지만, 수행문은
그 말을 통해 어떤 선언이나 약속이라는 행위상의 효과를 가져다줄
뿐 진위 여부를 판명할 수 없는 것("이로써 너희를 부부라 선언한
다")이었다. 그런데 버틀러에게 수행문이나 수행성은 언어가 단일한
의미로 규정될 수 없다거나, 본질적인 의미의 주체는 존재할 수 없다
는 것을 설명하는 방식으로 전유된다. 행위자는 행위를 통해서만 구
성되고, 행위 뒤에 본질적인 행위자는 없기 때문에 주체가 구성되는
방식도 수행적인 것이다. 그래서 주체는 무대 위의 행위를 하는 연기
자처럼 행위 속에서만 가변적으로 구성되고 그 뒤에 본질적인 행위자
를 상정하지 않는다. 그것이 젠더 주체의 수행성이다. 안티고네의 주
장은 자신의 수행문 '부인하지 않겠습니다'를 통해 부인도, 그렇다고

완전한 긍정도 하지 않으면서 언어 속의 의미를 교란하고 언제나 새롭게 읽힐 가능성을 제시하는 것으로 보인다.

버틀러는 안티고네의 수행하는 저주의 말속에서 그 저주가 효력을 발휘하는 시간성에 주목한다. 안티고네의 운명을 결정짓는 '아버지의 저주'가 갖는 시간적 소급성이 중요한 문제인 것이다. 시간적 소급성이란 어떤 수행문의 효과가 앞으로 있을 미래가 아니라 역으로 과거로 되돌아가서 작용한다는 의미이다. 이 말은 안티고네의 운명은 '너는 나만 사랑할 것'이라는 오이디푸스의 저주의 효과로 발생한 것인데, 그 저주는 훨씬 나중에 쓰인다는 말이다. 사실 『안티고네』는 『콜로누스의 오이디푸스』보다 수십 년 먼저 쓰였으나, 『콜로누스의 오이디푸스』에서 했던 오이디푸스의 저주의 결과로 미래의 운명이 결정된다. 다시 말해 안티고네의 운명은 자기보다 나중에 오게 될 것의 결과로 생긴 미래의 운명이다. 운명은 언제나 소급적으로, 사후적으로 저주라는 신탁이라는 숙명적 수행문을 통해 앞으로 있을 미래의 결과를 말하는 것이다. 먼저 쓰였으나 저주의 효과는 나중에 온다는 점에서 역사에 앞서는 안티고네는 나중에 있을 저주의 결과를 앞서 실행하게 된다. 미래에 있을 아버지의 저주는 그 저주에 앞서 있는 안티고네에게도, 폴뤼네이케스에게도 효과를 발휘한다. 역사적으로 저주에 앞서지만, 그 저주의 효과로 나타난 이들의 소급적으로 구성된 운명은 친족체계를 교란하고 젠더 질서를 문란케 한다.

안티고네와 폴뤼네이케스의 운명을 결정짓는 오이디푸스의 저주는 무엇인가? 그 저주란 안티고네에게는 "죽은 남자만을 사랑할 것이며, 나 이외의 어떤 남자도 사랑하지 않을 것"이고, 폴뤼네이케스에게는 전쟁에서 승리하지 못할 것이며 "형의 손에 죽을 것이며 너를 내쫓은 자를 죽이게 되리라"는 것이다. 안티고네는 아버지만을 사랑하라는 저주의 말을 수행하느라, 혹은 오빠만을 사랑하리라는 오빠의 특이성 때문에 죽음에 몸을 던진다. 문제는 사랑하는 아버지나 유일무이한 특이성을 가진 오빠가 오이디푸스인지 폴뤼네이케스인지 불분명하다는 사실이다. 안티고네가 목숨 거는 사랑은 자신만을 사랑하라는 아버지의 예언을 실현하는 동시에, 오빠라는 유일한 존재의 특이성을 주장하지만 그 사랑도, 특이성도 분명하거나 순수하지가 못하다. 아버지의 저주나 오빠의 특이성은 근친상간과 젠더 역전의 방식으로 불순하고 모호하게 안티고네를 붙잡기 때문이다.

　오이디푸스가 말하는 "나 이외의 어떤 남자도 사랑하지 않을 것"과 "형의 손이 죽을 것"이라는 이 두 저주에서 '나'는 누구이고 '형'은 누구인가? '나'는 콜로누스에서 영면한 아버지 오이디푸스이지만, 아버지가 곧 오빠라면 패권쟁탈전에서 목숨을 잃은 폴뤼네이케스를 말할 수도 있다. '형'은 폴뤼네이케스를 실제로 죽인 형 에테오클레스이기도 하지만, 죽음의 저주를 내린 아버지 오이디푸스이기도 하다. 이들은 근친상간의 아들딸이기 때문에 오빠가 아버지이고, 형도 아버지가 될 수 있는 것이다. 안티고네 자신도 불순한 근친상간의 딸이다.

　또 오이디푸스는 자신을 황야로 수행한 두 딸의 효성을 높이 사 그들을 '남자'라고 부른다. 실제 아들들은 집안에서 권력싸움을 하는 계집애들과 같고, 아버지를 수행하며 황야를 맴도는 딸들은 집 바깥에서 일용할 양식을 제공하는 남자들과도 같다는 것이다. 여기서 오빠들은 여자가 되고, 여동생들은 남자가 되는 '젠더 역전'이 발생한다. 금지된 매장이라는 죄를 저지른 안티고네가 이스메네와 절연을 선언하는 것도, 에테오클레스와 폴뤼네이케스의 절연을 반복하는 행위가 된다. 이제 아버지는 오빠가 되고 여자는 남자가 되면 안티고네와 이스메네는 형제가 되어 여자가 되어버린 오빠들의 반목을 반복한다. 이성애는 동성애가 되고 순수한 사랑은 불순한 욕망이 되며 숭고하기는커녕 난잡하고 복잡한 의미의 꼬임들만이 펼쳐져 있다.

따라서 안티고네의 주장은 모호한 수행성이지 친족법을 역설하는 것이 아니다. 안티고네의 매장 행위는 친족으로서의 행위가 아니다. 그것은 친족을 공적인 추문으로 만드는 수행적 반복의 행위인 것이다. 안티고네는 앞서 살펴본 대로 친족의 내적 불안정을 말하는 주체이지 절대 친족을 대표할 수가 없는 존재이다. 또 안티고네의 매장 행위는 오빠인지 아버지인지 알 수 없는 모호한 대상에 대한 근친상간적 애정의 행위이고, 이미 크레온의 남성적 권위의 언어를 사용하고, 공적 영역에서 아버지를 수행하는 남자이며, 자신 안에 오빠를 우울증적으로 합체한 남자로서의 안티고네가 보여주는 아버지/오빠에 대한 동성애적인 애정의 행위이기 때문이다. 친족 간의 질서는 교란되고 젠더 간의 구분은 모호해져 버린다.

안티고네는 반복적 행동을 통해 친족법을 실행한다. 안티고네가 친족법을 반복하는 방식은 존재 형식이 아닌 행위 형식(form of doing, not form of being)이다. 그리고 안티고네의 행위는 친족법에 있다기보다는 규범, 관습, 관례의 일탈된 반복 속에 있고, 정식 법이 아니라 법의 우연한 토대 위에서 작동되는 법과 같은 문화 규제 속에 있다는 것이다. 안티고네는 반복해서 친족법을 수행하려 하지만, 두 번의 매장 행위와 같이 그 반복된 행위는 오히려 반복 속의 일탈을 행한다. 매장을 두 번 하는 것도 한 번은 아버지에 대해, 다른 한 번은 오빠에 대한 것이기 때문이다. 아버지가 누구인지, 오빠는 누구인지, 남자

는 누구인지, 여자는 누구인지 분명하게 알 수가 없다. 그렇다면 가족
이라는 것이 이성애적 안정된 규범적 가족구도 내에 있는지도 의심스
러워지는 것이다.

오이디푸스가 안티고네에게 내린 저주도 반복된다. 딸에게 가해지는
아버지의 말은 안티고네의 행동을 매개하는 매개물이자, 스스로의 행
위를 옹호하는 목소리이기도 하다. 이 저주의 말은 반복되면서 원래의
의도대로가 아니라, 의도되지 않은 방향으로 일탈되게 전달된다. 이렇
게 되면 저주는 그 반복이 수행하는 일탈에 기대어 있다고 말할 수 있
다. 안티고네에 대한 오이디푸스의 저주는 한 번에 하나 이상의 담론
을 전달한다. 그것은 안티고네에 대한 요구가 하나 이상의 근원에서
나오기 때문이다. 오빠는 안티고네에게 자신을 고향 땅에 적절히 장사
지낼 것을 요구하지만, 아버지의 저주는 오빠가 전쟁터에서 죽어 지하
세계에 매장될 것을 요구한다. 이 두 가지는 서로 충돌하고 안티고네
는 아버지의 말을 전달하는 데 있어 혼란을 느낄 수밖에 없다.

오이디푸스가 내린 저주는 딸로 하여금 아버지를 사랑하게 하고, 아
들을 죽이고, 딸은 아들로 만든다. 그리고 이것은 신탁에서 받았던 오
이디푸스 자신에게 내려진 저주를 반복하는 것이기도 하다. 오이디푸
스가 받은 저주는 '아버지를 죽이고 어머니와 동침하리라'는 것이었지
만, 오이디푸스가 내린 저주도 이와 다르지 않다. 형제끼리 살육하고
딸/누이는 아버지/오빠를 사랑하라는 것이기 때문이다. 이처럼 저주라
는 벗어날 수 없는 운명, 저주라는 법은 반복에 기초하고 있고 복구해
낼 수 없는 역사에 기대어 있기 때문에 언제나 일탈될 가능성이 있다.
지젝은 안티고네의 거부 행위가 여성적이고 파괴적인 행동이라고 보
지만, 사실 안티고네의 거부에는 여성적 저항뿐 아니라 크레온의 권력

에 대항하는 만큼은 똑같은 남성적 권위의 언어도 들어 있다.

무엇보다도 젠더 역전은 치명적인 저주의 수행문이자, 혐오담화이다. 젠더 역전을 통해 오이디푸스는 오빠는 여동생으로 만들고, 딸들은 남자들로 만든다. 테베시에서 패권을 놓고 밥그릇 싸움이나 벌이는 오빠들은 가내에서 베틀이나 돌리는 여자와 같고, 콜로누스에서 아버지를 수행하며 아버지를 인도하는 딸들은 공적 영역에서 일용할 양식을 거두어들이는 아들들과도 같기 때문이다. 오이디푸스가 안티고네와 이스메네를 향해 "그들이야말로 계집애들이고, 너희들이야말로 아들이다"라는 말은 수행문으로서 즉각적 사실성은 아니라도 치명적인 효과를 갖는다. 결국 저주가 갖는 치명적 힘은 오이디푸스는 장님으로 만들고 이역 땅에서 방랑하다 숨지게 하며, 그의 아들들을 죽이고, 그의 딸들을 남자로 만드는 것이다.

오이디푸스는 자신의 외상을 다시 무대 위에서 상연하는 주체이다. 이때 발화 행위의 주체인 오이디푸스의 말은 제때에 행해진 것이기도 하지만 시간성을 넘어서는 모호한 말이기도 하다. 즉 "미래에 행해질 예언이 현재의 운명을 정한다" 혹은 "지금의 행위는 앞으로 있을 예언의 결과로 이미 저질러진 것이다"라는 시간적 역설이 말이 발화되는 그 발화의 장면을 초월하는 효과를 갖게 한다. 없어서는 안 될 과거의 의미를 오직 소급적으로만 전달하는 것이다. 예언이라는 것도 역사를 과거로 거슬러 작동될 수밖에 없는 행위가 된다. 결국 안티고네는 자신에 앞선 역사보다 먼저 발생한다. 『콜로누스의 오이디푸스』보다 서사상 나중에 오지만 연대기적으로 선행한다는 뜻이다. 이때 저주의 힘은 저주 발화에 앞서는 효과를 갖게 된다. 결국 저주라는 수행문은 자신이 지칭한 것 이상의 시공간적 힘을 발휘한다는 뜻이다.

반복을 통해 수행되는 저주의 언어는 어떤 행위를 발생시킬 권위적 말이고 그것의 반복을 통해 효력을 얻기도 하지만, 한편으로는 반복 속의 일탈된 울림 속에서 고정된 의미를 벗어날 가능성도 안고 있다. 이제 저주는 혐오담화이자 중상모략의 음해 언어지만 일탈될 전달의 가능성, 내적 취약성을 안고 있는 규범 한가운데에 있는 일탈의 가능성이다.

정신분석학적인 근거에서 법은 도착을 필요로 한다면 안티고네는 법의 도착을 대표한다고 할 수 있을까? 그 도착이나 불가능성이 법의 언어 안에 나타나, 그 자신을 배제하고 병적인 것으로 만들어야만 하는 친족 질서의 영역 내부에서 자신의 권리를 주장하고 있는 것은 아닌가?

오이디푸스 드라마의 대결미를 장식하는 안티고네는 오이디푸스 드라마의 불가능성을 말한다. 그것은 이성애적 종결을 내리는 것에 실패했고 남성성/여성성이라는 젠더 확립에도 실패했다. 안티고네는 언어 속의 양가성을 지칭하면서 이미 자신이 의도한 것 이상의 의미를 말하고 있다. 산 채로 무덤으로 걸어 들어가는 안티고네는 그 무덤을 신방이라고 부르고, 결국 이 신방은 미래의 남편과 시어머니를 죽이면서 가족제도의 파괴를 의미한다. 이성애적 사회의 규범적 가족제도의 파괴를 알리는 것이다. 그리고 이 이성애적 규범이야말로 문화적 인식가능성이 되어 왔다는 것을 비판적으로 보여주고 있다.

안티고네는 어머니가 되는 것도, 아내가 되는 것도 거부한 모호한 젠더 주체이다. 그것은 자신의 행위에 대한 주권적 통제에 의문을 제기하는 언어의 양가성이고 일관성을 상실한 언어이며 무의식의 언어행위이다. 안티고네는 오빠에 대한 애도만을 주장하지만, 사실 애도하고 있는 것이 오빠인지 아버지인지 아니면 친족 체계의 불가능성인지,

아니면 이성애 제도의 불가능성인지 알 수 없기 때문에 이 애도는 완성되지 못하고 우울증이 되어버린다. 근친상간으로 혼란에 빠진 친족체계에서 아버지는 오빠가 되고, 오빠는 조카가 되며, 아들은 남편이 되고, 어머니는 아내가 되는 것이다. 아버지/오빠/조카, 아들/남편, 할머니/어머니/아내는 뒤섞이고 친족 체제는 파국지경에 이를 만큼 모호하고 문란해진다.

안티고네의 우울증은 슬퍼할 권리를 주장하는 공적인 언어를 통해서 획득되는 애도를 거부함으로써 이루어지는 것 같다. 우울증이 애도와는 달리 무의식적인 대상 상실과 관련된다면 오빠를 애도하는지, 아버지를 애도하는지를 모른다는 것은 그녀의 발화 속의 우울증을 말하는 것이다. 그녀는 큰 소리로 슬픔을 선언하지만, 여기에는 슬퍼할 수 없는 영역이 미리 전제되어 있다. 공적인 슬픔을 주장하는 것은 그녀를 여성에서 남성적인 초월이나 자기주장, 오만으로 가게 하고 결국 그녀를 남자로 만든다. 안티고네의 내부에 합체되어 이따금 출몰하는 이 유령 같은 존재는 바로 안티고네 안에서 안티고네의 일부를 형성하고 있는 남자, 즉 오빠와 아버지이다. 안티고네는 이 오빠/아버지를 자신 안에 품고 그 자리를 변화시켜 버린다. 말할 수 없는 것, 발화가능성의 경계에서 나온 슬픔이 안티고네의 우울증을 구성하고 안티고네를 남자를 자신 안에 합체한 여자, 남자 같은 여자, 즉 남자로 만드는 것이다. 아버지와 오빠를 내부에 합체한 누이 안티고네는 딸이라고도, 여동생이라고도, 심지어 분명한 여자라고도 할 수 없다.

안티고네는 오빠에 대한 합당한 애도에 실패해서 오빠라는 남성을 자신의 자아에 부분적으로 합체한 우울증 환자이다. 버틀러는 특히 이것은 근친상간의 금기라는 부정 이전에 이미 배제되어 있는 동성애와 관련시키고 있다. 동성애는 배제된 영역에서 등장하지만 부정된 것이 아니며, 죽은 것도 아니면서 죽어가는 것이라는 의미에서 공적 사회의 우울증과도 같다. 동성애를 완전히 애도하지 못해 이성애 사회 안에 합체하고 있는 공적 영역의 우울증은 사회적으로 제도화된 우울증으로서 기율사회의 그림자 영역이다. 안티고네는 인간적이지는 않지만 인간의 언어로서 배제된 것을 행위한다. 이 행위는 단순히 기존의 규범에 동화되는 것이라고 말할 수 없다. 행위를 할 권리가 없으면서 행위를 하는 그녀는 인간이 되기 위해서 전제가 되어야 하는 친족이라는 용어를 전복시킨다. 그러면서 어떤 것이 인간 됨의 전제 조건이 되어야 하는가의 문제를 제기하는 것이다. 배제된 언어로 말하는 안티고네, 최종적 동일시가 불가능한 언어로 말하는 안티고네는 이미 적절한 용례가 없는 '비유어의 오용'으로서만 존재할 뿐이다. 그녀는 자신이 속하지 않은 언어로 말하는 정치적 규범언어 속의 교차점으로 작용한다.

이제 젠더는 흔들리고 친족법은 자신의 토대를 허문다. 안티고네는 자신의 발화 행위가 치명적인 범죄가 되는 행위를 하고, 말을 하고, 그런 주체가 되지만 이 치명성이 그녀의 삶을 넘어 인식가능성의 담론으로 들어가면서 새로운 미래의 가능성을 열게 된다. 그것은 미래의 전도유망한 가능성이 있는 치명성이고 그 어떤 선례도 없는 일탈된 미래의 형식으로서의 치명성이다. 따라서 안티고네는 규율담론이 애초에 배제했던 이성애 안의 동성애를, 여성성 안의 남성성을, 딸의 내부에 있는 어머니를, 오빠 안에 있는 아버지를 환기시키고 문제 삼는 비순수의 우울증 주체로서 자신의 발화 행위가 만든 치명성으로 새로운 미래의 가능성을 여는 젠더 주체가 된다. 안티고네가 출발점이 되는 정신분석학은 이성애 중심주의적 가족구조의 규범성이나 정상성을 허물고 이성애적 가족 드라마라는 결론이 실패하거나 일탈하게 되는 규범의 내적 불안정성과 재의미화의 가능성을 보여줄 수 있기 때문이다.

2. 친족 교란과 젠더 역전:
모호한 수행성, 비순수의 우울증

헤겔이나 이리가레, 그리고 라캉의 공통점은 여전히 크레온과 안티고네가 대표하는 대립적 이분구도를 유지한다는 점이다. 다만 라캉이 헤겔과 다른 점은 크레온보다는 안티고네의 행위방식에 더 중요성을 둔다는 점이고, 이리가레와 다른 점은 생물학적인 여성이 아닌 상징적 위치로서의 여성 주체를 다룬다는 점이다. 이런 라캉이 숭엄한 영웅이나, 찬란한 아름다움을 발하는 욕망의 화신 안티고네를 논의한다면, 버틀러에게 안티고네는 친족법과 국가법, 여성적 윤리와 남성적 질서라는 이분법을 넘어서서 복잡한 방식으로 친족을 이해하고, 난잡한 방식으로 젠더를 구현하는 모호한 주체, 불완전한 퀴어로 해석한다. 버틀러는 이전의 모든 이분법적 대립구도를 거부하고, 안티고네의 대표 불가능성, 순수하거나 단일한 정체성의 불가능성을 역설하는 것이다.

버틀러에 따르면, 안티고네는 여러 친족 위치 중에서도 단 하나의 오빠를 향한 욕망을 보이는 것은 사실이지만, 이 오빠 자체가 근친상간의 아들이기 때문에 오빠이자 아버지가 되고 그 때문에 오빠의 '특이성'을 대표할 수 없다. 또 남성적 권위에 대항할 때는 크레온의 언어를 가져다 쓰는가 하면, 아버지에게는 남자라고 불리기 때문에 '여성'을 대표할 수도 없다. 버틀러의 안티고네는 이분법적 대립구조를 불가능하게 만드는 내부의 이질성과 모순적 양상을 구현한다. 따라서 친족과 젠더 중 그 어느 것도 대표할 수 없으며, 만일 대표하는 것이 있다면 상징적 재현 불가능성, 특정구조의 대표 불가능성일 것이다.

라캉이 해부학적인 성차에서 비롯된 남성 질서/여성 정서, 가부장적 지배/모성적 저항의 이분법을 논의한 것은 아니지만, 상징적 위치로서의 안티고네/크레온을 여성적 미/남성적 법, 개별성/공공성, 특이성/보편성으로 나누어 설명하고 있다. 반면, 버틀러는 이 이분법의 불가능성을 주장한다. 사실 버틀러의 라캉 비판은 두 가지로 모아진다. 하나는 라캉이 주장하는 오빠의 특이성은 보장될 수 없다는 점이고, 다른 하나는 결국 라캉의 논의는 상징계를 공고히 만드는 수단으로 쓰인다는 혐의이다.

우선 안티고네가 죽음을 무릅쓰고 행하는 매장 행위는 아버지도, 어머니도, 남편도 대신할 수 없는 유일한 오빠에 대한 것이라면, 정말 이 오빠는 에테오클레스도 오이디푸스도 대신할 수 없는 순수한 특이성이나 유일성으로서의 폴뤼네이케스일 수 있을까? 과연 오빠라는 '순수한 존재(pure Being)'의 고유성을 과연 주장할 수 있을까? 그것은 이미 불가능하다. 안티고네가 근친상간의 딸이기 때문에 아빠가 아닌 오빠에 대한 사랑을 주장하는 것 자체가 어불성설이기 때문이다. 이미 아빠는 오빠이고, 오빠는 조카인 것이다.

만일 안티고네가 목숨을 걸고 지키려는 오빠의 존재가 순수하게 상징적 위치로서의 어떤 것이라면 이 순수한 존재는 상징계적 위치 안의 오빠라는 '이상성'을 가정하는 것이 된다.[251] 라캉이 상징계를 보편적 법의 초월적 효과로 신비화하거나 이상화한다는 버틀러의 비판은 정신분석학이 한쪽 문으로 신을 내보내면서 다른 한쪽으로 신을 맞아들이는 '신학적 충동'이라는 비난에까지 이른다.[252) 상징계가 어떤 경우에도 유지되고 지켜져야 할 근본적 토대라면, 상징계의 문지방이자 경계에 있던 안티고네가 생중사의 형벌로 처벌받는 것도 친족과 상징계를 분명하게 만드는 근친상간의 금기를 폐기했기 때문인 것이 된다. 따라서 이 논의는 라캉의 안티고네 해석이 결국 오빠를 위해 자신의 목숨의 희생하는 안티고네를 미화하여 친족 질서를 더욱 공고히 하는 데 기여했다는 비판이 된다.

헤겔에게 오빠에 대한 누이의 이 사랑은, 개념 내용을 갖지 않는 순수한 가족이나 친족 위치로서의 오빠에 대한 사랑이라면, 라캉에게 이 사랑은 친족의 위치에 있는 다른 어떤 오빠도 대신할 수 없는 단 한 사람 폴뤼네이케스에 대한 특이하고 유일한 것이다. 그러나 두 사람 모두에게 오빠에 대한 이 사랑은 근친상간적인 애정도 아니다. 이는 오빠라는 특이한 '상징적 위치'를 수호하기 위한 것이고, 그런 의미에서 버틀러는 라캉의 안티고네는 여전히 친족을 수호하기 위한 상징계의 경계에 있다고 해석한다. 상징계를 한쪽 문으로 내보내면서 다른 한쪽으로 교묘히 불러들이려는 '신학적 충동'이라는 것이다.

라캉의 안티고네가 상징적 법을 넘어서는 주이상스와 죽음 충동의 윤리성을 나타낸다면, 버틀러의 안티고네는 상징적 법 안에서 그 법에 일탈적인 방식으로 복종하는 주체의 정치성을 보여준다. 버틀러는 상징적 언어로 발화되지 않는 것은 저항이나 혁명의 실천적 가능성이

---

251) Judith Butler, *Antigone's Claim: Kinship Between Life and Death* (New York: Columbia UP, 2000), 14.
252) *Ibid.*, 45, 75.

없다고 보며, 상징계에 틈이나 환상의 방식으로 나타나는 상상적인
저항은 실제로 자신이 반대하는 법을 바꾸는 데는 무력할 뿐이라고
비판한다. 심리적인 저항은 자신에게 앞선 법의 지속, 즉 상징적 형식
을 가정하는 것이고, 그런 의미에서 법의 현 상태에 기여한다. 그렇다
면 저항은 영원히 실패할 운명에 놓인 것처럼 보인다는 것이다.[253]
그렇다면 라캉의 정신분석이 아무리 상징적 욕망을 가로지르는 죽음
충동의 윤리성을 말한다고 해도, 여전히 이성애적인 친족질서 위에
세워진 상징계라는 보편전제를 유지하는 데 기여한다는 점을 부인할
수 없게 된다. 라캉의 상징계는 아무리 그것을 초월하는 잉여를 논의
한다 해도, 상징계가 없으면 의미화 자체가 불가능하다는 의미에서
여전히 굳건하다. 그것은 보편적이고 무역사적인 구조로서의 상징계
를 소환하는 신학적 충동이며, 이런 상징계의 권위가 그것에 복종하
지 않은 자를 비체로 만드는 것이다.

　여기에 복종하지 않은 비체는 바로 퀴어들이다. 퀴어는 살아도 산
것이 아닌 생중사의 삶을 산다. 그들은 합법적인 결혼을 할 권한이
거의 없고, 함께 살던 가족이 죽어도 시신을 양도받을 권리를 갖지
못한다. 심지어 이들이 자녀를 입양하는 것에 대해서 미카엘 워너와
같은 신라캉계 이론가들은 이성애적 부모가 없는 가정의 아동은 정신
병에 걸리기 쉽다는 이유로 반대한다. 그래서 이들의 삶은 상징계를
가로지른 어느 추상적 지점에 와 있는 것이 아니라, 살아도 이미 죽
은 조르지오 아감벤의 '호모 사케르(Homo Sacre)'의 삶, 한나 아렌트
의 '그림자 영역', 그리고 올랜도 패터슨의 '사회적 죽음'을 살고 있는
살아 있는 현실의 구체적인 사람들이다. 퀴어의 삶은 죽음을 선고받

---

253) Judith Butler, *Psychic Life of Power*, 98.

고 이미 상징적 죽음을 살아가는 안티고네의 삶과 다를 바가 없다.

안티고네의 삶은 퀴어 주체의 삶을 보여주기도 하지만, 어쩌면 불확실한 젠더 정체성을 가지고 살아가는 우리 모두의 삶을 말하는 것인지도 모른다. 앞서 우리가 살펴본 대로 모든 주체가 패러디, 수행성, 반복 복종, 우울증의 양식으로 구성되는 불안정하고 불확실한 젠더 정체성을 가지는 것이라면, 그래서 그 젠더 정체성은 단일한 언어로 말할 수 없게 미래로 열려 있는 급진적인 재의미화, 재발화의 가능성이라면, 우리의 모습이 곧 안티고네의 모습이고, 퀴어의 모습이지 않겠는가? 안티고네가 오빠에 대한 특이성 때문에 목숨을 버린다지만, 오빠는 이미 근친상간의 결과 누구인지 분명히 알 수 없고, 여성적 윤리 때문에 국가법을 저버린다지만 안티고네 안에 이미 남성적 면모가 우울증적 합체 양식으로 들어와 있기 때문이다.

버틀러가 『안티고네의 주장』에서 주장하는 것은 간단히 말하면 친족 교란과 젠더 역전이다. 버틀러에 이르면 안티고네의 친족 안의 지위도 불안하지만, 오빠의 순수한 특이성이나 유일성도 부정되거나 의심된다. 라캉의 안티고네가 대표한다고 가정되는 '친족'이야말로 정치에 속하지 않으면서 정치를 가능하게 만드는 조건, 국가의 외부에 있으나 국가에 없어서는 안 되는 것이라는 의미에서 상징계의 법을 공고히 하는 작용을 한다. 그러나 안티고네는 이미 아버지와 할머니의 결합으로 얻어진 근친상간의 딸이고, 여성적 영웅이라고 하기엔 남성적 권위를 너무 많이 띠고 있다. 그녀는 자기 안에 이질적인 타자를 우울증적으로 안고 있는 모호하고 양가적인 주체이다. 따라서 '친족'도, '여성'도 대표할 수가 없다.

버틀러가 주장하는 친족의 애매성과 젠더의 모호성은 어디서 오는 것일까? 하나는 그녀 자신이 처해 있는 친족 체계의 위기이다. 안티고네의 오빠는 오이디푸스도 폴뤼네이케스도 있고, 어떤 의미에서는 안티고네는 폴뤼네이케스의 고모가 될 수도 있기 때문에, 오빠라는 유일한 대상에 대한 순수한 욕망을 발현하는 것은 이미 불가능하다. 아버지이자 오빠인 오이디푸스 때문에 어머니를 제외한 모든 위치를 구가할 수 있는 친족 위치의 불안정성 때문이다. 오빠는 아버지를, 아버지는 오빠를 이미 자신의 내부에 안고 있는 것이라면, 부모님도 남편도 자식도 대신할 수 없는 오빠의 특이성, 유일성은 이미 불가능하다.

우선 친족 교란이라는 입장에서 살펴보자. 안티고네가 '오빠'라는 이름으로 소환하는 주체는 언어 체계 속의 반복된 호명을 통해 언제나 재의미화와 재발화의 가능성 속에 놓여 있다. 발화된 말은 발화된 순간 발화자의 의도를 넘어서 언제나 새로운 의미로 열릴 수 있기 때문에 단 하나의 대상을 지칭할 수 없고, 안티고네가 목숨을 걸고 애도하고자 하는 '오빠'는 확대 재생산되면서 대상의 비일관성과 모순을 보여준다. 안티고네가 목숨을 걸고 오빠의 매장 행위를 하는 것도, 그 누구도 대체할 수 없는 단일하고도 특이한 오빠에 대한 사랑 때문이기보다는, 오빠인지 아니면 아빠인지 알 수 없는 대상이다. 이제 오빠라는 용어의 전환가능성과 재생산가능성 때문에 '근본적인 특이성'은 포착될 수 없다.[254]

실제로 안티고네는 두 번의 매장 행위를 한다. 그리고 안티고네의 사랑을 요구한 쪽은 오히려 테베의 흙에 덮여 안장되기를 갈구했던 오이디푸스일 수도 있다. 우선 안티고네가 친족을 교란시키는 근본적

---

254) Judith Butler, *Antigone's Claim: Kinship Between Life and Death* (New York: Columbia UP, 2000), 77.

인 원인은 그녀가 근친상간의 딸이라는 점에 있다. 오이디푸스가 어머니 이오카스테와 결혼해 낳은 딸은 모계 측에서 보면 오이디푸스의 누이이기도 하다. 안티고네가 모든 친족을 대변하는 것이 아니라, '남편도, 자식도 대신할 수 없는' 오빠만의 특이성이나 독특성 때문에 목숨을 던지는 것이라면, 이미 친족의 보편성도, 오빠라는 유일성도 이미 상실된 것이다. 근친상간 속에 복잡하게 얽힌 친족 구조에서 아빠는 오빠가 되고, 오빠는 조카가 되며 안정된 친족의 위상은 불안하고 모호하다.

이미 합당한 매장의식을 치른 에테오클레스는 제한다 하더라도, 추방지 콜로누스에서 운명하면서 자신의 시신이 테베의 먼지에 묻히길 소망했고, 자신만이 안티고네의 사랑의 대상일 것이라고 예언한 오이디푸스에 대한 사랑도 '오빠'에 대한 사랑일 수 있다. 그래서 안티고네의 두 번의 매장 행위는 의미심장하다. 그것은 기원을 알 수 없는 모호한 오빠에 대한 이중적 애도 행위로 읽힐 수 있는 것이다. 오이디푸스의 예언("그 누구에게도 너희는 내게서 받은 것 이상의 사랑을 받지는 못할 것이며, 그리고 이제 그런 나 없이 너희는 여생을 살아가게 될 것이다"(1617-1629))처럼 안티고네의 오빠에 대한 사랑은 오이디푸스/폴뤼네이케스에 대한 사랑이고, 두 번의 애도 행위도 폴뤼네이케스에 대한 것인 만큼 오이디푸스에 대한 것일 수 있다.

두 번째로 안티고네는 대단히 여성적 행위로 남성적 권위에 항거하고 있지만 그 과정에서 남성의 권위적 언어를 흡수하기도 한다. 크레온뿐 아니라 코러스와 메신저는 곳곳에서 안티고네를 남자답다고 부르지만 안티고네의 젠더 역전 양상은 두 세 대목에서 두드러진다. 하나는 안티고네가 크레온에게 정면으로 도전하는 장면에서이고, 또 하

나는 안티고네가 이스메네와 완전히 자매의 정을 끊고 절연하는 장면
이며, 마지막으로 안티고네가 오이디푸스에게 아들이라 불릴 때이다.

우선 안티고네는 강력한 부권적 남성의 목소리를 그대로 반사하면
서, 남성의 언어로 크레온의 칙령에 맞선다. 크레온이라는 국가권력에
정면으로 대항하면서, 칙령을 전한 크레온과 대등한 방식으로 그에
맞서는 남성적 반항 행위를 하는 것이다. 안티고네는 언어를 초월하
는 여성적 침묵의 저항을 한 것이 아니라, 자신의 범죄적 행위를 인
정하고 목숨을 버리더라도 그로 인한 책임을 다할 것을 공석에서 당
당히 언어로 선언한다. 그리고 그 순간 크레온이나 하이몬을 오히려
여성화시켜 버린다. 크레온은 자신의 남성적 자존심을 걸고, 자신이
살아 있는 동안에는 "어떤 여성도 통치하지는 못할 것"(51)이라고 결
단을 내린다. 그것은 자신이 안티고네에게 조금이라고 관용을 베풀면
자신의 위치가 여성이 되고, 안티고네는 남성이 될 것이라는 두려움
을 함축하고 있다. 크레온은 만일 안티고네의 행위를 처벌하지 않으
면 "내가 남자가 아니라 그녀가 남자일 것"(525)이라고 주장하고,
"한심한 녀석, 한낱 여인에게 굴복하다니!"(746)라며 자신이 여성화
될 것에 대한 두려움을 아들에게 비난의 형태로 쏟아내기도 한다. 따
라서 안티고네는 남성적 통치권의 형태를 띠고 있으며, 그것은 공유
가 불가능한 남성성이라서 상대방을 여성화되고 열등한 사람이 될 것
을 요구하고 있다.[255]

두 번째로 안티고네는 국가법을 따르라고 권유하는 이스메네와 결
연히 의절한다. 안티고네는 오빠를 애도하려는 욕망 때문에 국가법이

---

255) Judith Butler, *Antigone's Claim: Kinship Between Life and Death*
(New York: Columbia UP, 2000), 9.

라는 한계를 초월하고자 하고 그 과정에서 여동생 이스메네와는 확실히 다른 태도를 보인다. 노골적으로 "다신 그런 말 하지 마라. 네가 원한다 해도 나는 너와 함께하지 않을 거야…… 크레온에게로 가라. 네가 그토록 좋아하니까"라며 자매간의 인정이나 의리까지 절연한다. 이스메네는 국가법이 지엄하니 어찌 그리 무서운 범법행위를 하겠느냐고 안티고네의 의지에 대해 두려움을 보이는데, 안티고네는 자신을 다시는 언니라고 부르지도 말라면서 단칼에 자매의 정을 끊어버린다. 심지어는 언니의 뜻이 그러하다면 언니를 따르겠다고 할 때조차도 강력히 거부하는 안티고네의 의지는 결연하다 못해 섬뜩하다. 도저히 같은 자매간이라고 볼 수 없을 정도의 비인간적이고, 남성적인 의지를 보여주는 것이다.

마지막으로 안티고네는 아버지에게서 남자라는 칭호를 부여받은 바 있다. 오이디푸스는 황야로 자신을 수행하는 두 딸을 두고 "너희들이야말로 그 계집애들(에테오클레스와 폴뤼네이케스)을 대신해 네 불운한 아버지의 슬픔의 짐을 지고 있구나"(337-344)라고 말하며, 계집처럼 고국에 눌러앉아 권력 다툼이나 벌이는 아들은 마치 집에 들어앉아 베틀이나 돌리는 여자와도 같고, "나의 딸들이 지금처럼 나를 보호하고 있으니, 그 딸들이야말로 나의 보호자이고, 여자가 아니라 남자로다"(1559-1563)라고 선언한다. 부권에 대한 충성을 다하는 충직함이 남성적 자질로 인정받은 결과이다.

이처럼 안티고네의 정면승부는 크레온의 강요된 고백을 완강히 거부한다는 뜻이고, 크레온의 통치권에 전면으로 도전한다는 의미이다. 즉 자신이 거부하려 했던 통치권의 언어를 오히려 효과적으로 수행하는 강력한 주장의 언어인 것이다. 크레온이 그런 남성적 주장의 언어

에 위협을 느끼고 만일 안티고네의 당당한 반항을 용인한다면 자신이
곧 여자일 것이라고까지 말하는 것은 우연이 아니다.

이처럼 친족 교란과 젠더 역전이라는 양상을 통해 버틀러는 안티고
네를 비순수의 모호한 비체, 즉 '퀴어 주체'[256]의 양상으로 재해석한
다. 이미 근친상간의 딸인 안티고네는 '오빠'의 상징적 위치가 가지는
유일성이나 특이성을 입증할 수 없으며, 이미 자신의 내부에 남성성
을 안고 있어서 여성성을 대표한다고도 할 수 없다는 것이다. 버틀러
는 자신이 안티고네를 어적 영웅으로 세우려 하지는 않는다고 말하지
만, 그것은 영웅이라는 또 다른 어떤 순수 대표성에 저항하려는 것이
지 사실 어느 정도는 안티고네를 퀴어 주체의 모범적 예로 세우고 있
다. 이 퀴어 주체는 확대해 본다면, 자신 안에 그 대립물을 '구성적
외부(constitutive outside)'로서 안고 있는 모든 현대의 젠더 주체일
것이다. 특히 버틀러가 안티고네에게 주목하는 부분은 수행문과 우울
증의 양상으로 나타나는 퀴어적 양상이다.

우선 안티고네는 수행적 주체이다. 안티고네의 주장도 그 주장으로
인해 자신의 죽음을 부르는 수행문이고, 그중에서도 '발화효과 수행
문'[257]이다. 게다가 안티고네는 수행문으로 주장만 하는 것이 아니라

---

256) 퀴어 주체란 범역사적으로 동성에 대한 욕망을 형성하고 묘사하는 일련
     의 사례가 아니라, 모든 보편성의 혐의가 있는 용어를 구성주의의 입장
     에서 문제로 제기한 일련의 결과라 할 수 있다. Annamarie Jagose,
     Queer Theory: An Introduction (New York: New York UP, 1996), 74.
257) 영국의 언어철학자 A. J. 오스틴은 진술문(constative)과 수행문(performative)
     을 구분하면서 전자는 진위 판별이 가능한 것, 후자는 진위 판별보다는 언
     어의 효과로서 어떤 행위를 수행하는 것이라고 말한다. 수행문도 두 가지
     로 나뉘는데 발화수반적 수행문(illocutionary)은 뭔가를 말하는 순간에 행
     위가 일어나는 것인 반면, 발화효과적 수행문(perlocutionary)은 일련의 결
     과를 시작하게 만드는 것이다. 즉 발화수반적 화행은 시간의 경과 없이 즉

아버지의 저주의 수행문을 전 미래의 형식으로 몸으로 살아낸다. 발
화효과 수행문은 발화수반 수행문과는 달리, 발화 즉시 그 효과가 나
타나는 것이 아니라, 시간의 흐름 속에 다양한 의미화의 가능성을 안
고 효과가 발휘된다. '안티고네의 주장'과 '오이디푸스의 예언'은 이미
결정된 미래, 미래완료의 시제로 행위를 유발시키는 수행문이다.

버틀러가 말하는 '안티고네의 주장'은 하나의 의미로 모아질 수 없
는 수행문이다. 수행문은 언제나 시간을 두고 반복되면서 재발화되고
재의미화되기 때문이다. '발화효과 수행문'인 안티고네의 주장은 크게
두 가지이다. 하나는 크레온의 칙령에 대항해서 안티고네가 자신의
위반행위를 인정할 때의 수행문이고, 다른 하나는 안티고네가 소급적
으로 복종하며 자신의 운명을 사후적으로 구성하는 아버지/오빠의 이
중적 오이디푸스가 가하는 저주의 수행문이다.

첫 번째 수행문은 "나는 내 행동을 부인하지 않겠습니다(I will not
deny my deed)" 혹은 "나는 부인하지 않습니다(I do not deny)"이
다. 자신의 행위에 대한 '부인의 부인' 즉 '이중 부정'의 수행문은 한
편으로는 긍정이나 부정에 대한 확실한 진위 여부를 회피하는 수행문
의 모호성을 보여준다. 부인하지 않겠다는 것은 단순히 "네, 제가 그
랬습니다"와는 달리 딱히 그 행위를 했다는 주장이 아니다. 물론 이
주장은 크레온에 대한 정면대항의 언어이기도 하지만 언어상으로는
모호하게 행위를 흐리는 듯한 수행문, 재의미화와 재발화에 열린 수
행문이기도 하다. 안티고네는 아버지의 법을 관통한 것이 아니라 그

각적인 효과를 산출하지만, 발화효과적 화행은 발화의 순간에 일어나기보
다는 그 말의 결과나 효과로서 시간적 격차를 두고 나중에 실행되는 것이
다. Butler, *Excitable Speech: A Politics of the Performative* (New York:
Routledge, 1997), 17.

법에 교란적 방식으로 복종한 결과 법에 저항한 방탕아이고, 자신의 내부에 친족과 젠더의 불가능성을 안고 있는 불순한 주체이다. 안티고네의 언어는 그 의미가 말하는 순간 완전하게 결정될 수 없는 수행문이다. '안티고네의 주장'은 자신의 행위를 이중 부정으로 전하고, 아버지의 예언을 전 미래의 형식으로 실현하는 '발화효과 수행문'이다.

　두 번째 수행문은 오이디푸스의 저주의 말이다. 오이디푸스는 폴뤼네이케스에게 "너는 이 전쟁으로…… 형제의 손에 죽고, 너를 내쫓은 자를 죽이게 될 것이다!"(1385-1393)라고 저주하고, 안티고네에게는 "그 누구에게도 너희는 내게서 받은 것 이상의 사랑을 받지는 못할 것이며, 그리고 이제 그런 나 없이 너희는 여생을 살아가게 될 것이다"(1617-1629)라고 선언한다. 그 저주는 다름 아닌 안티고네가 죽을 때까지 그 누구도 아닌 아버지만을 사랑하리라는 운명의 수행문이다. 이 수행문은 아버지의 절대적인 사랑과 다른 어떤 사랑도 용인하지 않는 절대적 배타성의 저주를 동시에 구현한다. 이것은 자신만이 안티고네의 유일한 남자임을 선언하는 오이디푸스의 명령이자 저주이지만, 안티고네는 이에 일탈적으로 복종한다. 아버지에 대한 사랑을 오빠에 대한 사랑으로 바꾸면서 오이디푸스의 말을 완성하면서도 이를 배반하는 것이다. 오빠/아빠는 합당한 매장을 해줄 것을 호소하고, 그것은 전장에서 죽어 지하세계로 갈 것이라는 아버지의 저주와 충돌한다. 이는 저주의 말과 그 말의 결과, 즉 언어와 행동 간의 일탈과 불일치로 이어진다.[258] 그녀의 언어 자체가 말해진 욕망을 넘어서서 의도 이상의 것을 의미하게 되고, 그것은 욕망이 언어 속에서 겪는 특정한 운명의 양상을 표명하

---

258) Judith Butler, *Antigone's Claim: Kinship Between Life and Death* (New York: Columbia UP, 2000), 58-9.

게 된다. 안티고네의 행위가 범죄적이지만 유일한 '오빠'를 위한 것이지만 그 오빠는 폴뤼네이케스와 오이디푸스 사이에서 흔들리기 때문에 유일할 수가 없다. 안티고네가 행했던 두 번의 매장 행위는 테베의 흙에 안장되기를 원했던 두 오빠 폴뤼네이케스와 오이디푸스에 대한 것으로 해석될 수 있다.

이 수행문은 소급적으로 해석되고, 그런 의미에서 이미 결정된 미래를 구현한다. 『안티고네』는 『콜로누스의 오이디푸스』보다 연대기적으로 먼저 쓰였지만, 나중에 쓰인 아버지의 저주는 소급적으로 과거로 돌아와 안티고네의 운명을 결정하기 때문이다. 직선적 시간관을 거부하는 소급적 시간성은 저주의 수행문이 직선적 시간을 거슬러 다양한 방식으로 의미화되는 양상을 보여준다. 나중에 쓰인 것이 이전의 것을 결정한다는 것은, 아직 생기지 않은 어떤 것이 이미 현재의 행위에 영향을 준다는 의미에서 반복의 시간성에 놓여 있고, 그 반복의 시간 속에서 저주의 행위로 생긴 결과는 저주가 예상치 못한 결과를 낳는 일탈된 반복이 된다.

두 번째로 순수하지 못한 주체, 자신의 내부에 자신과 반대되는 것을 모순적으로 안고 있는 퀴어 주체의 양상은 우울증의 방식으로 나타난다. 프로이트에 따르면 애도와 달리 우울증은 애도의 대상이 불분명하기 때문에 완전히 애도되지 않고 남아서 주체의 자아 일부를 구성하는 것이다. 안티고네의 우울증은 사적 영역과 공적 영역에서 둘 다 발생한다. 사적 영역에서 안티고네는 자신이 애도하고자 하는 대상이 누구인지 모르기 때문에 완전한 애도를 완성할 수 없다. 오빠에 대한 사랑은 곧 아빠에 대한 사랑이고, 오빠/아빠는 경계가 불확실하기 때문이다. 안티고네는 애도가 금지된 대상을 자신의 내부로

합체해서 자아의 일부를 이루게 된다.259) 버틀러는 이렇게 애도되지
못한 대상, 끝나지 않은 슬픔은 자아를 구성하는 환상적 양식이 된다
고 주장한다. 끝나지 않은 슬픔에서 형성된 동일시는 상실된 대상이
자아에 합체되면서, 대상을 자아에 환상적으로 보유하는 양식이 되는
것이다.260) 안티고네가 상실했고, 그 대상이 무엇인지 불분명해서 자
신의 몸에 합체하고 자신의 자아로 동일시하고 있는 대상은 오빠/아
버지인 폴뤼네이케스/오이디푸스이다. 안티고네는 남성적 자아를 합
체한 여성이라서 여성적 윤리가 아닌 남성적 오만이나 무모한 과도함
으로 크레온에 맞선다. 안티고네가 공적인 애도를 고집하는 것도 그
녀를 여성 젠더에서 오만으로, 분명히 남성적인 무모함으로 가게 하
고 이것이 보초병과 코러스와 크레온으로 하여금 누가 과연 남성인지
를 심문하게 한다. 이제 안티고네는 자신의 내부에 남성을 안고 있는
'유령' 같은 존재가 되는 것이다.261)

한편, 공적 영역에서 안티고네는 애도가 칙령으로 금지된 대상을

---

259) 프로이트는 애도와 우울증은 모두 사랑하던 대상을 상실했을 때 일어나
는 주체의 반응이지만 세 가지 면에서 구분된다고 설명한다. 즉 우선 애
도는 대상이 의식적인 반면, 우울증은 상실한 대상이 '무의식적'인 것이라
서 무엇을 상실했는지 정확히 파악하지 못한다. 두 번째로 애도는 상실한
대상을 잠시 '내투사(introjection)'했다가 일정 기간 지나면 다른 대상을
찾는 정상적인 과정이지만, 우울증은 대상을 자아로 끌고 와 자아 일부
로 '합체(incorporation)'한다는 특징을 갖는다. 마지막으로 애도와 달리
우울증의 경우에는 사랑하던 대상에 대한 애증의 양가감정 때문에 자아
의 일부가 된 애정의 대상을 증오하고 박해하는 '사디즘'이 발현된다.
Sigmund Freud, "Mourning and Melancholia", *SE XIV*, 239-58.
260) Judith Butler, *The Psychic Life of Power: Theories In Subjection*
(Stanford: Stanford UP, 1997), 132.
261) Judith Butler, *Antigone's Claim: Kinship Between Life and Death*
(New York: Columbia UP, 2000), 80.

애도하고자 하기 때문에 완전한 애도가 불가능하다. 그녀의 우울증은, 자신이 주장하는 공적인 언어를 통한 애도가 거부된 데서 비롯되기도 하는 것이다. 타당성이나 적법성이 거부된 주체는 살지도 죽지도 못하고, 인간됨의 경계에 있는 비인간적인 것을 나타내게 된다. 죽었으나 합당한 애도가 금해진 대상을 애도한다는 것은 살아도 죽은 삶을 사는 우울증의 주체와도 같다. 이것은 사회적 인식가능성이 제도적으로 배제되어 있는 삶을 살아가는 퀴어의 삶이고, 사회적 죽음과 그림자 영역 속에 내던져진 '호모 사케르'의 삶이다. 더 구체적으로는 결혼이나 입양, 친권이나 시체 양도권까지도 보장받지 못하는 동성애 커플의 삶이기도 하다.

만일 지젝의 설명대로 애도는 '대상'을 잃고 '대상 a'를 유지하는 반면, 우울증은 '대상 a'를 잃고 '대상'만을 유지하는 것이라면,262) 죽은 오빠라는 대상에 대한 안티고네의 반응은 그 오빠가 누군지를 알 수 없는 '모호한 애도의 대상'에 대한 우울증일 것이다. 안티고네는 오빠라는 '대상'은 상실했지만 욕망의 대상원인인 '대상 a'는 계속 유지하면서 충분한 애도가 끝나면 다른 대상으로 사랑을 옮기는 것이 가능하지 못한 주체다. 오히려 오빠라는 '특이한' 대상을 유지하면서 그 오빠의 '특이성'조차 입증할 수 없는 우울한 주체인 것이다. 안티고네의 욕망은 여러 친족 중 특정하게 오빠라는 특수한 대상에 고착되어 있고, 그 특이성과 유일성은 다른 것으로 대체되거나 타협될 수 없다지만, 그 오빠가 폴뤼네이케스이고 어떤 것도 대신할 수 없는 유일한 것이라고 주장하지만, 그 주장은 의심스럽다. 오빠의 특이성에 대한

---

262) Slavoj Žižek, "Melancholy and the Act", *Critical Inquiry 26* (Summer 2000): 659-63.

주장, 오빠는 근본적으로 재생산이 불가능하다는 주장은 이미 틀렸기 때문이다. 오빠는 누구인지 알 수 없고, 애도는 공개적 재생산에 실패한다. 이 애도의 금지는 보이지 않는 공적인 법이 명한 것이고, 그래서 안티고네에게는 애도할 권리를 주장하는 바로 그 공적인 언어를 통한 애도가 거부되어 있다. 버틀러는 이때 말해질 수 없는 것은 사회적으로 제도화된 배제, 사회적으로 제도화된 우울증이다.[263]

버틀러는 특히 우울증에서 나타나는 애증의 양가감정에 주목하면서 사랑했던 대상에 대한 사랑이 크면 클수록 그 대상에 대한 미움과 증오의 감정도 커진다는 점을 사회적인 반동 담론으로 확대하여 설명한다. 어떤 대상에 대한 증오가 합체된 대상에 대해 발현될 때에는 한 개인의 자아 박해로 인한 대외활동 정지와 세계에 대한 관심저하로 나타나지만, 그것이 외부적 표현을 금지한 사회적 담론 권력에 대한 반동적 감정으로 표현될 때는 억압당한 소수자의 사회적 분노와 공격욕으로 표현될 수 있다는 것이다. 공적 차원에서의 우울증은 살아도 산 것이 아닌 지배담론 외부의 집단에게서 제도에 대한 분노와 공격성으로 나타날 수 있다.[264]

이 제도화된 우울증은 공적인 영역에 유령처럼 나타나 인간의 공적

---

263) 버틀러는 이처럼 사회적으로 제도화된 배제나 우울증의 영역은 올랜도 패터슨의 '사회적 죽음', 한나 아렌트의 '그림자 영역', 죠르지오 아감벤의 '호모 사케르'에 비유하여 살아도 살아 있는 것이 아니면서 살아 있는 공동체의 삶에 꼭 필요한 조건이자 구성적 외부로 설명한다.

264) 호미 바바는 우울증이 수동성의 형태가 아니라 반복과 환유를 통해 일어내는 반항의 형태라고 주장한다. 버틀러는 이 입장을 수용하면서 내면화된 우울증과 달리 사회적으로 표출된 우울증은 정적인 것이 아니라 억압당하고 박해받았던 모반의 행동이라고 주장한다. Judith Butler, *The Psychic Life of Power: Theories In Subjection* (Stanford: Stanford UP, 1997), 190.

294

인 구성에는 배제되어 있으나 분명 인간적이기도 한 '잘못된 비유어(cathchresis)'의 의미로 나타난다. 공적인 법과 사적인 법이 서로 대립하는 것이 아니라, 법이 자신의 내부에 상대를 자신의 무의식으로 안고 있는 것이다. 그래서 '공적인 법의 무의식'은 자신의 근원이나 기원을 모르기 때문에 그것이 구체화될 때에는 언제나 비유어의 오용으로만 나타난다. 그리고 이것이야말로 공적인 법이 성문화될 수 없는 조건이기도 하다. 따라서 안티고네는 그 어떤 최종적인 동일시도 불가능한 주장의 언어에 참여하면서 자신은 배제된 호명의 언어로 말한다. 따라서 무엇인가를 대표한다거나 다른 것과 개념적 분리가 확고한 어떤 것을 재현한다고 말할 수 없는 위치에 있다. 안티고네는 사회적 반복가능성의 관점, 규범이 일탈될 잠정적 가능성을 친족이라는 개념을 통해 읽어낸 것이다. 만일 대표 불가능성을 말하고자 하는 안티고네가 대표하는 것이 있다면 그것은 법의 무의식으로 인한 미결정성과 우유부단성일 것이다. 안티고네는 정치적 규범속의 교차점으로 작동하면서 정치적 비유어의 오용을 통해 이룩된 새로운 인간 영역에 대한 사례가 될 것이다.

이러한 새로운 인간의 영역은, 인간보다 못한 것이 인간으로서 말할 때, 젠더가 뒤바뀌고, 친족이 자신이 토대한 법 위에서 비틀거릴 때 생겨난다. 안티고네의 발화 행위는 치명적인 범죄이지만 그것은 전도유망한 치명성, 일탈된 담론의 사회형식, 전례 없는 미래의 담론으로 열려 있다. 이제 안티고네는 상징계를 관통하는 영웅적인 아름다움이나 비극적 숭고함이기보다는 상징계 안에서 반복된, 또한 일탈된 복종을 통해 새로운 의미를 창출하고자 하는 복잡하고 모호한 주체, 자신 안에 타자를 이미 합체한 수행성의 주체, 비순수의 우울한 퀴어 주체로 설명될 수 있다.

결론적으로 버틀러에게는 라캉이 말하는 유일한 오빠도 없을 뿐더러, 유일한 오빠에 대한 사랑을 강조하는 것은 사실 이성애에 입각한 결혼제도를 공고히 하고, 아버지의 법이 지배하는 상징질서를 견고하게 만드는 데 기여할 뿐이다. 오히려 안티고네는 오이디푸스의 딸이면서 누이이고 여성이면서 남성이다. 이 친족 교란과 젠더 역전의 퀴어 주체는 완전한 자기동일적 주체를 부정하는 수행성의 주체이다. '안티고네의 주장'은 일원한 될 수 없는 열린 의미의 수행문인 동시에, 남성적 오만이나 무모함을 그대로 모방하는 것이며, 안티고네는 사랑했으나 그 대상이 모호한 아빠/오빠를 자신의 에고에 합체하고 있는 우울증자인 것이다. 이제 안티고네는 여성적인 법, 가정의 수호신의 법을 대표할 수 없으며, 오빠의 유일성이나 특이성도 부정된다. 그리고 이런 젠더 주체는 현대를 사는 불안정한 비정체성의 주체인 우리의 모습이기도 하다. 우리의 언어도 안티고네나 오이디푸스의 말처럼, 하나 이상의 담론에서 비롯되었기 때문에 의도되지 않은 양상으로 일탈되어 전달되는 언어를 말하며, 남성 안에 여성을, 여성 안에 남성을 안고 살아가기 때문이다.

안티고네의 비순수의 정치성은 이성애 사회 속에서 규범적 가족구조를 거부하고 살아가기 때문에 사랑하는 사람을 상실해도 공개적으로 애도할 수 없는 사회적 우울증의 양상을 퀴어의 정치성으로 발현한다고 본다. 이 언어는 순수한 반대의 정치성이 아니라, 그 내부에 반대한다고 가정되는 상대를 끌어오기도 하고, 반대하면서 상대편 행위 주체를 활용하기도 하며, 자신이 그 반대를 통해 강력히 주장하고자 하는 대상조차 모호하고 복잡하게 흐리는 비순수의 '정치성'을 피력한다.

제5장 안젤라 카터의 환상적 젠더 정체성, 『서커스의 밤』

　문학에서의 페미니즘은 '여성 주체적인 여성'이라는 주제를 끊임없이 되울리고 있다. 서구 문학사에서 보편 주체로 간주된 것은 남성 주체였고, 계몽주의 이후의 근대적 주체라는 개념조차 남성이었다는 인식이 있게 되면서 여성은 남성의 타자나 대상으로서가 아닌 여성 주체적인 여성의 위상을 정립할 필요가 있다고 여겨지게 된 것이다. 그러나 여성적 특성이나 여성만의 고유한 특이성을 강조하게 되면 여성을 하나의 범주로 소환하게 되고, 그에 따라 여성 내부의 다양한 차이들을 억압할 가능성이 있다. 따라서 여성이라는 보편 패러다임으로 어떤 규범을 형성해서 폭력적 위치를 갖지 않도록 하면서 페미니즘의 정치적 요구에 따라 실천적 거점을 가지는 여성 주체의 모색이 문학에서도 중요한 문제로 제기되었다.

　역사적으로 문학적 페미니즘은 남성 텍스트 비평(androtext criticism), 여성 텍스트 비평(gynotext criticism)을 거쳐 정체성 비평(identity criticism)으로 나아가고 있다. 문학적 페미니즘의 첫 단계가 남성 텍스트나 가부장적 문학 정전에서 나타나는 마녀/천사, 요부/성모라는 이분법적 여성상을 비판하고 거부한다면, 두 번째 단계는 남성적 정전의 역사 속에 묻혀진 여성 텍스트를 발굴하고 여성 문학사를 다시 쓰면서 여성적 글쓰기의 특성을 발굴하고 그 의미를 재평가한다. 남성적 질서 속에서 부정적인 의미를 띠던 여성적 공백, 균열, 틈, 백지 등은 여기서 긍정적으로 재의미화된다. 가장 중요한 것은 세 번째 단계, 즉 남성적인, 혹은 여성적인 글쓰기나 남성성, 여성성은 존재하지 않으며 각자는 서로의 내부에 이질성이나 타자로서 상대를 안고 있다는 논의의 단계이다. 중요한 것은 남성적 글쓰기나 여성적 글쓰기가 아니라 양자의 차이를 인정하면서도 자신의 내부에 들어와 자신을 구성하고 있는 이질적 외부를 수용하는 일이다.

이처럼 문학적 페미니즘에서 여성성 논의는 소극적으로는 남성 질서가 규정한 여성성에 대한 저항으로, 적극적으로는 '여성 주체적인' 여성의 관점에서 여성성의 탐색으로, 더 나아가 남성성과 여성성이 서로의 내부에 이질성으로 존재하는 상호 교차적이고 모호한 젠더 특성의 탐색으로 진행되었다. 여성은 남성의 입장에서 대상화되거나 객체화되기를 거부하면서 여성 주체적인 시각에서 '여성으로 정체화된 여성(woman-identified woman)'을 정립하고자 했고, 더 나아가 여성은 남성과 달리 분명하게 변별적으로 존재하는 젠더 주체가 아니라 자신의 내부에 남성성을 안고 있는 이중적이고 모호한 주체라는 인식에 도달하게 된 것이다. 이는 그간 남성 주체의 대상으로 '보이는 여성'이 여성 주체적인 입장에서 '바라보는 여성'으로 전환되었고, 또다시 '보이는 여성'/'바라보는 여성'의 이분법적 경계를 흐리는 제삼의 단계로 진입했음을 의미한다.

보이는 여성과 바라보는 여성은 '여성'이라는 보편적 의미 범주를 필요로 한다. 그리고 이 '여성'은 공통적 성향을 가진 어떤 존재론적 집단을 기반으로 해서 설정된다. 그러나 정체성 비평 단계에 이르면 여성의 공통적 범주나 본질적 속성은 모두 거부된다. 남성성이나 여성성이라는 젠더 특질은 기율담론이나 젠더규범의 소산이라고 파악되기 때문이다. 여성은 보이는 대상인 동시에 보는 주체이기도 하다. 또 자신이 보이는 것을 알고 그 사실을 역이용해 자신의 이미지를 스스로 창조하고 그것으로 경제적 이해관계를 창출하는 '안다고 가정되는 주체'인가 하면, 스스로 보이는 대상이 되기 위해서 보는 주체의 시선을 필요로 하는 '불완전한 반쪽 주체'이기도 하다. 이 단계에 이르면 여성은 균등한 교육과 경제적 지원하에 남성과 동등한 이성적 주체가 되는 것도 거부하고, 여성만의 감수성이나 몸의 특성을 발현시켜 여성적 다원성을 가진 유동적 주체가 되는 것도 거부한다. 둘 다 당대의 젠더규범이 여성성에 반복적으로 부과한 허구적 양상일 뿐 어떤 본질적 속성을 가진 젠더란 존재하지 않는다고 여겨지기 때문이다. 이 단계에 오면 진정한 젠더란 '환상'에 불과할 뿐 실제로는 존재하지 않는 것이 된다.

문학적 페미니즘의 이런 진행 과정에서 문학 속 여성 주체의 모습은 세 가지로 나타난다. 첫 번째는 남성적 관점에서 왜곡되거나 전형화되어 이원적 모습으로 나타나는 여성의 모습이다. 가부장제를 지탱하고 그 존속에 기여하는 성모 마리아, 백합, 희생양의 이미지나, 가부장제에 저항하고 알 수 없는 불가해성으로 남성을 위협하는 팜므 파탈(femme fatal), 장미, 마녀의 이미지는 둘 다 극단적으로 양극화된 채 현실의 여성과는 유리된, 남성적 시각에서 투영된 대상으로서의 여성의 모습을 보여준다. 두 번째로 여성 주체적인 관점에서 재구성되고 새롭게 의미화된 여성 주체의 모습은 여성 몸의 관계성이나 인접성, 다형성, 유체성 등을 들어 남성과는 본질적으로 다른, 어떤 고유한 여성성의 존재를 강조하는 주체로 나타난다. 이는 근대적이고 이성적인 남성 주체에 대립되는, 탈근대적이고 유동적이며 유연한 대안적 여성 주체가 존재한다는 의미가 된다. 마지막은 남성적 주체든 여성적 주체든 사회적 제도나 담론의 힘에 의해 구성된다는 구성주의적 주체를 제시한다. 모든 젠더 정체성이 사회와 제도적 규범의 반복적 주입으로 구성된 허구적 이상에 불과하다면 남성성도 여성성도 규율담론의 효과일 뿐 진정한 젠더나 진정한 젠더 주체라는 개념은 근본적으로 불가능해진다.

구성주의적 젠더 주체는 윤리적 주체의 가능성을 안고 있다. 구성주의적 정체성 논의에 이르면 남성적이거나 여성적인 글쓰기, 남성성이나 여성성은 본질적으로 존재하는 것이 아니라 서로 안에 상대를 이질성이나 타자로 안고 양자의 경계를 불투명하게 흐리면서 제도담론의 의미화 경로에 따라 구성되는 허구적 구성물이 된다. 남성성이나 여성성이라는 것은 제도와 담론이 형성한 규제적 허구일 뿐 본질적이거나 본원적인 남성성, 혹은 여성성은 존재하지 않는다는 입장이 수용되는 것이다. 여기서 중시되는 것은 남성적 글쓰기와 여성적 글쓰기를 구분하는 것이 아니라, 양자의 차이를 인정하면서도 서로의 내부로 침윤되어 자신을 구성하는 '이질적 외부'를 수용해서 일원적인 자기동일성을 끊임없이 부정하는 일이다. 이 주체는 완전한 자기동일성이나 본질적이고 본래적인 정체성을 주장할 수 없는 열린 주체, 그래서 단일한 자기정의를 통해 타자를 배척하거나 배제하지 않는 윤리적 주체를 의미한다.

페미니즘에서 '정체성의 정치학'이 문제시되는 부분은 타자를 이질적 외부로 자신 안에 수용하고 있는 젠더 주체가 철학적 관념 면에서 윤리적일 수는 있다 해도 과연 현실적 실천 면에서 정치적일 수 있는가 하는 점이다. 여성이 남성의 타자나 대상으로서가 아니라, 주체적인 자기 위상을 정립해 나감에 따라 남성성과 다른 여성적 특성을 발굴하고 재평가하고 그것을 새로운 기준으로 삼아 역사와 문화를 재기술하는 것은 여권함양이라는 특정의 정치적 목적을 수행할 수 있다. 이 여성은 여성만의 고유한 특성이나 특이성을 강조하면서 여성을 하나의 범주로 소환해 여성 범주 안에서 다양한 차이를 가진 여성 주체들의 차이를 억압하게 되지만 페미니즘의 목적을 수행하는 현실의 정치 주체로서는 타당한 역량을 발휘할 수 있다. 반면 여성의 내적 다양성이나 여성과 남성의 경계적 특성, 여성 내부에 무의식적으로 불완전하게 이질적 남성을 포함하고 있는 여성에 대한 논의는 타자를 배제하거나 억압하면서 이루어지는 폭력적 동일시의 논리는 피할 수 있다 하더라도, 여성해방이라는 정치적 거점과 실천적 행동력은 약화시킬 수밖에 없다. 여기서 제기되는 것은 내부에 타자를 안고 있기 때문에 동일자와 타자의 경계가 불분명한 젠더 주체가 현실적으로 어느 정도의 정치적 실천력을 수행할 수 있는가의 문제이다. 이 문제는 90년대 이후 페미니즘의 논쟁적 쟁점이 되어 '정체성의 정치학'이라는 문제와 함께 제기되었다.

남성성과 여성성이 서로의 경계를 공유하는 서로의 타자가 되기 때문에 여성이라는 자기동일적 주체가 불가능하다면 그 문학적 구현 양상은 어떻게 제시될 것인가? 구성주의적 젠더 주체 논의를 문학에 접목해 볼 때 문학 속의 여성상을 새롭게 재평가하고 재검토해야 할 필요성이 생긴다. 문학 속에 나타나는 여성 주체의 모습은 천사/마녀의 이분법적 양상으로 나타나거나, 남성 인식론으로 볼 때 불가해하거나 신비로운 여성상으로 구현되거나, 거기서 더 나아가 여성이라는 보편 패러다임이나 규범적 정의(definition)에 저항하는 젠더 주체, 가변적

이고 일시적인 정체성을 형성하지만 또 다른 가능성으로 열리고 자신
의 내부에 언제나 이질적 타자의 속성을 안고 있는 새로운 주체의 양
상이 도래하게 된다. 하나의 의미로 규정할 수 없는 이 여성 주체는
여성성 안에 남성성을 포함하고 있기도 하고, 이성애적 성 경향 안에
동성애적 경향을 안고 있기도 하다.

　안젤라 카터(1940-1992)의 『서커스의 밤』(1984)은 구성주의적 여성
주체의 젠더 정체성을 탐색하고 그 구현 양상을 몽환적이고 환상적인
방식으로 제시한 작품이다. 『서커스의 밤』에 나타난 카터의 주체는
젠더와 성 경향을 중심으로 한 구성주의적 개별 주체가 페미니즘적
정치운동의 거점을 구성하고 또 해체하는 양상을 복합적으로 구현하
고 있다. 이 작품은 여성을 대상으로 바라보려는 남성 주체의 시도가
겪는 좌절을 보여주고, 여성을 여성 주체적인 시각에서 조망할 필요
성을 제기하고, 나아가 진정하고 본원적인 의미의 여성성이란 존재하
지 않는다는 것을 말해준다. 여성 주체는 남성적 지식이 의미화하는
인식의 대상으로 파악되는 것도 아니고, 남성적 지식의 한계를 표방
하는 신비적 대상으로 이해되는 것도 아니다. 그것은 가변적이고 유
동적이며 다양한 행위 중의 정체성을 의미하는 동시에 자신의 내부에
남성성을 이질적으로 합체하고 있는 주체로 제시된다. 이 작품은 표
면적으로는 남성의 시각에서 여성의 정체성을 탐구하는 과정을 보여
주지만, 내면적으로는 여성을 대상으로 바라보는 남성적 욕망의 응시
로는 결코 여성의 정체성을 알 수 없으며 여성의 정체성은 남성적 인
식론의 틀에 구속되지 않고 상황적 문맥에 따라 가변적이고 여러 다
양성의 교차 반복으로 나타난다. 여성은 남성 주체의 시선에 나포되
어 재단되는 수동적인 대상도 아니고, 분명한 여성적 고유성을 보유

한 본질적 특성을 가진 주체도 아니다. 남성성과 여성성이라는 젠더 특질은 본원적이거나 본질적으로 존재하는 것이 아니라 제도와 담론이 사회적 의미로 재구성한 반복적 의례화의 산물이기 때문에 진정한 여성 주체란 불가능한 개념이 된다.

페미니즘이 문학과 결합되는 것은 문학 속의 여성이 현실의 여성에 대한 매개적 반영물, 혹은 개연성 있는 허구로 작동하기 때문이다. 아이러니와 패러독스라는 문학적 장치는 문학이 허구임을 자임하면서도 현실에 대한 역설적 통찰을 제공할 수 있게 한다. 문학 속의 페미니즘도 현실의 여성 주체와 여성의 젠더 정체성이 구현되는 양상을 허구적 환상 공간에서 재구성할 수 있게 한다. 문학 속의 여성이 현실의 여성을 통합적이고 온전하게 반영할 수는 없지만, 현실적 젠더 주체가 환상적으로 구성되는 하나의 양상을 구체적으로 구현해줄 수는 있기 때문이다. 젠더 특성이란 규율담론이 반복 주입한 '규제적 허구'이자 '상상적 이상물'일 뿐 진정한 특성이나 속성을 가지고 재현되거나 표현될 수 없는 어떤 것이다.

카터는 자신이 페미니스트임을 선언하면서도 문학 형식이 정치적 실적을 올리기 위한 투명한 매개물이라고 볼 수는 없다고 주장한다. 그리고 68혁명을 거치면서 여성으로서의 자신의 본질에 대한 문제에 직면해 스스로의 '여성성'에 대한 허구가 얼마나 날조된 것이고 또 사실인 것처럼 속여져 왔는지를 토로한다.[265] 규제적 담론이 생산한 여

---

265) "But even so, I can date to that time and to some of those debates and to that sense of heightened awareness of the society around me in the summer of 1968, my own questioning of the nature of my reality as a woman. How that social fiction of my 'feminity' was created, by means outside my control, and palmed off on me as the real thing." Angela Carter, "Notes From the Front Line", ed. Michelene Wandor, *On*

성성은 허구적인 것이기 때문에 새롭게 기술될 필요가 있다는 것이다. 카터는 베틀하임(Bruno Bettleheim)이 말하는 인간의 무의식과 내적 경험을 반영하는 동화 속의 환상적 요소나, 바르트의 텍스트의 즐거움, 드 만의 독서의 알레고리, 푸코의 권력의 생산성 이론 등을 두루 접한 작가이자 이론가이자 페미니스트이다.

이처럼 폭넓은 이론적 저변을 확보하고 있는 카터가 페미니즘 및 퀴어 이론과 접목되는 부분은 젠더 주체 설정에 있어서의 '주변성(marginality)'과 '구성성(constructedness)'에 있다. 억압받는 여성이나 양성 구유자, 동성애자, 흑인뿐 아니라 동물에 이르기까지 비천하고 주변적인 하위 주체들(subalterns)이 카터의 주요 등장인물이 되고, 이들은 무엇보다도 내부의 심층적 핵심이나 본질적 핵으로 드러나는 정체성이 아니라 사회적으로 용인된 규범이나 의미화 체계에 따라 허구적으로 구성되는 정체성으로 논의된다. 사회적으로 비천시되는 동성애자의 정체성도 이성애 정상성을 규범으로 삼는 사회적 호명의 결과인 것이다. 카터는 트랜스 섹스, 트랜스 젠더, 트랜스 섹슈얼리티 등 다양한 실험적 작업을 통해 구성적인 젠더 정체성의 본질을 규명코자 한다.

버틀러와 카터가 만나는 곳은 무엇보다도 주변적인 '성 경향'과 젠더의 '구성성'의 관계에 놓인다. 카터의 등장인물에 부여되는 일탈적 관능성은 그 인물의 젠더 정체성을 구성하는 주요 요소가 된다. 특히 여성의 성 경향은 무화되거나 은닉되는 것이 아니라 전면화되고 카터의 소설은 포르노가 아닌가 하는 의심까지 불러일으킨다. 그러나 카터는 여성 주체적인 시각에서의 적극적이고 능동적인 성의 표출이 해방된 자유로운 여성으로 향할 가능성을 촉진한다고 본다. 심지어 도착적 변

Gender and Writing (London: Pandora Books, 1981), 70.

태성 경향을 표출하는 '사드적인 여성(Sadeian woman)'도 여성의 억압적 위상을 표출하고 성적 열위를 공고화하는 것이 아니라, 주체적인 자유의 이상으로 열린 여성적 가능성을 타진하는 장이 된다. 구체적인 시각에서 보면 페미니즘 이론가로서 안젤라 카터가 버틀러와 유사성을 부각시키는 부분은 '페미니즘에서 포르노의 역할'과 '젠더의 수행적 구성성'이라는 부분이 된다. 카터의 소설은 1980년대와 90년대의 가장 논쟁적인 페미니즘의 쟁점 두 가지를 미리 예견하고 있었는데 그 하나는 포르노가 여성에게 해방적인가 억압적인가 하는 논쟁이고, 다른 하나는 젠더 구성을 대본에 의한 공연(scripted performance)으로 바라보는 시각이다.[266] 카터는 언제나 매저키즘이나 열등한 여성상을 제시하고 있기 때문에 근절되어야 할 포르노의 의미를 새롭게 조망하고, 젠더라는 것이 언제나 연극적 무대 위의 카니발처럼 가변적인 상황과 행위양식 중에 임시적으로 잠정적으로 구성된다는 점을 강조한다. 따라서 카터는 혐오 발화의 내적 전복성을 들어 포르노 법적 검열을 반대하면서, 무대 위 공연처럼 패러디, 수행성, 복종, 우울증의 양식으로 젠더가 구성된다고 주장한 버틀러와 유사한 이론적 논거를 공유한다.

버틀러의 논의를 카터의 작품 『서커스의 밤』에 적용해보면 문학 작품 속의 남성이나 여성은 '젠더 교차적 동일시'를 하면서 구성적이고 유동적인 젠더만이 존재할 뿐, 본질적이고 핵심적인 젠더가 존재하지 않는 주체 양상을 보다 역동적으로 읽어낼 수 있다. 문학 속의 인물은 공연 중에 마스크를 쓰고 분장하는 배우처럼 패러디적 모방행위

---

266) Joseph Bristow and Trev Lynn Broughton, "Introduction", *The Infernal Desires of Angela Carter: Fiction, Feminity, Feminism*, ed. Joseph Bristow and Trev Lynn Broughton (New York: Longman, 1997), 2.

속에 모방본과 원본의 경계를 허물고, 행위 중의 가변적이고 일시적인 수행적 젠더를 형성할 뿐이다. 이 젠더는 기율권력의 호명에 반복적으로 응대하면서 자신을 구성하는 동시에 지배규범에 자신을 종속시키는 패러독스를 안고 있을 뿐 아니라, 자신 안에 근본적으로 금기시된 욕망을 거부함으로써 거부의 동일시로서 그 금기를 우울증적으로 합체하고 있는 주체들이다.

버틀러가 말하는 젠더 정체성 논의는 문학에 적용되었을 때 본질론적인 정체성 자체를 의심하는 페미니즘 문학론의 삼 단계 비평 논의를 확대하는 데 활용할 수 있다. 주체의 본질적 속성이나 타고난 본성을 갖지 않는 젠더 주체의 구성 양상을 설명하고 작품 속에서 그 제반 양상을 읽어내는 데 버틀러 이론의 효용성이 있는 것이다. 특히 카터의 『서커스의 밤』은 기존의 환상문학의 논의를 확대하면서 기이하고 비정상적인 주체만이 환상적인 것이 아니라 모든 주체가 환상적으로 구성된다는 것을 보여준다. 환상적이고 카니발적인 연극적 무대 위의 다양한 주체들은 비정상적이고 일탈된 주체 양상을 구현하는 데 그치는 것이 아니라 모든 주체가 정상/비정상, 일상/일탈, 규범/도착의 이분법을 초월하는 주체들임을 보여주고 있기 때문이다.

카터의 『서커스의 밤』에 나타난 환상 주체들은 주디스 버틀러의 젠더 정체성 논의를 적용할 때 더욱 역동적이고 다양한 해석을 가능하게 만든다. 작품 속 서커스라는 카니발적 무대 위에서 환상적으로 구성되는 기이한 인물들의 역동적 인생 역정은 일반적 서사 우주 속의 보편적 젠더 주체의 구성 양상으로 확대되는 것이다. 기존의 환상문학 논의에서는 이 작품이 기이하거나 특이한 인물을 중심으로 한 불안정적이고 유동적인 환상 주체의 양상을 보인다고 설명되어 왔으나,

버틀러 논의를 적용해보면 그 환상 주체의 범위가 더욱 확대된다. 특이하고 비정상적이고 기이한 환상적 인물은 실제의 인간의 군상이 지니는 역동성과 혼종성을 문학적 양식으로 구현한 것일 뿐 그 일상성 속에 이미 기괴함이나 변종성, 비정상성이 혼융되어 있는 것이다. 카터의 서사적 유토피아는 독자와의 대화의 장이고, 전체적인 파노라마와 변화무쌍한 상징들로 가득 찬 세계, 세부적 삶과 비현실이 가득한 대단위 배역진이 포진한 환상적인 해체론적 공동체(communion)가 된다.267) 그리고 이 환상적이고 해체론적인 공동체는 허구적으로 구성되는 문학적 환상 주체뿐 아니라 평범하고 일상적인 인물의 보편적 삶의 젠더 정체성도 환상의 미망이거나 규제적 허구, 담론적 이상에 불과하다는 것을 드러낸다. 이는 문학이 제시하는 허구적이고 비현실적인 상황을 바탕으로 해서 가장 현실적이고 본원적인 인간 주체의 보편 존재론을 설명한다는 점에서 의의가 있으며, 기존 논의에서 비정상적인 인물들에게만 부여되었던 환상적 주체 논의가 사실 모든 주체의 보편적 존재 상황이며, 이에 따라 정상/비정상의 구분마저 불가능하다는 것을 예증해준다는 의미가 있다.

안젤라 카터의 『서커스의 밤』은 여주인공 소피 페버스(Sophie Fevvers)와 그녀의 진실을 쫓기 위해 서커스에 합류하는 뉴욕의 신문기자 잭 월서(Jack Walser)의 허구적이고 환상적인 성 교차적 젠더 동일시 양상을 잘 구현한다. 이 소설은 기존의 매직 리얼리즘 소설 또는 환상소설로 이해되었으나, 버틀러의 패러디적 정체성, 수행적 정체성, 복종의 정체성, 우울증적 정체성 논의를 적용해보면 비본질적이고 구성적인 주체 논의의

---

267) Lorna Sage, *Angela Carter* (Plymouth: Northcote House Publishers Ltd., 1994), 48-50.

다양한 양상을 발견해 냄으로써 문학적 해석 지평을 확대하는 데 기여할 수 있다. 경이롭거나 기괴한 환상 주체, 또는 현실과 상상이 혼합된 포스트모던 매직 리얼리즘적 주체에서 더욱 확장되어 모든 인간 존재의 근원적인 주체화의 토대가 되는 '젠더'와 '성 경향'을 중심으로 비본질적인 주체 구성의 다양하고도 다양한 양상과 의미를 발견할 수 있는 것이다.

본 장은 카터의 『서커스의 밤』이 가지는 환상소설로서의 면모와, 그것이 환상적 여성 주체와 맺는 관계를 고찰하면서 우선 환상문학으로서 『서커스의 밤』이 갖는 환상 주체의 면모를 조망하고, 주디스 버틀러의 젠더 정체성으로 이 작품을 분석할 때 확장될 수 있는 의미지평과 해석의 범위에 대해 논의코자 한다. 버틀러의 젠더 정체성 논의는 기존 논의로는 읽어낼 수 없던 젠더 정체성의 근원적인 비본질성과 허구성, 그리고 젠더 구성의 근본적인 환상적 양상을 역동적이고 다층적으로 탐색하는 데 유용한 이론적 관점을 제시하고 있다.

1. 환상문학으로서의 『서커스의 밤』

'환상(fantasy)'이란 단어는 '가시적인, 시각적인, 비현실적'의 의미를 가진 라틴어 (phatasticus)에서 유래한다. 그리고 환상은 '시(poetry)'나 '시각적 오류(visual fallacy)'와 유의어로 분류된다. 환상이 의도적일 때는 '시'가 되지만, 그것이 비의도적일 때는 '시각적 오류'가 되는 것이다. 따라서 환상은 시각적인 것과 밀접한 관계를 맺고 있으며, 주체를 구성하는 개인의 성욕은 불가능한 것에 대한 시각적 기대에 입각

해서 구조화된다. 환상적 주체는 언제나 시각적 비결정성, 불확실성 속에서 주체 구성에 저항한다.[268]

시각의 불완전성이 주체의 구성에 미치는 작용은 프로이트의 유아 성욕론에 잘 나타나 있다. 프로이트는 유아의 오이디푸스 드라마 발생원인을 초기에는 외적 자극에 의한 유혹설로, 후기에는 유아 내적인 성 본능설로 설명한다. 프로이트는 유아의 성욕은 성적 추행이나 성적 접근의 흔적과 같은 외적인 자극에 의한 것이라는 가설에 입각해 성욕설을 주장하던 중, 최초의 유혹의 장면에 대한 기억이라는 것도 실제 있었던 일이라기보다는 환상적으로 재구성된 허구라는 것을 인식하게 되면서 1897년 유혹 이론에서 유아 성본능 이론으로 전환하게 된 것이다. 유아에게 성적 외상의 원인이 되는 '원초적 장면'에 대한 기억조차도 근본적으로는 담론적으로 구성되고 또 상상적으로 윤색된다면, 기억은 객관적인 것이 아니라 무의식적인 욕망에 따라 끊임없이 새롭게 형태를 바꾸는 주관적인 것이 된다.

프로이트에게 환상은 상상력이나 무의식적 욕망을 실연해주는 어떤 시각화된 '장면(scene)'이다. 환상은 주체와 주체의 무의식적 욕망이 소망과 방어기제라는 가변적 영역 속에서 복합적으로 발현된다. 낮 동안의 백일몽이나 밤에 꾸는 꿈도 꿈 텍스트에 서사적 일관성을 부여하는 의식적인 '이차 작용(secondary elaboration)'을 거치는지에 따라 발현 양상의 차이는 있지만 소망 충족의 환상을 의미한다. 유혹 이론에서 유아 성 본능설로 입장을 전환한 프로이트에게 유아가 받는 유혹도 실제적 존재가 아니라 성욕의 일시적 표명이자 가면으로 존재

---

268) Linda Ruth Williams, *Critical Desire: Psychoanalysis and the Literary Subject* (London: Edward Arnold, 1995), 106.

하는 환상이 된다. 그리고 외상적 징후의 원인이라고 여겨지는 '원초
적 장면'도 실제의 외상적 사건이 아니라 그 사건이 사후적으로 구성
된 환상적 장면에 불과하다.

프로이트가 환상을 하나의 체계에서 다른 체계로 이동하는 특권적
지점이라고 보았다면, 라플랑슈와 퐁탈리스는 무의식적 환상과 (잠재)
의식적 환상은 다르지 않다고 주장한다.[269] 라플랑슈와 퐁탈리스는
아이가 유아성욕을 형성하게 되는 원인이 부모에 의한 유혹 때문이라
는 프로이트의 초기 유혹 이론을 비판하면서, 유혹은 사실상 아이의
성 경향 속에서 환상적으로, 또 사후적으로 재구성된 것이며, 주체의
구성이 근본적으로 환상적 장면에 입각해 있기 때문에 주체는 언제나
불안정한 환상적 동일시의 공간을 마련한다고 주장한다. 라플랑슈는
기억이 억압되어 있는 것이 아니라, 기억은 그것에서 비롯되었거나
그 기억의 범위를 정해주는 환상이라고 말한다. 그것은 '매 맞는 아
이'[270]의 경우에서 나타나듯 아버지가 아이를 때리는 실제 장면이 아

---

269) Jean Laplanche and Jean-Bertrand Pontalis, "Fantasy and the Origins
  of Sexuality", *The Formation of Fantasy* (New York: Methane,
  1986), 20.
270) 프로이트의 매 맞는 아이는 주체 구성에 있어서 주체의 환상적 위치를 잘
  설명해준다. 프로이트는 '아이가 맞고 있다'라는 것이 '내가 미워하는 아이
  를 아버지가 때린다'는 사디즘적 단계에서 '내가 아버지에게 맞고 있다'는
  매저키즘의 단계로, 마지막에 와서야 '어떤 아이가 맞고 있다'라는 세 번
  째 환상의 단계에 도달한다고 설명한다. 이 세 단계는 모두 똑같은 근친상
  간적 욕망을 표현하지만 단계마다 주체에게 수용되는 부분이 각각 다르
  다. 환상의 성숙한 형태는 주체가 관객의 위치를 차지하는 무대를 구성한
  다. Sigmund Freud, "A Child is Being Beaten: A Contribution to the
  Study of Origin of Sexual Perversions", *The Standard Edition of the
  Complete Psychological Works of Sigmund Freud ⅩⅦ*, trans. James
  Strachey (London: Hogarth Press, 1961), 175-204.

니라 아이의 욕망이 투사된 환상 속에서 재구성된 장면이다. 따라서 환상은 '교류적(transactional)' 영역에 있는 것으로 근본적으로 정신분석학의 대상이 된다. 특히 이들은 프로이트의 메타심리학적 관점을 토대로 '환상'이란 심리적인 원인 때문에 객관 사실이 변형되어 만들어진 '심인성 현실(psychical reality)'이라고 정의한다.271)

라캉에게 환상은 타자의 결핍을 감추는 장면이다. 라캉이 라플랑슈와 다른 점이 있다면, 라플랑슈는 환상과 충동(drive)을 동일한 것으로 간주하고 충동은 본능을 충동으로 변형시키는 환상적 내면화, 반성적 전환으로 보지만, 라캉은 반대로 환상 너머에 충동이 있다고 보고, 그 충동이 의미하는 것은 정신분석학의 탄생지가 심리적 항상성의 안정을 교란하는 대타자의 주이상스, 즉 해석의 암점(darkpoint)을 수반하는 아이의 외상적 경험이라고 말한다. 욕망은 사물이나 사람에 대한 것이 아니라 환상, 곧 상실한 대상에 대한 기억의 흔적에 대한 것이기 때문이다. 이때 환상은 이 암점으로 남아 있는 수수께끼에 대한 해답의 열쇠를 쥐고 있다. 신경증적 환상의 일반구조에서 균열된 주체는 대상과의 관계 속에 존재하는데, 도착적 환상은 주체와 대상과의 관계를 전도해 버린다(S〈〉a → a〈〉S). 의사는 분석을 통해 환자의 무의식적 환상을 재구성하고 그 근본적인 환상을 가로질러야 한다. 환자의 근본적 방어 환상에 수정을 가해야 하는 것이다.272) 환상이 지각과 의식의 가운데에 있는 것이라고 본 라캉처럼, 길버트 라일(Gilbert Ryle)도 환상이 정신/몸, 사적/공적, 내적/외적 영역 사이의 작용으로서 그 정의상

---

271) Jean Laplanche and Jean-Bertrand Pontalis, "Fantasy and the Origin of Sexuality", 8.
272) Dylan Evans, *An Introductory Dictionary of Lacanian Psychoanlaysis* (New York: Routledge, 1996), 59-61.

어느 한쪽에도 치우칠 수 없는 것이라고 말한다.[273]

　슬라보예 지젝에게 환상은 존재의 상실이나 탈애착(de-attachment)
이라는 원초적인 심연에 대응하게 만드는 방어기제(defence mechanism)
로 설명된다. 그는 환상적 주체의 구성 양상을 네 가지로 설명한다. 첫
째는 동일시에 대한 주체의 관점이 주체의 서사에 나타난 외형적 모습
과 부합되지 않는다는 점이다. 주체는 주체의 외형적 모습보다는 에고
이상(ego-ideal)이 선호하는 관점에서 동일시를 바라본다. 환상이 주체
에게 어떤 실체를 주면서 주체의 균열 사실을 감추기 위해 존재한다는
것을 드러내지 않는 한, 환상은 주체에게 다양한 주체 위치를 선택할 수
있게 해 준다. 두 번째로 환상은 언제나 타자의 '불가능한 응시'를 포함
하고 있는데, 이 응시는 주체로 하여금 주체의 '실체'가 먼 옛날부터 거
기 있었고, 다른 곳에 있을 수 없다는 것을 전제로 삼게 만든다. 세 번째
로 환상적인 장면은 법의 위반이 아니라 법의 토대가 된다. 이상하게도
환상은 법의 위반보다는 법의 제정, 즉 법이 자신을 세우는 입법 과정을
상연한다. 환상이 개념상 도착(perversion)에 가까운 것도 법 자체의 외
설성을 드러내준다. 네 번째로 환상이 제대로 작용하기 위해 일상 세계
는 자신을 지탱해주는 환상과 거리를 유지해야 한다.[274]

---

273) Elizabeth Wright ed., *Feminism and Psychoanalysis: A Critical Dictionary* (Cambridge: Basil Blackwell, 1992), 84.
274) 정치적인 범주로서 이데올로기를 가능케 하는 것은 그것과 대립되는 초이
데올로기(trans-ideology)의 중핵, 즉 실세계의 외부적 물질이다. 환상은
주체가 감추고 싶은 위반을 감추는 것이 아니라 오히려 표면화시키고, 법
의 금지를 드러내서 역설적으로 주체가 욕망하는 것이 '법의 제정'임을
보여준다. 무의식이 외부에 드러나 있듯이, 정치적 환상인 이데올로기도
내부에 깊이 숨겨져 있는 것이 아니라 물적 외재성(material externality)
으로 이미 외부에 구현되어 있다. Slavoj Zizek, "Fantasy as a Political
Category", *Zizek Reader*, ed. Elizabeth Wright and Edmond Wright

이처럼 환상은 실제와 허구, 현실과 상상의 두 영역에서 모두 획득된 자질이기 때문에 문화범주와 정신분석학이 충돌을 일으키면서도 협력하는 장이다. 정신분석학적인 환상은 문학적 허구와 과학적 사실을 구분할 수 없게 한다. 히스테리 병력 도라 케이스에서 환상 속에서 이야기를 꾸며내는 몽상가 도라를 분석하는 프로이트도 사실은 서사적 구성 행위 속에서 꿈꾸는 작가일 수 있다. 문학적 환상이 현실적인 것, 개연성 있는 것과 게임을 벌이면서 서사를 끌어나가는 것처럼, 정신분석학적 주체는 원초적 장면이라는 자신의 근원 신화를 창조하고, 반복하고, 정교하게 발전시켜 나가는 가운데 자아를 존재로 성장시킨다. 부모의 성교장면으로 상상되는 원초적 장면은 주체가 자신의 정체성을 획득하게 되는 중요한 장면이지만, 그 의미는 아이의 환상 공간에서 재구성되는 것이다.

문학 주체의 형성도 환상 공간을 벗어날 수 없다. 안젤라 카터의 『서커스의 밤』은 소피 페버스라는 백조 인간과 그의 허구성을 폭로하려는 미국인 신문기자 잭 월서 간의 러브 스토리를 주축으로 한 환상 소설이다. 하지만 이 연애담이 기존의 사실주의 소설이나 낭만주의 소설과 구분되는 것은 남녀 주인공의 연애담 외에도 두 인물 각각의 정체성 탐색 문제가 제기되고 있고, 그 과정에서 여성성과 남성성에 대한 기존의 규범이 전복되고 있다는 점이다. 게다가 페버스가 성장 환경 속에서 만나는 여러 기형적 인물들, 서커스의 여러 소외당한 인물들, 이들이 기차 사고로 만나게 되는 여러 규범 일탈적 인물들은 전형화된 서구 인물 규범을 인유하고 패러디하면서 이에 도전하고 새로운 의미의 지평을 확대하고 있다.

(Oxford: Blackwell, 1999), 87-101.

314

『서커스의 밤』은 서구의 환상/역사, 현실/허구 간의 이분법적 도식이 만든 위계적 억압에 도전한다. 그것은 주체/객체, 남성/여성, 진리/비진리, 실제/허구, 인간/백조의 경계가 서로에 침해당하고 있고, 또 상당 부분을 상호 공유하고 있음을 드러내는 전략이기도 하다. 이 소설은 런던, 피터스버그, 시베리아의 삼 부로 나뉘어져 있다. 이는 남성의 관점에서 여성의 정체성을 탐색하는 경로로서 라캉의 상상계, 상징계, 실재계로서의 여정과도 같다.[275] 런던에서는 사실적이고 현실적인 진리의 포착이 가능할 것이라고 여겨지던 것이 피터스버그에 이르면 점차 불안정한 토대 위에서 춤추게 되고, 시베리아에서는 현실과 허구의 경계가 완전히 사라진다. 모든 진리를 가정하는 인식론은 불가능해지는 것이다.

거울을 통한 여성 이미지의 전달이 여러 번 등장하는 런던의 분장실은 총체적 완전성을 허구적으로 구성하면서 거울 속에 완전한 모습이 있다고 오인하게 만드는 상상적 구조와 닮아 있다. 총체적이고 단일한 자아정체성에 대한 착각과 오인은 무대 위에서도 일어난다. 어린아이가 불완전한 몸짓 속에서도 통합적인 자아상(Gestalt)을 획득하는 거울처럼 페버스의 공연무대는 환상적인 이상적 여성성을 상연한다. 비정상적인 거구에다 기형적인 날개까지 솟은 페버스는 진한 화장과 여성적 복장과 장신구를 착용하고 공중그네를 타는 가운데 완전하고 이상적인 여성성으로 간주된다.

피터스버그에서의 공연은 자기해체나 자기전복의 가능성을 그리면서 더 이상 본질적인 젠더 핵심은 존재하지 않으며 젠더는 공연 행위

---

275) Yvonne Martisson, *Erotism, Ethics and Reading: Angela Carter in Dialogue with Roland Barthes* (Stockholm: Almqvist & Wiksell, 1996), 77.

중에 가변적으로 구성되는 것임을 말해준다. 게다가 무대 위의 공연
과 관객의 수용은 서로 다른 입장에서 해석되는 불일치를 드러낸다.
사실인지 허구인지 모르는 페버스의 정체성을 파악하기 위해 광대로
분해 서커스에 합류한 월서는 유랑 공연을 통해 점차 자신의 광대 가
면이 사실상 자신의 모습이라는 인식에 도달한다. 그것은 가면 뒤에
본질적 내부나 본원적 핵심을 가진 정체성이란 존재하지 않는다는 상
징적 인식이다. 객관적이고 합리적인 사실과 진실을 지향하고 그것이
가능하다고 믿던 상상적 오인의 주체는 좌절을 겪고 그러한 이상이
하나의 허구에 불과했음을 인식하고 인정하게 되는 단계이다. 월서는
페버스가 더 이상 자연조화의 장난(lusus naturae), 불가사의한 기적
이나 기인(prodigy), 혹은 이 땅의 위대한 공중곡예사가 아니라, 하나
의 괴물에 지나지 않는다는 것을 깨닫게 된다. 멋지고 뛰어나긴 하지
만 분명 기형적 괴물이고 인간의 피와 몸에서 오는 특권을 거부한 전
형적 비정상인에 불과한 것이다. 페버스는 관찰 대상일 뿐 절대 주체
가 되지 못하는 영원히 소외된 이질적 피조물, 비천한 생명체임이 드
러난다.[276] 상징적 여성으로서는 의미가 있을지 몰라도, 정상인의 범
주에 들지 못하는 비정상인(anomaly)으로서는 골동품 박물관의 전시
물에 불과할 뿐이라는 것이다.(161) 상징계에 진입한 주체는 자신이
언어세계 속에 균열되어 욕망의 연쇄 고리 위에서 작동될 뿐 완전한

---

276) "She would no longer be an extraordinary woman, no more the
Greatest Aerialist in the world but-a freak. Marvellous, indeed, but a
marvellous monster, an exemplary being denied the human privilege of
fresh and blood, always the object of the observer, never the subject of
sympathy, an alien creature forever estranged." Angela Carter, *Nights at
the Circus* (New York: Penguin, 1984), 81. 앞으로 이 책에서의 인용은
괄호 속에 면수만 표기하기로 한다.

총체성을 가진 본질적 주체는 존재하지 않는다는 것을 깨닫게 된다.

마지막으로 시베리아에서 만난 반체제 정치 혁명집단이나 여성 교
도소의 수감자와 관리자는 기존 구도를 반복하는 가운데 그 구조를
전복하면서, 목적을 위해 수단방법을 가리지 않는 이념적 정치집단은
폭력 잡범으로, 죄수와 간수의 위계를 허물고 연대를 형성하는 여성
들은 레즈비언 공동체로 재의미화된다. 무엇보다도 시베리아 샤만의
세계에는 현실과 몽상의 구분이 없고 그 세계는 사실 자체가 존재하
지 않는 매직 리얼리즘의 세계이다. 샤만은 이분법적 체계의 잉여분
이자 초과물로서 등장해서, 상징질서의 언어로 이해할 수 없는 비논
리, 무질서로 기억상실에 걸린 월서의 영혼을 치유한다. 그것은 모든
이항 대립의 구분을 불가능하게 하면서 양자를 긍정하는 동시에 부정
하는 메두사의 웃음, 카니발적 웃음, 패러디의 웃음으로 구현된다. 이
처럼 서커스단의 곡마기행은 단계적으로 사실적 토대를 환상적 허공
으로, 신비화된 젠더 정체성을 환상과 물질이 공존하는 모호성과 양
가성의 공간으로 변모시킨다.

서술적 관점에서 보면 1부에서는 날개 달린 건장한 공중곡예사 페
버스의 서술을 중심으로 그의 인생사가 펼쳐진다. 부모에게 버려진
그가 매춘굴의 대모 넬슨에 의해 양육되다가 현재 양모 역할을 하고
있는 리지(Lizzie)와의 관계에 이르기까지가 기술된다. 2부는 전지적
작가 시점에서 서커스의 인물을 다양하게 서술하고 그곳에 페버스를
쫓아 간 월서가 광대 역을 맡게 되면서 페버스와의 관계가 발전되는
과정이 펼쳐진다. 페버스의 정체성을 파악하려고 광대로 분장해 서커
스에 합류한 월서는 자신의 정체성조차 파악치 못해 혼란을 겪는다. 3
부는 페버스의 서술과 전지적 작가 서술이 교차 반복되면서 기차전

복 사고 이후 시베리아에서 방랑하는 서커스 단원이 조우하는 여러 기괴한 인물과 사회 유형들이 서술된다. 결국 각기 헤어져 헤매던 월서와 페버스는 만나게 되고 서로의 껍질을 깨고 상대를 있는 그대로 수용하기에 이른다. 신인류로 새롭게 태어난 페버스와 월서는 상대의 정체성을 외부의 시점에서 하나의 대상으로서 규정하기보다는 규정불가능성 자체로 수용하면서 작품은 결말을 맺는다.

서커스라는 세계는 비현실적인 다양한 인물이 모이고 흩어지는 카니발적 세계이다. 파노라믹한 인간군상을 표현하는 서커스는 마치 인물 유형의 박물관처럼 보인다. 런던, 세인트 피터스버그, 시베리아 등지를 순회공연하는 여주인공 페버스의 정체성이 양가적이고 모호한 것은 물론이거니와, 그 과정에서 만난 여러 기괴하고 그로테스크한 인물들의 정체성도 고전 문학의 전통을 희화해서, 혹은 기괴하게 패러디해서 인유한 것이다. 여기에는 새로운 의미의 전유에서 오는 패러독스와 아이러니가 있다.

1) 환상소설로 읽기: 사실과 상상 사이의 망설임

『서커스의 밤』은 전통적인 분류에 의하면 환상소설, 포스트모더니즘 소설, 매직 리얼리즘의 영역에 속한다. 환상성이 사실적인 것과 비사실적인 것의 경계에 있듯이, 『서커스의 밤』은 상상적 요소와 물적 토대가 공존하는 장으로 평가된다. 이 작품은 현실과 허구의 경계를 허무는 분열된 정체성이 여성의 억압이라는 물적 토대와 결합된 양상을 보여준다.

환상은 현실과 상상의 중간에 위치하는 몽롱한 현실, 심인성 현실이다. 환상은 정신적이고 사적이고 내적인 심리와 관련된 것으로, 신체적이고 공적이고 외부적인 현실과 대립되는 어떤 것이다. 그것은 무의식을 통해 다가갈 수 있는 사적 역사와 공적 역사 사이의 '불가사의한' 공간이다. 환상이 욕망의 미장센(Mise-en-scene)을 무대에 올리는 곳은 지각과 의식 사이에 있는 공간이다. 환상은 고정된 의미의 불안정성과 문학적 해석의 다양성을 가져올 뿐 아니라, 주체의 위치를 재심문하고 자기동일적 주체에 대해 문제를 제기한다. 정신분석학에서 개인적 외상의 근본적 원인이 되는 '원초적 장면(primal scene)'은 환상 속에서 주체가 재구성한 것이며, 사실인지 거짓인지 알 수 없는 이러한 환상적 장면이 주체를 구성하기 때문에 주체는 안정적이지 못하고 언제나 동요하며 양자의 선택 가운데서 머뭇거리게 된다.

환상소설에 대한 논의는 토도로프의 구조주의적 접근에서 로즈메리 잭슨(Rosemary Jackson)의 정신분석학적 접근, 캐슬린 흄(Kathryn Hume)의 확대된 상상적 문학성 논의에 이르기까지 다양하게 전개되어 있다. 환상을 통해서 토도로프는 망설임을, 톨킨(J. R. R. Tolkien)은 즐거움을 강조하며, 어윈(W. R. Irwin)은 게임을 강조한다. 어윈은 환상문학가는 자신이 장난스레 침해한 규범을 그 독자들이 수용하면서 계속 수정해주는 지속적인 효과가 있기를 희망한다고 말한다.[277] 그리고 랍킨(Eric Rabkin)은 서사세계의 기본원칙에 따라 형성된 관점들이 어긋나는 데서 환상이 나타나는 것으로 본다.

환상소설에 대한 본격적인 논의는 토도로프(T. Todorov)에서 시작

---

277) William R. Irwin, *The Game of the Impossible: A Rhetoric of Fantasy* (Illinois, 1976), 183.

된다. 토도로프는 환상문학을 하나의 장르로 파악했고, 텍스트, 작중
인물, 그리고 독자가 자연적인 것/초자연적인 것, 현실/상상 사이에서
망설이는 데서 환상이 발생한다고 보았다. 환상은 세 가지 조건의 충
족을 필요로 하는데 그중 첫 번째와 세 번째 요소를 중요한 것으로
파악했다. 첫째는 독자가 인물들의 세계를 일반인의 세계로 생각해
자연적 사건과 초자연적 사건 사이에서 머뭇거릴 수 있어야 한다는
것이고, 둘째는 이러한 망설임을 인물들도 경험할 수 있어야 한다는
것이며, 마지막은 독자가 텍스트에 대해서 해석할 때 시적 해석과 우
의적 해석을 거부해야 한다는 것이다. 기본적으로 토도로프에게 환상
은 괴기스런 것(the uncanny)과 경이로운 것(the marvelous)의 중앙
에 위치한다. 괴기와 경이의 정 중앙에 있는 것이 순수한 환상이라면,
괴기 쪽에 가까운 환상은 환상적 괴기, 경이 쪽에 가까운 것은 환상
적 경이로 나타난다.[278]

로즈메리 잭슨(Rosemary Jackson)은 이데올로기적인 측면에서 환
상을 전복으로 파악하고, 환상은 그동안 억압되어 왔기 때문에 표현
되지 못했던 것('the unseen')을 다루는 수단이라고 말한다. 환상은
언급되지도 않던 문화, 보이지 않던 문화를 추적한다. 즉 침묵하고 있
던 문화, 보이지 않게 만든 문화, 가려졌던 문화, 부재하게 만든 문화
를 추적하는 것이다.[279] 환상은 욕망을 드러내거나 보여줌으로써 욕
망을 표현하는 방식이며 이 욕망이 문화적 질서와 지속성을 교란할
때 환상은 그 욕망을 생산한다. 많은 경우 환상문학은 욕망을 표현하

---

278) Tzvetan Todorov, *The Fantastic: A Structural Approach to a Literary Genre*, trans. Richard Howard. (New York: Cornell UP, 1975), 24-57.
279) Rosemary Jackson, *Fantasy: The Literature of Subversion* (London: Methuen, 1981), 3-4.

고 생산하는 두 가지 기능을 모두 수행하는데, 그것은 욕망이 말해짐으로써 발산되고 또 작가와 독자가 그 욕망을 대리적으로 경험할 수 있기 때문이다. 이런 방식을 통해 환상은 문화 질서의 근본토대를 보여준다. 그리고 법과 지배적 가치의 바깥에 있는 보이지도 말해지지도 않았던 가려진 문화를 추적한다. 환상은 불가능, 비사실, 무정형, 무명, 미지, 비가시 등 19세기 리얼리즘의 관점에서 보았을 때는 부정적인 용어로 개념화되는 것들을 도입해서 억압된 것들을 드러내는 전복의 수단이 된다. 환상성은 현대적 의미에서 환상성의 의미를 구성하는 '부정적 관계성(negative relationality)'인 것이다.[280] 환상은 가장 넓은 공간으로 열린 파괴적이고 무제한적인 형식이 된다.[281]

루시 아미트(Lucie Armitt)는 정신분석학적 입장에서 '괴기한 것(uncanny)'을 중심으로 환상성을 설명하려 한다. 잭슨은 환상이 어떤 한계나 한정된 범주, 그것들이 투사된 융합물로 가득하다고 주장했지만, 아미트는 환상의 역할이 환상성의 수행에 달려 있다고 반박한다.[282] 아미트는 잭슨이 환상(fantasy)과 환상물(the fantastic)을 혼동하고 있다고 비판하면서 잭슨은 환상이 한계들, 한정된 범주들로 이미 차 있다고 보지만 이 의문의 역할을 수행하는 것은 환상이 아닌 환상물이라고 말한다. 잭슨에게 환상은 파괴적이고 무제한적인 형식이지만 환상소설은 매우 다른 구조를 가지고 있어서 역설적 방식이기는 하지만 공상과학소설이나 유령소설, 공포소설, 동화 등의 양식으로 독자의 욕망을 위로한다. 잭슨은 환상이 종종 욕망을 대리충족하고 위반을 향

---

280) Rosemary Jackson, *Fantasy: The Literature of Subversion* (London: Methuen, 1981), 26.

281) *Ibid.*, 48.

282) Lucie Armitt, *Theorising the Fantastic* (New York: Arnold, 1996), 35.

한 충동을 무효화시킴으로써 제도적 질서를 재확인하는 기능을 수행한다고 주장했지만,[283] 아미트는 이와 달리 환상적 서사의 독자들은 '위반의 충동을 무효화'하기는커녕, 모든 안정된 한계를 위반하면서 독서의 안락감에 저항하게 하는 확실한 형식과 힘 속에서 독자의 만족감에 저항하는 불안한 위치로 투사된다고 말한다.

아미트는 안젤라 카터의 『새로운 이브의 열정(Passion of New Eve)』(1977)을 해러웨이식의 '사이보그 정체성'[284]이나 보드리야르의 시뮬레이션[285] 주체로 설명될 수 있는 환상소설이라고 분석한다. 남성도 여성도 아닌 '이상한' 인간은 혼합된 신체 부분들의 이미지를 전시하고, 거친 해부학적 환상을 구성한다. 그것은 동물과 인간의 잡종, 현실 비현실의 잡종, 몸과 영혼의 혼종을 의미한다. 카터의 이브(이블린)(Eve(lyne))나 트리스테사(Tristessa)는 난삽한 패러독스 속에 여

---

283) Rosemary Jackson, *Fantasy: The Literature of Subversion*, 72.
284) 해러웨이는 기계와 유기체, 사회적 실제와 허구, 인간과 동물, 문화와 자연, 물질적인 것과 비물질적인 것 간의 잡종을 사이보그로 정의하고, 현대의 여성 주체는 경험 중심의 본질론적인 주체가 아니라 과학과 테크놀로지의 사회 관계망 속에 혼성적으로 융합된 주체라고 본다. 그것은 끝없는 대립적 이중성(antagonistic dualism)을 보이면서 아이러니를 당연하게 받아들인다. Donna Haraway, "A Manifesto for Cyborg: Science, Technology, and Socialist Feminism in the 1980s", *Feminism/Postmodernism*, ed. Linda Nicholson (New York: Routledge, 1990), 190-233.
285) 보드리야르의 시뮬레이션은 영토를 가지지 않는, 즉 지칭된 존재나 실체가 없는 가상실재이다. 그것은 원본이나 실체가 없는 실재의 양식에 의한 생산으로서 하이퍼-리얼이다. 실재는 더 이상 존재하지 않으며 실재에 대한 기호만이 존재하기 때문이다. 사실은 더 이상 자신의 고유한 항로를 가지지 않으며 모델들의 교차점에서 발생한다. 모든 모델들이 한꺼번에 하나의 사실을 발생시킬 수도 있다. Jean Baudrillard, "The Procession of Simulacra", *Simulation*, trans. Paul Foss et all (New York: Semiotext(e) Inc., 1983), 2, 4, 32.

성 신체를 이상화하고 있으며, 그곳은 양성성이라는 이중성이 있는
마술적이고 사이버적인 공간이다.[286] 이들은 몸 퍼포먼스의 다양성을
보여주면서 포스트모던 위기를 시뮬레이션하는 구현물이자 이질적인
것의 병합물로서 사이보그 주체들이다. 카터의 세계는 보드리야르가
말하는 시뮬레이션 세계, 하이퍼리얼의 세계인 것이다. 카터에게 여성
의 몸은 괴물성이나 그로테스크의 환상적 재구축의 장소로 남아 있을
뿐 아니라 상품으로 전시된다. 이제 목가나 에덴동산과 같은 기원으
로의 회귀는 더 이상 가능하지 않게 되었다는 것이다.

캐슬린 흄에게 환상성은 사실성과 대비되는 문학적 허구성으로 해
석된다. 현실을 그대로 모방하는 미메시스와 대비적으로 현실에 상상
적 공간을 부여하는 것이 판타지 공간인 것이다. 협의의 환상은 작품,
작가, 독자, 독자 세계, 작가 세계 간의 관계에서 이루어지는 관계망
속의 망설임이나 '낯설게 하기'지만, 광의의 환상은 현실 모방의 욕구
인 메메시스와 대비되는, 현실 변화의 욕구로서의 판타지이다. 미메시
스가 다른 사람이 자신의 경험을 공유할 수 있다는 핍진성이나 사실
감으로 대상이나 사람, 사건을 모방하는 욕구라면, 판타지는 권태로부

---

286) 『새로운 이브의 열정』에서 이브(Eve)는 아마존 왕국의 대모(Mother)에
의해서 거세된 후 여성으로 성전환된 원래는 남성이었던 이블린
(Evelyn)이고, 트리스테사는 남 캐롤라이나 사막의 대부 제로(Zero)가
사냥의 목표로 삼은 매저키즘과 고통의 성모 마리아를 대표하는 가장
여성스런 여성이지만 사실은 여장 남성이다. 여성으로 성전환한 남성 이
브는 신랑 예복을, 여장 남성 트리스테사는 신부 드레스를 입고 둘은 결
혼하는데, 이브가 트리스테사를 사랑하는 방식은 여성으로서 남성을, 여
성으로서 다른 여성을, 남성으로서 여성을, 남성으로서 다른 남성을 사
랑하는 복합적인 방식이다. 그들의 성애는 패러디와 희극적 과정으로 가
득 찬 것이고 그들의 성행위에서는 남성과 여성은 분간되지 않는다.
Susan Rubin Suleiman, *Subversive Intent: Gender, Politics, and the
Avant-Garde* (Cambridge: Harvard UP, 1990), 139.

터 탈출하거나 놀이, 환영, 결핍된 것들에 대한 갈망, 독자의 언어습관을 깨뜨리는 은유적 심상 등을 통해서 주어진 것을 변화시키고 리얼리티를 변화시키려는 욕구이다.[287]

카터의『서커스의 밤』은 사실적 리얼리즘과 환상적 포스트모더니즘 사이에 놓여 있는 환상소설, 환상적 리얼리즘으로 볼 수 있다. 이 소설은 본질적 특성으로서의 여성 정체성을 파악하는 데 실패하고 비본질론적인 인식 모델로 전환하는 젠더 주체의 모습을 그린다. 환상적인 여성의 주체성은 전통적인 사실적 관점에서 이해될 수 없는 것이기 때문이다. 페버스는 현실과 상상을 오가는 환상적 주체이며, 이 소설의 결말이 제시하는 것은 남성적이거나 외부적 기준에서 파악된 여성의 정체성이 아니라, 정체성이라는 것을 규정짓는 이분법적 사고 논리에 대한 도전으로 보인다. 이 작품의 결말은 동일자와 타자, 진리와 허구, 시각과 촉각의 경계를 무너뜨리는 패러디적 웃음으로 다시 열린다.

2) 환상 주체와 젠더 정체성

환상소설『서커스의 밤』에 나타난 환상적 젠더 주체의 양상이 어떻게 구현되는가? 전통적인 문학 장르의 범주로 볼 때 현실과 상상 사이에서 망설이는 환상소설로 분류되는 이 작품에서 주인공 페버스는 이중적이고 양가적인 성향을 구현하는 대표적인 환상 주체로 제시된

---

287) Kathlyne Hume, *Fantasy and Mimesis* (New York: Methuen, 1984) 참고.

다. 날개 단 공중곡예사 페버스의 무대 위 여성성은 몽환적이거나 환상적으로 구성되는 반면, 무대 밖에서 드러나는 몸의 기형성이나 기형성의 상품화라는 물적 토대도 생략되지 않기 때문이다. 그리고 여주인공 페버스는 환상 주체로서 본질주의적 여성/구성주의적 여성 간의 이분법적 경계를 허문다. 이처럼 다양성과 다양성으로 열린 환상적 여성 주체의 양상은 이 작품에 잘 구현되어 있다. 『서커스의 밤』은 본질론적 핵심이나 젠더 특성을 가정하지 않고 해체론적으로 열린 개인의 주체성과 정체성의 문제를 제기한다.

소설의 여주인공 페버스는 알에서 태어났다는 신비로운 탄생서사에 걸맞게 백조의 날개를 달고 있는 양성적 인간이다. 페버스는 금발에 진한 화장, 붉은색과 보라색 등 천연색으로 빛나는 날개, 화려한 여성적 무대의상으로 장식하고 여성적 교태를 뽐내는가 하면, 6피트 2인치(약 188센티)의 거구에다 『빨간 두건의 소녀(Red Riding Hood)』에서 할머니로 분한 늑대의 것처럼 크고 육식성인 치아(18), 걸걸한 쉿소리와 엄청난 식성, 식사 후 옷소매로 입가에 흐르는 육즙을 닦으면서 하는 거침없는 트림, 붉은 목젖이 드러날 정도의 하품, 악수할 때 상대방을 압도하는 힘센 아귀힘, 이야기 중에 상대방을 화장실도 못 가게 할 정도로 상대를 위압하는 압도적 장악력을 과시한다. 날개 달린 거구의 공중 곡예사 페버스는 현실 속에 있을 법하지 않은 현실과 상상 사이의 매직 리얼리즘적 환상 주체인데다 젠더 교차적 동일시로 남성성과 여성성이 공존하는 인물로 나타난다.

『서커스의 밤』은 가면을 쓴 여성, 뭔가를 위장하고 꾸미는 여성을 강조하면서도 동시에 모방과 유희적인 게임을 벌이는 여성의 양상을 보여준다. 페버스는 음악 홀의 예술가이자 팜므 파탈(femme fatale)

이고 원형적 페미니스트(proto-feminist)이기도 하다. 그는 죽음의 천사이기도 하고, 자본주의 시장의 공연예술가이기도 하며 모호성의 여왕, 비천한 괴물이기도 하다. 또한 여성성 때문에 죽음의 위기에 처하는 희생자의 면모도 보이지만, 재화 획득을 위해 그 여성성을 상품화할 줄도 아는 지식의 주체이기도 하다. 작가의 묘사에 따르면 페버스는 긍정/부정의 대립구조를 넘는 '모호성의 여왕, 중간적인 상태의 여신, 종의 경계에 있는 존재'이자 '양가적인 몸의 중재를 통해 대립적 상태를 화해시켜 주는 사람'이다.

> "Queen of ambiguities, goddess of in-between states, being on the borderline of species, manifestation of Arioriph, Venus, Achamatoth, Sophia…… Lady of the hub of the celestial wheel, creature half of earth and half of air, virgin and whore, reconciler of fundament and firmament, reconciler of opposing states through the mediation of your ambivalent body, reconciler of the grand opposites of death and life, you who comes to me neither naked nor clothed, wait with me for the hour when it is neither dark nor light, that of dawn before day break, when you shall give yourself to me but I shall not possess you" (81) ("모호성의 여성, 중간 상태의 여신, 종의 경계에 있는 존재, 아리오프, 비너스, 아케이마토스, 소피아의 현신…… 천체 수레바퀴의 중심에 있는 여인, 반은 지상, 반은 천상의 피조물, 처녀이자 창녀이고, 대지와 창공의 조율자, 그 양가적인 몸을 매개로 대립상태를 조화시키는 자, 벗지도 입지도 않은 채로 내게 오는 당신, 어둡지도 밝지도 않은 시간을, 동트기 전의 새벽녘을, 스스로를 내어주어도 나는 당신을 소유할 수 없는 그 시간을 나와 함께 기다리는 그대.")

페버스는 세 가지 관점에서 환상 주체의 양상을 구현한다. 우선 페버스는 가부장적 체제를 유지하는 데 봉사하는 현모양처/체제 위협적인 팜므 파탈(femme fatal)이라는 남성 가부장적 시선에서의 여성 재현양식에 복속되지 않는다. 페버스는 천사/마녀, 현모양처/매음녀, 백합/장미, 성모마리아/악녀라는 기존의 이분법적 여성 이미지 구도 중 어느 하나에도 안착하지 못하고 양자 사이에서 망설이고 동요한다는 점에서 환상 주체의 면모를 구가한다. 페버스는 영속적 가부장제의 유지를 위해 모든 것을 희생하는 신비화된 모성이나 체제 유지적인 현모양처도 아니고, 여성 주체적 입장에서 여성성을 상품화하여 권력이나 경제력을 장악하는 매음녀도 아니다. 그녀는 매음굴에서 자랐으나 처녀성을 간직하고 있다고 여겨지는 '처녀 창녀(Virgin Whore)'이기 때문이다.

페버스가 이분법적 여성 재현 양식에 복속되지 않는 것은 그가 오이디푸스 가족 구조 바깥에 있는데다 여성성의 모델이 되는 어머니의 모습도 희생적 모성상에서 벗어나 있기 때문이다. 페버스는 아버지 – 어머니 – 유아라는 가족 로맨스와 오이디푸스적 삼각구도에서 벗어나 있고, 가부장제가 정상적 성심리 발달의 경로로 규정한 틀을 애초부터 이탈하고 있다. 페버스는 알에서 부화된 아버지 없이 대리모에 의해 성장한 딸이라는 점에서 오이디푸스 구조를 넘어서 있는 것이다. 생물학적 부모가 없는 페버스에게는 여아가 남아에 비해 이차적이고 열등한 성 정체성을 획득한다는 프로이트의 성심리 발달론을 기대할 수 없다.[288]

---

288) 프로이트의 설명에 따르면 남아는 오이디푸스 콤플렉스를 거세불안으로 극복하기 때문에 초자아를 발달시키고 문명의 발전에 걸맞은 인성을 발달시키지만, 처음부터 결여를 인식하고 남근선망에 이른 뒤 오이디푸스 콤플렉스를 겪는 여아는 그것을 극복할 만한 대안적 방침이 없기 때문에 종종 나르시시즘이나 허영심, 의존성, 수동성 등의 열등한 성적 특성을 띠게 된다고 주장한다. Freud, "Feminine Sexuality", *Standard Edition*

따라서 페버스는 이성애적 가족 로맨스에 구애받지 않고 자유를 향해 날아가는 능동적인 여성으로 그려진다. 그리고 작품에서 부각되는 여성과 남성, 진리와 진리 추구자 간의 서사적 경쟁 속에서, 페버스는 대상을 석화하고 결정화하려 하는 상징 사냥꾼(symbol-hunter) 월서를 교묘히 피해 달아나는 '지혜(Sophie)'를 나타낸다. 남성적 진리 추구의 인식론에 알맞은 적절한 모델을 제시할 수 없는 지혜로운 페버스는 현실과 상상 사이의 긴장을 유지하는 환상 주체의 면모를 과시한다.

고아로 버려진 페버스의 양육을 맡은 사람은 생물학적인 부모가 아니라 두 양모와 여성 공동체이다. 어깨 죽지에 병아리 털이 난 채로 깨어진 알껍데기에 싸여 세탁소 바구니에 버려진 페버스는 자신을 거두어준 리지(Lizzie)와 매음굴의 외눈박이 대모 마 넬슨(Ma Nelson)에게 교육을 받았고, 넬슨의 매음굴에 있던 일단의 여성들과 교분관계를 유지하면서 성장한다. 페버스의 부모는 리지, 넬슨 그리고 넬슨의 매음굴에 있는 일단의 여성들인 동시에 새이기도 하다. 날개를 달고 태어났으나 나는 법을 모르던 페버스에게 심리적인 소외감이나 공포를 극복할 용기를 준 리지나, 여성성을 활용해 세상을 사는 법을 알려준 마 넬슨과 가족과 같은 따뜻함으로 정서적 후원이 되어준 다른 매음녀들, 면밀한 관찰을 통해 나는 원리를 습득하게 해준 비둘기까지도 후천적인 교육을 담당한 부모라 할 수 있기 때문이다. 이제 생물학적 부모는 존재하지 않고, 양육적 부모는 창녀, 가정부, 동물로까지 확대된다.

가부장적 가족구조 밖에서 성장한 페버스에게 여성성의 학습 모델이 되는 양모의 모습은 전통적 어머니상과 동떨어져 있다. 페버스의 두 양모는 모두 전통적 어머니상에 저항한다. 리지는 날개가 없다는 생물학적인 차이에도 불구하고 페버스에게 비행 방법을 학습시키지만 단순히 희생적 어머니상에 한정된 것이 아니라, 공중곡예사의 생활을 하도록 보살피는 매니저의 역할과 더불어 이성애적 가족구도를 비판하는 마르크시스트 동지의 역할, 다른 남자에게 연인을 빼앗긴 팜므의 역할도 수행한다. 그리고 페버스를 길러준 매음굴의 대모 마 넬슨은 페버스를 벽감 위에 살아 있는 조형물로 전시하면서 상업적 수단으로 이용하면서 여성적 기지를 교육해 남성의 여성 연물주의를 상품화하는 방법을 터득하게 해준다. 이 두 여성은 희생적인 모성성과 전통적인 여성성의 역할 습득을 거부하게 만들어주는 역할을 한다.

특히 리지는 가부장적 이분구조로는 설명될 수 없는 페버스의 젠더 정체성을 형성하는 데 가장 중요한 역할을 한다. 여아의 정체성 형성에 지대한 영향을 미치는 모성은 생물학적 어머니가 아니라 어머니의 역할을 하는 사람이 구현하는 특성이고, 페버스에게 가장 큰 어머니의 모델이 된 사람은 리지이다. 페버스에게 리지의 역할은 어머니이기도 하고, 혁명동지이기도 하고, 이성애적 관습성을 비웃는 친구이기도 하며, 작고 왜소한 체구로 거구의 남성적 페버스와 여성 연대를 이루는 레즈비언 주체이기도 하다. 리지는 페버스에게 두려움을 딛고 나는 방법을 습득하도록 용기를 준 후원자이면서 동시에 관습적 결혼제도의 문제점을 비난하고 조롱하는 비판자이다. 리지는 결혼제도에 대해 부정적이다. 월서가 품위 있는 창녀만이 결혼할 자격이 있다고 하자 창녀의 결혼은 프라이팬으로부터 불길로 뛰어드는 일이며 결혼과 매춘은 상대 남성이 하나이냐 여럿이냐의 문제일 뿐 다른 차이는 없다고 일축해 버린다.(21) 또한 리지는 사회제도의 부정적 국면을 조롱하면서 진정한 사랑은 결혼으로 귀결된다는 이성애적 관습을 비

웃는다. 리지에게 페버스와 월서의 결혼은 동화 서사에서 왕자가 위
험에 처한 공주를 구해내고 관습적으로 구현하는 해피 앤딩의 수단에
불과하다(281). 페버스와 월서의 결합은 남녀의 역할만 바뀌었을 뿐
행복 서사의 결미에는 완전한 이성애적 결합의 상징인 결혼이 있다는
관습을 반복할 뿐이라는 것이다. 이처럼 리지는 전통적 모성상의 전
복을 보여주고 페버스는 그를 양육한 어머니의 영향력 아래 희생적
어머니상/위험한 요부상으로 이분화되지 않은 여성 주체의 양상을 획
득한다.

리지의 페버스 양육은 모성성이 희생을 의미한다는 가부장적 등식
을 격파한다. 처음부터 진짜 모녀간인지가 의심스럽다고 한 월서의
말대로 양모인 리지는 페버스의 시적 영감일 수도 있고, 가부장제가
억압해 소외시킨 관계성일 수도 있고, 상징질서에 대한 대안으로서
시적 언어의 혁명성일 수도 있다. 모성성은 다양한 해석이 가능한 무
한공간으로 열린다.[289] 이제 여성성을 형성하는 주요 동인이 되는 모
성은 여성의 생물학적 특성이나 여성성의 완성, 혹은 기존체제를 유
지하기 위한 희생적 봉사정신으로 해석되는 것이 아니라, 창의력의

---

289) 윌리암즈는 카터의 환상을 주체의 성적 현실과 관련된 망설임의 순간, 독
자가 로한 성적 현실에 동화될 능력으로 논의한다. 특히 전 오이디푸스 단
계의 모녀 관계를 중심으로 어머니를 복원해낸다. 윌리암즈에 따르면 식
수는 어머니를 창의력의 원천과 충만함에 대한 영감이 서린 인물로, 이리
가레는 가부장제가 여성 주체의 근원으로 가정하기를 거부하도록 위협해
딸과 분리시켜 버린 소외된 인물로 그려낸다. 반면, 크리스테바는 어머니
와의 합일 공간을 기호계, 즉 대안적인 시적 언어의 근원으로 이론화하면
서 유아의 몸의 리듬에서 오는 율동적이고 이질적인 맥동, 의미 대상을 지
칭하지 못하는 불안정하고 비결정적인 발화를 코라(chora)나 모성성(the
marternal)으로 설명한다. Linda Ruth Williams, *Critical Desire:
Psychoanlaysis and the Literary Subject* (New York: Edward Arnold,
1995), 117-9.

원천을 제공하는 양육자, 교육자, 동료, 친구에서 가부장제가 최초의
애정대상에서 소외시켜 억압한 동성애적 관계나 여성연대, 혹은 가부
장제를 비판하는 전복적 지성이 될 수도 있다. 이처럼 모녀 관계에
입각한 여성 주체의 기원도 비결정성이나 불확실성이라는 망설임의
순간에 달려 있다는 점에서 환상 주체적 양상을 구현한다.

　희생적 모성성이 불가능한 만큼, 남성이 이상화한 여성성의 화신이
나 소유 대상으로 목록화될 수 있는 여성성도 존재할 수 없기는 마찬
가지이다. 마 넬슨은 페버스가 고정적인 여성의 젠더 특성이라는 것
이 조작된 허위임을 이미 소녀일 때 인식시켜 준다. '비합리적인 욕망
이 합리적으로 충족되는'(26) 엄마의 매음굴에서 날개 달린 모습으로
젖가슴이 발육되기 전까지 큐피드 역할을 했던 페버스는 연물화된
'사랑의 이미지'를 구현하면서 스스로 남성의 연물이 된다. 여성성은
남성의 신비한 연물로서 이상화될 뿐이라는 이 경험적 인식은 페버스
가 슈렉 부인의 박물관에서 스스로를 '죽음의 천사'로 전시하면서 생
계를 벌거나, 리지와 함께 날개와 여성성을 과시해서 '런던의 비너스
(Cockney Venus)'로서 명성과 부를 떨치게 되는 근본적 토대가 된다.
그 때문에 페버스는 남성의 만든 희생제단의 제물로 희생되거나, 특
이한 취미 품목이나 소유물 목록으로 전락할 위험에 빠지게 되기도
하지만 남성이 여성성에 대해 부여하는 모든 관념이 시각적 환상 위
에 구축된 사실은 불가능한 상상적 산물임을 넬슨의 교육 덕분에 일
찌감치 깨우친 것이다.

　양모 마 넬슨은 남성의 시각적 환상 위에서 구성된 여성성이 허구
적 상상의 산물임을 학습시킬 뿐 아니라 페버스에게 남성적 폭력에서
벗어날 방법을 교육한다. 마 넬슨은 페버스에게 금장도와 함께 여성

적 기지를 전수하는 것이다. 이들은 각각 남성적 팰러스에 맞서는 남
근적 전략이자 여성적 기지를 의미한다. 실제로 페버스는 양모 넬슨
에게서 전수받은 남근적 전략과 여성적 기지를 발휘해 로젠크뤼쯔
(Rosencreutz)와 대공작(Grand Duke)이 꾸민 위험한 상황을 모면한
다. 로젠크뤼쯔는 불가해한 여성을 신비화하여 제단에서의 희생 제의
로 영생을 보장할 수 있다고 믿는 연물주의자로서 페버스를 제단에서
희생시켜 자신의 영생을 보장받으려 한다. 이때 페버스가 남성의 여
성 물신화를 피하는 전략은 양모 넬슨이 준 방어용 '칼'과 자신의 '날
개'이다. 그것은 남근 대 남근의 전략으로 여성의 순결을 지키는 '남
성적 전략'이다. 한편 대공작은 여성을 기이한 수집 대상, 장난감과
같은 소유 대상으로 전락시켜 안심할 수 있는 대상으로 만들려 하는
데 대공작은 기이한 장난감 수집품의 일부로 페버스를 수집해두려 한
다. 그 위기 상황에서 페버스는 어머니의 매춘굴에서 익힌 '여성적 기
지'로 상황을 모면하게 된다. 페버스는 대공작이 희열에 빠지게 하는
방법을 알고 있었고 그가 사정하는 사이를 틈타 장난감 전시실에 있
는 마술기차를 타고 시베리아행 열차로 도망치는 것이다. 마 넬슨의
교육을 받은 페버스는 여성성이 근본적으로 남성의 환상 위에 구성된
허구이며, 그 허구적 여성성은 상업적 가치를 가진다는 사실을 알고
그 사실을 이용해 경제적 재화와 권력을 획득하는 영리한 주체이다.
또한 여성을 남성의 연물로 희생시키거나 소유대상으로 전락시키려는
남성에 대항해서 남성적 전략과 여성적 기지를 동시에 활용할 줄 아
는 양가적이고 이중적인 주체이기도 하다.

카터는 성이라는 것이 도덕적인 범주라기보다는 하나의 사업적 교
환 행위라고 본다. 이 경우 기혼 여성이나 창녀는 모두 '경제적 교환

물로서의 성'과 관계 맺는다는 점에서 동일하다. 다만 창녀는 그 계약 관계를 분명히 인지하고 있는 반면, 기혼 여성은 그것을 분명히 알지 못할 뿐이다. 처녀의 순결성에 대한 신화에서 치유력을 가진 화합적 어머니에 대한 신화에 이르기까지 여성에 대한 모든 신화적인 해석들은 위안을 주기 위한 허튼 소리이자 신화에 불과하다. 아버지 남성 신이 없는 것만큼 어머니 여성 신도 존재하지 않는 것이다.[290] 매춘굴에서 자랐으면서도 처녀성을 간직하고 있다고 추정되는 페버스는 헌신적 모성상/위협적 요부상이라는 극단적 유형을 자유로이 오가는 모호하고도 양가적인 성향을 보여주기 때문에 어느 한쪽에 소속될 수 없다. 이처럼 환상 주체 페버스는 더 이상 천사와 마녀의 이분법적 대립구도 속해 있지 않으면서 양자적 속성을 모두 가지고 있다는 면에서 환상 주체의 면모를 보인다.

여주인공의 젠더 정체성의 형성은 아버지보다는 어머니와의 관계 속에서 구성된다. 카터의 여성 주체는 초기에는 남성 상징질서로의 진입과 그것의 거부 양상을 구현했으나, 후기에 가서는 다른 곳에 있는 더 환상적인 여성적인 구성에 대한 대안적이고 장난스런 표현으로 나아가면서 계속적으로 어머니 담론(discourse of mothering)을 발전시킨다.[291] 로나 세이지도 카터 작품의 여주인공은 아버지의 지배를 받는 남근적 오이디푸스 구조에서 점점 벗어나 어머니와의 전 오이디

---

290) "……All the mythic versions of women, from the myth of the redeeming purity of the virgin to that of the healing, reconciling mother, are consolatory nonsenses; and consolatory nonsense seems to me a fair definition of myth, anyway. Mother goddesses are just as silly a notion as father gods." Angela Carter, *The Sadeian Woman and the Ideology of Pornography* (New York: Pantheon Books, 1978), 5.

291) *Ibid.*, 121.

푸스적 관계로 점차 나아간다고 본다.292) 초기 소설 『마술 장난감 가게(The Magic Toyshop)』(1969)에서는 멜라니(Melanie)와 가부장적이고 억압적인 아버지로 등장하는 필립 삼촌(Uncle Philip)과의 관계를 중심으로, 『영웅과 악당들』(1969)에서는 교수 아버지와 야만인 연인 쥬얼(Jewel) 사이에 갈등하는 마리앤느(Marianne)의 모습으로, 『호프만 박사의 지독한 욕망 기계』(1972)에서는 알버티나(Albertina)와 그녀의 아버지 닥터(Doctor)를 중심으로 이루어지던 아버지 – 딸의 관계는 후기에 오면 어머니 – 딸의 관계로 전환된다. 유토피아적인 전 오이디푸스 관계를 해체하고 재건하는 『새로운 이브의 열정』에서는 원형적 어머니가 주인공의 남성성을 박탈해 여성으로 성전환을 시키는가 하면, 『피투성이 방』(1979)에서는 여주인공의 연인 푸른 수염의 사나이는 남근적 어머니의 등장으로 저지당해 더 이상 여성 주체에 힘을 행사하지 못하게 된다. 그리고 카터의 후기 작품인 『서커스의 밤』과 『현명한 아이들』에서는 아버지가 아예 존재하지 않거나, 노라(Nora)와 도라(Dora)의 쌍둥이 모계 가계 속에서 할아버지의 시계는 거세된 채 아버지상은 희화되거나 힘을 상실한 모습으로 나타난다.

폴리나 팔머(Paulina Palmer)도 카터의 소설적 경향이 멜라니(Melanie)나 마리앤(Marianne)처럼 남성의 시각을 약호화한 마네킹이나 꼭두각

---

292) 로나 세이지(Lorna Sage)는 안젤라 카터의 작품세계를 부권질서에 복속과 저항, 그리고 모권질서의 수립에 따라 초기, 중기, 후기의 3단계로 구분한다. 초기는 *Shadow Dance*(1966), *The Magic Toyshop*(1967), *Heroes and Villains* (1969) *Love*(1971), 중기는 *The Infernal Desire Machines of Dr. Hoffman* (1972), *The Passion of New Eve*(1977) *The Bloody Chamber*(1979), 후기는 *Nights at the Circus*(1984), *Wise Children*(1992) 등의 작품이 포함된다. Lorna Sage, *Angela Carter* (Plymouth: Northcote House Publishers Ltd., 1994) 참고.

시에서 여성 주체적인 해방적 여성으로 변모해갔음을 지적한다. 팔머는 이 소설에 나타나는 페버스와 리지의 대화가 '유토피아의 구현'과 '여성성의 신화 벗기기'라는 두 가지 대립적 충동을 병치시켜 글쓰기의 긴장을 창출하고 있다고 본다.293) 그런 의미에서 『서커스의 밤』은 유토피아적인 요소와 탈신화적 요소 사이에서 동요하고 있고294) 상반된 대립물 사이에서의 갈등과 망설임은 환상소설의 면모를 구현한다. 카터 소설의 여주인공은 남성이 조종하는 대본의 꼭두각시에서 스스로 자신을 창조하고 발전시키기 위해 연극성과 가면을 사용하는 인물로 변화해갔다고 조망한다는 점에서는 브리촐라키스(Britzolakis)도 이와 유사한 견해를 피력한다.295) 남성적 입장에서 여성을 바라보는 천사/마녀의 이분법에 복속되지 않는 환상적인 여주인공의 양가적이고 모호한 특성은 희생적 모성성도 본질적 여성성도 아닌 어머니를 동일시의 역할 모델로 삼는 딸의 입장에서 기술된다.

두 번째로 페버스는 인간/동물의 경계를 위협하면서 고급담론/저급

---

293) 이후 팔머는 좀더 복합적인 수행성의 심리적 역학 모델과, 상호주관성의 역할에 대한 더 세밀한 인식, 그리고 젠더 의례에서 응시 및 수행적 텍스트 자체에 대한 의식이 더 필요하다고 보며, 연극성을 중심으로 여성 젠더 주체의 수행적 구성을 카터의 몇 가지 작품을 들어 논의한다. 그는 버틀러의 수행적 젠더 정체성을 카터 소설 속의 드랙 퀸이나 프리마돈나에서 발견한다. Paulina Palmer, "Gender as Performance in the Fiction of Angela Carter and Margaret Atwood", *The Infernal Desires of Angela Carter: Fiction, Feminity, Feminism* (Edinburgh: Longman, 1997), 24-42.

294) Paulina Palmer, "From 'Coded Mannequin' to Bird Woman: Angela Carter's Magic Flight", *Women Reading Women's Writing*, ed. Sue Roe(New York: St. Matin's Press, 1987), 179.

295) Christina Britzolakis, "Angela Carter's fetishism", *The Infernal Desires of Angela Carter: Fiction, Feminity, Feminism* (Edinburgh: Longman, 1997), 51.

담론, 역사성/무역사성의 경계를 와해한다. 그것은 제우스의 변신이라는 신화적 정전을 희화하고, 예이츠의 시 '레다와 백조(Leda and the Swan)'라는 문학적 정전을 조롱한다. 백조의 날개를 단 여성 페버스는 인간과 동물의 경계에 있다. 그 모습은 신화 속에 등장하는 천사의 모습일 수도 있고, 현실의 냉혹한 정상성의 잣대 아래 천대받는 기형인의 모습일 수도 있다. '곡예줄 위의 헬렌(Helen of the High Wire)'(7) 페버스는 신화 속 제우스가 백조의 모습으로 변신하여 레다를 강간한 후 탄생한 여성 헬렌을 인유하는 동시에 의도적으로 왜곡한다. 트로이 전쟁을 일으킬 정도로 여성성과 미의 화신이었던 헬렌은 패러디되어 거구의 신체에다 걸걸한 쉿소리를 가진 백조날개의 기형인간 페버스가 창조된다. 동물과 인간의 모습 사이에서 동요하고 갈등하는 페버스의 몸은 그 자체로 의미 있는 인식적 대상이 아니라 사회규범과 법질서가 부과한 젠더 속성을 반복적으로 신체에 각인함으로써 의미화되는 물질이다. 즉 페버스는 동물/인간, 새의 날개/여성의 몸, 기형성/신화성 가운데 방황하는 몸을 가지고 서구문학사의 근간을 이루는 엄숙한 정전으로서의 '신화'를 고의적으로 동물의 수준까지 떨어뜨려 희화하고 본류에서 이탈해 그것을 여성적 관점에서 패러디하고 변주한다. '사실인가 허구인가'라는 슬로건에 걸맞게 페버스는 사실적인 몸의 기형과 허구적인 여성성의 상징물 가운데 불안정하게 동요하는 환상 주체의 면모를 보여주는 것이다. 여성 기형인의 비천한 몸은 단일한 의미로 고정될 수 없는 '물질성'이다. 그것은 몸 자체가 어떤 의미를 가지는 것이 아니라 규율담론과 권력이 반복 부여한 의미를 몸에 각인할 때 그것이 젠더(주체)로 인지된다는 것을 보여준다. 대상에 대한 의미화는 규범화된 상징질서를 거칠 때에만 그것이

지칭한다고 가정되는 익숙한 약호로 해독되거나 해석되는 것일 뿐, 몸이라는 물질성 자체가 의미화와 직결되는 것은 아니다. 몸의 물질성은 그 자체로 중요하고도 문제적이라서 일원화된 해석에 저항하며, 바로 이러한 몸의 비결정성이 환상 주체를 구성하는 것이다.

기이하고 단일한 해석이 불가능한 신체 때문에 환상 주체로 이해되는 인물들은 이외에도 이 작품에 다수 등장한다. 투생(Toussaint)은 입이 없는 흑인 남성이고, 잠자는 공주(Sleeping Beauty)는 잠만 자면서 세상사를 거부하며, 윌트셔 원더(Wiltshire Wonder)는 3피트(약 91센티)도 채 안 되는 지나치게 작은 몸 때문에 고통받으면서 결코 성장하지 못하는 미숙한 여성 주체의 비애를 보여준다. 투생은 있어도 없는 존재처럼, 할 말이 있어도 침묵해야 했던 흑인의 상황을 대변하며, 글쓰기와 달리 분명한 주체를 전제로 해야 가능한 발화 주체의 불가능성을 바탕으로 존재가 되지 못하는 비존재, 보이지 않는 사람(invisible man)으로 불려온 흑인의 고충을 말해준다. 잠자는 공주는 성년이 될 때까지 죽음과도 같은 잠을 자다가 왕자의 입맞춤과 더불어 의식과 행복을 동시에 찾는다는 낭만적 공주서사 모델을 조롱하고 패러디한다. 잠은 세상과의 관계를 단절하는 죽음을 의미하고 주체적인 사회적 참여의식 없이 외부 요소에 의한 각성이나 일깨움은 가부장제가 만든 설화에 불과하다. 원더는 몸이 작다는 것이 주는 현실적 고통을 통해서 작은 요정, 엄지 공주와 같은 동화적 모델이 사실 여성 주체적 관점에서 볼 때 미성숙한 미발육의 주체를 제시하면서 그것이 현실에서 겪는 고통을 호소한다. 알버타/알버티나(Alberta/Albertina)는 이분된 몸이 양성적 특성을 보이는 양성구유 인간이다.

그 외에도 정상적인 두 눈과 더불어 유두 자리에 또 다른 두 개의 눈이 더 있는 패니(Fanny)는 모유 대신 인생의 시련과도 같은 짠 눈물로 아이를 육아할 수밖에 없는 저주받은 인생이지만 언제나 웃으며 밝게 살려고 노력한다. 패니는 지식과 진리를 인지하는 감각기관인 시각이 여성의 몸의 양육기능을 압도할 때 인간세계의 재생산은 불가능하다는 것을 말해준다. 반면 콥웹(Cobweb)은 얼굴이 거미줄에 싸인 채 세상과 격리되어 살아가는 우울증 환자이다. 인내를 지상의 덕목으로 실천하며 살아가는 콥웹에게 여성성은 노예적 상황이나 우울증 질환을 야기하는 속박일 수밖에 없다.

사실성과 상상력의 이 같은 결합은 정상성의 범주에서 볼 때 특정한 부분이 결여되거나 과도해서 기이한 괴물이나 비정상인으로 이탈한 인간에게서도 나타나지만, 더 넓게는 동물과 인간의 혼종적 결합 양상에서도 나타난다. 카드를 뽑아 월서에게 광대로서 서커스에 합류할 것을 결정해주는 돼지 시빌(Cybil)은 선지자와 동물이 결합된 형태로서 인간의 미래를 결정하는 예언가로 나타나고, 월서를 해부학 교과의 모델로 사용하기도 하는 교수 침팬지(Professor Chimp)는 학교 교실 상황을 재연하고 판서하면서 학생 침팬지에게 '신비로운 학식'을 보여주기도 하고, 연기주임과 자신의 계약갱신에 대해 흥정하기도 하면서 음성적 발화만이 불가능할 뿐 라마르크의 두뇌를 가지고 보통 인간 이상의 지성을 과시한다.[296] 카니발적인 서커스 세계 속의 여러 인물들은 여성성/남성성, 정상성/기형성, 인간/동물의 대립구도 속에 망설이고 갈등하면서, 모든 유형화되거나 고정관념화된 안정적인 정체성을 문제삼는다. 이들은 이종성과 이질성이 혼재된 인물로 아이러니와 패러독

---

296) "Nature did not give me vocal cords but left the brain out of Monsieur Lamarck." (169)

338

스 속에 모호성과 양가성을 구현하는 환상 주체의 면모를 보여준다. 무엇보다도 고대 희랍의 제우스 변신신화가 창출했고 트로이 전쟁의 핵심적 요소였던 미모의 헬렌의 후예인 페버스는 곡예줄 위에서 아슬 아슬하게 균형을 잡고 여성성을 유지할 뿐, 무대 뒤에서는 붉은 목젖 을 드러내며 껄껄 웃고 식욕과 성욕을 거침없이 발산하는 거구의 날개 달린 괴물로 희화된다. 그리고 백조로 변장해 레다를 강간하던 아버지 처럼 페버스는 환상 주체의 압도적 장악력으로 월서마저 불안정하고 유동적인 주체로 여성화시키는 강력한 신여성이 된다.[297]

인간과 동물의 양상을 동시 구현하는 이 같은 환상 주체의 면모는 역사성과 무역사성, 사실성과 비사실성의 결합에서 나타난다. 사라 갬 블은 페버스가 무대 위의 초월성과 무대 밖의 세속성을 멋지게 혼합 하고 있다고 말한다. 페버스는 무대 위에서는 '실물의 두 배 크기'로 보이는 '멋진 새 여성(fabulous bird-woman)'(15)이자 힌두의 여신이 지만, 무대 밖에서는 기골이 장대한 저속한 런던 토박이 여성, '기형' 이거나 '놀라운 괴물'(161)에 불과하다. 페버스는 여성의 신비화 양상 을 보여주고 그것을 탈신비화하는 이중적 전략을 취한다. 페버스는 보란 듯이 자신의 몸이 가진 기형적인 잉여를 과시한다. 그러한 방식 으로 그는 존재 전체가 그 패러독스의 유지에 달려 있는 특이성 (singularity)을 보존하는 데 성공한다. 그런 의미에서 이 작품은 환상

297) 페버스가 성 피터스버그에서 거울을 보며 공연준비를 할 때 말했던 '바보들(Suckers)'이란 말은 미국의 유명한 여배우 매 웨스트(Mae West)가 『나는 천사가 아니예요(I'm No Angel)』에서 서커스 복장을 입고 나와 사자를 지배하고 통제하는 조련사로 분해 연기했을 때 했던 유명한 대사이다. 거울은 영화적 프레임으로 작용하고 이것은 여성 신 체의 분장을 통한 예술적 생산으로 교차되면서 여성은 자신의 인공성 이나 조작성을 인식하고 통어하는 지배 주체가 된다.

을 벗어나는 방식과 타협하면서 종결짓는 환상이다.[298]

페버스의 정체성은 사실과 허구 사이에서 동요한다. 그것은 페버스의 몸에서 나타나는 물질성이고, 그 물질성의 단일해석에 대한 저항이다. 그는 지상에서는 런던의 비너스지만, 공중에서는 날개를 단 요정이고, 자본주의의 상품이면서 환상적인 연기자이다. 페버스는 여성성이 사회적 구성물임을 알며, 자신의 여성성을 시장의 사회적 가치로 환원해서 자본을 획득할 수단으로 이용할 줄 아는 영리한 주체이다. 페버스는 마스크 뒤의 자유를 구현한다. 그것은 부재위장의 자유이고, 존재를 속이는 자유이며, 언어를 속이는 자유이다. 페버스의 기존 여성 이미지 비평에 대한 저항, 몸의 물질성은 기율 젠더규범에 대한 저항과 더불어 환상적 여성 주체의 탄생을 말한다.

작가의 서술적 관점에서도 『서커스의 밤』은 몽환적 환상과 사실적 역사 사이에서 갈등하고 있다. 로나 세이지(Lorna Sage)는 카터의 자기분열과 자의식이라는 이중성이 환상 속에 잘 구현된다고 본다. 세이지가 볼 때 안젤라 카터는 역사성보다는 무시간적 환상을 중심으로 소설을 쓰고 있으며 전통적인 법칙에 따르지 않는 환상을 쓴다는 것이 이 작가의 가장 뛰어난 업적이라고 평가한다. 카터의 작중인물에는 필연적인 역사, 단단하거나 결정된 문맥 대신 일시적이고 모호한 구조가 들어 있다는 것이다.[299] 반면 에이단 데이는 『서커스의 밤』이 역사적 사건들과 관련된다고 보면서 전통적인 역사의 관점에서 발화되는 것이 아닌 여성적 관점에서 남성적 역사를 다시 쓰는 것이라고 주장

---

298) Sarah Gamble, *Angela Carter: Writing From the Front Line* (Edinburgh: Edinburgh UP, 1997), 156-67.

299) Lorna Sage, *Women in the House of Fiction: Post-war Women Novelists* (New York: Routledge, 1992), 174.

한다. 이 소설은 남성 글쓰기/여성 글쓰기(history/herstory)로서의 역사라는 것이다.[300] 이처럼 『서커스의 밤』은 역사성과 무역사성 가운데서 동요한다. 역사라는 남성적 시대 담론을 여성의 관점에서 재기술하기도 하고, 거짓된 자유를 폭로하면서 기회주의적이면서 일시적이고, 전략적이면서 유토피아적인 자유가 환상적으로 서술되기도 한다.

　마지막으로 페버스는 여성성과 남성성의 경계, 이성애와 동성애라는 젠더와 성 경향의 중간지점에 있다. 환상적 여성 주체 페버스는 남성적 가치규범으로는 해석이 불가능한데다 그 몸이 갖는 물질성 때문에 기존의 젠더규범이 규정한 남성성/여성성의 경계나 고정된 여성 이미지를 전복하면서 일원적 해석의 불가능성과 이항대립구조의 와해를 가져온다. 나아가서 이 인물은 여성성에 부과되는 본원적 의미의 젠더 특질이나 이성애적 성 경향을 정상성으로 간주하는 규범이 결국은 당대의 제도가 반복해서 정상성으로 각인한 규제담론의 효과에 불과한 것임을 입증한다. 페버스는 여성성/남성성을 이원적으로 분류하는 이항대립적 구조나 이성애 정상성/동성애 일탈성을 이분화해 동성애를 비천시하라고 이성애를 규범화하는 젠더와 성 경향의 규율담론에 저항한다. 페버스는 남성성과 여성성을 동시에 구현하면서 양자의 경계를 허물고 있을 뿐 아니라 낭만적 이성애의 완성으로 완결되는 것 같으면서도 전복적 웃음으로 그 의미를 와해하고 있다. 그는 젠더 교차적 동일시를 통해 여성성과 남성성의 경계에 있는 젠더 특성을 보여줄 뿐 아니라, 이성애와 동성애 어느 한쪽에도 고착되지 않는 불안정한 성 경향을 표현하는 것이다. 페버스는 기존의 나르시시즘, 허영, 수

---

300) Aidan Day, *Angela Carter: The Rational Glass* (Manchester: Manchester UP, 1998), 167-194.

동성, 의존성이라고 불리는 여성적 젠더 속성에 고정되지 않고 남성적 위압감이나 장악력을 발휘하기도 하며, 이성애적 성 경향에 고착되지 않고 여성 동성애적 공동체의 가능성을 시사하기도 한다. 페버스는 월서와 이성애적인 감정도 느끼지만 양모 리지와 모녀간의 대상관계에 기초한 동성애적 레즈비언 연대의 가능성도 시사하고 있다. 페버스와 월서의 관계에는 남녀가 전도되어 남성화된 페버스와 여성화된 월서의 모습으로 역전되어 나타나기도 하고, 페버스와 리지의 관계에서는 여성 간의 동성애적 모습이 나타나기도 한다. 이때 거구의 남성적 페버스와 작고 왜소한 여성적 리지는 부치(butch)와 팜므(femme)의 양상으로 드러난다. 리지는 월서를 찾아 헤매는 페버스를 조롱하고 월서를 질투하면서 진실한 연인의 재회는 언제나 결혼으로 종결된다고 이성애적 규범적 성 경향을 비난한다. 자신이 페버스의 것이므로 스스로를 페버스에게 바쳐 페버스의 재산이 되었다는 것이다.

그러나 딸을 위해 어머니의 존재를 바치거나, 부치를 위해 팜므의 존재를 바치는 것이 불가능한 것처럼, 낭만적 결혼의 관습이라는 이성애적 제도담론 속에서 남성을 위해 여성을 바칠 수도 없다는 것을 페버스는 알고 있다. 페버스는 그 누구에게도 자신을 내어줄 수는 없다고 단언한다. 페버스는 자신의 존재는 유일하고 개별적이라서 쾌락을 위해 자유롭게 자신을 던질 수는 있을지언정 자신의 본질은 주거나 받을 수는 있는 것이 아니라고 말한다. 그것은 본질적 핵심을 가진 결정된 요소가 아니기 때문이다.

"My being, my me-ness, is unique and indivisible. To sell the use
of myself for the enjoyment of another is one thing; I might even
offer freely, out of gratitude or in the expectation of pleasure-and
pleasure alone is my expectation from the young American. But the
essence of myself may not be given or taken, or what would there
be left of me?"(280-1)(내 존재, 내가 나라는 것은 특이하고도 개별적
인 거예요. 다른 사람의 즐거움 때문에 나를 판다는 것과는 다른 일이
죠. 나는 감사의 뜻으로나 쾌락을 원해서 무료로 나를 바칠 수는 있어
요. 물론 내가 그 미국 청년한테 기대하는 것은 쾌락뿐이죠. 하지만 내
자신의 본질은 받거나 줄 수 있는 것이 아니에요. 그렇지 않다면 내게
뭐가 남아 있겠어요?)

주체는 근본적으로 구성적이라는 점에서 섹스와 젠더의 구분도 불분
명해진다. 샐리 로빈슨(Sally Robinson)에 따르면 카터에게 생물학적인
섹스와 사회적 젠더의 구분은 파괴되고, 카터는 여성의 생성과정을 추
적하면서 젠더 주체의 보편적 구성성을 입증하고자 한다고 말한다. 그
에게 생물학적인 성과 문화적인 성은 본질적으로 동등하게 나타난다.
카터에게 젠더는 권력관계이기 때문에 약한 것이 여성적인 것, 강한 것
이 남성적인 것이 된다. 권력관계는 변화하기 때문에 이러한 구성은 언
제나 입장을 바꾸거나 해체될 수 있다. 특히 카터의 『호프만 박사의 지
독한 욕망 기계』와 『서커스의 밤』은 규범적인 젠더의 구성과 그 전복적
해체 간의 긴장을 보여주며, 그 구성과 해체 사이의 선이 불안정적이고
해체적이기는 하지만 전반적인 카터 소설의 효과는 여성(Woman)/여
성들(women), 남성 중심적인 형이상학적 여성(성)의 재현/여성들의
다양한 이질적 자기재현들(women)을 대립시키고 있다.301)

---

301) Sally Robinson, *Engendering Subject: Gender and Self-Representation*

불안정적이고 모호한 젠더와 성 경향은 카터 작품의 주요 모티브로서 환상적 주체를 구성하는 중심적 개념이 된다. 리차드 슈미트(Richard Schmidt)는 무의식의 양면성을 다루면서 욕망은 합리성과 공존해야 한다고 주장하는 『호프만 박사의 지독한 욕망』과, 주체 구성상의 젠더의 기능과 인공적이고 다형적인 젠더 주체의 문제를 다루고 있는 『새로운 이브의 열정』에 이어서 『서커스의 밤』이 타자와의 상호관련 속에서 환상적 주체와 자유로운 주체의 구성이라는 문제를 제기하고 있다고 본다. 『서커스의 밤』에서 카터는 자유로운 여성성의 탐색을 보여주며, 페버스가 찬란하게 여성성을 공연하면서도 기형성이나 괴기성으로도 작용한다는 사실은 여성성의 비본질적 특성을 확인시켜 준다.302) 여성성은 본질적인 속성이나 내적 진리를 갖고 있지 않으며 행위 중에 구성되고 또 산포되는 비본질적인 구성물로 제시된다.

슈미트가 보기에 잭 월서의 시각에서 바라보는 신여성 페버스는 네 가지 의미에서 새로운 상징으로 나타난다. 이 새로운 상징은 다음과 같은 의미를 가진다. 우선 여성이 인간으로 받아들여지고 양육되는 것일 뿐 그 이상도 이하도 아니라는 것, 두 번째로 여성은 대상의 위치가 아니라 주체의 위치를 가진다는 것, 세 번째로 여성의 차이는 격리감을 만드는 원인으로 작용하는 것이 아니라 공감할 만한 것으로 이해된다는 것, 마지막으로 여성의 상징적 의미는 무한히 열려 있다는 것이다. 이처럼 새로운 여성성의 상징은 본질주의나 여성성에 대한 구체적 정의에 한정되지 않고 자유로운 존재와 여성이 된다는 것을 의미한다.

---

    in Contemporary Women's Fiction (Albany: State University of New York, 1991), 77.

302) Ricarda Schmidt, "The Journey of the Subject in Angela Carter's Fiction", *Textual Practice* 3.1 (1989): 68.

　페버스는 남성적인 여성으로 군림하면서 월서를 점점 여성화시키고 무력화하지만 결국 보이는 대상, 무대 위의 구경거리로서의 정체성 때문에 월서라는 관객의 시선이 없이는 존재할 수 없는 여성이기도 하다. 월서는 객관 합리주의라는 허구적 이상의 껍질을 깨고 대상을 외부적 틀로 재단하지 않고 있는 그대로 바라보기 위해 페버스라는 존재가 필요하다. 둘은 서로의 정체성을 구성하는 데 필요한 이질적 외부이고 자신의 정체성을 구성하면서 스스로의 내부에 타자적 속성을 불완전하게 합체하고 있다. 그리고 이 둘의 결합은 새로운 젠더 주체의 탄생을 알리는 선언식이 된다.

　시베리아 기차전복사고로 헤어져 상대를 찾아 헤매던 페버스와 월서가 재회할 때 이들은 그들만의 결혼의 침상에 들게 된다. 월서는 여기서 페버스의 존재에 대한 마지막 신뢰까지 허구였음을 깨닫게 된다. 이들이 결합할 때 월서는 자신이 지금껏 매음굴의 처녀성을 구현한다고 믿어 왔던 페버스가 처녀가 아니었다는 사실을 알게 되고, 페버스에게 왜 처녀성을 간직하고 있는 유일무이한 날개 달린 자유의 화신인 것처럼 믿도록 자신을 속였는가를 묻는다. 페버스는 강력한 폭소로 응답하면서 자신이 월서를 속인 것이고 글로 쓴 것을 믿어서는 안 된다고 말한다. 세상에는 확신할 만한 것이 아무것도 없다는 것이다.("It just goes to show there's nothing like confidence.")(295). 이때 페버스가 터뜨리는 폭발적인 웃음은 새로운 주체를 탄생하게 하는 웃음이다. 토네이도 폭풍우와 같은 그의 웃음은 창문과 나무에 달린 양철 장식물을 흔들고 나가 샤만, 샤만의 사촌, 그 집 아가와 아기 엄마를 웃게 만들 뿐 아니라 동물인 곰까지 감응하게 하면서 지구 방방곡곡에 퍼져 모든 이에게 영향력을 떨치는 강력한 웃음이다.

The spiralling tornado of Fevvers' laughter began to twist and shudder across the entire globe, as if a spontaneous response to the giant comedy that endlessly unfolded beneath it, until everything that lived and breathed, everywhere, was laughing.(295)(마치 끊임 없이 그 아래로 펼쳐지는 거대한 희극에 대한 자연스러운 응답이기라 도 하듯, 살아 숨쉬는 모든 것이 온 세계에서 웃음을 터뜨릴 때까지 페버스의 웃음에서 나온 회오리 같은 토네이도는 전 세계를 휘감아 전율하게 하였다.)

이 강력한 웃음은 세계를 휘감는 전복적 저항성이자, 강력한 전파 력을 가진 정치성으로 표출된다. 이 웃음은 메두사의 웃음이고 카니 발의 웃음이며, 원본과 모방본의 경계를 허무는 패러디적인 웃음이다. 그것은 여성의 웃음 속에서 다의성과 다성성, 다양성의 유희와 흘러 넘침을 발견할 수 있다고 말한 식수스(Helene Cixious)의 '메두사의 웃음(The Laugh of Medusa)'처럼 조롱의 웃음이자 순수한 쾌락의 웃음으로 이분법적 사유의 힘을 해체하는 전복력을 가진다. 주객의 이분법과 대립구조의 와해는 주체 자신의 분열성뿐 아니라 대상조차 통합적 인식론으로 파악 불가능함을 말해주면서 주체나 대상 모두가 본질적 특성, 본원적 핵심을 가지지 않는다는 사실을 보여준다.

이 웃음은 사실과 환상의 중간에 있는 모호성으로 남성적 질서에 대한 대항과 새로운 여성적 가치의 시작을 의미하는 양가적인 '카니 발의 웃음'이기도 하다. 미하일 바흐친(Mikhail Bakhtin)에 따르면 카 니발적인 웃음의 특징은 세 가지로 말해진다. 우선 카니발적인 웃음 은 무엇보다도 축제의 웃음이다. 그것은 어떤 독립된 '희극적' 사건에 대한 개인적 반응이 아니다. 카니발적 웃음은 모든 사람의 웃음인 것

이다. 두 번째로 그 웃음은 범위에 있어서 전 세계적이다. 그것은 카
니발에 참여한 사람은 물론이거니와 모든 것과 모든 사람들에게 향해
있다. 전 세계가 어릿광대의 관점에서, 쾌활한 상대성의 관점에서 보
인다. 세 번째로 이 웃음은 양가적이다. 그것은 쾌활하고, 승리에 차
있는 동시에, 조롱하고 비웃는 것이기도 하다. 그것은 긍정하면서 부
정하고 숨기는 동시에 소생시킨다. 그것이 카니발적인 웃음이다.[303]
바흐친이 말하는 웃음의 전복력은 권력, 세상의 모든 왕, 모든 압제와
규제의 패배를 의미하며 외적인 검열뿐 아니라 내적 검열로부터 해방
시키는 다양한 의미충위를 발생시킨다.[304]

　무엇보다도 페버스의 웃음은 '패러디적인 웃음'이다. 그것은 원본과
모방본의 경계를 제거하고 모방본에 대한 원본의 우월성을 불가능하
게 하는 정치적 전복력을 지닌다. 이 웃음은 실제적 본질과 그럴듯한
외양이라는 위계적 대립물이 서로에 침윤되고 경계를 공유하는 방식
을 드러낸다. 그에 따라 내적 본질을 가정하는 모든 자기동일적 존재
는 허구에 불과하고, 정체성이란 원본으로 가정된 이상적 자질의 모
방에 불과하다는 것을 보여준다. 바흐친에게 '패러디'는 웃음의 언어
적 양식이다. 패러디와 희화는 기존의 권력구도를 낯설게 하여 필연
성의 이름으로 옹호되는 가치에 대해 비판적 시선을 던진다. 그로테
스크한 패러디를 통해 권력구조가 낯설어지는 것도 '웃음의 급진주의
(radicalism of humour)' 때문이다.[305] 이 웃음의 양식은 바흐친의 카

---

303) Michail Bakhtin, *Rabelais and His World*, trans. Hélène Iswolsky
　　　(Cambridge: MIT Press, 1968), 11-2.
304) *Ibid.*, 92, 94.
305) Terry Eagleton, *Walter Benjamin or Towards a Revolutionary Criticism*
　　　(London: Verso, 1981), 145.

니발이나 희화화된 소극에서 나타나는 진지함이나 엄숙함에 대한 저항성과 닮아 있다. 웃음은 두려움이나 위협처럼 삶을 억압하는 것에서 인간을 해방시킨다.[306]

메두사의 웃음, 카니발적인 웃음, 패러디적인 웃음은 모두 서커스라는 카니발 세계 위에서 대립적 이항의 양자를 부정하는 동시에 긍정하는 내적 전복력으로 표출된다. 마갈리 코니어 마이클(Magali Cornier Michael)은 유토피아 페미니즘의 충동과 유물론적 페미니즘의 충동 사이에 있는 카터의 글쓰기가 긴장과 변화의 가능성을 모색하는 환상 공간을 창출한다고 본다. 마이클은 마르크시즘의 유물론적 리얼리즘과 포스트모더니즘의 환상적 패러디가 공존하는 작품이 바로 『서커스의 밤들』이라고 본다.[307] 이 작품에서 주체의 젠더 정체성은 포스트모던의 토대 위에 있으면서도 마르크시즘의 유물론적 시각을 포용하는 페미니즘의 가능성을 시사한다. 마이클은 『서커스의 밤』에 나타나는 환상과 카니발화를 중심으로 포스트모던 유토피아 페미니즘이 갖는 전복성을 강조한다.[308] 포스트모던 페미니즘의 확장된 정치성의 관점에서 보면, 서커스야말로 환상과 물질성이 공존하는 장이고, 카니발은 실험적 환상성과 모호한 관계성, 그리고 하나의 의미로 고정되지 않는 비결정성의 요소를 안고 있다. 주체는 '사실과 허구 간에 어떤 차이도 없

---

306) M. M. Bakhtin, *Rabelais and His World*, 67.
307) Magali Cornier Michael, "Angela Carter's *Nights at the Circus*: An Engaged Feminism via Subversive Postmodern Strategy", *Contemporary Literature* 35.3 (1994).
308) Magali Cornier Michael, "Fantasy and Carnivalization in Angela Carter's *Nights at the Circus*", *Feminism and the Postmodern Impulse: Post-World Was II Fiction.* (New York: State University of N.Y. Press, 1996), 171-208.

는 일종의 매직 리얼리즘의 세계'(260)에 편입되면서 '매직 리얼리즘'
은 소설의 키워드가 된다. 그것은 서커스나 카니발처럼 사실주의와 환
상을 접합시키기 때문이다. 마이클은 이 소설이 바흐친의 카니발 이론
을 잘 적용하고 있다고 지적한다. 이 소설은 카니발을 문학의 웃음에
적용해서 그것을 포스트모더니즘의 전략으로 사용한다는 것이다. 카니
발적인 웃음은 애매모호한 양가성의 웃음이고 그것은 대립하고 있는
이항 모두를 동시에 포섭하는 전략이기도 하다. 따라서 이 작품은 일
상의 생활을 서술하는 물적인 상황에다가 유토피아적인 페미니즘의 창
조적이고 희망에 차 있는 역동성을 결합하고 있기에 마르크시즘과 페
미니즘이 서로 결여하고 있는 것을 보충해 주는 결과를 산출했다고 본
다.309)

　폴리나 팔머도 바흐친의 카니발 개념과 카터의『서커스의 밤』을 연결
해서 논의한다. 팔머는 작가가 여성 동일시의 문제와 함께 페버스-리지
(Lizzie), 미뇽(Mignon)-아비시니아 공주(Princess of Abyssinia) 간의
여성적 집단성(collectivity)을 중심으로 가부장적 문화를 분석하고 이 여
성 공동체를 재현하기 위해 카니발의 관점을 차용하고 있다고 평가한다.
그는 바흐친의 카니발 정신은 모든 것들의 유쾌한 상관성을 선언하면서
세계에 대한 전혀 새로운 시각을 제공하고 모든 존재하는 것들의 관계적
특성을 깨닫고 완전히 새로운 사물의 질서로 진입하게 만들어 준다고 지
적한다.310) 팔머는 특히 페버스의 웃음이 단순한 축제적 기능 이상의 효

309) Magali Cornier Michael, "Angela Carter's Nights at the Circus: An
　　Engaged Feminism via Subversive Postmodern Strategy", *Critical
　　Essays on Angela Carter*, ed. Lindsey Tucker (London: Prentice Hall,
　　1998), 215.
310) Paulina Palme, "From 'Coded Mannequin' to Bird Woman: Angela
　　Carter's Magic Flight", *Women Reading Women's Writing*, ed. Sue Roe

과를 거둔다고 주장한다. 웃음은 기존의 정치질서를 불경하게 조롱하는 동시에 그것을 사회적으로 심리적으로 해방시키고 있다는 것이다. 웃음은 권력과 지상의 모든 제왕, 압제하고 규제하는 모든 것의 패배를 의미한다. 그것은 외적인 검열뿐 아니라 무엇보다도 강력한 내적인 검열에서 해방된다.311)

페버스의 웃음은 이분법을 허무는 다양성과 몸의 쾌락적 유희로 열린 '메두사의 웃음'이기도 하고, 기존의 정치질서를 불경하게 조롱하면서 사회적 심리학적인 해방을 이끌어내는 '카니발적 웃음'이기도 하며, 진정한 젠더 정체성이라는 것도 사실은 모방물에 불과하다는 것을 알리는 '패러디적 웃음'이기도 하다. 이처럼 페버스의 웃음은 새로운 주체의 탄생을 알리는 웃음이다. 이 웃음은 마치 광기처럼 기대를 전복함으로써 파열적 힘을 수행한다. 그 웃음의 전략은 남성 중심적 질서를 드러내는 동시에 그것에 도전하며 새로운 변화의 가능성을 제시한다.312) 날개 달린 공중곡예사 페버스는 이처럼 현실과 상상을 오가는 환상적 주체 양상을 구현하면서, 강력한 파급력으로 새로운 환상 주체의 도래를 예견한다. 페버스 외 각종 기형인들은 환상적 젠더 주체는 이처럼 전통적인 의미에서 상상과 실제를 오가는 환상 주체의 양상을 보여준다.

그러나 버틀러의 젠더 정체성 모델로 해석해 보면 비현실적이고 기이한 허구적 여성 주체 페버스뿐만이 아니라 가장 객관적이고 이성적

(New York: St. Martin's Press, 1987), 197.

311) Michail Bakhtin, *Rablais and His World*, 92, 94.

312) Magali Cornier Michael, "Fantasy and Carnivalization in Angela Carter's *Nights at the Circus*"(Albany: State University of N.Y. Press, 1996), 206-7.

인 남성 주체 월서도 사실은 불안정적이고 양가적인 모호한 젠더 주체라는 것이 드러난다. 여성성이나 남성성이라는 젠더는 모두 실제적인 본질의 핵심을 가진 특질이 아니라 제도와 규범이 반복적으로 주입해 자연스러운 것으로 구성한 인공적 이상물에 불과하기 때문이다. 비정상적 기형인뿐 아니라 정상적 이성애 규범에 복종하는 일반인의 젠더 정체성도 상상적 이상이나 규제적 허구에 불과하다는 것은 버틀러 논의를 적용할 때 확대되어 해석되는 부분이 된다. 이 환상 주체는 남성/여성이라는 이분법에 귀속되지 않고, 자신 안에 타자적 성향을 부정된 요소나 부정성으로서 포함하고 있는 주체이다. 그 주체는 근대이성의 객관 합리주의 이성 주체의 자족성을 위협하면서 불확정적이고 불안정적이며 비결정적인 주체의 본원적 특성과 깊이 관련되어 있다. 이 주체는 버틀러의 젠더 정체성 논의로 설명할 때보다 확장된 해석양식을 제공할 수 있다.

버틀러의 논의를 적용해서 산출된 '확장적 환상 주체'라는 관점에서 보면 페버스는 특이한 몸의 기형성으로 인한 사실과 허구 사이의 갈등과 긴장이라는 의미에서의 환상 주체가 아니라, 존재의 본원적인 비본질성과 구성성이라는 의미에서 환상적 젠더 주체가 된다. 그리고 젠더 정체성이라는 것이 가변적으로 구성되고 산포되는 지배담론의 이데올로기 효과라는 것도 월서의 주체인식론의 변화로 더욱 강력하게 전경화된다. 원래 비정상적인 페버스뿐 아니라 지극히 정상적인 월서도 환상 주체의 양상을 드러내고, 이에 따라 서커스나 기형인 박물관에 등장하는 여러 기형적 인물뿐 아니라 현실을 사는 모든 정상적인 보편 주체들이 불안한 젠더 정체성을 가변적으로 구성하며 살아가는 환상 주체임을 보여주게 되는 것이다.

　월서와 페버스는 젠더 교차적 동일시를 이루면서 새롭게 거듭나는 젠더 주체이고 이들은 보편적 인간의 젠더 정체성 구성 양상을 보여준다. 이들은 메두사의 웃음, 카니발의 웃음, 패러디의 웃음으로 모든 이분법적 도식을 초월하고 전복한다. 환상적인 젠더 주체는 불확정적이고 비결정적인 주체로서, 남성/여성이라는 이분법에 귀속되지 않고 자신 안에 타자적 성향을 부정성으로서 포함하고 있는 해체적으로 열린 주체이다. 이 젠더 주체는 이성애가 부과한 남성성과 여성성을 패러디하고 젠더라는 것이 허구적으로 구성된 것임을 보여준다. 본질적인 젠더란 존재하지 않으며, 젠더는 행위나 공연을 통해 구성되는 몸의 표현에 불과하다. 그리고 젠더는 지배담론에 반복적 복종으로 형성되지만 그 반복 속에 재의미화와 전복의 가능성이 있는 것이며, 언제나 이질적 외부를 자신의 내부에 부정이나 거부의 방식으로 합체하고 있다. 따라서 카터의 『서커스의 밤』에 나타나는 성 교차적(transsexual), 젠더 교차적(transgender) 동일시와 젠더의 패러디적 구성, 수행적 형성, 젠더규범에 대한 역설적 규범과 그 기율권력의 금기에 대한 불완전한 내면화는 이 작품을 해석하는 유용한 해석의 틀이 될 수 있다. 따라서 기존의 환상 주체 논의에서 보다 확장된 구성적 젠더 주체를 논의하기 위해 버틀러의 패러디, 수행성, 복종, 우울증의 관점으로 안젤라 카터의 『서커스의 밤』에 나타난 젠더 주체의 형성과 그 복합적인 행위 양상을 살펴볼 필요가 있다.

2. 버틀러의 젠더 정체성 이론으로 읽기

버틀러의 젠더 정체성은 이성애가 부과한 남성성과 여성성을 패러 디함으로써 원본적 젠더라는 것이 허구적 구성물임을 보여줄 뿐 아니라, 본질적인 젠더가 존재하는 것이 아니라 젠더는 행위나 수행을 통해서 구성되는 몸의 표현임을 말해준다. 또한 젠더는 자신의 정체성을 세우기 위해서는 우선 지배담론의 호명에 응답하고 복종해야 한다는 복종의 패러독스 속에서 구성되면서 반복을 통해 재각인되고, 또 그 반복 때문에 언제나 재의미화에 열려 있는 것이기도 하다. 젠더는 자신의 세우기 위해 거부해야 할 대립적 요소를 자신의 내부에 이미 부정성으로 안고 불완전하게 합체하고 있는 우울증적인 것이기도 하다.

카터의 『서커스의 밤』은 다양한 의미로 열린 다양한 인물 유형들을 통해서 정상인이나 비정상인 모두 제도나 규율담론에 의해서 환상적으로 탄생한 주체들의 세계를 보여준다. 이 작품에는 현실에는 있을 법하지 않고 실로 거의 존재할 수도 없는 기이하고 특이한 괴물이나 기형적 인간들이 다수 등장하기 때문에 보통 환상소설로 간주되어 왔다. 이들은 현실과 상상을 넘나드는 이중적이고 모호한 주체를 제시한다는 면에서 환상 주체의 양상을 구현한다. 그러나 버틀러의 논의를 적용해보면 비단 비정상적 기형인만이 환상적인 것은 아니다. 비정상적 기형인이나 정상적 보편인이나 모두 허구적으로 구성된 담론의 규제효과라는 점에서 환상적 젠더 주체이기 때문이다. 따라서 버틀러의 환상적 젠더 주체 논의는 기존의 환상 주체 논의를 확대하고 나아가 정상/비정상의 구분을 불가능하게 하면서 모든 주체가 환상적으로 구성된 젠더 주체임을 말하게 한다. 버틀러의 논의를 적용해보면 비정상인의 젠더 정체성만이 환상적으로 구성되는 것이 아니라 가장 정상적이고 보편적이라고 간주되는 주체도 사실은 내부의 본질이나 핵심을 가지고 있지 않는 환상적 구성물이기 때문이다. 따라서 버틀러의 이론을 카터의 소설에 적용하면 젠더 주체의 환상적 구성이라는 논의가 더욱 확장될 수 있다.

『서커스의 밤』은 제목이 시사하듯 합리적이거나 이성적인 객관현실과 유리된 카니발과 패러디와 희화의 세계가 보여주는 가장 환상적이고 비현실적인 양상을 구현한 작품이다. 인물, 장면, 사건이 특이하고 기이한 것은 말할 것도 없고, 온갖 모험과 역경을 딛고 자아발견과 성장의 통과의례를 거쳐 도달하게 된 대상에 대한 진리도 불분명하고 모호하다. 서사의 중심축은 페버스와 월서의 서사 경쟁에 놓여져 있어서 어느 쪽에 어느 만큼의 서사적 신뢰를 부여할 것인가에 따라 독서의 긴장이 발생하고 그것이 작품의 의미를 지연시키며 종국에는 해답을 주지 않고 한바탕 웃음으로 끝나버리는 것이다.

현실적이고 객관 합리적인 남성이 비현실적이고 기이한 여성의 '정체성'을 탐색한다는 것이 서사의 중심 구동축이 되어 있는 『서커스의 밤』에서 서커스는 공간적 배경이 된다. 인간의 보편 젠더 정체성이 허구적으로 구성된다는 것을 보여주는 서커스의 세계는 젠더가 구성되는 방식에 대한 문학적 연구의 양상을 보여준다. 서커스는 불가사의하고 불가능해 보이는 여러 장면과 인물과 사건들이 복잡하게 교직된 환상적 공간이지만 사실은 천태만상의 각계각층의 다양한 인간군상이 등장하는 보편적 젠더 주체의 우주로 확장된다. 서커스는 인간 세계의 각양각태를 보여주는 보편 우주이자 세계이고 서커스 단원은

각자의 인생항로에 중요한 진리를 찾아 나선 순례자 집단이다. 그리
고 이 순례여정에서는 목적지에 도달하는 것보다 어떤 희망을 안고서
여행하는 과정 자체가 더욱 중요하다. 그것은 인간의 젠더 정체성이
무엇인가보다는 그것이 어떻게 구성되는가를 초점으로 한 '과정 중의
주체'가 형성되는 여정과도 같다. 서커스 구성원들의 정체성 탐색이라
는 순례여정이 종착지에 다가갈 무렵 리지는 말한다.

A motley crew, indeed-a gaggle of strangers drawn from many
diverse countries. Why, you might have said we constituted a
microcosm, of humanity, that we were an emblematic company, each
signifying a different proposition in the great syllogism of life. The
hazards of the journey reduced us to a little band of pilgrims
abandoned in the wilderness upon whom the wilderness acted like a
moral magnifying glass, exaggerating the blemishes of some and
bringing out the finer points in those whom we thought had none.
Those of us who leaned the lessons of experience have ended their
journey already. Some who'll never learn are tumbling back to
civilization as fast as they can as blissfully unenlightened as they
ever were. But, as for you, Sophie, you seen to have adopted the
motto: to travel hopefully is better than to arrive.(279)(잡동사니 집단,
정말로 많은 여러 나라에서 온 이방인들의 꽥꽥거림. 그래, 어쩌면 너는
우리가 인간의 소우주를 구성하고 있다고, 그래서 우리 각각은 삶의 거
대한 삼단논법 속에 있는 어떤 다른 명제를 각각 의미하는 상징적 집단
이라고 말했을지도 모르지. 여행의 위험 때문에 우리는 황야에 버려진
작은 순례자 집단으로 줄어들었어. 그 위험은 어떤 결점은 과장하고, 우
리가 가지지 않은 것 같은 결점에 대해서는 더 자세히 드러내면서 황야
는 이 집단에게 도덕의 확대경 작용을 했지. 우리들 중에 경험의 교훈을

터득한 사람은 여행을 이미 끝냈지. 그걸 터득하지 못할 사람이라면 옛
날에 더없이 행복하게 몽매했던 것처럼 가능한 한 재빨리 공중제비를
돌며 문명으로 돌아갈 거야. 그러나 소피, 넌 "희망에 차서 여행하는 것
이 목적지에 도달하는 것보다 낫다"는 모토를 수용한 것 같은데.)

『서커스의 밤』이라는 제목은 보편적 인간 우주의 일상적 존재론을
함축하는 것으로 해석될 수 있다. 외연적으로 볼 때 '서커스'의 '밤'은
일상적 세계와 대비되는 신비로움과 마술적 기적이 일어나는 세계인
'서커스'의 세계와 더불어, 한낮의 빛과 같이 이성이나 합리성, 수직적
이고 시각적인 확실한 지배를 불가능하게 하는 비이성, 불합리, 수평
적인 촉각적이고 불확실한 교류의 '밤'의 세계를 의미한다. 그것은 주
인공 월서가 페버스의 진리를 찾기 위해 따라나선 세계이기도 하다.
월서는 취재를 완성할 계획으로 서커스단에 합류하기 위해 런던 사무
실에 들러 지국장에게 자신이 잠시 기자직을 쉬면서 재충전을 하겠다
고 건의한다. 키어니 단장이 이끄는 대제국 순회공연(Grand Imperial
Tour)에 합류해 현장 취재를 하겠다면서 이 '서커스에서 몇 밤'을 보
내는 게 어떻겠냐고 지국장에게 제안하기까지 한다(91). 바로 이 '서
커스에서 며칠 밤'이 이 소설의 테마이자 제목이며 월서를 객관 이성
적 주체에서 환상 주체로 변모시키는 자기탐색과 자아발견의 도정에
올려놓은 핵심적 모티브이다. 모든 주체가 본질적 자아정체성을 가지
는 것으로 결정되어 있는 것이 아니라, 근본적으로 주관적 세계에서
환상적으로 구성될 수밖에 없는 것이라면 '서커스'의 '밤'은 '일상우주'
의 '매일'로 확대된다. 즉 '서커스의 밤'은 모든 주체가 처한 현실적이
고 보편적 존재론적 환경이다. 서커스는 몸의 수행적 의미와 젠더 정
체성이 획득되는 일종의 무대(arena)이고, 이 상상적 무대는 공연의

항로를 따라 여성성이 평생 동안 자신의 모습을 연기하는 공간이자 터전이 된다. 페버스가 펼치는 '공중' 곡예는 젠더 정체성이나 여성성이 '땅'에 근거한 토대를 가지지 않는다는 것을 연기의 수행과정으로 보여준다.

처음부터 이 상상적 서커스 안에서 젠더가 형성되는 것은 바로 몸의 언어를 통해서이며, 이미 형성된 젠더를 몸의 언어가 반영하거나 기술하는 것이 아니다. 페버스는 몸의 특이성 때문에 현실과 상상 사이에서 동요하는 환상 주체가 아니라 몸의 비천한 물적 상황을 현실적으로 드러내고서도 단순히 기형인이라는 하나의 의미로 고정될 수 없는 주체이다. 몸의 물질성에 대한 의미화를 가능하게 하는 것은 당대의 규율담론이기 때문이다. 정상/비정상, 아름다움/추악함, 신비감/혐오감을 결정하는 것은 몸 자체가 아니라 몸에 대한 해석을 이끌어내는 지배담론이고, 그것은 비단 기형적이거나 비정상적인 몸에만 국한되는 것이 아니라 모든 인간 존재에 해당된다. 따라서 기형적 몸이나 정상적 몸은 모두 규율담론의 반복적 각인의 결과로 의미화된다는 점에서 동일하다. 환상 주체는 모든 주체의 문제로 확대될 수 있는 것이다. 월서는 객관적 이성으로 완전한 인식이 가능한 대상은 존재하지 않는다는 각성에 도달하면서 새로운 환상 주체로 거듭난다. 이들은 좀더 확장된 의미에서 모든 젠더 주체가 가변적이고 임시적인 정체성을 만들고 사라지는 허구적 구성물에 불과하다는 것을 말해준다. 이렇게 되면 페버스나 기타 기형인 박물관에 전시되는 비정상적 인물들처럼 의미화하기 어려운 특이한 외모가 환상 주체를 형성하는 것이 아니라, 인간의 정체성이라는 것 자체가 본원적으로 담론이 생산한 허구적 이상, 규제적 상상이라는 점에서 모든 주체는 환상적으로 구성된다.

환상 주체는 매직 리얼리즘이나 사실 여부에 대한 신뢰성을 놓고 벌이는 게임의 문제가 아니라, 모든 주체의 존재론적 상황이 된다. 젠더 주체가 근본적으로 주체의 본질이나 근본적 젠더 핵심이라는 것을 가지지 않는 허구적 구성물이라면 모든 주체가 환상 주체가 되는 것이다. 따라서 페버스를 중심으로 기형적 여성들의 환상 주체적 면모는 기형적 몸에서 오는 특이성에 기인한 것이 아니라 모든 젠더 주체의 존재론으로 확대되고, 가장 정상적이고 보편적인 인물로 제시되는 월서 역시 확장적 의미에서의 환상적 젠더 주체로 거듭나게 된다. 월서는 기자에서 광대로, 샤만의 견습생으로, 자신의 정체성을 변화시키면서 인간의 주체성이라는 것이 선험적으로 결정된 것이 아니라 행위 과정 중에 가변적으로 결정된다는 것을 누구보다도 잘 알게 되기 때문이다.

확장적 환상 주체는 월서뿐만이 아니다. 현실과 상상을 드러내놓고 혼동하는 샤만, 술 취한 광인집단 광대들, 여성을 학대하는 쇼비니스트 남성, 그 학대를 견디면서 상처받은 아픈 영혼을 음악과 교감과 연대를 통해 치유하는 여성들, 간수와 죄수의 역할 경계를 넘어 레즈비언 유토피아를 향해 가는 여성들에 이르기까지 모든 등장인물은 정상성/비정상성의 구분을 모호하게 넘나드는 환상적 주체들이다. 이 주체들이 확장된 의미에서 환상 주체라는 것은 너무나 정상적인 몸을 지니고 정상적 사고를 하는 것으로 간주되는 인간 속에도 환상적 요소가 내재하고 있다는 의미이다. 광대의 수장인 버포 대왕(Buffo the great)은 술고래로서 관객동원의 위력을 발휘하지만 실제 인간인 치킨 맨을 살육할 만한 광기를 지닌 인간이다. 또한 에입맨이나 스트롱맨은 여자를 카펫처럼 노상 두들겨대고 성적 학대를 일삼은 비인간적

쇼비니스트 마초의 전형이다. 그리고 서커스 단장인 키어니(Kearney) 대령은 인간의 자기반성성이나 내적 성찰성을 조롱이라도 하듯 인생과 사업을 게임(ludic game)이라고 생각한다. 현실과 상상을 구분하지 않고 꿈이나 망상을 현실이라고 믿는 샤만의 생활양식은 명백히 환상적이다.

정상적 몸을 가진 현실의 억압받는 여성 주체도 환상적이기는 마찬가지이다. 미농은 멍이 가실 날 없이 남자에게 두들겨 맞으며 인간 이하의 대접을 받고 살지만 호랑이 춤의 반주를 맡은 아비시니아 공주와 함께 연주하고 노래하면서 상처받은 영혼을 치유한다. 남편을 살해한 것에 대한 죄의식으로 원형감옥 페놉티콘을 지어 놓고 죄수들을 관리하는 P 백작부인은 과도한 감독강박 때문에 죄수보다도 자유롭지 못한 구속된 생활을 한다. 그리고 죄수 올가(Olga)와 간수 베라(Vera)는 서로의 직책이 주는 정체성과는 무관하게 레즈비언 여성의 연대를 이루어 자유를 찾아 탈출한다. 이들은 기존의 젠더규범에 반복적으로 복종하면서 규율담론이 제도화한 이분법적 우열구도를 불안정하게 흔들고 전복한다.

이 인물들은 패러디적 모방구조에서 원본과 모방본의 경계를 허무는 반복구도로 본원적이거나 원본적 정체성의 불가능성을 말하고, 수행이나 연극적 공연 행위 속에서 가변적으로 구성되는 임시적인 정체성을 말한다. 이들의 정체성은 당대의 젠더규범과 성 경향 규범에 복종한 결과 산출된 존재론이지만 언제나 반복적 복종 속에 재의미화의 가능성을 안고 있다. 따라서 모든 존재는 자신에게 부정되거나 거부되었다고 상정하는 바로 그 금기시된 이질적 외부를 바로 그 부정이나 거부의 방식으로 자신에게 합체하면서 역설적으로 자신의 정체성을 구성한다.

'젠더 정체성'이란 것 자체가 불안정적이고 가변적으로 구성되는 것이기 때문에 그 정체성은 언제나 재의미화의 가능성에 열려 있는 주체를 구현한다. 『서커스의 밤』에 등장하는 주체들은 자신에게 부과된 젠더 특성을 모방하면서 젠더 특성이라는 것이 본원적 특성이 아니라 모방구조에서 발생하는 인공물임을 알려주는 패러디적 젠더 주체이자, 무대 위에서 언제나 가변적으로 구성되고 산포되면서 의미의 균열과 미끄러짐을 보여주는 수행적 젠더 주체이다. 그들은 당대의 젠더규범에 반복적으로 복종함으로써 복종과 동시에 주체를 구성한다는 패러독스를 안고 있는 복종의 젠더 주체이며, 이성애 성 경향이 규범으로 자리잡을 사회에서 동성애적 성 경향을 불안정하게 안고 있는 우울증적 젠더 주체이기도 하다. 『서커스의 밤』에 나타난 젠더 주체가 단순히 몸의 기형성에 기인한 환상 주체가 아니라 본원적인 의미에서 젠더 핵심을 노정하지 않는 비본질적이고 구성적인 주체라는 것을 살펴보기 위해서 우선 간단히 스토리 라인을 재구성할 필요가 있다. 따라서 작품에서 객관적 관찰을 하고 있다고 가정되는 월서의 서술 관점을 중심으로 사건을 개괄적으로 요약한 뒤 런던, 피터스버그, 시베리아의 작품 순서에 따라 젠더 주체의 구성적 양상이 어떻게 드러나는지를 면밀히 살피는 순서로 진행하도록 하겠다.

각 장의 제목이기도 한 런던, 피터스버그, 시베리아는 지리학적 위치에 따른 구분이다. 런던을 기준 장소로 볼 때 점차 외지의 먼 장소로 나아갈수록 안정적인 현실의 토대라는 기반에서 불안정적인 환상의 대기로 부유해간다. 서사적 관점에서는 여성에 관한, 혹은 여성에 의한 다양한 겹 구조 액자서사가 다수 등장하고 그것은 실제, 진리,

근본을 점점 더 교란시킨다. 전지적 서술자는 월서의 시점에 집중하고는 있지만, 여성 인물의 인생사를 전달하는 긴 독백이나 현장의 생동감 넘치는 대화로 인해 서술관점은 계속해서 변화를 거듭한다.

1부인 '런던'에서 서사적 초점은 페버스에게 맞추어진다. 날개 달린 거구의 여성 공중곡예사 페버스는 비결정적인 정체성 때문에 유럽 각지에서의 공연에 성공하면서 명성을 날린다. 그녀의 슬로건은 '사실인가, 허구인가(Is she fact or is she fiction?)'이다. 굳건한 마르크시즘계 페미니스트인 리지는 버려진 아기 페버스를 길러준 양모이자 동료이기도 하다. 런던 부분은 리지가 동석한 가운데 미국 신문기자 월서가 페버스를 인터뷰하는 것으로 구성된다. 월서의 원래 목적은 페버스가 사기꾼이고 희대의 협잡꾼임을 드러내 밝히는 것이다. 인터뷰하는 사람은 월서지만 페버스의 인생 역정을 풀어내면서 월서의 불신과 의심에 도전하는 가운데 그 모임을 주도해나가는 것은 페버스와 리지이다. 월서의 호기심은 인터뷰 동안 여성의 '공연' 때문에 자극되고 그는 이 기사를 마무리하기 위해 서커스에 합류하기로 결심하게 된다.

2부 '피터스버그'에서 중심이 되는 것은 월서가 마술적 서커스 세계에 가담하고 자신이 페버스와 사랑에 빠졌다는 것을 인식하게 되면서 기자에서 광대로 변모하게 된다는 사실이다. 이 부분에서는 페버스의 도움을 받게 되는 억압된 여성 서커스 공연자 미뇽의 이야기가 액자 구성으로 들어가고 페버스와 월서의 대화로 간혹 방해를 받기는 하지만 주로 저자의 시점으로 기술된다. 월서는 자신의 정체성이 행위 중에서 구성되는 광대 그 자체라는 것을 깨닫게 되고, 여성성에 대한 환상을 깨면서 위대한 공중곡예사 페버스도 사실 날개 달린 기형인에 불과하다고 생각하게 된다. 페버스는 대공작의 집에 초대되어 그의 수집된 전시품 중의 하나가 될 뻔한 위험한 순간에서 간신히 탈출하여 시베리아행 열차에 오르게 된다.

3부 '시베리아'는 환상성이 압도하는 공간이다. 서커스 단원을 태운 기차는 전복되고, 그 이후 뿔뿔이 흩어진 단원들은 각자 기이한 상황과 인물들을 조우하면서 집단별로 시베리아 근방에서 방랑하게 된다. 이 부분에서 서술 시점은 페버스와 월서의 의식의 흐름, 대화, 액자 스토리, 작가의 시점이 교차 반복된다. 기차전복을 도모한 정치 집단 이야기, 백작부인이 운영하는 원형감옥에서 만난 올가와 베라 이야기, 기억상실증 상태에서 샤만을 만나 그의 견습생이 되고 현실과 상상 간의 경계를 인식할 수 없게 된 월서, 그리고 날개가 부러진 상태로 리지와 함께 방랑하던 페버스가 이런 월서를 만나 재결합하게 되는 이야기가 전개된다. 이 소설은 여성 존재에 대해 질문하는 남성 주체에게 긍정도 부정도 하지 않고 한바탕 웃음으로 답하는 여성 주체의 폭발적 웃음으로 끝맺는다.

문학 속의 '환상 주체'는 개인의 기원서사가 환상이나 심인성 현실에 근거하고 있다는 의미에서 불확정적이고 언제나 현재의 시점에서 소급되어 재구성되는 주체의 정체성을 말해주는 의미 있는 문학적 장치이다. 그러나 버틀러의 방법론을 적용해 보면 문학 속의 등장인물들은 몸의 비정상성이나 신뢰할 수 없는 이질적 대립물의 병합이라는 면에서만 환상적인 것이 아니라, 모든 젠더 주체가 역사적이거나 객관적인 사실이 아닌 심리적이고 주관적인 사실을 바탕으로 자신의 정체성을 구성한다는 면에서 환상성을 지니고 있다.

환상적 젠더 주체가 드러내는 젠더 양상은 이상적 젠더 자질이라 생각되는 것을 모방하는 구조 속에서 발생하기 때문에 진정하거나 본원적인 젠더 특성이라는 것은 존재하지 않는다. 모든 젠더 주체는 본질적 젠더 특성을 가진 것이 아니라 당면한 행위 속에서 자신의 정체성을 언제나 구성하고 해체하는 과정 중에 있다. 주체는 담론의 반복 호명에 복종하면서 자신의 정체성을 구성하지만 그 반복 속에는 언제나 재의미화의 가능성이 내포되어 있다. 그리고 젠더 주체는 기존의 성 경향 규범이 금기시한 부분을 부정이나 금기의 방식으로 자신 안에 불완전하게 합체하고 있다. 그런 의미에서 본질적 젠더 주체는 존재하지 않으며 모든 젠더 주체는 환상적으로 구성될 뿐이다.

환상소설 논의에 의거하면 특이한 세계 속의 특이한 인물들만이 환상적 주체로 논의되지만 버틀러의 젠더 정체성 논의를 적용해보면 기존의 비정상적 몸을 가진 환상 주체들의 논의를 보다 확대된 시각에서 조망할 수 있을 뿐 아니라 정상성의 범주에 있는 사람도 환상적으로 구성되기 때문에 정상성/비정상성의 구분이 사라진다. 서커스는 보통의 일반 세계가 되고, 비정상인의 환상적 젠더구성에 대한 논의도 확장될 뿐 아니라, 정상적인 신체와 정신을 가졌다고 가정되는 일반인도 환상적으로 구성된다는 것이 입증된다. 기존의 현실과 상상 사이의 망설임이라는 의미에서의 환상 주체 논의를 확대하기 위해서 임시적이고 가변적으로 주체를 형성하지만 곧 해체하고 마는 젠더의 수행적 양상이 환상적인 면모로 부각되는 것이다. 이에 따라 모든 주체는 기형적 몸/정상적 몸, 기형성/정상성의 분명한 이분법을 불가능하게 하는 비결정적이고 구성주의적인 주체가 된다.

'런던'은 페버스와 기형적 몸을 가진 비정상 주체의 환상성을 중심으로 논의될 것이며, '피터스버그'는 월서와 정상적 몸을 가진 서커스의 여러 보편 인물들을 통해서 인간 존재가 본원적으로 환상적 토대 위에 있는 허구적 구성물임이 논의될 것이다. '시베리아'에서는 사실과 상상이 혼재한 마술적 환상의 세계가 주체가 처한 존재론적 현실임을 논의할 것이다. 따라서 버틀러의 젠더 정체성 논의를 카터의 이 소설에 적용해 보면 서커스라는 카니발적 배경 속의 정상/비정상 젠더 주체는 환상적 보편 우주 속의 정상/비정상의 이분법이 불가능한 젠더 주체가 된다. 환상적 우주 속의 환상적 주체의 구성적 양상은 버틀러의 패러디, 수행성, 복종, 우울증의 4가지 개념을 중심으로 설명될 것이다. 그렇다면 보편 우주 속의 모든 젠더 주체는 환상적으로 구성된다는 버틀러의 관점으로 카터의 작품을 재조망해 보도록 하겠다.

1) 런던: 페버스와 비정상 주체

기존 논의에서는 주로 사실인지 허구인지 알 수 없는 환상 주체 페버스의 면모에 중심이 놓이지만, 버틀러의 젠더 정체성 논의를 따르면 페버스의 환상 주체적 면모가 확장적 의미를 갖게 되고, 정상적인 것으로 보이던 월서의 환상적 주체 양상도 부각된다. 그리고 남/여라는 이분법적 대립구도를 넘어서서 모든 주체는 제도담론의 언어양식과 인식론이 자연스러운 존재로 반복 각인한 결과로 생산된 환상적 구성물이라는 것이 강조된다. 공중곡예사 페버스를 중심으로 한 각종 기형인들뿐 아니라 객관적 서술을 하고 있다고 여겨지는 월서도 환상 주체로 해석되는 것이다. 월서는 객관적 시선으로 대상을 나포해 대상을 당대의 인식 틀에 가두어서 개연성 있는 역사적 사실을 도출해 내려 하지만, 사실이라는 것도 당대의 인식론이 자연스러운 것으로 인정한 개념적 틀을 벗어나지 못한다. 사실이라는 것이 본래적으로 존재하는 것이 아니라 규율담론의 반복적 효과라면 사실에 대한 모든 서술은 허구적 구성물이고 객관 진술을 한다고 가정되는 월서도 허구적으로 구성된 환상 주체가 된다. 남성과 여성이라는 젠더 주체도 당대의 사회와 규범이 정상성으로 인정한 젠더 정체성을 당연한 존재의 인식론으로 수용할 때 발생하는 것일 뿐 본질적이고도 고유한 젠더 특성이란 존재하지 않는다는 점에서 모든 주체는 환상적 젠더 주체가 된다.

페버스라는 여성의 진리를 파악하기 위해 서커스에 합류한 월서는 곡마기행을 통해 자신의 정체성을 새롭게 재발견한다. 그 여행은 모든 인간이 본질적 자질이나 젠더 핵심을 노정치 않는 구성주의적 주체이고 규율담론의 효과라는 것을 월서에게 깨닫게 해준다. 페버스가 날개를 달고 현실의 억압적 여성 상황으로부터 도주할 수 있는 '신여성'이라면 월서는 객관 진리의 영역을 떠나 샤만의 주관적 인식론과 이분법적 대립구조를 초월하는 새로운 젠더 주체로서의 '신남성'이다. 이것은 남성/여성의 젠더 정체성이 분명하게 구분될 수 없는 새로운 정체성의 탐색이라는 의미를 가지며, 버틀러의 이론은 보편 주체가 당면한 환상적 젠더 주체의 양상을 설명하는 효율적인 방법론이 된다. 신여성 (New Woman) 페버스와 신남성(New Man) 월서는 새로운 정체성의 탄생을 예고한다. 그것은 자기해체적이고 탈중심적이면서 경험적이거나 물질적 토대를 상실하지 않는 환상적 주체의 탄생을 말한다. 버틀러의 논의를 적용해 보면 페버스의 환상 주체적인 면모는 더욱 확대되고, 정상 주체인 월서도 환상적으로 구성된다는 것이 입증된다.

버틀러의 젠더 정체성 논의를 카터의 작품에 적용해 보면 기존에는 비현실적 인물의 모호한 해석가능성에 국한되었던 환상 주체 논의가 세 가지 관점에서 확대되어 조망된다. 우선 섹스, 젠더, 성 경향의 구분이 이성애 규범의 원인이 되는 것이 아니라 그 결과라는 점이다. 곧 이성애 중심주의라는 규범이 섹스, 젠더, 성 경향을 결정한다. 두 번째로 남성적 남성, 여성적 여성이 본원적으로 존재하는 것이 아니라 모든 젠더 주체는 드랙처럼 인공적으로 모방적으로 구성된다. 남성과 여성은 이성애를 규범으로 하는 젠더 정상성 규정에 따라 해당 젠더가 보유하고 있다고 가정되는 상상적 특질을 모방하고 가면처럼 착용함으로써 원본적 젠더의 존재를 부정하고, 시각적인 과시를 통해 오히려 부재를 은폐하고, 금지된 젠더를 불완전하게 합체하면서 일시적으로 젠더를 구성한다. 모든 젠더는 드랙과 같이 여성성이나 남성성을 모방해서 가면으로 착용해 행위 중의 잠정적 젠더를 구성하며, 자신의 내부에 거부된 젠더 특질을 불완전하게 합체해서 에고의 일부로 보유한다. 마지막으로 정상성과 비정상성은 구분할 수 없는 것이 된다. 이성애를 정상성으로 내세우는 보편적 사회 속에서도 동성애는 이성애의 우울증적 요소로 공존하는 것이고 따라서 정상적 이성애/비정상적 동성애를 구분하는 것이 불가해지는 것이다. 정상성은 자신의 내부에 비정상성을 부정의 방식으로 안고 있다.

'런던' 장에서 강조되는 것은 페버스와 비정상적 몸을 가진 기형인들이 가지는 환상 주체의 면모이다. 이들은 단순히 기존의 현모양처/팜므 파탈의 이분법을 허물거나, 인간/동물의 분리적 특성을 동시에 공유한다는 의미에서만 환상적인 것이 아니다. 이들에게 중요하게 부각되는 것은 젠더와 성 경향이 사회 문화적으로 구성된다는 사실이다. 젠더와 성 경향이 사회적으로 구성되는 양상은 패러디와 수행성, 역설적 복종과 우울증의 방식으로 나타난다.

여주인공 페버스의 주체 구성 양상은 버틀러의 젠더 정체성 구성 방식으로 설명할 때 해석의 지평을 확대한다. 우선 페버스의 젠더 정체성은 패러디적으로 구성된다. 알에서 나와 매음굴에서 자란 페버스는 오이디푸스 구조에 편입되지 않을 뿐 아니라 신, 인간, 동물이 잡종 교배된 인물로서 자연스러운 여성성을 보유하고 있다고 보기 어려운 존재이다. 페버스는 여성성이라고 가정되는 이상적 자질을 패러디적으로 모방함으로써 그 여성성을 상업적 재화를 벌어들이는 수단으로 이용하고 있을 뿐이다. 여성성은 본질적으로 존재하는 것이 아니라 어떤 목적을 수행하기 위해 도구로 작용하는 인공적으로 구성된 산물임이 강조된다. 패러디적으로 모방된 여성성은 자본주의 시장에서 하나의 상품으로 물화되어 자본을 유치하기 위한 수단이나 도구로 조작된 것임이 드러난다.

페버스는 허구/실제, 곡예사/백조, 인간/동물, 정상/기형 사이에서 갈등하면서 양자를 부정하는 동시에 긍정하고, 또한 역사적이고 문학적인 기존의 인물들을 새로운 의미로 전유해 패러디한다. 문학적으로도 페버스는 제우스의 신화와 예이츠(W. B. Yeats)의 시라는 남성적 정전으로서의 순수 정통 문학을 인유하고 그것을 고의적으로 이탈해 패러디하면서 새로운 여성성의 가능성을 연다. '곡예줄 위의 헬렌'으로 불리는 페버스는, 백조로 변장한 제우스가 레다를 범해 잉태되었고, 출중한 미모로 인해 트로이 전쟁의 원인이 되는 신화 속의 헬렌(Helen of Troy)을 패러디하고 있다. 페버스는 희랍 신화 속 백조로 변신한 부권적 제우스를 모방하기도 하고, 예이츠의 '레다와 백조'에서 무기력하게 강간 당하는 여성의 수동적이고 매저키즘적인 입지를 패러디하기도 한다. 또한 페버스는 가슴이 커서 섹스 심볼로 유명했던 미국의 여배우 매 웨스트(Mae West)와, 1920-30년대에 파리에 인기를 끌었던 복장 도착적 공중곡예사 바벳(Barbette), 그리고 '90년대 게이(Gay Nineties)'의 여주인공이던 다이아몬드 릴리(Diamond Lili)와 사드의 작품에 등장하는 가학적 성도착자이자 '아이러닉한 신여성(a New Woman in the mode of irony)'으로 제시되는 줄리엣(Juliette) 등을 사실적, 혹은 문학적 원형으로 해서 창조된 인물이다.313)

린다 허천(Linda Hutcheon)은 『서커스의 밤』에 등장하는 날개 달린 여성 주인공이 상상적/실제적, 환상적/역사적인 것의 경계에, 통합적인 기술/시점의 유동성, 전기적 구성/대규모 일탈 사이의 경계에 걸쳐져 있다고 말한다.314) 또한 카터에 나타나는 주체성은 고정적이거나 자율적이지 않은 과정 중의 주체이며 계급, 인종, 민족, 성적 경향에 따라 항상 젠더화되는 과정 중에 있는 주체라고 말한다.315) 허천은 사회적 관심과 미학적 요구를 문화적으로 결합한 양식으로서 포스트모던 패러디를 잘 구현한 작가로 살먼 루시디와 더불어 안젤라 카터를 꼽는다. 『서커스의 밤』은 젠더와 젠더가 구성되는 방식에 대한 문학적 탐구를 서커스라는 상상계 위에서 펼쳐냄으로써, 서커스를 가장 축자적인 의미에서 몸과 정체성이 과학 기술적으로 획득되는 활

---

313) Anne Fernihough, "Angela Carter and the Enimga of Woman", *Textual Practice* 11.1 (1997): 100, 105, 106.

314) Linda Hutcheon, *A Poetics of Postmodernism: History, Theory, Fiction* (New York: Routledge, 1988), 61.

315) "······subjectivity is represented as something in process, never as fixed and never as autonomous, outside history. It is always a gendered subjectivity, rooted also in class, race, ethnicity, and sexual orientation." Linda Hutcheon, *The Politics of Postmodernism* (New York: Routledge, 1989), 39.

동무대로 제시한다는 점에서 듀나 반즈(Djuna Barnes)의 『밤의 숲
(Nightwood)』(1936)을 패러디한 것이며,316) 『페리클레스』, 『햄릿』,
『걸리버 여행기』와 더불어 예이츠의 '레다와 백조'에 대한 페미니스트
적 패러디가 된다.317) 기성 작품들에 대한 이 작품의 패러디적 반향
은 소위 총칭적 인간으로 말해지는 '남성'에 대한 전통적이고 정전에
의거한 재현들을 아이러닉하게 여성화한 것이고 그것이 패러디가 주
목하는 재현의 정치성이다.

『서커스의 밤』에는 예이츠, 셰익스피어, 스위프트 등 유럽의 정전이
되는 문학작품뿐 아니라, 20세기 예술적 정치적 아방가르드들, 앙드레
벨리(Andre Bely)의 『피터스버그(Petersburg)』, 프로이트, 포우, 바흐친
과 더불어 카터 작품에 가장 두드러진 영향을 준 사드 후작(Marquis de
Sade)에 대한 풍부한 인유가 들어 있다. 또한 카니발 속에서 비평적
패러디에 대한 자기 해석을 만들어 낸 대중문화는 전시, 공연뿐 아니
라 유럽의 서커스, 박물관, 저널리즘, 광고 속의 제도주의라는 재생산
의 양상으로 나타나고 또 변형된다.318) 페버스가 자신을 전시물로 표
현하는 '큐피드', '죽음의 천사', '곡예줄 위의 헬렌'은 전시나 공연의 대

---

316) Anne Fernihough, "Angela Carter and the Enimga of Woman",
    Textual Practice 11.1 (1997): 89, 105.
317) "The novel's parodic echoes of *Pericles, Hamlet, and Guilliver's Travels*
    all function as do those of Yeat's poetry when describing a whorehouse
    full of bizarre women as 'this lumber room of feminity, this shop of the
    heart'; they are all ironic feminizations of traditional or canonic male
    representations of the so-called generic human-Man. This is the kind of
    politics of representation that parody calls out our attention." Linda
    Hutcheon, *The Politics of Postmodernism*, 98.
318) Mary Russo, "Revamping Spectacle", *Angela Carter: New Casebooks*,
    ed. Alison Easton (London: Macmillan, 2000), 138.

상으로 재현되는 패러디적으로 모방된 여성성을 구현하고 있으며 그것
은 매음굴, 박물관, 서커스라는 각기 다른 배경 속에서 여성성을 이상
화하는 언론이나 광고의 도움으로 더욱 신비화된 여성성이 재생산되는
방식과 그 생산 기제에 대한 비평이 될 수 있다.

　패러디적으로 모방된 젠더 정체성은 젠더가 본질적인 핵심이 아니
라 의도적으로 본질을 가리기 위해 주체를 위장하는 가면임을 말해준
다. 페버스는 무대 위에서는 여성성을 한껏 과시하고 드러냄으로써
오히려 여성성을 신비화하는 권력 주체로 등장하지만, 무대 뒤 현실
에서는 몸에 솟은 이질적 잉여물, 비정상성의 표지인 날개로 인해 몸
의 고통을 겪는 기형적 비체(abject)이다. 따라서 카터의 이 소설은
본질적 여성 정체성에 대한 부정과 더불어 이중적 의미를 가진 몸의
물질성을 말하고 있다. 그 물질성은 남성성/여성성뿐 아니라, 정상성/
기형성의 범주도 교란하고 심지어는 인간/동물의 경계마저 흔든다.

　『서커스의 밤』은 1899년 어느 날[319] 속임수인지 기형인인지(fraud
or freak) 모를 육중한 런던 출신 곡예사 페버스를 취재하러 온 미국
캘리포니아 출신의 기자 월서가 리지와 페버스를 인터뷰하는 것으로
시작된다. 월서의 목적은 합리적이고 간단명료하다. 즉 자신의 실용주
의적 합리성으로 페버스의 사기행각을 밝혀 멋진 기사를 쓰겠다는 것
이다. 월서의 인터뷰 제안을 흔쾌히 수락한 페버스는 월서에게 자신
의 일대기를 구술한다. 페버스의 자전적 일대기에 대한 구술 속에서 월
서는 여성 주체의 자서전을 작성해간다.

---

319) 작품 속에서 1899년은 19세기가 되기 직전의 세기말적 징후들을 내연적
　　으로 함축하고 있다. 또한 작품의 배경이 되는 1890년대나 이 소설이 실
　　제 쓰인 1980년대는 여성에 의한 글쓰기나 여성에 대한 글쓰기가 문학
　　적 주목을 받던 때이기도 하다.

페버스는 아기일 적에 등 아래쪽 어깨뼈에 병아리 털 같은 노란 솜털로 덮인 채 깨진 알에 담겨 세탁소 바구니에 버려졌다가 리지의 눈에 발견되어서 리지가 가정부로 일하고 있는 마넬슨의 매음굴에서 여러 다른 창녀들의 도움을 받아 성장하게 된다. 이 자체가 부모와 자식이라는 오이디푸스 삼각구조나 아버지의 법을 벗어난 환상적 공간을 창출한다. 페버스는 오이디푸스 구조의 영향력에서 벗어나 있는 '마 넬슨의 완전히 여성적인 세계'(38), '달콤하고 애정 어린 이성이 지배하는 세계'(39)에서 성장하게 된 것이다. 그녀는 자신의 주장대로 알에서 부화해 여성에 의해서만 성장했고 관습적 통과 제의를 거치지 않는다.[320]

그녀가 처음으로 생계 수단을 가지게 된 것은 아직 완전히 발아하지 않은 작은 날개를 펴고 흰 분장 페인트(wet white)를 뒤집어쓴 채 살아 있는 큐피드(Cupid)상의 역할을 하면서이다. 신사 손님을 받는 응접실 벽감에 살아 있는 조형물로서 사랑의 기운을 불러일으키는 역할을 했던 것이다. 그러나 남성의 시각 대상이 되기 위해 여성이 쓰는 흰 분장 페인트는 데스마스크이고, 그것은 아름답지만 여성에게 죽음의 석관으로 작용하면서 '보이는 대상'의 주체성을 말살한다. 페버스는 여성이 남성의 보이는 대상으로 연물화되면 그 연물의 기능은 가면 뒤의 주체를 질식시키고 무화시키는 기능을 한다는 것을 경험으로 체득하게 된다.

> Such was my apprenticeship for life, since is it not to the
> mercies of the eyes of others that we commit ourselves on our
> voyage through the world? I was closed up in a shell, for the wet
> white would harden on my face and torso like a death mask that

---

320) "I never docked via what you might call the normal channels, sir." (7)

covered me all over, yet, inside this appearance of marble, nothing could have been more vibrant with potentiality than I! Sealed in this artificial egg, this sarcophagus of beauty, I waited, I waited······ assure you, I did not await the kiss of a magic prince, sir! With my two eyes, I nightly saw how such a kiss would seal me up in my appearance for ever!(39) (내 인생의 견습기는 그러했죠. 우리가 세상으로의 여정에서 행하는 바는 다른 사람의 시각에 달려 있지 않나요? 흰 분장 페인트가 내 몸을 온통 감싸고 있는 데스마스크처럼 내 얼굴과 몸통을 굳히곤 했기 때문에 나는 껍질 안에 갇혀 있었죠. 하지만 그 대리석의 외관 속에서 나보다 더 생동감이 있을 수 있는 것은 없었을 겁니다. 조형적 껍질, 미의 석관에 봉인되어 나는 기다리고 또 기다렸죠. 아시다시피 난 마법의 왕자가 해줄 키스를 기다린 것이 아닙니다. 나는 내 이 두 눈으로 그런 키스가 영원토록 어떻게 내 외관을 봉인하는지를 밤마다 보았으니까요.)

그때부터 페버스는 여성이 남성의 보이는 대상으로 기능하며 그것이 사업적, 경제적 수완이 될 수 있다는 것을 알아차리게 되고 나중에는 스스로를 '승리의 여신'이라는 구경거리, 관음증의 대상으로 제시하면서 남성 관객의 찬탄을 얻게 된다. 그것은 기형적 몸을 비밀리에 속이고서 꾸며진 여성성으로 기능하게 함으로써 얻어진 연물적 여성성, 가면으로서의 여성성인 것이다.321) 따라서 페버스가 스스로를 여성적 미의 화신으로 구축하는 것은 여성성이라는 것이 하나의 '가

---

321) "Yes, indeed, sir. I mimicked the Winged Victory in the drawing-room niche and was the cynosure of all eyes but Nelson made it known that those shining golden wings of mine were stuck over a hump with a strong adhesive and did not belong to me at all so I was spared the indignity of curiosity." (32)

372

면'이고 시각적 대상화가 남성 시각 주체의 환상적 인식론을 구성한다는 것을 알고 있기 때문이다. 보이는 여성, 가면으로 위장된 여성은 환상적 젠더 주체를 생산한다.

가면은 호기심과 의심에 싸인 가운데 여성에게 매혹된 남성 주체의 입장에서 재서술될 수 있는 '이중적 여성 주체(double female subject)'의 이미지와 서사를 발생시킨다. 가면을 쓴 여성은 그 위장의 분장 속에서 고통스럽게 자신의 이미지를 꾸미지만 남성은 그렇게 꾸며진 여성을 연물화하고 이상화한다. 가면은 보이는 대상과 보는 주체 사이에 스크린을 놓고 있는 남성적 시각에서의 연물을 구성한다.

페버스는 자신의 여성성이 남성적 이상 속에서 허구적으로 구성된 것임을 잘 안다. 그래서 연물이나 가면으로서의 여성성을 스스로 이용하여 자신의 권력이나 재력을 확장하는 수단으로 이용하는 영리한 주체이다. 그녀의 이름이 '소피'인 것도 사실은 거리의 세속적 '지혜'를 잘 터득하고 있기 때문이다. 6피트 2인치의 신장에 거대한 총천연색의 날개를 가진 페버스는 세속적 시대에 있어서의 진정한 기적은 반드시 기만적 장난을 쳐서, 세간의 칭송을 얻으려 하는 것임을 알고 있다.(17) 페버스는 날개 달린 거구의 기형적 여성이지만 공중곡예사의 가면을 쓰면 환상적 여신이 된다.

LOOK AT ME!
She rose up on tiptoe and slowly twirled round, giving the spectators a comprehensive view of her back: seeing is believing. Then she spread out her superb, heavy arms in a backwards gesture of benediction and, as she did so, her wings spread, too, a polychromatic unfolding fully six feet across, spread of an eagle, a condor, and albatross fed to excess

on the same diet that makes flamingoes pink.(15) (절 보세요! 그녀는 발꿈치를 들고 일어서 관객이 자신의 등을 감상할 수 있도록 천천히 한 바퀴 돌았다. 백문이 불여일견. 그러고 나서 그녀는 자신의 멋진, 육중한 팔을 들어 축복이라도 하듯 뒤로 펼쳤다. 그러는 동안 그녀의 날개도 육 피트 길이로 열리면서 형형색색으로 펼쳐졌다. 그녀의 날개는 홍학을 핑크색으로 만드는 섭생을 사용해 과하게 길러낸 독수리, 콘돌, 혹은 앨버트로스의 크기에 달했다.)

페버스의 현란한 무대의상에서 보이는 과장된 여성성은 '여성성'에 대한 모방이자 패러디이다. 하지만 사실 페버스가 모방하고 있는 것은 '여성성'이 아니라 '여성성이라고 가정되는 허구적이고 이상적인 자질들'이다. '여성성'이 본질적으로 존재하는 것이 아니라 '여성성이라고 가정되는 허구적이고 이상적 자질들'을 모방하는 것이라면, 페버스가 모방해 차용한 '여성성'과 원본적으로 존재한다고 믿어온 근본적 '여성성'은 똑같이 이상적이거나 허구적인 자질들을 모방한 결과 얻어진 것이다. 오히려 모방의 구조를 잘 알고 그것을 전면화한다는 점에서는 모방본이 원본에 앞선다는 역설까지 가능하다.

날개 달린 공중곡예사 페버스에게 시각적 인지는 허용되어도 촉각적 감지는 허용되지 않는다(Look, not touch. She was twice as large as life and as succinctly finite as any object that is intended to be seen, not handled. Look! Hands off!)(15). 이는 환상적 주체 구성이 시각의 불완전성에 기초하고 있음을 보여주려는 것이다. 시각은 형이상학적 패권을 장악한 남성적 감각이다. 빛은 가시성을 확대하는 계몽의 인식소로 추앙되었고, 정신분석학에서 시각은 종종 페니스나 아버지의 전능성에 비유된다. 카터는 시각이라는 남성적 장치로 여성을 바라보게 함으로써 시각이 환상적 장치임을 밝히는 이중의 전략을 사용한다. 남성적 장치를 모방해 반복 사용함으로써 여성성의 환상을 폭로하려는 전략이다.

페버스는 남성적 시각의 환상성을 활용해 자신의 이미지를 조작한다. 조작된 이미지로서의 여성성은 남성이 여성에 부과한 여성성을 모방하고 패러디한 결과 얻어진 산물이다. 남성적 관점에서 규정된 여성성은 그것이 불가능한 이상임을 보여주면서 스스로를 허구적 구성물로 만들어 언제나 재의미화될 수 있는 가능성으로 상정한다. 페버스는 불확실성을 사용해 자신을 바라보는 관객을 이용하는 환상서사의 주체이며 동시에 자신의 보이는 모습을 이용할 줄 안다. '시각적인 것이 진실이 아니다(Seeing is not believing)'라는 것을 누구보다 잘 알고 있기 때문에 그는 보는 것은 허용해도 만지는 것을 허용하지 않는다. 그것은 '모방과의 유희'이고 '패러디적 반복'이다.

페버스가 여성성을 강조하기 위해 착용하는 머리와 날개의 염색, 가짜 속눈썹, 스타킹, 분첩, 진한 화장은 월서에게 꾸며진 것이라는 인상을 주게 되고 오히려 여성이 여성성을 표현하는 것이 아니라, 남성이 여성으로 분장한 듯한 느낌을 주게 되고 드랙의 정체성을 연상시킨다. 거구에 엄청난 식욕과 강한 제압력을 가진 페버스는 남성적이기도 하고, 짙은 화장에 날개와 머리칼을 염색한 페버스는 여성적이기도 하다. 그러나 페버스는 무대 위에서 여성성을 상업화하기 위해 전략적으로 여성성을 모방하고 있다.

페버스는 월서에게 모호한 거울 이미지를 통해 크게 윙크하고 경쾌하게 가짜 속눈썹을 떼어낸다("She tipped the young reporter a huge wink in the ambiguity of the mirror and briskly stripped the other set of false eyelashes").(8) 이것은 페버스의 과장된 여성성이 가면일 수 있다는 의미이다. 이 장면을 보고 월서는 거인국의 대칭미(Brobdingnagian symmetry)를 풍기는 페버스의 얼굴이 사실은 분장사에 의해 꾸며진 것일 수도 있다고 생각한다(Is she really a man?)(35). 오히려 속눈썹을 깜박이면서 교태를 부리는 과장된 여성성의 과시가 그것의 인공적 조작 가능성을 담고 있는 것이다. 월서가 여성인 페버스의 여성적 모습에서 드랙의 남성성을 떠올린다면 그것은 버틀러가 말하는 젠더의 패러디적 구성을 의미한다. 젠더 정체성이라는 것이 근본적으로 모방의 구조 위에 있는 것이라면 본질적인 여성성도 본질적인 남성성도 존재하지 않는 것이 된다.

남성적 여성이 여장을 과시한다면 여성적 남성도 남장을 과시할 수 있다. 따라서 페버스의 분장실은 여성적 본질을 보여주는 것 같지만, 한편으로는 아무것도 드러내주지 못한다.[322] 따라서 페버스에게 여성성은 선천적이거나 본질적인 것이 아니라 모방에 의해 전략적으로 착용한 가면이다. 페버스의 분장실은 대단히 여성적인 더러움이 있는 여성 소굴로 묘사되고, 여기저기 널려 있는 페버스의 분첩이나 코르셋, 진한 향수와 화장, 염색한 금발은 페버스가 무대 위에서 여신의 이미지를 재현하기 위해 '가면'으로 일시적으로 착용하고 있는 여성성이다.

시각적 여성성이 남성적 환상의 산물이라면 청각적 여성성은 단일한 의미화의 불가능성을 재현한다. 페버스의 목소리는 압도적이고 강력한 모성의 음성으로 나타난다. 페버스가 자신의 삶을 서술하는 목

---

322) Anne Fernihough, "Angela Carter and the Enigma of Women", *Textual Practice* 11.1 (1997), 92.

소리는 압도적인 모성적 음성이다. 페버스의 목소리는 월서를 죄수로 만들기라도 하듯 월서를 목소리로 가둔다. 페버스의 목소리는 동굴에서 울려오는 듯한 음울하고 폭풍에게 소리치는 목소리, 기묘하게 음악적이긴 하지만 따라 부를 수는 없는 불협화음으로 이루어진 어둡고 쉰 듯한 목소리, 사이렌의 그것처럼 도도한 목소리로서 하나의 의미 규정이 불가능한 것으로 제시된다.

Her voice. It was as if Walser had become a prisoner of her voice, her cavernous, sombre voice, a voice made for shouting about the tempest, her voice of a celestial fishwife. Musical as it strangely was, yet not a voice for singing with; it comprised discords, her scale contained twelve tones. Her voice, with its warped, homely, Cockney vowels and random aspirates. Her dark, rusty, dipping, swooping voice, imperious as a siren's.(43)(그녀의 목소리. 마치 월서는 그녀 목소리, 그녀의 동굴에서 울려나오는 듯한 음울한 목소리, 폭풍우에게 외치는 고함으로 만들어진 목소리, 천상의 입담 거친 여자의 목소리에 갇힌 죄수가 된 것 같았다. 그것은 노래를 따라 부를 만한 소리는 아니었지만 이상한 음조를 띠고 있었다. 그 목소리는 불협화음으로 이루어졌고 음폭은 12음계에 달했다. 뒤틀리고 거친 런던식 모음과 마구잡이식의 기식음이 있는 그 목소리. 그녀의 어둡고 쉰, 가라앉았다가 급습하는 목소리는 사이렌의 목소리처럼 오만했다.)

하이멘을 관통하는 페니스처럼 이 목소리를 꿰뚫어 여성적 진리를 파악해내려 했던 월서도 결국 종국에 가서 그것을 꿰뚫기보다는 단순히 반복하는 데 만족하면서 목소리를 그 자체로 받아들이는 법을 배운다. 여성적 진리는 남성적 시선에서 파악할 수 없는 이중성, 모호성으로 제시된다.

페버스는 거울을 통해 월서에게 속눈썹을 깜빡거린다. 3인치는 족히 될 페버스의 속눈썹을 보면서, 월서는 생각한다. 화장대 위의 엄청난 쓰레기들과 함께 속눈썹이 아무렇게나 던져져 구스베리처럼 북슬대는 것을 못 봤더라면, 페버스도 자신의 가짜 속눈썹을 떼어내진 않았을 거라고 말이다.(40) 페버스의 인조 속눈썹이 오히려 여성성은 가장된 것, 가면처럼 덧씌워진 것임을 강조하면서 젠더의 인공성을 드러내듯이 페버스의 과장된 여성적 장식물들은 오히려 페버스의 여성성을 의심하게 만드는 요소가 된다. 지나친 여성성의 과시는 본질과 외양 간의 괴리감을 발생시키고, 정반대의 요소를 은닉하기 위한 가면의 전략이 아닌지 의심하게 한다. 페버스의 인조 속눈썹은 젠더의 패러디적 구성을 보여주고 있다.

페버스는 여성성이라고 가정되는 이상적 자질들을 모방의 방식으로 동일시한다. 즉 드랙 퀸이 여장할 때 짙은 화장, 염색, 여성적 장신구, 과장된 교태와 여성미를 과시하듯, 기형적인 거구의 여성 페버스는 여성적 자질들을 모방의 방식과 가면을 착용하는 방식으로 몸에 걸친다. 여성성의 가면을 착용함으로써 여성성을 모방하고 그 모방을 통해 발생되는 남성의 환상을 이용하는 것이다. 그렇다면 페버스는 여성성이라는 것이 본질론적으로 이미 거기 존재하고 있는 것이 아니라 근본적으로 모방에서 파생된 것임을 인지하고 있을 뿐만 아니라, 모방된 여성성이 연물로서 남성에게 일으키는 환상을 전략적으로 이용해 상업화하기까지 하는 젠더 주체가 된다.

무대 밖에서 화장을 지워낸 페버스는 인공성을 벗어내어 건강한 혈색과 빛나는 눈을 가진 아이오와의 옥수수 들판처럼 건강해 보이며

(18) 심지어는 짐마차를 끄는 '암말' 같은 인상을 준다. 무대의 신비성을 벗어버린 자연인 페버스는 기괴한 골격과 비정상적인 날개로 놀림과 조롱의 대상이 되는 괴물, 기형인, 비정상인일 뿐이다. 여성적 이차 성징과 더불어 지독한 가려움과 열기에 시달리는 대가를 치르고 견갑골 사이에 발아한 깃털 날개 역시 현실의 고통스런 비행시도가 없었다면 불가능했을 것이다. 페버스의 신비한 여성성을 환기시키는 날개의 비상은 여러 차례의 추락 사고를 감수하면서 리지의 정신적 도움과 비둘기의 날갯짓에 대한 관찰을 기초로 고통스런 비행연습에서 얻어진 노동의 결과물이다.

패러디는 재현의 투명성을 거부하면서 현재를 과거와 연결시키는 문학 장치이다. 『서커스의 밤』은 레다와 백조에 대한 페미니즘적 패러디로서 페버스는 더 이상 '상상적 허구도, 단순한 사실도 아니다'(286). 페버스는 날개를 달고서 여성이 더 이상 땅에 속박되지 않는 새 시대를 기다리고 있는 금세기의 순수한 아이인 동시에(25), 날개가 부러지고 염색이 벗겨져 꼴불견의 구경거리가 된 기형인이기도 하다(271). 버틀러에게 젠더 패러디는 젠더가 자신을 모방해서 형성되는 원래의 정체성이 기원을 가지지 않는 모방이다.[323] 패러디라는 모방 구조 때문에 원본과 복사본의 경계는 허물어지고, 여성다운 여성과 여성성을 가장하는 여성은 구분이 불가능하게 된다. 그리고 이 패러디적 모방은 수행적 젠더 정체성의 입지를 마련한다. 어떤 사람이 자신의 젠더를 모방하고 연기한다는 것은 좀 불안정하긴 해도 연기가 곧 본질이며, 심층적인 의미의 본질은 존재하지 않는다는 의미가 되기 때문이다. 심층

---

323) Judith Butler, *Gender Trouble: Feminism and the Subversion of Identity* (New York, Routledge, 1990), 138.

적이고 본질적인 정체성을 가정하지 않는 수행적 정체성에 이르면, 진
정한 여성성과 가면으로서의 여성성 간에는 차이가 없어진다. 근본적
인 것이든 피상적인 것이든 그것은 같은 것이 된다.

불가해한 페버스의 정체성은 몽환적이지만 한편으로는 실질적 물적
토대를 가지고 있다는 점에서 환상 주체의 양상, 매직 리얼리즘의 주
체를 구현한다. 가장 여성적이면서도 그 여성성은 마치 가면을 착용
한 것처럼 여성성이라는 이상적 자질을 모방함으로써 획득되었음을
입증하는 이러한 젠더 주체는 여성 정체성의 난국을 설명할 열쇠가
된다. 이 주체는 데리다의 '긍정적 여성(affirmative woman)'324)처럼
여성이 본질을 피하고 있기 때문에 여성의 본질 따위는 없으며, 여성
은 심연으로부터 나와 본질성이나 정체성, 속성의 모든 흔적을 집어
삼키고 왜곡하고 있다.325) 여성적 젠더 특성이라는 것은 모방의 구조
에서만 등장하는 허구적 조합물일 뿐 진정한 여성성이란 존재하지 않
는다. 페버스의 몸은 신비화된 연물(fetish)326)이나 이상적 여성성을

---

324) 데리다는 페미니스트와 긍정적 여성을 구분한다. 여기서 페미니스트는
부정적인 함의를, 긍정적 여성은 긍정적인 함의를 가지고 있다. 즉 페미
니스트는 남자가 되고 싶어 하는 여성으로, 남성적인 독단적 철학자를
닮기 위해 정력적으로 진리와 과학, 객관성을 주장한다. Derrida, *Spurs:
Nietzsche's Style (Eprons: les Styles de Nietzsche)* trans. Barbara
Harlow (Chicago: University of Chicago Press, 1979), 65.

325) *Ibid.*, 51.

326) 아이가 연물주의(fetishsm)에 빠지는 것은 거세된 어머니를 인정하고 싶
지 않아서, 존재하지 않는 어머니의 남근이 존재하는 척 위장하면서 슬쩍
다른 것으로 대체하는 것이다. 그래서 연물의 대상은 어머니의 남근부재
를 인식하기 직전의 사물인 구두, 속옷, 모피, 벨벳 등이 되기 쉽다.
Sigmund Freud, "Fetishism", *The Standard Editionof the Complete
Psychological Works of Sigmund Freud ⅩⅩⅠ*, trans. James Strachey
(London: Hogarth Press, 1961), 149-157. 따라서 연물주의는 정체성을 파
괴하고 자아란 완성되거나 종결될 수 없다는 사실을 폭로하는 시각적 환

구현하기도 하고, 정반대로 비정상적 기형이나 더러운 몰골로 인식되기도 한다. 페버스는 매음굴에서 온통 흰색(wet white)으로 분장해 날개를 펼치고 앉아 사랑의 화신 큐피드로 전시되기도 하고, 남성의 연물적 대상으로서 영생을 위해 희생되거나 기이한 수집품처럼 대상화되기도 한다. 그러나 기차전복 사고 이후에 부러지고 염색이 벗겨진 날개와 모근 부위에 새로 자란 갈색 털은 더 이상 여성적 매력을 발산하지 못하고 더러운 몰골로서 사람들의 놀림감이나 구경거리가 되기도 한다. 이처럼 똑같은 몸이 찬미받는 신비로운 여성성으로도, 버림받은 비천한 신체로도 작용할 수 있다면 의미란 몸이 결정하는 것이 아니라 그 몸에 의미를 부과하는 언어와, 그 언어의 작동방식에 관계된 권력이 부과하는 것이 된다.

이제 페버스의 정체성은 패러디적인 모방의 방식으로 구성될 뿐 아니라 무대 위의 공연처럼 임시적이고 가변적인 행위의 양식으로, 지배담론의 반복적 규정 없이는 그 자체로 의미를 가질 수 없는 몸의 물질성으로, 기율담론의 반복적 의미화 속에 재의미화의 가능성을 안은 내적 저항의 양상으로 수행적으로 구성된다.

무대 위의 공연적 행위 속에 나타나는 수행성은 본질적 정체성이나 여성성 개념을 부정한다. 페버스는 거울에서 다각도의 모습을 보이는 무한수의 이미지처럼 스스로를 공연한다. 거울 속에 반영된 그녀는 페버스와 다른 여성이기도 하고, 페버스 자신이기도 하다. 주체와 주체

상에 입각해 있다. 프로이트에게 연물주의의 근원이 된 몸은 어머니의 괴기하고 원형적인 몸이지만, 마르크스에게 연물주의의 근원은 노동자의 노동 가치를 말살하는 데 있다. 그것은 둘 다 상품 문화에서는 말할 수 없는 것, 재현할 수 없는 것이 된다. Laura Mulvey, "Some Thoughts on Theories of Fetishism in the Context of Contemporary Culture", *October* 65 (Summer 1993): 19.

의 거울상은 다르면서도 같은 것이다. 자아와 공연적 수행이 만든 자아상이 다르면서도 같다는 것은 본원적 자아와 수행적 자아에 대한 이중적 주장으로서 페버스를 묘사하는 특징이 된다. 여성은 본질적인 내적 자아와 그것을 가리고 위장하는 가면으로서의 수행적 자아 사이에서 갈등하고 충돌한다. 무대 밖의 페버스는 거구의 기형적 자연인이지만 무대 안의 페버스는 꾸며진 인공적 여성성을 성공적으로 공연하는 여성성의 화신이다. 중요한 것은 젠더 주체가 권력이 부과한 역할 연기(impersonation)로 구성되는 것이지, 주체의 본질적 속성이나 자연적 특성으로 결정되지 않는다는 점이다. 자연과 문화의 대립구도조차 그 문화가 형성한 구성물에 불과하다. 페버스는 자신의 기형성에 모방된 여성성을 결합하고 이를 상품화해서 신비주의 효과를 전략적으로 극대화한다. 가면/본질, 외부/내부, 표층/심층의 이분법은 불가능해지고 여성성은 여성적인 특질의 모방을 통해 몸에 걸치는 가면과 연극적 행위의 수행을 통해 획득된다. 여성 주체 페버스는 여성적이기도 하고 남성적이기도 하며, 신비롭기도 하고 평범하기도 하다. 무대 안의 페버스는 화려한 공중곡예사로서 여성성을 과시하며 남성들의 찬탄과 선물을 얻어내는 '천사'가 되는 것이다. 이 가면으로서의 여성성은 수행적 방식으로 작동한다.

날개의 비상과 화려한 화장, 빛나는 조명은 여성성이 착용하는 수행적 방식의 가면을 말한다. 가면 뒤에 숨겨진 자아가 있고 그것이 폭로되리라는 환상은 서사의 구동축이 되지만 그것은 말 그대로 환상에 불과하다. 페버스의 정체성은 공연 속에서, 또 공연을 통해서만 구성되고 흩어질 뿐 본질적 여성성은 보여주지 않는다. 거울을 통해 나타나는 페버스의 이미지는 변하기 쉽고 기만적이다. 라캉의 거울단계처럼 거울속의 페버스는 환유적 대체의 '오브제 아(objet a)'가 되고 거울은 유혹게임이 일어나는 환상적 장소가 된다. 월서를 페버스라는 진리탐색의 여정에 끌어들이는 원동력이자 유혹의 미끼는 언어이고 독서이며 '오브제 아'가 된다. 페버스에게 여성성은 서커스 공연이라는 연극적이고 공연적이며 수행적인 것이다. 페버스의 정체성은 행위 중에 가변적으로 구성되는 것이고, 언어적으로 지칭할 수 없는 몸으로 드러나는 것이며, 그것은 담론이 반복적으로 호명하여 규제화한 동시에 내적 전복력의 공간도 부여한 정체성이다.

페버스의 몸의인 현존과 육체성은 텍스트에서 계속 강조된다. 게다가 곡예줄의 이미지는 다의적 의미에서 유토피아적이다. 페버스의 곡예줄은 젠더 정체성을 수행하는 궤도라는 관점이나 젠더의 토대라는 관점에서만이 아니라 여성성의 불확실한 균형 잡기 행위라는 관점, 몸을 가시화하는 자기주장 행위는 언제나 위험을 감수한다는 관점에서 읽혀질 수 있다. 이 작품에서 젠더 수행성은 '양날의 칼' 역할을 하는 이중적인 것이다. 여성을 가면으로 차용하는 여성은 그것이 남성에게 가면 뒤의 본질보다는 시각적 미망으로 여성을 구성하려 한다는 남성적 인식론에 대한 비판일 수도 있고, 반대로 가면 뒤에 어떤 젠더 본질이 있는 것이 아니라 가면 자체가 여성성이라는 임시적이고 가변적인 외관의 존재론을 의미할 수도 있다. 카터는 허구적이고 비본질적인 여성성의 특성을 드러내기 위해 가면 전술을 사용하면서 동시에, 가면에 대한 여성적 본질이 존재한다는 남성적 연물주의의 시나리오에도 가담하고 있는 것이다.[327]

---

327) Christina Britzolakis, "Angela Carter's Fetishism", *The Infernal Desires of Angela Carter: Fiction, Feminity, Feminism* (Edinburgh: Longman, 1997), 53.

세 번째로 여성성의 가면은 여성에게 부과된 젠더규범에 대한 역설적 복종의 양상으로 나타나기도 한다. '레다와 백조'는 남성적 공격성과 여성적 방어, 남성의 능동성과 여성의 수동성이라는 기존의 젠더규범을 반복하는 것이지만 그 젠더규범을 다르게 반복하는 가운데 백조여성의 가면을 쓴 페버스는 남성적 공격성의 구도로 옮겨가고 있다. 백조는 변신한 제우스이며, 레다를 강탈하는 남성적 공격성을 의미하기도 하고 현세의 속박에서 벗어날 이상주의적 자유의 도구가 되기도 한다.

마넬슨의 갤러리에는 신화적 인물들을 소재로 한 유화들이 많이 있었는데 특히 응접실 벽난로 위에는 '레다와 백조'의 그림이 걸려 있어서 그것은 페버스의 뇌리에 깊이 각인되어 있다. 그것은 여성들에게 젠더 역할과 젠더규범을 상기시키는 기능을 수행한다. 마넬슨은 이 그림을 한번도 닦지 않고 놔두면서 늘 시간의 신, 변신의 아버지는 위대한 예술가이며 그의 보이지 않는 손은 어떤 대가를 치르더라도 존중되어야 한다고 주장한다. 페버스는 언제나 그 그림을 보면서 자신의 원초적 장면(primal scene)으로 삼는다. 페버스는 자신을 남성의 연물로 제시하면서 큐피드로 전시되는 가운데 반쯤 기절해 감격해 있는 한 여성에게로 내려앉은 장엄한 흰 날개를 가진 거만한 욕망으로 가득 찬 천상의 새를 유리를 통해 계속 보아오면서(28) 자신의 젠더 정체성을 구성하는 규범으로 인식한다.

그러나 페버스가 동일시하는 것은 황홀한 기절 상태의 수동적인 여성이 아니라 공격적 욕망을 발산하는 변신의 아버지 제우스이다. '레다와 백조'라는 담론적 젠더규범은 페버스에게 수행적으로 반복되면서 재의미화의 가능성을 여는 것이다. 예이츠의 시 '레다와 백조'[328]에 나타나듯 원래 공격적인 남성 욕망의 분출과 수동적인 여성의 굴종이라는 젠더규범을 담고 있지만 페버스는 수동적으로 강간당하는 여성이 아니라 주체적으로 자신의 욕망을 발산하는 아버지 제우스와 동일시하기 때문에 여성의 젠더규범에 대한 복종은 새롭게 재의미화된다.

  세기말 '레다와 백조'라는 주제는 급변하는 젠더 관계에 대한 남성의 강박적 반응 때문에 더욱 강조되었다. 타락이나 묵시록이 예고한 강력한 여성들에 대한 남성의 공포가 젠더규범에 순응하는 여성 주체를 필요로 했기 때문이다. 많은 예술가들은 백조의 레다 강간 서사를 통해서 타락한 새로운 여성의 관능성에 대한 매혹을 표현하고 있을 뿐 아니라, 남성 권위에 대한 비천한 복종이라는 여성의 '진정한' 위치로 여성을 되돌리려는 욕망을 표현한다.329) 19세기 말 넬슨의 거실에 걸린 '레다

---

328) A Sudden blow: the great wings beating still
　　Above the staggering girl, her thighs caressed
　　By the dark webs, her nape caught in his bill,
　　He holds her helpless breast upon his breast.

　　How can those terrified vague fingers push
　　The feathered glory from her loosening thighs?
　　And how can body, laid in that white rush,
　　But feel the strange heart beating where it lies?

　　A shudder in the loins engenders there
　　The broken wall, the burning roof and tower
　　And Agamemnon dead.

　　Being so caught up,
　　So mastered by the brute blood of the air,
　　Did she put on his knowledge with his power
　　Before the indifferent beak could let her drop?
329) 강력한 여성상의 출현에 대한 남성의 강박과 염려는 세기말의(fin-

와 백조' 유화는 수동적으로 능욕당하는 여성의 성을 암시한다. 그러나 '레다와 백조'의 젠더규범은 반복되는 가운데 재의미화된다. 소설 결미에서 페버스와 월서가 결합할 때 페버스는 월서를 급습해 장난스럽게 자신의 날개로 월서를 질식시키면서 그를 여성화시켜 수동적이고 피동적인 행위 입지에 놓인 레다에 비유한다(Smothered in feathers and pleasure as he was, there was still one question teased him)(294). 능동적 남성/수동적 여성의 젠더규범은 반복적 복종 가운데 재의화되고 기존의 의미는 역전되고 또 전복되는 것이다.

능동적 남성/수동적 여성이라는 '레다와 백조'의 젠더규범은 능동적 여성/수동적 남성으로 새롭게 전유된다. 젠더 역할에 대한 전통적인 이해에 토대하고 있는 레다 서사는 새로운 의미로 전유되고 그것은 작품 내에서 페버스/월서의 양상으로 드러난다. 기존의 『마술 장난감 가게』에서는 수동적이던 여성의 위치는 능동적인 것으로 전치되고[330]

---

de-siecle) 양가성과 더불어 로렌스나 예이츠 같은 남성의 모더니즘 시에 확산되어 나타난다. D. H. 로렌스의 「백조("Swan")」도 새롭게 등장한 타락한 여성의 도발적 욕망과 상대적으로 나약해진 남성의 입지에 대한 인식을 잘 드러내고 있다. ("But he stoops, now/ in the dark/ upon us;/ he is treading our women/ and we women are put out/ as the vast white bird/ furrows our featherless women/ with unknown shocks/ and stamps his black marsh-feet on their white and marshy flesh") Lawrence, "Swan", *The Complete Poems*, ed. Vivian de Sola Pinto and F. Warren Roberts (Harmonsworth: Penguin, 1977), 436.

330) 『서커스의 밤』은 카터의 초기 소설 『마술 장난감 가게』에서 나타나는 남성 권위적인 전통을 인유해 다르게 반복하는 장치이기도 하다. 『마술 장난감 가게』의 여주인공 멜라니(Melanie)는 여전히 레다 서사를 반복하는 수동적 복종의 여성 모델로 등장하지만 연인 핀(Finn)의 도움으로 억압적 부권질서하의 젠더 모델을 탈출하려 한다. 그러나 여전히 여성의 해방과 부권 질서로부터의 탈출을 돕는 것은 남성이라는 한계는 남아 있다. 카터의 후기작으로 갈수록 기존 젠더 모델을 탈피하려는 성

능동적이던 남성은 수동적으로 자리바꿈하면서 이들은 드랙 킹/드랙 퀸의 모습을 구현한다. 신화속의 '레다와 백조'나 예이츠 시에 등장하는 '레다와 백조'는 공격적인 남성과 강탈당하는 수동적 여성의 젠더 규범을 반복하는 동일한 서사구조를 갖고 있다. 마 넬슨의 매음굴에 있는 여성들은 그 젠더규범에 반복적으로 복종하지만, 그 복종 양식이 모두 동일한 것은 아니다. 즉 페버스는 자신을 강간당하는 레다가 아니라 백조의 모습으로 레다를 취하는 제우스와 동일시하고 있다. 복종적 젠더 정체성은 주체를 지배규범에 복종시키면서 주체를 주체로 형성한다는 이중적 패러독스를 출발점으로 한다. 따라서 백조 여성 페버스는 여성이라는 섹스보다 백조의 공격적 날갯짓이라는 수행적 행위를 전면화하여 기존 젠더규범에 복종하지만 다르게 반복함으로써 재의미화의 가능성, 젠더규범의 전복가능성을 도출해내고 있다.

　마지막으로 페버스의 가면이 작동되는 방식은 우울증적 이중 전략의 방식으로 나타난다. 가면은 자신이 사랑의 거부로 상실한 것을 부정하는 이중 부정의 방식으로 나타나기 때문에 우울증적이다. 페버스는 리지에 대한 동성애적 성 경향을 거부하는 방식으로서 불완전하게 내면화하는 가면을 사용한다. 동성애는 이성애라는 성차에 대한 지배적 담론 내부에서 그 담론에 필요한 외부로 생산되었다. 부정된 정체성으로서 우울증적 정체성이 필요한 것은 우리가 어떤 것을 거부할 때 그것은 완전히 거부되지 않고 우리 안에 구성적 외부로서 남아 우리의 일부가 되기 때문이다. 그래서 동성애자는 방어기제로서 이성애 성향을 강조하고, 남성적인 여성이 오히려 여성성을 과장해서 표현한

향은 더욱 강화되어 『서커스의 밤』에 이르면 남녀의 젠더 구도가 완전히 역전되어 남성적인 페버스/여성적인 월서의 양상으로 드러난다.

다. 그것은 부정하기 위해 상정된 반대 항을 이미 자신 속에 부분적
으로 동일시하고 있기 때문이다.

페버스가 남성적인 여성인데도 불구하고 자신의 여성성을 강조하는
것은 자신의 남성성을 성공적으로 부정하는 데 실패했기 때문에 자신
안에 내재한 남성성을 감추기 위한 가면의 결과이다. 우울증은 상실
한 애정의 대상을 완전하게 애도하지 못하고 불완전하게 합체할 때
생긴다. 페버스의 우울증은 자신이 상실한 애정의 대상, 곧 월서의 남
성성이나 리지에 대한 동성애적 성향을 부정하면서도 자신의 일부로
수용할 때 나타난다. 페버스는 자신 안에 부정된 남성성인 월서 없이
는 자신의 정체성을 형성할 수 없다. 월서의 존재 없이는 페버스도
정체성 자체가 흔들리는 위기상황을 겪게 되는 것이다. 페버스는 월
서의 잿빛 눈을 찾아 시베리아를 헤매고 그의 눈동자 속에서 자신의
모습에 대한 확신을 느끼지 못하자 인생사상 최악의 위기를 겪기도
한다(290). 월서는 페버스에게 부정되었으나 완전히 거부하지 못하고
불완전하게 자신에게 합체한 남성성이기 때문이다. 같은 방식으로 페
버스와 리지와의 동성애적 관계도 페버스가 월서와의 이성애적 관계
를 유지하고 성공시키기 위해 억압되어 있다. 리지와의 여성 연대적
레즈비어니즘은 페버스에게 불완전하게 합체되어 페버스의 이성애적
우울증을 알레고리화하고 있다. 지금까지 살펴본 것처럼 페버스에게
가면으로서 작용하는 여성 젠더는 패러디이고 수행성이고 역설적 복
종이며 우울증으로 나타난다. 가면은 패러디적 모방을 통해서 원본과
사본의 경계를 허물기도 하고, 그 뒤에 본질적 속성을 가정하지 않는
임시적 젠더 구성하는 수행성을 의미하기도 하며, 여성성이라는 가면
이 기존의 젠더규범을 반복하면서 재전유한다는 의미에서 역설적 복

종이기도 하고, 가면으로 부정된 정체성을 불완전하게 합체한다는 의미에서 우울증적이기도 하다.

마 넬슨이 갑작스런 마차사고로 죽은 후 넬슨의 매음굴은 어떤 교구목사 때문에 위협받게 된다. 하느님의 뜻에 어긋나는 신전은 쓸어내야 한다는 성직자의 박해 속에 페버스와 그녀를 어머니처럼 친구처럼 돌보아 주었던 루이자(Louisa), 에밀리(Emily), 애니(Annie), 그레이스(Grace), 제니(Jenny) 등의 여성 동료들은 모두 각각의 생활 진로를 찾아 뿔뿔이 흩어진다. 페버스와 리지는 아이소타(Isota)와 그녀의 남편 지아니(Gianni)가 사는 배터씨(Battersea)에서 잠깐 단란한 가족애와 행복을 맛보기도 하지만 아이스크림 사업은 기울고 지아니는 폐병에 걸려 더 이상 그곳에 지체할 수 없게 된다. 페버스는 마담 슈렉(Madame Schreck)이 운영하는 기형박물관의 전시품으로 생활하게 된다. 이 박물관에서 만난 여러 기형 인물들도 허구적인 인공적 구성물로서의 젠더를 말하고 있다.

이 박물관은 '아래(Down Below)', '심연(The Abyss)'라고 불리는 공포스런 고딕풍 전시실이고 슈렉 부인은 '살아 있는 해골(Living Skeleton)'이라 불리는 괴기스런 인물이다. 여기에는 모든 기형적이고 기괴하고 병적인 인물들이 어두운 운명을 드리우는 곳이다. 알에서 태어나 생부를 모르고 자란 페버스처럼, 마담 슈렉(Madame Schreck)의 집에 있던 여러 여성 기형인들은 가부장적 문화가 유기하고 내다버려 고아가 된 이들이다. 대리석판 위는 '잠자는 미녀(Sleeping Beauty)'가 알몸으로 누워 있고, 머리맡에는 페버스가 날개를 편 채 묘비 천사, 즉 죽음의 천사(Angel of Death) 아즈라엘(Azrael)의 역할을 하고 있다. 동화 속의 잠자는 공주는 왕자의 키스를 받으면 깨어나 축복된 삶을 시작하지만 마담 슈렉의 기형 박물관에 사는 '잠자는 공주'는 생리를 시작하면서 왕자의 키스로도 잠을 깰 수 없다. '잠자는 미녀'는 기존의 아름다운 동화를 변용해서 생리를 시작할 때 잠들지만 어떤 키스로도 깨울 수가 없고 '여성적 액체'는 점차 말라버린다. 눈이 네 개인 패니는 유두 대신 가슴에 잉여분의 눈을 두 개 더 가지고 있어서 '세상의 너무 많은 것을 한꺼번에 보지만'(69) 아이를 가진다고 해도 '짠 눈물'밖에 먹일 것이 없는 불행한 여성이다. 눈썹에서 광대뼈까지 얼굴이 항상 거미줄로 덮여 있는 콥웹은 양성구유 인간 알버트/알버티나(Albert/ Albertina)가 아무리 웃기려고 해도 웃으려 하지 않고 우울과 인내 속에 살아가는 우울한 젠더 주체이다.

이들은 정상성과 비정상성을 판단하고 결정하는 제도규범하에서 규범이 억압한 이면적 특질을 몸으로 구현하기 때문에 우울한 주체들로 나타난다. 우울한 젠더가 발생하는 것은 자신 안에 거부된 금지를 부정이라는 방식으로 합체하기 때문이다. 버틀러 말대로 이성애자가 동성애자의 우울증을 알레고리화한다면 비정상적 몸의 기형인들은 정상적 몸을 가진 보편 인간의 우울증을 알레고리화하는 것이다. 콥웹의 인생이 우울한 것은 인내라는 여성적 덕목에서 배제된 열정과 능동성을 거부의 방식으로 합체하고 있기 때문이다. 그리고 다른 기형인들도 기존의 가부장적이고 이성애적인 낭만적 동화서사가 억압한 부정의 이면을 불완전하게 합체하고 있기 때문에 우울증적인 면모를 드러난다. 우울증은 상실을 거부하면서 보유하기 때문에 이중 부정이고 이들은 부정된 것을 기이한 방식으로 보존하기 때문에 우울한 주체들이다.

잠자는 미녀는 여성성이 발현되는 시점에서 침묵해야 하는 사회적 역할모델을, 원더는 언제나 상대적으로 남성을 확대반사하기 위해 위축되고 축소되어야 하는 여성의 기능을, 패니는 너무 많은 것을 알고 보려는 지적인 여성에게 주어진 잉여(excess)의 형벌을 표현하면서 억압적 젠더 모델이 가져다주는 고통을 보여준다. 여성은 언제나 결여되거나 과잉된 존재로 각인되어 온 때문이다. 반면 양성구유의 알버트/알버티나는 몸은 비천한 이중성이지만, 젠더 주체의 형성이 근본적으로 부정의 부정이라는 점에서 우울증적이라는 것을 인식하고 있고, 그 때문에 오히려 즐거울 수 있다. 알버트/알버티나는 대상의 의미화는 언제나 반대의미의 억압이며, 그 억압이 우울증을 가져온다는 것을 알고 자신의 몸으로 의미의 이중성을 구현함으로써 하나의 고정된 의미화에서 오는 고통을 극복할 수 있는 것이다.

기형적인 남성 젠더 주체도 등장한다. 입이 없는 채로 태어난 흑인 하인 투생이 바로 그것이다. 그러나 투생의 이름은 역사상 처음으로 노예반란을 성공시킨 아이티 태생의 투생 루베뤼르(Toussaint L'Ouverture)의 이름을 따서 지은 것으로 이 인물은 젠더뿐 아니라 계급억압에 대한 저항성을 함축하고 있다.[331] 페버스에 따르면 투생은 대단한 위엄을 가진 인물(man of great dignity)이다. 그런 투생은 기형인이나 비정상인을 괴롭히면서 조사하는 인간은 다름 아닌 멋진 신사들이라고 주장한다.

---

331) Clair Hanson, "The Red Dawn Breaking Over Clapham: Carter and the Limits of Artifice", *The Infernal Desire of Angela Carter: Fiction, Feminity, Feminism,* ed. Joseph Bristow and Trev Lynn Broughton (Edinburgh: Longman, 1997), 63.

So he was a connoisseur of degradation and always maintained it was those fine gentlemen who paid down their sovereigns to poke and pry at us who were the unnatural ones, not we. For what is 'natural' and 'unnatural', sir? The mould in which the human form is cast is exceedingly fragile. Give it the slightest tap with your fingers and it breaks. And God alone knows why, Mr Walser, but the men who came to Madame Schreck's were one and all quite remarkable for their ugliness; their faces suggested that he who cast the human form in the first place did not have his mind on the job.(그래서 투생은 기형성을 감정하는 사람이었어요. 그리고 비정상인인 우리를 조사하고 캐볼 권리를 위해 계약금을 치르는 사람은 우리가 아니라 그 같은 멋진 신사들이라고 언제나 주장했죠. '정상'이나 '비정상'이 다 뭐죠, 선생님? 인간의 형상이 주조된 거푸집은 너무나 약해요. 손가락으로 살짝 한번 툭 쳐보세요. 그냥 부서지고 말 걸요. 그리고 왜 슈렉 부인의 집에 온 사람들이 하나같이 대단히도 추한 인물들이었는지는 오직 하느님만이 그 이유를 아실 거예요, 월서 씨. 그들의 얼굴은 처음에 인간의 형상을 주조하신 그분이 그 일을 마음에 두지 않으셨다는 것을 알려주고 있죠.)(61)

인간 몸의 정상성이나 비정상성을 가늠하는 기준은 너무나 취약한 것이고 인간은 자신의 모습이 추할수록 다른 사람의 기형성을 더 강조해서 스스로를 위안하는 나약한 존재일 뿐이다. 이들은 제도담론에 정상성으로 규범화한 '중요한 몸'을 생산하지 못해서 '부랑아'나 '비체'가 되는 사람들이다. 이들은 여성성이나 정상성에 대한 전통적 서사를 중단시키고 그것에 도전한다. 쉽게 해석할 수 없는 몸으로 제시되는 페버스나 그 외 다른 기형인들은 가부장적 문화에 의해 유기되었거나 고아가 된 이들이다. 그들의 몸의 기형성은 여성성이나 정상성에 대한 전통적 서사에 대한 도전을 은유적으로 말하고 있다. 이들은 정상성/비정상성을 구분하는 폭력적 범주하에 고통받지만 그 규범이 야말로 억압의 근원임을 드러내고 전복한다. 정상성은 규율담론이 반복적 실천을 통해 정상성으로 명명한 것일 뿐 본질적이거나 근원적으로 존재하는 것이 아니라는 것을 밝히고 있기 때문이다.

이 작품에 반복해서 등장하는 기형적 몸은 몸 그 자체로는 의미화될 수 없고 제도담론이 반복적 각인 행위로 의미화해야 인식론을 획득하는 몸을 말하고 있다. 그것은 희화되어 있기도 하지만 그로테스크하기도 하다. 그로테스크는 비사물(non-thing), 특히 모호하고 이례적인 성향이 강한 형식들을 말한다. 그것이 그로테스크한 이유는 끔찍해서가 아니라 괴물성을 주는 강력한 인상의 한가운데에 알아볼 수 있는 부분, 오염되었거나 다른 것과 뒤섞인 친숙함이 있기 때문이다. 이 이질적인 (alien) 부분과 친숙한 부분의 조합 때문에 그로테스크한 생물은 전통적인 언어에 기반을 두는 범주를 소환하는 동시에 그것을 거부한다.[332] 몸의 혼종성, 즉 이질감과 친숙함의 조합은 몸의 물적 토대가 본질주의적 진리를 기반으로 하지 않는다는 것을 말해준다.

그로테스크한 몸은 카니발의 연구에서 두 가지 유형으로 나타난다. 하나는 고전물(the classical)에 대한 반대이자 타자로서의 유형이고, 다른 하나는 이분법적 대립물의 혼합이나 잡종화(hybridization) 과정으로서의 유형이다. 페버스는 이 두 유형을 모두 다 만족시킨다. 그의

---

332) 그로테스크라는 단어는 토굴을 의미하는 라틴어(grotta, crupta)와 지하실, 감춤을 의미하는 그리스어(χὐπτη, χὐπτει Υ)에서 유래되었다. 그로테스크는 지하, 매장, 비밀의 의미를 한데 모아놓은 것이다. Geoffrey Galt Harpham, *On the Grotesque: Strategies of Contradiction in Art and Literature* (Prinston, Pronston UP, 1982), 4-5, 27.

몸은 고전물에 대립되는 기괴한 몸인 동시에, 공중곡예사와 날개 단 여성이라는 두 가지 대립물을 뒤섞고 있는 것이다. 페버스가 연기하던 큐피드의 몸은 천사의 날개와 여성의 가슴이 결합된 잡종적 혼합체이고 여성적 가슴의 발육이 진행 중인 몸이다. 이처럼 '그로테스크한 몸, 진행 과정 중의 몸(the grotesque body, the body in the act of becoming)'은 균열과 누수와 내/외부의 경계 혼탁, 남성적 고전주의에 대한 도전을 나타내는 여성의 몸을 상징한다. 페버스의 몸은 단순히 고전주의에 반대되는 그로테스크를 구현하는 것이 아니라 양자의 경계를 불안정하게 만든다. 새 여성이라는 잡종(hybrid species)333)의 구현은 고급문화를 조직하는 장르적 구분과 경계를 위반한다. 문화적 전형(stereotype)을 전복하는 몸은 언제나 기형을 읽힐 수 있다.

페버스의 몸은 자연과 문화의 분수령에 기거하면서 숨 막힐 듯한 여성성과 동시에 그 해방을 재현한다. 그의 코르셋, 인조 속눈썹, 염색한 머리, 깃털, 진한 향수와 화장, 과장된 교태는 과장된 여성적 장치들이지만, 반면 거구의 몸은 여성적 우아함의 기준에 부합되지 못하며, 어깨에 날개가 돋았고, 남성적인 힘과 목소리를 가졌다. 페버스의 목소리는 압도적이면서 불협화음과 사이렌의 목소리처럼 거만하다.(43) 페버스는 자신에 관한 허구를 만들어내고 그것과 유희를 벌일 수 있는 공간을 가졌으며, 자신의 정체성에 대한 코미디를 벌이면서 여성적인 것과 남성적인 것, 어머니와 딸, 매춘부와 성녀, 사기꾼과 마약중독자, 이기주의적 합리주의와 관대한 감상주의를 모두 끌어들여 한데 뒤섞는다. 페버스는 '과정 중에 있는' 복수화된 주체의 전

---

333) hybrid의 어원이 되는 hybris는 폭력, 과잉, 무법 등을 의미한다. Anne Fernihough, "Angela Carter and the Enimga of Woman", *Textual Practice* 11.1 (1997): 93.

형인 것이다.334)

  페버스의 몸은 예술적 고급문화와 대중적 저급문화 양자에 걸쳐져
있다. 공연문화는 성스런 텍스트이고 카니발은 속화된 텍스트라면 페
버스는 카니발 속에서 공연하는 양가적이고 모호한 주체이다. 페버스
는 날개 달린 천사인 동시에 기형 인간으로서의 여성이다. 이 인물에
대한 모든 것이 숭엄한 잉여(sublime excess)로 나타난다. 신체의 크
기, 날개, 육 인치에 육박하는 속눈썹은 고의적인 인공성을 보여줄 뿐
아니라 거기에 부과된 그로테스크 양식도 드러낸다. 샴페인과 뱀장어
파이(eel-pie)에 대한 탐식, 숨 막히는 썩은 생선냄새는 모두 그 사례
가 된다.335) 『서커스의 밤』 자체도 페버스의 몸처럼 고급문화의 카니
발화를 이루면서 텍스트 자체가 하나의 카니발적인 몸이 된다. 소설
자체도 기괴한 페버스의 몸처럼 고전적이고 전통적인 유럽 문화 전체
를 섭렵하고 소화해서 그것을 재배치하고 역전하고 패러디하는 방식
으로 생산된다.

  런던의 비너스, 혹은 날개 단 승리의 여신(Winged Victory) 나이키
(Nike)로 재현되는 페버스의 몸에는 이중화된 아이러니가 있다. 비너
스의 그로테스크한 몸은 팔이 절단된 여성상을 이상적 미의 여신에
대한 완전한 '원형'으로 재현하지만, 페버스의 잔등에 난 깃털이나 무

---

334) "Fevvers incorporates into her burlesque identity the feminine and the
    masculine, mother and daughter, whore and saint, fraud and freak, self-
    interested rationalism and big-hearted sentimentality, and her
    story-telling language continually reserves and parodies them all. Fevvers
    is pre-eminently the pluralized subject 'in process'." Pam Morris,
    Literature and Feminism (Oxford: Blackwell, 1993), 157.
335) Mary Russo, "Revamping Spectacle: Angela Carter's *Nights at the
    Circus*", *Critical Essays on Angela Carter* (New York: G. K. Hall &
    Co., 1998), 228-9.

용지물과도 같은 혹은 잉여물이나 부속물로 제시되기도 한다. 양모 넬슨이 페버스에게 준 칼은 여성에게 결여된 것으로 가정되는 팰러스를 대체하고 그것은 레즈비언 팰러스인 페버스의 날개 때문에 원본성의 권위를 상실한다. 페버스는 잉여적인 신체의 부속기관으로서의 날개와 더불어 팰러스를 가지고 있는 양성적 기인, 즉 '칼을 쥔 메두사'로 나타난다. 이러한 몸은 괴기하게 여성의 몸을 문화적 구성물로 해체할 뿐만 아니라, 일시적이고 불안하며 모순적인 몸의 연합체로 새로운 정치적 집합체를 제시하기도 한다.336)

페버스의 비행을 따라 가다 보면 그녀의 자유에서 이중적 의미를 발견하게 된다. 페버스가 리지의 도움으로 차이나 특이성(singularity)의 공포를 극복하고 최초로 비행했을 때 그녀는 성적 쾌감을 느낀다. 처녀비행은 남성화된 바람인 남성과 첫 경험을 하는 여성성의 쾌락을 암시하고 있기 때문이다(The transparent arms of the wind received the virgin…… I was secure in the arms of my invisible lover.)(34). 그러나 한편으로 그것은 여성에게 부과된 일괄적인 여성성으로부터의 도피이기도 하다. 페버스는 곡예의 퍼포먼스를 통해 '비행'하면서 여성적 쾌락을 얻지만, 동시에 여성성이라는 허구로부터 '도주'하는 중이기도 하다. 그녀의 비행(flight)은 언제나 이중적이다. 그녀는 허구적 여성성을 열망하면서 동시에 그로부터 벗어나기를 갈망한다. 그녀의 처녀성이 온전히 보존된 상태로 믿어지기 때문에 그녀는 깨지지 않은 알이고, 파괴되지 않은 원이며, 어쩌면 상상력을 불러일으키는 감추어진 닫힌 용기일 것이다. 그런 의미에서 그녀는 부활절의 장식 계란 같은 매력을 갖고 있다.337)

---

336) *Ibid.*, 243.

페버스나 이 소설에 등장하는 다른 기형 인물들은 비체이거나 폐물이다. '비천한' 입지는 사회 변화의 '근본적 재의미화'를 이끌어낼 수 있는 비판적 자원을 마련한다. 페버스는 현실의 여성 억압이나 곤경을 무시하고 순수한 이상향으로 도피할 수도 있다. 하지만 페버스의 몸이 갖는 물질적 이질성과 기형성은 순수한 유토피아 페미니즘의 한계를 지적하고 물적 토대의 중요성을 역설한다. 페버스는 몸의 비본질주의적 물질성으로 인해 후기 구조주의적 인식과 유물론적인 인식 사이에서 끊임없이 동요한다. 후기구조주의는 정체성과 성욕이 비본질적이고, 수행적이며, 은유를 벗어나 사회 문화적으로 구성된다고 말하는 반면, 유물론은 그럼에도 불구하고 몸의고 해부학적인 몸이 존재하며, 그 몸은 여성이 위반에 대한 제재로서 처벌을 받을 수 있는 물적 토대 위에 존재한다고 말한다. 유물론적인 것이 반드시 본질주의적인 것은 아니기 때문이다.338)

페버스가 날개를 달았다고 해서 해방의 전사로만 표현되는 것은 아니다. 그 날개는 이중적 입지에서 해석가능하기 때문이다. 페버스는 몸의 물질성 때문에 고통받고 전시되며 죽음의 위협에 놓이기도 한다.

---

337) Sarah Bannock, "Auto/biographical Souvenir in *Night at the Circus*", *Critical Essays on Angela Carter* (New York: G. K. Hall & Co., 1998), 211.

338) 수잔 보르도(Susan Bordo)는 페미니즘과 포스트모더니즘의 결합이 위험하게도 몸을 소거하게 될 가능성을 우려해 왔다. 보르도는 우리의 몸이 시공간 속의 우리의 위치에 대한 은유가 되어 인간의 지각과 지식의 유한성에 대한 은유가 되면 포스트모던한 몸은 아무 몸도 아니라고 주장한다. 몸을 해체론적으로 소거하는 것은 '아무 곳도 아닌 곳(nowhere)'으로의 여행을 통해 이루어지는 것이 아니라, 몸은 어딘가에 항상 있고 한정되어 있다는 인식에 대한 저항을 통해서 이루어지는 것이다. Susan Bordo, "Feminism, Postmodernism, and Gender-scepticism", *Feminism/Postmodernism*, ed. Linda Nicholson (New York: Routledge, 1990), 145.

페버스의 연물화된 여성성은 언제나 위험에 놓여 있는 것이다. 매주 일요일마다 슈렉 부인의 박물관을 관람하면서 페버스에게 흥미를 보이던 로젠크뢰쯔(Christian Rosencreutz)는 슈렉에게 페버스를 놓고 거래를 하고 슈렉은 천 기니를 받고 페버스를 넘기기로 한다. 페버스는 슈렉을 잡고 천장까지 날아가서 슈렉을 위협해 진상은 파악하지만 결국 신사들에게 납치당해 로젠크뢰쯔의 고딕풍 대저택에 당도한다. 모자를 쓰고 있을 때는 몰랐던 대머리 로젠크뢰쯔는 남근숭배자로 자신의 집을 온통 남근적 상징물로 채워 놓고 페버스를 제단위에서 희생시켜 자신의 영생을 꿈꾸며 페버스에게 제단위에 누울 것을 명한다. 머리카락은 남성적 능력의 상징이므로 로젠크뢰쯔는 왜소하고 보잘것 없는 남성성을 보완하기 위해 온통 주변을 남근의 상징으로 채워 놓은 것이고 날개 단 남근적 여성을 위함으로써 자신의 남성성을 과장하려 한다. 페버스는 명령대로 커피탁자에 눕지만 어깨 너머로 그가 반짝이는 뭔가를 들고 오는 것이 칼이라는 것을 알아채고는 넬슨이 준 금장도로 선제공격을 하고, 로젠크뢰쯔는 불공평하다고 거듭 중얼거리면서 무력하게 쓰러진다. 페버스는 이때 날개를 이용해서 위험한 상황을 벗어난다.

But for that upward leap earlier in the evening in Madame Schreck's bedroom, I hadn't tried my wings for a cool six months but fright lent me more than human powers. I soared up and away from that vile place……(83)(전날 밤 슈렉 부인의 침실에서 위로 날아오른 것을 뺀다면 지난 육 개월 동안 내내 나는 날개를 사용한 적이 없었어요. 그러나 공포감은 내게 인간의 능력 이상의 힘을 빌려주었죠. 나는 날아올라 그 사악한 곳을 벗어났어요.)

이때의 페버스의 날개는 남성의 팰러스에 맞서 싸우면서 원본성으로서 팰러스의 권위를 위협하는 '레즈비언 팰러스'로 해석할 수 있다. 페버스가 로젠크뢰쯔의 희생 제의에서 탈출하게 도와준 도구는 마 넬슨이 호신용으로 준 금장도와 고통스런 체험을 통해 비행방식을 습득한 날개이다. 이는 남성적 팰러스의 모방물로서 기능하는 레즈비언 팰러스라고 할 수 있다.

페버스의 날개는 성적 경험에서 말해지지 않거나 수치스러운 것으로 이해되는 금기와 억압을 패러디한다. 여성이 이차 성장기에 겪게 되는 가슴의 발육이나 생리의 시작과 같은 생물학적 여성의 특성은 비천하거나 저급한 것으로 억압된다는 점에서 기형적 몸의 표식이 되는 날개와도 같은 입지를 가진다. 페버스가 날개나 어깨의 육봉을 발견하는 것은 마치 생리나 젖멍울의 발견처럼 숨겨야 할 어떤 것으로 나타난다. 어깨의 육봉은 감춰야 할 어떤 것이기도 하지만 남근적이면서 모호하게 양성적인 것이기도 하다.[339]

버틀러는 '레즈비언 팰러스'가 남성적 팰러스라는 원본에 대한 패러디라고 설명한다. 원본적 남성 팰러스/모방적 여성 팰러스는 똑같이 팰러스가 가진 이상적 자질을 모방한다는 점에서 같은 것이다. 따라서 레즈비언 팰러스가 등장하는 순간 원본 팰러스와 모방본 팰러스의 구분은 사라지고 팰러스 자체가 모방의 구조 위에서만 발생한다는 것을 보여준다. 이것이 레즈비언 팰러스가 가지는 패러디적 재현이고, 원본의 기원성이나 본질성의 불가능성을 말하는 것이다. 팰러스가 남성 성기관인 페니스에 대한 상징적 의미를 집약한 것이라면 팰러스는

---

339) Isabel Armstrong, *Flesh and the Mirror: Essays on the Art of Angela Carter*, ed. Lorna Sage (London: Virago, 1994), 273.

페니스를, 레즈비언 팰러스는 남성적 팰러스를 모방한 산물이다. 따라서 팰러스 소유양식/팰러스 존재양식으로 이분화되어 온 남성성/여성성의 구분도 불가능해지고 남성적 특권을 주장하게 한 원본적 근원으로서의 남근은 불가능해진다. 페니스/팰러스/레즈비언 팰러스는 원본의 진정성과 권위를 허무는 모방의 구조 속에 있기 때문이다.

페버스의 날개는 레즈비언 팰러스로서 또한 가면의 기능도 수행한다. 페버스의 날개는 가슴이나 생리 같은 여성적 이차성징이 발현되면서 시작된 여성적 징후로 나타난 것이다. 페버스는 날개를 소유함으로써 여성에게 결핍되었다고 간주되는 남근을 보유할 수 있었고, 그것은 곤경에 빠졌을 때 양모가 건네 준 칼과 더불어 난국을 극복하는 수단이 될 뿐만이 아니라 큐피드, 죽음의 천사, 곡예줄 위의 헬렌이라는 다양한 양상으로 공연을 수행하면서 일시적이고 잠정적인 무대 위의 정체성을 구성한다. 그리고 이러한 행위 중의 수행적 정체성은 언제나 본질과 외양 간의 불일치와 괴리를 일으키는 연물의 방식으로, 또 가변적이지만 임시적인 젠더 주체를 형성한다는 수행적 방식으로 주체를 구성하고 해체한다. 레즈비언 팰러스의 수행적 양상이 가시화되는 것을 공연과 연기의 수행이 상업적 재화라는 남근적 권력, 초월적 기표를 획득하는 수단으로 작동하기 때문이다. 팰러스가 가면의 방식으로만 작동된다면 날개라는 레즈비언 팰러스는 가면의 우울증적 정체성이 구성되는 방식을 패러디적으로 반영한다. 가면은 사랑의 거부 결과 상실이 일어났을 때, 상실된 대상 타자의 속성을 몸에 걸침으로써 일어나는 우울증의 합체 전략이다.[340] 가면이 이러한 거

---

340) "In other word, the mask is part of the incorporative strategy of melancholy, the taking on of attributes of the object/Other that is lost, where loss is the consequence of a refusal of love." Judith Butler, *Gender*

부들을 '지배'하는 동시에 '일소'한다는 것은 부정이 스스로 부정되는 전략이라는 것을 암시한다. 부정이 부정되는 이중 거부(double negation)는 두 번 상실된 사람을 우울증적으로 흡수함으로써 정체성의 구조를 재이중화한다.

가면으로서의 레즈비언 팰러스인 페버스의 날개는 자신이 부정하는 결여로서의 여성 주체를 불완전하게 동일시하기 때문에 우울증적 젠더 주체를 발생시키기도 한다. 그것은 남근적 여성 주체이면서 불완전한 결핍을 동시에 합체하고 있다는 의미에서, 이질적인 외부를 자신을 구성하는 내적 발판으로 소유하고 있다는 면에서 우울증적인 것이다. 우울증은 상실의 부정이라는 의미에서 이중 부정으로 읽힌다. 그것은 실제 기차전복사고로 부러진 오른쪽 날개와 시베리아 방랑과정에서 윤색되지 않는 자연 그대로의 기형성이 부정된 남성성을 불완전하게 합체해서 오는 여성성의 우울증일 수도 있고, 리지에 대한 동성애적 성 경향을 구성적 외부로 불안하게 안고 있는 이성애적 젠더 주체의 동성애적 우울증일 수도 있다.

이상의 논의를 종합하면 『서커스의 밤』에 나타난 페버스 및 기타 기형인들의 젠더는 패러디, 수행성, 복종, 우울증의 방식으로 드러난다는 것이다. 이들은 연극, 공연, 전시를 중심으로 해서 가면, 카니발, 희화(burlesque), 트라베스티, 복장도착, 드랙 등의 소재를 떠올리게 한다. 연극적 수행성은 우리의 삶을 규제하는 사회적 허구로서의 여성성을 탐색하는 여성성의 '탈신비화' 기획에 기여한다. 특히 연물주의와 가면은 여성성을 탈신비화하는 효율적인 도구가 된다. 버틀러의 독서방식을 적용

Trouble: Feminism and the Subversion of Identity (New York: Routledge, 1990), 48.

하면 수행적 공연 뒤에 본질적 특성이란 것은 존재하지 않으며 행위 중에 임시적으로 가변적으로 형성되는 것이 젠더 정체성이 된다. 페버스는 반복과 재인용 속에 패러디되는 전복적 주체의 양상을 적극적으로 구현하며 이브(Eve)와 트리스테사(Tristessa)의 딸이자, 새로운 여성성의 상징이고, 신여성을 대표한다. 이 신여성은 대처가 재임하던 영국의 긴급한 주제였던 소비자인 동시에 상품인 여성의 양가적인 입지를 말하기도 한다.341) 또한 페버스는 신종족이고 양성인간(hermaphrodite)의 후예이며 새로운 여성성의 상징이기도 하다.342) 또 '곡예줄 위의 헬렌'으로서 제우스와 레다의 후예이기도 하고, 예이츠의 시 「레다와 백조("Leda and the Swan")」의 문학적 후손이기도 하다. 이 신여성은 또한 소비자이면서 상품인 여성의 양가적인 입지를 말하기도 한다.

페버스는 존재를 속이는 가면이고 부재를 위장하는 마스크로서 여성성과 여성의 자유를 표상한다. 이 여성이 상연하는 젠더는 드랙의 여성성이고 역전(inversion)과 패러디를 통해 몸에 입혀지는 공연적 수행의 젠더이다. 페버스가 구현하는 여성의 자유는 본원적인 것이 아니라 자유의 이미지를 투사하는 것에 불과하다. 연기자로서, 구경거리로서의 페버스는 세인들이 믿어주는 만큼만 존재를 획득한다는 면에서 그 존재는 '사기술(confidence trick)'에 달려 있다. 그것은 현실과 환상의 경계에 있으나, 영적 세계의 구체적 현시물을 제공하는 사람이라는 사회적 믿음 때문에 존재가 부여된다는 점에서 샤만이나 주술사와 유사한

---

341) Christina Britzolakis, "Angela Carter's Fetishism", *The Infernal Desires of Angela Carter: Fiction, Feminity, Feminism* (Edinburgh: Longman, 1997), 55.

342) Ricarda Schmidt, "The Journey of the Subject in Angela Carter's Fiction", *Textual Practice* 3.1 (1989), 67.

존재이다. 모든 것은 신뢰의 문제에 달려 있을 뿐 원래 당연한 진리란 없다. 그리고 신뢰 게임 속의 신뢰는 한편은 신뢰하면서 다른 한편은 기만하거나 장난스럽게 속인다는 의미에서 이중적이다. 가면 속에 진리란 없다. 진리란 '그럴 것이라고 믿는 바'에 불과하다.

사실인가 허구인가. 새인가 여성인가라는 페버스의 캐치프레이즈는 서구 형이상학의 이분법적 대립구조에 편입되지 않은 여성 정체성을 그려낸다. 그리고 백문이 불여일견(Seeing is believing)이라는 페버스의 서커스 광고문구는 남성 중심적인 시각 중심주의를 조롱한다. 페버스는 시각의 대상이자 주체이다. 왜냐하면 그는 스스로를 구경거리로 제공함으로써 여성을 시각적 대상으로서의 희생물로 보는 전통적 관점에 대항하기 때문이다. 그는 패러디적 젠더 정체성 속에 스스로의 특이성을 창조하는 인물이다. 페버스로 구현되는 새로운 여성성의 상징은 여성에 본질주의적, 구체적 정의를 내리지 않고 상응하는 기의가 없는 기표를 생산한다. 페버스의 몸의 현시는 문화적 규범을 전복하는 것이 아니라 재각인하는 것처럼 보이기도 한다. 페버스는 이스트 앤드(East End) 매음굴에서 노동하는 노동자계급이고 거친 노동자계급의 여성 이미지를 갖고 있다. 날개는 그의 생존 수단이고 '감식가를 위한 몸(flesh for a connoisseur)'인 그의 몸은 자본주의 사회 속의 상품으로 작용한다. 몸은 자기 확신적인 동시에, 그 확신은 공격받기 쉽다는 점에서 긍정적인 의미와 부정적인 의미를 갖기 때문에 페버스는 '아이러니'의 양식 속의 신여성이다.

문학사에 있어서 여성의 모습은 신비화된 이상적 연물(fetish)이거나, 처벌해야 할 범죄자로 다루어져 왔다. 카터의 소설은 주로 가장 연물화되고 가장 화려한 형식으로 나타난 여성성을 은유화하고 있다.

그것은 텍스트의 가면이 놓이는 지점을 보여준다. 고급문화의 위생적이고 '고전적인' 몸에 도전하면서 페버스는 소설의 거의 매 페이지마다 비통념적인 몸을 내밀고, 몸의인 존재의 기능들을 상기시킨다.

『서커스의 밤』에 등장하는 인물들은 섹스, 젠더, 성 경향이 본원적으로 주어진 것이 아니라 제도가 자연스럽다고 반복 주입한 상상적 이상이나 허구적 구성물로서 모방에 의해 습득한다. 이들의 섹스, 젠더, 성 경향은 자연스러운 것이 아니라 자연스럽다고 믿어지는 인공물에 불과하기 때문에 부자연스러운 틈새들을 끊임없이 드러낸다. 자연스럽게 남성적인 남성/여성적인 여성이 불가능해지고 모든 인물이 드랙처럼 인공적으로 가면으로서의 남성성이나 여성성을 착용하면서 자신의 젠더를 표상하는 것이다. 드랙은 젠더 패러다임을 강화하는 동시에 불안정하게 만든다. 그것은 한편으로는 잘못 재현되거나 복장도착을 일으킨 숨겨진 진정성이나 본질적 섹스가 있다는 의미이기도 하고, 다른 한편으로는 고정된 젠더 자체가 이성의 옷으로 변장하는 것처럼 인공적이고 가변적이라는 의미이기도 하다. 따라서 남성성/여성성, 정상성/비정상성, 표준/기형의 위계적 이분법은 불가능해질 뿐 아니라 전복된다. 처음에는 비현실적 세계의 기형인들을 중심으로 한 환상소설로 출발하지만 결국 도달점은 온 세계가 비정상이고, 모든 인물이 기형적이기 때문에 정상성이나 표준성의 규범적 잣대는 당대 권력이 부과할 뿐 본원적으로 존재하지 않는다는 것을 말해준다.

여성성의 젠더 특질을 규명하기 위해 페버스의 뒤를 쫓아 서커스단에 가입하는 월서는 또 다른 환상 주체의 탄생을 알린다. 그는 합리주의, 객관주의, 사실보도의 저널리즘이라는 정상적이고 규범적인 남성적 젠더 자질을 표방하는 신체 건강한 남성, 즉 정상적 보편 주체이다. 그러나 '희대의 사기꾼'이라는 기사를 쓰기 위한 심화된 취재활동의 일환으로 휴가를 내어 환상적 세계인 서커스단에 가담하면서 보편 주체마저도 환상적으로 구성되는 방식이 드러난다.

2) 피터스버그: 월서와 정상 주체

월서는 '희대의 사기꾼(Great Humbugs of the World)'이라는 기사를 마무리하기 위해 좀더 취재가 필요하다고 느끼고 그러기 위해 서커스 유랑공연에 합류하게 된다. 월서는 점을 치는 돼지 시빌이 뽑아준 카드대로 '광대'라는 단원 자격으로 서커스에 합류해 피터스버그의 공연에 참여하게 된다. 이 과정에서 월서는 서커스 공연과정에서 선지자처럼 미래를 점치는 지혜로운 돼지나 자신의 계약서도 갱신하면서 거래를 할 줄 아는 교수 침팬지, 술에 취해 미쳐 날뛰는 광대나, 언제나 두들겨 맞고 학대당하면서 인간대접 못 받는 여성 등 실제로 기묘하고도 괴상한 인물들을 접하게 되면서 페버스의 인생회고담이 완전한 거짓말만은 아닐 수도 있다는 혼란에 빠지게 된다.

서커스 세계는 삶의 상징(a symbol of life)으로 제시된다. 그 활동 무대 속에서 세계는 하나의 희극적 소극(farce)으로 나타난다. 키어니 대령의 서커스가 펼치는 파노라마에는 춤추는 호랑이들, 겁쟁이 스트롱맨 삼손(Samson), 손님에게 기쁨을 주기 위해 몸을 던진다는 의미에서 환락의 창녀(the whore of mirth)라고 불리는 우울한 광대들이 등장한다. 남성들의 학대를 받는 미뇽은 알반 버그(Alban Berg)의 오페라 '워젝(Wozzeck)'을 통해 수정된 존재로 괴테의 미뇽에 대한 현대적 해석

이 된다.[343] 피터스버그 장에 등장하는 피카레스크적 인물들의 변주는
힘과 자유라는 유토피아적 주제를 다양한 방식으로 변주하고 역전시키
고 있다. 예컨대 광대들은 스스로의 익살극을 자유롭게 선정하지만 결
국 그 인물에 스스로 갇혀서 광기와 혼란에 빠진다. 호랑이들은 춤출
때 자유롭다고 느끼지만 때때로 작은 우리를 더 큰 우리로 바꾼 것에
불과하다는 암시를 준다. 그리고 스트롱 맨 삼손은 매우 강한 남성적
마초로 등장하지만 자신이 나약한 정신에 갇혀 있다는 것을 깨닫는다.

 피터스버그에서 가장 중요한 변화를 겪는 인물은 월서이다. 1부에서
복잡한 인물과 플롯의 교직 속에서 소설의 중심적 추동력을 이루는 것
이 주로 '알 수 없는 여성적 신비', 혹은 '여성적 신비를 상품화한 연물'
로 그려지는 페버스의 정체성 탐색이었지만 이제 그 탐색의 주체 월서
의 변모과정에 초점이 놓인다. 월서는 원래 여성의 환상성을 거부하고
그것이 사기임을 규명하려는 의도로 서커스에 참가하는 인물이라는 점
에서 서구 프래그머티즘의 선봉에 서 있는 저널리스트이다. 그는 모비
딕의 서술자 이슈마엘처럼 객관적 서술자의 음성으로 등장한다.

 Call him Ishmael; but Ishmael with an expense account, and besides,
 a thatch of unruly flaxen hair, a ruddy, pleasant, square-jawed face
 and eyes the cool grey of scepticism.(10) (그를 이슈마엘이라 부르라.
 그러나 그는 회사의 소요경비 계좌와 더불어 삐죽대는 아마빛 머리숱,
 불그스레하고 유쾌한 네모 턱의 얼굴과 회의적이고 냉담한 잿빛 눈을
 가진 이슈마엘인 것이다.)

343) "Our literary heritage is a kind of folklore. In *Nights at the Circus*, for
 example, the character Mignon is the daughter of Wozzeck-I'm more
 familiar with the opera by Berg than with the play." Angela Carter,
 Novelists in Interview (London: Methuen, 1985), 82.

그는 진리를 찾아 방황하는 회의주의자 이슈마엘이고, 취재과정에서 일련의 대단한 충격적 사건들을 겪으면서 살아 있음을 느끼는 행동주의자(man of action)이다. 월서는 신뢰를 미뤄두고 일단 회의하는 습관을 가지고 있으며, 적기 적소에서 자신의 입지를 찾으려는 합리주의자이기도 하다. 그는 두려워할 줄 모르는 사람이고 언제나 좋은 이야기나 기사거리를 발굴해내는 감식가임을 자부한다. 그의 여성 정체성 찾기 작업은 타자에 대한 지식을 소유하려는 남성 지배담론의 시선에서 출발하지만, 결국 도달하게 되는 곳은 객관 진리를 소유하려는 욕망으로 덮인 스스로의 껍질을 깨고 나온 주관성의 세계이다. 객관진리의 탐색과정에서 얻은 결론은 타자를 지배하려는 외부의 시선으로 대상을 이론화하거나 재단하는 것은 대상에 대한 왜곡된 상만 생산할 뿐이라는 사실이다.

그러나 20세기를 사는 가장 정상적이고 합리주의적인 주체의 구성도 환상적 양상을 보여준다. 특이한 여성이라는 대상의 진리를 파악하려던 남성 주체도 환상 주체로 변모한다. 월서는 사실과 환상, 진리와 허구 간의 경계 속에서 어떤 것에도 절대성을 부여하지 못하고 망설이고 갈등하는 주체이며, 남성성이라는 것이 본질적으로 존재하는 것이 아니라 공연이라는 수행적 행위 속에 구성되고 또 다른 의미화에 열려 있다는 점에서 비본질적임을 인식한다는 면에서 환상 주체의 면모를 드러낸다. 그에 따라 본질적 자아의 죽음을 통해 대상을 모순적 대립물이 공존하는 장으로 이해하는 새로운 인식적 전환을 이룬다는 점에서 월서는 기존 주체의 죽음을 선언한다.

환상주체로서의 월서는 우선 패러디적인 주체의 양상을 보인다. 여성적 진리라는 대상을 추구하던 남성객관 주체 월서는 오히려 자신

안의 여성성을 발견하고 자신의 정체성이 남성성으로 이상화된 자질들을 모방해서 발생한 것임을 깨닫게 되는 것이다. 월서가 광대의 화장과 복장을 착용하고, 가면 뒤의 본질적 자아와의 결별을 통해 짜릿한 자유를 느끼고 자신을 광대로 인식한다는 것(103)은 정체성이라는 것이 모방이라는 구조 위에 있음을 보여주며 모방의 구조 위에 있는 것은 그 어느 것도 원본의 권위를 주장할 수 없다는 것을 알려준다.

광대는 경제적 생존 수단이 상대에게 주는 쾌락이라는 면에서 '웃음을 파는 창녀(whores of mirth)'로 간주되어 왔다. 광대는 웃음의 주체이기도 하고 객체이기도 하다는 점에서 주체와 객체라는 대립 질서에 도전한다. 그들은 의식적으로 자신을 웃음의 대상으로 만드는 주체이기 때문이다. 광대들의 직업은 관객의 유희이므로 그들 스스로가 일을 유희로 받아들여야 한다는 것이다.(119) 결국 광대의 직업은 현실과 허구 간의 구분을 유예하면서 환상을 조장하는 일이다. 월서는 객관이성의 전달자인 기자의 이상적 속성을 가진 것처럼 보였으나 그것은 남성적 객관 자질이라고 불리는 것을 모방해서 만든 인위적이고 인공적인 구성물에 불과하다. 그리고 광대의 가면과 복장이 만드는 또 다른 자아도 역시 광대의 특성, 광대의 자질이라고 생각되는 속성을 모방해서 얻어지는 것이다.

두 번째로 월서는 광대로 변장해 곡마기행에 합류한 이래로 자신의 정체성이 더 이상 광대의 가면을 쓴 신문기자로 고정되어 있는 것이 아니라 그 가면을 쓰고 있는 순간은 광대 그 자체라는 것을 인식하기에 이른다. 그것은 가면 뒤에 어떤 진정한 정체성이 존재하는 것이 아니라 정체성이란 행위 중에, 과정 중에 구성되는 비고정적인 것, 유동적인 것임을 깨닫게 되는 순간이다. 월서는 거울 속 광대의 모습을

이방인처럼 인식했으나 점차 그 이방인의 모습에서 현기증이 날 정도
의 자유를 느낀다. 그는 점차 인생은 놀이게임이라는 광대의 인생관
을 즐기게 되고 언어나 존재와 저글링 놀이를 할 자유, 가면 뒤에 그
리고 위장 속에 놓인 자유를 경험하는 것이다.(103)

서커스는 여성이나 동물에 대한 인간 남성의 지배라는 위계도 허물지
만 존재라는 개념 자체에 도전하는 장이기도 하다. 광대 마스크는 서구
형이상학을 위협하는 비결정성의 자리로 기능한다. 광대의 화장과 의상
이 마스크인 한, 이 마스크는 월서 자신의 인생인 만큼 해방의 잠재력을
가지고 있다. 마스크는 미리 결정된 것, 고정적인 것, 일원적인 것, 중심
적인 것으로서의 자아개념을 침해한다. 광대의 인공적 마스크는 기원이
나 자아성이라는 개념을 의심함으로써 존재를 불안하게 만든다.[344]

월시가 그토록 찾아 헤맸던 믿음, 곧 가면 뒤에 본질적 젠더 정체성
이 있으리라는 신념은 스스로의 경험을 통해 그릇된 것으로 드러난다.
광대는 테러리스트 집단이고 비정상성의 집단이다. 무엇보다도 그들은
기괴한 복장을 유지하는 한 가장 흉포한 해적질이 허용되는 비정상
집단이다. 우리가 그들을 비웃는 법을 배울 필요가 있다 해도, 또 그
웃음의 일부는 공포를 성공적으로 억압한 데서 나온다 하더라도 말이
다.(151) 월서는 '광대'라는 희화된 자아, 완전하거나 총체적인 자아정
립은 이미 불가능하다는 것을 알려주는 놀이나 유희와 같은 존재론을
인식하게 되면서 기존의 상징질서 속의 완전한 죽음을 선언하고 새로
운 인식 주체로 거듭나게 된다. 기차전복사고 후의 기억상실증은 완전

---

344) Magali Cornier Michael, "Fantasy and Carnivalization in Angela
    Carter's *Nights at the Circus*", *Feminism and the Postmodern
    Impulse: Post-World War II Fiction* (New York: State University of
    New York Press, 1996), 195.

한 자기 상실과 자아의 죽음을 의미한다. 이제 월서는 이성 중심주의적 가치관으로 이해할 수 없는 새로운 환상 주체로 탄생한다.

광대로 분장한 월서의 정체성은 수행적이다. 광대의 분장과 의상이 가면이라면, 이 가면은 그 자체의 생명력으로 해방의 잠재력을 발휘한다. 그것은 자아를 미리 결정된 것, 고정된 것, 단일한 것, 중심을 가진 것으로 보는 개념을 불안하게 흔든다.[345] 월서는 신문기자였지만 광대의 가면을 쓰고 광대가 된 뒤 자유로움을 느끼는 것이다. 월서는 광대의 화장과 의상이라는 가면을 통해서 자유를 느낀다. 가면은 미리 결정되고 고정되고 일원적이며 중심을 가진 자아 개념을 해체하는 것이다. 월서는 분장을 했을 때 난생 처음 아찔한 자유가 시작되고 있음을 느꼈고, 가면 뒤에 자신의 정체를 숨길 때 생겨나는 자유, 다시 말해 존재를 속이는, 아니 존재에 사실상 가장 중요한 요소라 할 수 있는 언어를 가지고 마술을 부릴 수 있는 자유를 경험한다. 그것은 익살극의 본질을 이루는 자유이기도 하다. 그는 자신을 감추면서 마스크 뒤의 자유, 존재에 필수적인 언어로 존재에 마술을 부리는 자유를 추구하는 것이다.

> When Walser first put on his make-up, he looked in the mirror and did not recognise himself. As he contemplated the stranger peering interrogatively back at him out of the glass, he felt the beginnings of a vertiginous sense of freedom that, during all the time he spent with the Colonel, never quite evaporated; until that last moment when they parted company and Walser's very self, as he had known it, departed from him, he experienced the freedom that lies behind the

---

345) Magali Cornier Michael, "Fantasy and Carnivalization in Angela Carter's *Nights at the Circus.*" (Albany: State University of N.Y. Press, 1996), 195.

mask, within dissimulation, the freedom to juggle with being, and indeed, with the language which is vital to our being, that lies at the heart of burlesque.(103)(월서가 처음으로 분장을 했을 때 그는 거울을 들여다보고 자신이 누구인지 깨닫지 못했다. 그가 거울 속에서 호기심에 차서 자신을 되응시하는 이방인에 대해 생각하는 동안 그는 아찔한 자유의 기분이 시작되는 것을 느꼈다. 그 자유는 커널과 지내는 동안 내내 전혀 증발된 적이 없었다. 단원이 서로 갈라지고 월서가 알아왔던 자신의 자아가 스스로에게서 분리되는 최후의 순간까지 그는 가면 뒤의 자유를 경험했다. 위장한 채로 존재와 유희를 벌일 자유, 그리고 정말로 우리 존재에 필수적인데다 익살극의 한가운데 있는 언어와 유희를 벌일 자유를 경험한 것이다.)

월서에게 광대의 가면은 기원과 자아라는 개념에 문제를 제기함으로써 존재를 불안정하게 만든다. 월서는 광대가면을 쓴 신문기자가 아니라 환경적인 상황 때문에도 실제로 정말 광대가 되어간다(145). 정체성을 인공적 가면으로 축소시키게 되면 본질적 자아에 대한 개념은 붕괴된다. 월서와 다른 광대들은 '부재, 공백(An absence, A vacancy)'(122)인 것처럼 마치 '비워진 채로 남아 있는 복제물'(116)처럼, 데스마스크(death mask)처럼 허옇게 회분 칠한 무생명적 얼굴로 존재하며, 그 마스크 뒤에는 텅 빈 기표와 안정된 정체성에 대한 환상만이 있다.

그러나 자아가 무력하고 정적인 것만은 아니다. 광대들에게는 자신을 구성할 특권도 있다. 그들은 자신의 얼굴을 창조하고 스스로를 만드는 이들이다(We can invent our own faces! We make ourselves)(121). 원하는 자신의 모습을 선택할 자유가 있다는 것은 사회화에 선행하는 본질적 자아나 영혼에 대한 서구적 개념을 흔든다. 구성적 자아는 자아에 대한 새로운 해석의 창조를 가능하게 하기 때문에 본질적 자아보다 정치적 잠재력이 더 크다. 월서가 일단 마스크를 쓰면 그는 이전의 자신이기보다는 다른 어떤 사람이 된다. 이 소설에서 '신남성'이나 '신여성'을 구상하려는 시도는 지금껏 남성 중심적 문화를 통해 그 안에서 구성되어 온 것이 아닌 다른 것으로 자아를 생산할 가능성에 달려 있다.346) 광대는 허천이 포스트모던 패러디 소설의 특징으로 말하는 외중심적(ex-centric) 입지를 구현하기도 한다. 광대들은 기존문화의 특권 외부에 있는 동시에 그들 자신의 외부에서 가면으로서 존재한다. 월서는 가면 뒤에 있는 자신의 모습 역시 가면을 쓰고 있다는 것을 발견하면서 새롭게 발견한 상상적 자유를 향유할 수 있다는 것을 알게 되는데 이것이 이 텍스트에 나타난 분명한 아니러니 중의 하나가 된다.347)

월서는 행위 중에 가변적으로 구성되는 주체의 면모를 보여준다. 월서는 피터스버그 순회공연 도중 자신의 균형감각을 깨뜨리는 두 가지 경험을 하게 된다. 하나는 자신의 정체성에 대한 것이고 다른 하나는 여성이라는 젠더에 대한 새로운 인식이다. 오른팔 부상으로 더 이상 직업을 수행할 수 없게 되자, 그는 그동안 자기의 본원적 정체성이라고 믿어 왔던 저널리스트가 아니라, 보이는 외면적 모습 그대로인 진짜 광대라는 것을 깨닫게 된다. 그 순간 그의 가면은 아무것도 위장하고 있지 않으며 그 자신이 가면 자체인 수행적 주체임을 깨닫는 것이다.

Two things, so far, have conspired together to throw Walser off his equilibrium. One: his right arm is injured and, although healing well,

---

346) Magali Cornier Michael, "Fantasy and Carnivalization in Angela Carter's *Nights at the Circus*", 196.
347) 린다 피치는 브레히트의 소격 효과와 마스크라는 두 가지 비유어를 중심으로 해서 카니발 극장에 근원한 것으로 이 소설을 해석하고 있다. Linden Peach, *Angela Carter* (New York: Macmillan, 1998), 140.

412

he cannot write or type until it is better, so he is deprived of his profession. Therefore, for the moment, his disguise disguises-nothing. He is no longer a journalist masquerading as a clown; willy-nilly, force of circumstance has turned him into a real clown for all practical purposes, and, what's more, a clown with his arm in a sling-type of the 'wounded warrior' clown. Two: he has fallen in love, a condition that causes him anxiety because he has not experienced it before.(145) (지금까지 두 가지가 함께 공모해서 월서의 균형감각을 깨뜨렸다. 하나는 그의 오른팔이 부상당한 뒤, 잘 회복되고는 있지만 나을 때까지는 글을 쓰거나 타이핑을 할 수 없어서 직업을 빼앗기게 되었다는 점이다. 따라서 이 순간 그의 가면은 아무것도 위장하지 않는다. 그는 더 이상 광대로 위장한 신문기자가 아니다. 싫든 좋든 환경의 힘이 사실상 그를 진짜 광대로, 덧붙이자면 한쪽 팔에 깁스를 한 일종의 '부상당한 전사' 광대로 변모시킨 것이다. 두 번째로, 그는 사랑에 빠졌다. 전에 경험하지 못했기 때문에 불안감을 야기한 상황에 빠진 것이다.)

월서는 사랑이라는 알 수 없는 감정에 빠져들면서 불안감을 겪는다. 여성은 지금껏 한번도 지식에 대해서 자신을 모욕하려 한 적이 없었는데 페버스는 그것을 시도했고 또 성공하기까지 한 것이다. 월서는 지금껏 난공불락이었던 자존심과 페버스가 보이는 존경심의 결핍 속에서 갈피를 잡지 못하고 갈등한다. 소설의 결미에서 월서는 목소리의 의미를 꿰뚫어보려고 하기보다는, 목소리를 그저 반복하는 데 만족해 그것을 그대로 받아들이는 것처럼 보인다. 그는 이분법적 형이상학의 논리에서 샤만의 논리로 전환했기 때문이다. 이처럼 페버스나 월서는 보이는 주체임을 인식하고 관객을 대상으로 하는 주체의 제스처를 취하는 평생 동안의 연극 행위로 행위 중에 자신의 수행적 정체성을 구성한다.

세 번째로 월서의 정체성은 합리주의적 이성에 반복 복종함으로써 생겨난 전복적 가능성으로서의 환상 주체이다. 페버스의 날개가 환상적 허구인 동시에 사실이듯이, 새로 태어난 월서에게 사실과 허구의 구분은 유동적인 것이다. 환상과 물질성을 동시 구현하는 페버스만큼이나 월서도 사실과 허구 간에 구분이 없는 세계, 무역사적 샤만의 세계에서 존재의 의미를 재각인한다. 기억상실 상태에서 샤만을 만나 새로운 사고방식과 생활방식에 적응하게 된 월서는 이전과는 완전히 다른 삶을 새롭게 구성하고, 대상의 진리(real or fake?)를 파악하지 않은 채로 남겨두는 방식을 체득한다. 여성의 젠더 정체성은 객관진리를 구현하려는 외부의 시각에서는 파악될 수 없다는 것을 인식하게 되는 것이다. 대상의 진리를 소유하려던 서구적 객관 진리의 대변자 월서의 시도는 실패로 끝나게 되고, 그 실패는 다른 관점에서 보면 대립물 양자를 긍정하는 동시에 부정하는 해체적 인식론의 성공으로 구축된다.

린다 루스 윌리암즈(Linda Ruth Williams)는 카터의 『서커스의 밤』에 나타나는 환상성의 기능과 그것이 주체 형성에 미치는 영향을 논의하면서 월서야말로 페버스의 진리를 좇는 환상 주체라고 파악한다. 페버스가 시각적 수수께끼라면, 월서는 개연성 있는 것과 초자연적인 것 사이의 망설임의 순간에 달려 있는 비결정성과 불확실성의 환상적 주체라는 것이다.[348] 월서는 진리와 객관성에 근거한 사실보도를 최우선

---

348) 루스 윌리암스는 환상 주체 월서를 설명하는 이론적 근거로서 프로이트의 페티시즘과 위니콧의 대상관계론을 든다. 프로이트의 페티시즘은 아이가 시각적으로 부재하는 어머니의 남근을 존재한다고 믿으면서 환상 속에 다른 것으로 대체하는 심리적 증상이다. 위니콧의 대상관계론은 모

과제로 삼는 프래그마티즘적 기자에서, 자신의 존재조차 확신할 수 없는 우스꽝스럽고 희화적인 광대로, 그리고 환상과 현실의 구분 없이 그 자체로 자족적인 샤만으로 변모해 간다. 월서의 상상적으로 구축된 허구적인 통합자아는 상징질서 속에서 깨어지고 환상의 형식으로 현실 속에 파고드는 실재계를 마주하게 되는 것이다. 환상적 샤만의 세계는 믿을 수 없는 환영의 세계이고 심리적 유토피아의 세계이며, 모든 것이 가능한 패러다임을 구축하는 매직 리얼리즘의 세계이기도 하다.

마지막으로 드랙의 위치를 점유하는 월서의 젠더는 우울증적인 것으로 드러난다. 광대를 공연 중의 수행적 정체성으로 받아들이는 월서는 드랙의 위치를 점유한다. 광대는 전통적으로 '웃음을 파는 창녀'라는 의미에서 여성적 위치로 논의되었고 월서의 광대분장은 여성의 과장된 화장과도 통한다. 자신의 가면과 분장을 통해서 정체성이 형성되는 양식은 내적인 본질과 외적인 외양 간의 구분을 불안정하게 하면서 자신이 거부하는 비이성적이거나 비합리적인 가치관을 우울증적으로 합체하는 것이 된다. 드랙은 젠더의 허구적 구성을 드러내고 전복한다. 드랙이 그 외부적 외모는 여성적이어도 본질적 내면은 남성적이라고 말할 때 그것은 반대의 의미, 즉 외부적 외모는 남성적이어도 내부적 본질은 여성적이라는 의미가 되기도 한다. 비슷한 맥락

___

자간 양자관계를 중심으로 유아의 사회화를 설명하는데 그 과정에서 대상분리(paranoid-schizoid position), 투사, 내투사, 투사적 동일시 등의 작용은 아이의 전환적(transitional) 세계에서 일어나는 환상적 작용이다. 어머니의 젖가슴과 같은 애정의 대상에 대한 사랑과 증오라는 양가적 감정은 에로스와 타나토스로 작용하면서 아이의 정체성을 형성한다. 월서는 현실과 허구세계의 가운데에 있는 소설 속의 전환적 세상에 있는 환상 주체가 된다. Linda Ruth Williams, "Fantasy and Identity in Angela Carter", *Critical Desire: Psychoanalysis and the Literary Subject* (London: Methuen, 1995), 97.

에서 쇼샤나 펠만(Shoshana Felman)은 애초부터 잘못 재현될 고정된 정체성이란 없기 때문에 복장도착의 역할은 '복장도착의 복장도착(travesties of travesty)'이라고 주장한다.349) 여성적 드랙으로 차려입은 여성은 내부/외부의 패러다임을 완전히 폭발시키면서, 자연스러운 것/인위적인 것, 내부/외부, 심층/표피의 구분을 불안정하게 만든다. 매 웨스트를 연기하는 매 웨스트나, 페버스를 연기하는 페버스처럼 '여성을 연기하는 여성을 연기하는 여성'은 끝없는 무한수로 거울 속에 반사되는 끝없는 미 장 아빔(mis en abime)에 빠져 있다.

위의 논의를 종합해 볼 때 월서는 패러디적 주체이며, 수행적 주체이며, 반복 복종의 주체이자, 우울증적인 주체로 나타난다. 월서는 서구 형이상학이 남성성을 대표하는 이성적 객관적 진술자인 기자에서 희화적인 광대가 되고, 광대 가면 속에서 존재의 자유를 느끼는데 그 자유는 기존의 정체성이 인공물이었던 만큼 정체성은 언제나 모방하고 싶은 새로운 가면에 따라 변화할 수 있다는 것을 인식하는 데서 오는 것이다. 게다가 3부에 이르러 월서의 객관 이성은 광대의 희화성이나 샤만의 신비적 비논리성을 수용하면서 완전히 불가능한 것이 된다.

월서가 기억 상실증 상태에서 만난 샤만의 비논리성은 객관 이성을 지향하는 서구 저널리즘을 패러디하고 희화한 것이다. 샤만은 현학자 중의 현학자요, 신념 체계에 아무런 모호성이 없는 인물이다. 그는 꿈과 현실을 중요성이나 비중을 역전시켜 현실보다 꿈을 더 중시한다. 꿈은 현실을 해석하는 영매한 비전이 되고 마술이나 액막이, 예언보다 훨씬 더 중요하고 고매한 가치로 여겨진다.

---

349) Shoshana Felman, "Rereading Feminity", *Yale French Studies* 62 (1981), 28.

"The Shaman was the pedant of pedant. There was nothing vague about his system of belief. His type of mystification necessitated hard, if illusionary, fact, and his mind was stocked with concrete specifics. With what passionate academicism he devoted himself to assigning phenomena their rightful places in his subtle and intricate theology! If he was always in demand for exorcisms and prophecies, and often asked to use his necromantic powers to hunt out minor domestic items which had been mislaid, these were frivolous distractions from the main, pressing, urgent, arduous task in hand, which was the interpretation of the visible world about him via the information he acquired through dreaming. When he slept, which he did much of the time, he would, could he have written it, have put a sign on his door: 'Man at work'. And even when his eyes open, you might have said the Shaman 'lived in a dream.'(252-3) (샤만은 현학자 중의 현학자였다. 그의 신념 체계에는 모호한 구석이 없었다. 그의 마술은 환상적이라 하더라도 분명한 사실을 필요로 했고, 그의 정신은 구체적인 세부항목들로 가득했다. 그는 얼마나 열정적인 학구적 태도를 가지고, 미묘하고 난해한 신학 속에서 현상들에 각각 타당한 위치를 부여하는 일에 헌신했던가! 그가 언제나 액막이나 예언 일을 요청받고, 가끔은 잘못된 소소한 가정사들을 색출하는 데 마술의 힘을 사용해달라는 요청을 받지만 그것들은 지금 진행 중인 중요하고 절실하며 긴박하고 힘든 일에 비하면 하찮은 기분전환거리에 불과했다. 그 중요하고 절실하며 긴박하고 힘든 일이란 꿈을 통해서 획득한 정보를 가지고 자신 주변의 시각적 세계를 해석하는 일이었다. 그가 대부분의 시간을 보내는 잠을 자는 동안 그는 쓸 수 있었다면 문간에 이렇게 썼을 것이다. '작업 중'이라고 말이다. 그리고 눈을 떴을 때에도 샤만은 '꿈속에서 산다'고 여러분은 말했을 것이다.)

이제 이성/비이성뿐 아니라 사실/허구의 대립구도도 허물어진다. 객관기록의 역사의 기초가 되는 기억조차 신비한 영상(mystic vision)에 불과한 것이다. 샤만의 인식론을 수용한 월서는 실제로 사실적 삶이 되돌아왔을 때 그것을 허구라고 해석해 버린다. 그리고 그 해석은 샤만의 우주관에서 볼 때 역설적으로 그의 기억을 더욱 실제적인 것으로 만들어준다. 현실성은 환영에 기대어 있기 때문이다. 그래서 월서는 페버스가 샤만의 마을에 나타났을 때 그것이 환영이라고 생각한다. 그리고 페버스가 실제가 아니라고 생각했기 때문에 아련하게 사라진다고 느꼈고 환각적 시선에 사로잡힌 월서에게 페버스는 정말 사실인지 허구인지 알 수 없는 존재가 되는 것이다. 오히려 페버스의 날개가 페버스나 월서에게 현실을 일깨워준다는 아이러니가 발생한다.[350]

피터 스톨리브라스(Peter Stallybrass)와 알론 화이트(Allon White)에 의하면 그로테스크한 것은 두 가지 층위를 가진다. 첫 번째 모델에서 그로테스크는 단순히 고전적인 것의 반대로서 타자를 말하지만, 두 번째 모델에서는 이분법적 대립물들을 잡종화하거나 뒤섞는 과정을 통해 생산된다.[351] 페버스의 몸은 한 층위에서는 고전적인 몸의 반대로서 비정상적으로 키가 크고, 꼴사나우며, 게걸스럽고, 자제력이 없는 몸으로서 그로테스크이고, 다른 층위에서는 공중 곡예사이면서 날개 달린 여성이라는 점에서 고전적인 것과 그로테스크한 것을 엉뚱하게 융합한다는 측면에서의 그로테스크이기도 하다. 고전적인 몸은 일원적이고 단일한이지만, 그로테스크한 몸은 군중의 일부이고 다양

---

350) Alison Lee, *Angela Carter: Twayne's English Author Series* (London: Prantice Hall International, 1997), 97.

351) Peter Stallybrass and Allon White, *The Politics and Poetics of Transgression* (London: Methuen, 1986), 44.

하다. 스톨리브라스와 화이트에 따르면 '카니발은 때로 강자 집단이 아닌 사회적 약자 집단, 곧 여성이나 인종적 종교적 소수자들, 무소속 자들을 대단히 착취하면서 악마로 표현하기도 한다. 예컨대 키어니 대령(Colonel Kearney)의 서커스는 교과서 같은 방식으로 카니발적 의 모든 수사를 사용하지만 사회적 위계를 전복하는 것이 아니라 오히려 그 위계를 강화하는 작용을 한다. 그리고 에입맨(Apeman)은 인간과 동물의 경계를 와해시키고, 불안한 인간의 어두운 이면을 말하지만 다시금 내부/외부의 이분법적 비유로 되돌아온다. 그는 여성을 '카펫처럼 두들겨'대고 서커스의 여성들을 '벙어리 짐승'으로 취급한다. 서커스의 여성들은 동물만큼의 대접도 받지 못한다. 아비시니아 공주는 벙어리인데다 온몸에 할퀸 상처가 있는 반면, 서커스 주인의 애완용 돼지 시빌(Cybil)은 이름이 암시하는 것처럼 예언적 신탁을 내리는 선지자로 대접받는다. 카니발 세계의 물질성은 그것이 해방의 목적에 봉사한다 하더라도 단일한 의미로는 표상되지 않는다. 이러한 이중적 관점은 작품 전반에서 제시된다. 카니발의 유토피아적인 잠재력을 인식하고 있는 카터는 그만큼 그 잠재력이 방해하거나 왜곡할 수 있는 물질적 현실도 인식하고 있다.

모든 기형적 몸들이 향연을 벌이는 카니발 세계는 탄력적이고 유동적인 시각적 예술형태이다. 카니발의 세계에서 카니발 정신은 모든 것의 즐거운 상대성을 선언한다.[352] 그리고 세계에 대해 새로운 시각을 던지고 모든 존재의 상대성을 인식하며 완전히 새로운 사물의 질서로 편입할 기회를 준다. 카니발 세계의 그로테스크한 몸은 무엇이

---

352) Michail Bakhtin, *Problems of Dostoevsky's Poetics*, trans. R. W. Rotsel (Ardis, 1973), 139, 103.

'되어 가는 행위 중의 몸'이다. 그 몸은 카니발이 경하하는 구세계의 붕괴와 신세계의 탄생을 상징적인 방식으로 드러내면서, 카니발의 대상의 내부를 외부로 표출한다.[353] 그럼으로써 내부와 외부, 본질과 외관, 심층과 표층의 경계와 위계를 허무는 것이다.

광대의 몸은 '기표'로서 전경화되는 동시에 의미화를 초월하는 고통의 근원으로서 제시된다. 이러한 이중의 관점은 서커스와 카니발의 치유 행위를 보여준다. 이중적 관점에서 『서커스의 밤』은 바흐친적인 카니발의 전복적 잠재력을 가진다. 광대 우두머리인 버포(Buffo)는 질서와 형식의 전복을 수행하는 인물로 그려진다.

> At the climax of his turn, everything having collapsed about him as if a grenade exploded it, he starts to deconstruct himself. His face becomes contorted by the most hideous grimace, as if he were trying to shake off the very wet white with which it is coated: shake! shake! shake out his teeth, shake off his nose, shake away his eyeballs, let all go flying off in a convulsive self-dismemberment.(117) (자기 차례의 절정에 이르자 마치 수류탄이 모든 것을 폭발시키기라도 하듯 모든 것이 그의 주변에서 폭발하면서 그는 스스로를 해체하기 시작했다. 그의 얼굴은 마치 코팅된 젖은 흰가죽을 흔들어 떨치기라도 하는 것처럼 가장 끔찍스런 우거지상으로 뒤틀어졌다. 떨쳐버려! 떨쳐버려! 코를 떨쳐버리고, 눈알을 떨쳐버리고, 발작적인 자기해체를 하면서 모든 게 다 날아가게 해버려.)

바보들의 향연, 광대들의 크리스마스 식사에서 파티의 사회자(the Lord of Misrule himself)(175)인 버포는 속옷을 겉에 입으면서 그의

---

353) M. Bakhtin, *Rabelais and His World*, trans Helene Iswolsky (Massachusetts, MIT Press, 1968), 34. 317. 410.

가장 외설적이고 은밀한 내부를 옷으로 입는다. 그는 꼭대기에 있는 대뇌보다 엉덩이 부분에 더 중요성을 두는 희화의 전형적인 예이다. 버포는 자신의 차례가 되자 수류탄이 터지듯 폭발해버리고, 자신을 해체해 버리자마자 이 광대의 삶에는 더 유물론적인 변화가 나타난다. 이것은 가면 뒤에 숨겨진 물질성이다. 표층이 벗겨졌을 때 남는 것은 '불쌍한 피에로의 하얀 마스크'일 뿐이기 때문에 그 물질성에 도달하기는 어렵다. 버포가 피터스버그의 무대에서 행할 뻔한 인간(Human Chicken) 도살 행위는 자기해체를 공포스럽게 재상연하는 것이다. 외부에 내부를 드러내는 수사는 버포의 정서적 비일관성으로, '진행 과정 중의 자아'로 나타나고 무대 위에 상연되는 실제적 인간 도살 행위도 관객에게는 최고의 익살로 간주될 수 있다.

And now Buffo, in his delirium, began to shake, to shake and shiver most horribly, to most horrible grimace and to convulse himself in such a way that his immense form seems to be every-where at once, dissolving into a dozen Buffos, armed with a dozen murderous knives all streaming rags of blood, and leap and tumble as he might, Walser could find no place in the ring where Buffo was not and gave up hope for himself.(177-8)(이제 버포는 환상 속에서 몸을 흔들기 시작했다. 얼굴을 심하게 찌푸리고 가장 끔찍스럽게 몸을 떨며 전율하기 시작하더니 그의 몸이 발작을 일으켜 마치 열두 개의 버포로 해체되면서 이루 헤아릴 수 없는 형상이 한꺼번에 여기저기로 흩어져나가는 것처럼 보였다. 그 버포는 전부 피 묻은 천 조각이 치렁대고 늘어져 있는 열두 개의 살인적인

칼날로 무장하고 있었다. 그러고 나서 그는 예측대로 뛰고 구르기 시작했다. 월서는 서커스 링에서 버포가 없는 곳이 없다는 것을 알고 스스로 희망을 접었다.)

주체의 해체와 공연자와 관객에게 엇갈린 의미가 사회변화의 가능성을 가져올지는 분명치 않다. 철학적 해체와 실제로 사회를 구성하는 위계적 가치들의 해체 사이에 불일치와 균열이 드러난다. 고정된 정체성에 집착하는 버포와는 달리 그릭(Grik)과 그록(Grok)은 언어와 의미가 의존하고 있는 이분법적 대립물을 자신의 몸으로 문자 그대로 희화한다. 샴쌍둥이인 그릭과 그록은 각각 왼손잡이, 오른손잡이로서 서로의 거울상임을 몸으로 표출하는 현실의 기형인이지만 그것은 인간 존재의 근원적 환경이다.

'But, as for us, old comrades that we are, old stagers that we are' said Grik, 'why, do I need a mirror when I put my make-up on? No, sir! all I need to do is to look in my old pal's face, for, when we make our face together, we created out of nothing each other's Siamese twin, our nearest and dearest, bound by a tie as strong as shared liver and lights. Without Grik, Grok is a lost syllable, a type on a programme, a sign-painter's hiccup on a billboard-', '-and so is he sans me.'(122-3)('하지만 우린 오랜 동지이자 오랜 숙련가들이죠.' 그릭이 말했다. '내가 분장을 할 때 거울이 필요하냐구요, 아뇨! 선생님, 내가 할 일이라곤 내 오랜 친구의 얼굴을 들여다보는 일이죠. 왜냐하면 우리가 함께 분장을 할 때 우리는 무에서부터 서로의 샴쌍둥이를, 간과 빛을 나눌 만큼 강력한 유대로 묶인 가장 가깝고도 친애하는 상대를 창조해내기 때문이죠. 그릭이

422

없으면 그룩은 불완전한 음절이죠. 프로그램에 적힌 철자 하나이거나,
광고게시판 위에 있는 간판장이의 딸꾹질이란 말이죠. 그리고 나 없
인 그도 마찬가지죠.)

수행적 정체성으로 말해지는 가면은 가면 뒤의 본질적 주체를 부정
하지만, 그 가면이 벗겨졌을 때의 물질성 자체도 하나의 의미로 환원
될 수 없는 것이다. 가면 뒤에 있는 것은 단일한 의미로 지칭될 수
없는 다양한 물질성이다. 서커스는 카니발이 저급화된 형식이다. 서커
스는 카니발이 사용하는 비유들을 모두 사용하면서 그 비유들이 한편
으로 다른 목적을 수행할 수 있다는 것을 보여준다. 광대의 가면은
기원이나 자아성이라는 개념을 불안정하게 만든다. 가면은 정체성을
분명히 인공적인 가면 속으로 변형시켜 본질적 자아리는 서구 개념을
파열시킨다. 그들이 식사를 하러 모였을 때, 마치 그들 자신이 식사에
서 빠져나가 복제물 뒤를 텅 비워놓은 것처럼 그들의 분칠한 흰 얼굴
은 전형적 무생명의 데스마스크에 사로잡혀 있다.(116) 마스크 아래
'부재'와 '공백'(122)만이 존재한다면 이 마스크는 텅 빈 기표이자 안
정된 정체성에 대한 망상이 불과하다. 광대는 구성된 외피에 불과하
지만 그것이 무기력하거나 정태적인 것은 아니다. 광대는 자신의 얼
굴이나 스스로의 모습을 창조할 수 있는 특권을 갖고 있기도 하다
("We can invent our own faces! We make ourselves.")(121)는 점
에서 이중적이다. 이렇게 구성된 자아는 본질적 자아보다 더 큰 정치
성을 갖는다. 광대의 비천한 몸은 가면 뒤에 숨겨진 물질성을 표방한
다. 가면/본질, 외부/ 내부, 표층/심층의 이분법을 불가능하게 하는
몸의 물질성은 그 자체로 문제적이라서 일원화된 해석에 저항한다.
대상에 대한 의미화는 규범화된 상징질서를 거칠 때 그것이 지칭한다

고 가정되는 익숙한 약호로 변형될 뿐, 몸이라는 물질성 자체가 의미
화와 직결되는 것은 아니기 때문이다.

한편 미뇽의 변화는 여성적 젠더규범의 복종과 재의미화를 보여주
는 중요한 입지를 차지한다. 처음에 미뇽은 페버스와 대립적으로 나
타나 억압구조의 희생양으로 제시된다. 페버스의 이야기에서는 줄리
엣/매 웨스트의 유형이 나타난다면, 미뇽의 이야기에서는 저스틴/매
릴린 먼로의 유형이 나타나는 것이다. 힘과 자유라는 페버스의 주제
를 가장 역설적으로 반전시켜서 페버스와 정반대의 입지를 구성하는
것이 미뇽이다. 미뇽과 페버스의 만남은 미뇽의 일대기와 더불어 산
발적으로 구성되는데 이 두 가지 서사 줄기가 병치되면서 미뇽과 페
버스의 대립적 입지가 부각된다. 미뇽은 대단히 작고 왜소하고 미발
육된 상태이며, 허약하고 복종적이고 끊임없는 외적 착취의 희생물로
제시된다. 바의 여급으로 일하던 미뇽은 순회공연 중 그곳에 들린 에
입맨과 인연이 되어 유랑 중인 서커스단에 합류하게 된다. 15살의 미
뇽은 처음부터 희생자 사냥꾼인 에입맨에게 처음부터 희생자로 선정
되었기 때문에(……he took her on solely in order to abuse her. He
had such a fine nose for a victim……)(140) 서커스단에 합류한 지
사흘째부터 이런저런 이유로 두들겨 맞고 성적 학대를 당한다.

On the third day on the road, he beat her because she burned the
cutlets. She was a lousy cooker. On the fourth day, he beat her
because she forgot to empty the chamber-pot and when he pissed in
it, it overflowed. On the fifth day, he beat her because he had formed
the habit of beating her. On the sixth day, a roustabout got her
down on her back behind the freak-show. The beating was now an

expectation that was always fulfilled . On the seventh day, three
Moroccan acrobats took her to their van, gave her some raki, which
made her cough, of ingenious ways, one after the other, among the
shining brass and cut-glass ornaments of the teak interior. Word
about Mignon passed round quickly. She had an exceedingly short
memory, which alone saved her from desolation.(140-1) (여행 삼일
째 날 그는 미뇽이 커틀릿을 태웠다고 때렸다. 그녀는 요리를 못했다.
사흘째 날은 미뇽이 요강을 비우는 것을 잊어버려 그 안에 소변을 볼
때 소변이 넘쳤다고 때렸다. 닷새째 날은 때리는 버릇이 생겨서 때렸
다. 엿새째 날 한 부두노동자가 괴물 쇼를 하는 뒤편에서 그녀를 완전
히 무너뜨렸다. 구타는 이제 언제나 충족될 수 있는 기대치가 되었다.
이레째 날 세 명의 모로코 곡예사들은 트럭으로 다시 그녀를 데려가
라키와 하쉬쉬를 먹였고, 그 때문에 미뇽은 기침을 좀 하고 난 뒤 눈
이 빛났다. 그러고 나서 그들은 티크 내장의 빛나는 동판과 컷글라스
사이에서 교묘한 여러 방식으로 차례로 그녀를 취했다. 미뇽에 대한
소문은 빠르게 번져갔다. 그녀는 대단히 기억력이 나빴고 그것만이 그
녀를 비참함에서 구해 주었다.)

그러나 미뇽은 기존의 피억압적이고 피동적인 여성적 젠더규범에 반
복적으로 복종하는 동시에 여성 젠더 주체의 새로운 의미화의 가능성
을 연다. 학대당하고 남성들의 노리갯감으로 전락한 미뇽은 남성들 간
불화의 원인이라는 여성 고유의 위치를 점유한 것으로 가정되기도 한
다(In all this, Mignon assumed a woman's place-that of the cause of
discord between men; how else, to these men, could she play any
real part in their lives.)(150) 그러나 미뇽은 에입맨이나 스트롱 맨 삼
손(Samson, the Strong Man)과의 관계에서 아비시니아 공주와의 관
계로 새로운 연대를 구축하면서 여성적 젠더규범에 대한 복종의 의미

를 재전유한다. 미뇽은 이성애적 규범성이나 여성적 젠더규범에 반복
적으로 복종하는 가운데 기존 의미를 전복하고 새로운 의미를 열 가능
성을 시사하는 것이다. 에입맨은 자기 여자를 마치 카펫처럼 두들겨대
며(115), 미뇽의 연인 삼손은 도망친 암호랑이가 성행위를 방해하자
연인을 굶주린 호랑이에게 내던지기도 한다(127). 미뇽의 신체는 멍
자국으로 누르스름하고 푸르스름한 피부를 가졌으며 그 몸은 사그라진
멍과 사그라지는 중에 있는 멍을 표시해주고 있다.(129) 미뇽은 수동성
과 매저키즘이라는 여성에 대한 기존 젠더규범의 호명에 반복적으로
응대하지만 그 반복의 과정에서 영원한 희생물이라는 역할을 벗어나
자신감을 획득하게 된다. 페버스와 리지의 도움도 있었지만 무엇보다
도 미뇽은 공주와 팀워크를 이룬다. 호랑이 춤이라는 공연 행위에서
미뇽은 노래를 하고 아비시니아 공주는 피아노를 치는 것이다. 여성과
동물의 연대를 남성 가부장 질서가 규범화한 젠더와 성 경향의 규범을
허문다. 이들은 그들의 언어이자 그들이 서로를 발견하는 방식을 발견
하는 내밀한 음악 속에서 서로를 보듬어 안는다(168). 그들이 여성으
로서 연인으로서 공존하게 해 준 음악을 통해서 미뇽은 강해진다(278).
아비시니아 공주는 미뇽의 고통을 이해하고 젠더규범을 전복하면서 새
롭게 의미화하게 해준다. 작가인 카터에게도 언어는 원력이고 삶이며
문화의 도구이자, 지배와 해방의 도구이다.[354]

미뇽은 역설적 복종의 반복적 수행 속에 재의미화의 가능성을 수반
하기도 하지만 우울증적으로 자신의 내부에 동성애적 경향을 합체하
고 있는 주체이기도 하다. 미뇽과 아비시니아 공주의 관계는 새롭게

---

354) Angela Carter, "Notes from the Front Line", *On Gender and Writing*, ed. Michelene Wandor (London: Pandora Press, 1983), 77.

열린 레즈비언 공동체의 가능성을 시사한다. 미뇽은 가장 여성스런
젠더규범에 부합되는 인물처럼 보였으나 억압적 이성애 관계가 자신
안에 불완전하게 합체된 우울한 젠더였던 것이다. 미뇽은 억압되어
있던 동성애적 금기를 거부하고 동성애적 관계를 발전시켜 나가면서
대안적 여성해방의 가능성을 연다. 그리고 그것은 음악과 춤이라는
예술적 형태로 승화된다. 미뇽은 호랑이 조련사 아비시니아 공주와
파트너로 일하게 되고 그들은 연인관계로 발전해 행복을 찾는다. 여
성 간 레즈비언 연대는 부정적 이성애에 대한 긍정적인 대안으로 제
시되는 것이다.

　아비시니아 공주는 피아노를 치고 미뇽을 노래 부르며 호랑이들은
춤추는 가운데 자연과 인간이 조화된 행복한 충만감을 만끽하게 된다.
미뇽과 아비시니아 공주의 상호 사랑은 흑인여성이 목소리를 찾고,
유럽의 희생자 여성은 공연 연기자, 작곡가로 발전해간다. 이들은 침
대에 누워 요정 대모를 기다리는 신데렐라와 같은 동화 구조를 보여
주는 『피투성이 방(The Bloody Chamber)』의 서사구조를 거부하고
풍부하고 다초점적인 방식으로 수정을 가한다. 이것은 유럽 예술 속
에 있는 황홀하고 혁명적인 잠재력을 구원해내고 그것을 예찬하는 강
력한 레즈비언의 목가가 된다.[355] 소설 『서커스의 밤』은 폭력이 이성
애 관계를 지배하는 세계, 여성이 자신의 재능과 삶을 통제하지 못하
게 하는 세계 속에서 여성들이 사랑을 발견하고 목적을 발견할 가능
성으로서 레즈비언 관계를 제시하고 있다. 진실한 사랑이 그녀를 변
화시켰다고 페버스가 미뇽에게 말할 때(276) 여성 간의 레즈비언 연

---

355) Elaine Jordan, "The Danger of Angela Carter", *New Feminist
Discourses: Critical Essays on Theories and Text, ed. Isable Armstrong
(New York: Routledge, 1992), 128.

대와 동성애적 사랑이 가부장적 이성애가 강요한 희생자의 역할을 거
부하게 만들어서 미뇽을 적극적인 주체로 창조되게 만든 것이다.

자신 안에 수동적이고 나약한 여성성을 부정의 방식으로 합체하고
있는 우울증적 주체는 미뇽뿐만이 아니다. 스트롱 맨도 처음에는 여
성을 지배하고 압제하기 위해 몸의 힘을 사용하던 욕쟁이 남성으로
등장했으나 미뇽에 대한 색욕은 점차 한 쌍으로서의 미뇽과 아비시니
아 공주에 대한 것으로 변해간다. 강인한 정신력을 키우는 그에게 새
로운 희망은 '형제'로서 두 여성의 사랑을 받을 만한 사람이 되는 것
이다. 가장 강력한 남성성으로 제시되는 스트롱 맨은 스스로의 나약
성을 인정하면서 강한 남성성을 부각하기 위해 스스로 억압하거나 부
정해 왔던 요소가 자신에게 불완전하게 합체되어 있음을 인정한다.

I abused women and spoke ill of them, thinking myself superior
to the entire sex on account of my muscle, although in reality I was
too weak to bear the burden of any woman's love. (276) (나는 내
근육의 힘 때문에 모든 여성보다 내 자신이 우월하다고 생각하면서
여자들을 학대하고 욕했죠. 그러나 사실상 나는 어떤 여성의 사랑의
짐도 견딜 수 없을 만큼 너무나 약했어요.)

시간의 위반을 통해 서구적 개념을 붕괴시켜 시간이 무의미해지는
시베리아 땅에서 월서는 페버스를 따라 신인류로 거듭나지만 신남성
으로 변화하는 것은 월서뿐만이 아니다. 스트롱 맨도 여성혐오자의
캐리커쳐에서 '신남성'으로 바뀐다. 이 소설에서 자기탐닉적 색욕은
욕망이며 그것은 권력 작용의 한 형식이 된다. 자기탐닉적 욕망은 이
타적 사랑으로 발전하면서 욕망의 변형가능성을 안게 된다. 월서가

기자에서 광대로, 샤만 수습생으로 변화하는 것은 날개 달린 공중곡
예사에서 신비한 여성성으로, 기형적 괴물로, 결정 불가능성과 환상성
으로 시시각각 변하는 페버스와 더불어 강력한 서사의 중심적 구동축
을 형성하지만 변화하는 것은 이들뿐만이 아니다. 미뇽은 에입맨과
스트롱 맨을 거절하고 공주와 막역한 유대관계를 구성하며 공주는 인
간관계에 초연하다. 모든 인물은 변화가능성에 열려 있는 것이다.

저항은 권력에 수반되는 것이며 주체를 구성하는 동시에 탈구성함
으로써 새로운 의미화를 가능하게 한다. 간헐적인 상상계적 분출로만
나타날 뿐 저항이 의미화되기 위해서는 상징적 언어질서로 표명되어
야 하고, 그런 의미에서 저항은 현 상태의 상징질서를 유지하고 지속
시키게 되는 라캉 식의 저항과는 달리, 담론 내에 역담론을, 권력 내
에 권력에의 저항을 이미 안고 있는 푸코식의 저항은 내적 정치적 전
복력을 가지고 모든 주체의 재의미화를 가능하게 한다. 버틀러에게
복종적 주체는 이미 자신 안에 무의식으로 내면화되어 있는 권력에의
복종과 권력에 대한 저항 지점, 담론에서 파생되는 역담론의 지점 속
에서 재의미화의 가능성을 열어 준다. 이처럼 여성성이나 남성성은
본질적 의미로 존재하지 않는다. 그것은 본질적 의미라고 간주되는
이상적 자질들을 모방해서 생긴 이차적 효과인 것이다. 그리고 패러
디라는 모방구조는 원본적 정체성이 존재하지 않는다는 것을 말한다.
원본과 모방본을 구분할 수 없는 것처럼 섹스와 젠더도 구분할 수 없
다. 젠더뿐 아니라 섹스까지도 문화적 구성물이고 본질적으로 존재할
수 없는 환상의 환상, 비유의 비유이기 때문이다. 그것을 극대화시켜
주는 공간은 사실과 허구의 구분이 불가능한 시베리아 땅이다.

3) 시베리아: 정상/비정상의 불가능성

지금까지 환상적 세계는 서커스라는 마술적 공연의 공간에 국한되어 있었지만, 이제 '시베리아' 장에 이르면 시베리아 땅 전체, 아니 페버스의 웃음이 닿는 지구촌 방방곡곡이 환상 공간으로 변모한다. 서커스와 시베리아 땅은 보편적 인간이 처한 존재론적 토대이자 확대된 의미에서의 환상 공간이 되고, 이제 정상 주체와 비정상 주체라는 것이 본질적으로 존재하는 것이 아니라 규율담론의 반복된 규범의 각인의 결과 발생한 결과가 된다. 따라서 모든 주체는 환상적 토대 위에 놓인 규제적 허구, 상상적 이상으로서 환상적 젠더 효과라는 것이 드러난다.

시베리아 땅은 사회 문화적 백지 상태(tabula rasa)를 의미한다. 사회나 문화가 침범해 들어와 의미를 꾸미거나 조작하지 않는 '자연 그대로의 상태'를 의미하는 것이다. 그것은 가부장제의 왜곡된 외부적 시선이 빚은 여성이 아니라 '진정한' 여성을 존재한다면 그것을 발견할 수 있는 가능성을 주는 공간이기도 하다. 그러나 이 공간에서조차 '여성의 본질'에 대한 기대는 여지없이 좌절된다. 여성의 본질을 규명하려는 것은 구시대적인 오류이자 착오이며, 그것에 강박적으로 집착하는 세기말의 페미니즘이 실패할 수밖에 없다. 문화적 영역 바깥에, 정치적 행위 바깥에 있는 것은 자연스럽고 불변하는 것이라는 신념도 사회 문화가 만든 담론적 산물이기 때문이다.

시베리아를 지나는 서커스 기차는 무법자 집단 때문에 폭발을 겪고 페버스와 월서는 흩어지게 된다. 러시아 황국 공연을 위해 가던 중에 반체제 혁명 단원들이 페버스의 신분을 오해하고 황제를 위협할 구실을 만들기 위해 기차전복을 시도한 탓에 단원들은 모두 **뿔뿔이** 흩어지게 된 것이다. 페버스 일행의 기차전복을 주도한 일당은 '자유인 동맹(the brotherhood of freeman)'이라는 집단 산적 떼로서 사회에서 행한 범죄 때문에 사회적 질서에 들어가지 못하고 소외된 인물들이다. 이들은 페버스가 웨일즈 왕자의 약혼녀라는 거짓소문을 듣고 페버스를 납치해서 자신들의 자유를 회복하기 위한 위협 수단으로 삼으려고 기차를 전복시킨 것이다. 이들은 페버스의 진짜 정체를 알고는 실망하고 페버스는 자유인에 대해 더욱 숙고하게 된다. 페버스와 월서는 서로 다른 경험을 통해서 자유에 대한 관점을 발전시키게 된다. 페버스는 자유의 결핍을 구현하는 다양한 형태의 사람들과 조우하게 되고 월서는 전혀 다른 새로운 인식론으로 인해 완전한 자유를 얻었다고 생각한다.

날개가 부러진 페버스는 리지와 함께 단원들을 찾는 방랑과정에서 '자유인 동맹'뿐 아니라, 백작부인이 운영하는 원형감옥의 인물들을 만나게 된다. 이 범법자들은 순진하게 전통적인 국가권력의 공익성을 신봉하며, 광대들이 이 땅의 비참한 사람들을 위해 추는 죽음의 춤(dance of death), 즉 '모든 것을 **빠르게** 고정시켜서 아무것도 다시는 움직일 수 없는 치명적인 과거완료의 춤을 추자(they danced the deadly dance of the past perfect which fixes everything fast so it can't move again; they danced the dance of Old Adam who destroys the world because we believe he lives forever.)'(243) 일대 혼란이 야기되고 기쁨이 없는 웃음, 운명에 이길 승산이 없음을 알고 지옥의 궤도에 갇혔을 때 서로를 위로하기 위해 짓는 쓰라린 웃음이 인다. 그리고 때마침 불어 닥친 거대한 눈사태에 범법자들이 쓸려가 버린다. 도피자들은 이상적 미래의 완전한 영혼을 신봉하지만 이들의 이상은 키어니 대령의 자본주의적 미끼 앞에 희생된다. 마에스트로(Maestro)는 타이가(Taiga) 지방에서 음악적 재능을 발견한다는 시장(Mayor)의 장밋빛 그림에 희생되어 왔으나 그 혈기왕성한 이상주의는 뒤늦게 보상받게 된다. 미뇽과 아비시니아 공주는 서커스를 그만두고 제자로서 마에스트로의 제자가 된다.

권력에 대한 복종의 패러독스는 죄수 올가(Olga)와 간수 베라(Vera)의 감시자 P 백작부인에게서 극대화된다. 시베리아의 여성 정신병원에서 만난 올가와 베라는 남편살인죄로 수감 중인 죄수와 그 죄수를 감시하는 간수의 관계이지만, 이 반복된 복종 속에서 여성연대의 가능성이라는 새로운 의미가 발생한다. 이 병원은 자신의 남편을 성공적으로 독살하고 난 뒤 다른 살인녀들의 회개수단을 마련함으로써 자신의 양심을 달래고자 하는 한 백작부인에 의해 설계되고 운영되는데, 이 감옥은 푸코의 페놉티콘과도 같다.

> ……a hollow circle of cells shaped like a doughnut, the inward-facing wall of which was composed of grids of steel and, in the middle of the roofed, central courtyard, there was a round room surrounded by windows. In that room she'd sit all day and stare and stare and stare at her murderesses and they, in turn, sat all day and stared at her.(210)(도너서처럼 생긴 속이 빈 원형모양의 감방, 그 내벽은 철창으로 되어 있고 지붕이 있는 중앙 안마당에는 유리창에 둘러싸인 둥근 방이 하나 있었다. 그 방에서 그녀는 하루 종일 자신이 감시하는 여자 살인자들을 바라보고, 바라보고, 또 바라보며 앉아 있곤 했고, 그 살인자들도 차례로 그녀를 바라보며 하루 종일 앉아 있었다.)

 푸코가 지적한 대로 페놉티콘 감옥은 지속적인 응시가 죄수와 직원을 통제할 수 있는 중앙 지점을 설정해냄으로써 죄수를 영원한 감시 하에 두도록 고안된 것이다. 그러나 이 감시 체제에 드는 비용은 사법적 정의를 모두 곤란에 빠뜨리고 감시자 자신을 감옥에 가두는 역할을 하게 된다.[356] 죄수와 간수를 감시하는 백작부인은 감시 임무에 대한 과도한 집착 때문에 오히려 피감시인보다 더 스스로의 감옥에 갇히게 된다. 감시인과 피감시인, 죄수와 간수의 이분법적 위계구조는 변용되고 재의미화된다. 역설적이게도 백작부인은 언제나 죄수들을 감시해야 하기 때문에 그 대상이 감옥에 있는 양 권력을 휘두르면서 자신의 감시탑에 안전하게 갇혀 있는 인물이다. 백작부인은 자신의 회개를 대신한다고 가정되는 이 가설적 행위를 위해 지불하는 돈 때문에 스스로를 감금시키고 있다.(214) 교도관 또한 감금되어 감시당하기 때문에 실은 지위 고하를 막론하고 이 정신감화원 체제 안의 모든 사람이 사실상 죄수이다. 죄수와 간수의 대립구도가 와해되면서 모든 인간이 사실은 사회 체제와 규율담론의 죄수가 되는 것이다. 올가는 너무 자주 자신을 때리는 술 취한 남편을 도끼로 찍었고(211) 감옥 생활을 하던 어느 날 남편이 죽게 된 잘못이 자신에게 있는 것이 아니라 자신이 어찌해 볼 수 없는 다른 어떤 것에 있다는 생각이 들어서 스스로를 무죄 방면해버린다. 그래서 자신에게 음식을 날라주는 간수 베라와 소통하고 친분을 쌓기 시작했으며 그들의 관계는 손가락 접촉에서 노트의 교환으로 급격히 발전하게 된다. 올가 알렉산드로브나는 남편을 살해한 죄로 복역하지만 자신을 이해하는 여간수 베라

---

356) Michel Foucault, *Discipline and Punish: The Birth of the Prison*, trans. Alan Sheridan (New York: Random House, 1979), 248-50.

안드레이브나와 함께 자유를 찾아 탈출한다. 이들은 감옥이라는 한정
된 공간에서 생리혈로 쓴 편지로 애정을 교환한다. 생리혈은 남성 가
부장적 질서속의 비천한 대상이지만357) 어머니의 몸의 유동성과 다양
성을 표상하는 여성적 유대의 수단으로 쓰인다.

올가는 연필도 펜도 없이 '그녀의 자궁 혈(her womb's blood)'에 손
가락을 담가 베라의 연서에 답한다. 의사소통의 수단으로 생리 혈을 사
용한다는 것은 전통적으로 생리 혈을 불순하거나 열등한 것과 연관시
켜온 연상작용에 대한 적극적인 도전이다. 올가는 가장 명백한 여성성
의 표상을 사용해서 여성을 남성에 비해 열등한 존재로 만들던 것을 권
능의 수단으로 변화시킨다. 이 혁신적 글쓰기 과정을 통한 여성 권능의
확인 순간은 기존질서에 도전하는 권능 부여와 자기해체의 전략으로서
창조적 글쓰기를 제시하는 소설 전체의 전략과도 맞물려 있다.358)

올가와 베라의 사랑은 교도소(House of Correction)의 분위기를 흔들
고 들뜨게 해서 감방마다 무르익은 사랑의 씨앗이 흩날리게 한다(217).
사랑과 욕망은 기존의 위계적 사회질서를 지탱하려고 문화가 억지로 설
정한 인공적 구분들을 파괴하는 힘으로 제시된다. 희망의 매개물인 사
랑과 욕망은 권력을 해방시킬 잠재력을 가지는 것이다. 시베리아의 툰
드라 지방을 가로지르는 이러한 연인의 군단(an army of lovers), 여성

---

357) 오염 물질은 두 유형으로 나뉜다. 그것은 배설물과 생리 혈이다. 눈물이
나 정액은 오염성이 없다. 생리 혈은 사회적이거나 성적인 정체성 안에
서 발생되는 위험을 대변한다. Julia Kristeva, *Powers of Horror: An
Essay on Abjection* (new York: Columbia UP, 1982), 71.

358) Magali Cornier Michael, "Fantasy and Carnivalization in Angela
Carter's *Nights at the Circus*", *Feminism and the Postmodern
Impulse: Post-World Was II Fiction* (New York: State University of
New York Press, 1996), 191.

연대, 여성 자매애나 레즈비어니즘은 새로운 변화의 가능성으로 제시되면서 남성을 배제하고 '아버지'와 '부계이름계승(the use of patronymic)'을 거부하는 새로운 사회질서를 창출한다.(221)

　그러나 레즈비언 공동체가 이상적인 새로운 사회질서로 공고화될 수는 없다. 유토피아로 제시되는 이 자유로운 여성 공화국도 인간 종족의 재생산을 위해서는 남성과 완전히 결별할 수 없기 때문이다. 그들은 남성 여행객을 위협해 이 공동체의 존속을 확신시켜 줄 '일이 파인트의 정액'을 요구한다. 리지는 그럼 거기서 탄생하는 남자 아이는 어떻게 할 것이냐며 이들을 비웃고, 결국 그들이 주장하는 자유는 북극곰한테나 자유가 될 뿐이라며 조롱한다. 즉 남녀 간의 유대를 완전히 제거한다고 여성해방이 이루어지는 것은 아니며 여성들만의 유대는 인간 종족을 단종시키게 될 것이라고 빈정대는 것이다. 이 소설은 남성 중심사회에서 여성이 당면한 문제에 대해서 남성과 분리된 레즈비언 공동체를 최종 대안으로 제시하지 않는다. 분리주의가 해답은 아니기 때문이다. 페버스는 헛된 희망을 신봉해 온 여러 인물들을 만나면서 스스로의 희망에도 위기를 겪게 된다. 페버스는 호신용 금장도를 잃어버리고 나서 자신의 항로를 유지시켜 주던 위엄감을 어느 정도 상실하게 되고, 날개가 부러지자 기형적인 구경거리로 전락하게 된 것이다.

　　When she lost her weapon to the Grand Duke in his frozen palace, she had lost some of that sense of her magnificence which had previously sustained her trajectory. As soon as her feeling of invulnerability was gone, what happened? Why, she broke her wing. Now she was a crippled wonder······ Helen, formerly of the High-wire, now permanently grounded. Pity the New Woman if she turns out to be as easily demolished as me.(273) (페버스가 대공작의 얼음궁전에서 무기를 잃었을 때 그녀는 전에 자신의 궤도를 유지시켜 주던 위엄성을 어느 정도 상실했다. 천하무적이라는 느낌을 상실하자마자 무슨 일이 벌어졌는가? 그래, 페버스는 날개를 부러뜨렸다. 이제 그녀는 불구가 된 기적에 불과하다…… 전에는 곡예줄 위의 헬렌이었는데 이젠 영원히 지상에 묶이고 말았다. 신여성이 나처럼 쉽게 파괴될 수 있다고 입증되다니 불쌍도 하여라.)

 페버스는 비본질주의적이면서도 유물론적인 토대에 입각한 몸을 구현한다. 시베리아 기차전복사고 이후 아름다운 금발로 빛나던 머리카락에는 갈색 머리털이 자라나고, 털갈이를 하느라 날개는 초라한 갈색으로 변색되면서 페버스는 아름다운 열대조(tropic bird)에서 점차 '런던의 참새(London Sparrow)'가 되어간다(271). 이때 페버스의 머리칼이나 날개는 리얼리즘에 입각해서 몸의 사실성을 표현하면서 은유의 '축자적 의미화(literalization of metaphor)'를 보여주고, 이것은 흥미롭게도 의미를 축자적인 것으로 보이게 해주는 '은유성'에 저항하게 한다. 그러나 자유라는 유토피아적 이념을 가진 환상적 날개는 여전히 몸에 달려 있어서 '런던의 참새'로 표현되는 페버스는 이미 그 자체로 은유이다. 모든 사람들의 몸에 대한 인식은 언제나 은유를 통해서 걸러지는 것이다. 가장 기초적인 층위에서 몸에 대해 쓰는 것조차 은유적 약호의 영향 속에 놓인 것이다. '축자적 의미화'는 오히려 구체적이고 분명한 실체에 대한 충동을 더욱 훼손하게 될 뿐이다.

 신뢰 게임에서 신뢰를 획득하지 못한 주체에게 남겨진 것은 초라함뿐이다. 월서나 관객의 찬탄과 탄성을 잃은 페버스는 신비한 광휘를 잃은

436

기형의 구경거리에 불과하며, 문화적 약호나 은유성을 보유하던 사람들의 몸은 축자적으로 의미화되면서 보잘것없는 기형이나 불구로 나타난다. 페버스의 초라함은 월서가 물리적으로 함께 있지 않기 때문이 아니라, 신뢰 게임에 꼭 필요한 자신감과 관객을 상실했기 때문에 생긴 것이다. 이에 따라 구체적이거나 인식 가능한 것을 향한 충동은 더욱 기반을 상실하게 된다.359) 높은 곡예줄의 헬렌 페버스는 이제 추락해 땅 위에 좌초되었지만, 그렇다고 페버스가 영원히 땅(ground)에 토대를 두는 것은 아니다. 단단한 토대를 의미하는 땅이라는 공간적 비유는 시시각각 변화하는 시간적 젠더로 변화된다. 젠더 정체성의 토대가 시간 속에 반복되는 양식화된 행동들이고, 겉보기에 솔기 없이 단일한 정체성이 아니라면, 토대에 대한 시간에 대한 양식화된 배치, 시간에 대한 젠더화된 육화로 전치되어 드러날 것이기 때문이다.360) 토대나 진리에 기반을 둔 젠더 모델은 시간이나 반복(repetition), 반복성(iterability)에 의거한 젠더 모델로 변형된다. 이렇게 구성된 젠더는 반복된 행위 중에 나타나는 이따금씩의 불연속성에서 오는 우연적이고 일시적인 '토대'의 '비토대성'을 드러내면서 재의미화의 가능성을 꿈꾼다.

개인의 정체성을 형성하는 데 필요한 것은 관객이고 청중이다. 무대 위 몸의 제스처는 보아 줄 관객이 필요하고, 자전적 인생사 구술은 스토리를 들어줄 기술자(scribe)나 서기관(amanuensis)을 필요로 한다(285).

359) Anne Fernihough, "Angela Carter and the Enimga of Woman", *Textual Practice* 11.1 (1997): 94.
360) "If the ground of gender identity is the stylized repetition of acts through time and not a seemingly seamless identity, then the spatial metaphor of a 'ground' will be displaced and revealed as a stylized configuration, indeed, a gendered corporealization of time." Judith Butler, *Gender Trouble*, 141.

페버스가 '몽롱한 상상적 욕망의 얼굴을 한(the vague, imaginary face of desire)'(204) 월서를 연모해서 찾아 헤매는 것은 낭만적 사랑 때문만이 아니다. 그것은 자신의 정체성을 세우려는 몸짓인 것이다. 페버스가 그토록 그리워하던 월서의 '잿빛 눈동자'는 자신을 찬탄의 눈으로 바라보고, 자신의 인생사를 글로 쓰면서 존재감을 확인시켜 주던 청중이자 기술자이다.

그런 페버스의 모습을 보고 리지는 페버스가 월서가 온 이래로 조금씩 변했다고 질책한다. 리지는 자신이 페버스의 자유를 위한 노예에 불과했다면서 신랄하게 쏘아대며(279) 남녀의 결합이라는 것이 관습적 이성애의 제도화를 영속시킬 뿐이라면서 회의적 시선을 던진다.

And, when you do find the young American, what the 'ell you do, then? Don't you know the customary endings of the old comedies of separated lovers, misfortune overcome, adventures among outlaws and savage tribes? True lovers' reunion always end in a marriage.(280)
(그리고 네가 그 미국 젊은이를 만나면 그땐 어쩔 건데? 넌 헤어진 연인이 고난을 극복하고 범법자와 야만인 종족 사이로 모험하는 낡은 희극의 판에 박힌 종결이 어떤지 알고 있잖아? 진정한 연인들은 언제나 결혼이라는 결론에 도달하지.)

그러나 페버스는 주체적 여성과 객체적 여성 사이의 역할 전도를 통해 기존의 낭만적 사랑이 동시에 그것을 전복할 수도 있다는 가능성을 시사한다. 페버스는 낭만적 사랑에 기초한 남녀의 결합을 여성 주체적 관점에서 바라보고 자신의 역할은 신세기에 신인류를 탄생시키는 여신, 곧 어머니의 모습으로 표현한다.

Oh, but Liz-think of his malleable look. As if a girl could mould him any way she wanted. Surely he'll have the decency to give himself to me, when we meet again, and not expect the vice versa! I will transform him. You said yourself he was unhatched; very well-I'll sit on him, I'll hatch him out. I'll make a new man of him. I'll make him into the New Man, fitting mate for the New Woman, and onward we'll march hand in hand into the New Century.(281) (하지만 리지, 월서의 유순한 모습을 생각해봐요. 어떤 여자라도 그를 자신이 원하는 방식으로 변화시킬 수 있을 거예요. 우리가 다시 만나면 분명 그는 자신을 내게 내어줄 만큼 예절바른 사람일 거라고요. 그리고 그 반대의 일은 없을 거예요. 난 그이를 변화시키고 말겠어요. 그이가 아직 알을 깨지 못했다고 중얼거렸죠. 좋아요. 내가 그이를 품겠어요. 내가 그이를 부화시킬 거라고요. 내가 그이를 새로운 남자로 만들겠어요. 내가 그를 신남성으로 만들어서 신여성에 걸맞은 짝이 되게 하겠어요. 그리고 우리는 손에 손잡고 새로운 세기를 향해 앞으로 전진할 거라고요.)

여기서 페버스와 리지의 관계는 새로운 국면을 맞이한다. 생물학적인 어머니는 아니지만 양육한 어머니로서 여성공동체를 이루던 페버스-리지의 관계는 이성애적 사랑의 구도 앞에 위협을 받게 되고 리지는 이성애를 비판하는 성 경향 규범에의 저항정신과 더불어 부치를 질투하는 팜므의 모습을 보인다. 이는 기존의 모녀 관계가 제시하는 역할모델을 패러디하고 다르게 반복 전유함으로써 행위 중에 언제나 다양한 의미로 열릴 수 있는 수행적 젠더 주체의 형성 양상을 보여준다. 그리고 이들은 자신 안에 억압된 동성애적 양식을 거부의 방식으로 합체하고 있다는 점에서 우울증적인 구성양식을 보여주기도 한다. 페버스와 리지는 처음부터 대화적이면서도 강력한 모녀 관계를 구성하면서 기존의 전통적 모녀 관계를 차이를 두고 반복하는 인물들이다. 마르크시즘적 페미니스트로 표현되는 리지는 페버스에게 나는 법을 알려줌으로써 딸의 교육을 통한 모녀 관계를 수립한다. 여아가 동일시하는 어머니와의 동일시가 아니라 분리를 배워 개인의 자아정체성을 획득하게 하는 인물로 나타나는 것이다. 또한 리지는 '상상적 아버지'와 같이 양성적 특질을 둘 다 가지고 있는 '상징적 어머니'이다.[361] 왜냐하면 리지는 아버지 시간(Father Time)을 소유한 어머니이고, 아버지를 의미하는 시계는 언제나 그녀와 함께 있기 때문이다. 그래서 리지는 어머니이기도 하고 아버지이기도 하다. 1부에서 리지는 상상적 페버스와 상징적 월서의 이야기를 간헐적으로 끊으면서 페버스의 상징적 역사를 풀어가는 제삼의 역할로 등장한다.

리지와 페버스의 모녀 관계는 기존의 희생적 모성성과 어머니와 동일시하는 딸의 성심리 발달론을 반복하면서 새롭게 전유한다. 리지와 페버스는 성적 관계에 입각한 모녀 관계를 구축하지만[362] 모녀의 역할 규범이라는 사회적 제도담론에 반복적으로 복종하면서 새로운 의미의 가능성을 열기도 한다. 이 새로운 모녀 관계는 기존의 어머니/딸에 부과된 역할을 반복하면서 양모/양녀의 관계로, 부취/팜므로 재전유된다. 게다가 리지는 체제 비판적인 마르크시스트 전사의 실천적 혁명성도 드러내고, 푸코의 주체 형성론을 피력하는 이론적 진보성도 보인다.

카터는 여성성이나 모성성이란 본질주의적 속성을 거부한다. 페버

---

361) Yvonne Martisson, *Erotism, Ethics and Reading: Angela Carter in Dialogue with Roland Barthes*, 83.
362) 프로이트에 따르면 여아의 어머니는 성적인 관계 속에 있다. 어머니는 남녀 모두에게 첫 번째 리비도 충동의 대상이기 때문이다. Sigmund Freud, "Feminity", *Pelican Freud Library*, vol.2, trans. and ed. James Strachey (Harmondsworth: Penguin Books), 152-3.

스의 양모인 리지도 모성성의 신화라는 나르시시즘의 덫에 빠지지 않
는 인물로 제시된다. 작은 체구의 양모 리지와 거구의 딸 페버스는
서로 나이도 정확히 구분되지 않고, 체구도 뒤바뀌어 있어서 구별하
기가 어렵다(89). 또 날지 못하는 리지가 페버스의 어미 새 역할을
하는 것은 모성이 후천적으로 교육되는 관계적 입장이지, 여성의 생
래적인 본성이나 신화적 자질이 아니라는 것을 보여준다. 카터에게
여성에 대한 신화적 묘사는 자기위안의 수단일 뿐 그 자체로는 아무
의미도 없다. 여성 신으로서의 어머니는 남성 신으로서의 아버지만큼
이나 어리석은 관념인 것이다.[363] 여신은 죽었고, 여성의 상상적 구성
으로 인해 영원이라는 개념도 죽었다.[364] 따라서 희생적 모성의 우월
성을 강조하는 이론은 여성들이 스스로를 위안하기 위해서 만들어낸
허구들이지만 그중에서도 여성에게 가장 불리한 것이다.

This theory of maternal superiority is one of the most damaging of
all consolatory fictions and women themselves cannot leave it alone,
altogether it springs from the timeless, placeless, fantasy land of
archetypes where all the embodiments of biological supremacy live.[365]
(모성의 우월성에 대한 이론은 모든 위안적 허구 중에서 가장 불리한 것
이며 여성들은 자기 스스로 그것을 떼어내 버릴 수 없다. 요컨대 그것은
시간도 공간도 없는 환상의 땅, 모든 생물학적 우월성의 구현물들이 살
고 있는 땅이다.)

---

363) Angela Carter, *The Sadeian Woman and the Ideology of Pornography*
(New York: Pantheon, 1978), 5.
364) "The goddess is dead. And, with the imaginary construct of the
goddess, dies the notion of eternity, whose place on earth was the
womb." *Ibid*, 110.
365) *Ibid*, 106.

『현명한 아이들』에 등장하는 노라(Nora)의 말처럼 어머니는 신화로 존재하는 것이 아니라 '어머니 역할을 하는 만큼 어머니이다'(Mother is as mother does). 생물학적 어머니인지 양모인지는 중요한 문제가 되지 않는다. 『새로운 이브의 탄생』의 주인공 이브의 말처럼 "어머니는 비유적 수사이며 의식 너머의 동굴 속으로 잠적해 버렸다."366) 니콜 워드 주브(Nicole Ward Jouve)는 가부장제도 모성성도 허구에 불과하다고 보면서, 카터가 아버지와 어머니 모두를 넘어서서 둘을 한꺼번에 전복하면서 결합하고, 또한 그 지위를 함께 강등시키려는 작업을 시도한다고 본다.367)

리지는 페버스의 희생적 모성상으로만 제시되지 않는다. 질투심에 불타 하나뿐인 연인 딸을 잃을지 모른다는 불안감에 초조해하는 어머니이자 팜므의 모습으로 나타나는 것이다. 신체적으로도 작고 왜소한 리지는 상대적으로 거구의 탐욕적인 페버스와 대비되면서 팜므와 부취의 모습을 떠올리게 한다. 리지의 우울증은 자신의 내부에 이미 들어와 불완전하게 합체되어 있는 동성애적 성향 때문이다. 월서와의 관계를 질투하는 리지는 동성애를 완전히 애도하지 못해 자기 안에 부정성으로 보유하고 있는 우울증적 주체인 것이다.

'Love is one thing and fancy another. Haven't you notice there is bad feeling come between us since Mr. Walser made his appearance? Misfortune has dogged our steps since you first set eyes on him.'(280)

---

366) Angela Carter, *Passion of New Eve* (London: Virago, 1982), 184.
367) Nicole Ward Jouve, "'Mother is a Figure of Speech……': Angela Carter", *Female Genesis: Creativity, Self and Gender* (New York: St. Martins' Press, 1998), 154.

442

(사랑과 환상은 다른 거야. 월서 씨가 나타난 뒤로 우리 사이에 나쁜 감
정이 생겼다는 걸 눈치 채지 못했니? 네가 그 남자를 눈여겨본 후부터
는 우리가 가는 길마다 악운이 따르잖아.)

부취/팜므 드랙 킹/드랙 퀸은 젠더 패러다임을 강화하는 동시에 불
안정하게 흔들어놓는 우울한 젠더이다. 젠더 정체성은 사랑의 거부인
상실을 거부한다는 이중 거부와 이중 부정의 결과로 생산된다. 가면
은 사랑의 거부를 완전하게 하지 못해서 거부된 사랑의 거부라는 이
중 거부, 이중 부정의 방식으로 나타난다. 가면은 사랑의 거부로 상실
이 일어났을 때 그 상실을 거부하기 위해 상실된 대상/타자의 속성을
합체하는 방식이기 때문에 우울증적이다. 여성성은 자신에게 거부된
남성성을 불완전하게 합체함으로써, 이성애는 자신에게 거부된 동성
애를 불완전하게 합체함으로써 우울증적으로 젠더를 구성한다.

리지는 제도와 실천이 주체를 형성한다고 생각하는 푸코론자이다.
인간의 '영혼'이 역사의 모루에서 벼려지는 것이 아니라, 모루 그 자
체가 인간을 만들고 변화시키는 것이다.

I'd certainly agree with you that this present which we
contemporaneously inhabit is imperfect to a degree. But this grievous
condition has nothing to do with the soul, or, as you might also call
it, removing theological connotation, 'human nature'. It isn't in that
Grand Duke's nature to be a bastard, hard though it may be to
believe; nor does it lie in those of his employees to be slaves. What
we have to contend with, here, my boy, is the long shadow of the
past historic (reverting back to the grammatical analogy, for a
moment), that forged the institutions which create the human nature

of the present in the first place. It's not the human 'soul' that must
be forged on the anvil of history but the anvil itself must be changed
in order to change humanity.(240) (나도 우리가 동시대적으로 살고 있
는 이 현재가 매우 불완전하다는 데 분명 동의해. 하지만 이 슬픈 상황
은 영혼이나, 너도 그렇게 부르다시피 '인간 본질'이라는 신학적 함의를
제거하는 것과는 상관이 없는 거야. 믿긴 어렵겠지만 그건 대공작의 본
성이 개자식이어서도 아니고, 그의 하수인들이 노예 본성을 타고나서도
아냐. 들어봐. 우리가 맞서 싸워야 할 것은 말이야, 과거 역사물의 긴 그
림자야. 잠시 문법적 유추로 되돌아가자면, 태초에 현재의 인간 본질을
창조한 제도를 만들어낸 과거의 역사물을 말하는 거란다. 역사의 모루
에서 벼려지는 것이 인간의 '영혼'이라는 것이 아니라, 인간을 변화시키
기 위해서는 그 모루 자체가 변화되어야 하는 거란 말이지.)

　이는 푸코가 말하는 권력 이론에 기반을 둔 주체의 형성과 상통하
는 부분이다. 푸코는 권력이란 개인의 손에 온전히 놓인 특정한 행사
물이 아니라 인간이라면 누구나 걸려들지 않을 수 없는 기계조직으로
나타난다. 권력을 행사하는 주체나 대상은 모두 그 권력체계 안에 있
는 것이다.

　　One doesn't have here a power which is wholly in the hands of
one person who can excercise it alone and totally over the others.
It's a machine in which everyone is caught, those who excercise
power just as much as those over whom it is exercised. (그 누구도
혼자서, 다른 사람에 대해 전적으로 권력을 행사할 수 있는 누군가에
게 완전히 주어진 권력을 가지고 있는 사람은 없다. 권력은 모든 사
람이 거기 얽혀 있는 기계이고, 거기에는 권력의 지배를 받는 사람들
만큼이나 권력을 휘두르는 사람도 얽혀 있는 것이다.)368)

444

1880-90년대의 신여성은 여성의 변화가능성에 대해 낙관론을 피력했으나, 카터에 이르면 푸코식의 권력 기계에서 벗어나기가 어렵다는 해석이 제기된다. 페버스는 자신의 위치를 개선함으로써 권력 기계를 불안정하게 만들지 못한다. 버틀러 식으로 말해서 페버스는 '물질화된(중요한) 몸(bodies that matter)'를 생산하지 못해 처벌받는 인물들이다. 그러나 버틀러는 '비천한' 위치가 사회구조의 '근본적 재의미화'를 선도하는 비평적 자원을 제공한다고 주장한다. 그것은 역사도 기원도 전범도 없이 스스로를 창조해 나가야 하는 페버스의 존재를 의미한다.

'You never existed before. There's nobody to say what you should do or how to do it. You are Year One. You haven't any history and there are no expectations of you except the ones you yourself create……'(넌 이전엔 존재한 적이 없는 거야. 누구도 네가 뭘 해야할지 어떻게 해야 할지를 말해주지 않아. 네가 새로운 원년이야. 너한텐 역사도 없고, 네가 스스로 창조해낸 것을 빼고는 너에 대한 기대도 없어.)(198)

새로운 역사의 모루에 선 역사의 원년이자 존재 원년인 신여성 페버스는 신남성 월서를 새롭게 부화시키려 하지만 월서는 자신의 힘으로 이미 기존 주체 존재방식의 망상적 환상을 탈피하고 있다. 월서는 이미 곰을 숭배하는 원시종족을 만나 함께 생활하는 가운데 스스로의 껍데기를 깨고 새롭게 부화한다. 이처럼 형이상학적 논리 주체에서 샤만의 이중적 인식론으로 전환한 월서는 새로운 환상 주체로 거듭나려

368) Michel Foucault, *Power/Knowledge: Selected Interviews and Other Writings 1972-77*, ed. Colin Gordon (Brighton: Harverst Press, 1980), 156.

한다. 주체 구성의 근본적 원본이 되는 원초적 장면은 사후적으로 재
구성된 믿을 수 없는 기억에 근거하고 있고, 그는 프로이트의 '매 맞
는 아이'처럼 사디즘과 매저키즘 사이에서 동요하는 환상적 위치에 있
다. 페버스가 정신분석학적 불확실성의 극적 순간을 몸의 행위로 드러
내는 주체라면, 월서는 진리가 사실주의적 해석이나 합리적인 단일 해
석망에 포섭되지 않는다는 것을 수용하는 주체이다. 페버스와 월서의
자아발견은 교차 반복된다. 페버스가 불신의 함정에 걸려 스스로에 대
한 신념의 취약성을 습득하는 동안, 월서는 곰 숭배자인 샤만의 견습
생으로 생활하면서 합리주의적 거리를 상실하고 주체를 형성하는 경
험의 영향력을 받아들이고 영적 비전의 힘을 습득해간다.

샤만과 페버스는 사회가 얼마나 자신을 받아들이고 믿어주는가에 생
계가 달려 있고, 그들이 제시하는 영적인 비전에 대한 대가로 음식이나
돈이라는 생존수단을 구한다는 점에서 공통점을 가지고 있다.(185, 264)
또한 샤만은 영적 세계의 구체적 구현물을 제시하고 페버스는 자유여성
(free woman)이라는 관념에 대한 구체적 구현물로 제시된다. 그리고
그들의 역할이 성공할 수 있게 해주는 것은 자신감이라는 점에서도 유
사하다. 샤만의 자신감 때문에 사기술에 성공하고, 페버스도 선례가 없
기 때문에 상대적으로 더 취약한 입지에 있기는 하지만 근본적으로 역
할의 성공 여부는 자신감에 달려 있다.[369] 페버스의 자신감이 더 취약
한 것은 그가 현재 자족적으로 온전하게 존재하는 것이 아니라 관객의
찬탄과 인정을 통해서만 존재하며, 스스로의 모습을 시각적으로 표현한
것은 역사성에 구애받지 않는 현재를 믿게 만들어주기보다는 그 자신만

---

369) Ricarda Schmidt, "The Journey of the Subject in Angela Carter's
Fiction", *Textual Politics* 3.1 (1989): 72.

의 특이성으로 일반적 패러다임을 구축할 미래의 그날, '모든 여성이 날
개를 달게 될'(286) 그 날이 유토피아적인 미래로 투사되고 있기 때문
이다.

월서는 완전히 새로운 인식론에 토대를 둔 신남성으로 거듭난다.
월서는 기자, 광대, 샤만 견습생으로 변모하면서 객관적 합리 주체에
서 수행적 행위 주체로, 모든 대립물의 이분적 우열구조를 깨뜨리고
넘어서 환상적 젠더 주체로 새롭게 태어난다. 갑작스런 사고 충격으
로 고립된 채 기억상실증에 걸린 월서는 시베리아의 샤만을 만나 사
실과 허구 간에 경계가 없는 새로운 인식론에 눈뜨게 된다. 기억을
상실한 월서는 숲에서 만난 샤만의 도움으로 인습과 관습에 얽매이지
않는 꿈, 미신, 원시, 샤머니즘, 애니미즘을 포용하는 인간으로 거듭나
게 되는 것이다. 대상에 대한 객관 조망을 의도했던 관찰 주체는 자
기 자신의 정체성조차 인식 불가능한 것이라는 깨달음에 도달한다.
결국 타자의 진리를 객관적 시각으로 발견하려던 주체는 자신의 이중
성을 깨닫고 타자를 타자로서 수용하게 되는 인식에 이르는 것이다.
샤만의 세계에는 보는 것과 믿는 것, 사실과 허구의 경계가 없다.

> He made no categorical distinction between seeing and believing.
> It could be said that, for all the peoples of this region, there existed
> no difference between fact and fiction; instead, a sort of a magic
> realism. Strange fate for a journalist, to find himself in a place where
> no facts, as such, existed! (260) (그는 보는 것과 믿는 것 간에 어떤
> 절대적 구분도 하지 않았다. 그 지방 사람들에겐 사실과 허구의 구분
> 이 존재하지 않는 것 같기도 했다. 대신 일종의 마술적 리얼리즘이 있
> 는 것 같았다. 어떤 사실도 없는 장소를 발견하게 되다니 기자로서 얼
> 마나 이상한 운명인가!)

　그것은 샤만의 인식론이고 이항대립적 형이상학의 위계논리를 거부하는 최면상태, 착란과 몽환상태에서 경험하는 '꿈속의 삶'이다. 샤만은 현학자 중의 현학자이고 그 신념체계에는 모호한 구석이 없다. 샤만의 마술이나 속임수에는 환영적인 것이라 하더라도 분명한 사실이 필요하며, 그의 마음은 구체적인 세부 항들로 가득하다. 그에게는 꿈과 현실의 경계가 없으며, 현실의 시각 세계를 꿈을 통해 얻은 정보들로 해석하기 때문에 꿈이 현실보다 더 중요하다. 잠을 자는 것이 샤만의 주요 업무이고 깨어 있을 때에도 꿈같은 생활을 한다. 꿈은 살아 있는 현실의 모든 의미를 구성하면서 우연한 방식으로만 실제 현실과 조우하므로 꿈은 그들의 사상(idea)이 된다.

　각지를 유랑하면서 자연과 호흡하고 교감하고 명상하는 샤만에게 이 꿈 세계는 단순하고도 닫힌 체계이다. 유동적인 존재의 상태와 충동과 형태의 복합성에 대한 샤만의 우주기원론(cosmogony)은 유한하다. 그것은 인간이 고안한 것이고 진정한 역사의 비개연성(implausibility)을 갖고 있지 않기 때문이다. 그리고 스스로 창조한 사차원 지형을 제하고는 모든 종류의 지형에도 완전히 낯선 것처럼, 그들에게 '역사'란 완전히 생소한 개념이다. 이들의 세계관은 지식과 신념 간에 어떠한 괴리도 없는 대단히 현실적인 동시에 몽환적인 이중적 인식에 바탕을 두고 있다.

　　They knew the space they saw. They believed in a space they apprehended. Between knowledge and belief, there was no room for surmise and doubt. They were, at the same time, pragmatic as hell and, intellectually speaking, permanently three sheets in the wind.(253)
　　(그들은 자신이 보는 공간을 이해했다. 그들은 자신이 이해한 공간을

믿는 것이다. 지식과 신념 사이에는 추측이나 의혹의 여지가 없다. 그들은 지독하게 현실적인 동시에 지성적으로 말해서, 영원토록 억병으로 취한 상태에 있다.)

페버스가 곰을 숭배하는 원시 샤만 마을을 지나다가 월서를 만났을 때 월서는 일종의 마술적 리얼리즘이 지배하는 사람들 가운데서 고도의 신뢰 게임 형식을 배우기 위해 샤만의 도제살이를 하고 있는 견습생 상태였다. 광대버섯(fly agaric)이 든 샤만의 소변을 마신 후 마취 상태에 취한 데다가 기억상실로부터 완전히 회복되지 않은 월서는 페버스를 보고도 그것이 실제 존재가 아니라 자신이 점차 익숙해지려고 연습 중인 영적 세계의 환상이라고 생각하게 된다. 자신의 존재를 반영해주길 그토록 그리던 잿빛 눈동자 월서의 인정을 받지 못한 페버스는 존재의 위기감을 경험한다.

In Walser's eye, she saw herself, at last, swimming into definition, like the image on photographic paper; but instead of Fevvers, she was two perfect miniatures of a dream. She felt her outlines waver; she felt herself trapped forever in the reflection of Walser's eyes. For one moment, just one moment, Fevvers suffered the worst crisis of her life: 'Am I fact? Or am I what I know I am? Or am I what he thinks I am?')(290) (월서의 눈동자에서 페버스는 결국 사진 위에 있는 이미지처럼 어떤 정의를 향해 부영하는 스스로를 보았다. 그러나 그녀는 페버스가 아니라 완벽한 꿈의 축소물 두 개였다. 페버스는 자신의 윤곽이 흔들리는 것을 느꼈다. 그녀는 월서의 눈 속에 반영된 모습에 영원히 갇힌 자신을 느낀 것이다. 잠시, 정말 잠시 동안 페버스는 자신의 삶에서 최악의 위기를 겪었다. "나는 사실인가? 아니 난 내가 아는 내가 맞는 거야? 아님 나는 내가 나라고 생각하는 사람인가?")

주체의 정체성은 변증적 관계에 있는 타인의 인정 없이 자족적으로 존재할 수 없다. 타자의 인정이 없다면 페버스도 그저 불쌍한 기형 괴물에 불과하게 될 것이다. 이제 페버스는 염색약의 도움이 없이도 월서의 잿빛 눈동자 속에서 이전의 자아로 회복되며 존재를 확인시키고 자유를 회복하는 데는 거울에 비친 스스로의 모습뿐 아니라 타자의 눈에 비친 '시각적 반영'이 중요하게 부각된다. 그래서 시각적 은유는 작품 속에 여러 번 반복되면서 주체의 구성에 중요한 역할을 하게 된다.

페버스는 월서의 기억을 회복시키기 위해 날개를 치고 그것은 샤만종족의 경이와 찬탄을 자아낸다. 무슨 일인지 알아보려고 월서의 새 친구들이 들고 나온 램프 빛에 떠오른 달처럼 노란 얼굴을 내밀고 자신을 바라보는 것이다. 이렇듯 관객을 만난 페버스는 다시금 런던의 트라팔가 광장에라도 온 것처럼 연기자로서 존재의 자신감과 확신을 회복한다. 그들의 시선이 페버스의 영혼을 되찾아준 것이다. 그리고 찬란하고 인공적인 미소를 다시금 머금고 포옹이라도 할 듯 팔을 뻗어 무릎을 굽혀 절한다. 그리고 자신이 월서를 품어 신인류로 새롭게 탄생시킬 필요 없이 월서는 이미 새롭게 탄생했음을 알게 된다. (And then she saw he was not the man he had been or ever would ever be again; some other hen had hatched him out. For a moment, she was anxious as to whom this reconstructed Walser might turn out to be.)(291) 그리고 이들은 앞서와 다른 새로운 주체로 거듭나 새롭게 다시 인터뷰를 시작한다. 소설은 처음에 시작했던 인터뷰로 다시 돌아가는, 그러나 다른 의미로 돌아가는 수미쌍관의 형식을 취한다.

새롭게 태어난 페버스와 월서는 20세기를 여는 신세기 전야에 결합하게 되고 그것은 이성애적 결합구도를 반복하면서 재의미화한다. 페버스와 월서는 수동성과 능동성, 열위와 우위의 접합이 아니라 이분법적 카테고리를 전복하면서 하나의 고정된 의미화를 거부하는 방식으로 결합한다. 월서는 지금까지도 페버스가 날개를 단 유일한 원형적 화신(only fully-feathered intacta)이었다고 믿고 있었고, 왜 그렇게 믿도록 만들었는가라는 월서의 질문은 지금까지의 신뢰 게임이 성공했음을 폭발적 웃음으로 반향한다.

소설 결미에 페버스는 그 모든 현실의 사건을 몸소 겪은 월서에게 자신이 사실인지 허구인지 말해 달라고 하지만 월서는 벌거벗은 페버스의 몸에 배꼽이 없다는 사실을 시각적으로 감지하면서도 그 사실에서 어떤 결론을 내릴 의향이 없다(292). 월서는 이제 두려움의 의미를 알고 있기 때문에 '자아'라는 것이 그 자신을 가장 폭력적인 방식, 즉 사랑하는 이를 잃게 될지 모른다는 공포, 사랑하는 이를 상실할지 모른다는 공포로 스스로를 정의한다. 그래서 그의 자아는 과거와 같을 수 없고 스스로 '윤리적 주체'로 거듭나게 된다. 그것은 어느 한쪽의 죽음 아니면 양자의 죽음 없이는 끝나지 않는 끝없는 불안의 시작이며 그 불안이 양심의 시작이고 양심은 순결함과는 다른 영혼의 어버이이다.

월서는 페버스와 결합에 이르러 거울을 보면서 너무나 바쁘게 재구성되는 자아에 대해 생각한다. 그리고 평생 제삼자의 입장에서 바라만 보았기 때문에 스스로 경험으로 겪어내지 못한 자신의 모습을 깨닫고 지성과 관능의 조합으로 인하여 미지의 껍데기를 깨고 알에서 부화하려 한다.370) 몽환적이고 비현실적인 샤만의 견습생으로 있으면

---

370) "All that seemed to happen to me in the third person as though, most of my life, I watched it but did not live it. And now, hatched out of the shell of unknowing by a combination of a blow on the

서 조금씩 기억을 회복하던 중 다시 페버스와 합류하게 된 월서는 페버스에 대한 사랑을 확인하고 둘은 그들만의 신방에서 사랑으로 결합한다. 두 사람의 신방에서 월서는 페버스에게 왜 자신에게 헛된 신뢰를 가지게 했느냐고 묻는다. 세상 속에 유일무이한 날개를 가진 원형적 처녀 화신이라고 믿었던 것이다. 페버스는 토네이도 같은 웃음으로 자신이 속임수를 쓴 것이었다고 답한다.

페버스와 월서는 이성애적 전통 서사양식에 복종하지만 그와 동시에 그 의미를 전복하고 이성애적 결합의 의미를 재의미화한다. 월서와 페버스의 결합은 전통적인 이성애적 성 경향을 반복함으로써 규제적 담론을 강화하고 있지만, 한편으로는 그 전통적 양식을 조롱하면서 희화하고 있다. 월서는 페버스의 처녀성에 대한 질문을 하고 그에 대해 페버스는 토네이도 같은 웃음으로 기존의 이성애에 입각한 주체 구성규범을 전복하려 한다. 페버스가 월서를 속이고 그를 바보로 만든 것은 세상엔 확신할 만한 것이 아무것도 없다는 것을 보여주기 위해서라는 것이다("It just goes to show there's nothing like confidence")(295).

She began to laugh. 'I fooled you, then!' she said, 'Gawd, I fooled you!' She laughed so much the bed shook. 'You mustn't believe what you write in the papers!' she assured him, stuttering and hiccupping with mirth.(294) (그녀는 웃기 시작했다. '그땐 내가 속였어요. 저런, 내가 속인 거라고요.' 그녀는 너무 웃어서 침대가 흔들렸다. 그녀는 즐거움에 말을 더듬고 딸꾹질을 하면서 월서에게 자신 있게 말했다. '당신이 종이에 쓴 것을 믿어선 안돼요.')

---

head and a sharp spasm of erotic ecstasy, I shall have to start all over again." (294)

452

그 웃음의 파급력과 전복력은 폭발적이다. 페버스의 동일자와 타자의 경계를 허무는 웃음, 외양과 실체의 경계를 허무는 웃음은 창문을 넘어, 초막(god-hut) 밖 나무에 달린 양철 장식을 흔들어 짤랑이게 하고, 샤만의 사촌 아이들이 그 소리를 듣게 하며, 그들이 작은 손을 공중에 흔들면서 웃도록 만든다. 의미는 이해하지 못하지만 샤만도 감염이라도 된 듯 웃기 시작하고, 곰은 동감이라는 듯 할딱대고, 샤만의 조카는 리지의 시선을 포착하고는 둘 다 포복절도하고, 순록가죽으로 된 평화로운 침상 위의 젊은 어머니도 잠든 상태로 웃는다.

페버스는 여성성과 자유를 결합하면서 본질주의나 구체적 여성성의 정의에 굴복하지 않는 새로운 여성성의 상징을 만든다. 그것은 소설 밖의 실세계에도 상응되는 기의가 없는 새로운 기표의 탄생일 것이다. 그것이야말로 새로운 주체성, 비본질적이고도 물질성에 기반을 둔 다양한 의미로 열린 젠더 주체의 탄생을 말한다. 이들 환상적 젠더 주체의 탄생은 이항대립물 양자를 긍정하는 전복적 웃음으로 그 신고식을 치른다. 이 전복적 웃음은 양가성을 동시에 있는 그대로 수용하는 메두사의 웃음이고 패러디적 웃음이며 카니발적 웃음이다.

이 양가적이고 모호한 웃음은 페버스와 월서를 신인류로 탄생하게 한다. 그들은 권력에 복종하면서 주체로서의 입지를 확보하고 규율담론의 반복적 규범각인을 통해 탄생한 젠더 주체지만 그 반복적 복종과정에서 재의미화의 가능성을 연다. 페버스의 웃음은 여성권익 투쟁이 승리한 데 대한 '승리의 기쁨(the delight of the victor)'[371]에 그치는 것이 아니라 그 어떤 의미로도 환원되지 않은 채 언제나 재의미화의 가능

---

371) Aidan Day, *Angela Carter: The Rational Glass* (Oxford: Manchester UP, 1998), 194.

성에 열린 새로운 주체로서의 '신여성'과 '신남성'을 의미하는 것이다.

페버스가 월서의 질문에 대해 터뜨리는 카니발적인 웃음은 새로운 주체를 탄생하게 하는 웃음이다. 그 결미의 웃음은 시작이기도 하고, 남성적 질서에 대항하는 웃음이기도 하다. 페버스의 웃음은 남성 중심적인 기존 질서를 붕괴를 의미하기도 하고 아직 정립되지 않은 새로운 세계의 구현을 뜻하기도 한다. 카터에게 웃음은 마치 광기처럼 기대를 전복함으로써 파열적 힘을 수행한다. 그 웃음의 전략은 남성 중심적 질서를 드러내는 동시에 그것에 도전하며 새로운 변화의 가능성을 제시한다.[372] 신여성과 신남성이 되는 과정 중의 주체 페버스와 월서는 '사실과 허구 간에 어떤 구분도 존재하지 않는, 일종의 마술적 리얼리즘의 세계'(260), 샤만의 세계, 환상의 세계에 있다. 신여성 페버스의 정체성은 더 이상 이분법 논리나 근원에 대한 신념에 구속되지 않으며, 월서는 페버스를 비결정적 주체로 받아들인다. 그는 더 이상 페버스가 '배꼽이 없어 보이는 것'에 대해서 '확실한 결론'을 내리는 데 관심이 없다. 게다가 페버스의 전복적인 카니발적 인생사, 결미를 장식하는 웃음은 본질주의적 위치를 파열시킨다.[373]

런던과 피터스버그, 시베리아로의 여정은 사회 문화적으로 구성된 여성성에서 자연적이고 생래적인 여성성으로 탐색해가는 과정이다. 하지만 문화적 젠더를 벗어나면 생물학적 섹스가 원본이나 기원으로서 존재하리라는 독자의 기대는 무너지고 만다. 더 이상 여성성을 과장하거나 과시할 가면이 없는 페버스에게 그녀의 몸은 해석 불가능성 그 자체로

---

372) Magali Cornier Michael, "Fantasy and Carnivalization in Angela Carter's *Nights at the Circus*" (Albany: State University of N.Y. Press, 1996), 206-7.

373) *Ibid.*, 202.

드러나기 때문이다. 화장도 염색도 하지 않고, 지저분한데다 상처까지 입은 그녀의 몸은 비천한 대상으로 추락하지만 여전히 모호한 해석 속에 있다. 젠더의 수행적 모델은 페버스라는 인물 자체에 구현되어 있다.

『서커스의 밤』은 패러디 소설이지만 그것은 다른 소설들에 대한 소설이기보다는 페미니즘 문학이론에 대한 소설이다. 특히 젠더의 수행적 모델은 수행적 발화가 젠더 생황을 기술하기보다 그 젠더 상황을 생산하는 것으로 제시된다. 그리고 카터에게 이것은 모방, 패러디, 무대 위의 공연, 가면의 이중 전략, 역설적 복종, 타자의 불완전하고 우울한 합체 등의 실천을 의미한다. 이러한 수행적 전략들은 자연스런 성차의 구성/해체, 젠더 차이에 관한 이데올로기에 대한 순응/저항, 남성이 약호화한 여성(Woman)/여성 주체적 자기재현 과정으로서의 여성들(women)간의 적합성을 각인하고 또 전복한다는 일련의 대립물들의 관계를 중재한다.374) 따라서 여성성은 패러디에 나타나는 이중적 책략이자 모방(mimicry) 구조의 기원 불가능성, 가면의 비본질주의적 수행성이라는 존재론과 밀접한 관계를 맺고 있다. 우리가 연기하는 남성성과 여성성은 본질적인 특성이 아니라 이미 존재하는 기존의 약호 덕분에 인식할 수 있는 문화적 구성물이다.

페버스의 날개는 이중적 의미에서 여성성의 수수께끼나 불가해성을 은유한다. 여성의 시각적 진리가 사실인지 허구인지는 더 이상 중요하지 않다. 여성은 사실인 동시에 허구이고, 그 기형적이고 비정상적인 물질적 외관을 즐긴다. 페버스가 백조의 날개를 갖고 있고 날기도 한다는 것은 프로이트가 '새 같다'고 한 여성적 성적 쾌락의 상징을 형상화한

---

374) Sally Robinson, *Engendering the Subject: Gender and Self-Representation in Contemporary Women's Fiction* (Albany: State University of New York Press, 1991), 97-8.

것이다. 페버스의 날개짓은 여성적 제스처다. '난다(voler)'에는 '훔친다'
는 의미도 들어 있다. 도둑이 여성과 새를 닮았듯 여성도 새와 도둑을
닮았다. 여성은 속박을 벗어나 질서를 흔들어 놓는 데서 쾌락을 취한다.

Flying is a woman's gesture-flying in language and making it fl
y······ It's no accident that voler has a double meaning, that it plays
on each of them and thus throws off the agents of sense. It's no
accidents: women take after birds and robbers just as robbers take
after women and birds. They······fly the coop, take pleasure in jumbling
the order of space, in disorienting it, in changing around the furniture,
dislocating things and values, breaking them all up, emptying
structures, and turning propriety upside down.[375] (난다는 것은 여성적
인 제스처이다. 언어 속에 날고 언어를 날게 하는 것······ voler가 이중
적 의미[376]를 갖게 된 것은 우연이 아니다. 그 말은 그 의미들 각각에
작동하여 의미의 행위작인을 떨쳐낸다. 그것은 우연이 아니다. 여성들은
새와 도둑을 닮아 있다. 도둑이 여성과 새를 닮아 있듯이 말이다. 여성
들은······ 새장을 날아 도망가 우주의 질서를 혼란시키는 데서 기쁨을
얻는다. 그 질서를 갈팡질팡하게 하고, 내용을 뒤죽박죽으로 만드는 데
서, 사물과 가치를 이탈시키고, 그것들을 모두 파괴하며, 구조를 공백으
로 만들어버리고, 고유성을 완전히 뒤집으면서 기쁨을 누리는 것이다.)

페버스의 서사는 처녀성의 신화, 여성성의 신비를 폭발시키면서 막을
내린다. 페버스의 처녀성은 가부장제가 신비화한 여성성을 과장하는 것
처럼 보이지만 사실상 해석이 모호하고 이중적인 몸을 발판으로 해서

---

375) Helene Cixous, "The Laugh of Medusa", trans. Keith and Paula
    Cohen, *Signs* 1(Summer 1976), 887.
376) voler는 불어로 '난다'는 의미와 '훔친다'는 의미를 동시에 갖고 있다.

여성성이란 언제나 새로운 해석으로 열릴 가능성을 담보하고 있음을 시사한다. 기존 여성성으로부터의 도주와 자유로의 비행이 가지는 이중 성이 '몸'으로 형상화되는 것이다. 그 비행의 끝에서 주체는 몸의 실존 으로부터의 벗어난 자유를 얻는 것이 아니라, 몸의 물질성이 가지는 양 가적이고 복합적인 해석 양상, 이질적 대립물이 공존하는 장으로서 몸 의 공간을 개조하게 된다. 페버스는 괴물에서 경이로운 것으로 읽히게 되고 여성성에 대해 수용할 수 있는 경계를 변화시키게 된다.

지금까지 살펴본 것처럼 버틀러의 젠더 정체성 논의는 안젤라 카터 의 『서커스의 밤』을 읽어내는 데 있어 기존의 환상소설 논의를 확대 하는 해석의 지평을 열어준다. 서커스라는 카니발적 공간, 샤만의 무 역사적 시간성 속에서 원본과 복사본의 경계를 허무는 모방이 본질인 정체성, 공연과 행위로 구성되는 가변적이고 임시적인 정체성, 지속적 인 권력에의 복종 속에 주체를 언제나 새롭게 형성해 가는 역설적 복 종의 정체성, 그리고 부정의 관계성으로서 이질적인 타자를 언제나 자신 안에 합체하는 우울증적 정체성의 논의가 바로 그것이다. 이러 한 논의는 본질적 핵심을 가정하지 않는 해체적이고 비본질주의적인 구성주의적 젠더 주체를 부각함으로써 페미니즘이 여성해방론이라는 정치적 과제를 수행하면서 독단적 도그마를 구축하지 않을 수 있는 하나의 대안으로 제시될 수 있다.

젠더 정체성의 구성에 있어서의 패러디적 전략은 원본/복사본, 구성 /탈구성, 순응/저항, 각인/전복이라는 대립물들을 동시에 취하는 방식 으로 이분법적 대립구조를 불가능하게 한다. 그리고 행위자의 행위가 발화 의도나 목적을 초월해 분명한 지칭대상을 규정하지 않는다는 의 미에서 여성 몸의 수행적 정체성이 드러난다. 기괴하고 그로테스크한 이질적 요소의 병합물로서의 몸은 비단 백조 여인 페버스뿐 아니라 서커스 극단의 여러 인물에게서 구현된다. 게다가 담론적 권력이 호명된 주체를 생산하는 방식은 내부의 역설을 안고서 언제나 재의미화로 열린다. 수행성은 권력이 담론으로 행동하는 영역의 하나가 되고 페버스는 젠더규범이라는 담론적 수행성을 구현하는 동시에 그것을 이질적으로 반복함으로써 여성성을 구성하면서 허문다. 마지막으로 모든 젠더 주체는 자신 안에 금지된 젠더 특성이나 동성애적 성 경향을 불완전하게 합체하고 있는 우울증적인 주체이다. 페버스의 여성성도 월서의 남성성도 샤만의 질서나 웃음의 양가성 앞에서 해체된다.

페버스의 몸은 이중적인 의미를 가진다. 정체성은 무로부터(ex nihilo) 창조될 수 없으며 당대의 규범과의 관계 속에서 이해되는 것인 만큼 한편으로는 그 몸은 문화적 규범의 전복이 아니라 그것의 재의미화이며 재각인을 뜻하며, 다른 한편으로 그 몸은 이스트 앤드 매음굴(East End brothel)이라는 현실의 노동 현장에 처한 노동자 계급 여성의 물적 토대이자 생존 수단을 의미하기도 한다. 페버스의 날개는 남성 감식가를 위한 몸(flesh for connoisseur)을 재현하기도 하고, 한편으로는 당당한 성욕과 식욕을 가진 여성 주체의 생존 수단을 대변하기도 한다.

따라서 페버스는 비본질적이면서도 유물론적인 주체이다. 날개가 부려졌을 때 페버스가 겪는 고통은 이중적 렌즈로 읽을 수 있다. 페버스의 고통은 의미화를 넘는 것, 초월적 기표로서의 몸을 의미하기도 하지만, 다른 한편으로는 말 그대로 물리적인 의미에서 문자 그대로의 물적 고통을 의미하기도 한다. 비본질적이면서도 물적 토대를 상실하지 않는 이러한 주체야말로 본질주의적 환원론을 피하면서 현실적 여성의 물적 토대를 간과하지 않는 여성성을 탐색하는 버틀러의 해체론적이면서 유물론적인 젠더 주체 논의와 맞닿아 있다. 그리고 이처럼 비결정적이고 불확정적이면서도 여성의 유물론적 토대를 간과하지 않는 젠더 주체를 제시하는 것은 여성이라는 젠더 주체를 지속적인 개방성과 재의미화의 가능성, 고정되지 않은 지칭성으로 열어 다양한 의미화의 미래를 불러오면서 페미니즘의 정치성을 상실치 않으려는 몸짓이기도 하다. 여성이라는 기술에 들어가는 것이 무엇인가에 대한 질문을 설정하기 위한 규범적 토대의 설정은 언제나 정치적인 논쟁의 장에 있는 동시에 물적 토대를 완전히 배제하지도 않는다.

'죽음의 천사', '모호성의 여왕', '구경거리', '괴물' 등은 남성이 여성에게 부과하는 이름이다. 그러나 이러한 배역 할당은 페버스가 강한 주체성이나 자기결정을 달성하는 데 장애가 될 수 없다. 공연을 통해서, 또 실생활에서 페버스는 남성의 통제를 벗어나려고 애쓰며 스스로를 상연하면서 그 투쟁에 성공하는 것으로 보인다. 그러나 소설 결미에서 월서와의 결혼이 자유를 회피하는 결과를 낳았는지, 아니면 모종의 독립을 성취했는지는 카터는 대답하지 않은 채로 남겨둔다.[377] 다만, 주목할 것은 카터의 젠더 주체 구성이 '이중적 전략'을 구사한다는 점이다. 카터는 여성을 남성 자아의 타자로 구성하면서, 이 타자가 모욕을 당하든 찬미를 당하든 규범적인 젠더 구성물의 '내부'와 '외부' 사이에서 운동하게 함으로써 이중적인 페미니스트의 관점을 차용한다. 카터에게 타자로서의 여성성을 모욕하거나 찬미하는 행위는 둘 다 남성의 발화 위치에 대한 패권을 공고히 하려는 가부장적

---

377) Paulina Palmer, "Gender As a Performance in the Fiction of Angela Carter and Magaret Atwood", *The Infernal Desire of Angela Carter: Fiction, Femininity, Feminism*, ed. Hoseph Bristow and Trev Lynn Broughton (London: Longman, 1997), 31-2.

문화 속의 남성적 전략이다. 따라서 여성으로서 쓰거나 말한다는 것은 지배적인 재현 실천들에 대해 여성의 '이중적 관계'를 수행하는 것이 된다. 이는 여성이라는 범주를 소환해 일시적으로 정체성을 구성하면서 동시에 그 범주를 지속적 정치논쟁의 장으로 열어 놓는 버틀러의 '이중적 운동(double movement)'과도 유사하다. 여성은 하나의 기술적 개념으로 범주화될 수 없으며, 개념화나 범주화에 따르는 배제의 폭력은 언제나 도전받아야 한다.

페버스의 마지막 대사처럼 확신할 수 있는 것은 아무것도 없다("It just goes to show there's nothing like confidence").(295) 매음굴은 불타 버렸고, 기차는 전복되었으며, 임시적 가족관계는 묻혀 버렸다. 확신은 투쟁하고 있는 모든 집단의 소망이지만 사기이기도 하다. 합리적인 진리의 전달자는 공연예술가가 되어버려 믿을 수 없게 된다. 삶이 투쟁이기 때문에 확신은 전부이다. "이 시대로부터 벗어날 수 있는 곳은 없다. 우리는 충분히 진리하게 고려해서 이 시대에 사는 법을 배워야 한다. 여기가 우리가 아는 유일한 세계이기 때문이다."378) 이 경구는 영원한 진리 개념의 최후 보루인 '여성'이나 '어머니' 개념을 거부하는 것으로 이어진다. 그것이 카터의 탈신비화 작업의 핵심이다. 확신은 이중적인 의미에 접해 있다. 그것은 그 모든 것을 떠나 도망치겠다는 페버스의 확신이기도 하고 서사나 허구의 본질에 대한 언급일 수도 있다. 그것은 독자로 하여금 서사의 허구성에서 빠져 나와 그것을 인공적 예술품으로 간주하기보다는 그 허구성 속으로 한 걸음 더 내딛게 만드는 것이다.379)

---

378) Angela Carter, *Sadeian Woman*, 110.
379) Linden Peach, *Angela Carter* (New York: Macmillan, 1998), 158.

제6장 버틀러의 젠더 정체성 이론에 대한 비판

지금까지 수행성과 패러디를 중심으로 버틀러의 젠더 정체성 논의를 살펴보았다. 모방은 원본을 모방하는 것이 아니라 원본이 지니고 있다고 가정되는 이상적 자질들을 모방하는 것이다. 그렇다면 원본의 이상적 자질을 모방한다는 의미에서 원본과 복사본은 같은 것이 된다. 이렇게 모방이 원본과 복사본의 경계를 허무는 것처럼, 여성 정체성은 여성성이라는 권력 담론의 규범적 이상을 패러디적으로 모방하는 구조 속에 존재할 뿐, 본질적인 여성성이란 존재하지 않는다.

패러디는 모방 행위를 통해 원본과 복사본의 경계를 무너뜨린다. 그리고 패러디의 원 대상조차 원본이라고 가정되는 '규범적 이상'을 모방하기 때문에 진정한 젠더 정체성이란 존재하지 않는다. 여성성 역시 규율권력이 생산한 규범적 허구를 모방함으로써 형성된다. 여성성은 본질적인 것이 아니라 여성적 특성이라고 가정되는 기율권력의 허구적 이상을 모방함으로써 획득되기 때문이다. 여성성을 모방해 복장도착적 여성성을 표방하는 드랙의 여성성은 분명 여성성의 패러디이다. 담론이 부과한 허구적 이상을 모방하는 여성성도, 자연스러운 여성성을 모방하는 드랙의 여성성도 모방물이라는 점에서는 같고, 그 사실이 자연스런 여성성/인공적 여성성의 경계를 허문다. 양자 모두 허구적 이상물에 불과하다면 더 이상 남성/여성, 섹스/젠더, 정신/몸의 이분법은 불가능한 것이다.

이 모방적 패러디는 수행성을 통해 재의미화되고, 재기입된다. 본질적이고 근원적인 존재로서의 주체가 존재하는 것이 아니라 존재는 행위 속에 수행적으로 구성된다. 버틀러는 수행과 수행성을 구분하면서 전자에서 후자로, 즉 수행성이나 수행적인 화행들, 즉 이름을 불러 존재를 만들어주는 스피치 행위로 관심을 이동시킨다.[380] 수행 개념은 공연을 수행하는 배우들의 불안정성을 포함하고는 있지만, 젠더가 언제나 그리고 의미 있는 행위들을 통해서 자신을 수행(형성)하는 '행위' 중에서만 존재한다는 것을 의미한다. 수행성은 주체의 자율성 부분을 더 약화시키고 주체를 형성하는 제도나 담론의 효과를 더욱 강조해 주체를 '존재'보다는 담론의 '행위작인'으로 간주한다. 그런 의미에서 젠더는 언제나 하나의 행위가 되고, 그 행위는 행위에 앞서 존재하는 주체의 행위가 아니라, 행위 속에서 가변적으로 구성되는 담론의 '행위작인'이 행하는 행위이다.

수행적 젠더 정체성은 고정되거나 일원적인 본질적 주체 형성의 불가능성을 함축적으로 말해준다. 행위자가 행위를 구성하는 것이 아니라 행위가 행위자를 구성하기 때문에 주체는 행위 뒤에 있는 행위자가 아니라 그 행위 자체가 주체이다. 버틀러의 수행성은 무대 위 마스크와 무대복장을 착용하고 행하는 연극적 행위로, 규율담론의 의미화 체계 없이는 지칭 자체가 불가능한 몸으로, 또 내적인 반동의 힘

---

380) 수행(performance)이 어떤 주체를 전제로 하면서 자유로운 유희나 연극적 자기 재현을 의미한다면, 수행성(performativity)은 좀더 탈주체적인 의미에서의 담론이 명명하는 것을 생산할 능력을 가진 그 담론적 양상을 의미한다. 이는 반복과 재진술(recitation) 과정에서만 발생하며 존재론적 효과가 산출되는 매개수단(vehicle)과 같은 것이다. Judith Butler, "Gender as Performance", *A Critical Sense: Interviews with Intellectuals*, ed. Peter Osborne (New York: Routledge, 1996), 112.

을 안고 언제나 재전유되는 담론으로 나타난다. 수행성의 정치학은 반복과 인용, 재의미화와 재발화의 가능성을 안고 단일한 자기동일적 주체를 거부하는 저항의 정치학이다.

주체를 둘러싼 규율권력과 제도적 담론은 젠더 정체성을 구성한다. 권력은 주체를 억압하기도 하지만, 주체의 존재 조건을 제공함으로써 주체를 형성하기도 한다. 따라서 권력의 한 형식으로서의 복종은 역설적이다. 권력이 주체를 지배하는 방식은 권력이 취하는 친밀하면서도 고민스러운 양식이다. 권력에 복종한다는 것은 권력의 지배를 받는다는 의미인 동시에 주체가 되어가는 과정인 것이다. 알튀세의 호명이나 푸코의 담론적 생산성에서 나타나는 것처럼 젠더 주체는 권력에 대한 우선적인 복종을 통해서 창출되지만 반복적 복종 속에서 언제나 재의미화되고 저항을 일으킬 가능성을 안고 있다. 권력의 무의식은 권력이 주체를 자신에게 복종시킬 뿐 아니라 스스로에 복속할 수 없는 잉여적 가능성을 언제나 더 큰 전제로 상정하기 때문이다. 이처럼 주체는 권력에 복종하면서 그 권력을 내면화하지만 권력의 합체 방식은 불완전하다.

권력의 이중적 내면화 양식을 잘 드러내는 것이 우울증적인 동일시이다. 동일시는 이중적 의미에서의 거부된 동일시라는 점에서 우울증과 닮아 있다. 남성적 여성이 오히려 여성성을 과장하거나, 여성적 남성이 자신의 남성성을 과장하는 것은 젠더 속에 남성의 여성성과 여성의 남성성을 거부한 결과이다. 하지만 이 거부는 거부의 대상을 이미 상정하고 있기 때문에 가능하고, 그것은 주체 안에 불완전하게 동일시되어 있다. 자신의 정체성을 상정하기 위해 대립적이거나 변별적인 요소를 거부하지만, 그 거부가 거부되어 자신 안에 불완전하게 남아 있으면서 주체를 가능하게 하는 역설적 이중 부정이 바로 우울증 적 동일시인 것이다. 이는 주체가 상실한 애정의 대상을 완전히 애도 한 후 소진시키는 것이 아니라 애도 대상을 분명하게 밝힐 수 없어서 완전하게 애도하지 못하고 자신 안에 우울하고 불완전하게 합체하는 동일시 방식이다. 이성애자는 거부해도 완전하게 제거하진 못한 동성 애 성향을 불완전하게 안고 있는 우울한 젠더이고, 동성애자는 불완 전하게 이성애를 합체하고 있다는 점에서 우울한 젠더이다. 드랙(여 장 남성)은 이성애자의 우울증에 대한 알레고리가 되고, 이성애 남성 은 게이 우울증의 알레고리가 된다.

버틀러가 젠더 주체의 형성에서 중시하는 것은 몸과 성 경향이다. 몸은 수행적 정체성을 형성하는 이론적 토대로서 중요한 만큼 성 경 향은 퀴어 이론가로서의 실천적인 정치적 입지를 제공하는 기반이 된 다. 주체의 발생은 특정 성 경향, 즉 이성애 사회 속에서는 동성애 성 향의 금지를 통해 형성된다. 그리고 동성애라는 금지된 성욕은 사실 그것을 금기시한다는 사실 때문에 여전히 욕구로서 남아 있다. 그렇 다면 주체는 역설적으로 말해 금지된 성욕, 즉 동성애 때문에 형성되 는 것이 된다. 동성애적 애착의 상실을 에고의 일부로 보유하면서 생 긴 우울증적 내면화가 주체를 구성하는 것이다. 그래서 '성적 정체성' 은 표현 면에서 생산적 모순을 안고 있다. 정체성은 그 자신이 가지 고 있는 것으로 간주되는 성욕의 일부 차원을 금지함으로써 형성되고, 그것이 정체성과 연결되는 성욕은 언제나 자신의 의미를 훼손하게 되 기 때문이다.[381]

---

381) Judith Butler, *Psychic Life of Power: Theories in Subjection* (Stanford: Stanford UP, 1997), 103-4.

패러디나 수행성, 복종과 우울증으로서의 젠더 정체성은 서로 다른 것이 아니라 문화적이고 사회적인 일시적 구성물로서의 젠더를 설명하는 상호보완적 방식들이다. 진정한 여성은 없고, 여성다움이라는 사회문화적 규범의 반복과 패러디 속에서 형상화되는 젠더만이 존재하며, 그 존재방식도 본질적 핵심을 가진 것이 아니라 언제나 행위 중에 가변적으로 구성되며 반복과 재인용 속에서 재의미화에 열린 수행적인 것이다. 그리고 그것은 기율권력과 성적 제도에 복종하면서 이루어지는 정체성이지만, 언제나 의미를 재전유할 가능성을 내재적으로 안고 있다. 권력과 담론의 규범에 복종하고 그것을 내면화해서 만들어진 젠더 정체성은 자신을 침해하는 의미 속에서 자신의 존재를 말할 수 있는 양가적이고 모호한 것이다. 우울증적 정체성은 거부했지만 자신 안에 불완전하게 안고 있는 '구성적 외부(constitutive outside)'로써의 동성애 경향 때문에 이성애 사회 속에서 주체로 형성되므로 '성 경향이 주체를 형성한다'고 할 수 있다.

이처럼 젠더 정체성은 원전 없는 패러디적 모방으로, 행위자 없는 행위의 반복으로, 복종하면서 저항하는 권력의 부름으로, 부인하면서도 합체하는 우울증으로 형성된다. 수행적 정체성에는 언제나 기존의 사회규범이나 언어에 의한 주체 구성을 말하는 동시에, 그 구성의 반복과 재반복을 통해 새롭게 전유되는 의미를 안고 있기 때문에, 이 과정에서 전복적 재의미화가 가능하다는 이중적 함의가 들어 있다. 이 재의미화의 가능성이 주체의 형성/재형성이라는 반복과 인용성 속에서 단일한 젠더 정체성을 언제나 불안정하게 흔든다. 개인의 정체성은 주체 스스로가 배제하며 거부하고 있다고 여겨지는 금지된 외부적 요소와의 관계 속에서 발생하며 언제나 내적 부정성을 안고 있기 때문이다.

모든 정체성은 문화와 사회가 반복적으로 주입한 허구적이고 환상적인 구성물이다. 동일시나 정체성은 사실상 환상에 의해 구성된 것이다. 인식은 주체에 수여되는 것이 아니라 주체를 구성하는 것이므로 완전한 인식의 불가능성은 주체 구성의 불안정성과 불완전성을 의미한다. 따라서 '나'라는 것은 발화 속에서 '나'의 위치를 인용하는 것이며 그 위치는 삶과의 관계에서 어떤 우선권과 익명성을 가지고 있는 곳이기도 하다. 즉 그것은 나에 선행해서 나를 초과하는 역사적으로 역전될 수 있는 이름의 가능성이지만 그것이 없이는 내가 말할 수 없는 어떤 것이기도 하다.[382] 정체성의 정치학은 젠더 수행을 축으로 재배치된다.

젠더는 안정된 정체성이 아니다. 그것은 시간의 흐름에 따라 우연적 토대 위에 깨질 듯 불안하게 구성되고 흩어지는 정체성이다. 따라서 정체성을 안정된 것으로 상정하는 모든 것은 환상에 불과하다. 그러나 환상성은 현실의 불안정한 토대를 가리기 위해 필요한 장치이다. 버틀러의 젠더 정체성이 환상성과 맞닿아 있는 것도 그 때문이다.

버틀러가 말하는 젠더는 양식화된 젠더 표현이나 행위의 양식화된 반복을 통해 설정되는 정체성이라고 할 수 있다. 그것은 원본과 모방본의 경계를 불분명하게 하면서 모든 정체성이 모방 구조에 입각해 있기 때문에 근원이나 원본이라는 것, 본질적 존재나 핵심적 부분이라는 것이 불가능함을 말해준다. 젠더가 내적으로 불연속적인 행위를 통해 설정되는 것이라면 본질의 외관은 정확히 구성된 정체성이자 수행적 성취물이라고 할 수 있다. 그리고 몸의 양식화는 몸의 제스처, 운

---

382) Judith Butler, *Bodies That Matter: On the Discursive Limits of 'Sex'*(New York: Routledge, 1993), 226.

동, 연극 행위가 지속적으로 젠더화된 자아에 대한 환상을 구성하는 세속적인 방식으로 이해되어야 한다. 몸의 양식화로서의 젠더는 구성된 것으로서 사회적 일시성이라는 개념을 필요로 한다. 그리고 젠더 정체성은 사회적 인정과 금기로 강요된 수행적 성과물이며, 그 내부에 갈등을 일으키는 물화된 위상들이 나타난다.

여성이 되어가는 과정은 표면상 안정된 것처럼 보인다고 해도 사실 그 안에 반복적 수행으로 인한 재전유의 가능성을 내포하고 있는 것이다. 사회 문화적 젠더만큼이나 생물학적 섹스에 따른 여성도 각 규제 장치와 이데올로기에 따라 다를 뿐 아니라, 그것이 개개인에 대해 호명하는 반복적 수행의 양식, 재인용의 양식에 따라서도 다르게 나타난다. 그리고 정체성은 언제나 자신에게 금기시된 욕망을 거부의 방식으로 합체하고 있다. 자아가 타자가 아님으로 인해 자아가 되는 것은 타자를 거부해야만 자아를 구성할 수 있기 때문에 젠더는 말끔하게 타자를 애도해 보낼 수 없어서 언제나 우울하다. 이러한 다양성과 차이가 젠더의 구성적 메커니즘을 설명할 뿐 아니라 새로운 젠더 표현과 젠더 행위를 위한 재협상의 가능성도 시사한다.

젠더는 참도 거짓도, 내면도 외형도 아니다. 젠더가 사회적 현상을 창출하는 것은 정치적 관점이다. 여성은 사회적으로 공유되며 역사적으로 구성된 수행성으로 파악해야 한다. 버틀러의 관점은 젠더가 결코 젠더 정체성에 관한 이분법적 규약이나 젠더를 규정하는 이성애적 잣대로 물화될 수는 없다는 것이다. 복장도착자는 섹스/젠더, 본질/외양의 이분법적 구분에 계속 도전하듯이 젠더는 수동적으로 몸에 기입되는 것도 자연이나 언어, 상징계나 가부장제의 역사에 의해서 결정되는 것도 아니다. 젠더는 매일 부단히 규제하에서 근심스럽게, 혹은 즐겁게 몸에 입게 되는 것이다. 하지만 이 지속적인 행위가 자연적이고 언어적으로 주어진 것이라고 오인하는 가운데 권력은 다양한 종류의 수행을 통해 문화적인 장을 몸의로 확대하게 된다. 그러나 권력은 자체 내에 내적 전복력을 갖고 있다는 역설을 안고 있다.

버틀러가 구성주의적 관점을 지지하면서도 자기해체에 따른 무정치성으로 빠지지 않고 젠더와 성욕의 정치학을 주장할 수 있는 부분은 레즈비언 페미니즘이나 퀴어에 대한 논의에서 그 다형적이고 다양한 인 여성의 수행적 정체성을 발견한다는 점이다. 그는 지배적인 담론의 권력 체계를 전복할 수 있는 가능성을 레즈비언과 게이 성욕에서 발견한다. 버틀러는 이성애가 배제하고 규범으로 금기시한 가장 근원적인 요소로서 동성애라는 성 경향에 집중하여 사회적 호모포비아와 이성애 정상성(heteronomativity)을 논의한다. 그는 동성애의 문제를 정체성의 문제로 다룰 뿐 아니라 담론적 구성물로서 다루는 것이다.

정상/비정상의 범주는 존재론적 토대에 근거한 것이 아니라, 헤게모니적 담론이 만들어낸 규제장치에 근거하고 있다. 하지만 권력은 단순히 억압적 기능만을 가지고 있는 것은 아니다. 권력은 억압기제로도 작동하지만 차이를 생산하고 관리하는 방식으로도 작용한다. 규범을 형성하고 그 경계를 가로지르는 역할까지도 권력에서 생산되는 것이다. 이성애, 재생산, 법학, 의학 등 제도화된 지배담론은 이질적이고 과잉된 것들을 분류하고 규제하기 위한 규범체계를 작동시키는 것으로 권력행사를 하지만, 이 지배담론은 권력의 반복적 수행이라는 측면에서 언제나 완전한 성취를 이루어내지 못했다는 점에서 또 다른 의미의 생산 공간을 열어준다. 이성애 규범사회는 합법적인 동성애 부부를 거부하고 이들을 잉여적 존재로서 규제하거나 의미화 영역에서 비가시적 존재로 남겨두지만, 이들은 반복적 수행 속에 자신의 주체적 위치를 확보한다.

젠더는 패러디적 수행성이다. 그것은 원본과 복사본의 경계를 허물며 끊임없이 반복되는 가운데 비판적 거리와 저항의 공간을 갖는 '몸의 제스처, 움직임, 그리고 다양한 양식의 반복으로서의 정체성'이다. 버틀러 옹호자들은 정체성이 우리가 옷을 갈아입듯 바꿀 수 있는 하나의 행위라도 되는 것처럼 수행성을 궁극적인 자유주의의 이상으로 삼는다. 그러나 버틀러에게는 수행성조차 해방의 목적으로 제시된 자유주의의 이상이 아니라, 언제나 내적 전복력을 가지고 재의미화, 의미의 수정가능성에 열린 것이다. 따라서 비판론자들이 수행성은 '모든 자아성, 행위자, 자율성 개념들의 불가능성을 완전히 폭로하는' 효과를 가지는 것으로 정치성을 불가능하게 하거나 희석시킬 수밖에 없다는 주장은 타당치 않다.

버틀러는 젠더가 구성물이며, 겉치레가 아니라 구성적 제약임을 강조하기 위해서 수행성 개념을 사용했고, 이러한 구성적 제약은 규범들의 반복을 통해서 작동되는 일시적인 과정에 부수적으로 수반되는 것이기 때문에 저항적일 수 있다. 이 일시적인 과정은 '본연적이고 자기동일적으로 남아 있는 행위들의 반복'이 아니라 인용과 마찬가지로 다양한 문맥에서 새로워지는 반복이다. '인용성(citationality)'이라는 말로 버틀러는 수행성이 참호에 싸인 관습으로서 자신을 드러내는 가운데 규범을 반복함으로써 '부차적이고 깨지기 쉬운 가능성'을 열어놓는다고 주장한다.

수행성을 기반으로 한 퀴어 정치의 목표는 정체성과 성욕을 구성하는 담론의 재배치이다. 레즈비언 페미니즘이 깊이 만연한 가부장제 구조에 항의하는 데 실패했기 때문에 자유주의 전략을 비판한다면, 퀴어 이론은 이성애주의의 정상성에 내포된 것이면서 중심을 맞추어 정상적이거나 자연스러운 것에 대한 패권적 관념을 거부하고 사회적 제도나 실천들을 고정시키는 정상성 개념 자체에 도전한다. 퀴어의 관점에서는 자연스러운 것도 정상적인 것도 없다. 모든 것이 사회적이고 문화적인 구성물이며 젠더 정체성은 적어도 부분적으로는 수행을 통해 습득된 것이기 때문이다.[383] 이성애 중심주의에서 잉여적이거나 비가시적인 것으로 여겨지던 동성애자의 주체성 획득도 가능해지는 조건을 모색하는 것이다. 이때 주체는 수행적 주체, 행위 주체로서 담론적 상황에 따라 유동적으로 구성되고 언제나 재협상이 가능한 주체이다. 퀴어적 수행은 특정 정체성의 범주를 고수하지 않으면서 지배담론의 차별화나 배제가 양산한 이분법적 분류를 해체한다. 동성애자들 속에 나타나는 이성애적 역할 반복은 단순한 모방의 차원이 아니라 이성애의 규범적 권위에 도전하는 패러디이고 가변적으로 무대 위에서 상연되는 수행성이며, 언제나 불완전하게 제도담론에 복종하면서 재의미화의 가능성을 모색하는 복종이자 이성애의 우울증으로 이성애를 구성하는 구성적 외부이다. 그것은 원본의 구성적 위상을 폭로하고 의미화과정을 재전유하면서 이성애와 동성애의 경계를 불분명하게 만든다. 드랙 퀸/드랙 킹, 게이 마초/게이 퀸, 부취/팜므는 단일하거나 자족적인 완전한 젠더 정체성이 불가능하다는 것을 알려주는 이성애 성 경향 규범의 알레고리이다.

　패러디, 수행성, 법 앞의 복종, 우울증은 모두 단일한 성 정체성은

---

383) Chris Weedon, *Feminism Theory, and the Politics of Difference* (Oxford: Blackwell, 1999), 73.

없다는 의미에서 다양성으로 열린 정체성의 논의를 가능하게 해 준다. 이것은 여성이 아니고서는 페미니즘을 말할 수 없다는 식의 경험이나 생물학적 차이를 기반으로 하는 본질주의적 정체성의 논의가 갖는 한계를 벗어나면서도, 여성이라는 공통의 범주로 말할 수 있는 주체란 없다는 비본질주의에서 오는 정치성의 희석도 피하는 전략적 본질주의를 취하는 것이다. 그럼으로써 다양한 주체와 열린 주체성을 논구하면서도 동시에 정치성을 상실하지 않는 복합적 장점을 거두어낸다.

패러디, 수행성, 역설적 복종, 우울증으로서의 젠더 정체성에서 나타나는 버틀러의 논의는 여성 주체가 하나의 범주로 환원될 수 없는 비본질적이고 구성적인 산물임을 강조한다. 버틀러는 주체를 섹스와 젠더의 구분이 불가능하며, 섹스마저도 젠더의 층위에서 결정되는 것으로 본다. 이때 가장 물질적인 몸까지도 젠더화된 주체를 구성하는 구성물로 작용한다. 인간은 젠더의 인식 기준에 부합해야만 인식될 수 있다. 그러므로 젠더 정체성과 인간의 보편 정체성은 동시에 발생한다. 규범적 이상에 따르지 않는 젠더 정체성은 논리적으로 인식이 불가능하기 때문이다.

버틀러는 젠더 정체성을 이성애적 원본을 가정할 수 없는 패러디로, 또한 반복 속에 언제나 재의미화되는 수행적 산물로 본다. 그리고 반복 속에 잉여물을 남기며 복종하는 권력과 담론의 주체화 효과로, 규율권력을 불완전하게 내면화해서 부정의 동일시로 나타나는 우울증으로 파악한다. 젠더는 원본이라고 가정되는 이상적 자질들을 모방하는 것이고, 행위 속에 수행적으로 반복되면서 언제나 새로운 의미로 거듭난다. 젠더의 규제적 실천들이 젠더 정체성을 형성하지만 규범적 젠더를 내면화할 때 부인된 정체성은 주체에게 불완전하게 합체된다.

그런 의미에서 정체성은 이미 정해진 본질을 기술하는 기술적 요소라기보다는 수행적인 과정 중의 행위이며, 규범적 이상의 불완전한 개별적 내면화이다. 따라서 주체는 일관되지도, 연속적이지도 않다.

젠더의 특성은 표현적인 것이 아니라 수행적인 것이다. 즉 이미 결정된 어떤 특정 요소를 내재적으로 담고 있는 기술적인(descriptive) 것이 아니라, 무대에서 상연되는 행위처럼 가변적으로 구성되는 공연적이고 수행적인 것이다. 젠더 특성, 행위, 또 몸이 그 문화적 의미를 보여주고 생산하는 다양한 방식들이 수행적이라면 행위나 속성이 가늠될 수 있는 선취된 정체성이란 존재하지 않는다. 진위도 없고 진정하거나 왜곡된 젠더 행위도 없으며 진정한 젠더 정체성에 대한 모든 가정은 허구로 드러나게 된다. 섹스도 문화적으로 구성되고, 자연조차도 담론적 실천을 통해 구성되기 때문에 섹스/젠더, 자연/문화의 이분법은 파괴된다.

결국 '진정한 젠더'란 일관된 젠더규범의 모태를 통해 일관된 정체성을 창출하려는 규제적 실천들을 통해 생산된다. 남녀의 구분은 욕망을 이성애적으로 규정하려는 지배담론에 필요할 뿐이다. 정체성은 담론적 실천의 효과에 불과하고, 그 담론도 자신의 내부에 재인용되고 재발화되고 재의미화될 수 있는 공간을 갖고 있다. 젠더의 내적 일관성이나 통일성은 안정된 이성애와 그에 대립적인 동성애를 동시에 필요로 하고, 이성애나 동성애와 같은 욕망들이 젠더를 반영하듯 젠더도 욕망을 반영한다. 본질로서의 젠더는 없다. 본질이란 일관된 젠더 연쇄에 강제적인 질서를 도입해서 생긴 허구적 구성물에 불과하다.

버틀러의 담론의 내적 저항성이 비난을 받는 것은 주로 정치적 실천력의 결핍이나 불분명한 규범성, 혹은 난해한 수사 때문이다. 결국 페미니즘이라는 해방지향적 메타서사가 갖는 정치성과, 그 어떤 주인의 담론도 노정치 않으면서 이미 내적 억압성을 가진 모든 목적론을 타파하려는 해체론이나 포스트모더니즘은 서로 갈등적이고 모순적인 입지에서 충돌하고 있다. 그러나 이 충돌은 생산적인 지평의 확산을 가져온다는 의미에서 긍정성을 담보하기도 한다.

니콜 워드 주브(Nicole Ward-Jouve)는 버틀러의 해체론적 비평에 대해 그 개념들이 얼마나 불안정한지 언급하면서 흑인 페미니즘의 흑인도, 레즈비언 페미니즘의 레즈비언도 무엇이라고 말할 수 없는 것이 되었음을 우려한다. 워드 주브는 당당히 행진하는 수행 속에 근본적인 부정직함이 있다고 지적하면서 대립물 간에 차이를 없애는 것은 위험하다고 말한다. 젠더도 섹스도 둘 다 담론적인 형성물이며 패러디와 패스티쉬를 통해 전치되어야 한다는 주장하는 현실을 거부한 것이다. 그토록 거부해 온 소위 이분법이 없다면, 다시 말해 남성과 여성도, 남성적인 것과 여성적인 것도 없다면 아무것도, 그 어떤 세대도, 의미도 없으리라는 것이다.384) 사보이(Savoy)는 해체론적 퀴어에 담긴 풍부한 아이러니가 재현에 대한 세련된 분석을 가능하게는 해도, 실제 레즈비언이나 게이들이 겪는 위험이나 긴급 사태와의 관계는 점점 희석되고 있다고 비판한다.

급진주의 레즈비언 페미니스트인 쉐일라 제프리즈(Sheila Jeffreys)도 '젠더로의 귀환(return to gender)'을 외치는 버틀러나 다이아나 퍼스(Diana Fuss) 같은 포스트모던 페미니스트들이 레즈비언과 게이가 유희를 하면서 혁명적일 수 있는 무해한 젠더 버전을 창조했다고 보면

---

384) Nicole Ward-Jouve, *Female Genesis: Creativity, Self and Fender* (Cambridge: Polity Press, 1998), 10.

474

서 이것이 위험한 탈정치화를 가져올 수 있다고 지적한다. 70-80년대
의 페미니스트들은 젠더와 남근 중심적 성 경향을 말소하는 임무에 가
담해 가부장제의 권력관계를 넘어서려 하지만 포스트모더니즘은 이것
을 불가능하게 할 뿐만 아니라 '탈정치화되고 불온한 부분은 삭제되어,
성폭력이나 경제적 불평등, 뒷골목에서 낙태로 죽어가는 여성들을 환
기해낼 수 없는' 젠더의 대한 해석을 회복시키고 있다고 주장한다. 수
행적 젠더 개념은 자유주의적 개인주의의 한 형태라는 것이다.[385]

　워드 주브나 사보이, 그리고 제프리즈의 비판은 실천적 효용성의 면
에서는 일면 타당할 수도 있다. 그러나 버틀러는 규범의 모방과 반복
이 전복을 가져온다고 보며, 이 전복은 불안정성과 같은 의미로 사용
된다. 게이와 레즈비언 공동체 안에는 페미니즘적 정신분석학이 간과
할 수 있는 전복적이고 패러디적인 응집이 있으며,[386] 게이와 레즈비
언 실천은 권력/이성애라는 전체적 초월적 이상을 거부하는 이름 속에
서 '전복적이고 패러디적인 권력 재배치'를 할 수 있다.[387] 버틀러의
권력과 지배담론의 (저항적) 산물로서의 주체, 일시적이고 수행적인 주
체 이론은 해방의 메타서사가 가지는 또 다른 패권주의를 피하면서 역
담론이나 차이를 가진 반복 속에서 이루어지는 다양하고 미시적인 내
적 전복성을 말하는 것이다. 버틀러의 전복성의 근간을 이루는 '내적
불안정성'을 동시 발생하는 전복과 안정화, 전복과 만회로 규명하는 것
이 중요하다. 구성적인 불안정성(constitutive instability)은 전통을 강

385) Sheila Jeffreys, "Return to Gender: Post-modernism and Lesbianandgay
　　　Theory", Radically Speaking: Feminism Reclaimed ed. Diane Bell and
　　　Renate Klein (London: Zed Books, 1996), 359-74.
386) Judith Butler, Gender Trouble (New York: Routledge, 1990), 66.
387) Ibid., 124.

화하는 동시에 전복하면서, 안정화되는 동시에 탈안정화된다.[388] 버틀
러가 젠더를 불안정하게 만든 것은 현 상태를 지지하는 데 기여한 것
이 아니라 젠더규범을 탈안정화시키고 있다. 자연스러운 젠더란 젠더
연기(impersonation)와 대립적일 수도 있지만 자연스런 젠더 그 자체가
일종의 연기일 수도 있다는 역설을 안고 있다. 젠더의 당연화가 가능
한 조건을 재건하는 것은 단순히 중립적인 재건이 아니라, 그 자연화
과정에 가시성을 부여해서 그 과정을 탈자연화하는 정치성에 분명 기
여하고 있는 것이다.[389]

벤아비브(Benhabib)는 버틀러의 행위작인 개념이 갖는 불안정성을
문제 삼는 대표적 버틀러 비판자이다. 벤아비브는 버틀러가 제시하는
포스트모던 범주의 주체가 정치력을 상실하고 있으며, 버틀러의 수행
적 젠더 정체성은 주체의 자율성과 선택, 자기결정 능력의 가능성을
평가절하한다고 비판한다. 하지만 버틀러는 벤아비브가 주체의 행위
상황이나 문맥을 초월하는 행동을 할 수 있다는 함의를 가진 행위작인
개념을 잘못 사용했다고 맞비판하면서 행위 '뒤'에 있는 행위자를 재상
정하는 것은 자신을 오해하는 것이라고 지적한다. 젠더 수행성은 행위
뒤에 있는 의도적 주체를 노정하는 것이 아니라 우리를 구성하면서 동
시에 우리가 반대하는 권력체제로부터 행위작인을 이끌어내려는 힘겨
운 노력을 포함하고 있기 때문이다.[390]

버틀러에게 주체나 행위작인은 결정적이거나 안정적인 것이 결코 아

---

388) Penelop Deutscher, *Yielding Gender: Feminism, Deconstruction and the History of Philosophy* (New York: Routledge, 1997), 32-3.

389) *Ibid.*, 56.

390) Judith Butler, "For a Careful Reading", *Feminist Contentions: A Philosophical Exchange* (Routlege: New York, 1995), 135-6.

니다. '행위작인'은 주체의 '불안정성(instability)'을 기반으로 설정된 것
이다. 행위작인은 기표 그 자체를 반복하거나 모방함으로써 즉시 존재
가 되는 행위 그 자체에 놓인다. 주의설과도 다르고 지배적인 권력형태
로도 환원되지 않는 행위작인의 작용을 보여주는 것이 바로 '재의미화'
이다.391) 주체가 '구성된다'는 주장은 주체가 결정되었다는 뜻이 아니
며, 오히려 주체의 구성적 특성이야말로 바로 그 행위작인을 가능케 하
는 전제조건이라는 의미이다. 버틀러에게 주체는 토대도 생산물도 아닌
지속적 '재의미화'의 가능성이다. 이 가능성은 다른 권력기제를 우회하
면서 설정된 것이지만 권력 자체의 수정가능성이기도 하다.392)

　버틀러의 행위작인 논의는 단순히 불안정성으로 인한 정치성의 상
실이 아니다. 주체의 결정가능성이나 안정성 개념에 이의를 제기게 되
면 전통적 주체 개념이 제한적으로 부과했던 책임 부분을 확대해 오
히려 주체 개념을 확장해주고 그 주체의 윤리성이나 반성성까지 생각
할 여지를 남겨주기 때문이다. 주체가 의도나 의지와 같은 의식적인

---

391) "This resignification marks the workings of an agency that is (a) not
the same as voluntarism, and that (b) though implicated in the very
relations of power it seeks to rival, is not, as a consequence, reducible
to those dominant forms." Judith Butler, *Bodies that Matter: On the
Discursive Limits of 'Sex'* (Routledge: New York, 1993), 241.

392) "……But the to claim the subject is constituted is not to claim that it
is determined; on the contrary, the constituted character of the
subject is the very precondition of its agency……The subject is neither
a ground nor a product, but the permanent possibility of a certain
re-signifying process, one which gets detoured and stalled through
other mechanisms of power, but which is power's own possibility of
being reworked." Judith Butler, "Contingent Foundations: Feminism
and the Question of "Postmodernism", *Feminist Contentions: A
Philosophical Exchange* (Routlege: New York, 1995), 46-7.

부분뿐 아니라, 실수나 농담에서 드러나는 무의식적 부분까지도 포함
하게 되면 개인의 책임 부분도 확대된다. 버틀러에게 주체 개념은 무
의식의 구조나 스스로 선택하지 않은 주체의 위치까지 확대되어 이제
주체는 자신이 분명하게 의도한 바 없던 구조와 사건까지도 책임을
지게 된다.

마사 너스바움(Martha Nussbaum)은 버틀러 논의에서 사회 문화적
실천력이 미온하고 저항이 개인 영역에 국한되어 있는 점을 들어 그
의 논의가 수사만 화려한 멋진 무저항적 보수주의라고 비난한다. 그
는 버틀러가 1998년 『철학과 문학』에서 후원하는 연간 최악의 작가
대회에서 최고상을 수상했다는 점을 들어 버틀러의 글쓰기가 가지는
비유성과 현학성을 지적하고, 난해한 글쓰기 때문에 독자층이 고급
식자층에 한정되어 실천력도 미흡하다는 점을 지적한다. 또한 그는
캐더린 맥키논이나 낸시 초도로우가 법이나 제도의 변혁을 통한 성적
평등으로의 변화를 추진한 반면, 버틀러의 수행성은 실천적 현실 개
혁의 문제에 있어서는 변화의 가능성을 지연하거나 저해한다고 본다.
버틀러가 젠더 정체성의 규범을 초월하는 이상으로 제시한 퀴어 이론
은 비관적 성애의 인류학이며 무도덕적 무정부주의의 정치학이라는
것이다.[393]

너스바움에 따르면 버틀러는 젠더와 권력과 몸이라는 개념을 중심
으로 페미니즘 이론을 피력했으나 대체로 식자층 독자를 겨냥한 개념
적 모호성과 스타일상의 비결정성 때문에 간단한 논의조차 불명료하
게 흐리고 있다. 그렇기 때문에 버틀러의 패러디적 수행도 수행자 개

---

393) Martha C. Nussbaum, "The Professor of Parody", *New Republic*,
     Vol.220. Issue 8.

개인의 행위일 뿐, 전체 체계에 대해 저항의 대중운동이나 정치혁명
의 캠페인이 될 수 없다. 버틀러의 수행성은 틀린 대본을 가진 배우
가 틀린 대사를 모호하게 얼버무림으로써 그 대사를 전복할 수 있다
는 역설적 희망을 전달하는 것에 불과하다는 것이다.

그렇다면 희망은 역설적인 것이 아니라 불가능하게 되고, 저항은 억
압적 권력구조를 성애화하여 그 구조적 금기의 규제 안에서만 성적
쾌락을 구하는 것이 되고 만다. 그가 포르노와 혐오담화에 대한 규제
나 검열을 거부하는 것도 실질적인 법적 개선을 억압하고 사디스트/
매저키스트적 의식으로서의 패러디를 수행하게 할 뿐이다. 포르노나
혐오담화의 법적 저지가 피해자 측의 저항수행력을 차단한다는 것은,
실제로 잘못된 법 때문에 입게 되는 상해보다 훨씬 지엽적인 문제라
는 것이다. 그것은 잘못된 법을 공격하고 그에 저항하는 것을 문제 삼
아 정치적 무저항주의를 확대하게 될 뿐이다. 버틀러의 현학적 이론은
공공적 현실참여 감각을 상실하게 하며 미국적인 환경에서 자신을 수
양하는 데에만 초점이 맞추어져 있다. 이것은 정치적 변화를 위한 것
이라기보다는 상징적 제스처에 불과한 헛된 희망이라고 너스바움은
비판한다.

그러나 너스바움의 버틀러 비판은 이론적인 엄밀성보다는 정치적 실
천력에 초점을 두고 있기 때문에 버틀러의 정밀한 이론적 전개과정이
실제로 페미니즘의 이론적 발전에 미친 공로나, 현실적으로 '퀴어'라는
용어를 재전유하면서 경멸적인 의미를 벗고 저항성을 갖게 되는 수행
적 퀴어 실천으로 인한 동성애자들의 권익 함양 부분을 간과하거나 무
시하고 있다. 버틀러의 철학적 기반은 페미니즘이 고급학술담론에서
존재론적 입지를 강화하고 실천적 역량을 위한 이론적 토대를 마련했

으며, 포르노 금지법이나 검열 반대라는 버틀러의 입장도 분명 동성애
자의 권익보호에 기여한 면이 있다. 버틀러의 글이 난해하고 추상적이
며 많은 선험 연구들을 인용하고 있는 것은 사실이지만, 어렵다고 해
서 실천력이 부족하다는 것은 너무 단순한 비판이 될 소지가 있다.

한편, 앨리슨 위어(Allison Weir)는 버틀러 논의가 여성의 경험을
배제하고 규범이 부재하며, 이상적인 페미니스트 연대를 거부한다고
비판한다. 버틀러는 자아를 생산하는 사회적 힘에 선행하거나 그 배
후에 있는 것은 없다면서 양성 간에 몸을 구분하는 것조차 사회적으
로 구성된 것이라고 본다. 그렇다면 사회적 정의도 성별과 마찬가지
로 내적이고 자연스러운 것이 아니라 반복된 수행에 의해 생산되는
것이 된다. 그렇게 되면 젠더규범의 전복이 왜 사회적 선이고, 정의라
는 규범을 전복하는 것은 왜 사회적 악인지를 설명할 길이 없다는 것
이 위어의 비판이다. 버틀러에게 전복은 그저 전복일 뿐, 원칙적으로
어느 방향으로나 나갈 수 있는 위험스러운 정치적 공백에 불과하다.
따라서 저항의 공간은 작고, 위험한 무저항주의는 크게 나타난다. 결
국 제도적 구조는 변하지 않고 개인은 그 제도 안에서 조롱이나 비웃
음을 통해 개인적인 자유의 공간을 찾을 수밖에 없다.

위어에게 차이를 포함하는 버틀러의 정체성은 그 개념에 반복해서
출몰하는 '억압된 타자'로서일 뿐이다. 그러나 언어의 사용 결과 의미
를 이해할 수 있다는 것은 타자를 억압한 폭력에서 비롯된다. 이해
가능성이라는 것은 타자의 배제라는 폭력을 대가로 치러야 한다. 언
어는 비동일성에 동일성을 부과하면서 가능한 경험의 다양성을 허구
적 통일체로 굳히면서 동일성은 다양성과 비동일성을 억압하게 된다.
그런데 버틀러식의 언어에 억압된 타자가 사회적 소통성이나 실천적

운동으로 효력을 발휘할 수 있는지를 의심한다. 여성 범주가 폐기가 정치적 실천력을 가질 수 있는지, 수행적 주체가 반성적이고 윤리적인 주체를 생산할 수 있는지에 대해 회의적 시선을 던지는 것이다.

앨리슨 위어는 버틀러의 수행적 정체성이 정체성의 확증과 정체성의 해체 간에 패러독스를 제거하려다가 또 다른 패러독스를 생산했다고 주장한다. 버틀러의 정체성이 단조로운 언어논리의 반복에 의한 주체와, 일시적인 행위에서 오는 전복적 주체 사이에서 흔들리고 있다는 것이다. 위어는 실존적 정체성, 윤리적 정체성, 행위작인이라는 세 가지 관점에서 버틀러를 비판한다. 버틀러는 규범과 행위 간에 어떤 매개과정도 설명하지 않았으며, 경험을 간과하고, 윤리나 규범을 결여하고, 내적 모순 속에 모호한 저항성을 지닐 뿐이라는 것이다. 위어의 비판은 아래와 같다.

실존적 정체성의 관점에서, 버틀러는 모든 정체성을 즉각적, 본질적, 형이상적 정체성에 대한 기만적 주장으로 보면서 모든 매개된 정체성의 가능성을 평가절하한다. 이는 선험적 주체 개념을 허구적이고 기만적이라고 말하면서도, 행위에 앞선 초월적 주체를 노정해 두고, 초월적 주체와 수행적 행위 주체라는 그릇된 대립구도를 설정한 것이다. 버틀러는 모든 지속적인 자기정체성은 본질의 망상에 입각한 기만적 허구라고 가정했지만, 위어는 의미 있고 지속적인 것으로 경험되는 젠더 개념과 자아 개념이 반드시 본질의 망상에 기반하고 있는 것은 아니라고 반박한다. 일례로 위어는 그 자신이 여성으로 만들어졌고, 자신의 젠더화된 자아가 모호하거나 복잡하게 변화함에도 불구하고 여전히 자기 자신을 여성으로서 의미 있는 방식으로 경험한다고 주장한다. 하지만 그러한 경험이 버틀러 논의에는 포함되어 있지 않다는

것이다. 게다가 실천이자 행위로서의 젠더와 규범적 이상이나 법으로
서의 젠더 간에 매개가 없다면 젠더 범주들의 저항에 아무런 토대도
제공될 수 없다. 버틀러에게 젠더 변형을 제공할 수 있는 근원은 오
직 '이따금의 불연속'이나 '반복 실패'뿐이다.

 윤리적인 정체성의 관점에서, 버틀러의 패러디적 수행의 정체성에는
규범이 배제되어 있다. 니체가 '행위가 모든 것일 뿐 행위 뒤의 행위
자는 없다'고 주장한 것은 행위들은 그저 배우의 본질이나 본성의 표
현들에 불과하며, 지배가 강자의 본성이고 피지배가 약자의 본성이라
는 강자의 지배론을 피력한 것이다. 하지만 버틀러가 니체의 논의를
끌어들여 자기동일적이거나 지속적인 정체성이 전복되어야 한다고 주
장할 때는, 개인의 자아성이나 타인과의 연대적 관계도 없는 자발적이
거나 즉각적인 주체를 말하고 있다. 최소한 전복되어야 할 억압적 정
체성과 주장해야 할 윤리적인 정체성이 구분되어 있지 않은 것이다.

 행위작인(agency)의 관점에서도 버틀러의 입장은 모순적이라고 본
다. 버틀러는 행위작인을 반복 속에서 변화할 수 있는 가능성으로 본
다. 행위작인은 법의 명령을 초과하고 그 명령에 저항하는 다양한 비
일관적 배열들이기 때문에 '반성적 매개능력'으로 이해될 수 없다. 하
지만 비판적 주체에 대한 반성적 매개 개념 없이는 가변적으로 획득
되는 젠더 정체성이 패러디적 실천이나 전복, 혹은 저항이 될 수 없다.
변화되거나 실패한 정체성에는 비판적 반성이 필요 없어도 패러디에
는 그것이 필요하기 때문이다. 버틀러에게 문화적으로 인식 가능한 주
체야말로 언어생활에 퍼져 있는 세속적인 의미화 행위들에 둘러싸인
규칙과 담론의 효과이고 그 의미는 반복적 규제화 과정에서 생긴다.
주체가 이미 결정된 것이 아니라 인식 담론이 행위작인 속에 하나의

과정으로서 깃드는 것이다. 그러나 반성적 매개 능력을 가정하지 않고 서는 저항이나 전복은 불가능하고 반성적 매개능력은 '행위작인'에게 있을 수 없다.

위어의 실존적, 윤리적 주체, 행위작인에 대한 버틀러 비판은 궁극 적으로 위어의 주체 개념이 상호주관적인 반성적 인식 주체를 기반으 로 하고 있는 데 반해서 버틀러는 가변적이고 상황에 따라 일시적인 주체성을 형성하고 또 흩뜨리는 담론적 주체를 상정한다는 주체에 대 한 기본적 인식 차이에서 비롯된 것이다. 위어는 드랙 수행처럼 젠더 규범들을 탈자연화하고 전복하면서 한편으로 이상화할 수도 있기 때 문에, 전복적 드랙과 비전복적 드랙의 형식을 구분할 수 있는 규범, 수용할 수 있는 정체성과 수용할 수 없는 정체성을 구분하는 규범적 비판 범주가 필요하다고 본다.[394]

위어는 버틀러의 여성 범주 개념을 비판이 어떤 유용성에 대한 비 판, 어떤 본질성에 대한 비판으로 이해하고는 있지만 정체성이 자신 을 구성하려면 타자를 억압한다는 희생논리를 관계성, 상호성 속에서 이해되어야 한다는 관점을 취하고 있다. 그리고 윤리적이고 반성적이 자아를 위해 규범이 필요하다고 역설한다. 그러나 상호성이나 관계성 이 이상적 기준으로 제시되고, 페미니즘의 규범이 제시되면 그것은 하나의 이론적 도그마가 되어 또 다른 억압을 양산할 가능성이 있다. 따라서 버틀러가 '본질적인 여성' 개념, '사회 언어적 여성' 범주, '페미 니스트 연대'의 이상을 모두 하나로 약분해서 사회 언어적 여성이나 페미니스트 연대를 불가능하게 한다는 주장[395]은 관계성을 중심으로

---

394) Allison Weir, *Sacrificial Logics: Feminist Theory and the Critique of Identity* (New York: Routledge, 1996), 128.
395) 위어가 보기에 '본질적인 여성' 개념은 극복해야 할 문제이긴 해도, '사

하는 또 다른 이상을 구축할 위험이 있다.

'규범'이 없다면 저항성이 없고, '반성적 매개능력' 없이는 전복적 실천이 불가능하다는 위어의 신념은 주체에 대한 기본적 인식이 '내적 성찰성'을 가진 근대 주체이기에 가능한 것이다. 주체는 대립 항 간의 상호주관성을 통해 이분법적 대립구도를 극복할 수 있다는 위어의 주장에는 주체에 대한 인식 자체가 반성적 능력이나 이상적 규범을 통해 진보할 수 있는 통합적 자아나 반성적 주체가 있는 것이다 그러나 버틀러는 대립물 간의 변증법적 합을 이상으로 삼는 모든 자기동일적 주체는 억압성을 담보하고 있으며, 주체는 이 모든 종류의 통합적 지향에 저항해야 한다고 본다. 규범이 규범으로 제시되는 그 순간, 도덕이 도덕으로 제시되는 그 순간 그것은 하나의 억압이 된다고 보는 것이다. 따라서 버틀러에게 필요한 것은 본질적이지도, 통합적이지도 않은 주체가 가지는 혁명적 내적 전복력이다.

데이빗 웨버맨(David Weberman)은 버틀러의 수행적 주체가 푸코의 인공적 주체(artifitial subject)[396]에서 발전된 것으로 보고 이 주체

회 언어적 여성' 범주는 차이들을 포함하면서도 사회적으로 매개된 정체성으로 이해될 수 있고, 변화도 가능하다. 또한 '페미니스트 연대'의 이상도 반드시 억압적인 것만은 아니라서 현실참여나 연대가 주체의 갈등과 분열의 가능성을 배제한다는 것은 잘못된 것이라고 본다. 위어는 버틀러가 여성에 대한 형이상학적인 정체성을 비판하는 데 그친 것이 아니라 이상적인 페미니스트 연대를 거부하는 것으로까지 나아갔다고 보고, 연대성을 주장하면서도 갈등과 차이를 인정하는 것이 가능한데도 버틀러는 이 둘을 대립구조로 파악해 어느 한쪽만을 지지한다고 비판한다. 공공선에 대한 이상, 개개인과 사회 집단이 자유와 행복을 추구할 기본권이 있는 사회에 대한 이상이 있어야 하고, 이러한 목표에 총체적으로 참여하는 페미니스트 연대는 공유된 가치에 대한 지속적 참여로서 연대의 이상을 주장해야 하기 때문이다. 이상은 허구적이지만 투쟁의 근거를 마련하기 때문이다.

이론이 자유로운 행위작인의 능력을 함양시키면서도 스스로에 대한 비판적 시각도 가질 수 있는 개념으로 파악한다. 인간이 자유로운 행위작인이며 철학이론은 자유로운 행위작인으로 행위를 할 수 있는 인간의 능력을 함양해야 한다는 시각과, 고통스럽지만 주체성이나 자아성에 대한 인본주의적 개념과 거리를 두어야 한다는 시각은 푸코와 버틀러의 주체에서 성공적으로 결합되고 있다는 것이다. 버틀러나 푸코는 '비억압적인 합리성(non-repressive rationality)'을 구분해내고 주체 이론에서 이를 전개함으로써 완전히 비결정적으로 발생하지도, 권력관계가 창출한 욕망의 효과만도 아닌 자아 발생과 의지 형성에 관심을 두었다는 것이다.

버틀러가 자율적 주체에 대한 인본주의적 환상을 거부한 이면을 살펴보면, 주체나 자아가 된다는 것은 사실 인간이 '자기반성(self-reflection)', '숙고(deliberation)', '의지 형성(will-formation)'이라는 합리적 능력을 소유하고 있다는 신념을 전제로 한다. 이 자기반성, 숙고와 의지 형성이라는 합리적 능력이 없다면 주체가 주체일 수도 없고 기존의 권력관계에 저항하거나 그 관계를 변화시킬 수 있는 자유로운 행위작인도 없다. 자기반성, 숙고, 의지 형성이라는 합리적인 과정을 우회하면서 자유 개념을 고수하기란 어렵지만 푸코와 버틀러는 결국 저항하고 전복하고 재의미화하고 다양화해서 전치할 수 있는 권력 기제와 규범의 가능성을 확신하고자 했고, 반복된 규범 속에 우연적 미끄러짐으로 그것이 가능

---

396) 이안 해킹은 "푸코는 스스로가 구성되길 기다리고 있는 그 어떤 자아도, 에고도, 나도 없다고 생각했다. 각각의 인간 주체는 하나의 인공물이다"라고 주장했는데 웨버맨은 해킹의 이 논의에서 '인공적 주체' 개념을 끌어 쓰고 있다. Ian Hacking, "Self-Improvement", *Foucault: A Critical Reader*, ed. David Couzens Hoy (Oxford: Backwell, 1986), 235.

하다고 보는 것이다. 반복된 규범의 우연적 미끄러짐이 자유로운 행위
작인으로 연결되기는 어려워도, 적극적인 자기 확신이 부족한 미약하고
소극적인 자유 개념에는 도달할 수 있다. 이러한 전치와 우연적 미끄러
짐의 저항 방식은 효과는 약해도 오랫동안 높이 평가된 인간의 합리적
능력에 기대어 있다.397) 버틀러의 주체나 자유는 자기반성, 숙고, 권력
형성으로 이루어진 특별한 자동 과정을 포함하고 있다는 신념을 저버리
지 않았기 때문에 그 아래 핵심적이면서도 드러내놓고 말해지지 않은
합리적 가정을 안고 있다.

　본질로서 존재하지 않는 젠더 논의가 갖는 효용성은 무엇일까? 오인
이 자아정체성이 필요한 허구인 것처럼 젠더 정체성도 페미니즘에 필요
한 허구이기 때문이다. 버틀러는 여성의 정체성을 하나의 범주로 환원하
는 것은 타당치 않지만 여성억압이나 동성애 공포증에 대항해야 할 정
치적 시급성이 있을 때 정체성 범주는 '필요한 오류'나 '범주 착오'로 소
환할 수 있다고 말한다. 그것이 '전략적 일시성(strategic provisionality)'
이고 '작전상 구성주의(operational constitutivism)'이다.

　버틀러 자신이 레즈비언으로서 자신의 정체성을 표명하지 않는 것
도 레즈비언이라는 기호 자체가 불분명한데다 특정 정체성과 관련된
주체 구성은 구성적 외부를 소환하기 때문이다. 구성된다는 것이 인
용, 반복, 모방을 의미하는 곳에서 기표에 의해 구성되는 존재의 이중
운동이 '행위작인'이며, 이 '행위작인'은 반복성 속의 구멍, 반복에서
드러나는 우연성이나 토대를 허무는 틈새를 통해 정체성을 설정한다.

　정체성은 배제된 집합에 의해서 생겨난다. 비지칭적 용어로서 여성

---

397) David Weberman, "Are Freedom and Anti-Humanism Compatible?:
The Case of Foucault and Butler", *Constellations* 7.2 (2000): 266-7.

이나 퀴어도 일시적 정체성을 세우고 일시적 배제집합을 만든다. 이 기술적(descriptive) 이상은 완전하고 최종적인 자질의 열거가 가능하다는 기대를 창출하지만 사실 여성은 새로운 경합과 저항이 일어나는 장소이다. 여성을 지속적 저항의 장소로 이해하는 것은 정치적 이유에서 여성이라는 범주에 어떤 종결도 없고 있어서도 안 된다는 주장이다. 여성이라는 범주가 기술적일 수 없다는 것이 정치적 유효성의 조건이 되므로, 기술적 관점에서의 비통일성은 비기술적 관점에서 보면 열린 민주화의 잠재력이 된다.

　여성의 기술적 개념에 대한 거부는 공평한 개념이나 범주의 구성적 불가능성을 입증한다. 그리고 개념화나 범주화에 수반되는 배제의 폭력은 종결성이나 포괄성을 주장하는 기술들에 의해 수행되고 또 지워진다. 이 폭력을 재구조하기 위해서는 '이중적 운동(double movement)'이 필요하며, 범주를 소환해 일시적으로 정체성을 구성하는 동시에 지속적 정치논쟁의 장으로 그 범주를 열어 놓는 운동이 바로 '이중 운동'이다. 이중적 운동은 '행위작인'이 '구성된다'는 것이 기표 자체를 '인용, 반복, 모방'한다는 의미인 곳에서, 기표에 의해 또 기표 안에서 행위작인이 구성된다는 의미에서 '이중 운동'이다. 버틀러의 퀴어 이론은 지식을 생산하는 동시에 그것과 논쟁하고, 규범에 도전하면서도 역설적 정설로서 존재할 수 있는 미래를 마주하는 이 '이중 운동' 속에서 이해된다.[398]

---

398) Tamsin Spargo, *Foucault and the Queer Theory* (Cambridge: Icon Books, 1999), 68.

제7장 미래로 열린 이중적 운동

　지금까지 페미니즘에서 여성 정체성 논의의 발전 단계를 조망해서 버틀러의 젠더 정체성 논의가 발생하기까지의 이론적 배경을 살펴보았으며, 패러디, 수행성, 역설적 복종, 우울증이라는 네 가지 개념을 중심으로 주디스 버틀러의 환상적 젠더 정체성 논의를 이론적으로 고찰하고, 그 논의를 안젤라 카터의 문학 작품 『서커스의 밤』에 등장하는 젠더 주체의 구현 양상에 적용해서 버틀러의 젠더 정체성 논의가 문학에서 가지는 효용성을 살펴보았다.

　서구 페미니즘의 역사 속에서 버틀러의 젠더 정체성 논의가 차지하는 중요성은 비본질적이면서도 정치성을 상실하지 않는 젠더 주체를 제시하는 이론적 공헌을 했다는 데 있다. 남성적 젠더 주체를 보편적 기준으로 제시하고 여성도 타자에서 주체로 나아가야 한다고 주장한 보봐르는 사회학적으로 통합된 남성적 자아를 추구한다는 면에서 초도로우나 벤자민과 유사성을 가진다. 이리가레와 로즈는 각각 라캉의 정신분석학에 반대하거나 찬성하는 입장에서 여성적 상징계나 부권적 상징질서에 입각한 여성의 정체성을 세우려 한다. 이와 반대로 크리스테바는 모든 정체성을 부정하고, 상징계 속의 주변성이나 주변적 위치로 여성을 설명하면서 여성성에 대한 모든 본질주의적 해석을 거부한다.

　그러나 로리티스와 알코프는 현실의 여성이 없이는 페미니즘도 없다고 본다. 이들은 본질주의적 해석을 거부하면서도 현실의 여성이 가지는 경험과 물적 토대도 살려 양자를 조화롭게 통합하려는 시도를 한다. 그 절충적 양상은 로리티스에게는 의식과 경험의 결합으로 나타나고, 알코프에게는 문화주의와 후기구조주의가 결합된 새로운 입장주의적 정의로 나타난다. 이것은 생물학적 본질주의와 문화 결정주의를 동시에 피하려는 것으로 여성에 대한 비본질론과 역사적 경험을 동시에 살리려는 것이다. 수잔 헥만은 이러한 통합적 시도조차도 근대적 변증법의 토대 위에 있는 것으로 보고 이 같은 변증법적 주체와 대비되는 담론적 주체의 가능성을 연다. 담론적 주체는 생물학적 본질론을 최소화하고 문화적 구성론을 더욱 강조하면서 젠더규범의 문화적 구성과 그 반복적 실천 속에 내적 저항적이 내재한다는 버틀러의 젠더 정체성 논의에 가장 근접해 있다.

버틀러는 섹스, 젠더, 성 경향이라는 핵심 개념을 중심으로 젠더 정체성이라는 것이 사회적 문화적으로 구성된 규범적 허구라는 입장을 개진한다. 버틀러에게는 자연이나 사물, 물질조차도 자연스러운 것이 아니라 담론적 실천들을 통해서 구성된 것이기 때문이다. 자연이 더 이상 당연한 의미가 아니라면 생물학적 당연성을 주장해 온 섹스도 당연하지 않기는 마찬가지다. 섹스는 젠더만큼 문화적 구성물이기 때문에 언어 속에서 담론적으로 형성되며, 이성애를 정상성으로 강조하는 성 경향의 규범도 당연한 것이 아니라 제도와 문화가 자연스러운 것으로 반복 각인한 규제적 허구(regulatory fiction)에 불과하다. 남/여, 남성성/여성성, 이성애/동성애는 타자인 섹스나 젠더나 성 경향에 대한 배제와 반박의 과정을 통해 강제로 물질화된 가상의 구성물(ideal construct)이다. 섹스, 젠더, 성 경향은 상호관계 속에서 주체를 형성하는 핵심적 요소지만 본질적인 내적 특성을 갖는 것이 아니라 다양하고 산포된 관점을 지닌 제도, 실천, 담론의 효과에 불과하다.

버틀러의 이론에 따르면 젠더는 규범이 생산한 허구적 구성물이지만, 이 허구적 구성물은 단순히 문화결정론의 산물이 아니라 규범을 다르게 반복될 가능성 속에 내적 전복력을 가진다. 젠더 정체성은 다양한 제도와 담론, 그리고 그 실천적 효과이며, 섹스, 젠더, 성 경향은 젠더의 특정 수행을 강화해서 권력관계를 유지하는 규제적 제도의 효과이다. 모든 정체성은 언제나 이분법적 대립 작용 속에서 발생되고 그 정체성을 자연스럽게 만드는 작용을 감추려 하는 '권력' 체계와 '언어' 논리의 산물이다. 섹스와 젠더, 성 경향도 권력이 부과한 사회 언어적 구성물이고 언어는 항상 '본질의 미망'을 발생시킴으로써 작동하며 정체성을 부과함으로써 차이와 비동일성을 억압한다. 그러나 정체성의 반복적 재의미화 속에 정치적 실천력의 가능성이 있다. 따라서 버틀러의 논의는 사회 문화적으로 결정된 정체성이나 언어적 의미화는 정치적 전복력을 가질 수 없다는 주장에 대한 비판적 메타이론이기도 하다.

버틀러는 무엇보다도 기존의 범주적, 본질론적 사고를 거부한다. 정체성은 새로운 패러독스로 열린 재의미화의 가능성이다. 여성의 범주화가 모든 정치적 주장에 근본이 된다는 신념을 가지고 여성을 범주화하는 것은 오류로 드러난다. 범주나 근본적인 토대가 없어도 정치성은 가능하기 때문이다. 오히려 일단 범주화가 이루어지면, 사실 그 범주 자체가 모종의 정치적 종결을 야기하게 된다. 따라서 하나의 의미로 지칭될 수 있는 젠더 정체성은 존재하지 않는다. 패러디, 수행성, 역설적 복종, 우울증은 단일한 성 정체성이 결코 존재하지 않는다는 것을 말해 준다. 이것들은 서로 연계되어 작동하며 다양성으로 열린 정체성 논의를 가능하게 한다. 다른 주체 해체 논의와 달리 버틀러의 탈중심적 주체가 페미니즘에서 중요한 것은 경험이나 생물학적 차이를 기반으로 하는 본질주의적 정체성이 갖는 한계를 비껴가는 동시에 비본질주의에서 오는 정치성의 희석도 피하려 하기 때문이다.

문화적 구성주의를 중심으로 하면서도 정치성을 상실하지 않는 거점은 일시적이고 잠정적인 정치 주체의 전략적 구성력이 달려 있다. 버틀러의 젠더 정체성은 '전략적 일시성'으로 '작전상 구성주의'로 구성된다.399) 그것은 재현적 범주로 환원될 수는 없어도 억압에 대한 정치적 대항의 필요가 있을 때 '필요한 오류'나 '범주착오'로 소환되는 정체성을 의미한다. 젠더 정체성은 원본을 가정하지 않고서 시간의 흐름에 따라 가변적으로 변화하는 행위 양상에 입각해 있는 수행적인 것이며, 언제나 구성적 외부와 내적 부정성을 전제해두고 반복 속에 새롭게 의미화될 수 있는 것이다. 보편 범주로서의 여성은 없지만 필요한 오류, 허구적 범주로서의 정체성은 존재하며, 그것의 반복적 실천속에 일시적으로 구성되고 또 열린다.

버틀러의 '행위작인' 개념은 해체론적이고 포스트모더니즘적인 탈주체가 정치성을 획득할 수 있는 새로운 가능성을 제시한다. 행위작인은 주체 개념을 확대해서 인간의 무의식이나 비의도성까지 주체의 범주에 포함시킨다. 버틀러는 다원주의와 복수주의를 표방하는 해체론이나 포스트모더니즘의 흐름에 편승해서 자기동일적이거나 단일한 목적을 지향하는 주체를 거부하지만, 페미니즘의 정치적 결속력이 필

---

399) 스피박은 전략적 목적에서 '여성'이라는 범주를 사용할 필요를 역설한다. 여성은 내적 존재론의 면에서는 다양성과 불연속성을 의미하지만 정치적 도구로서의 범주로 보면 허구적 존재에 불과하다는 것이다. 버틀러는 이 '작전상 본질주의(operational essentialism)'를 어느 정도 수용하면서 전략적이면서도 본질적 여성 범주를 상정하지 않는 '작전상 구성주의(operational constitutivism)'로 여성을 논의한다.

요할 때는 이러한 가변적이고 유동적인 주체가 일시적 고정점을 형성하게 한다. 공동으로 대응해야 할 정치적 시급성이 있을 때 페미니즘의 정치 주체가 발생될 수 있다는 것이다. 주체 내부의 차이와 다양성은 한 개인의 정체성조차 규정 불가능한 것으로 제시했지만, 여성 주체의 범주를 아예 말살하게 되면 양성 간의 차별 없는 차이의 다양성 공존이라는 페미니즘의 정치적 이상은 희석되거나 사멸되고 말기 때문이다. 버틀러의 젠더 정체성 논의는 다양성과 다양성을 수용하면서도 정치력을 상실하지 않기 때문에 포스트모더니즘 이후 페미니즘의 궁극적 딜레마로 여겨져 온 문제에 하나의 돌파구를 제시한다.

버틀러의 젠더 정체성 논의가 가지는 정치성은 페미니즘과 퀴어 이론에서 나타난다. 페미니즘적 관점에서 볼 때, 여성이라는 질료, 곧 몸 자체는 남성적 정신이나 이성과는 대립되는 열등하고 저급한 것으로 간주되어 왔다. 그러나 질료로서 혼돈이나 가변성, 비일관성, 잠정성을 대변하던 여성의 몸은 중요한 것으로 새롭게 전유되고 정신의 부속물이나 종속물이라는 입지에서 탈피한다. 사회적 규범은 고유한 주체/비천한 비체(proper/abject)를 구분하고 경계 지었지만 버틀러의 젠더 주체는 그 경계를 통과하고 위반하면서(passing/crossing) 사회적인 이름이 주어지지 않은 것, 부적절한 것, 비천한 신체로 강등되어 표현조차 되지 못한 채 '그 외 등등(etc)'이라는 말속에 버려지고 유기되었던 여성, 주변인들, 하위 주체, 비정상적 성욕을 가진 주체 등을 새롭게 재의미화한다. 게이와 레즈비언도 '퀴어'라는 용어로 재전유되면서 경멸적 호칭에서 당당한 자기주장으로 재의미화되고 재표명화된다. 이때 여성이나 퀴어는 임시적이고 순간적인 정체성을 구성하고 그 잠정적 지점에서 저항의 정치성이 획득된다. 열등하고 문제적이던 여성의 몸은 남성 정신의 원본성이나 본질성을 거부하고 이분법적 대립구도와 위계구도를 급진적으로 재의미화하고 재가치화하는 과정에서 정치적 실천력을 행사하고, 퀴어는 정체성을 부인하는 잠정적 정체성의 집단으로서 비천한 비체의 의미를 새롭게 전유하면서 정상적 젠더 주체에 대한 '부정성'으로서의 정체성이 가지는 정치력을 과시한다.

버틀러는 모든 단일한 여성 정체성에 관한 논의를 전복하는 정체성의 전복으로 향하면서 젠더 정체성뿐 아니라 모든 단일성이나 합의적 의미조차 교란하려 한다. 젠더 정체성은 본질론적인 존재가 아니라 과정상 필요한 '범주적 착오'이며 '불가능한 이상'으로서 정치성을 위해 임시적으로 소환되는 구성물이다. 젠더의 수행적 의미화 실천의 반복적 이행은 인용성을 통해 항상 새롭게 의미화되면서 언제나 변화의 가능성을 연다. 여성이나 퀴어는 비천한 주체로 간주되어 왔으나 그 의미는 항상 재전유될 수 있다. 물질이나 질료로 폄하되어 언제나 열등한 위치를 점유하던 여성이 정신이나 이성과 대등한 위치를 주장할 때, 이성애 정상성 규범하에서 주체의 위치조차 갖지 못했던 게이와 레즈비언의 하위문화가 퀴어로 주체화되고 가시화될 때 버틀러의 젠더 정체성 논의는 퀴어와 페미니즘의 이름으로 정치성을 획득하는 것이다.

안젤라 카터의 『서커스의 밤』은 이러한 버틀러의 젠더 정체성 논의를 적용할 때 기존의 환상문학 논의에서 말하는 환상 주체 논의를 더욱 확장할 수 있게 한다. 비정상적이고 기형적 몸을 가진 비현실적 인물뿐 아니라 가장 정상적이고 객관적으로 보이는 서술자조차 젠더 핵심을 가정하지 않는 환상적 주체임이 드러나는 까닭이다. 몸의 표준/예외, 정상성/비정상성, 규범성/비규범성을 넘어서서 모든 인간 주

체는 사회적 제도와 담론이 반복해서 의미를 부여한 반복적 의례의
산물이며 문화와 담론의 구성물로 드러난다. 비정상적인 몸을 가진
기형적이고 비현실적인 인간의 젠더 정체성뿐 아니라 가장 정상적이
고 객관성을 가진 것으로 보이는 보편 주체의 정체성도 비본질적이고
환상적인 방식으로 구성되는 것이다.

　남성/여성, 남성성/여성성, 이성애/동성애는 모두 항구하게 고정된
실체가 아니라 가변적으로 유동하는 문화적인 구성물이며 이 작품은
그 구현 양상을 다양한 방식으로 드러낸다. 하나의 완전한 정체성은
그 의미적 완전함을 위해 차이를 배제하고 억압한 것이므로 억압적
희생 제의의 산물이다. 섹스, 젠더, 성 경향은 모두 사회 문화적으로
구성되고 기존 언어체계 속에서 의미가 된다. 여성보다는 남성이 보편
적 인간상으로 제시되고, 여성성보다는 남성성이 보다 긍정적인 자질
로 간주되고, 동성애보다는 이성애가 더욱 정상적인 성욕으로 제시되
는 것은 규범의 반복적 의미화가 만들어낸 효과이다. 카터의 『서커스
의 밤』은 구성주의적 젠더 주체의 정체성 형성 양상을 패러디, 수행성,
복종, 우울증의 방식으로 다양하게 구현하고 있다.

　무엇보다도 백조의 날개를 달고 태어난 공중곡예사 페버스는 불안정
적이고 모호한 환상적 젠더 주체를 대표한다. 페버스는 남성성과 여성
성, 이성애와 동성애를 동시에 구현하는 젠더 교차적 동일시의 양성적
인물이다. 그러나 좀더 면밀히 살펴보면 환상적 젠더 주체는 기형적
몸을 가진 인물에만 국한되지 않는다. 과장되고 조작된 여성성을 과시
하는 환상적인 여성 공연자 페버스와 페버스가 소속되어 있던 기형인
박물관의 모든 괴기하고 비정상적인 기형 주체들뿐 아니라, 객관진리
의 존재를 믿고 취재를 통해 사실성을 검증하려는 합리적이고 실용적

인 미국인 기자 잭 월서와 세상을 떠돌면서 보편정서에 호소하는 서커스의 여러 주변인들, 또 사회 문화적 공백 지대인 시베리아에서 만난 많은 기이한 인물에 이르기까지 모든 주체는 환상적으로 구성된다. 남성성과 여성성은 서로의 경계를 침윤하면서 본질론적인 젠더의 존재를 거부하고, 이성애와 동성애는 서로의 경계를 넘나들면서 상처받은 영혼들을 치유하고 양자가 공존하는 삶의 윤리적 양식을 제시한다.

페버스나 월서, 리지와 샤만, 스트롱 맨과 미뇽, 올가와 베라 등 모든 젠더 주체는 드랙에 대한 알레고리처럼 제시된다. 그것은 본질적인 남성성/여성성, 정상적 이성애/기이한 동성애를 이분화하고 남성성이나 이성애를 원본으로 가정하는 것이 더 이상 불가능함을 말한다. 남성성이나 여성성은 이상적 젠더 특성이라 가정되는 상상의 자질을 반복적 모방 행위를 통해 습득해 얻어지는 것이며, 그 행위는 복장도착자가 정상애자의 젠더를 모방하는 것과 다르지 않다. 드랙 킹이나 드랙 퀸은 각각 남성과 여성의 젠더를 모방하지만 그 모방에서 얻어지는 것은 기원 없는 반복으로 이루어진 패러디적 정체성이다. 또한 이들의 정체성은 연극과도 같은 모방의 반복적 행위 속에 구성되면서 가면 뒤의 내적 본질을 가정하지 않는 수행적인 것이고, 규범에 반복적으로 복종하면서 자신을 형성한다는 역설 속에서 언제나 자신의 의미에 저항하는 잉여적 요소를 남겨 재의미화의 가능성을 여는 복종의 결과이다. 남성은 여성성을, 이성애자는 동성애 성향을 자신의 내부에 불완전하게 합체하고 있는 모든 젠더 주체는 완전히 애도하지 못한 부정된 대상, 상실한 애정의 대상을 '구성적 외부'로서 자신의 내부에 불완전하게 합체하고 있는 우울증적 주체이기도 하다. 그런 의미에서 카터의 작품 속에 등장하는 모든 주체는 강조되는 부분이나 정도의 차이는 있지만 남녀를 불문하고 모방의 모방인 드랙의 차원에 있다.

버틀러의 이론이나 카터의 작품에서 살펴본 것처럼 남성성과 여성성은 규율담론의 효과이고, 모든 젠더 주체는 드랙처럼 구성되며, 정상성과 비정상성의 구분은 불가능하다. 첫째로 여성이라는 젠더 성체성은 허구적인 것이다. 그것은 원본도 기원도 없는 것으로 양식화된 젠더 표현(stylized gender expression)이며 행위 중에 가변적으로 형성되고 해체되는 수행적인 것이다. 젠더 정체성은 원본 없는 모방의 모방이며, 그 모방의 반복적 실천이면서 그 실천 행위 속에 언제나 재의미화의 가능성을 안고 있다. 젠더가 사회적으로 인지되는 것은 규제와 법제 속에 있을 때이므로, 그것은 정치적으로 반복된 의미화 효과이다. 그리고 이 반복은 언제나 권력 내적인 자기저항성을 드러내면서 재수정의 가능성을 연다. 그리고 사회 속 개인의 정체성은 원초적 금기를 배제해서 얻어지는 것이 아니라 그 금지를 우울증의 방식으로 불완전하게 합체하면서 형성된다. 따라서 모든 일원적인 정체성은 억압의 산물이고, 사고에 대한 언어적 제약이며, 따라서 허구적인 산물이 된다.

두 번째로 모든 젠더 주체는 드랙처럼 구성된다. 다시 말해 모든 젠더는 드랙의 요소를 안고 있다. 드랙은 이성애의 우울증에 대한 알레고리로서 이성애적 젠더가 동성애의 가능성을 거부함으로써 스스로를 형성하는 심리적이고 수행적인 실천들을 드러내서 보여준다. 그래서 가장 진정한 레즈비언 우울증 환자가 정상적 이성애 여성이고, 가장 진정한 게이 우울증 환자가 정상적 이성애 남성이 된다. 젠더는 일련의 '부인된' 애착과 또 다른 '수행불능의' 영역을 구성하는 동일시들로 구성된다. 드랙, 부취, 팜므, 다이크와 같은 게이와 레즈비언들은 비결정적으로 재각인되는 젠더 정체성을 비천한 신체로써 구현해낸다. 게이와 레즈비언은 주체(subject)가 아닌 비체(abject)로서 불안정한 젠더 정체성을 표상한다. 버틀러가 한 인터뷰에서 동성애자의 비천한 몸에 대한 논의가 모순적인 것은 '불가능한' 존재를 상정하려는 의도에서 비롯된 것이라고 말했듯이 게이와 레즈비언은 '고의적인 수행적 모순의 실천'이며, 이 실천은 동성애자를 비체의 전형적 예로써 어떤 패러다임을 만들어 배제를 생산하는 것을 경계하려는 몸짓이다.[400] 이들 동성애자는 이성애적 젠더규범에 순응하지 않고 원본으로서의 이성애는 불가능하다고 말한다. 그리고 젠더 정체성이 고정된 자질의 집합이 아니라 수행적 행위의 반복 속에 언제나 재의미화될 수 있음을 보여준다. 이성애 사회 속에 동성애 성향은 금지의 양식으로 주체에 합체되어 있기 때문이다. 이성애적 남성성과 여성성이 스스로의 존재를 확신하려는 과장된 동일시 문화는 사실상 과장된 동일시 문화가 생산한 우울증적인 문화이다.

　마지막으로, '모든 젠더는 드랙과 같이 구조'되기 때문에 젠더 정체성 논의는 단순히 게이나 레즈비언 논의에만 국한되는 것이 아닌 보편적 젠더 주체의 논의로 확장된다. 정상성이라는 규범하에서 개별적인 모든 특이성을 억압당하는 모든 주체의 논의로 확대되는 것이다. 정상성과 비정상성의 구분은 불가능하고 따라서 정상성은 비정상성에 대해 우위를 주장할 수 없다. 버틀러의 젠더 정체성 논의는 동성애자

---

400) 버틀러는 물질화에 실패한 몸이 과연 몸일 수 있는가라는 질문에 대해서는 순수한 존재론이란 처음부터 오염된 것이며, 물질화에 실패했지만 중시되지 않는 몸을 비천한 몸이라고 말한다. 그리고 비체란 삶이 삶으로 간주되지 않는 몸, 물질성이 물질성으로 간주되지 않는 몸으로서 현실화되지 않은 무수한 그림자의 형상(shadowy countless figure)이라고 답한다. Judith Butler, "How Bodies Comes to Matter", *Sign* 23.2 (1998)

의 비천한 신체가 더 이상 열등한 것으로 비천시되지 않는 방식으로 재전유될 수 있도록 정치적 힘을 실어준다. '퀴어'라는 용어도 비천한 신체에 대한 경멸적 용어가 아니라 자신의 존재를 당당하게 천명하고 그 가치를 재평가하는 정치적 용어가 되었다. 결국 정상성과 비정상 성은 제도 규범의 기준 아래 생산된 폭력적 개념화의 산물일 뿐 본질 적으로는 존재하지 않는 것이다. 정상적 주체는 '의미론적 완전함'을 위해 차이를 배제하고 다른 경험의 발화가능성을 차단하면서 안정된 범주를 구성하면서 언제나 자신의 기준에 부합하지 않는 것을 '비정 상', '기형성', '타자성' 등으로 끊임없이 비천화하고 배제하고 억압한 결과에 불과하다.

버틀러의 이론과 카터의 작품이 접합하는 페미니즘의 정체성 논의 는 '이중적 운동'에 있다. 버틀러의 이중적 운동은 페미니즘의 정치성 을 살리는 가변적이고 임시적인 수행적 주체를 말하면서도 근본적으 로 모든 주체는 담론과 문화의 생산물이라는 구성적 주체의 논의를 유지하는 것이고, 카터의 이중적 운동은 여성적 특성이나 여성성을 가졌다고 생각되는 여성적 주체를 환상적으로 소환하는 동시에 그것 이 젠더규범의 효과나 반복된 의미화의 결과로 생산된 구성물임을 밝 히는 것이다. 이들은 페미니스트이면서도 동시에 페미니즘적 여성 주 체가 또 하나의 억압적이고 폭력적인 권력 행사자에 머물지 않고 자 신의 내부에 내적 저항성이며 반성적 성찰성을 가지고 끊임없이 새로 운 의미화로 스스로를 열어갈 방법을 모색한다는 점에서 공통성을 가 진다.

버틀러와 카터가 주창하는 페미니즘의 정치학은 어떤 개념이 하나 의 이상으로 극단적 포괄성(radical inclusivity)을 가지고 통합되면서 그것이 비평적 거리를 상실하고 독단론에 빠지게 될 것을 끊임없이 경계하고 우려한다. 이들이 안정된 '여성' 범주를 계속 거부하면서 열린 '여성들'을 논의하는 것도 이 까닭에서이다. 페미니즘의 정치적 결속과 권한 부여라는 안정된 기반을 위해서는 여성 범주가 필요한 반면, 정체성의 다문화적 세분화는 그 범주가 제시하는 포괄성의 전제를 충족시킬 수 없다. 따라서 권한 부여나 결속보다는 정체성을 정치화할 필요가 있다. 전체주의적 정체성을 정치학을 수용할 것인가 아니면 여성 범주를 포기할 것인가의 딜레마는, 여성 범주를 모든 여성들을 실체로 재현하기보다는 하나의 '규제적 이상'으로 볼 때 해결될 수 있다. 이는 버틀러가 제시한 대로 어떤 범주를 발생시켜서 잠정적으로 정체성을 설정하는 동시에, 그 범주를 영원한 정치적 논쟁의 장으로 열어내는 '이중적 운동'을 획득하는 작업이다.[401]

버틀러와 카터의 '정체성의 정치학'은 본질주의적 경향을 경계하면서도 정치적 동원을 위해서는 정체성의 범주를 수용하기도 하는 유연성을 공통적 특징으로 갖는다. 환상적 주체의 수행적 구성이라는 관점에서 볼 때, 어떤 사람의 정체성을 재현적 범주로 환원하는 것은 불가능하지만 어떤 억압에 대한 대항을 할 정치적 시급성이 있을 때에 필요한 오류나 범주 착오로 소환하는 것은 가능하다. 개인의 성경향에 따라 개체를 정상적 이성애자/비정상적 동성애자로 범주화하는 것은 바람직하지 않지만, 일시적인 정치적 목적을 위해 필요한 오류나 전략적 부정성으로 '퀴어'를 잠정 구성하는 것은 억압을 최소화하는 효과적인 정치운동이 될 수 있다. 그것은 자신을 세우는 가운데

---

401) Veronica Vasterling, "Butler's Sophisticated Consturctivism: A Critical Assessment", *Hypathia* 14.3 (1999): 35.

허물기 때문이다.

모든 정체성은 권력과 언어체계와 그 논리의 산물이라는 주장은 문화 결정론의 위험을 안고 있다. 모든 것이 권력이 부과한 담론의 효과, 혹은 문화나 기율권력의 결과인 만큼 해방적 실천의 운동은 미시적 차원에서 일어나는 개별적이고 산발적인 것이 되기 쉽다. 그러나 그런 위험을 안고도 권력의 내적 전복력을 말하는 것을 해방도 해방이라는 하나의 목적, 이상적 규범으로 설정되면 또 다른 억압을 담보할 가능성이 있다는 것을 경계하기 때문이다. 버틀러나 젠더 정체성 논의나 카터의 작품에 구현된 젠더 주체는 권력의 해체는 권력 자체의 실제적인 해체가 아니라, 권력이라는 것은 그대로 유지된 채 그 권력을 행사하는 주체만이 다른 주체로의 이양된 것에 불과하다는 점에 유념한다.

법이나 권력, 제도담론과 규율은 내적 욕망과 대립되는 외재적 기제에 불과한 것이 아니라 기묘한 방식으로 인간의 내적 욕망과 관련되어 욕망을 생산하고 유지시킨다. 법 없이는 욕망도 없다. 법은 자신이 금지하는 욕망을 오히려 형성하고 유지시키는 작용을 한다. 사실 금지는 기묘한 형식으로 금지된 것을 보유하는 방식이고, 법은 관능성을 배제하지만 관능적인 것이 되어야만 작동된다. 제도와 담론의 생산물로서의 젠더 정체성이 인간의 내적 욕망과 관련되어 있다는 점에서 성 성체성은 '생산적 모순'이다. 정체성은 그것이 보유하고 있다고 여겨지는 그 성욕 차원에서의 금지를 통해 형성되고, 그것이 정체성과 연결될 때 성욕은 언제나 자신의 토대를 훼손하면서 존재하기 때문이다.[402]

---

402) "Indeed prohibition becomes an odd form of preservation, a way of eroticizing the law that would abolish eroticism, but which only works by compelling eroticization. In this sense, a 'sexual identity' is a

결국 젠더란 규율권력이 만든 담론적 허구이고 이성애적 문화 규범이 만든 상상적 이상이다. 주체는 이 허구적 이상을 패러디적으로 모방하고 수행적으로 반복하면서 젠더 정체성을 획득한다. 또한 주체는 권력과 법에 복종하지만 수동적인 복종 과정에서 능동적인 주체를 구성하고, 또 권력과 법을 전복할 수 있는 내부의 저항성도 가지고 있다. 그리고 젠더 주체는 자신의 내부에 법이 금지한 욕망을 이미 안고 있다. 금지된 성욕은 이미 주체에게 선취되어 있는 것이다. 어떤 욕망이 금지가 주체를 형성하는 근본적 토대가 되면 주체는 그 성욕을 금지함으로써, 금지를 통해 그 성욕을 형성하고 보유하게 된다. 패러디, 수행성, 역설적 복종, 우울증적 젠더 정체성은 각각 서로 다른 개별적인 것이 아니라 서로 맞물려 반복, 순환되는 연쇄이다. 패러디는 이성애라는 규범이 원본이 아님을 입증하고, 이성애가 부과한 성 규범이 언제나 다른 것으로 전치될 수 있는 가변적인 것임을 말해준다. 젠더 정체성은 행위와 몸과 담론의 반복적 수행 속에 구성되는 재의미화의 가능성이다. 주체가 되기 위한 권력에의 복종도 반복을 통해 재의미화될 수 있으며 권력의 심리 주체는 자신에게 부정된 것을 역설적으로 합체함으로써 동일시를 구성한다. 인간을 주체화시키는 동시에 규율담론의 젠더화된 규범에 복종시키는 권력과 법은 그 반복적 수행 속에서 언제나 재의미화의 가능성을 열어놓는다. 반복과 인용 속에 언제나 재발화와 재규정화를 유도하는 수행성의 정치학은

---

productive contradiction in terms, for identity is formed through a prohibition on some dimension of the very sexuality it is said to bear, and sexuality, when it is tied to identity, is always in some sense undercutting itself." Judith Butler, *Psychic Life of Power: Theories in Subjection* (Stanford: Stanford University Press, 1997), 103-4.

'모반의 정치학'인 것이다.403)

　제니퍼 코터(Jennifer Cotter)는 버틀러가 말하는 급진적 주체야말로 혁명적 정치행위를 계획하지 않는 주체라고 말한다. 혁명적 정치행위는 언제나 그 행위를 확실성이나 고정된 축으로 변화시켜서 '결정불가능성'을 억압하기 때문이다. 급진적 주체는 자발적 주체이며 그 주체는 자신의 상황을 지시하는 것에 따라 다른 정체성 효과를 가지게 된다. 그것은 필연성이 아닌 우연성의 논리 구조에 있다. 이 우연성은 의미가 갖는 통일성과 총체성을 위협하는 것이다. 버틀러의 '구성'이론은 정체성의 논리 위에 있으며, 그 정체성의 논리는 지식을 역사적으로 결정된 가능성으로 보는 것이 아니라 '경험'의 효과로서, 즉 의미화 연쇄를 따라 주체가 미끄러지는 경험으로 이해된다. 그리고 이처럼 비본질적이고 구성적인 해체론적 젠더 정체성 논의가 몸과 성욕의 정치성을 가지고 전복력을 구가할 수 있는 것은 바로 심리와 권력, 철학과 정치의 실천적 결합력 때문이다. 버틀러는 주체가 권력 속에 어떻게 빠져드는가를 설득력 있게 제시하면서 권력을 중심으로 '변형의 행위작인(transformative agency)'으로서의 주체 논의에 정치성을 싣는다. 정체성은 권력의 효과인 담론의 결과물이며, 그 자체 내부에 권력의 무의식이라는 이중적 양가성을 전복적 정치성으로 보유하고 있다. 버틀러의 페미니즘은 여성이라는 집단적 범주의 반란을 도모하는 것이 아니라, 미시적이고 개인적인 층위에서 산발적으로 구성되고 해체되는 주체의 저항성을 말한다. 그리고 그 산발적인 주체의 저항들은 정치적 시급성이 있을 때 실천적인 연대의 장으로 나아

---

403) Lisa Ditsch, "Judith Butler and the Politics of the Performative", *Political Thoery*, vol.27, no.4, August 1999, 547.

간다.

　여성 담론은 폭력적 헤게모니를 구축하지 않으면서 억압적 현실의 상황을 극복할 수 있을까? 여성 특유의 정체성을 주장하면 여성만의 위치, 장소, 입장으로 인해 여성을 진리, 절대타자, 초월적 모성 신으로 신비화할 위험이 있고, 여성은 존재하지 않고 오직 의미의 불가능성이 여성적이라고 하면 현실의 여성이 겪는 사회 역사적 맥락에서의 구체적 정치성을 상실할 위험이 있다. 버틀러는 양자의 위험을 교묘히 피해가면서 필요한 오류나 범주착오로 일시적으로 구성되고 곧 해체되는 여성 정체성을 말한다. 그리고 이것을 젠더 정체성의 '전략적 일시성'과 '작전상 구성주의'로 설명한다. 그것은 젠더에 대한 폭력적 개념화를 피하면서도 페미니즘적인 정치현안이 있을 때는 전략적으로 집단을 형성하는 수행적 행위 주체를 말한다. 그 주체는 패러디 속에 원본과 모방본의 경계를 허물고, 행위 중에 가변적인 정체성을 구성하며, 역설적인 복종을 하면서, 금지된 성욕을 거부로서 불완전하게 합체하는 젠더 주체를 말한다.

　결국 페미니즘의 목적은 권력의 타파가 아니다. 권력 타파란 또 다른 권력 주체로의 이동에 불과하기 때문이다. 그런 의미에서 권력 자체의 내적 저항성의 문제를 숙고할 필요성을 주장하는 버틀러의 페미니즘은 유용성을 가진다. 강력한 저항은 그 저항 세력을 또다시 권력화해 헤게모니를 만들고, 미약한 저항은 실천력은 미온해도 언제나 내적 전복의 반성성과 윤리를 가지고 있다. 언제나 새로운 주체로 권력 주체를 이양하는 것이 역사라면 억압적 현실의 권력 배치에 대해 미시적이고 성찰적으로 숙고해 볼 필요가 있다. 그것이 버틀러의 젠더 정체성 논의가 가지는 정치성이고 윤리성이다.

Bibliography

Alcoff, Linda. "Cultural Feminism Versus Poststructuralism: the Identity Crisis in Feminist Theory", *Signs: Journal of Women in Cultural and Society* 13.31.

Alcoff, Linda and Elizabeth Porter. "Introduction: When Feminisms Intersect Epistemology", *Feminist Epistemologies.* New York: Routledge, 1993.

Althusser, Louis. *Lenin and Philosophy.* Trans. Ben Brewster. New York: Monthly Review Press, 1971.

Austin, J. L., *How To Do Things With Words.* Eds. J. O. Urmson and Marina Sbisa. Cambridge.: Harvard UP, 1975.

Armitt, Lucie. *Theorising the Fantastic.* New York: Arnold, 1996.

Bates, Catherine. "Castrating the Castration Complex", *Textual Practice* 12.1 (1998): 101-19.

Baudrillard, Jean. "The Procession of Simulacra", *Simulation.* Trans. Paul Foss et all. New York: Semiotext(e) Inc., 1983.

Belsey, Catherine. *Critical Practice.* London: Methuen, 1980.

Bem, Sandra Lipsitz. "Dismentling Gender Polarization and Compulsory Sexuality: Should we Turn the Volume down or up?" *Journal of*

504

Sex Research 32.4 (1995)

Benhabib, Seyla et all. *Feminist Contentions: A Philosophical Exchange.* New York: Routledge, 1995.

Benjamin, Jessica. *The Bonds of Love: Psychoanalysis, Feminism, and the Problem of Domination.* New York: Pantheon Books, 1988.

Benjamin, Jessica. *Like Subjects, Love Object: Essays on Recognition and Sexual Difference.* New Haven: Yale UP, 1995.

Bertens, Hans. *The Idea of the Postmodern: A History.* New York: Routledge, 1995. (한스 베르텐스. 『포스트모던 사상사』. 장성희, 조현순 역. 서울: 현대미학사, 2000.)

Bordo, Susan. "Postmodern Subjects, Postmodern Bodies", *Feminist Studies* 18.1 (Spring 1992)

Bosma, Harke A. et all. *Identity and Development: An Interdisciplinary Approach.* Thousand Oaks: Sage Publications, 1994.

Bristow, Joseph and Trev Lynn Broughton, Eds. *The Infernal Desires of Angela Carter: Fiction, Feminity, Feminism.* London: Longman, 1997.

Britzolakis, Christina. "Angela Carter's Fetishism", *The Desires of Angela Carter: Fiction, Feminity, Feminism.* Ed. Joseph Bristow and Trev Lynn Btoughton. Edinburgh: Longman, 1997. 43-58.

Butler, Judith. "Performative Acts and Gender Constitution: An Essay in Phenomenology and Feminist Theory", *Performinig*

Feminisms. Ed. Sue-Ellen Case. Baltimore: Johns Hopkins University Press. 1990.

Butler, Judith. *Gender Trouble: Feminism and the Subversion of Identity.* New York: Routledge, 1990.

Butler, Judith. "Gender, Trouble, Feminist Theory, and Psychoanalytic Discourse", *Feminism/Postmodernism.* Ed. Linda Nicholson. New York: Routledge, 1990.

Butler, Judith. "Imitation and Gender Insubordination", *Inside/Out.* Ed. Diana Fuss. New York: Routledge, 1991.

Butler, Judith. "The Body Politics of Julia Kristeva". *Revaluing French Feminisms: Critical Essays on Difference, Agency and Culture* (Bloomington: Indiana UP, 1992): 162-76.

Butler, Judith. "Contingent Foundations: Feminism and the Question of 'Postmodernism'", *Feminists Theorize the Political.* New York: Routledge, 1992.

Butler, Judith. *Bodies That Matter: On the Discursive Limits of 'Sex'.* New York: Routledge, 1993.

Butler, Judith. "Sexual Inversions", *Foucault and the Critique of Institution* Ed. John Caputo and Mark Yount. Penn: Penn State UP, 1993.

Butler, Judith. "Contingent Foundations", *Feminist Contentions: A Philosophical Exchange.* New York: Routledge, 1995.

Butler, Judith. "Gender as Performance", *A Critical Sense: Interviews*

506

with Intellectuals. Ed. Peter Osborne. New York: Routledge, 1996.

Butler, Judith. *Excitable Speech: A Politics of Performative.* New York: Routledge, 1997.

Butler, Judith. *The Psychic Life of Power: Theories in Subjection.* Stanford: Stanford University Press, 1997.

Butler, Judith. "Against Proper Objects", *Feminism Meets Queer Theory.* Ed. Elizabeth Weed and Naomi Schor. Bloomington: Indiana University, 1997.

Butler, Judith. *Subjects of Desire: Hegelian Reflections in Twentieth-Century France.* New York: Columbia University Press, 1999.

Butler, Judith. "Foucault and the Paradox of Bodily Inscriptions", *The Body: Classic and Contemporary Readings.* Ed. Donn Welton. Oxford: Blackwell, 1999.

Butler, Judith. "A 'Bad Writer' Bites Back", *New York Times* March 20, 1999.

Butler, Judith. Ed. John Guillory, and Kendall Thoman, *What's Left of Theory?: New Work on the Politics of Literary Theory.* New York: Routledge, 2000.

Butler, Judith. *Antigone's Claim: Kinship Between Life and Death.* New York: Columbia UP, 2000. (주디스 버틀러, 『안티고네의 주장』. 조현순 역. 서울: 동문선, 20005.)

Butler, Judith. *Precarious Life: The Powers of Mourning and Violence.*

London: Verso, 2004.

Butler, Judith. *Undoing Gender.* New York: Routledge, 2004.

Butler, Judith. *Giving an Account of Oneself.* New York: Fordham University Press, 2005.

Carter, Angela. *Burning Your Boats: The Collected Short Stories.* New York: Penguin Books, 1995

Carter, Angela. *Nights at the Circus.* New York: Penguin Books, 1993.

Carter, Angela. *The Magic Toyshop.* New York: Penguin Books, 1996.

Carter, Angela. *The Sadeian Woman and the Ideology of Pornography.* New York: Pantheon Books, 1979.

Chodorow, Nancy. *Feminism and Psychoanalytic Theory.* New Haven: Yale University Press, 1989.

Chodorow, Nancy. *The Reproduction of Mothering: Psychoanalysis and the Sociology of Gender.* Berkeley: University of California Press, 1978.

Cixous, Hélène. "Fiction and Its Phantoms: A Reading of Freud's *Das Unheimliche*(The 'Uncanny')". *NLH* 7 (1976): 525-48.

Cixous, Hélène. *The Hélène Cixous Reader.* Ed. Susan Sellers. New York: Routledge, 1994.

Cixous, Hélène. *Three Steps on the Ladder of Writing.* New York: Columbia University Press, 1993.

Culler, Jonathan. *Literary Theory: A Very Short Introduction*. Oxford: Oxford University Press, 1997.

Day, Aidan. *Angela Carter: the Rational Glass*. Manchester: Manchester University Press, 1998.

Derrida, Jacques. *Margins of Philosophy*. Trans. Alan Bass. Chicago: University of Chicago Press, 1982.

Derrida, Jacques. *Spurs: Nietzsche's Style (Eprons: les Styles de Nietzsche)*. Trans. Barbara Harlow. Chicago: The University of Chicago Press, 1979.

Deutscher, Peneope. *Yielding Gender: Feminism, Deconstruction and the History of Philosophy*. New York: Routledge, 1997.

Ditsch, Lisa. "Judith Butler and the Politics of the Performative." *Political Theory*, vol.27, no.4, August 1999.

Doane, Janice and Devon Hodges. *From Klein to Kristeva: Psychoanalytic Feminism and the Search for the "Good Enough"Mother*. Ann Arbor: The University of Michigan Press, 1992.

Dollimore, Jonathan. *Sexual Dissidence: Augustine to Wilde, Freud to Foucault*. Oxford: Clarendon Press, 1992.

Domenici, Thomas and Ronnie C. Lesser, Eds. *Disorienting Sexuality: Psychoanalytic Reappraisals of Sexual Identities*. New York: Routledge, 1995.

Donovan, Josephine. *Feminist Theory: The Intellectual Traditions of*

American Feminism, New York: Fredrick Ungar Book, 1997.

Dreyfus, Hubert L. and Paul Rabinow. *Michel Foucault: Beyond Structuralism and Hermeneutics*. Chicago: Chicago University Press, 1983.

Eagleton, Terry. *Literary Theory: An Introduction*. Oxford: Basil Blackwell, 1983.

Edwards, Tim. *Erotics and Politics: Gay Male Sexuality, Masculinity and Feminism*, New York: Routledge, 1994.

Eisenstein, Hester and Alice Hardine, Eds. *The Future of Difference*. New Brunswick: Rutgers University Press, 1985.

Evans, Dylan. *An Introductory Dictionary of Lacanian Psychoanalysis*. New York: Routledge, 1996.

Felman, Shoshana. "Women and Madness", *The Feminist Reader: Essays in Gender and the Politics of Literary Criticism*. Ed. Catherine Belsey and Jane Moore. London: Macmillan, 1989.

Felman, Shoshana. *What Does a Woman Want?: Reading and Sexual Difference*. Baltimore: Johns Hopkins Univerity Press, 1993.

Felski, Rita. *Beyond Feminist Aesthetics: Feminist Literature and Social Change*. Camgbridge: Harvard University Press, 1989.

Felski, Rita. *The Gender of Modernity*. Cambridge: Harvard University Press, 1995.

Fernihough, Anne. "Is She Fact or is She Fiction?: Angela Carter and the Enigma of Women", *Textual Practice* 11.1 (1997):

89-107.

Ferrell, Robyn. *Passion in Theory: Conceptions of Freud and Lacan.* New York: Routledge, 1996.

Foucault, Michel. "The Subject and Power", *Michel Foucault: Beyond Structuralism and Hermeneutics.* Ed. Hubert L. Dreyfus and Paul Rabinow. Chicago: University of Chicago Press, 1982.

Foucault, Michel. *Discipline and Punish: The Birth of Prison.* Trans. Alan Sheridan. New York: Vintage, 1979.

Foucault, Michel. *Herculine Barbin: Being the Recently Discovered Memoirs of a Nineteenth-Century French Hermaphrodite.* Trans. Richard McDougall. New York: Pantheon, 1980.

Foucault, Michel. *The History of Sexuality: An Introduction Vol. I.* New York: Vintage, 1978.

Fraiser, Nancy. "The Use and Abuse of French Discourse Theories for Feminist Politics". *Revaluing French Feminisms: Critical Essays on Difference, Agency and Culture* (Bloomington: Indiana UP, 1992): 177-91.

Freud, Sigmund. "Fetishism", *The Standard Editionof the Complete Psychological Works of Sigmund Freud XXI.* Trans. James Strachey. London: Hogarth Press, 1961. 149-157.

Freud, Sigmund. "Mourning and Melancholia.(1917)" *The Standard Edition of Complete Works Psychological Works of Sigmund*

Freud XIV. Ed. and Trans. James Strachey. London:
Hogarth, 1975. 239-60.

Freud, Sigmund. "The Ego and the Id(1923)", *The Standard
Edition of Complete Works Psychological Works of
Sigmund Freud XIX.* Ed. and Trans. James Strachey.
London: Hogarth, 1975. 3-66.

Freud, Sigmund. "A Child is Being Beaten: A Contribution
to the Study of Origin of Sexual Perversions", *The Standard
Editionof the Complete Psychological Works of Sigmund
Freud XVII.* Trans. James Strachey. London: Hogarth Press,
1961. 175-204.

Fuery, Patrick. *Theories of Desire.* Carlton: Melbourne University Press,
1995.

Fuss, Diana. *Identification Paper.* New York: Routledge, 1995.

Gallop, Jane. *Feminism and Psychoanalysis: The Daughter's Seduction.*
London: Macmillan, 1986.

Gomel, Elana. "Hard and Wet: Luce Irigaray and the Fascist Body",
Textual Practice 12.2 (1998): 199-223.

Grosz, Elizabeth. *Volatile Bodies: Toward a Corporeal Feminism.* Bloom-
ington: Indiana University Press, 1994.

Haraway, Donna. "A Manifesto for Cyborg: Science, Technology, and
Socialist Feminism in the 1980s", *Feminism/Postmodernism.*
Ed. Linda Nicholson. New York: Routledge, 1990.

Harpham, Geoffrey. *On the Grotesque: Strategies of Contradiction in Art and Literature*. Princeton: Princeton University Press, 1982.

Heath, Stephen. "Joan Riviere and the Masquerade", *Formation of Fantasy*. New York: Methuen, 1986. 45-61.

Hegel, G. W. F. *Phenomenology of Spirit*. Trans. A. V. Miller. Oxford: Oxford UP, 1977.

Hekman, Susan. "Subjects and Agents: The Question for Feminism", *Provoking Agents: Gender and Agency in Theory and Practice*. Ed. Judith Kegan Gardiner. Urbana and Chicago: University of Illinois Press, 1995.

Hume, Kathlyne . *Fantasy and Mimesis*. New York: Methuen, 1984.

Hutcheon, Linda. *A Politics of Postmodernism: History, Theory, Fiction*. New York: Routledge, 1989.

Hutcheon, Linda. *The Theory of Parody: The Teaching of Twentieth-Century Art Form*. London: Methuen, 1985.

Irigaray, Luce, *The Irigaray Reader*. Ed. Margaret Whitford. Oxford: Blackwell, 1997.

Irigaray, Luce. *An Ethics of Sexual Difference*. Trans. Carolyn Burke and Gillian C. Gill. Ithaca and New York: Cornell University Press, 1993.

Irigaray, Luce. *Speculum of the Other Woman*. Trans. Gillian C. Gill. Ithaca: Cornell University Press, 1994.

Irigaray, Luce. *This Sex Which is Not One.* Trans. Catherine Porter and Carloyn Burke. Ithaca and New York: Cornell University Press, 1985.

J. L. Austin. *How to do Things with Words.* Eds. F. O. Urmson and Marina Shisá. Cambridge: Harvard University Press, 1975.

Jackson, Rosemary. *Fantasy: The Literature of Subversion.* London: Methuen, 1981.

Jagose, Annamarie. *Queer Theory: An Introduction.* New York: New York University Press, 1996.

Jameson, Fredric. "Postmodernism and Consumer Society", *The Anti-Aesthetic: Essays on Postmodern Culture.* Ed. Hal Foster. Port Townsend: Bay Press, 1983.

Johnson, Barbara. *The Feminist Difference: Literature, Psychoanalysis, Race and Gender.* Cambridge: Harvard University Press, 1998.

Jones, Allison. "Teaching Post-Structuralist Feminist Theory in Education: Student Resistances", *Gender and Education* 9.3 (September 1997)

Kristeva, Julia. "Talking About *Polylogue*", *French Feminist Thought: A Reader.* Ed. Toril Moi. Cambridge: Blackwell, 1992.

Kubiak, Anthony. "Splitting the Difference: Performative and Its Double in American Culture", *TDR: The Drama Review* 42.4 (Winter 1998): 91-114.

Lacan, Jacques. "The Meaning of the Phallus", *Feminine Sexuality:*

Jacques Lacan and Ecole Freudienne, Ed. Juliet Michell and Jacqueline Rose. Trans. Jacqueline Rose. London: Macmillan, 1985.

Lacan. Jacques. *The Seminar of Jacques Lacan Ⅶ, 1959-60: The Ethics of Psychoanalysis*. Trans. Dennis Porter. Ed. Jacques-Alain Miller. New York: Norton, 1997

Lacan. Jacques. *The Seminar of Jacques Lacan X X, Encore 1972-3: On Feminine Sexuality, the Limits of Love and Knowledge*. Trans. Bruce Fink. New York: Norton, 1998.

Lancaster, Roger N. and Micaela di Leonardo. *The Gender Sexuality Reader: Culture, History, Political Economy*. New York: Routledge, 1997.

Laplanche, Jean and Jean-Bertrand Pontalis. "Fantasy and the Origin of Sexuality", *Formation of Fantasy*. New York: Methuen, 1986. 5-34.

Lauretis, Teresa De. "Feminist Studies/ Critical Studies: Issues, Terms, and Context", *Feminist Studies Critical Studies*. Ed. Teresa De Lauretis. Bloomington: Indiana University Press, 1986.

Lauretis, Teresa De. *Technology of Gender: Essays on Theory, Film, and Fiction*. Bloomington: Indiana University Press, 1987.

Lechte, John. "Art, Love, and Melancholy in the Work of Julia Kristeva", *Abjection, Melancholia and Love: The Work of Julia Kristeva*. Ed. John Fletcher and Andrew Benjamin. New York:

Routledge, 1990.

Lemaire, Anika. *Jacques Lacan.* Trans. David Macey. New York: Routledge, 1994.

Lloyd, Rosemary. *Closer and Closer Apart: Jealousy in Literature.* New York: Cornell University Press, 1995.

Martinsson, Yvonne. *Erotism, Ethics and Reading: Angela Carter in Dialogue with Roland Barthes.* Stockholm: Alnqvist and Wiksell International Stockholm, 1996.

McDowell, Linda. *Gender, Identity and Place: Understanding Feminist Geographies.* Minneapolis: University of Minnesota Press, 1999.

McNay, Lois. *Foucault Feminism.* Boston: Northeastern University Press, 1993.

Meaney, Geraldine. *(Un)like Subjects: Women, Theory, Fiction.* London: Routledge, 1993.

Meyers, Diana. "The Subversion of Women's Agency in Psychoanalytic Feminism", *Revaluing French Feminism: Critical Essays on Difference, Agency & Culture.* Eds. Nancy Fraiser and Sandra Lee Bartky. Bloomington and Indianapolis: Indiana University Press, 1992.

Michael, Magali Cornier. "Angela Carter's *Nights at the Circus*: An Engaged Feminism via Subversive Postmodern Strategies", *Contemporary Literature* 35.3 (1994)

Michael, Magali Cornier. "Fantasy and Carnivalization in Angela Carter's

516

Nights at the Circus", Feminism and the Postmodern Impulse: Post-World Was II Fiction. New York: State University of New York Press, 1996.

Mills, Sara et all. Feminist Readings, Feminists Reading. Charlottesville: University Press of Virginia, 1989.

Modleski, Tania. Feminism Without Women: Culture and Criticism in a "Postmodern Age". New York: Routledge, 1991.

Moi, Toril. Sexual/Textual Politics: Feminist Literary Theory. London: Methuen, 1985.

Morris, Pam. Literature and Feminism. Oxford and Cambridge: Blackwell, 1993.

Mouffe, Chantal. "Democratic Politics and the Question of Identity", The Identity in Question. Ed. John Rajchman. New York: Routledge, 1995.

Mouffe, Chantal. "Feminism, Citizenship, and Radical Democratic Politics", Feminists Theorize the Political. New York: Routledge, 1992.

Nussbaum, Martha C. "The Professor of Parody", New Republic. Vol.220. Issue 8. 02-22-99.

Oliver, Kelly. Reading Kristeva: Unraveling the Double- bind. Bloomington: Indiana University Press, 1993.

Palmer, Paulina. "From 'Coded Mannequin' to Bird Woman: Angela Carter's Magic Flight", Women Reading Women's Writing. Ed.

Sue Roe. New York: St. Martin's Press, 1987.

Palmer, Paulina. "Gender as a Performance in the Fiction of Angela Carter and Margaret Atwood", *The Desires of Angela Carter: Fiction, Feminity, Feminism*. Ed. Joseph Bristow and Trev Lynn Btoughton. Edinburgh: Longman, 1997. 24-42.

Parker, Adele. "Living Writing: The Poethics of Hélène Cixous", *PMC* 9.2 (1999)

Peach, Linden. *Angela Carter*. New York: St. Martin's Press, 1998.

Rajchman, John. *Truth and Eros: Foucault, Lacan, and the Question of Ethics*. New York: Routledge, 1991.

Rich, Adrienne. "Compulsory Heterosexuality and Lesbian Existence", *Blood, Bread and Poetry*. New York: Norton, 1986.

Rich, Adrienne. *Of Woman Born: Motherhood as Experience and Institution*. New York: Norton, 1995.

Riviere, Joan. "Womanliness as a Masquerade", *Formation of Fantasy*. New York: Methuen, 1986. 35-44.

Robbins, Ruth. *Literary Feminisms*. London: Macmillan, 2000.

Robinson, Sally. *Engendering the Subject: Gender and Self-representation in Contemporary Women's Fiction*. New York: State University of New York Press, Albany. 1991.

Rose, Jacqueline. *Sexuality in the Field of Vision*. London: Verso, 1986.

Rose, Margaret. *Parody: Ancient, Modern, and Post-modern.* Cambridge: Cambridge University Press, 1995.

Rubin, Gayle and Judith Butler. "Sexual Traffic", *Coming out of Feminism?* Eds. Mandy Merck, Naomi Segal and Elizabeth Wright. Oxford: Blackwell, 1998.

Sage, Lorna, Ed., *Flesh and the Mirror: Essays on the Art of Angela Carter.* London: Virago, 1994.

Sage, Lorna. "The Savage Sideshow: A Profile of Angela Carter" *New Review* 52.2 (1977): 51-7.

Sage, Lorna. *Angela Carter.* Plymouth: Northcote House, 1994.

Sage, Lorna. *Women in the House of Fiction: Post War Women Novelists.* New York, Routledge, 1992.

Salecl, Renata. "The Silence of the Feminine Jouissance", *Cogito and the Unconcious sic 2.* Ed. Slavoj Zizek. Durham: Duke University Press, 1998.

Sarah Gamble. *Angela Carter: Writing From the Front Line.* Edinburgh: Edinburgh University Press, 1997.

Sarup, Madan. *Jacques Lacan.* New York: Harvester Wheatsheaf, 1992.

Sawicki, Jana. "Identity Politics and Sexual Freedom", *Feminism and Foucault: Reflections on Resisitance.* Ed. Irene Diamond and Lee Quinby. Boston: Northeastern University Press, 1988.

Sawicki, Jana. *Disciplining Foucault: Feminism, Power, and the Body.*

New York: Routledge, 1991.

Sedgwick, Eve Kosofsky. "Gender Criticism", *Redrawing the Boundaries: The Transformation of English and American Literary Studies*. Eds. Stephen Greenblatt and Giles Gunn. New York: The Modern Language Association of America, 1992.

Sedgwick, Eve Kosofsky. *Epistemology of the Closet*. Berkeley: University of California Press, 1990.

Shinmakawa, Karen. "'Who's to Say?' or Making Spaces for Gender and Ethnicity in *M. Butterfly*", *Theatre Journal* 45.3 (October 1993): 349-361.

Showalter, Elaine. *Speaking of Gender*. New York: Routledge, 1989.

Singer, Linda. *Erotic Welfare: Sexual Theory and Politics in the age of Epidemic*. New York: Routledge, 1993.

Stephen Heath, "Joan Riviere and the Masquerade", *Formations of Fantasy* (London and New York: Methuen, 1986): 45-61

Todorov, Tzvetan. *The Fantastic: A Structural Approach to a Literary Genre*. Trans. Richard Howard. Ithaca: Cornell University Press, 1975.

Tucker, Lindsey, Ed. Critical Essays on Angela Carter. New York: G. K. Hall and Co., 1998.

Watts, Carol. "Time and the Working Mother: Kristeva's *Women's Time* Revisited", *Radical Philosophy* 91 (September/October 1998): 6-17.

Weir, Allison. *Sacrificial Logics: Feminist Theory and the Critique of Identity.* New York: Routledge, 1996.

Whitford, Margaret. "Literary Cross Currents Beyond Essentialism", *Journal of Gender Studies* 1.1 (May 1991)

Willams, Linda Ruth. *Critical Desire: Psychoanalysis and the Literary Subject.* New York: Edward Arnold, 1995.

Williams, Linda Ruth. *Critical Desire: Psychoanalysis and the Literary Subject.* London: Edward Arnold, 1995.

Wright, Elizabeth. Ed. *Feminism and Psychoanalysis: A Critical Dictionary.* Cambridge: Basil Blackwell, 1992.

Zizek, Slavoj. "Fantasy as a Political Category", *Zizek Reader.* Ed. Elizabeth Wright and Edmond Wright. Oxford: Blackwell, 1999.

Zizek, Slavoj. *Enjoy Your Symptom!: Jacques Lacan in Hollywood and Out.* New York: Routledge, 1992.

Zizek, Slavoj. *Looking Awry: An Introduction to Jacques Lacan Through Popular Culture.* Cambridge: October Books, 1992.

Zizek, Slavoj. *The Sublime Object of Ideology.* New York: Verso, 1991.

Zwicker, Heather. "Spinning our Wheel on Foundational Tenet", *Canadian Review of American Studies* 25.3 (Fall 1995)

· 저자 ·

조현준   · 약 력 ·
        경희대학교 영어학부 강사
        성신여대 영문학과 강사
        (사) 한국여성연구소 연구원
        (사)여성문화이론 연구소 연구원

        · 주요논저 ·
        『여성의 몸: 시각, 쟁점, 역사』(공저)
        『페미니즘과 정신분석』(공저)
        『다락방에서 타자를 만나다』(공저)
        『새 여성학 강의: 한국사회, 여성, 젠더』(공저)
        『안티고네의 주장』(주디스 버틀러 저)
        『포스트모던 사상사』(한스 베르텐스 저, 공역)
        외 다수

주디스 버틀러의 젠더 정체성 이론
: 퀴어 정치학과 A. 카터의 『서커스의 밤』

· 초판 인쇄   2007년 2월 28일
· 초판 발행   2007년 2월 28일

· 지 은 이   조현준
· 펴 낸 이   채종준
· 펴 낸 곳   한국학술정보㈜
             경기도 파주시 교하읍 문발리 513-5
             파주출판문화정보산업단지
             전화 031) 908-3181(대표) · 팩스 031) 908-3189
             홈페이지 http://www.kstudy.com
             e-mail(출판사업부) publish@kstudy.com
· 등 록   제일산-115호(2000. 6. 19)
· 가 격   31,000원

ISBN 978-89-534-6198-7 93840 (Paper Book)
      978-89-534-6199-4 98840 (e-Book)